审美的他者：
20世纪中国作家美术思想研究

Aesthetic Otherness: A Study on Fine Art Thoughts of
Chinese Writers in the 20th Century

李徽昭　著

中国社会科学出版社

图书在版编目（CIP）数据

审美的他者：20世纪中国作家美术思想研究/李徽昭著．—北京：中国社会科学出版社，2019.12（2021.3重印）
（中国社会科学博士后文库）
ISBN 978-7-5203-5566-7

Ⅰ.①审…　Ⅱ.①李…　Ⅲ.①作家—关系—美术史—研究—中国—20世纪　Ⅳ.①I206.6②J120.96

中国版本图书馆 CIP 数据核字（2019）第 247897 号

出 版 人　赵剑英
选题策划　郭晓鸿
责任编辑　杨　康
责任校对　赵雪姣
责任印制　李寡寡

出　　版　中国社会科学出版社
社　　址　北京鼓楼西大街甲 158 号
邮　　编　100720
网　　址　http://www.csspw.cn
发 行 部　010-84083685
门 市 部　010-84029450
经　　销　新华书店及其他书店

印刷装订　北京君升印刷有限公司
版　　次　2019 年 12 月第 1 版
印　　次　2021 年 3 月第 2 次印刷

开　　本　710×1000　1/16
印　　张　24.25
字　　数　406 千字
定　　价　108.00 元

序　言

博士后制度在我国落地生根已逾30年，已经成为国家人才体系建设中的重要一环。30多年来，博士后制度对推动我国人事人才体制机制改革、促进科技创新和经济社会发展发挥了重要的作用，也培养了一批国家急需的高层次创新型人才。

自1986年1月开始招收第一名博士后研究人员起，截至目前，国家已累计招收14万余名博士后研究人员，已经出站的博士后大多成为各领域的科研骨干和学术带头人。这其中，已有50余位博士后当选两院院士；众多博士后入选各类人才计划，其中，国家百千万人才工程年入选率达34.36%，国家杰出青年科学基金入选率平均达21.04%，教育部"长江学者"入选率平均达10%左右。

2015年年底，国务院办公厅出台《关于改革完善博士后制度的意见》，要求各地各部门各设站单位按照党中央、国务院决策部署，牢固树立并切实贯彻创新、协调、绿色、开放、共享的发展理念，深入实施创新驱动发展战略和人才优先发展战略，完善体制机制，健全服务体系，推动博士后事业科学发展。这为我国博士后事业的进一步发展指明了方向，也为哲学社会科学领域博士后工作提出了新的研究方向。

习近平总书记在2016年5月17日全国哲学社会科学工作座谈会上发表重要讲话指出：一个国家的发展水平，既取决于自然科学发展水平，也取决于哲学社会科学发展水平。一个没有发达的自然科学的国家不可能走在世界前列，一个没有繁荣的哲学社会科学的国家也不可能走在世界前列。坚持和发展中国特色社会主义，需要不断在实践和理论上进行探索、用发展着的理论指导发展着的实践。在这个过程中，哲学社会科学具有不可替代的重要地位，哲学社会科学工作者具有不可替代的重要作用。这是党和国家领导人对包括哲学社会科学博士后在内的所有哲学社会科学领域的研究者、工作者提出的殷切希望！

中国社会科学院是中央直属的国家哲学社会科学研究机构，在哲学社会科学博士后工作领域处于领军地位。为充分调动哲学社会科学博士后研究人员科研创新积极性，展示哲学社会科学领域博士后优秀成果，提高我国哲学社会科学发展整体水平，中国社会科学院和全国博士后管理委员会于2012年联合推出了《中国社会科学博士后文库》（以下简称《文库》），每年在全国范围内择优出版博士后成果。经过多年的发展，《文库》已经成为集中、系统、全面反映我国哲学社会科学博士后优秀成果的高端学术平台，学术影响力和社会影响力逐年提高。

下一步，做好哲学社会科学博士后工作，做好《文库》工作，要认真学习领会习近平总书记系列重要讲话精神，自觉肩负起新的时代使命，锐意创新、发奋进取。为此，需做到：

第一，始终坚持马克思主义的指导地位。 哲学社会科学研究离不开正确的世界观、方法论的指导。习近平总书记深刻指出：坚持以马克思主义为指导，是当代中国哲学社会科学区别于其他哲学社会科学的根本标志，必须旗帜鲜明加以坚持。马克思主义揭示了事物的本质、内在联系及发展规律，是"伟大的认识工具"，是人们观察世界、分析问题的有力思想武器。马克思主义尽管诞生在一个半多世纪之前，但在当今时代，马克思主义与新的时代实践结合起来，愈来愈显示出更加强大的生命力。哲学社会科学博士后研究人员应该更加自觉坚持马克思主义在科研工作中的指导地位，继续推进马克思主义中国化、时代化、大众化，继续发展 21 世纪马克思主义、当代中国马克思主义。要继续把《文库》建设成为马克思主义中国化最新理论成果的宣传、展示、交流的平台，为中国特色社会主义建设提供强有力的理论支撑。

第二，逐步树立智库意识和品牌意识。哲学社会科学肩负着回答时代命题、规划未来道路的使命。当前中央对哲学社会科学越发重视，尤其是提出要发挥哲学社会科学在治国理政、提高改革决策水平、推进国家治理体系和治理能力现代化中的作用。从 2015 年开始，中央已启动了国家高端智库的建设，这对哲学社会科学博士后工作提出了更高的针对性要求，也为哲学社会科学博士后研究提供了更为广阔的应用空间。《文库》依托中国社会科学院，面向全国哲学社会科学领域博士后科研流动站、工作站的博士后征集优秀成果，入选出版的著作也代表了哲学社会科学博士后最高的学术研究水平。因此，要善于把中国社会科学院服务党和国家决策的大智库功能与《文库》的小智库功能结合起来，进而以智库意识推动品牌意识建设，最终树立《文库》的智库意识和品牌意识。

第三，积极推动中国特色哲学社会科学学术体系和话语体系建设。改革开放 30 多年来，我国在经济建设、政治建设、文化建设、社会建设、生态文明建设和党的建设各个领域都取得了举世瞩目的成就，比历史上任何时期都更接近中华民族伟大复兴的目标。但正如习近平总书记所指出的那样：在解读中国实践、构建中国理论上，我们应该最有发言权，但实际上我国哲学社会科学在国际上的声音还比较小，还处于有理说不出、说了传不开的境地。这里问题的实质，就是中国特色、中国特质的哲学社会科学学术体系和话语体系的缺失和建设问题。具有中国特色、中国特质的学术体系和话语体系必然是由具有中国特色、中国特质的概念、范畴和学科等组成。这一切不是凭空想象得来的，而是在中国化的马克思主义指导下，在参考我们民族特质、历史智慧的基础上再创造出来的。在这一过程中，积极吸纳儒、释、道、墨、名、法、农、杂、兵等各家学说的精髓，无疑是保持中国特色、中国特质的重要保证。换言之，不能站在历史、文化虚无主义立场搞研究。要通过《文库》积极引导哲学社会科学博士后研究人员：一方面，要积极吸收古今中外各种学术资源，坚持古为今用、洋为中用。另一方面，要以中国自己的实践为研究定位，围绕中国自己的问题，坚持问题导向，努力探索具备中国特色、中国特质的概念、范畴与理论体系，在体现继承性和民族性，体现原创性和时代性，体现系统性和专业性方面，不断加强和深化中国特色学术体系和话语体系建设。

新形势下，我国哲学社会科学地位更加重要、任务更加繁重。衷心希望广大哲学社会科学博士后工作者和博士后们，以《文库》系列著作的出版为契机，以习近平总书记在全国哲学社会科学座谈会上的讲话为根本遵循，将自身的研究工作与时代的需求结合起来，将自身的研究工作与国家和人民的召唤结合起来，以深厚的学识修养赢得尊重，以高尚的人格魅力引领风气，在为祖国、为人民立德立功立言中，在实现中华民族伟大复兴中国梦征程中，成就自我、实现价值。

是为序。

中国社会科学院副院长
中国社会科学院博士后管理委员会主任
2016 年 12 月 1 日

序　自律与开放的文学研究

李继凯

　　和其他人文哲社学科一样，中国现当代文学学科的发展壮大，也受益于 20 世纪 70 年代末开始的那场波涛汹涌的改革开放大潮和文化磨合思潮。政治的改革开放和文化的反思求索，激活并赋予了社会文化多方面的潜力和动能，推动了人文哲学社会诸学科在古今中西不同文化资源滋养下快速发展。而政治、社会开放的引领，有力地推动了各个不同学科自律、开放的现代研究方向的生成。

　　自律在于，改革再启的人文新思潮，使各学科不同程度上接受着西方现代文化的驱引，各学科内部的自律意识越来越严。人文哲学社会不同学科以多种途径、方式为自己学科立法，形成了不同条块的学术区域，学科划分越来越严，学科之间沟壑纵横。诚然如此，"学科"范畴本身就有着体系完备、界限明确的现代要求，自律的学科体系营造了各学科独特的话语空间，建构起具有现代功能的学科向度。中国现当代文学学科亦是如此，40 多年来，不同代际学人披荆斩棘，使中国现当代文学学科逐步生长壮大辽阔起来，形成了与古代文学等其他老学科挺胸并肩的以"大现代"为主要特色的一个学科。在自律的现代学科法则下，现当代文学有关的教育体系、学术媒介、研究内容、角度方法等日渐明晰，学科的边界、历史的向度、批评的经纬、审美的内化都已成为学科自律的内在要求。

　　自律式趋向推动中国现当代文学学科稳步健行，在学科之林中劲秀挺拔，无论是研究内容的拓展、相关成果的出新，还是学科教育的体系化、学科梯队的完型，本学科都不弱于相邻学科。而且，较之其他学科，本学科还以同步时代的"现代""当代"特质，引领社会文化风向，凸显了一种思想先锋性、文化前沿性，同时又不失其对历史文脉、传统底蕴的深层追问。先锋意识使本学科能与时代同构，及时介入社会政治文化思想行动中，近 40 年来的众多社会文化思潮背后都有文学的切近呼应，从"伤痕"

思潮到先锋思潮，到20世纪90年代消费思潮、新世纪底层思潮等，文学无不与时代即时共鸣。

近40年社会发展的重要动力无疑在于改革开放，与此相应，中国现当代文学学科先锋前沿的动力来源也在于其开放性。在自律内倾性的学科发展尺度上，现当代文学学科向着社会政治经济、古今中西诸多领域不断开放，吸纳各种有益的艺术、思想资源，化成学科发展新动力；学科开放也使其不断扫描古今中西不同文化、文本，使被历史遮蔽的一批作家、文本重新焕发时代新光泽。20世纪80年代起，不论大小或边缘作家，还是不同量级的文学文本，一再被发现或重新解读，其中渗透的历史与审美、思想与艺术等问题都成为学科自觉（也是文学自觉）的新起点，并直接伴随近40年来文学文化的发展，不同程度上强化了本学科的自律性。由此可说，开放视野强化了本学科的思想先锋性，开放视野与先锋特性构成两位一体的学科自律发展框架，使本学科与20世纪中国社会文化彼此互动频繁、交织发展。

因此，开放性是中国现当代文学学科的重要特质。20世纪80年代以来，尽管不同代际的现当代学人存在着思想资源、文化修养、经验经历等诸多差别，但他们都能保持一种学科开放意识。他们张开胸怀，在学科视野上，向西方文学、出版传媒、女性文化、社会经济、影视音乐等其他领域和学科不断敞开，这种敞开在不同层面上催生新的学科生长点，形成了现当代文学不同的研究路向，又反过来促使本学科能够与社会文化及时呼吸、共振。在一代代学人爬梳探究、开放探索中，这些学科交叉融合，新的研究路向不断拓展延伸，是现当代文学学科富于旺盛生命力的重要可能。可以说，学科开放带来的学科交叉互动是本学科发展不可忽视的一维，借助其他学科视角反观审视乃至重构本学科，就具有学科边界拓展的新可能。现当代文学与美术学科的交叉互动，就是这种学科开放、新视角介入发展的一个例证。

古典文化视野中，文学与美术有着审美乃至意识形态的同一性。新文学诞生的起点其实与美术息息相关，晚清画报本身就集合着文学的现代意识与美术的现代视觉，美术革命与文学革命基本同步。只是在学科自律发展道路上，美术与文学渐行渐远，直至2011年，美术被纳入艺术学科独立于文学之外，宣告美术与文学成功分家。尽管这种分隔有学科自觉的价值，但在21世纪以来的文化语境中，电子传媒的发展、读图文化的盛行、影视艺术的进击，都使以视觉为审美感官对象的美术学科不断扩展边界，也悄悄解构着文学对社会现实的介入深度。那么，作为思想先锋与审美自觉的现当代文学难道不应该反过来审视原本属于自己羽翼之下的美术学科？难道不可以再度向美术学科开放？难道不能够在研究、批评与创作不同层面上介入美术学科？出于这一思考，笔者近年来对书法文化与中国现当代文学相关问题作了一些探讨，带领我的博硕士学生做了一些专题，出版了相关著作，发表了一系列论文，旨在通过书法等美术学科的介入，重审现当代文学的一些问题，期待能以书法文化意识、美术视觉思维、图像直觉审美等不同资源，建构更新维度的现当代文学学科，抑或是以开放的视野、自律的内化，推动现当代文学学科发展的可能尝试。

　　《审美的他者——20世纪中国作家美术思想研究》便是立足现当代文学学科自律视角，对美术学科进行多元开放的一次有益实践。该著是在笔者指导的博士学位论文基础上认真修订的。记得选题之初，李徽昭面临着不少困惑，其中一点便是对研究对象与范围的迷茫。文学与美术彼此关联交叉是显而易见的，如何界定范畴、如何介入美术，如何回归本学科、强化本学科的学科自律，其实有相当难度。好在平时接触中，我发现他对文学是由衷的切近（就我所知，他一直在行政管理岗位，出于兴趣，由硕而博，撰写、刊发了不少专业文章，这些都与职称、职级保持着相对疏远的距离），对艺术有一定的敏感，个人兴趣气质也濡染着一些艺术性（他也喜爱书法，读博前后的来信可见流畅字迹）。这些年来，众所周知，我们的读博意愿、博士培养等，多多少少沾染了些许权气铜味，一定程度上伤害到学科的发展。值得思考的是，在学科教育中，如何确定合适选题？如何认识并规避现实的诸多影响？从研究生个人气质、前期兴趣、文化学养等出发，尝试新的学术选题，在此基础上，构筑学科史、研究主体、学术趋势、时代热点等多元互动与统一的学术研究，或许是一种可能。由此，我也就继续鼓励支持徽昭坚定这个选题，广泛涉猎资料，历经三年多，终于完成体量不薄、视角新颖、内容丰赡、多受好评的博士学位论文，顺利取得博士学位，并先后获得了校级、省级优秀博士学位论文以及省级研究生创新成果奖等不同荣誉。

　　这部著作论述对象看似是与文学好像没有关联的美术观念，是视觉感官层面的书画艺术，但作者恰在中国传统文化与西方现代审美交汇点上，透视了20世纪文学与美术交叉互动的思想文化潮流。该著从宏观与微观、群体与个体等多维度寻觅现当代作家、文学与美术的多重关联,在审美现代性思维中透视 20 世纪中国作家有关美术的论述,由此反观映照现当代文学学科内部的不同审美资源。比较突出的是,该著能结合现当代经典作家和文本,从中西古今不同层面对绘画留白等美术观念进行透视阐释,提出了现当代小说留白艺术观,不仅丰富了现当代小说艺术,印证着现当代文学面向世界的文化主体性建构,也无疑深化、强化了现当代文学学科的自律性建设。

学科自律意识使该著能够立足文学来扫描美术,由美术而回馈文学,形成了一种他者化的审美视角。不断往还的他者视角使该研究显示出相对自觉的学科自律意识,这是该研究的起点,也是归宿所在。从该著可以明显看到,在 20 世纪中国现代文化发展中,现当代作家在文学外还有着多重的文化贡献,他们关注、介入并论述了中国书画、木刻碑刻等中国传统美术类型(他们也关注与论述西方美术,但多将其作为比较审视对象)。具有人文精神特质的中国传统美术给予现当代作家不同的审美资源,通过书法、绘画、木刻、碑刻等传统美术的介入与审美迁移,现当代作家从文化精神、审美意识等角度,进行不同的思考与言说,在审美意识与思维上不断更新,将之内化、渗透到文学创造中,以此驱动新文学的审美创造。由此,20 世纪中国作家从文化精神、审美意识等角度阐发的美术观点、观念,与新文学观念及其实践形成了互为渗透与影响的多元关联,与社会文化、艺术思潮构成了审美意识共通而又有所差异的张力关系。该著认识到,20 世纪中国作家通过对美术(以中国书画等传统美术为核心)的介入、思考,推动了新文学的变革发展,既显示出中华优秀传统文化对现当代作家的内在影响,也可见现当代文学因传统美术审美意识介入而呈现的文化主体性,这或是新文学主体性建构的有效来源之一,彰显了中国现当代文学的文化自信。

需要注意的是,该著从学科自律视角出发,对作家书画艺术观念进行了他者化的审美扫描,这种扫描建立在多种研究方法开放式介入的技术创新上。从该著可见,在文学与美术不同的感官思维中,李徽昭能以比较方法分析研究对象特殊性,以系统统观方法审视其普遍性,比较和系统统观交叉介入,以此解读文学、美术的审美与文化特质,辨析作家美术观与文学观、语言思维与图像思维、审美意识与形式语言的联系与区别,探究文学、美术的交叉互动及影响关系。他还运用图像学、美术史、思想史等有效的跨学科视野，解读与中国现当代作家及文学文本具体相关的美术作品，考察美术作品的题材、形式与文化内容，探究美术视觉图像主题、形式等与现当代作家及文学文本的内在关系，由此在大文艺坐标中审视了现当代作家的美术论述，呈现出美术观念与文学变革及时代的多元关联。这是现当代文学学科开放式发展的应有之义，也是学科新的生长点生成的有益尝试。

应该说，李徽昭的这一研究拓宽了现当代文学的学科边界。通过宏观视角对 20 世纪中国作家美术思想的解读，该著审视了学科互动背后的思想文化观念与艺术本质，超越了以往那种纯粹文学本位的现当代文学研究模式。在观照不同美术观念与文本基础上，挖掘美术观念与文学思潮、文本及作家的关联性，建构起一种学科互动维度上的现当代文学研究方式。这种开放研究的他者化视野，映照出美术与作家及文学文本的多元关系，既深化美术关联的现当代文学审美认知，也呈现文学、美术联动对 21 世纪文学发展的多元意义。

或可明显看出，《审美的他者——20 世纪中国作家美术思想研究》践行的正是自律与开放交叉互动的学科意识。开放的学科思维为本学科建构提供了不同的探触点，推动研究者在多维框架中建构学科新意识，新意识生成便是学科自律的深化，也是学科研究的归宿之一。开放由此成为学科自律的可能途径，也是现当代文学学科保持先锋性的可能姿态。因此，没有学科开放视野，我们就难以发现传统书画、西方美术等在现当代作家艺术生活及其文本中的不同体现。不正视作家的美术面向，不审视这样一种对审美现代性有着叛逆性的审美反刍现象，也就难以发现现当代文学的另一面向，也势必影响现当代文学学科的行健步远。

当然，任何论题论域都有多元开放的可能。尽管这部著作能截取典型作家群体与个体，能考虑作家美术论述是否典型、与文学关联度如何，并能进行区别分析。倘若深化到全面系统的有关 20 世纪中国作家的美术思想观念，还有创造社群体的美术关联和美术观念，张爱玲、施蛰存等海派作家的美术观念，以及众多有关美术叙事的文学文本，都还可进一步深化探究。不过，任何研究都是有限度的，该作体量已不薄，我们应该注意到的是，从本研究起，李徽昭由文学而美术，在审美他者化的不断往还中，不断寻找着学科交叉研究新思路，向其他研究领域不断延伸掘进。博士学位论文答辩后，他旋即进入复旦大学中文博士后流动站，继续围绕现当代文学与美术的学科交叉地带进行更深入的研究，并先后获得国家社科基金、中国博士后基金等资助项目，显示出开放与自律张力中的学术交叉研究新可能。

我相信，李徽昭当会沿着这部著作开启的思路与方法继续前行；我期待，由这本著作、这个论题开始，能有更多的研究者关注与介入文学、美术学科交叉新地带；我也祝愿，通过开放与自律的多学科互动，现当代文学学科将会搭建起更多更好的学术新平台。

是为序。

2019 年 4 月 29 日

摘　要

　　"诗书画的同一性"是中国传统文化的重要特征，受此潜在影响，20世纪以来，中国作家以不同方式关注、介入并思考着传统书画、民间美术、西方绘画，提出了诸多值得探究的观点与见解。本书在大文化、大艺术坐标中，解读了20世纪中国作家以不同形式、从不同角度提出的美术论述，审视了现当代作家美术思想与文学观念、文学文本的复杂关联，由此挖掘文学、美术会通的传统思想文化资源，彰显中国现当代文学的文化自信。

　　本书主体由三部分构成。

　　第一，20世纪中国作家美术思想的宏观思潮背景。20世纪中国文学与美术有着审美文化共通的思潮背景。"文学革命""美术革命"共同抨击旧文艺，开启了文学、美术现代发展的科学写实新空间。随后1927年至1976年，受社会政治与文化变革多重因素影响，文学与美术协同并进，呈现出工具化、大众化的宏观思潮主线。20世纪80年代文化变革加速，文学与美术共同介入"伤痕"、"寻根"、先锋等思潮，审美意识逐渐转换。20世纪末，文学与美术通过关注日常生活不断实现艺术跨界，在分析其现象、缘由、趋势基础上，指出审美化主潮及其对21世纪文艺发展的影响。

　　第二，20世纪中国作家美术思想的群体、个体及美术类型呈现。20世纪中国作家对美术有着不同介入和思考，就作家层面看，既有群体面向，也有个体审视；美术类型论述上，既对木刻等有所关注，也对中国传统书画进行了诸多观照与思考。

　　作家群体主要选择了美术论述较多、阐释余地较大的新月派诗歌群体来解读。在解析新月派共同的美术兴趣及其与传统书画相关联的基础上，审视新月派诗歌实践与诗学观念的美术影响，具体探讨新月派核心人物闻一多、徐志摩的美术观，指出二人批判性审视西方美术，观念逐渐趋向传统。

作家个体主要选择了介入美术较深、影响较大的典型作家来论述，主要有鲁迅、沈从文。探讨鲁迅与沈从文在绘画经历、书法风格、美术兴趣上的差异，分析二人美术趣味、审美意识的不同及其与文学审美的内在关系。鲁迅、沈从文都关注木刻艺术，并就木刻艺术的地方色彩等问题进行了论述，二人观点同中有异，但在木刻艺术发展上，鲁迅比沈从文要乐观。

在具体美术类型阐释上，主要选择作家介入较多、与文学关联紧密的传统绘画和书法来分别解读。首先，审视20世纪中国作家的传统绘画观。结合中国书画传统及其现代境遇，提出作家书画类型独立论，由此观照作家书画的人文精神与审美意义。梳理丰子恺、汪曾祺、贾平凹等人立足绘画实践提出的传统绘画及其文学关联的系列观点，探讨现当代作家传统绘画观及其与文学审美共通、文化取向相近的现代意义。其次，通过分析当代职业书法过度艺术化、艺术精神缺失的状况，提出作家文化书法的意义，进而对出生于不同时期的当代作家不同的书法文化观进行解读。当代前辈作家多有旧学修养，书法观大多贴切地触及传统文化，1949年之后出生的作家，多从艺术审美、文化修为等视角谈论书法，显示出作家书法艺术视野的内在差异。但与职业书法过于重视技巧技法不同的是，现当代作家均强调书法创作与精神文化、个体修养的关系，体现出书法的人文精神特质。

第三，20世纪中国作家美术思想与文学文本的多元关联。 20世纪中国作家美术思想与文学文本的题材内容、审美意识等有着不同关联。首先，解读小说的美术书写及其思想意识。提出美术书写也是一种美术思想，并分别解读丁玲《梦珂》、伤痕小说、汪曾祺与贾平凹小说的美术书写。这些美术书写紧扣时代，美术家形象、绘画作品、美术背景等呈现出不同的思想趋向，投射出作家对美术与时代密切相关的敏锐把握。美术在承担不同叙事功能的同时，也寄寓了现当代作家以美术书写介入时代的深层意识。其次，归纳阐释留白、地方色彩等美术观及其文学实践。论述小说创作的结构形式、人物情节、刹住结尾三种留白方式，提出地方色彩的风景风俗、方言运用、形式技巧三种文学形态，指出留白与地方色彩范畴的实践意义及文化主体性建构的可能。

总体而言，本书从审美他者化的视角出发，由美术介入文学研究，用文学思维透视 20 世纪中国作家零散驳杂的美术思想，努力使作家群体、个体及不同美术类型相结合，文学文本与美术观念相勾连，文学思潮与美术实践相联动，以图像学、美学、美术史、思想史多学科综合介入，以多角度观照的交叉互动方式，审视新文学观念与美术思想互为渗透与影响的艺术现象，梳理了一百多年来中国文学、美术协同发展的历史经验，为现当代文学与美术学科交叉研究提供了新的学术生长点。

Abstract

As a historical tradition, "The identity of poetry, calligraphy and painting" is an important feature of Chinese culture, and has potentially influenced by it. Since the 20th century, Chinese writers have, in various ways, paid attention to, intervened in and thought about traditional calligraphy and painting, folk art and Western painting in different ways, and put forward many views and opinions worth exploring. In the coordinates of massive culture and massive art, this book has interpreted the artistic discourse put forward by Chinese writers in the 20th century in different forms and from different angles, examined the complex relationship between modern and contemporary writers' artistic ideas, literary concepts and literary texts, and thus excavated the traditional ideological and cultural resources of literature and fine arts convergence, and highlighted cultural self-confidence of the modern and contemporary Chinese literature.

The main body of the book is composed of three parts:

Ⅰ. The macro-ideological background of Chinese writers' art thoughts in the 20th century

Chinese literature and art in the 20th century shared the same ideological background of aesthetic culture. The May 4th Movement, the Literary Revolution and the Art Revolution jointly attacked the old literature and art, and initiated a new space for scientific realism in the modern development of literature and art. Afterwards, from 1927 to 1976, influenced by multiple factors of social, political and cultural changes, literature and art developed hand in hand, and presented a macro trend of thought of instrumentation and popularization. In the 1980s, cultural changes accelerated. Literature and art jointly intervened in such ideological trends as scars, roots and vanguards, and aesthetic consciousness gradually changed. At the end of the 20th century, literature and art continuously realized the cross-border of art by paying attention to daily life. On the basis of analyzing its phenomena, causes and trends, this book has pointed out the main trend of aesthetic and its influence on the development of literature and art in the new century.

Ⅱ. The Group, Individual and Art Type Presentation of Chinese Writers' Art Thoughts in the 20th Century

Chinese writers in the 20th century had different involvement and thinking about art. From the writers' level, there were both group-oriented and individual-oriented examinations. On the discussion of art types, they not only paid attention to woodcut, but also gave a lot of consideration and thinking to Chinese traditional painting and calligraphy from a multi-dimensional perspective.

From the level of writers' group, They mainly chose the crescent poetry group, which has more artistic expositions and more explanatory space, to interpret. On the basis of analyzing the common interest of the Crescent School in art and the relationship between traditional painting and calligraphy, this book examined the artistic influence of the crescent school's poetry practice and poetic concepts, and explored specifically the artistic views of Wen Yiduo and Xu Zhimo, the core figures of the crescent school. They have critically examined western art, and their concepts gradually tended to be traditional.

From the individual point of view, the writer mainly chose typical writers who were deeply involved in fine arts and had great influence to discuss. From the perspective of art, Lu Xun and Shen Congwen were compared and interpreted. This book probed into the differences between Lu Xun and Shen Congwen in painting experience, calligraphy style and art interest, and analyzed the differences in their art interests, aesthetic consciousness and their internal relationship with literary aesthetics. Lu Xun and Shen Congwen both paid attention to woodcut art and discussed the local color of woodcut art. They had different views. In the development of woodcut art, Lu Xun was more optimistic than Shen Congwen.

As for the interpretation of specific art types, Chinese painting and calligraphy, which were closely related to literature, were mainly chosen to be interpreted by writers. Firstly, it examined the traditional painting views of Chinese writers in the 20th century. Combining with the tradition of Chinese painting and calligraphy and its modern situation, this paper put forward the theory of the type independence of the writer's painting and calligraphy, from which we could see the humanistic spirit orientation and aesthetic significance of the writer's painting and calligraphy. This paper combed a series of viewpoints on traditional painting and its literary relevance put forward by Feng Zikai, Wang Zengqi and Jia Pingwa. Based on their painting practice, it probed into the modern significance of the traditional painting view of modern and contemporary writers and its common aesthetic and cultural orientation. Secondly, through the analysis of the excessive artistry of contemporary professional calligraphy and the lack of artistic spirit, this paper put forward the significance of writers' cultural calligraphy, and then interpreted the different cultural views of contemporary writers born in different periods. Most of the contemporary writers had the old learning accomplishment, and most of their views on calligraphy touched on the traditional culture. The writers born after 1949 mostly talked about calligraphy from the perspective of artistic aesthetics and cultural cultivation, which showed the inherent differences in the writers' vision of calligraphy art. However, unlike professional calligraphy, which attached too much importance to skills and techniques, contemporary and contemporary writers emphasized the relationship between calligraphy creation and spiritual culture and individual accomplishment, reflecting the humanistic spirit of calligraphy.

Ⅲ. The Multiple Relations between Chinese Writers' Artistic Thought and Literary Texts in the 20th Century

In the 20th century, Chinese writers' artistic thoughts had different relations with the subject matter and aesthetic thinking of literary texts. Firstly, the artistic writing and ideology of the novel were interpreted. It pointed out that art writing was also a kind of art thought. It interpreted Ding Ling's *Mengke*, scar novel, Wang Zengqi and Jia Pingwa's novel respectively. These artistic writings were closely related to the times. Artists' images, paintings and artistic backgrounds showed different ideological trends, projecting writers' keen entry into the relationship between art and the times. While taking on different narrative functions, art also embodied the deep consciousness of modern and contemporary writers to intervene in the times with art writing. Secondly, it summarized and explained the artistic concepts of blank space and local color and their literary practice. This book discussed the three ways of blank-leaving in novel creation: structure form, character plot and brake-end. It also put forward three literary forms of local color: landscape custom, dialect application and form skill. Finally, it pointed out the practical meaning of blank-keeping and local color category and the possibility of constructing the subjectivity of meaning and culture.

Generally speaking, from the perspective of aesthetic otherness, the book involved art in literary research and used literary thinking to perspective the scattered and confused artistic ideas of Chinese writers in the 20th century. It strove to combine writers' groups, individuals and different types of art to connect literary texts with artistic concepts, and to link literary trends of thought with artistic practice. With the comprehensive involvement of multi-disciplines of iconography, aesthetics, history of fine arts and history of ideology, and the way of cross-interaction between comparison and systematic view, this book examined the artistic phenomena in which new literary concepts and art ideas interacted and influenced each other, and combed the historical experience of the coordinated development of Chinese literature and art for more than a hundred years. To serve modern and contemporary literature interdisciplinary research with fine arts, this book has provided a new academic growth point.

目　录

Contents

绪论 20世纪中国作家与美术的相遇

  20世纪前，现代意义上的"文学"与"美术"概念尚未成形，作为职业的"作家""美术家"面目也多模糊不清。20世纪初，在各种革命及思潮推动下，尤其是五四运动前后，西方及日本外来文化裹挟着各种新思想、新观念进入中国，几经周折，"文学"与"美术"概念携带着传统中国文化的不同印记，以现代文化的新面目辗转迈入中国。随着"文学"与"美术"的现代演进，"作家""美术家"也开始向独立的职业与社会群体方向发展。经历20世纪"文学"与"美术"等不同思潮的洗礼，在现代分析哲学发展、科学分析意识增强及对现代性的不断追逐中，"作家""美术家"似乎日渐疏远，"文学"与"美术"也在不同的文化轨道上滑行，各自拥有了相对独立的创作、研究群体和学科体系，学院教育和社会文化体系中的"文学""美术"也承担着不同的文化职能。

  不可回避的是，中国士大夫文化传统以及古典文化精神在"文学""美术"的现代发展与演进中依然存留着一定的文化血脉，中国古典文化中的"文人书画"及其包蕴的"儒释道"思想仍潜在滋润着中国现当代（即"大现代"）文学。同时，美术范畴下的"国画""书法""雕刻""连环画"等艺术门类也承受着文学的润泽，并受到各种文学思潮的影响。而且，"在人类源头的史前史，图像可能是语言，或者说它曾经就是语言"[1]。从文化发展演进的历史源头看，美术图像与文学语言认知有其共通性，"文学"与"美术"都共同探寻"真、善、美"，具有共通的审美表意实践性。作为人类认知世界的重要方式，文字与图像的艺术语言在形象化、隐喻化等社会表意功能上也有不少相通之处。于是，20世纪以来，一批现

---

[1] 蒋原伦：《图像/图符修辞》，《文艺研究》2009年第10期。

当代作家与美术相遇，在不同程度上关注、介入到美术活动中，呈现出独特的美术面向，并以不同视角、不同方式言说着传统书画、民间美术、西方美术①等，形成了值得梳理与探究的美术思想。

一 "文学""美术"的交融与分立

中国现代意义上的"文学"与"美术"概念成形较晚，五四运动前后，随着西方各种新思潮进入中国，"文学"与"美术"概念开始出现，并在一定范围内进行了探讨与使用。此前，古典意义上的"文学"主要是"'文章'和'学术'的合称，前者指写作，后者指对经典文献的研究，因为都以语言文字为载体，故而都是关于'文'的学问和技能"②。随着西方文化不断进入新旧交替间的中国，对现代文化的渴求与现代文化对旧观念、旧文化的冲击，使文学逐步走向自律，"文学"概念向狭义方向转化，应用文等逐渐被清理出文学门户。随着20世纪初民族危机及救亡思潮的迫近，世纪之交许多前辈学人的不断思考、探究与清理着文学范畴，魏源、王国维、陈独秀、蔡元培、鲁迅、胡适、钱玄同、刘半农、周作人等都对此阐发过不同见解。他们有关文学的观点有同有异，一个主要趋向是从文体、功能、性质等方面逐渐形成了具有现代性质的"文学"观念，使文学成为独立的文化部类，包含了小说、诗歌、散文、戏剧四大形态，并确立了与其他文化部类不同的文化价值。现代意义上的"文学"观念在确立过程中，也经历着复杂文化环境的淘洗与冲撞，在性质和功能上，审美价值与教化功能此消彼长，构成了立足本土文化特点的现代中国"文学"观。

在现代"文学"概念确立过程中，"美术"概念与其相互交融。例如，王国维认为，"文学"是隶属于"美术"的，"美术中以诗歌、戏曲、小说为其顶点"。③ 王国维主要将"美术"当作"艺术"或"艺术表现"范

---

① 美术是现代学科体系中的艺术部类之一，就中国现代美术而言，一般认为包含传统书画、民间美术、西方美术三类艺术形式，三类艺术形式内部又有各自细分，如传统书画主要包含书法、山水与花鸟等国画，民间美术包含了木刻、金石碑刻、连环画、剪纸及其他多种类型，西方美术则包含了水彩画、油画、雕塑等。

② 马睿：《中国现代文学史上的"文学"》，《江汉论坛》2007年第9期。

③ 王国维：《王国维学术经典》，江西人民出版社1997年版，第49—72页。

畴来使用，突出的是"文学"的审美特质，文学则因此纳入其下。① 20 世纪早期，"美术"主要是对西方 Fine Arts 的翻译，以此对审美与中国古代文化中的载道、教化等政治功能作了区分，突出了审美独立。早期"美术"概念大致与"艺术"相通，涵盖了绘画、雕塑、文学、音乐等各种现代文化艺术门类。因此，"在使用'美术'一词时，一般都明确把文学归为'美术'之一种，从而把文学从与经史一体化的关系——'枝条经典'、'补史之阙'——之中剥离出来。这种剥离，导致中国知识界对文学的性质和范围产生新的认知：文学既然属于美术，那么审美体验才是它的最高追求，而具有审美价值的文本，才称得上是文学"②，也就是今日"纯文学"所推崇的审美独立性。

在"文学""美术"概念相互交融中，我们看到 20 世纪初现代"文学"观念确立的难度，以及现代"文学"从中国古代及西方文化中分流而化的审美趋向。可以说，受日本转手的西方文化影响，在 20 世纪初"美术"与"文学"概念的交融中，教化、工具等传统文艺"载道"的工具功能开始受到一定质疑，审美逐渐成为现代"文学"与"美术"共同的文化取向。由此，趋向新文化新文学的新文人认为，文学之所以为"文学"，其在审美性质上应该与现代"美术"的性质与功能是一致的，对于美的感悟、体验是"文学"与"美术"共同的现代任务。这也是现代中国作家与美术结下情缘的出发点。

与"文学"概念源于中国传统文化有所不同，"美术"是外来词，如鲁迅所说："美术为词，中国古所不道。"③ 这一概念在中国流传使用带有明显的西方文化旅行印记。19 世纪末，"美术"一词在日本得到社会各阶层大致的接受和确定，与"艺术"有相近含义，经陈师曾、李叔同等留日学生转引使用，传入中国。在由 20 世纪初"南洋劝业博览会"（1909）、"上海图画美术院"（1912）、北京政府教育部"美术调查处"（1912）等不同机构介入，以及江丹书《美术史》（1917）、《中华美术报》（1918）等媒介刊行与传播④，"美术"一词大致确立其现代含义，逐步与"艺术"概念分立，向视觉艺术方向发展，并逐渐确立了自己的艺术形态

① 陈振濂：《"美术"语源考——"美术"译语引进史研究》，《美术研究》2003 年第 4 期。

② 马睿：《中国现代文学史上的"文学"》，《江汉论坛》2007 年第 9 期。

③ 鲁迅：《拟播布美术意见书》，《鲁迅全集》第 8 卷，人民文学出版社 2005 年版，第 50 页。

④ 陈振濂：《"美术"语源考（续）——"美术"译语引进史研究》，《美术研究》2004 年第 1 期。

与边界，成为界限相对分明的艺术部类。在前述文学与美术的现代概念逐渐确立基础上，经由《新青年》号召，"文学革命""美术革命"于1917年与1918年分别兴起。在对现代文化的追逐中，"文学"与"美术"① 不仅确立了自己的现代内涵，也共同领立潮头，成为中国现代思想文化变革的先驱。

文学与美术以不同语言、形式表达对世界与生活的认识、感受。在现代意义上，美术是视觉（空间）艺术，文学是语言（时间）艺术，从《辞海》解释来看，二者共通之处在于都是社会意识形态之一。② 美术"从原始时代便发展成一种最普通的艺术"，主要"以特具的形与色，诉诸视觉，通过眼睛进入人们的心灵"③。当下的美术范畴主要指造型艺术，大致包含"绘画、书法、雕塑、建筑、工艺、摄影"六类。先秦时期，文学是哲学、历史、文学等书面著作的统称。现代意义中的文学，则专指用语言塑造形象以反映社会生活，表达作者思想感情的艺术。文学依赖于文字表达，故又称"语言艺术"。④ 文学、美术的媒介方式有所不同，在思维与表达方式上也有一定区别，尤其是"'美术'这个词从西方通过日本纳入中国语言之后，它马上给艺术创作规定了一套新的规则和目的"⑤，在"新的规则和目的"指引下，文学和美术逐步趋向专业化，各自形成了相对独立的一套表达方式和话语体系。

在审美现代性及现代文化演进中，文学与美术的现代发展逐渐形成了

① 本书所用"文学""美术"以现代学科体系确立的概念为准，文学主要包含了"小说、诗歌、散文、戏剧"四类，美术包含"绘画、书法、雕塑、建筑、工艺、摄影"六类。按照现代美术学科体系，木刻、画像石、连环画、碑刻等均属于美术部类，后文所用"美术"范畴当然包含木刻、画像石、连环画、碑刻等一系列美术部类，不再分别说明。但为了区别西方现代美术体系与中国本土美术传统的差异，文中以传统书画、西方美术指涉某些现象是为了本书分析某些现象的方便。"传统绘画"或"传统书画"主要指书法、山水与花鸟等水墨宣纸为媒介的中国书画艺术，尽管这些艺术门类属于现代学科体系中的美术部类，但与中国传统文化有着割舍不断的内在思想与文化关联，尤其与中国作家具有天然而内在的文化亲缘性。文中"西方美术"指的是与传统书画相对的具有现代视觉意义的西方油画、水彩画、雕塑、工艺美术设计等西方现代美术类型。
② 这一界定多有马克思主义理论的影响，但也表明了在社会文化形态上，文学与美术具有的共性特质。
③ 张道一：《艺术与人生》，《张道一选集》，东南大学出版社2009年版，第7页。
④ 《辞海》，上海辞书出版社1979年版，第1980页。
⑤ ［美］巫鸿：《美术史十议》，生活·读书·新知三联书店2008年版，第4页。

专业鸿沟，如以图像形式传达个人意识的美术家，对美术形式语言有相对执着的自信，他们对文学或其他艺术表达方式或许不信任。美国画家兼美术理论学者布朗、科赞尼克指出："对词语的不信任已是美术界长久以来的习俗。达·芬奇曾粗暴地向诗人挑战，声称无人敢在画家绘制的一个女郎的肖像旁用语言对她的美貌加以再描写。"① 这反映了不同文学、美术间存在着现代学科自律下的偏见与误解。由此来看，现代作家，尤其是20世纪后半叶出生成长的作家疏远美术具有现代合法性，文学界逐渐疏远现代美术是文学自律的一种自觉表现。面对现代学科不同的话语体系，在审美现代性规约下，多数作家对现代美术（尤其是西方油画、水彩画等）保持敬而远之的距离感，在教育、学科、传媒等不同话语体系中，文学与美术专业隔阂日益加深。

实际上，文学与美术有着内在多元的文化关联。原始意义上，文字与图像是人类最早出现的记录社会变化与演进的最重要也是最基本的形式。3世纪，卫操说"刊石纪工，图像存形"（《桓帝功德颂碑》），把图像和文字共同当作记录现实的基本手段。在中国古典美术发展中，文人的参与使中国传统绘画显示出强烈的文学性，题画诗与画面相映成趣，图文互补与诗、书、画、印构成了中国绘画与文学协同互进的文化特色。元代文人书画鼎盛时代，"文人鲜有不会作画者"，"几乎所有的作家都有题画、议画、论画的诗文存世。没有任何一个时代像元代那样，诗人、文人和画家关系那样紧密"②。中国古代"诗书画"创作主体同一主要建基于审美认同及文人的自我心性表达。现代语境下，随着民族文化危机迫近，单纯审美认同与个人心性表达很难再成为文学与美术单一的表意指向。20世纪初，现代"美术"概念进入中国，包括蔡元培、鲁迅等对现代美育、新兴美术的鼓吹与号召，实际与文学一样，都是"他们所倡导的现代化运动的一个组成部分，目的在于弘扬西学、改革陈规"③。和文学中的"小说"被鼓吹（如梁启超的小说救国论）一样，"美术"概念被引进的时候，便"有着明确的政治性和'现代性'"④。因此，从20世纪中国社会历史语境来看，文

---

① ［美］布朗、科赞尼克：《艺术创造与艺术教育》，马壮寰译，四川人民出版社2000年版，第6页。
② 陈传席：《中国绘画美学史》，人民美术出版社2009年版，第252页。
③ ［美］巫鸿：《美术史十议》，生活·读书·新知三联书店2008年版，第4页。
④ 同上书，第5页。

学与美术应该被赋予"救亡"与"启蒙"的双重责任，承担共同的现代任务，其主题内容、艺术形式都应该具有一定的教化工具功能。美术与文学一样，在"非艺术"的 20 世纪，独立自由的审美功能很难占据主流地位，在教化功能与工具意识上，20 世纪中国美术与文学具有共同的社会功能担当。

文学与美术除了具有共同的社会功能，还有其他交叉关联性。在艺术形式、思维特征、语言形式等方面，文学与美术有不少相通之处，如多运用象征、隐喻等表达手法，都具有审美性，都把抽象的概念以一种容易理解的方式表达出来。① 另外，在分类学上，西方将文学与美术都归入艺术范畴下，艺术八门的第一门便是文学。② 而人类学视野中的文学与美术也都属于大的艺术范畴③，都具有相同的艺术要素，比如"不管在诗歌、戏剧、雕塑还是绘画中，象征性和审美性经常都被看作艺术的必要因素"，艺术品都"带给我们美学意义上的愉悦，它们通过特有的意象运用手法，增强了我们对周围世界的感受"④。在此意义上，现代文学与美术的交叉互融具有合理性和正当性，20 世纪中国作家与美术结缘、相知，关注、思考、创作、阐述美术等，也便具有了值得审视与探究的学术价值。

二 现当代作家与美术的不同关联

20 世纪中国社会文化不断发展演进，文学与美术的专业界限得到确认，其现代范畴也逐渐清晰。依照韦伯所说，现代化的过程就是一个不断理性化的过程，"审美现代性作为一个文化范畴，不但体现为文化的事物和

---

① 参见张道一《深沉雄大的艺术——汉代石刻画像概说》，《张道一选集》，东南大学出版社 2009 年版，第 141 页。

② 张道一：《应该建立"艺术学"》，《张道一选集》，东南大学出版社 2009 年版，第 31 页。

③ 2011 年，中国有关主管部门将艺术从文学学科独立出来，成为与文学并列的第十三大学科门类，但文学与美术在社会功能、文化价值和审美意义上具有不少相同点，他们"同科学家一样通常把他们的投入同最初始的、前语言的东西联系在一起。他们的洞察越完美，他们就越觉得难以用语言表达"（［美］布朗、科赞尼克：《艺术创造与艺术教育》，马壮寰译，四川人民出版社 2000 年版，第 4 页）。笔者认可《辞海》对"艺术"的第一种注解：通过塑造形象具体地反映社会的生活、表现作者思想感情的一种社会意识形态。艺术起源于人类的社会劳动实践，是一定社会生活在人们头脑中的反映的产物——由于表现的手段和方式不同，艺术通常分为表演艺术（音乐、舞蹈）、造型艺术（绘画、雕塑）、语言艺术（文学）和综合艺术（戏剧、电影）（《辞海》，上海辞书出版社 1980 年版，第 550 页）。

④ ［英］莱顿：《艺术人类学》，李东晔、王红译，广西师范大学出版社 2009 年版，第 6 页。

社会的事物的分离，亦即审美——表现理性与认知——工具理性及道德——实践理性的分离，而且同时反映在艺术内部诸领域和类型的细分。"① 在传统中国向现代中国转换的同时，审美现代性要求专业分工越来越细，界限越来越分明，知识分子专业化、行业功能细分使各艺术门类逐渐独立。小说、散文、书法、绘画等按照审美现代性及理性化要求，各自形成了独立的艺术形式和细致的专业区分。作家、诗人、书法家、画家等现代身份也逐步职业化，现代社会中的作家、美术家开始隶属于不同专业圈子，各自有不同的传媒渠道、教育传统、学科体系、职业规则等。

"作家"身份的确立及其内涵，在不同时期存在一定区别。20 世纪初，现代意识开始觉醒，独立的作家身份尚未形成。如李欧梵所言，"在中国并没有单独的'作家'传统，直到'五四'新文学诞生，才有作家或者作者这个名称和职业——说是职业，也还要打个折扣，因为即使在'五四'时代的作家也是'两栖动物'，往往兼任教授或做出版社编辑之类的工作，很少有专业作家可以靠写作谋生计。"② 民国时期现代作家在学院、传媒、民间等领域从事着相对自由的文学活动。在社会责任担当外，这一时期作家可以有相对宽阔的空间进行相对自由的文学思考与书写。1949 年中华人民共和国建立，从事文学活动的作家逐渐被体制收编，作家身份的体制化、思想的规范化以及作家文化品格的去西方化，不仅使得当代文学形态的丰富性、复杂性被清理掉，作家也成为体制内单一的职业身份。③ 体制内的作家身份被规训的影响较大，直至 20 世纪 80 年代，"具有社会性、体制性、权威性、组织性等鲜明特征"，同时也"需要自我的认可与认同"的当代作家身份逐渐巩固确立。④ 通过细致地区别与体认可以发现，在 20 世纪中国社会文化发展史上，受个人出身、学习生活履历、时代思潮等多种影响，现当代作家的身份内涵、文化认同、文学取向、审美修养等均存在不少差异，不仅不同时代作家间有所不同，同时代作家间也有不小差异，因此，现代中国与美术相遇的途径与方式也有所不同。

从同为"书写者"而言，作家和书法家都是"书写行为"艺术化的实

---

① 周宪：《审美现代性批判》，商务印书馆 2005 年版，第 31 页。

② 范伯群：《中国现代通俗文学史（插图本）》，北京大学出版社 2007 年版，李欧梵序，第 1 页。

③ 戚学英：《从阶级规训到身份认同——建国初期作家身份的转换与当代文学的生成》，《中国文学研究》2008 年第 2 期。

④ 张永清：《改革开放 30 年作家身份的社会学透视》，《文学评论》2010 年第 1 期。

图绪-1　台静农画作

践者，都是中国传统国粹"书法文化"的继承者和弘扬者。尤其作家，作为"中国古今文学和文化之变的桥梁式人物，自小又受过书法文化的熏陶和教育，之后又没有放弃毛笔书写"①。因此，以毛笔书写为表征的中国传

———————

① 李继凯：《书法文化与中国现代作家》，《中国社会科学》2010 年第 4 期。

统文化成为现代作家深入思想、行为中的审美底色，这一审美底色的首要
因素是"文人性"。"'文人'可以衍变为作家，但含义更广，而且自古有
之。"① 与传统不同语境中，现代"文人性"的范畴界定与表述有多种。
在中国本土现代语境下，"文人性"具有相对于官僚、民间阶层文化的
"他者化"的文化特性，其具有相对独立的审美思维和人文关怀。现代文
人既与西方知识分子的社会承担有别，也不同于中国古代的"士大夫"，
他们既有现代意识，也热爱传统文化、富文化生活情趣、具独立审美格
调、执着于艺术自律。历史地看，现代作家未曾断绝的毛笔书写习惯潜
在传承了中国传统文化中的"文人性"。鲁迅、沈尹默、郭沫若、茅盾、
沈从文、刘半农、叶圣陶、老舍、台静农、闻一多、丰子恺、林语堂、
赵清阁、汪曾祺等承载的中国传统文人书画素养构成了其文学创作的隐
形血液，具有相当独特的文化艺术面向。他们以毛笔书写所涵养的传统
文化意识及在东西文化冲撞中形成的现代意识来介入、思考着书画艺术。
他们大量手稿中有许多就是文学与书法有机结合的"复合"文本，其
"兼美"和"唯一"的特征使其具有巨大的精神文化及物质文化价值。
我们不能忽视，民国时期活跃于文坛的众多作家，他们不仅频繁介入书
法、传统绘画、碑帖、木刻、画像石等（鲁迅、郭沫若、茅盾、胡适、
沈从文、施蛰存、凌叔华、台静农、钱锺书和赵清阁都很典型），而且
有的本身就有美术专业学习经历，曾经进入美术专业学校学习并在美术
专业学校任教（闻一多曾赴美国学习现代美术；艾青曾赴法国学习美
术；丰子恺、倪贻德曾赴日本留学，他们后来都在美术专业学校任教过；
张爱玲幼年学习过绘画；丁玲也有短暂的美术学校学习经历）。因此，
受传统中国文化文人性及文人文化生态的影响，再有美术与文学共通的
审美创造功能驱动，现代中国作家与美术相遇具有一种与中国传统文化
根源相通的合理性，也可以说是源远流长的中国传统文化选择了他们，
现代美术的发展也迫切需要他们在东西文化之变中发出源自中西、古今
贯通之后的独立声音。

　　1949年后，由于国家对作家的体制化处理，作家与西方绘画、传统书
画接触的途径基本被隔绝了，在此形势下，作家只能按照国家规定的渠道

---

① 范伯群：《中国现代通俗文学史（插图本）》，北京大学出版社2007年版，李欧梵序，第1页。

参与到"社会主义建设"的"群众美术运动"① 中，否则便是在狭窄的自我空间从事自己的美术活动（如施蛰存便在此期间开始独自抄古碑）。此外，民国时期活跃的一大批作家纷纷被送到农村接受改造，这在主客观上都使经历过民国的现代作家不得不接触木刻、壁画、连环画、剪纸等传统民间美术，不得不受到革命意识形态话语的规训，在现实状况下，他们接纳了大众化意识极强的传统民间美术。而作家毛笔书写形成的带有浓厚自由独立气质、审美性、精英化的文人特质被"革命文化"逐渐疏离、淡化，或者被现实所遮蔽，成为社会潜在的思想文化资源。

20 世纪 70 年代末，改革开放再度打开了面向西方的大门，西方现代文学、美术和其他文化思想再度进入中国，文学和美术开始共同经历西方现代思潮的不断洗礼。西方各种文学、美术观念带来了新的文化冲击，打破了相对封闭的社会文化环境，也打破了相对禁锢的专业体制和学科结构。在社会文化新思潮冲击下，无论是民国时期即已成名、具有毛笔书写意识、传统文化素养深厚的老作家，还是 1949 年后成长起来的新一代作家，面对宽松多元的文化环境，他们的美学情趣和艺术思维得到了新的解放，尤其是文学和美术不仅共同参与了 20 世纪 80 年代澎湃的文化思潮，还成为社会文化思想解放的先锋。在这样的传统与现代对话、互动中，传统文人意识曾被压抑的老作家沈从文、施蛰存、姚雪垠、汪曾祺、周而复等重新拿起毛笔，开始在书画笔墨间寻找文学之外的视觉审美意趣和传统文化精神，其书画作品逐渐受到社会广泛热爱与追捧，并产生了积极影响。这一批作家与美术相遇多与"中国书法"这一传统文化基因极强的艺术形式有关，周而复还参与了中国书法家协会的创办，姚雪垠、汪曾祺、端木蕻良等也以书法兴趣为乐事。姚雪垠、汪曾祺、周而复、端木蕻良等老作家与中国传统书法文化的相遇有着与文学"寻根思潮"较相似的传统文化意识，是中国现代文化发展中的一次反身性的思考路径，在某种程度上可看作文学与美术在"纯艺术"审美路径上的相遇。从形式上看，这种相遇也许可以将"与古为邻"的旧体诗词与书法艺术的结合推为标志性的复合体艺术，可以不断重现诗书谐美的妙趣。诚然，诗词与书法的相得益

---

① 群众美术运动是 1949 年直至 20 世纪 80 年代中国美术创作、教育、传播的唯一渠道，也是影响了 20 世纪 50 年代到 70 年代末中国美术界的主要美术运动，当时农村工厂均有美术小组，以壁画、漫画、画报等诸多形式开展了群众性的美术普及活动。详见司徒常《十年来的群众美术活动》，《美术研究》1959 年第 2 期。

图绪 - 2　张爱玲画作

彰，或书法艺术美和诗词文学性结合形成的"合金"美质，也许最能够满足中国人特别是中国文人的审美需求，使其获得更多的审美愉悦，而这样的审美心理期待也反过来鼓励了诗词与书法的"亲上加亲"，并形成了一道极其亮丽而又蔚为大观的景象。

　　"文学与艺术的语言是相通的"①，文学与美术有不少文化共通点，例如对"真善美"的共同追寻以及审美形式、审美表意实践上的相似性。也可以说，"文化大革命"期间淤积已久的社会生活体验、文化命运思考需要文学、美术多元复合的文化艺术形式表达出来，单一的艺术形式很难完全释放文化创造主体被"文化大革命"规训与抑制的情感，于是陈凯歌、

---

①　张道一：《深沉雄大的艺术——汉代石刻画像概说》，《张道一选集》，东南大学出版社 2009 年版，第 141 页。

北岛、高行健等一批 1949 年后出生成长的作家共同引领着文学、美术交叉互动潮流，并在一定意义上影响了同时代的其他作家。在 20 世纪 80 年代文化思潮影响下，公共性的美术活动、美术作品以新颖的形式语言吸引了先锋作家去关注与思考美术，后来一些作家和美术界产生了不少联系。如北岛《今天》群体与星星画会的时常走动、密切往来，诗人芒克由《今天》群体直至近年来的绘画活动，曾经学习过绘画的韩东与南京一批美术家有所往来，这种跨界交往既是西方现代文化思潮影响下的审美追求，也是文学与美术现代审美共通性的一种表现。这一批作家没有民国时期出生成长的老一辈作家的思想束缚，在文化思潮发展演进中，他们热衷于透过现代美术形式扩展个人的文化视界，并将由现代美术吸纳的审美文化意识、思想资源等反馈到文学创作中，如高行健、北岛等诗歌与戏剧创作中强烈的现代意识，多与现代美术有极大关系。尤其是擅长绘画的高行健，将西方现代美术思潮和小说文体变革、先锋戏剧探索紧密结合起来，成为当时一位文化新启蒙的先驱者。

图绪 -3 芒克画作

经历了 20 世纪 50 年代对旧文化的改造，以及 20 世纪 80 年代对西方文化的热烈追逐，传统书画艺术的"文人性"遭受了"革命文化"及"现代性"的多重肢解。在学院化的传授制度下，群体化的教学模式取代了古代家塾面对面的口授心传方式，集团式的规模教学取代了古典文化单一的传承与交流。同时，现代西方艺术思潮也消解了传统艺术的创作技巧和表现手法，20世纪90年代的书法主义、新文人画等皆可视作这一消解的表现。再有，随着经济全球化发展，消费主义思潮席卷中国，受消费观念影响，传统艺术的慢节奏和清静无为的生活态度都面临挑战。在学院化、西方化、市场化多重语境中，现代美术与文学的学科体系成为独立而完善、并趋于封闭的体系。文学与美术逐渐分立，传统中国书画艺术中的"文人性""传统意识"逐渐淡化，已经很难负载起应有的文化使命。在这样的文化情势下，20世纪80年代后，贾平凹、冯骥才、张贤亮、莫言、余秋雨、王祥夫、骞国政、雷平阳等一批作家经历了现代文化、传统文化、民间文化等不同思想文化的熏陶与洗礼，这些作家对中国传统书画中蕴含的文化资源有了新的体悟与感知。这一批介入美术的当代作家对传统书画文化的体悟感知与20世纪90年代中国社会经济发展与文化复兴有着内在关联，与文学市场化、作家身份失落也有关联。文学失落了20世纪80年代的皇冠地位，在市场中失意的作家需要找寻新的艺术庇护所，因此他们与中国传统书画相遇，在文化自觉意识上开始返回传统文化，通过中国传统书画艺术来重新安放自己失落的心灵。这一批作家以中国书画传统负荷起了多重文化碰撞下的文化新使命，他们的文学创作也因此透射出从本土文化生发、具有现代意识的新风格，其文学创作具有了传统文化、现代意识等复合多元的文化取向。他们在文学创作之余，以毛笔为工具参与了书法、绘画活动，实际是以传统中国书法绘画的操练向传统致敬，也是在现代社会生活中实践现代中国作家的"文人性"。

三 作家言说美术的动机与方式

20世纪中国作家从不同角度关注美术发展、参与美术活动、投身美术创作，一系列美术实践行为使现代作家在不同的意义上思考与言说着"美术"，他们的思考、言说形成了现代意义上的作家美术思想。所谓作家美术思想，是指现代作家以中国传统书画、民间美术、西方绘画等各种艺术形式为言说对象，从艺术创作、社会文化影响、传播流通、鉴赏收藏等不同的视角与语境提出的独立美术见解，作家的美术论述很少注重较强的逻辑演绎，而重在通过言说美术，来指涉社会文化与文学。由此来看，20世纪中国作家的美术论述与中国古代书论、画论有着较相似的意义。中国古代书论、画论的产生依赖于"绘画实践的日益成熟"以及"文人对绘画的关注与参与"，文人关注、参与并论说绘画促进了中国传统哲学、美学思想的发展。比如先秦两汉诸子的画论，其"本意不在论画，而是借论画以喻道"①。可见，在中国传统美学、哲学思想的形成以及传承中，文人画论起到了应有的作用。中国古代书论、画论由书画延伸指向社会道义、文化精神、伦理纲常等方面的"道"，这表面上是文人士大夫在表达自我或借机提出社会文化见解，实际却成为中国传统哲学思想的有机组成部分。现代社会分工不再有"文人士大夫"群体，但现代作家以文学活动为业，最接近文人士大夫。如前所述，20世纪中国作家在不同的社会文化境遇下与中国传统书画及西方现代美术相遇，他们在不同艺术动机下以独特的话语方式论说美术，这些美术论述既接续了中国古代画论的文人传统，也在现实语境和自我实践中提出了现代审美命题，这将丰富中国美术理论、文论语言，为面向世界的中国本土文化创新提供一种可能的思考路径。

　　20世纪中国作家论述美术的动机多有不同，也影响到他们的话语方式，其美术思想的内在差异是显而易见的。

　　丰子恺、吴冠中、陈丹青等出身美术专业，早年所接受的教育及其后的职业方向也是"美术"，他们的美术创作在中国现代美术史上也具有独特地位。丰子恺的漫画、吴冠中独创绘画语言的油彩画、陈丹青的油画，都是中国现代美术发展的高峰。丰子恺、吴冠中、陈丹青等人兼具作家与美术家双重身份，熟悉中西文化，热爱文学②，对中西绘画形式、理论、技巧有专业性的学习研修与思考，中国现代美术史无法躲开这些跨越文学与美术两个领域的美术家。丰子恺、吴冠中、陈丹青等具有较为深厚的文学文化素养，对中国文学与美术都有所思考，也因此形成了跨越文学与美术双界的文化眼光。他们对传统书画与现代美术的论述既有直接的美术体验，也展现了通观中西美术思潮与理论的学养；他们既深谙中国传统绘画

---

① 周积寅：《自序》，《中国历代画论》，江苏美术出版社2007年版，第1页。
② 吴冠中自幼酷爱文学，并受鲁迅影响极大，他自述学习美术的原因是"由于当年爱好文学的感情没有满足"。详见吴冠中《文学，我失恋的爱情》，《吴冠中谈美》，广东人民出版社2000年版，第67—68页。

与西方现代美术的不同问题所在，也对中西文学文化有着深刻的感悟与书写。这一批作家美术思想产生的机缘应是对中国传统书画的现代困境有直观而深刻的感受，对现代语境下民间美术的现代作用有所设想与实践，对中西融合的美术样式有所表达。因此，他们的美术论述是及物的，对现代美术发展有能指与所指的丰富意义，在美术、文学乃至社会文化界均有不同影响，一定意义上促进了中国现代美术与文学的发展。他们论述美术的方式多是相对系列化的散文，书写文本有一定的文学性，内容平易，文风朴实，可读性强，适宜普通大众阅读，具有一定的美术教育意义，对普及美术及相关文化有其价值。但他们的论述相互之间未必有条理清晰的逻辑关系，需要仔细梳理和归纳，才可以探究其美术思想的社会文化价值和现代审美意义。

与丰子恺等不同的是，鲁迅、沈从文、郑振铎①、施蛰存②等以美术收藏家、鉴赏家闻名。他们生于19世纪末20世纪初，接受过传统文化与现代思潮的双重洗礼，有很好的传统书画功底，有自己的书法风格，甚至也有一定的绘画才能。但他们主要的美术成就在于对金石碑刻、笺谱画稿与各种古代美术物品的收藏整理，对古代美术产品中包蕴的艺术与文化之美有独到的体悟与热爱。他们了解中国古代民间美术和文人书画历史，熟悉各种美术藏品的版本、制作情况。他们也在现代文化思潮中接受了西方美学思想洗礼。在中西古今文化贯通中，通过对金石碑刻、笺谱画稿与各种古代美术物品的收藏与研究，他们形成了良好的美术鉴赏眼光，具有相对独立的审美品位，可以在中国历史与文化脉络中审视现代中国美术的现象与问题。他们的美术思想表达多见于朋友之间的往来信函，或是对某一问题阐述的杂文，文字短小精悍，但有历史文化的宏阔眼光，文史贯通地表达了对中国美术史的文化见地，甚至影响到现代美术教育。比如鲁迅对

① 郑振铎对传统木刻版画有所研究，在北京期间经常与鲁迅前往琉璃厂等处购买传统文人的笺谱，后整理出版了《北平笺谱》《十竹斋画谱》等著作，并有《中国古代木刻画史略》专著出版，详见郑振铎《中国古代木刻画史略》，上海书店出版社2010年版。

② 以善写海派现代小说闻名的施蛰存对金石碑帖有较深的爱好，一生收藏了不少金石碑帖。2006年，其家人将其收藏的旧藏碑拓和吉金拓片两千多张进行整体拍卖。除了收藏，施蛰存对金石碑帖还有较多研究，出版有《唐碑百选》（施蛰存编，上海教育出版社2001年版）、《金石丛话》（施蛰存著，中华书局2003年版）、《北山金石录》（施蛰存著，华东师范大学出版社2012年版）等著作多种，对古代金石碑刻书法文物等进行了考订研究，其所藏碑帖拓片现已部分出版，详见《施蛰存北窗碑帖选萃》（潘思源编，上海古籍出版社2012年版）。

木刻艺术的阐述、推介，一定意义上推动了"延安文艺"的发展乃至 20 世纪 50 年代后大众美术的普及。他们也有绘画实践的浓厚兴趣，并形成了一定的绘画技巧①，他们的绘画实践与美术鉴赏相结合，使其美术思想具有一定的文化影响和文论价值。

1949 年以后出生的作家很难具有上述作家与古典文化相对亲近的文化关系，他们多于 20 世纪 70 年代后开始文学之路，此时毛笔书写渐渐被硬笔书写取代，中国传统文化载体与表现形式之一的书法成为一个独立的学科门类，具有了自己的行业协会，逐渐向职业化方向发展。尤其是 20 世纪末，信息技术不断发展，电脑键盘录入开始成为较普遍的书写状态，职业境况下的毛笔书写很难与文学和作家产生必然关系。但由于书法文化从源头上即与文人同在，书写文章与书法常常是同时进行的。在漫长的古代，书家本来就是文章之士，20 世纪末，仍有这样的文章之士兼能书法、绘画。比如获得诺贝尔文学奖的莫言和高行健（高行健在文化根脉上仍可以说是中国人），将文学和美术的结合提升到了相当高的境界：他们的文学世界如诗如画，莫言的"红高粱"系列和高行健的"灵山"意象，都给人极其深切的印象。而莫言的左笔书法和高行健的水墨绘画，同样包含着文学的激情和想象，同样具有耐人寻味的审美价值。而贾平凹、张贤亮、莫言、冯骥才、余秋雨、王祥夫、雷平阳、林白等一大批当代作家在文学创作之余，也以审美情感疏泄为出发点，选择书法或绘画艺术，回归了本源意义上毛笔书写与文学的联系。他们与职业书法绘画拉开了距离，他们仍然把毛笔书写当作书写的一部分，把笔墨书写与绘画视为一种日常行为，以此表现一个人的心灵状态。这一批作家首先是在心灵状态上思考与谈论美术，人文精神抒发是他们在文学创作之外需要阐述的审美取向。比如贾平凹、王祥夫等作家既有中国传统毛笔书写的书画创作体验，又有深厚的文学文化素养，同时又对现代社会的异化有着痛彻的了解，于是通过散文形式表达自己的书法绘画见解，或者和书画界朋友往来酬答，点评他们的书画作品。他们的表达方式主要是断章式的碎文字，以片段式为主，也有少量精美如玉的散文。其间，贾平凹的《废都》描写了一批

---

① 鲁迅和沈从文都曾有过绘画经历，鲁迅少年时曾画过不少绣像，受到好评，沈从文家庭中有几位从事美术工作的亲戚，他也喜爱绘画，留有作品为美国汉学家傅汉思所收藏，他们的绘画才能多为文学成就掩盖。

书画家，对这些书画家的叙述也可以看作贾平凹美术思想的另一种表达方式。

　　除上述三种作家之外，还有一些作家并不具有美术创作体验，而是源于文学与美术共通的艺术特质，喜爱一些美术作品，了解一些美术圈内情况，或者与部分美术家是要好的朋友，对美术创作、批评有所了解。20 世纪以来，这种类型的作家为数也不少，如民国时期诗人徐志摩，不仅参与美术批评，而且在与徐悲鸿的论战中，还发出了独特的声音。再如张爱玲，由于幼年学习过绘画，在一些散文短篇中对中西绘画均有较多解读，其小说中也有相当多文学意象与绘画有关。当下不少作家、批评家也在不同意义上对美术作出了自己的阐发，形成了吉光片羽式的美术观点。如批评家丁帆曾专门撰文，对某美术家的水墨组画从个人视角进行了评论①，谢有顺、韩东、葛红兵等也间或在期刊报纸上发表有关美术的批评文字。这些作家对美术的表述不具明确的美术思想与理论指向，文字内容多是一些随笔性质的短章。其或是阐发对当前美术现象的部分见解，或是对一些具体绘画作品进行个人直观印象式的评论。这些文字很少涉及当代书画艺术形态、主题以及历史发展状况，也由于没有美术学科背景，对美术艺术形式、思潮与理论多从文学视角与个人感官上进行论述，论述也多以文学思维展开。这些文字比较真实地反映了文学界与美术界的交往情况，可以看作中国文艺发展的一个侧面，因此也可以说是一种美术思想，有其自身的文化意义。

四　美术关联的现当代文学研究

　　在现代性文化导向下，中国现当代文学研究多在学科内部展开，随着学科发展，"开拓和发现中国现代文学研究新的增长点，成为学界近年来的共识和趋势——也不乏基于世界文学和文化的背景，从跨学科的角度来考察中国现代文学的价值意义"②，有鉴于此，中国现当代文学与传媒、语言文化等其他学科交叉的新领域不断拓展，各种成果陆续涌现，有效扩大

①　丁帆：《人与自然交融的生命同构新视域——石建国女裸体水墨组画管窥》，《文艺研究》2007年第 3 期。
②　李继凯：《书法文化与中国现代文学》，《中国社会科学》2010 年第 4 期。

了中国现当代文学研究空间。① 受此影响，20 世纪 80 年代，美术与中国现当代文学的学科交叉研究即已引起学界注意，并有相关成果从不同美术类型、重点作家介入等角度进行了探索。

就中国现代文学与美术关联研究来说。鲁迅研究界首先开拓了现代文学与美术交叉领域，《鲁迅与美术》（王观泉，1979）、《鲁迅美术系年》（王观泉，1979）、《鲁迅美学思想论稿》（刘再复，1981）、《鲁迅创作心理论》（阎庆生，1996）以及萧振鸣、杨永德等著作是较早的研究成果。21 世纪起，黄薇《新文学图像艺术研究》（2006）、崔云伟《鲁迅与西方表现主义美术》（2006）等博士学位论文，也从不同角度呈现了鲁迅的美术面向。此外，《图像、拟像与镜像——鲁迅启蒙意识中的视觉性》（陈力君，2009）、《鲁迅小说的叙述空间与绘画》（许祖华，2011）、《鲁迅作品封面的图像表达与叙事功能》（张玉勤，2012）、《西方现代美术对鲁迅文学创作的影响》（陈茜，2012）等论文，探讨了鲁迅文学创作与美术的内在关联。上述成果从与美术关联的多元视角研究鲁迅，开辟了现代文学与美术学科交叉研究新空间，不过关注点仅限于单个作家。近年来，现代文学与美术交叉研究边界不断延伸。《美术背景·艺术理念·诗歌创作——以李金发、闻一多、艾青为中心》（申欣欣，2010）、《从〈新青年〉到决澜社——中国现代先锋文艺研究（1919—1935）》（胡荣，2012）、《丰子恺文学创作与绘画》（黄思源，2014），《色彩与中国现代文学》（尹成君，2014），以及陈平原《鼓动风潮与书写革命——从〈时事画报〉到〈真相画报〉》（2013）等晚清画报叙事系列研究，王德威从美术视角对沈从文、台静农的阐释，李继凯的书法文化与中国现当代作家研究，姚玳玫的海派女性文学与图像研究，多以外部视角，从具体现象或个别作家解读新文学发展变革与美术的不同关联。从学科交叉深入来看，"五四"文学变革对美术发展的影响，大艺术观念中的文学与美术形式审美关联等，仍有较多探讨空间。

---

① 20 世纪 80 年代以来，中国现当代文学研究确实有了极大发展，这种发展与 20 世纪中国文学不断尝试的总特点（见高玉《现代汉语与中国现代文学》，中国社会科学出版社 2003 年版，黄曼君序）有关，中国现当代文学也是在其发展中不断跨越学科域限，尝试以传媒出版、语言学、政治文化、身体审视等其他学科视野介入中国现当代文学研究，并因此推进学科的逐渐成熟。作为学术资源只有一百多年的学科，要继续发展，以其他学科视角关联中国现当代文学研究或许是一种可能的途径。而且中国现当代文学本身就是一种动态发展的学科，也需要在动态变化中给予新的审视，或许才能真正凸显学科特点，使学科更有生命力。

21 世纪起，当代文学与美术学科交叉地带受到更多关注。主要有《铁凝小说与绘画、音乐、舞蹈——兼谈西方现代艺术对中国文学的影响》（马云，2006）、《暗夜中的潜行者——对"新时期文学起源"的一种探讨》（梁艳，2012）等著作；近来程光炜等有关贾平凹书画研究，赵树勤有关当代女性书写与绘画色彩美学研究，刘欣玥对张悦然小说画家艺术家形象的解读、徐巍对新时期小说与电影语图关系解读等论文，均从个别现象及作家出发，呈现了当代文学与美术的不同关联，但从文学与美术交叉互动的实际状况及时代语境来看，仍显单薄、片面。

概而观之，目前美术与中国现当代文学交叉研究的学术选点略显单一，多是对一个作家或一种现象的交叉研究，与现代文学与美术交叉互动的实际状况相比还有一定距离，美术与中国现当代文学的群体流派、文类影响、思潮会通等仍有较多拓展空间。在全球化的消费主义时代，当下越来越多作家以书画艺术生活抵抗日常生活的平庸，从不同视角纷纷介入书画创作。贾平凹、王祥夫、雷平阳等曾多次举办个人书画展，他们的书画艺术作品在专业美术界也有一定反响。欧阳江河、高行健等书法绘画作品也有较高的美术市场认可度，海外艺术市场对其关注较多。中国现代文学馆也一直关注作家与美术关联的文化现象，不仅收藏了现当代作家的诸多手稿，留下了许多书画与文学兼美的文学史料，还多次举办作家书画艺术展，为文学与美术交叉研究提供了很好的研究平台。这也说明，作家的美术实践、论述等具有相对独立的审美特征，其社会影响与文化价值也在逐步扩大，这为中国现当代文学的文化关联、文学与美术思潮交汇等研究也提供了更多、更深入的探讨空间。

就本研究看，目前尚属空白，也有一些间接成果涉及作家文学观整理、作家书画艺术阐释、美术史、艺术理论研究等。经检索，有 200 多篇论文从科学思想、"五四"文化、基督教等多个方面对一些作家的小说观、散文观、诗学观等进行了不同视角的梳理探讨。金学智①、雷万春②等学者的近 40 篇文章解读了书法与文学的关系，对文学视角的书法发展提出了新的见解。这些文学观、书法文化研究关注点多在文学，为本研究提供了解读 20 世纪中国作家美术思想的丰富文献。此外，中西方文艺学中有关

---

①　金学智：《论书法与文学的亲缘美学关系》，《艺术百家》1993 年第 2 期。
②　雷万春：《试论书法与文学之关系》，《理论月刊》1998 年第 4 期。

文学、美术学科交叉的研究也有启发意义，如《拉奥孔》对诗、画的关联解读；《诗人与画家》中诗人、画家对彼此艺术的阐释；《美学散步》《七缀集》中也有关于诗歌、绘画的零散论述；国内赵宪章、周宪、高建平等诸多学者对图像文化与语言文学关系进行了系列探讨等，都为本研究提供了理论背景。中国古代文学研究中也有不少论著涉及了文学与美术学科交叉，代表性的有《苏轼题画文学研究》《游目骋怀——文学与美术的互文与再生》《文人与画：正史与小说中的画家》《中国诗画语言研究》等专著，张玉勤、刘石、陆涛等学者也对古代"文书画"会通、语—图互文等有较多著述，这些成果立足古典文化语境，呈现了文学、美术交融互动的中国文化传统，但仅限于古典视域，可供本研究参考。

总体上，中国现当代文学与美术的跨学科研究仍处于起步阶段，研究空间比较广阔。就 20 世纪中国作家美术思想研究而言，也存一定难度。首先，20 世纪中国作家的美术面向芜杂多元，如何统观审视？他们有关美术的零散论述，如何规整梳理？其次，20 世纪中国作家的美术创作、活动、论述等与中国现当代文学史、与文学文本存在什么样的关系；他们对中国传统书画的集中关注显示了什么样的审美心理；相关美术论述是否有值得关注的文论范畴？再次，20 世纪中国作家美术思想研究处于学科交叉地带，还关涉到传统书画思想资源如何实现现代转化、造型艺术与文学思维如何沟通等相关的问题，这些文学与美术、现实与历史、理论与实践共同交汇的问题都是本研究试图攻克的学术壁垒。

五　作家美术思想探索路径

文学与美术学科交叉研究需要研究者以审美感性介入研究对象。中国书画传统中，不少书画大家的"美学与创作是合而为一的"①，美学与创作的合而为一所产生的是一种"经验美学"（与西方"思辨美学"美学相异）。② 经验美学注意文学与美术创作、论述中的"感悟"。"感悟是中国文化中的一种融合着主客体的心本思想或道源思想的表现形态，是中国文

---

① 徐复观：《中国艺术精神》，广西师范大学出版社 2007 年版，第 5 页。
② 莫其逊：《元美学引论》，广西师范大学出版社 2000 年版，第 245—259 页。

化中最有特色的一种思维方式，也是一种创作、批评和研究的方法。"① 20世纪中国作家以"感悟""体验"方式介入传统书画与现代美术，以与文学共通的审美体验形成了独特的美术面向，论述了或零散或集中的美术思想。立足中国"经验美学"传统，需要研究者具有一定的造型艺术修养，以领悟20世纪中国作家经由不同状态表述的文字，感受作家的美术面向及其美术思想的文化韵味和现代意义。因此，文学与美术学科交叉研究需要研究者具有相当的美术修养，诸如对书法、绘画造型艺术的形式敏感，甚至亲身实践某些书画艺术形式，或能跳出单一的文学学科范式或特定的理论立场，当会发现现当代文学与美术学科交叉中更多有价值的学术命题。研究中，笔者注意以不同方式提升美术修养，阅读相关美术史著作及美术作品，力求以多种美术实践方式建立形式审美的感性认识，努力搭建美术与文学学科交叉研究的良好知识结构。在此基础上，以美术视角介入文学研究，对作家与不同美术类型的关联、美术家身份及其美术实践行为进行分析。同时也注意用文学思维来透视美术思想，将作家的美术思想与文学创作、文学史进行关联考量，力求显示出作家美术思想多元的文学意义。

具体研究中，主要以比较与系统统观、图像学等多学科综合介入等方法审视作家美术思想。由于本研究具有跨学科性，主要运用比较方法分析研究对象的特殊性，以系统统观方法审视其普遍性，比较和系统统观交叉使用，共同审视文学、美术的审美与文化特质，辨析作家美术论述与文学观、语言思维与图像思维、审美意识与形式语言的联系与区别，探究文学与美术的交叉互动、相互介入及影响关系。同时还以图像学方法解读与现当代作家具体关联的美术文本，考察美术文本的题材、形式与文化内容，探究视觉图像主题、形式与现当代文学的不同关联。此外，由于文学、美术有着复合的文化思想语境，研究中还以美术史、思想史、美学多学科综合视角介入研究对象，在大文化、大艺术视域中审视现当代作家的相关美术论述，还原新文学变革发展与美术之间的复杂关联性。

20世纪中国作家的美术创作、美术活动与社会文化、文学思潮具有内在关联，本研究注意对20世纪中国文学与美术的文化思潮进行简约概括，主要突出了五四运动中的"革命"思潮、20年代直至"文化大革命"结

---

① 杨义、袁盛勇：《重构现代中国学术方法——杨义教授访谈》，《学术月刊》2005年第11期。

束的大众化思潮，同时将 20 世纪 80 年代和世纪末的文化思潮与"革命""大众化"思潮进行对照读解，并兼及与 20 世纪文化思潮息息相关的 21 世纪作家、美术家的跨界现象。在历史的宏观脉络上，探究 20 世纪中国文学与美术在工具功能与审美功能两个方向上不断交织的思潮会通情况，以及对 21 世纪文艺发展的潜在影响。具体则对 20 世纪中国文学与美术思潮互动互生进行比较阐释，检视一百年来文学、美术协同发展的历史经验，挖掘文学、美术互动表象下的艺术发展及传统文化认同问题。在对作家美术思想解读分析中，注意将群体、个体与不同美术类型相结合，思潮与观点相勾连，在文学与美术思潮互动交叉背景下透视 20 世纪中国作家的美术思想，凸显作家美术思想的文学文化意义。在此基础上，探讨了 20 世纪小说中的美术书写，指出美术书写中美术家、美术意象所具有的时代文化意义。进而对作家美术思想中留白、地方色彩等范畴进行分析，并与 20 世纪中国文学创作中的典型文本进行对照解读，归纳出留白、地方色彩文学文本呈现的不同形态，显示出中国作家美术思想切实的文学价值，以此丰富中国现代文学创作理论。

在具体的作家美术思想解读中，本研究注意分析文学与美术在想象、审美、批评间的关系及其相互作用，由此探究传统书画、民间美术、西方美术与现代文学在话语体系、形式功能上的不同。本研究注意到传统书画、民间美术、西方美术三者间的内在差异。具体而言，传统书画艺术具有人文精神特质，现当代作家多借取传统书画的人文精神资源涵养文学；而木刻、碑刻具有民间文化趋向，现当代作家以对民间文化的关怀形成新的审美趣味；西方油画、水彩画等则多被现当代作家批判审视，重在其作为他者对文学艺术审美构成的影响。微观而言，本研究对包蕴着中国民族文化审美精神与思维的传统书画，它们在审美意识、艺术精神上与现代中国文学文本存在什么样的关系，现代作家是如何在文学创作中有效体现，其具体的艺术形态有哪些，都是较为关切的。从宏观到微观，本研究由此在现代艺术视域下解读作家审美思维中的传统文化因素以及传统、现代美术对文学创作的多元影响。

本研究具体思路如图绪－4 所示：

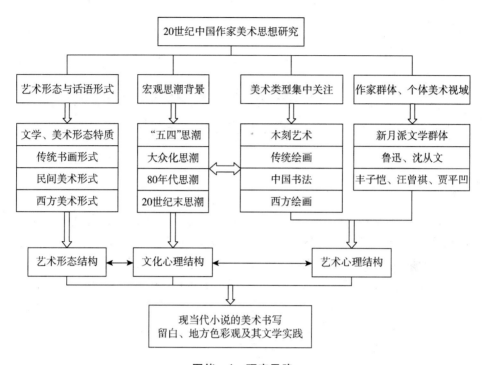

图绪-4 研究思路

第一章　从革命到大众化：文学、美术功能化主潮

新文化运动开启了文学与美术现代发展的新征途，文化现代"革命"经由文学引领，美术随后参与其中。由于艺术形态差异，文学实现了文言文向白话文的转化，美术则成为未完成的"革命"，传统书画依然以中国传统审美文化取向潜在发展。西方美术以透视法的科学性与文学现实主义思潮写实性相呼应，形成"五四"思潮下文学与美术共同的工具功能化倾向。五四运动、"文学革命"、"美术革命"中，胡适提出废除文言文、提倡白话文的文学改良"八事"，陈独秀提出平民文学、写实文学、社会文学，以及要求美术的写实等，这些主张以新的思维与表达方式打开了通向文艺大众化的门扉。在国家民族与社会大形势推动、影响下，从1927年至1976年，尽管政治与社会形势时有变化，但美术与文学以大众化实践为主潮，日益呈现出意识形态工具化、功能化的主要特征，由此形成了贯穿50年的大文艺大众化实践与发展的主潮。

第一节　观念"革命"与美术、文学工具化

社会文化发展演变中，观念有着丰富多元的文化意义，也具有跨越自身范围延伸到其他专业领域的奇妙功能。[①] 18世纪起，西方的"美术"观念就经由传教士在中国境内传播，并在宫廷内部受到一定欢迎，但未能形成引领社会思想变革的驱动力。20世纪初，新文化运动由"文学革命"

---

① 郑文惠：《观念史研究的文化视域》，《史学月刊》2012年第9期。

引领，现代意义上的"美术"观念开始呼应"文学革命"，并通过陈独秀、蔡元培、鲁迅等从社会视角的认识与推介，由传统文学、书画观念向现代文学、现代美术缓慢转变，现代文学与现代美术从此开始逐步受到社会了解并渐渐接受与认可。从西方"文学"与"美术"观念在中国的旅行，可以透视出现代文学与美术在 20 世纪早期中国不同的文化境遇，以及文学与美术在传统社会向现代社会变革中的工具化功能的起源。

一　"革命"前的美术与文学

新文化运动中提出的"美术革命"可以视为现代美术在中国开始确立的标志性时间与活动，在此之前，"美术"所包含的现代意义及其实践已经与中国传统文化中的书法、绘画、篆刻等开始了缓慢区隔，这种传统与现代"美术"的具体区隔，与明朝末年及至 19 世纪中期开始的大规模的"西学东渐"思潮有一定关联。"西学东渐"首先是西方绘画作品及其相关理论的传播与介绍，这也是中国现代美术的一个可能性起点。西方绘画作品传入中国并开始流布，"基本上同步于明清之际的传教士文化活动及其影响"①。1582 年，意大利传教士利玛窦带来了具有西方现代视觉形式的彩色油画图片，其后比利时等传教士也相继带来了以教会图片为主的西方绘画，在明清宫廷及民间有一定传播及影响。尤其是意大利传教士郎世宁将"优化技法传授给中国的宫廷画家"，并"吸取中国传统绘画特长，使用中国画材料和工具，将中国画法和西洋画法相结合"②，形成了值得关注的西方"美术"流布中国及中国传统绘画"现代化"的早期现象。1622 年，徐光启请意大利籍传教士毕方济南下上海松江施教，"毕方济在上海六年，于 1629 年写成一本讲解西画技巧的理论书籍《画答》一卷单印本。这是出现于中国的最早研究西画理论的专著"③，由图像流布、绘画实践到理论传播，西方"美术"在中国开始了从实物到观念的传播与影响。

传教士带来的西方绘画使中国画家在视觉上接触并了解了与传统山水、花鸟画殊异的西方绘画，打开了面向西方现代美术的新视野。清朝末

---

① 陈池瑜：《中国现代美术学史》，黑龙江美术出版社 2003 年版，第 28 页。
② 同上书，第 29 页。
③ 同上书，第 28 页。

年，随着两次鸦片战争，西方文化与思想观念开始大量进入中国，传统知识分子在民族危机与变革中不断审视所立身的政治、经济与文化生活，寻觅富强复兴的文艺道路成为他们思考的重要问题。随着洋务运动、改良思潮兴起，严复、康有为、梁启超等政治思想界人士通过对西方文化的研究考察开始探求中国变革发展的新道路。19世纪与20世纪之交，一大批中国学生到欧美、日本留学，王国维、鲁迅、周作人等开始关注并介绍西方美学思想与艺术理论，尤其是，真正意义上的美术留学生开始出现，为"美术革命"与现代美术的衍生变革储备了人才。

除传教士带来的西方美术图片外，"美术革命"前，西方美术在学校教育中的传播是其进入中国的另一渠道。"1863年西学和语言学的学校建立之后不久，西方的绘画技巧被引入课程设置，之后，又被引入几所陆海军学院。"① 在清政府苟延残喘之际，学校教育引入了属于西方科学范畴的现代美术等新学科，这固然是清朝末年有识之士面对危机自我更新的举动，但仔细思考，与明朝末年传教士带来的西方绘画不无关系。西方绘画在宫廷内部的流布为上层了解与接受西方美术、在学校开设美术课程奠定了心理基础，到"1902年，图画课被列入所有学校——从小学到大学和技术学院的课程表"②。西方现代绘画由此开始介入清末学校教育，保定北洋优级师范学堂和南京两江师范学堂还设立了绘画和手工科，到1909年，全国学校已有16位绘画专门教员。③ 可见，现代美术为中国教育体制接受并传播是早于现代白话文的。

随着西方文化不断进入，现代传媒出版开始在上海、北京、广州等城市兴起。1884年，与西方现代美术有着紧密关系的《点石斋画报》创刊，该画报采用西式版画插图，主题、内容在中西文化之间，表现技巧融合中西绘画之长，当时甚受大众欢迎。由此，西方美术视觉意识不断影响中国，中国相当范围内的读者借此接触了西方绘画技法。此外，康有为等开明人士流亡西方，直观而明显地感受到了中西绘画表现方法的差异，透过中西绘画，加上清朝末年社会政治的积贫积弱，康有为也发出了"今工商

---

① ［英］迈克尔·苏立文：《20世纪中国艺术与艺术家》，陈卫和、钱岗南译，上海人民出版社2013年版，第64页。

② 同上。

③ 同上书，第66页。

百器皆藉于画，画不改进，工商无可言"，"中国近世之画衰败极矣"的感叹。① 1905 年，李叔同入学东京美术学校，其他一批艺术家到法国学习美术，更为现代美术在国内广泛传播创造了条件。

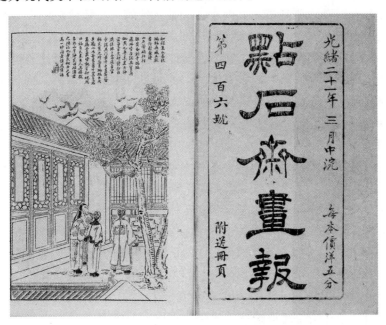

图 1-1　《点石斋画报》及其画面透视效果

西方现代美术与中国传统绘画在思维、技巧、画面形式等方面有所不同。注重表现性的文人画是中国传统绘画主流，在传统文人画家眼中，西方注重透视效果、逼真性的绘画属于工匠层面。"'文人——业余'和'工匠——职业'的分类，自 14 世纪之后主宰了中国绘画史"②，受文人生活方式影响，文人画形成了切合中国传统文化的抽象艺术风格。对传统文人而言，绘画是个人心绪情境的书写，画面应展现创作者的审美情感与自我意识。在这一意义上，文人画与以文言文为工具的中国古典诗词有相似性，既受程式化模式制约，又在程式化中形成了自成系统的传统文化意

---

① 康有为：《万木草堂画目》，郎绍君、水天中编《二十世纪中国美术文选》，上海书画出版社 1999 年版，第 21—22 页。
② ［英］柯律格：《中国艺术》，刘颖译，上海人民出版社 2012 年版，第 197 页。

识。中国传统"艺术家试图表现得到大自然启示的心境，同时代的哲学使他们在思索世界时感觉到事物的无常，从而探索外形背后的宇宙本质——一切事物消失其中——的奥秘"①。传统文人画家通过绘画进行哲学思考，这种思考与探索"既超越，又内在；既是感性的，又超感性"②。在感性和超感性之间的中国文人以文人画展现了与西方有所不同的审美思维方式。然而，随着西方绘画不断进入中国，感性和超感性的文人画思维方式及绘画作品受到了影响。面对社会整体的"改良""革命"诉求，现代美术观念逐渐在社会、教育等多个层面影响文人画家的传统绘画观念。

"西方的全部艺术作品是为观者而作，为他人的眼睛和头脑而作。"③"为观者而作"的美术表达方式具有实用性特征，切合康有为立足社会改革提出的美术工具功能，也就是康有为所说"一切工商之品，文明之具，皆赖画以发明之"④，"工商百器皆藉于画，画不改进，工商无可言"⑤。在康有为看来，西方美术与社会经济实在体系密切相关，西方社会政治乃至军事文化进步与美术"写实"表现方式有着内在必然关联。回过头来看，17 世纪西方传教士带来西方绘画、19 世纪末现代美术课程在学校的开设与《点石斋画报》等现代传媒的介绍，这些是现代美术观念在中国确立的基础，中国普通民众因此对现代美术有了心理预期，现代美术观念在 19 世纪中国已经开始了缓慢渐进的接受。应该说，较之于"文学革命"的白话文等现代文学意识，现代美术观念在 18 世纪以来的中国社会文化生活中已初步具有了心理和现实基础。在传教士所抵达的沿海地区，普通民众通过西方图像方式，对现代美术的了解显然已有相当可能。值得思考的是，尽管现代美术在 19 世纪与 20 世纪之交的中国有较为广泛的观念与物质形式接受基础，但"美术革命"仍然在"文学革命"后，这或许是文学与美术不同艺术形态的内在差异所造成的。作为宗教、历史、政治多种文化载体的文学具有思想前沿性，而美术多是隐含内化地承载着宗教、历史、政治，美术的思想文化、社会反应灵敏度或小于文学。

---

① ［法］热尔曼·巴赞：《艺术史》，刘明毅译，上海人民美术出版社 1989 年版，第 560 页。
② 李泽厚：《美学三书》，安徽文艺出版社 1999 年版，第 425 页。
③ ［法］热尔曼·巴赞：《艺术史》，刘明毅译，上海人民美术出版社 1989 年版，第 513 页。
④ 康有为：《物质救国论》，《康有为全集》第 8 集，中国人民大学出版社 2007 年版，第 93 页。
⑤ 康有为：《万木草堂画目》，郎绍君、水天中编《二十世纪中国美术文选》，上海书画出版社 1999 年版，第 21—22 页。

再来看"文学革命"之前的文学。在康有为、梁启超推动的维新运动促进下，清朝末年，出现了"'我手写我口，古岂能拘牵'的新诗派、让诗歌'适用于今，通行于俗'的'诗界革命'；将小说的政治宣传与思想教化功能极大提高，企求达到'改良群治'和'新民'目标的'小说界革命'；以及要求打破桐城派古文的藩篱，推广平易畅达的'新文体'的'文界革命'"①。这些文学思想革新及实践多由 19 世纪末社会变革热潮激起，其变革动力多来自于中国政治、社会与文化危机，提出变革的人士主要是由传统文化体系培养的、了解西方文化的有识之士，而非如同"美术革命"，由西方传教士将西方绘画直接带入中国，并随后进入清末学校教育体系，开始一种自上而下、缓慢渐进的文化变革。

要寻找与西方现代美术观念在中国旅行相类似的文学现象，"文学革命"前域外小说翻译出版可算一种。清末民初，域外小说翻译以林琴南最为著名，林琴南以文言文翻译西方小说，他想"竭力维护古文的尊严与完整性，但在客观上，正是这种文言翻译西学的力不从心以及勉力为之，却为古文系统向现代语言的嬗变打开了缺口"②。林译小说一定程度上展现了西方生活，打开了中国审视西方的新视野。但由于林译小说"常常替外国人改思想——巴不得将西洋的一切风俗习惯，饮食起居，一律变成中国式，方才快意"③，这显示出文言文语言方式与西方现代生活的隔阂，与传教士带来的西方绘画在普通民众中间的流布接受效果有一定差异。到鲁迅、周作人联手翻译《域外小说集》时有了较大变化，该小说主要运用了直译方法，语言上比较贴近西方文化，因此接受效果明显好于林译小说。清末民初，大量翻译的域外小说为中国文学现代转化提供了语言、主题内容、表现方式等多方面的准备。西方小说的社会思想、文学观念，为清朝末年陈陈相因的守旧文坛注入了新鲜的文化与思想活力，但翻译小说观念性的传播方式与西方美术视觉直接感官有所不同，其接受程度也有细微区别。

从五四运动前现代美术与文学的传播来看，西方美术在中国的传播时间要早于文学，广度、深度也稍高于文学。这与美术的直观视觉造型、文

① 钱理群等：《中国现代文学三十年》，北京大学出版社 1998 年版，第 3 页。
② 时世平：《清末民初的翻译实践与"文言的终结"》，《华中师范大学学报》2012 年第 5 期。
③ 志希：《今日中国之小说界》，《新潮》1919 年第 1 卷第 1 号。

学的语言抽象思维差异有关。"语言是思维的工具之一，没有语言人类就无法进行有效的、理性的、有条理的思维。"① 美术图像可以说是"独立于语言之外的思维活动"，是一种以形象思维为主要特征的"非语言思维"。文学思维可借助形象思维，但最终呈现的文学作品仍然是"语言思维"。② 思维方式差异导致文学与美术不同的表现方式，其接受方式也因此不同。西方现代美术注重焦点透视，注意营造写实效果，在视觉映像上可与实际存在物印证对照。由当前学界探讨的视觉文化、消费文化进行关联思考，可发现，西方美术"为观者而作"的表达方式可以说先天地具有消费性、大众性特点。而中国传统绘画与中国传统诗词一样，更多注重于冥想、思考的思维与表达方式，例如山水画与超自然的印象主义有一定关联，诗歌创作也同样如此。③ 因此，在语言思维方式上，中国古典诗词和绘画是一种表现性的文化艺术形式，也许更适合自我表达，但很难如同西方具象艺术那样具有易于接受的大众化、消费性特征。所以 19 世纪末，西方现代美术比文学要更容易进入中国，也容易直观地为各阶层民众接受。但文学的语言思维方式一旦产生现代变革，就具有较之非语言思维相对彻底而深远的影响，也因此超越了美术在视觉意义上的直观影响。

二　文学与美术的共同"革命"

1917 年 1 月，胡适发表《文学改良刍议》，提出文学改革八项主张，强调要言之有物、有情感、有思想④，其核心是反对文言文，提倡白话文，也就是后来的"八不主义"。随后陈独秀提出更为激进的《文学革命论》，由"改良"进而"革命"，提出了"平民文学、写实文学、社会文学"三大主义的革命主张，从"内容到形式对封建旧文学持批判否定的态度，并从启蒙的角度抨击旧文学与'阿谀夸张、虚伪迂阔之国民性'互为因果，主张以'革新文学'作为革新政治、改造社会之途"。⑤ "文学革命"由此

---

① 王小潞、李恒威、唐孝威：《语言思维与非语言思维》，《浙江大学学报》2006 年第 3 期。
② 同上。
③ ［法］热尔曼·巴赞：《艺术史》，刘明毅译，上海人民美术出版社 1989 年版，第 560 页。
④ "言之有物、有情感、有思想"可以说是现实主义的主要特征，现实主义内在地贯通着西方科学思维，因此与西方美术的写实性、科学性有一定关联。
⑤ 钱理群等：《中国现代文学三十年》，北京大学出版社 1998 年版，第 8 页。

生发成现代文化革新运动。由"文学革命"号召，到1919年鲁迅发表白话文小说《狂人日记》，"在中国文学史上树起了一个鲜明的界碑，表示着古典文学的结束，现代文学的起始"①。陈独秀"写实""平民"的文学主张与西方美术素描、人像及风景画的写实透视效果具有内在一致性，西方美术的具象式表达是写实科学思维的具体体现，民众很容易看懂与理解，因此具有与西方民主观念相近的平民性。在传播渠道上，由于"文学革命""写实"与"平民"的强调，注重普通民众的认可，所以与西方美术大众传播取向大致相近。总体来看，陈独秀、胡适的文学变革主张与西方美术所体现的科学精神是一致的，两者都以自己的方式在提倡与实践着"五四运动""科学""民主"思想。

陈独秀、胡适等是"文学革命"主要倡导者，二人是带有政治家、社会活动家等多重文化身份的思想界人士。同时，"新文化运动和新文学的积极赞助者和保护者"②蔡元培也就"文学革命"发声，指出"国文的问题，最重要的就是白话与文言的竞争"③。蔡元培、陈独秀等提出"文学革命"，掀起文学与文化变革思潮，与此大致同时，他们还推动和促进了"美术革命"以及现代美术观念的传播。

"文学革命"冲击了文言文为核心的旧文坛，在全国产生广泛影响。作为文化艺术分支之一的现代"美术"不愿落伍，依然由陈独秀主持的《新青年》发出了自己的号角。如鲁迅所说，"美术为词，中国古所不道"④，19世纪末，"美术"一词在日本已得到社会各阶层确认，具有与"艺术"大致相同的含义。此后，陈师曾、李叔同等留日学生转引使用该词，由此传入中国。到20世纪初，"南洋劝业博览会"（1909）、"上海图画美术院"（1912）、教育部"美术调查处"（1912）等机构与活动介入，以及江丹书《美术史》（1917）、《中华美术报》（1918）等出版物的传播⑤，"美术"一词大致确立其现代含义，开始逐步与"艺术"概念分立，向视觉造型艺术方向发展，逐渐确立了独立的艺术形态与边界，成为界限相对分明的艺术范畴下的一大部类。

---

① 钱理群等：《中国现代文学三十年》，北京大学出版社1998年版，第3页。
② 耿云志：《胡适与五四文学革命运动》，《中国现代文学研究丛刊》1979年第1期。
③ 蔡元培：《国文之将来》，《蔡元培选集》，中华书局1959年版，第103页。
④ 鲁迅：《拟播布美术意见书》，《鲁迅全集》，人民文学出版社2005年版，第50页。
⑤ 陈振濂：《"美术"语源考（续）——"美术"译语引进史研究》，《美术研究》2004年第1期。

"文学革命"是文学现代意识觉醒的重要起点。受"文学革命"影响，由西方转手而来的"美术"也开始寻求现代意义上的自我意识。经历19世纪与20世纪之交西方文化思潮洗礼，受社会形势影响，传统中国书画面临诸多危机，传统文人群体已很难在社会政治中占据重要地位。18世纪以来，西方绘画不断传播，逐步成形的中国现代美术需要认识与寻找自己的社会文化身份，确立自己的艺术形态与边界，他们需要一个攻击传统中国绘画的靶子，以确立自己独立的现代艺术类型。在"文学革命"鼓舞下，部分有识之士开始觉醒并追寻现代意义上的"美术"，其首要行动便是"留学日本的画家吕澂给陈独秀的信函以'美术革命'为标题发表在1918年1月出版的《新青年》6卷1号上"①。

在这封占据了《新青年》较少版面的通信中，吕澂说：

> 近年西画东输，学校肆业；美育之说，渐渐流传，乃俗士鹜利，无微不至，徒袭西画之皮毛，一变而为艳俗，以迎合庸众好色之心。驯至今日，言绘画者，几莫不以此类不合理之绘画为能。（海上画工，唯此钟画间能成巧；然其面目不别阴阳，四肢不成全体，则比比皆是。盖美术解剖学，纯非所知也。至于画题，全从引起肉感设想，尤堪叹息。）充其极必使恒人之美情，悉失其正羊，而变思想为卑鄙龌龊而后已。②

面对20世纪初中国画、西方绘画相互混杂的局面，留日归来的美术家吕澂显得有些焦虑。吕澂曾接受经由日本转手的西方现代美术教育，他希望美术与文化艺术界能够对美术进行学科自觉意义上的清理，让社会明白20世纪中国应该产生什么样的美术，能够有什么样的美术。吕澂提出了现代美术发展的几个问题，主要是现代美术的特性、中国美术的源流、西方美术之变与中国美术界的趋势、美术的真谛等。③ 这些是吕澂想表达的"美术革命"本意。

新文化运动倡导者陈独秀从吕澂信件中敏感地嗅察到了可资发挥的社

---

① 吕澎：《历史上下文中的"美术"和"美术革命"》，《文艺研究》2007年第9期。
② 郎绍君、水天中编：《二十世纪中国美术文选》上卷，上海书画出版社1999年版，第34页。
③ 潘公凯主撰：《中国现代美术之路》，北京大学出版社2012年版，第225页。

会与文化革命问题。借吕澂来信,陈独秀进行了发挥,他说:

> 若想把中国画改良,首先要革王画的命。因为改良中国画,断不能不采用洋画写实的精神——画家也必须用写实主义才能发挥自己的天才,画自己的画,不落古人的窠臼。中国画在南北宋及元初的时代,那描摹刻画人物禽兽楼台花木的功夫还有点和写实主义相近。自从学士派鄙薄院画,专重写意,不尚人物;这种风气,一倡于元末的倪、黄,再倡于明代的文、沈,到了清代的三王更是变本加厉。①

陈独秀似乎并未在意吕澂号召"美术革命"所提出的有关问题,而是对元朝以来文人画进行了批判,他所谓"革王画的命"主要就是以西方写实主义传统取代中国写意画传统,这与新文化思潮的西方科学主义直接相关,与他提倡的"文学革命"有相同的激进情绪。

当时陈独秀是坚定的反传统主义者,受社会大势影响,五四运动中反传统主义者多"把中国传统视为一个有机整体而予以全部否定。既然传统的整体性被认为是由它的根本思想有机形成的,因此,'五四'时期反传统主义的形成,便是全盘性的思想上的反传统主义"②。陈独秀批评了自元朝末年以来的文人画传统,希望确立西方美术写实技法的现代地位。在激进思想驱动下,陈独秀将"革王画的命"与"美术革命"等同起来,将社会变革重任落实到美术上,使美术具有了工具功能化特质,这与20世纪30年代木刻艺术运动及其后延安时期开始的文艺工具功能论有内在相关性。20世纪30年代木刻艺术运动兴盛发展,直至1949年后的文艺大众化,其实是美术参与社会变革的一种证明,是现代美术工具功能化的切实体现。

"革王画的命"是康有为的美术观点,稍早于"美术革命"。康有指出"中国画至国朝而衰敝极矣,岂止衰敝,至今郡邑无闻画人者,其遗一二名宿,摹写四王、二石之糟粕,枯笔如草,味同嚼蜡,岂复能传后,以与今欧美日本竞胜哉"③。他预言中国画改革趋势必为"合中西而为画学新纪元"④。康有

---

① 陈独秀:《美术革命(答)》,载《新青年》1918年第1号。

② [美]林毓生:《中国意识的危机》,穆善培译,贵州人民出版社1986年版,第81页。

③ 康有为:《万木草堂画目》,郎绍君、水天中编《二十世纪中国美术文选》,上海书画出版社1999年版,第21—22页。

④ 同上。

为了解宋代院画写实传统，他从意大利绘画中"看到了绘画与实现国家富强之间的某种联系"①，因此，他认为，"摈弃荒率写意的文人画而改立'正宗'既有利于吸纳西方写实精神与技法，还可以追溯传统院画源头发展自我的传统"②，进而提出中国传统绘画改良观点，康有为期待的是一种调和中西的美术观，与陈独秀全盘反"文人画"有一定距离。

在文学与美术"革命"思潮中，作为从传统文化走出来的具有初步现代意识的知识分子，陈独秀、胡适、康有为对中国文学、绘画的批判视角与侧重点有一定区别，但在论说起点上其实都是鸦片战争以来中国社会政治、经济、文化危机的产物，毕竟文化启蒙是知识分子救亡图存的主要目标与方式。五四运动前后，西方各种文化、思想大量进入中国，使大批身陷社会文化困境的青年学子接受了新鲜的思想食粮。西方思想文化成为他们反观中国文化传统的镜像，他们以此批判中国传统文化、制度、道德等，形成了影响20世纪中国变革与发展的文化新思潮。陈独秀、胡适、康有为等对中国文学与"美术革命"的号召也可以说是社会危机引发的文化思考，与康有为不同的是，陈独秀、胡适等对以儒家思想为核心的传统文化有着相对强烈的不满。

在外部表现上，"文学革命"是白话文与古文之间的斗争。③白话文与古文的斗争较之文人画与现代美术的斗争要显得艰难与深远，究其缘由，一是中国"文以载道"传统久远，文学尤其是文言文所承载的传统道德意识较为厚重，思想观念转变相对艰难；二是文学的语言思维较之绘画的非语言思维要抽象而深刻，文言文向白话文转变的背后是抽象思维方式的转变，比技法上传统绘画向现代美术转变也相对复杂。所以一旦文学开始"革命"，白话文取代文言文，这种转变的影响便也是深远广阔的。"文学革命"兴起时，文学家以及社会活动家经历各种思想不断冲撞，在相对激烈的话语斗争中，出版传媒与学校教育逐渐接受白话文的思维与表达方式。正是受"文学革命"浩荡声势影响，美术界才开始有所觉醒。当时也有人提出"艺术革命必须与文学革命携手并进"。"但是攻击传统画要比用新东西取代它容易。画家不像文学家，他们没有类似活着的白话那种东

---

① 潘公凯主撰：《中国现代美术之路》，北京大学出版社2012年版，第224—225页。
② 同上书，第225页。
③ 耿云志：《胡适与五四文学革命运动》，《中国现代文学研究丛刊》1979年第1期。

西,可以用以建构新的艺术运动"。① 这也导致了随后"美术革命"影响力不足,成为一种"未能完成的革命",随后传统中国画又再度复兴的尴尬现象。

三 文学与美术"革命"的分野

"美术革命"与"文学革命"均由《新青年》发起,《新青年》是当时文化"革命"的主要阵地,在这里,他们以多种形式对中国封建道德、观念、体制进行了集中批判。其前身《青年杂志》发刊之初,主编陈独秀便提出"自主的而非奴隶的""进步的而非保守的""进取的而非退隐的""世界的而非锁国的""实利的而非虚文的""科学的而非想象的"六点希望②,"革命"由此成为当时主流话语,也是文化思想与社会变革现代演进与发展的关键词。从《青年杂志》到《新青年》,文化"革命"阵地逐渐巩固,陈独秀通过胡适《文学改良刍议》发现文学革新的可能起点,提出了《文学革命论》,并把"文学革命"视为离经叛道、反对传统的新文化运动的重要组成。③ "美术革命"由吕澂来信引起陈独秀关注和思考,进而提出"美术革命"。从发生角度看,"美术革命"与"文学革命"的提出方式和提出人都具有一致性,都以来信及陈独秀回复方式展开,因此,陈独秀及《新青年》可以说是"文学革命"与"美术革命"的共同主导者。对"美术"与"文学",陈独秀持守的是社会工具功能立场,其思想观点是一种社会学见解,背后蕴藏着政治变革的意图。④ 作为《新青年》主将,陈独秀最出色的战斗是在五四运动前对封建文化思想的勇猛冲杀,可以说,他不仅是"文学革命"的首创者,也是"美术革命"的首创者。⑤

"文学革命"与"美术革命"共同推动了中国思想文化的现代演变,新文化运动因此兴起勃发。所谓新文化可以"归结为两件事:民主与科学。民主,并不是专指一种社会制度,而是一种人生态度和人与人的关

---

① 潘公凯主撰:《中国现代美术之路》,北京大学出版社 2012 年版,第 76 页。
② 陈独秀:《敬告青年》,《青年杂志》1915 年第 1 卷。
③ 潘耀昌:《中国近现代美术史》,北京大学出版社 2009 年版,第 195 页。
④ 同上书,第 202 页。
⑤ 宁树藩:《陈独秀与〈新青年〉》,《复旦学报》1979 年第 3 期。

系；科学，并不是指一种学问，而是一种思想方法"①。科学、民主是新文化运动的口号，也是纲领，文学与美术"革命"在这两个口号下为现代社会文化建设担负起属于时代的独特功能。尽管现代文学与美术有相对独立的表现形式、历史脉络、文化形态，都强调艺术自律，但在新文化运动中，受社会文化思潮影响，"美术革命"与"文学革命"的批判方向、主题内容、表达形式、发展趋向都形成了一种互文关系。

具体来看"美术革命"中的主要观点：

康有为："中国画至国朝而衰敝极矣，岂止衰敝，至今郡邑无闻画人者，其遗一二名宿，摹写四王、二石之糟粕，味同嚼蜡，岂复能传后，以与欧美日本竞胜哉。"②

一画师为世重如此，宜意人之美术画学冠大地也。宋有画院，并以画试士，故宋画冠古今。今观各国画，十四世纪前画法板滞，拉斐尔未出以前，欧人皆神画无韵味。全地球画莫若宋画，所惜元、明后高谈写神弃形，攻宋院画为匠笔，中国画遂衰/今宜取欧西之写形之精。以补吾国之短。③

西画之精新妙肖至工矣，然中画亦有独到处。向以为他日必有兼善之才，英绝领袖之者。郎世宁之后，必有其人。——它日从南宋大家精深华妙处成就之，则郎世宁开新派，合中西之妙为大家矣。④

吕澂："姑就绘画一端言之，自昔习画者，非文人即画工，雅俗过当，恒人莫由知所谓美焉。近年西画东输，学校肄业；美育之说，渐渐流传，乃俗士骛利，无微不至，徒袭西画之皮毛，一变而为艳俗，以迎合庸众好色之心。驯至今日，言绘画者，几莫不推商家用为号召之仕女画为上。其自居为画家者，亦几无不以此类不合理之绘画为能。"⑤

陈独秀："若想把中国画改良，首先要革王画的命。因为改良中

① 冯友兰：《中国现代哲学史》，江苏文艺出版社 2013 年版，第 47 页。
② 康有为：《万木草堂画目》，郎绍君、水天中编《二十世纪中国美术文选》，上海书画出版社 1999 年版，第 21—22 页。
③ 同上。
④ 同上。
⑤ 吕澂：《美术革命》，《新青年》1918 年第 1 号。

国画，断不能不采用洋画写实的精神。这是什么理由呢？譬如文学家必用写实主义才能够采古人的技术，发挥自己的天才，做自己的文章，不是抄古人的文章。画家也必须用写实主义才能发挥自己的天才，画自己的画，不落古人的窠臼。中国画在南北宋及元初的时代，那描摹刻画人物禽兽楼台花木的功夫还有点和写实主义相近。自从学士派鄙薄院画，专重写意，不尚肖物；这种风气，一倡于元末的倪、黄，再倡于明代的文、沈，到了清朝的三王更是变本加厉。人家说王石谷的画是中国画的集大成，我说王石谷的画是倪黄文沈一派中国恶画的总结束。"①

我家所藏和见过的王画——大概都用那"临""摹""仿""木无"四大本领，复写古画；自家创作的，简直可以说没有，这就是王流派在画界最大的恶影响。——像这样的画学正宗，像这样社会上盲目崇拜的偶像，若不打倒，实是输入写实主义，改良中国画的最大障碍。②

在批判方向上，吕澂针对西方绘画进入中国后出现的混乱状况，指出应该审慎面对盲目学习西方绘画而不知何为"美术"的不良现象。康有为、陈独秀所批的是"倪黄文沈一派"的文人画，康有为认为文人画"摹写四王、二石之糟粕，味同嚼蜡"，不能将现实生活内容传递出来，因此要中西互补。陈独秀则不分析历史境况，直接要"革王画的命"。陈独秀"对'文人画'的恶评与其激烈的反传统思想密不可分，——出于社会变革的根本意图，陈独秀最终将'美术革命'直接落实为革'王画'之命。他武断地认定，'王画'中的笔墨程式如同儒家的'三纲五常'一样。既脱离现实社会，也束缚着人的创造性和个性，是应该被打倒的'偶像'"③。由于陈独秀思想具有全盘性"反传统"特点，与"美术革命"批判对象一样，"文学革命"中，陈独秀批判的是"雕琢的阿谀的贵族文学""陈腐的铺张的古典文学""迂晦涩艰涩的山林文学"。"贵族文学、古典文学和山林文学"与"倪黄文沈一派"文人画一样，均是"束缚人的创造性和个性"的封建传统文学艺术形式，它们都是陈独秀所指认的阻碍新时

---

① 陈独秀：《美术革命（答）》，《新青年》1918 年第 1 号。
② 同上。
③ 潘公凯主撰：《中国现代美术之路》，北京大学出版社 2012 年版，第 224—226 页。

代发展的旧文化形式。

关于"美术"的现代发展方向，陈独秀以文学举例陈述，提出应重视写实，因为"写实"包含着西方"科学"精神，是"先进"的东西。在陈独秀看来，文学家与画家都应采用"写实"精神，写实与日常现实生活密切相关，不必去模仿古人，不必再有文言文格律与文人画程式，因此可以真实反映日常现实生活。以写实取代传统文人画"笔墨程式"与白话文模式，建立"平民文学""写实文学""社会文学"相近似的新艺术形式，确立文学艺术与现实生活的关联，使文学与美术具有类似于西方科学的现实主义精神，由此文学与美术便承担了独特的社会工具功能。考察陈独秀"美术革命"与"文学"写实主义观点来源，其早前曾认为，"要把现实主义引入中国，因为他确信，欧洲现代文学已经从古典主义和浪漫主义进展到现实主义和自然主义，而且现实主义比自然主义更适合中国的情况。"① 文学现实主义与西方美术写实精神同是西方科学主义规范下的文学艺术手法，这应该是陈独秀文学革命与美术革命共同的思想来源。

康有为、陈独秀二人都对文人画表示不满，都在社会变革意义上批评了传统文人画，并要求以写实主义注入中国画，从而与"文学革命"提出的文学写实性相互映照。新文化运动中，美术与文学被共同指向写实，显示出文学与美术对五四运动科学旗帜的积极呼应，也是陈独秀文学革命与美术革命思想沟通交汇的连接点。就美术表述看，康有为、陈独秀间存在一定分歧。康有为对文人画"批判的是其过分沉溺于主体表现；陈独秀所抨击的恰恰是它过分程式化而缺乏主体表现性"②。对写实主义，康有为持改良观点，他主张"形似"，要求中国画重视写实，并非是陈独秀观念中的"写实主义"，也不是完全以写实取代传统中国画的笔墨，而是吸取中西绘画长处，实现中西互补。

"文学革命"中，胡适与陈独秀观点差异也大致如此。胡适《文学改良刍议》提出的"须言之有物、不模仿古人、须讲求文法、不作无病之呻吟、务去陈词滥调、不用典、不讲对仗、不避俗字俗语"八项主张也是改良性质的，要求的是以"文字形式的革新闯开新路"③，胡适也认为自己

---

① 李欧梵：《现代性的追求：李欧梵文化评论精选集》，生活·读书·新知三联书店 2000 年版，第 198 页。
② 潘公凯主撰：《中国现代美术之路》，北京大学出版社 2012 年版，第 226 页。
③ 李泽厚：《中国现代思想史论》，天津社会科学院出版社 2003 年版，第 95 页。

"态度太和平了"①。在胡适看来,社会各界已经在知识更新上达成了共识,文学只是社会变革中的一个组成部分,只要进行一场语言上的革命就可以了。② 陈独秀则与胡适改良观有明显区别,他旗帜鲜明、观点激越地指出:"今日吾国文学,悉承前代之敝——其形体则陈陈相因,有肉无骨,有形无神,乃装饰品而非实用品;其内容则目光不越帝王权贵神仙鬼怪及其个人之穷通利达。——此种文学盖与吾阿谀夸张、虚伪迂阔之国民性,互为因果。"③ 在内容陈述、行文语气上,与胡适自由主义的温和改良有较大区别,陈独秀"以思想内容的主题为大炮,猛烈轰炸着旧营垒"④,显示出激进民主的文学"革命"意识。

新文化运动中的"美术革命"与"文学革命"都是社会文化思潮变革的产物,在言说起点上,都立足社会思想变革来审视"文学"与"美术"。由于文学比当时的政治生活更内在、深入地表现了时代的灵魂⑤,而且白话文语言方式在文学语言思维层面上具有本体意义。美术视觉形象上则具有直观性、形式敏感性特点,再有,18 世纪以来传教士带来的视觉革新已潜在影响了传统绘画视觉方式,中国人对此已经有了初步认识。因此,较之美术,文学现代变革要缓慢,但一旦变革,其影响又要比美术深远得多。也或正是由于美术视觉文化的直观性,导致"美术革命"成了未能继续完成的"革命",其"美术革命"的口号也就未能产生"文学革命"那样深远的影响。总体来看,在社会史意义上,"文学革命""美术革命"对社会思想发展演进起到一定的推动作用,在整个社会文化潮流中,现代的"文学""美术"观念以某一个细微的视角体现出"凡夫风俗之变迁、实业之发展、学术之盛衰"。⑥ 通过美术与文学的互动交流与共同变革,推动新文化运动发展,使新文化运动具有广泛而深远的影响,"文学"与"美术"现代观念及其现代学科也得以在中国生根。

---

① 胡适:《五十年来之文学》,《胡适文存》卷二,亚东图书馆 1930 年版,第 194 页。
② 李欧梵:《现代性的追求:李欧梵文化评论精选集》,生活·读书·新知三联书店 2000 年版,第 200 页。
③ 陈独秀:《文学革命论》,《独秀文存》,亚东图书馆 1922 年版,第 136 页。
④ 李泽厚:《中国现代思想史论》,天津社会科学院出版社 2003 年版,第 95 页。
⑤ 刘纳:《从五四走来——刘纳学术随笔自选集》,福建教育出版社 2000 年版,第 35 页。
⑥ 高平叔:《蔡元培史学论集》,湖南教育出版社 1987 年版,第 139 页。

第二节 文学、美术汇流的大众化主潮

"文学革命""美术革命"开启了中国文学、美术现代变革、发展的新面向，其现代变革、发展的重要趋向即在于文学与美术走出文人精英封建旧模式的自我呢喃，转向现实生活与艺术写实。文学、美术在其后10年取得了显著成就，白话文全面推广，透视的写实绘画逐渐被社会接受，社会大众化的思想种子得以深埋。随后，立足关注现实生活进行艺术写实的文学与美术，不断与社会政治文化紧密结合，形成了20世纪20年代至70年代的文艺工具化功能实践主潮。文艺工具化功能实践的核心方向即是大众化，由此形成了文学与美术汇流的半个世纪的文艺大众化主潮。从1927年大革命起至1976年，尽管大众化的形式、目标、主题有所不同，政治与社会形势时有变化，但美术与文学紧密结合社会时势的意识形态功能化取向，是文艺大众化实践与发展的主要方向。

一 大众化奠基：1927—1941 年的思潮交汇

随着新文学变革发展，白话文逐渐取代文言文，语言方式实现了由古典向现代的转变，白话文成为普通大众看得懂的语言，普通平民因而得以参与到原来文人才能享有的文化中。由于语言是思维的外部物质形式和结构，这一结构的"内面"是思维方式。思维的组织程式需要通过语言而外现，语言的变迁相应促成了思维方式的选择。[1] 白话文取代文言文，中国文学的现代性由此起点，也是民间大众与传统文人精英文化平权的开始。五四运动后，白话文被确立为"国语"，"意味着从思维与行为根基的语言形态上使'大众'成为国家主体。从中国传统文化角度看，这同时意味着'大众'登堂入室对精神礼器的占有与解放"[2]。这为文学大众化奠定了语

---

[1] 魏博辉：《语言的变迁促成思维方式的选择》，《西南民族大学学报》（人文社会科学版）2010年第9期。

[2] 尤西林：《20世纪中国"文艺大众化"思潮的现代性嬗变》，《文学评论》2005年第4期。

言思维基础，后来小说取得文学正宗地位，人生派写实的"问题小说"、文学研究会的发展、早期无产阶级诗歌的出现等，共同推动了文学上的"个体自由的民主观倒向大众平等的民主观"，小说中出现了农民、普通知识分子等一系列具有大众化特征的文学形象。随着美术教育体系的确立、美术画作主题的变化，现代美术逐渐受到一般普通市民的认可，普通大众也开始成为美术创造的主体或描绘对象，这些均为其后大众化发展奠定了基础。在白话语言逐渐被接受中，文学与美术的思维方式也渐由古典文人心态及思维向现代科学思维与表达方向转移。五四运动倡导的平民、写实、社会的诸多文学主张是当时社会文化精英所倡导与实践的现代目标，也是朝向西方的现代科学思维的发展航标。语言与思维方式的转变，加上平民、写实、社会的文化艺术方向指引，文学与美术的大众化不仅成为一种可能，而且配合世界文艺思潮，成为全球化语境下独立而独特的中国文艺大众化本土发展现象。

中国现代文学的发生与现代作家的日本体验有着内在关联[1]，许多新颖的词汇经由日本中介进入中国。与此有关，20 世纪 30 年代的"文艺大众化"讨论不仅相关内容、主题与日本语境有关，这一词汇的内涵外延等，也受到日本左翼文化的潜在影响。[2] 早在 20 世纪 30 年代左联"文艺大众化"讨论前，随着西方文艺理论翻译进入中国，"大众化"问题已是文艺界关注与讨论的重点。1926 年，创造社成员叶灵凤、潘汉年等创办的《幻洲》杂志提出了文艺家应该走向"十字街头"。[3] 1927 年 5 月，林风眠组织了北京艺术大会，确定了"实行整个的艺术运动，促进社会艺术化"的宗旨，企图促使艺术走向民间与大众，进而影响和教育大众。[4] 20 世纪 20 年代文学与美术分别对"大众化"问题的讨论为其后 30 年代"文艺大众化"发展提供了思想基础。具体而明确的"大众化"思潮主要指从 1930 年开始、持续到 1939 年的"文艺大众化问题"系列讨论及相关文艺实践。这一讨论的发生有文学内在发展及社会政治变革的影响，尤其是 1927 年革命形势急转，应该是大众化思潮肇始的关键因素。1927 年，"四一二"

---

① 参见李怡《日本体验与中国现代文学的发生》，北京大学出版社 2010 年版。

② 王成：《"直译"的"文艺大众化"——左联"文艺大众化"讨论的日本语境》，《中国现代文学研究丛刊》2010 年第 4 期。

③ 潘公凯主撰：《中国现代美术之路》，北京大学出版社 2012 年版，第 295 页。

④ 同上书，第 297 页。

政变使共产党与国民党政治斗争明朗。1928 年到 1931 年，日本先后发动了各种侵略事件，国家民族存亡大事使"救亡压倒启蒙"，不少自由主义知识分子转向左翼思想，马克思主义所倡导的无产阶级文艺思想成为知识分子推崇的文化意识。1927 年 9 月鲁迅离开广州抵达上海，这成为他思想逐渐倾向左翼、倡导木刻新兴美术的起点。1930 年 3 月鲁迅、郁达夫、郑伯奇、郭沫若、茅盾等人发起成立中国左翼作家联盟。同年 7 月，中国左翼美术家联盟在上海成立①，成员多是木刻艺术界的青年美术家，也有部分委员是代表中国共产党地下党来执行领导任务的。② 在相近的时间节点上，文学和美术共同开启了中国现代文艺的左翼传统，而左翼传统的主要内容便是无产阶级领导下文学、美术的功能化及大众性。

左翼传统往前追溯则是"革命文学"，"革命文学"又可以追溯到 1923 年邓中夏、蒋光慈等人提出的无产阶级文学的主张，以及 1924 年具有革命倾向的春雷社的成立。③ 无产阶级革命文学倡导者认为"虽然革命陷于低潮，但无产阶级文学运动的提倡能推动政治上的持续革命"，有的革命文学理论甚至直接提出"新文学队伍也要按阶级属性重新划线站队"④，其论述的主题内容与 1942 年毛泽东《在延安文艺座谈会上的讲话》的某些内容有相似之处。阶级理论的突出使"大众"成为无产阶级左翼文学需要重视并突出的关键词，在此号召下，20 世纪 30 年代左翼乡土小说突出了阶级意识、革命意识。如茅盾的"农村三部曲"（《春蚕》《秋收》《残冬》）对农民苦难的描述，突出了人民大众的主体；柔石的《为奴隶的母亲》、叶紫的《丰收》《火》等表现了底层大众在苦难中酝酿的阶级意识。⑤ 蒋光慈、洪灵菲、柔石、胡也频等将人物形象塑造转向工人、农民等普通大众，下层劳动者的人物形象显示了左翼文学在形象与主题表达上的大众化趋向。正如鲁迅在 1931 年柔石等人被害后表达的心声："无产阶级革命文学却仍然滋长，因为这是属于革命的广大劳苦大众的——我们同志的血，已经证明了无产阶级革命文学和革命的劳苦大众是在受一样的压迫，一样的残杀，作一样的战斗，有一样的命运，是革命的劳苦大众

---

① 李桦等：《中国新兴版画运动五十年》，辽宁美术出版社 1981 年版。
② 吕澎：《20 世纪中国艺术史》（上），北京大学出版社 2007 年版，第 291 页。
③ 钱理群等：《中国现代文学三十年》，北京大学出版社 1998 年版，第 193 页。
④ 同上书，第 194 页。
⑤ 李运抟：《现代中国文学思潮新论》，广西师范大学出版社 2011 年版，第 18 页。

的文学。"① 鲁迅所说的"劳苦大众"，可以视作"大众"话语的公开表达，大众话语的确立是鲁迅倡导木刻、连环画等新兴美术的一个恰当的解释，显示出 20 世纪 30 年代木刻、连环画等先天的民间性质与大众话语一定的历史渊源。

在左翼文学以大众化形式不断发展的同时，左翼美术也内在地呼应着大众化思潮。时代美术社与一八艺社是左翼美术家联盟的主要团体，也是 20 世纪 20 年代革命大潮中学校与社会运动的主要参与团体。1930 年 2 月，时代美术社成立，号召"时代青年应该充当时代的前驱，时代的美术应该向着时代民众去宣传"②，这一口号突出了时代民众，突出了阶级，话语性质与左翼作家联盟具有不少相似性。成立当月，他们邀请鲁迅漫谈艺术问题，鲁迅暗示了对普通大众的亲近与同情的态度③，这与其在文学思想上的大众情感趋向较为一致。1930 年，杭州国立艺术院学生团体一八艺社部分成员到上海后逐渐向左翼大众化方向发展，1931 年在上海举办了习作展览会，展出了国画、油画、雕塑、木刻等美术作品，鲁迅为展览写了"小引"，对左翼文艺的大众趋向寄予厚望。在参加了鲁迅主导创办的"木刻讲习会"后，木刻成为他们以左翼立场战斗的重要艺术形式。1932 年 5 月，春地画会成立，更推动着左翼美术向大众化方向迈进。春地画会成立宣言提出"现代的艺术必然地要走向新的道路，为新的社会服务，成为教养大众、宣传大众与组织大众底很有力的工具"④。鲁迅积极支持春地画会，曾在经济上给予过帮助。⑤ 时代美术社、一八艺社、春地画会等左翼美术团体提出了大众化趋向鲜明的口号，各种宣言不断突出大众。尤其是春地画会，直接指出了新艺术宣传与组织大众的工具化功能，为 1942 年延安文艺大众化规范提供了示范。除了口号，其木刻艺术塑造的美术形象也反映了底层大众的悲苦生活。如胡一川作于 1932 年的木刻《到前线去》便是一个开口大呼的劳工，陈铁耕作于 1933 年的《母与子》是坐在矮凳上扶头愁思的母亲，儿子靠在门板上，面面相觑，画面形象突出了大众的

① 鲁迅：《中国无产阶级革命文学和前驱的血》，《鲁迅选集》第三卷，人民出版社 1986 年版，第 120 页。
② 李桦等：《中国新兴版画运动五十年》，辽宁美术出版社 1981 年版，第 129 页。
③ 吕澎：《20 世纪中国艺术史》（上），北京大学出版社 2007 年版，第 292 页。
④ 李桦等：《中国新兴版画运动五十年》，辽宁美术出版社 1981 年版，第 6 页。
⑤ 吕澎：《20 世纪中国艺术史》（上），北京大学出版社 2007 年版，第 296 页。

苦难生活。

大众化发展方向一经提出，就受到文学艺术界共同的认可与推进。1932年，美术界提出了《普罗美术作家与美术作品》的有关问题，并具体规定了"普罗美术"的题材，在美术形式上，"普罗美术"逐步找到了自己的艺术样式——木刻①，木刻于是成为20世纪30年文艺大众化发展的主要艺术形式。鲁迅认为木刻艺术的兴起，"是作者和社会大众的内心的一致的要求"，之所以为新兴木刻，"也是所以为大众所支持的原因"②，可见，鲁迅已经视木刻为大众化的重要工具。前后几年，各地成立了不少木刻社团。1934年春夏之际，广州现代创作版画研究会和天津平津木刻研究会成立，标志着新兴木刻运动已在全国范围内展开。③ 1936年7月"第二届全国木刻联合展览会"巡展全国，更推动了木刻艺术大众化实践的成熟。1937年七七事变后，由于制作上的简便性、内容上的现实性和风格上的战斗性，木刻受到各界重视，逐渐成为影响较大的大众化艺术形式，直接结果是1938年中华全国木刻界抗敌协会在武汉成立。1942年1月复建的中国木刻研究会与之前的木刻界抗敌协会一样，通过寻求民间多样的艺术形式实现大众化功能。木刻艺术此时已基本被认为是发动群众的主要艺术形式，其蓬勃发展也超出了社会预期，在艺术形式上由稚嫩逐渐成熟，题材直接转向普通劳苦大众，以视觉造型方式展现了一般大众的生活。20世纪30年代后期，"许多木刻家相继来到延安，汇聚在鲁迅艺术学院的美术系研究和教授木刻，使之几乎成了木刻系"④，这也在体制层面上推动着木刻艺术向大众化方向发展。

由上述论述可见，20世纪30年代起，启蒙文化思潮逐渐减弱，以大众化为主要标志的左翼文化在马克思主义传播下开始走上前台，国统区新文学、现代美术也都逐渐开始了大众化转向。当然，大众化转向中也有其他复杂原因，例如，新文学早期白话文的不成熟，或者过分的西化表达，"使读者——也感觉到非常的困难。启蒙运动的本身，不用说，蒙着很大

① 吕澎：《20世纪中国艺术史》（上），北京大学出版社2007年版，第303页。
② 鲁迅：《〈全国木刻联合展览会专辑〉序》，《鲁迅全集》第6卷，人民文学出版社2005年版，第350页。
③ 吕澎：《20世纪中国艺术史》（上），北京大学出版社2007年版，第304页。
④ 同上书，第304—305页。

图 1－2　陈铁耕木刻《母与子》

的不利。于是大众化的口号自然提出了"①。在苏俄马克思主义意识形态中，文艺功能化、大众化是其应有之义，于是中国共产党领导的解放区直接以文艺大众化集中农民大众等新生力量，运用"盘踞在大众文艺生活里的小调，唱本，说书等等的旧形式，来迅速地组织和鼓动大众"②。1942年毛泽东《在延安文艺座谈会上的讲话》发表前，从苏区到延安，一直以大众化为基本方向开展文艺活动。《草叶》《谷雨》等文艺刊物和板报、墙报等许多大众化的文艺传播渠道在民间大众中开始流行，木刻、漫画、说唱文学、说书等具有大众化特征的艺术形式受到一般民众的欢迎。再加上一大批文化水准不高的农民以民间文艺形式来演唱、书写自己身边的生

①　郑伯奇:《关于文学大众化的问题》,《大众文艺》1930 年第 3 期。

②　周扬:《关于文学大众化》,《北斗》1932 年第 3 期。

活，这样，从知识分子到一般大众，都成为文艺创造主体，大众化艺术实践便成为 20 世纪三四十年代社会文化主潮。尽管期间还有其他思潮掺杂进来，但"在欧化、民族化、大众化之间无条件地倾向大众化"①。大众文艺不断发展，1942 年前，解放区文学与美术已经基本实现了大众化，国统区也受到影响。但中国共产党尚未形成具体的大众化理论，自 20 世纪 20 年代末起到 1942 年的文艺大众化实践与零星的言说是一种基础，为其后 1942 年《在延安文艺座谈会上的讲话》出台及其后一系列文艺大众化转向提供了实践基础和理论资源。

考察这一时期文学与美术的大众化思潮主要特征，可以归纳为以下几点：一是当时社会情势发展，工农革命群众要求文学与美术做出反应，主要是作家与美术家在创作起点上认识、书写与大众深厚的情感，表现社会危机中一般劳苦大众的生活，而苏联传导过来的革命思潮又助推了这一情感的发展。二是创作主题上以革命需求为主，强调大众共同参与来推动革命发展。文学与美术的功能化意识逐渐强化，尽管鲁迅等能够意识到审美及形式问题的重要性，但审美意识相对于革命功能居于次要地位。三是底层农民、工人成为小说、报告文学、戏剧、木刻、版画等创作文本的主要形象，工人农民近乎等同于大众，对工人农民的书写就是革命的。甚至解放区文艺的创作主体也是一般大众，这是大众化深入发展的新的转向。四是受上述因素影响，艺术形式和语言等要求简明易懂，一般民众能够理解并喜爱成为大众化思潮中文艺创作的主要要求，因此，民间艺术形式得到极大的倡扬，这也是当时提出来的"民族形式"问题，是"当代文化格局变化的一个标志：民间文化形态的地位始被确立"②，这里的民间文化形态也可以说就是大众文化，木刻、版画、民间歌剧、评书等民间艺术形式成为当时重要的艺术类型。在大众化启动阶段，无论是"革命文学"，还是新兴木刻，抑或是解放区一般民众创作的艺术，文学与美术的审美批判功能逐渐弱化，而意识形态的工具功能则逐渐强化。

---

① 许志英、邹恬：《中国现代文学主潮》，福建教育出版社 2001 年版，第 478 页。
② 陈思和：《鸡鸣风雨》，学林出版社 1994 年版，第 27 页。

二　大众化规范：1942 年《在延安文艺座谈会上的讲话》的发生

20 世纪 30 年代，中国共产党领导下的苏维埃政权开始成立与发展，苏维埃政权的一个重要文化工具就是革命文艺，"当时苏区文艺的特点是'工农大众文艺'"[1]。工农大众文艺是中国共产党文艺工作大众化、功能化的前驱，也是后来延安时期文艺工作规范化的蓝本。"抗战开始后，更多的革命艺术家、剧团、演出队、知识分子从国统区的大城市，辗转来到延安"[2]，随着政治形势发展，从大城市来到苏区的文艺家理想中的启蒙使命与中国共产党在政治任务面前的大众化导向渐渐出现冲突。1940 年毛泽东在《新民主主义论》中把鲁迅指认为"新文化的旗手"，提出"鲁迅的方向，就是中华民族新文化的方向"，使"'鲁迅'在延安更是成了先进的新文化的象征"[3]。但随着革命形势发展，鲁迅倡导、丁玲等实践的"作家艺术家自上而下的启蒙式的文学变革"并不能真正与民众结合、不能以民众作为文学艺术的主体。[4] 所以 1942 年毛泽东"否定了鲁迅所代表的观点"[5]，鲁迅及其精神继承者们在反抗权贵专制的同时，还对一般大众的愚昧、麻木等进行揭露批判，这与毛泽东号召的文学艺术为党的目标服务、歌颂群众的观点产生了分歧。

1942 年之前，美术界已经开始悄悄转变。1938 年 4 月，延安成立了鲁迅艺术文学院，主要目的是"培养抗敌的艺术工作干部"[6]，中国共产党要使"鲁艺成为实现中共文艺政策的堡垒和核心"[7]。在此目标指引下，1941 年 6 月，鲁艺教学计划中除了解剖学、透视学、素描等专修课外，还

① 丁玲：《延安文艺座谈会的前前后后》，《新文学史料》1982 年第 2 期。

② 同上。

③ 田刚：《鲁迅与延安文艺思潮》，《文史哲》2011 年第 2 期。

④ 钱理群等：《中国现代文学三十年》，北京大学出版社 1998 年版，第 459 页。

⑤ 费正清、罗德里克·麦克法夸尔主编：《剑桥中华人民共和国史》（1949—1965），上海人民出版社 1990 年版，第 143 页。

⑥ 沙可夫起草：《鲁迅艺术学院创立缘起》，载徐迺翔《中国新文艺大系：1937—1949，理论史料集》，中国文联出版公司 1998 年版，第 811 页。

⑦ 罗迈：《鲁艺的教育方针与怎样实施教育方针》，1939 年 4 月 10 日。转引自潘公凯主撰《中国现代美术之路》，北京大学出版社 2012 年版，第 309 页。

开设了"共产主义与共产党""马列主义""唯物史观"以及"唯物辩证法"等政治、哲学必修课。

漫画通常应该表现"战斗性"与"革命性"。漫画家华君武等初到延安，便以漫画形式批评了一些不良现象。1942 年 2 月，蔡若虹、张谔、华君武举办了漫画展，江丰在《解放日报》发文表示支持。但不久，三位画家与毛泽东见面时已经感到画展的问题，"毛泽东认为漫画本身就是有局限性和片面性"①。1942 年 5 月 2 日毛泽东与延安文艺家第一次座谈不久，张仃在《解放日报》上发表了《漫画与杂文》，坚持漫画具有特别的批评作用，好比杂文一样，有反映现实问题的功能。② 但不久即受到批评，5 月 23 日毛泽东与延安文艺家第二次座谈后，张仃便放弃了对漫画的辩护。1942 年 5 月，延安唯一的油画家庄言将在"前线看到的山川、田野、窑洞、农民的风情通过简洁的构图和油画色彩给予了轻松的表现"③。来自西方文化的现代油画趣味与 1942 年的延安氛围产生了冲突，这些色彩强烈、构图概括的绘画同样受到批判。《在延安文艺座谈会上的讲话》发表前后，文学与美术的不同艺术形式都受到了制约，尤其是一些大众化取向比较隔膜的，如杂文、油画等由于批判性和形式西方化等原因，很难融入延安的政治与乡村文化，这些都被认为不适合大众化方向的，因此受到了批判。

木刻也遭遇了同样命运，开始由 20 世纪 30 年代带有现代主义风格逐渐转向民间风格。1938 年年底到 1939 年年初，鲁艺木刻工作团举办了具有现代主义风格的木刻流动展览会。乡村大众受民间文化影响较深，多喜爱有故事性的木刻连环画，或者套色木刻，这些现代主义风格的作品"在表现风格和题材上与实际的观众需要有明显的距离"④，怎么办？木刻艺术家便开始了适应性变化，逐步在艺术趣味、构图形式、色彩语言等方面向普通大众贴近，其中"新门神画"便是木刻艺术家结合大众趣味的一种创新，木刻开始减少西方透视绘画中的阴影，逐渐向民间化和大众化方向转变，传统年画和民间绘画于是成为木刻借鉴的主要艺术资源，其目的就是要让大众看得明白，实现木刻艺术的工具化功能。

文学界问题集中反映在 1942 年 3 月《解放日报》发表的丁玲《三八

---

① 吕澎：《20 世纪中国艺术史》（上），北京大学出版社 2007 年版，第 322—323 页。
② 同上书，第 324 页。
③ 同上书，第 325 页。
④ 同上书，第 326 页。

图 1–3 古元木刻《人民的刘志丹》

节有感》以及王实味《野百合花》、萧军《论同志之"爱"与"耐"》等文章中，这些文章生发出的波澜，成为毛泽东延安整风及与文艺家座谈的主要导火索。① 这几篇文章对延安不良作风的批评是直接的，基本延续了鲁迅的启蒙批判思想。1942 年 3 月 31 日，《解放日报》被动改版，4 月便开始了整风运动。文艺界整风的直接结果是诞生了规范中华人民共和国文艺思想多年的毛泽东《在延安文艺座谈会上的讲话》（以下简称为《讲话》）。

《讲话》从"根本上解决了文艺与人民的关系这一现代文学发展中的中心问题，使广大革命文艺工作者不仅在认识上明确了文艺与群众关系问题的重要性，而且也找到了具体实践的途径"②。对群众与文艺关系的阐述实际是确立文艺大众化发展方向，确立文学、美术等文艺形式的意识形态功能化特征及工具性。如果《讲话》是马克思主义理论中国化的重要成

① 于此可见文学与美术形式在文化思潮中的不同面向，美术具有视觉艺术的形式直观性，但接受者的领会需要语言中介和思想转化才能发生批判效力。而文学因其思想表达与接受的直接性，影响力要强于美术。

② 王瑶：《〈在延安文艺座谈会上的讲话〉在现代文学史上的历史意义》，《王瑶全集》第 5 卷，河北教育出版社 1991 年版，第 250 页。

图1-4　石鲁木刻《妯娌纺线》

果，可以认为其关键点即在于确立文艺大众化发展方向。正如《讲话》所言："许多同志爱说'大众化'，但是什么叫大众化呢？就是我们的文艺工作者的思想感情和工农兵大众的思想感情打成一片。"① 鲁迅等左翼文学艺术家倡导的文艺大众化多着重于语言和形式问题，毛泽东的《讲话》则指出了文艺工作者与群众相结合的情感、主题、内容等具体的方向②，明确了文艺大众化的制度规范。"我们的文学艺术都是为人民大众的，首先为工农兵的，为工农兵而创造，为工农兵所利用的"③ 成为影响中国文艺数十年的大众化规范。《讲话》"确立了明确的'文艺大众化'的方向和'大众主义'美术的独一的地位，成为大众主义美术的纲领性文件"④，不仅影响了当时的文学与艺术的发展，对20世纪中国文学与美术的发展都有所影响。

　　《讲话》发表后，延安的美术与文学工作者认识到了文艺大众化的具

① 毛泽东：《在延安文艺座谈会上的讲话》，《毛泽东选集》第3卷，人民出版社1969年版，第851页。
② 王瑶：《〈在延安文艺座谈会上的讲话〉在现代文学史上的历史意义》，《王瑶全集》第5卷，河北教育出版社1991年版，第251页。
③ 毛泽东：《在延安文艺座谈会上的讲话》，《毛泽东选集》第3卷，人民出版社1969年版，第863页。
④ 潘公凯主撰：《中国现代美术之路》，北京大学出版社2012年版，第315页。

体操作方法，纷纷深入普通老百姓中间，创作了大量配合形势发展的文学与美术作品，国统区的文学、美术界人士也受到影响，在文学美术创作上给予回应，他们也主动走向一般大众，将文学、美术结合民间文化形式进行了转化性实践。在解放区涌现了赵树理这样从普通大众中走出的文学家、古元这样结合了民间艺术形式和大众趣味的木刻艺术家。当然，《讲话》的大众化制度规范也制约了解放区自由创造的文化气氛，如文艺团体便受到了较大影响。"整风开始和《讲话》时，延安有 10 个文学社团在活动，——1942—1943 年间，包括中研院文艺室改为中央党校三部在内，这10 个社团全部消失。从那以后，延安再没有文学社团组织活动了，消失率达到 100%。"①

三 大众化实践：1949—1976 年的思潮高峰

毛泽东《讲话》的主要目的是使文艺"成为反对敌人的武器和教育朋友的工具。因此在美学和政治之间不存在分别，是合而为一的，因为它们互为所用"②。在历史条件下，《讲话》客观上发挥了应有的文艺政治动员作用，一定程度上改变了封建乃至资本主义文化中文学艺术为少数人所垄断的趋势，推动文学艺术走向大众化。《讲话》所号召的文艺大众化基本达到了毛泽东的要求，主要"在意识形态上掌握了国家，为争取政权作了准备"③。话剧、漫画、报告文学等开始成为《讲话》发表后延安文艺主要的大众艺术形式。这三种艺术形式"在实践中简便易行，政治上特别有效。它们诉诸一个新的读者和观众群体，即'普通'大众"④。《讲话》对文学艺术的规范是十分有效的，在《讲话》发表后（1949 年以前主要在解放区）至 1976 年以前，这一时期美术的突出特点是"美术的普及即美术大众化和现实主义美术主体地位的确立"⑤。

1949 年 7 月，第一次中华全国文学艺术工作者代表大会召开，拉开了文学艺术大众化发展高潮的大幕。这次会议继承了延安文艺阶级政治主义

① 王克明：《〈讲话〉前后的延安文艺》，《中国现代文学研究丛刊》2013 年第 5 期。
② ［德］顾彬：《20 世纪中国文学史》，范劲等译，华东师范大学出版社 2008 年版，第 189 页。
③ 同上书，第 182 页。
④ 同上。
⑤ 王琦：《当代中国美术》，当代中国出版社 1996 年版，第 9 页。

的文化思想路线，确立了我国文艺体制的基本架构，对作家、美术家的历史身份及历史表现进行了评价和排位。① 延安时期的文化艺术规范被纳入政治体制框架，按照新体制要求，文学、美术进入了大众化发展的新轨道。新政权激发了文艺界大众化发展激情，艺术的自由批判精神也逐渐受到制约。其中1956年"双百"方针颁布与1961—1963年文艺政策调整是艺术自由批判精神的短暂回潮，并未从根本上扭转文学艺术大众化的总趋势。

这一时期美术与文学形成了"通俗性、主题性、普及性、写实性"的艺术大众化潮流，现实主义成为大众化趋向下的几乎唯一的文艺路径。现实主义在美术风格上接近生活，易于贴近文学与美术的大众化方向。"人民大众所关心和喜爱的自然是他们的现实生活和他们自身，而且，表现的方式又是为他们所接受和理解的比较写实的手法。因此，由于特定历史阶段的需要，作为艺术规律的发展以及接受者的需求，现实主义创作成为当时美术创作的选择。"② 文学艺术不得不自觉靠近大众，当时文学与美术多以写实性的风格和语言进行书写与描绘，民间各种传统艺术形式也与现实主义相结合，受到文艺界的青睐。

在现实主义创作原则指导下，各种美术类型在相对自由范围内创作了一系列贴近革命生活和普通大众、主题鲜明的美术作品。油画有《开镣》（胡一川，1951）、《开国大典》（董希文，1952）、《前仆后继》（罗工柳、全山石，1959）、《狼牙山五壮士》（詹建俊，1959）、《延安火炬》（蔡亮，1959）、《刘少奇和安源矿工》（侯一民，1961）、《延河边上》（锺涵，1963）等，版画有《蒲公英》（吴凡，1958），雕塑有《人民英雄纪念碑》（刘开渠主持，1953—1955）、《艰苦岁月》（潘鹤，1956）等，这些美术作品多受到战争文化心理影响。1949年后，"战争文化心理——渗透到生活中的各个领域，成为日常生活中的普遍现象"③，无论文学还是美术，"只要处于这样的生活环境下，受到这种意识结构的制约"④，其创作就很难脱离战争文化心理的影响。受战争文化心理支配，文学与美术创作共同突出了中国共产党领导下的革命主题与革命人物形象，类似《蒲公英》这样画面清新、人物普通的美术作品在中华人民共和国建立后比较少见。这些美术作品多数具有较强的

① 李运抟：《现代中国文学思潮新论》，广西师范大学出版社2011年版，第33—35页。
② 王琦：《当代中国美术》，当代中国出版社1996年版，第19页。
③ 陈思和：《陈思和自选集》，广西师范大学出版社1997年版，第190页。
④ 同上。

写实性,体现出中华人民共和国建立初期写实能力的强化。写实能力是现实主义的必备要素,但也使美术作品风格单一化,"这不单表现在油画风格的趋同和色彩表现能力较弱上,也表现在其他美术门类向单一的写实方法看齐的倾向上"①。

图1-5 蔡亮油画《延安火炬》(1960)

与美术界情况类似,文学上也出现了革命现实主义文学主潮。1949年后,历史题材小说同样突出了战争文化心理,这也是《讲话》规范下的文学、美术领域形成的战争文化传统,大多数作家在军事胜利、中华人民共和国建立的鼓舞下,以战争胜负二元对立的思维模式迎合了大众和政治的双重需求。《保卫延安》(杜鹏程)、《红日》(吴强)、《林海雪原》(曲波)、《红岩》(罗广斌、杨益言)等便对战争描写采取相对一致的艺术处理方式,多以中国传统民间叙事手法展开,以"大团圆"方式结尾,现代小说技巧相对匮乏。配合农业合作化的农村题材小说也多如此,尤其是赵树理、王汶石、李准、马烽等小说,也多运用现实主义或民间叙事手法。这一时期小说和美术一样,多是"简单、机械地理解文艺与政治的关系,把文艺为社会服务的功能,等同于直接服务于政治"②。

从艺术形式发展上说,这一时期美术略好于文学,主要体现在水彩画的活跃与传统山水花鸟画的复兴。水彩画带有大众审美的公共艺术性质,画面

① 潘耀昌:《中国近现代美术史》,北京大学出版社2009年版,第246页。
② 朱栋霖等:《中国现代文学史:1917—1997》下册,高等教育出版社1999年版,第20页。

轻松活泼，创作要求较之油画简单，"没有像油画和国画那样担负着主题性创作的重任，因而在色彩、形式、风格等绘画性要素和抽象语言的探索方面有较多的自由和空间"①，适宜表现日常生活场景。由于水彩画的这些特性，"五十年代后半期至六十年代前半期是水彩画活跃的时期"②。这一时期，吴冠中转向了风景水彩画，他以水彩画对抽象语言进行了探索。"他后来那种非常简洁明快的画风，就得益于他的水彩画。在他的水彩画中可以找到后来水墨画和油画的影子。"③ 这颇有些类似"文化大革命"期间文学界的"潜在写作"，潜在写作是"当代文学史上一直若隐若现地流淌着一股创作潜流，许多被剥夺了写作权利的知识分子留下大批没有公开发表的私人性文字"④。吴冠中在水彩画语言上的探索以及水彩画与水墨画、油画的沟通融合也可以看作美术史中的"潜在绘画"（见图1-6），其画面形式简洁明快，具有现代主义风格，这一艺术成果与当时风行的"红光亮"的美术创作风格拉开了距离。

图1-6 吴冠中水彩画《拉萨莱市》（1960）

---

① 潘耀昌：《中国近现代美术史》，北京大学出版社2009年版，第248—249页。

② 同上。

③ 同上书，第250页。

④ 陈思和：《中国当代文学史教程》，复旦大学出版社1999年版，第30页。

中华人民共和国建立初期，"传统国画，特别是花鸟山水画，再度受到冷遇，被批评为不科学、不适合作主题性大画的画种"①。随着国家号召弘扬传统、重视民族化，以及毛泽东对民族化问题的重视②，花鸟山水画开始走出传统单一的文人意趣，在题材、形式、色彩等方面开始了变革。"山水画不再重复以前隐逸的题材，传统的象征寓意手法继续得到运用，但画面内容、题跋、画名更强调现代生活气息和革命的历史内容"③。也有一些花鸟山水画"抑或用象征寓意手法赋予新的含义，抑或消除传统文人画的隐逸情调和过重的墨气，换上红色等响亮鲜艳的色彩，以此求得生存和发展"④。国画、人物画开始结合西方美术写生手法和古代院画传统进行了创新性变化。潘天寿借鉴唐宋绘画写实精神，"借助学西画出身、造型能力强的青年骨干教师——帮助改造中国画中的人物画"⑤。在此时期出现了《粒粒皆辛苦》（方增先，1955）、《把学习成绩告诉志愿军叔叔》（蒋兆和，1953）、《八女投江》（王盛烈，1957）等将西方现代美术写实性纳入传统水墨画的人物画，在艺术形式上进行了很好的中西融合，促进了中国传统水墨画的现代转化，也为20世纪末新文人画、水墨画兴起及现代发展奠定了基础。但这种传统形式的民族化处理只是"为了抵制国际上的现代派（社会主义现实主义也要算在其中），树立一种体现中国传统形式的美学范畴。所有的艺术都将披上中式的外衣，同时服从于国家意识形态的需要"⑥。

　　无论是油画还是水墨人物画，这一时期的美术主题都呈现出较为一致的文学叙事性，美术作品的标题便有较直接的体现。有的标题与画面都是文学故事的再现，如《八女投江》（王盛烈，1957）、《狼牙山五壮士》（詹建俊，1959）等，均以战争中的故事为主题，画面突出了革命人物的高大形象，再现了文学叙事中的战争场景。这一时期的美术作品和文学似乎具有互文性特征，从战争历史题材到现实生活题材，文学、美术作品多

① 潘耀昌：《中国近现代美术史》，北京大学出版社2009年版，第255页。
② 根据国画家提出的意见和建议，毛泽东指示建立中国画院，1957年起，北京、南京、广州、上海陆续成立了中国画院。参见潘耀昌《中国近现代美术史》，北京大学出版社2009年版，第255页。
③ 潘耀昌：《中国近现代美术史》，北京大学出版社2009年版，第260—263页。
④ 同上书，第275—276页。
⑤ 同上书，第257—258页。
⑥ ［德］顾彬：《20世纪中国文学史》，范劲等译，华东师范大学出版社2008年版，第282页。

以大众喜闻乐见的形式表现国家所要求的主题内容，在中华人民共和国文艺体制下共同实践着大众化的文艺目标。在艺术形式创造上，美术形式表达较之文学要相对宽泛，在艺术形式发展上取得了一些中西融合的新成果，文学受到的语言限制或许大于美术，便使作家"在一个新的时代环境和革命功利主义的要求下完全失去了呼应时代的能力"①。

图1-7　方增先国画《粒粒皆辛苦》（1955）

除了主题逐步规范、艺术政治化得到强化、绘画形式有所革新外，1949年后美术发展的最大特征是大众化美术得到较全面的实践，其明显表现是

---

① 陈思和：《中国当代文学史教程》，复旦大学出版社1999年版，第21页。

群众美术活动在全国普遍展开。"一九五四年，中国美术家协会专门成立了普及工作部，以培养青年美术家和辅导、开展群众美术。凡规模较大的工厂，都组织了美术小组，开办工人业余美术班，并组织了美展、评奖和培训活动。"① 大众化美术活动遍及城乡。1949 年 11 月，国家颁发《关于开展新年画工作的指示》，以国家文件的形式指导了一个画种的发展，年画开始成为美术大众化高潮实践的主要形式，旧年画重新改造，主题及画面形式等向国家要求的规范化方向发展。为配合文件，国家还为年画的普及开展了一系列活动。1950 年年初，中华全国美术工作者协会在北京中山公园水榭主办了全国年画展览，展出了 17 个地区的新年画 309 幅，先后有两万观众参观。② 1954 年，年画、连环画和宣传画总销数达到 1.8 亿份以上。③ 群众美术活动"接受群众面之大和印数之巨，以及参与的作者人数之多，世所罕见。——例如 1967 年刘春华等创作的《毛主席去安源》，印数很大，据说达到 9 亿"④。年画本身就是大众艺术，大众化的美术活动在一定程度上普及了美术，尤其是配合社会改造活动，宣传了国家政策。但年画等大众化美术的"通俗化与业余化趋向，有可能导致对艺术作品精益求精的忽视；在一定条件下，其宣传性可能被夸大抬高，而伤害艺术自身"⑤。这也是文艺大众化高潮时期文学与美术面临的共同问题，宣传性、工具化成为文学美术的主要功能，审美性、艺术性自然很少被考虑。

1949 年到"文化大革命"结束，美术和文学一样，均是建设"新"社会的工具，在美学形式上其实是一种战争美学。这一美学形式以 1942 年毛泽东《讲话》为具体规范，一直影响到"文化大革命"结束，甚至也波及了 20 世纪 80 年代。"战争美学的核心观点有以下四点：1. 文学和战争的任务一致；2. 必须进行史无前例的革命；3. 文学水平的标准是战士即人民群众（大众文化）；4. 文艺工作者之所以来自大众是基于战争经验（业余艺术家）。"⑥ 大众成为文学艺术创作与受众的双重主体，双重主体的同一实现了文学与美术在国家社会政治生活中的新功能，成为毛泽东所提倡的武器，过

---

① 王琦：《当代中国美术》，当代中国出版社 1996 年版，第 17 页。
② 同上书，第 16 页。
③ 江丰：《四年来美术工作的状况和全国美协今后的任务》，《人民美术》1954 年第 1 期。
④ 潘耀昌：《中国近现代美术史》，北京大学出版社 2009 年版，第 276—281 页。
⑤ 王琦：《当代中国美术》，当代中国出版社 1996 年版，第 18 页。
⑥ ［德］顾彬：《20 世纪中国文学史》，范劲等译，华东师范大学出版社 2008 年版，第 263 页。

图 1 - 8　刘春华油画《毛主席去安源》（1967）

去是战斗的武器，现在是国家建设的工具，审美性、艺术性功能则退居次要地位。从民族化角度看，民间艺术形式也因此得到发掘，被进行了意识形态化处理，纳入国家规范的文学与美术创作中，国画、年画等本土艺术形式也得以与西方艺术手法进行有效结合，并有所发展。

　　"文化大革命"时期，美术和文学的工具化、功能化特质被发挥到极致，文学与美术多被限定在具有政治意义的主题性创作范围内，实际也是文学艺术大众化发展达到高潮的具体体现。文学作品的"三突出"与美术作品的"红光亮"将革命浪漫主义与革命现实主义相结合的战争美学推向高潮。文学、美术创作和文学期刊、美术展览成为国家政治一部分。"不仅美术创作题材是政治化的，美术创作的态度也成了政治态度，而美术展览则是更大的政治行为，甚至就是政治运动的一个组成部分。"① 可以说，

---

① 李蒲星：《武器与工具——中国革命美术研究》，湖南人民出版社 2008 年版，第 212 页。

文学与美术"既是'文化革命'的产物，又成为'文化革命'的组成部分"①。在此意义上，"文化大革命"时期大部分公开的美术作品、公开发表的大多数文学作品，都可以说是宣传画，有着与延安文艺一脉相承的强烈政治鼓动性，在社会政治与国家文化生活中承担了意识形态规约的重大功能。大众化由此发展到高潮，也是文学与美术近乎完全的政治化、工具化，审美性、文化批判功能则多被抛弃或遗忘。

综上可见，1927 年社会情势急转，"革命文学"成为大众化思潮的起点，中国文学与美术在大众化文化主潮中开始协同并进。20 世纪 30 年代，鲁迅积极倡导、推动了新兴木刻的发展，文学、美术共通的大众化主潮交汇而成。这一主潮的特征主要表现为社会政治、战争命运的主题，民间艺术形式的转化与发展，现实主义的风行等。1942 年毛泽东《讲话》发表，提出了文艺大众化的规范要求，明确了大众化发展的文艺路向，国统区与沦陷区的文学与美术也因此有所影响。此后，经 1949 年到 1976 年的不断实践，形成了文艺大众化高潮，大众化成为国家政治一体化规范中的文艺唯一取向，新民歌、年画、版画等艺术形式都是其集中表现。

总体观之，1927 年至 1976 年大众化的有关倡导、讨论、规范、演变、发展等，构成了一条中国文艺本土化发展的大致脉络，这一过程中，普通大众的革命意识极大增强，政治能量得到极大汇聚，中国民间传统文艺形式得到倡扬，普罗大众的民族主体意识有所增强。但是，由于过于重视文学、美术的大众化功能，承载精英、经典文化的典籍与知识分子被极大地矮化，也因此伤害了五四运动起即开始确立的文艺批判性，使文艺以大众化之名弱化（甚至消弭）了文艺中的自我主体性，这也是不能不引起重视的。

---

① 王琦：《当代中国美术》，当代中国出版社 1996 年版，第 22 页。

第二章　审美与日常生活：文学、美术的思潮转向

20世纪70年代末，随着改革开放启动，西方文化艺术大量进入中国，现代主义、后现代主义等如同大潮不断冲击着早已被大众化、工具功能化禁锢已久的文学与美术。在"文化大革命"潜在写作的北岛等人引领下，从星星画会、《今天》互动交集而起的朦胧诗、现代主义绘画开始，一波波以审美为导向的文艺思潮此起彼伏。"思想解放运动""文化热""方法论热""伤痕小说""伤痕美术""乡土美术""玩世现实主义"，文学与美术的各种思潮此起彼伏、协同并进，相互交集频繁，共同参与到20世纪末文艺审美化新潮中，经历半个世纪的大众化工具化功能主潮，逐渐转向审美为主的个体取向。20世纪与21世纪之交，文学、美术彼此跨界逐渐增多，越来越多的作家、美术家介入对方创作领域。热衷于跨界的文学与美术此时都集中关注日常生活，并以日常生活为指向，通过审美主体互换，作家、美术家各自强化自身审美创造性，个人经验与个体价值不断凸显，文学与美术审美功能逐步凸显，并渐成新世纪文学与美术的重要艺术趋向。

第一节　"80年代"文学、美术的思潮会通

20世纪70年代末，"文化大革命"结束，改革开放启动，在社会政治推动下，文学与美术单一的"大众化"路径开始转向，文学和美术以"伤痕""反思"的姿态共同参与到对"大众化"思潮的审视与批判中，由此形成"80年代"文化新思潮。这一时期，美术和文学重新面向西方，在对西方现代思潮的张望、逡巡中，现代美术与文学的主题内容、艺术形式、理论

演进互动交织，从"思想解放运动""文化热""方法论热""伤痕小说""伤痕美术""乡土美术""玩世现实主义"等，一系列思潮此起彼伏，其中，文学与美术的创作主体彼此交集、艺术文本相互借鉴、文化思想彼此沟通，形成了审美化为主、美术与文学共通互融的"80年代"文化思潮。

一 文学与美术的"伤痕"呈现

"80年代"文化思潮首先由"新时期"开启，"新时期"之所以为"新"，首先应该是"伤痕文学"揭开了"文化大革命"时期所遗留的历史"伤痕"，为新时期文艺"去大众化"发展演进打开了通道。不单是"伤痕文学"，"伤痕美术"在艺术主题、艺术手法上也与"伤痕文学"齐头并进，共同推动了"文化大革命"后社会政治的解冻、现代思想文化的复苏。从当下来看，"伤痕美术"对艺术形式的探索要比"伤痕文学"更为自觉。由于"伤痕美术"主要采用油画艺术形式，其架上绘画"物质性存在"的艺术特性和视觉艺术画面感营造的历史空间已经超越了"伤痕文学"，文学与美术在20世纪80年代初期似乎并非完全同一发展的趋势。

"新时期"是一个特定称谓，可以看作"80年代"前期以及其中的一段时间。1979年第四次中国文艺工作者代表大会召开，标志着"社会主义文学艺术繁荣的新时期已经开始"[①]。但此前美术界和"地下文学"的一系列实践活动已经为"新时期"打开了另一通道。1976年毛泽东去世，黄永玉遵照要求创作了毛泽东纪念堂坐像后全景式中国山水画（后以此制成壁毯），这幅卡通风格的山水画消解了"文化大革命"惯常使用的写实绘画风格，与"文化大革命"美术"红光亮"拉开了距离，在图案风格上进行了一定的现代艺术形式探索。在新时期美术思潮中，这一作品可说是现代艺术风格的初步尝试，显然超越了当时仍然盛行的革命现实主义写实风格。

"伤痕文学"打开了思想与文化变革新通道，毛泽东去世一年后，刘心武在1977年第11期《人民文学》发表了小说《班主任》，成为"伤痕文学"思潮的起点，随后1978年8月上海《文汇报》发表了卢新华小说《伤痕》，为"伤痕文学"命名提供了依据。在文学批评与研究推动下，"伤痕文学"思潮浮出历史地表。"伤痕文学"以"'文化大革命'的叙事

---

① 周扬：《继往开来，繁荣社会主义新时期的文艺》，《人民日报》1979年11月20日。

模式讲出了一个反'文化大革命'的故事"①，有其历史局限性，如程光炜所说，"'伤痕文学'的不少作品是为'落实政策'而写作的"，"'十七年文学'仍然是它的重要的思想和艺术资源之一，二者在文学观念、审美选择、主题和题材诉求等问题上，是一种同构的关系"。② "十七年文学"离不开大众化思潮的规范，"伤痕文学"的文学观念、审美选择、主题诉求多在意识形态的工具化、功能化方向上滑行，与"十七年文学"甚为相似，也很难完全摆脱大众化思潮的潜在影响。

但"伤痕文学"也"有着很多面向，也存在不同层次。就前者而言，其所触及的'伤痕'，有政治层面的、心灵层面的、日常生活中不知不觉的缺失层面的，也有看似正常的社会组织和机体的内在空洞、信仰和观念的缺失、物质和精神生活的贫乏等等"③。所以其影响不仅在文学界，而是打开了面向"文化大革命"思索、反省的情感闸门，进而传播到社会文化界，对美术、影视乃至整个社会产生了影响。尤其是以视觉形式传递情感的现代油画，一些具有知青经历的油画家创作了一系列展现"文化大革命"记忆的成功画作，与"伤痕文学"的"文化大革命"记忆形成对照，因此也被称为"伤痕美术"。在文化意义上，"伤痕美术"并非仅仅在命名与主题上借用了"伤痕"一词，而是有着自己的艺术表现、绘画风格。"伤痕美术"不但在视觉上开启了审视"文化大革命"造成文化心理伤痕的新视角，更在艺术手法上领先文学一步，在现代视觉艺术形式上形成了不同于传统手法的新探索。

"伤痕美术"多采用善于表现重大题材的西方油画形式，主要"以再现文革现实为手段，揭示它留给一代人的心理创伤"④。在创作主体的创作动机、绘画主题等方面上多与"伤痕文学"相呼应。作为一种艺术思潮，与"伤痕文学"一样，"伤痕美术的创作灵感也同样来自于对现实政治生活的体验"，来自于创作者"文化大革命"中痛苦的生活体验、情感与思想经历。⑤ 正如油画《农机专家之死》作者邵增虎所说：

① 张法：《伤痕文学：兴起、演进、解构及其意义》，《江汉论坛》1998年第9期。
② 程光炜：《"伤痕文学"的历史局限性》，《文艺研究》2005年第1期。
③ 张业松：《打开"伤痕文学"的理解空间》，《当代作家评论》2008年第3期。
④ 高名潞：《中国当代美术史1985—1986》，上海人民出版社1991年版，第35页。
⑤ 潘公凯主撰：《中国现代美术之路》，北京大学出版社2012年版，第475页。

　　我在强烈的悲愤心情中作完了《农机专家之死》一画，我之所以悲愤，是感慨于像农机专家那样许许多多不该死的人都悲惨地死去了；而一些对人民犯下了滔天大罪的人却还健康地活着——人们熬过来十年的苦难生活，文学艺术家们本该在生活中多多播种一些欢乐的情绪，引导人们向前看，可是我却又一次触及人们伤痕的心灵。①

图 2 - 1　邵增虎油画《农机专家之死》（1979）

这与卢新华创作小说《伤痕》的体会大致相近：

　　在揭批"四人帮"的过程中，我们的报纸杂志讲得最多的便是说"四人帮"将国民经济弄到了崩溃的边缘。而我则忽然想到："文化大革命"中贯穿始终的那条极"左"路线，给我们的社会造成的最深重的破坏，其实主要是给每个人的精神和心灵都留下了难以抚慰的伤

---

① 邵增虎：《历史的责任》，《美术》1980 年第 6 期。

痕。由此，下课后走在回宿舍的路上，有关《伤痕》的故事和人物便开始躁动于我的腹中。①

可见，"文化大革命"造成的历史文化创伤是"伤痕文学"作家、"伤痕美术"画家的重要创作资源与动力。面对社会、政治异动中的"文化大革命"文化痛苦，创作者的思考主要来自对"文化大革命"创伤的内在体悟与深切感受，与当时社会政治层面对"文化大革命"进行清算与政策落实相呼应。总体而言，对"文化大革命"时期个人经历和感受的切实表达是"伤痕文学"与"伤痕美术"的主要创作动机，与当时社会政治主流思想十分贴近。

除创作动机相似，"伤痕美术"与"伤痕文学"的艺术主题也较为相近。"对'文化大革命'事件和知青生活的批判与反思是早期伤痕美术中两个鲜明的主题"②，高小华的《为什么》以"文化大革命"武斗中的四个人物为主体，一个受伤躺在地上，一个扶腮沉思，一个埋头似在疲惫地休息，画面中心人物头上戴着绷带、怀中抱着枪支，眼神面对着油画的观众，透射出由"文化大革命"创伤而来的深切疑问：为什么会出现"文化大革命"这样的民族悲剧。何多苓的《春风已经苏醒》，标题即是主题，"春风"寓意着"文化大革命"后的社会政治日益清明，已经取代了"文化大革命"中非常政治的苦难悲伤。画面中，衣着破旧的小女孩在河滩上侧脸眺望远方，黑发在春风中浮动，寓意着希望的萌发，河滩草地虽黄，但已透出绿意。陈丛林1979年创作的《1968年×月×日》则呈现了"文化大革命"两派武斗后的场面，负伤者被搀扶着处于画面中心，周围一片狼藉。这三幅画作对环境氛围渲染较多，人物表情也具有明显的感伤色彩，有着文学性的情节冲突，与"文化大革命"绘画叙事性较强的特点甚为相像，正如"伤痕文学"一样，"伤痕美术"也可以说是以"文化大革命"美术中的革命化审美意识在批判"文化大革命"。

《农机专家之死》《为什么》等"伤痕美术"对"文化大革命"与知青生活的反思、批判与"伤痕文学"有诸多相似之处，一如刘心武的《班主任》、卢新华的《伤痕》、韩少功的《月兰》、丛维熙的《大墙下的红玉

---

① 卢新华、汪建强：《卢新华：直面"伤痕"的心灵直白》，《上海党史与党建》2008年第3期。
② 潘公凯主撰：《中国现代美术之路》，北京大学出版社2012年版，第475页。

兰》等小说。例如卢新华的《伤痕》叙述了"文化大革命"小将王晓华与"叛徒"母亲间因"文化大革命"阴阳两隔的情感故事，揭露了"文化大革命"对普通中国人情感与生活造成的心灵创伤。其他伤痕小说与油画作品也或直接或间接地对"文化大革命"进行控诉，透射出个人体验基础上的深度历史思考，由此实现了文学与美术对现实的历史批判。在历史批判与思考中，伤痕小说的叙述语调比较缓慢，情节相对简单。"伤痕美术"的油画视觉相对直观，人物面部表情沉郁，情绪多显得忧伤与沉痛，因此"伤痕美术"与"伤痕文学"对"文化大革命"的反思与批判多携带着对"文化大革命"状况与历史命运的感伤情绪。

图 2 - 2　高小华油画《为什么》（1978）

在艺术形式上，"伤痕文学"与"伤痕美术"均有"文化大革命"时期流行的"革命现实主义"的大众化艺术表达方式。伤痕小说的叙事模式与"文化大革命"近似，例如刘心武小说《班主任》，从结构上看，"仍是一篇'文化大革命'模式的小说"[①]，小说中，张老师是小说主要人物，代表着党的正确路线；石红以及五名学生和张老师一样，是正面人物形象；学生谢慧敏和宋宝琦是受反动路线和错误思想毒害的年轻学生，是小

---

① 张法：《伤痕文学：兴起、演进、解构及其意义》，《江汉论坛》1998 年第 9 期。

图 2 - 3　何多苓油画《春风已经苏醒》(1978)

说反面人物；张老师带领学生与谢慧敏、宋宝琦进行斗争，最终，以正面人物张老师带着胜利信念结尾。这种叙事思路贴合"文化大革命"文学的战争美学以及革命现实主义手法。小说《伤痕》尽管弱化政治性，突出了人与人之间的情感，但叙事总基调依然是前后比较、忏悔的革命现实主义模式。与之相似，其后大量伤痕小说，如郑义的《枫》、金河的《重逢》、茹志鹃的《家务事》、肖平的《墓地与鲜花》、莫应丰的《将军吟》、丛维熙的《大墙下的红玉兰》等，大体上沿袭的都是战争美学与现实主义叙事手法，故事情节也多是前后对比、突出路线正确的革命现实主义叙事套路。

　　相比较而言，"伤痕美术"在艺术主题与形式上的探索要大于"伤痕文学"，尽管就构图而言，罗中立的《父亲》、王川的《再见吧！小路》与"文化大革命"主流绘画未有多大变化。"伤痕美术"的画面感突破了"文化大革命"美术"红光亮"模式，画面人物主角由革命英雄人物换成了农民、知识分子、青年一代。值得审视的还有，由于部分美术家的艺术自觉，油画艺术语言上有了新探索，涌现出艺术手法与"文化大革命"模式明显不同的美术家。如陈丹青《西藏组画》，已不再重视具有戏剧化的艺术冲突环境，画家只是把视觉所观所感人物直接列入画布。构图上，将"文化大革命"重视场面与情节冲突的艺术形式作了较大改变，以强化画面视觉效果，走出了流行多年的革命现实主义的美术写实套路，展现了一种审美化的艺术创造。高小华《为什么》尽管仍有情节性的画面形式,但色调选用了铅灰色的调子,笔触显得厚重,人物情绪显得低暗,采用了俯视构图,明显走出了"红光亮"油画艺术形式的束缚。

应该注意的是,在艺术手法探索上,"伤痕美术"是走在"伤痕文学"前面的。尽管油画主题与"伤痕文学"相仿,但"伤痕美术"艺术手法的创造处理体现出来的情感更富有审美化的浪漫主义色彩,画面人物气质、场面氛围视觉效果相对更为强烈,通过画面,观众可直观、深切地感知时代创伤,以视觉直观感触体验与审视时代和社会。这应是"伤痕美术"所体现的架上绘画物质性、丰富性的一面,也是美术发挥视觉艺术独特功能的一面。因其如此,作为物质性载体的美术作品,其历史价值、社会功能及未来影响甚至可以说高于文学。21世纪的今天,当"伤痕文学"和"伤痕"作家们大多退出历史舞台,"伤痕美术"与"伤痕"美术家却日益受到中外艺术市场的共同青睐,陈丹青、罗中立、高小华等美术家的影响也由美术界扩展到文学文化界,显示出强化了艺术审美功能的视觉造型艺术所具有的丰富历史价值,而过于重视主题、忽视艺术审美功能的"伤痕文学"则只能沦为社会变迁历史资料的尴尬处境。相对来说,"伤痕美术"保留的历史画面具有视觉审美多元的历史意义,其物质性存在也凸显出"伤痕美术"丰富的文化反思价值。

这样就不难理解,20世纪90年代艺术市场启动时,陈丹青、高小华等80年代成名画家的"伤痕美术"作品及手稿便受到收藏家更多青睐,拍出了极高的市场价格。而卢新华、刘心武等"伤痕文学"作品因为艺术手法陈旧,已很难具有小说叙事意义上的艺术价值,而成为文学史、社会史的研究资料。这也体现出文学与美术在文化演进中角色承担的不同。或者说,"伤痕文学"一些"想象图景所赖以生成的美学资源,与'文化大革命'时期主流文学的资源其实并无根本的不同,这是由那时的相近的文化语境决定的"①。因此,文学敏感的思想神经触动了社会文化新思潮,引领了美术主题与内容的探索,而美术在艺术形式上,由于视觉造型艺术特点,受社会政治的制约相对较小,在艺术形式上,与文学探索拉开了距离,有了相对良好的艺术发展。

此外,由于文学、美术两种不同艺术形式在审美意识上的共通性,视

---

① 王一川:《"伤痕文学"的三种体验类型》,《文艺研究》2005年第1期。

觉艺术可以补充语言文字抽象思维不足，加上连环画具有大众性、文学性等特征，极受普通民众欢迎。"伤痕文学"兴起时，连环画艺术也开始介入文学，出现了一些以"伤痕文学"作品为题材创作的连环画，"如尤劲东的《人到中年》（1981），陈宜明等的《枫》（1979）等，使轰轰烈烈的思想解放运动进一步传播到社会基层"。① 这也在相当程度上体现出文学与美术共同的社会文化功能，以及两种艺术形式间的审美形式互补与共通发展。

由此重新审视"伤痕美术"与"伤痕文学"，尽管它们都是"'文化大革命'后新现代性意识形态总体战略的一个必要组成部分"②，都在改革开放之初就受到社会政治支持，赢得社会广泛认同，共同以艺术方式对社会履行着批判功能。但由于油画架上绘画的物质性存在方式，"伤痕美术"的历史记忆、社会文化影响要更为久远，美术的形式探索也有呈现出更自觉的艺术价值。

二 文学与美术的"寻根"思索

"伤痕"思潮之后，"寻根"接踵而来。"作为一种文学思潮，寻根文学命名虽然始于 1985 年，但不少被视为寻根文学的代表作品却是在此前面世的、甚至在更早一些的朦胧诗和知青文学中，就已经透露出这种倾向。"③ 命名是一种策略，从主题内容、艺术形式等层面来看，"寻根文学"内部有着细微差异。但"寻根"二字所昭示的文化内涵却值得细致探究，究竟什么是文学与文化的根，我们既可以从艺术资源上进行解读，也可以从精神资源上寻觅；既可以从思想视角思考，也可以从文化潮流切入。无论"寻根文学"指向如何，20 世纪 80 年代，一种面向传统文化的文学潮流逐渐形成。如果开阔观照视野，"寻根"潮流不独在文学中，美术创作上也同样有"寻根"倾向，甚至还要早于文学"寻根"。

仔细探究 20 世纪 70 年代末陈丹青的西藏组画，其油画画面表现的西藏少数民族普通人物，与"寻根文学"有着相同的艺术取向，画面中人物形态、情绪面貌、服饰装扮等与同时期"伤痕美术"或更早前的"文化大

① 潘耀昌：《中国近现代美术史》，北京大学出版社 2009 年版，第 288 页。
② 张法：《伤痕文学：兴起、演进、解构及其意义》，《江汉论坛》1998 年第 9 期。
③ 刘忠：《"寻根文学"的精神谱系与现代视野》，《河北学刊》2006 年第 3 期。

革命"美术有着较大区别。陈丹青 1979 年到西藏，前后创作七幅西藏题材油画，画面内容除了西藏人物，更有不少民族生活风情描绘。这些藏族民众或辛勤劳作，或脱衣沐浴，或接吻拥抱，极富生命力的边远少数民族生活场景展现了普通藏族民众的日常生活。罗中立油画《父亲》描绘了一个沧桑老农，头裹毛巾，手端粗碗，脸上流着汗珠，大尺幅、面貌独特的农民形象写实地呈现在观众面前，显示出普通人物开始以日常生活状态重新回到主流文化视野。朱毅勇《山村小店》描绘了边远山村中几个背着背篓的姑娘，木栅栏、一条狗、几个姑娘，变革中的山乡日常生活风情亲切可感。歪倒的背篓、趴在柜台上的女子，日常生活场景与平和色调形成了边远山区生活的诗意书写。妥木斯《垛草的妇女》中，蒙古族装饰妇女手持一把草叉，手势自然，表情简淡，灰白的草丛隐约可见，民族风情十足，少数民族劳作场景显示出浓郁的民族风情。这些绘画展现的生活环境、文化氛围是典型的乡土或边远地区生存状态，与"寻根文学"有着甚为一致的主题内容和文化取向。从绘画风格来说，陈丹青、罗中立等美术作品以浓郁的乡土自然主义风格，唤醒了在现代与传统之间迷茫的新时期创作者对自然生存环境、边远地域生活、文化传统的敬畏，暗含着对中国社会文化历史的深沉思考。

图 2 - 4　朱毅勇油画《山村小店》（1981）

图 2-5　妥木斯油画《垛草的妇女》（1984）

　　美术史多将上述作品归入"伤痕美术"探讨，但实际上，其艺术形式表达与文化思潮是超越"伤痕美术"的。陈丹青等早在"寻根文学"产生前便深入边远地区，他们对民族文化风情的考察、感受与创作并非"伤痕"所能涵盖，这些美术作品具有与"寻根文学"相似、甚至超越"寻根文学"的文化影响与历史价值。

　　1979 年陈丹青创作西藏组画几年后，1985 年韩少功提出"文学有根，文学之根应深植于民族传统文化的土壤里，根不深，则叶难茂"①，从而将代表传统文化的民间事物及其现象看作中国实现现代辉煌的资源，那些"鲜见于经典、不入正宗"的民间传统文化与当时推崇的西方现代文化有较大区别。由于"寻根文学"将目光转向文化传统，"使文学的流向发生了重要的转折，使文学从对于社会政治的关注转向对于深层的文化心理结

---

① 韩少功：《文学的"根"》，《作家》1985 年第 4 期。

构的发现"。① 在韩少功等号召下，其他一些作家也纷纷展开了对民间文化或传统文化之根的寻觅，主要有贾平凹、郑万隆、李杭育、张炜、张承志、郑义等。"寻根文学"中，有韩少功渲染的湘西民族风情，有阿城书写（为民间百姓坚守的）的儒、释、道文化，有王安忆"小鲍庄"展示的仁义乡风。这是一种有意识的文化寻根，文学与文化进行了对接，确认了文学所承担的文化功能，尤其与唯西方是举的现代思潮拉开了距离，将目光投射到边远村寨、山野村庄，传统文化因此凸显。

图 2 - 6　高小华油画《赶火车》(1981)

如前所述，罗中立、朱毅勇、陈丹青、妥木斯等人的油画中，已经开始关注边远山村普通民众生活，在主题取向、人物塑造、环境氛围等方面与其后"寻根文学"具有内在一致性。在日常生活还原意义上，"寻根文学"将生活拉回世俗，在汪曾祺、贾平凹、阿城、韩少功等人的小说中，普通民众生活成为常态。美术题材内容也与"寻根文学"相似，都注意日常生活书写。如高小华油画《赶火车》，描绘了日常赶火车的生活细节，这即是世俗生活的常态，与汪曾祺小说中对苏北小城传统生活的书写具有相似性。如果说罗中立、朱毅勇、陈丹青、妥木斯等人的油画与"寻根文学"有什么区别的话，那就是艺术形式的差别。罗中立、朱毅勇、陈丹青、妥木斯等人所采用的是源自西方的油画艺术形式，以形象思维为主，更重视画面效果。"寻根文学"则是语言艺术，通过语言思维来建构艺术形象。

与此相对应，20 世纪 80 年代初，"伤痕文学"潮流前后，诗歌、小说与戏剧开始借鉴与实践西方现代艺术手法。1978 年后，朦胧诗，王蒙的

①　旷新年：《"寻根文学"的指向》，《文艺研究》2005 年第 6 期。

《布礼》《春之声》，高行健的戏剧《绝对信号》《车站》等，以及刘索拉、徐星、李陀等人的小说，都不同程度运用了现代艺术手法。1981 年高行健《现代小说技巧初探》出版，现代派受到文学文化界热烈追捧。"1985 年以后，现代主义思潮在中国已经不再成为禁区，而且现代技巧和现代意识也已经普遍地被知识界接受，不再以异端的姿态出现。"① 而此时，"寻根文学"却反过来重新观照民族传统文化，"将文化的意义由一般的文明教养，扩展到民族精神的本相生存的根基及命运前途的高度来认识。并且，在这个前提下，把民族的传统文化看作文学发展的重要母体"②，民族原生文化形态因此成为"寻根"作家主要的书写视角。

面对民族原生形态的传统文化，"寻根文学"创作者既有批判，也有认同，无论是批判还是认同，20 世纪 80 年代与 20 世纪初五四运动时期对传统文化的态度已经有所变化，民族传统文化在社会生活中的地位、东西方文明的参照系、对传统文化的批判目的等均有新调整。传统文化开始成为"寻根文学"探讨的主要问题，这一问题"从新时期文学的起始阶段就存在，到'寻根文学'才发展到高峰"③，可以说，中国文化传统问题是"寻根文学"的核心问题。

"任何传统都有一个复杂的谱系，我们对之可以批判、重估，或从任何点切入，但绝不能一概反之，或将之断裂，或弃而不顾。"④ 新时期中国作家大概正是在这样的意义上，认识到传统文化所具有的文化价值，他们不再像"文化大革命"时期一概反之，也不是断裂，而是对传统文化进行了复杂、多元的历史反思与评价，并逐渐形成了对现代化的怀疑和并非自觉的否定。这或许是五四运动后半个世纪政治文化变革演进而来的文化自觉。和"寻根"文学思考传统文化一样，美术领域也出现了传统艺术形式复苏甚至兴盛的现象，主要表现就是中国书法的复兴。

书法是极具中国传统文化精神的一种抽象艺术形式。20 世纪 80 年代，西方文化不断进入中国，日本现代抽象书法成为中国书法的一面镜子，映照出中国传统文化在现代境遇中的尴尬形态。一批有着文化敏感意识的书

---

① 陈思和：《中国当代文学史教程》，复旦大学出版社 1999 年版，第 268 页。
② 季红真：《历史的命题与时代抉择中的艺术嬗变——论"寻根文学"的发生与意义》，《当代作家评论》1989 年第 1 期。
③ 同上。
④ ［美］韦勒克、沃伦：《文学理论》，刘象愚等译，江苏教育出版社 2005 年版，第 4 页。

家重新审视打量了书法文化,他们和书法界的部分人士认识到书法作为传统文化所具有的现代价值。其中周而复更是体会到书法传承的意义,20世纪80年代初,他联合其他书家倡议成立了中国书法家协会,有力推动了书法的当代传承与发展。[1]

书法艺术复兴首先从民间开始,1977年首都市民天安门诗抄书法作品展及上海市中小学生毛笔字展览,都宣告书法这种中国传统文化艺术以大众普及形式登上了现代文化殿堂。此后,"哈尔滨书苑新苗画法展、安徽中学生书法竞赛、全国大学生书法竞赛、全国少年儿童大字比赛、少年儿童书画学术讨论会等相继推出,书法不仅进入寻常百姓家,而且成了儿童、少年、青年学生的日课活动,'书法热'遍及神州大地。"[2] 尤其是1980年5月,由北京、上海等13个书法社团发起并联合举办的全国第一届书法篆刻展览,有力推动了书法逐渐走向专业化,也使这一传统艺术门类逐渐在艺术自律下走向现代。中国传统文化以书法这样具有丰厚传统文化积累的艺术形式在全国形成了另一种"寻根"文化潮流,与"寻根文学"构成了耐人寻味的传统文化复兴现象。

传统文化探寻中,"寻根文学"与传统书法、油画均伸出了敏感的艺术触角,对传统文化问题进行批判和反思,以此回应了1985年开始大规模兴起的现代主义思潮,这种批判与反思在20世纪80年代西方文化与本土文化冲突语境中展开,具有值得深思的意义。通过面向现代发展的自我质询与反思,传统文化可以更加开放而自信地确立自己的文化认同。"寻根文学"与中国书法及油画主题的传统自觉与批判可以说是中国文学与美术文化身份重新确立的开始,也是21世纪中国文化逐步复兴、走向世界的另一个起点。

三 形式的美术先知与文学探索

在隐秘的渠道或者个体意义上,早在1976年毛泽东去世,黄永玉创作的全景式中国山水画(后以此制成壁毯,放置在毛泽东纪念堂坐像后面)已经具有现代艺术形式探索的意义,这幅具有"卡通风格的全景式中

① 陈邦本:《周而复的书法艺术》,《世纪》2010年第5期。
② 朱仁夫:《中国现代书法史》,北京大学出版社1996年版,第160—161页。

国山水画","作品安详、浩大、宁静,没有宣传性的暗示,也没有对领袖的颂赞"①。卡通风格的作品取代了突出典型的革命现实主义绘画风格,对中国山水画全景图案进行了一定程度的归纳、夸张与变形,不仅与"文化大革命"美术"红光亮"拉开距离,也在图案形式上显示出现代风格。黄永玉这一作品从未公开展出过,黄永玉也"没有因此项成就而获得荣誉"②,但这其实是"文化大革命"后美术现代形式的首次尝试,也可以说,在某种意义上,美术已经超越了文学一小步,提前开启了艺术现代形式探索的大门。

1949 年后很长一段时间,由于思想封闭与意识形态控制,代表西方现代主义文艺思想的形式问题很少被探讨,即便有所探讨,也只是将形式美"归结到画家各自的审美观点和风格尚好",或是艺术家的"思想感情和审美观点"③,更多时候,形式问题成为"文化大革命"文学艺术的一个禁区。其间,"美术的形式语言问题被消解,而内容、立场、身份、目的等方面高度意识形态化的原则决定了一切"。④ 新时期之初,教条性的现实主义意识仍是文艺主流,与"形式"相关的文艺问题还会受到批评或制约,如 1978 年,茅盾就形式主义文学作品发表的有关见解:

> 形式主义的文学作品或则是剥削阶级及其帮闲们的娱乐工具,或则是为欺骗、麻醉劳动人民以求巩固剥削阶级的统治地位的,或则是按照作者的主观愿望,标新立异,哄动流俗,但除了一小撮的追随者,是无人欣赏的。这一切流派,其共同点是追求形式上的华丽幽雅(封建贵族及其他剥削者所喜爱的华丽幽雅),怪诞诡奇(甚至以使人看不懂为超凡入圣),而完全忽视内容的思想性,甚至主张内容的无思想性。所以形式主义文艺流派必然没有生命力,只有一二国家中像新牌化妆品似的轰动一时,旋即消歇。⑤

---

① [英]迈克尔·苏立文:《20 世纪中国艺术与艺术家》,陈卫和、钱岗南译,上海人民出版社 2013 年版,第 346 页。
② 同上。
③ 伍蠡甫:《艺术形式美的一些问题》,《学术月刊》1963 年第 8 期。
④ 潘公凯主撰:《中国现代美术之路》,北京大学出版社 2012 年版,第 405 页。
⑤ 茅盾:《漫谈文艺创作》,《红旗》1978 年第 5 期。

茅盾批评形式主义作品的出发点便是传统现实主义思路，他将形式的有关问题上升到阶级问题。实际上，对于造型与视觉艺术——绘画而言，其存在方式必然依托于形式，如果扩大了说，"一切艺术都是形式关系的发展结果，哪里有形式存在，哪里就有移情作用发生。"① 其实文学也很难摆脱形式的有效作用，不同的时代、不同的理论家有不同的形式观，但形式之于文学、美术的重要性，是现代以来艺术理论家所公认的。20世纪70年代末，改革开放刚启动，西方文化与思想尚未大量涌入中国，文学界也未形成艺术形式自觉，形式包含的意识形态问题依然囚禁了不少艺术家和理论家的思维。

　　如果认识到美术本身即需要造型，应该也不得不突出视觉形式效果，那么少数有着艺术造型敏感的美术家——如前述黄永玉——在新时期前期即已较为自觉地开始了形式探索。吴冠中便是这样的例证，他20世纪40年代从法国归来，在中华人民共和国建立后，就自觉从人物画转向与政治关系比较疏远的风景画。在风景画中，吴冠中探索了现代艺术形式。"他的油画风景是抒情的，笔触轻快的"，将西方油画风格与中国人的空间感结合起来，突破美术意识形态的束缚，用一些抽象艺术技法表达更为浓厚宽阔的情感，真正"将油画风景引向了中国画的方向"②，创造了油画与中国画相结合的造型空间。不仅"文化大革命"期间即进行形式探索与创作实践，有着一定文学修养的吴冠中还于1979年率先提出绘画"形式美"的理论命题。③

　　在《绘画的形式美》中，吴冠中提出了若干有关形式的艺术问题。他认为，"造型艺术除了'表现什么'之外，'如何表现'的问题实在是千千万万艺术家们在苦心探索的重大课题，亦是美术史中的明确标杆"，指出了形式对于造型艺术的意义。他说，"在造型艺术的形象思维中，说得更具体一点是形式思维。形式美是美术创作中关键的一环，是我们为人民服务的独特手法。"从形象思维到形式思维，一字之差，吴冠中点明了造型艺术的核心问题。通过确认形式美法则，吴冠中进而指出艺术风格问题，他说，"风格之形成绝非出于做作，是长期实践中忠实于自己感受的

① ［英］赫伯特·里德:《艺术的真谛》，王可平译，辽宁人民出版社1987年版，第20页。
② ［英］迈克尔·苏立文:《20世纪中国艺术与艺术家》，陈卫和、钱岗南译，上海人民出版社2013年版，第390页。
③ 吴冠中:《绘画的形式美》，《美术》1979年第5期。

图 2 - 7 吴冠中水彩画《稻田》（1979）

自然结果。"他对西方科学兴起后东西方艺术形式差异原因进行分析，阐释了"线条是构成形象的基本手段，也是中国绘画艺术的一大特色"，提出"要大谈特谈形式美的科学性，这是造型艺术的显微镜和解剖刀，要用它来总结我们的传统，丰富发展我们的传统"①。当时"伤痕"正在进行中，"反思"尚未开始，革命现实主义思潮仍未完全退却，吴冠中这些观点有一定的超前性，反映出美术家在造型艺术实践上的自觉，也是吴冠中美术理论的自觉。后来他又发表了《造型艺术离不开人体美的研究》《关于抽象美》《内容决定形式？》等文，论述了抽象美是形式美的核心等多个层面上的造型艺术理论问题，这些观点引起了"美术界对内容与形式、具象与抽象问题的讨论——《绘画的形式美》一文的发表及其引发的争鸣无异于破冰之举，打破了美术理论的一个禁区"②。

吴冠中对形式美的实践与阐释唤醒了美术家乃至部分作家的审美意识

① 吴冠中：《绘画的形式美》，《美术》1979 年第 5 期。
② ［英］迈克尔·苏立文：《20 世纪中国艺术与艺术家》，陈卫和、钱岗南译，上海人民出版社 2013 年版，第 471 页。

与创作主体意识,艺术形式及表现问题也由此引起重视并得到探讨。他的"形式理论是实践性的,表面上看,是强调形式美、抽象美对于美术家、对于美术创作和美术教育的极端重要性,但实际上针对的是几十年来政治对艺术的制约"①。吴冠中对形式美的阐释一定意义上突破了"文化大革命"大众化、政治化、功能化的艺术思维限制。1980 年前后,文学界开始进入"对西方各种名目的现代文艺的简单评价时期"。从 1981 年到 1985年,"有关西方现代派和如何推进中国新时期文学的现代化,一直是文艺界的一个热点问题,并逐渐形成对西方现代派文艺评介、翻译的热潮。"②在西方现代艺术思潮推动下,小说开始重视艺术形式问题,1985 年,阿城《孩子王》、马原《冈底斯的诱惑》、莫言《透明的红萝卜》、刘索拉《你别无选择》、韩少功《爸爸爸》、残雪《山上的小屋》、扎西达娃《西藏,隐秘岁月》、刘心武《5·19 长镜头》等纷纷问世,对小说的艺术形式进行了较大探索。尤其是早前高行健《现代小说技巧初探》、徐迟《现代化与现代派》等还对现代小说与现代派理论进行了理论思考与阐释。但应该明确的是,这些文学形式的现代探索资源多来自西方,在时间节点上也明显晚于吴冠中。

由此,文学形式问题开始成为 20 世纪 80 年代中国文学现代探索的起点之一,尤其是一些被归入"寻根文学"的作家,他们在小说形式上进行了不同尝试,同时又将这一形式纳入乡村世界、边远地区等与民族文化有关的主题中,使 20 世纪 80 年代文学具有了既立足传统文化,又具有现代审美本体自觉的意义。韩少功《爸爸爸》、莫言《透明的红萝卜》、阿城《孩子王》、马原《冈底斯的诱惑》等多将小说现代形式探索与民族文化意识进行自觉结合。文学创作的形式探索呈现出 20 世纪 80 年代文学的多元面貌,以往传统的现实主义法则已很难对这些文学形式作出有效评判,现代主义也由此在当代文学中渐渐获得了合法性。

文学与思想界也对形式问题进行了理论讨论。王蒙认为艺术形式的探索"永远是需要的",他指出,"形式也好、技法也好,这一切必须深深扎根于本民族的生活之中","单纯的形式与技巧的吸引力却不能成为推动创

---

① 王林:《"知识分子的天职是推翻成见"——吴冠中写作生涯与艺术论争》,《文艺研究》2007年第 3 期。
② 朱栋霖等:《中国现代文学史:1917—1997》下册,高等教育出版社 1999 年版,第 74 页。

作的一个持久的与足够强有力的因素，只有当对新的形式与技法的探求得到生活的新的提示、新的刺激、新的挑战的支持和验证的时候，这种探求才是有益与有趣的"①。王蒙指出了艺术形式与生活现实的关系问题。思想家王元化则认为，"形式和表现手法毕竟不是文学的最根本问题"，"我们不能把形式和表现手法在文学创作上的作用加以无节度的夸大，用它作为衡量是否敢于突破和创新的惟一尺度"②。王元化提出了形式美的限度问题，应该说是在现代主义、现代派思潮甚嚣尘上时刻对美术家、文学界过分强调形式问题的一种反拨。

在"80年代"文艺现代形式问题上，美术走在了文学的前面，无论是创作还是观念，期刊对此的集中讨论便是例证。《美术》杂志不仅发表了吴冠中《绘画的形式美》，还先后对颇具现代意识的"同代人油画展""星星美展"等青年美术创作进行介绍，组织了"内容与形式""自我表现"等问题的讨论。1985年下半年，该刊物还开设"更新我们的艺术观念"栏目，对新潮美术创作进行理论呼应③，从创作到理论，在各个层面促进了现代美术创作与理论研究的本土化。

由于造型艺术对形式问题的敏感，在西方文艺思潮影响下，20世纪80年代起，不少美术家开始了对西方艺术的模仿性创作，在形式上进行了大胆探索，这和文学界极为相似。值得一提的是，20世纪80年代，王克平星星画派与北岛今天文学团体间往来密切，他们就现代美术与文学进行共同思考及探索，显示出文学与美术在现代艺术形式上的相通共融性。尤其是，诗人北岛的妻子邵飞便是星星画派成员，他们对现代艺术形式的思考与探索再次印证了"80年代"文学与美术现代艺术探索的共通面目。当然，星星画派与今天文学团体对现代艺术的介入、探讨与思考还存留着以"政治意识"反传统现实主义思想的做法。但到1985年文学与美术先锋时期，许多艺术家、作家已完全将政治放在了一边，将西方的一系列现代艺术观念实践了一遍，实际也体现了唯"形式"的现代探索的无力感。

文学创作与美术形式探索大致相同，1985年后，"一些先锋小说作家开始从'语言的迷宫'走出，又开始重视讲述故事"（好像是放弃了形式

---

① 王蒙：《生活呼唤着文学》，《文艺报》1983年第1期。
② 王元化：《和新形式探索者对话》，《文艺报》1981年第1期。
③ 潘公凯主撰：《中国现代美术之路》，北京大学出版社2012年版，第485页。

的探索)。其实是"在完成了由'写什么'到'怎么写'以后,形式探索已不再是一个与现实主义原则对立的问题,其合法性已经毋庸置疑"①。形式问题由此复归其在中国当代文化艺术中所应具有的位置。正如王元化所说,"在文学史上,随着每个重大时期的递嬗,都经历了一场艺术形式的变革",因此,"我们不能再重复过去那种不分皂白把一切有关艺术形式的探索一律斥为形式主义倾向的谬误了"②。这也提醒我们,需要慎重地对待形式问题,真诚的源自情感表达的艺术形式问题才是文学艺术形式递嬗与变革的真命题。

由此开始,20世纪80年代末,"新写实"作家吸纳融化了西方现代文学观念,对日常生活进行书写,进行了现代审美意义上的文学探索,西方文化中的绝望与荒诞逐渐成为"新写实"小说的主题。"'新写实'与'现代派'的根本区别仅仅在于:'现代派'文学以变形、夸张、象征和语言试验为特色,而'新写实'则擅长展示'原生态'的丑恶、琐碎、无聊、无奈。在精神实质上,两股思潮其实都是世纪末情绪的体现。"③ 无论是否是世纪末情绪的体现,新写实以具有独具审美辨识度的艺术形式,对日常生活的回归确认了现代意义上的个体价值。

纵观20世纪80年代,对形式问题的敏感显示了美术作为造型艺术的主要特征和先锋性,吴冠中等具有深厚文学素养的美术家在创作实践基础上提出了形式美的现代命题,超越了文学对这一问题的认识。但文学的创作与理论思考更为深入,影响也更大。客观而言,文学与美术共同推进了以审美为核心的形式问题在20世纪80年代中国当代文化发展中的面貌复原,使形式审美回到其在文学与美术中的应有位置。尤其在"伤痕文学"与"伤痕美术"之后,"寻根文学"在传统问题上的探索以及国画、中国书法的复兴,使形式问题不再只是单纯的形式问题,而是具有了切合中国文化的本土文化价值,也为20世纪末文学与美术共同回归日常生活、凸显本土文化意识提供了新的思考空间。

---

① 王尧:《冲突、妥协与选择——关于"八十年代文学"复杂性的思考》,《文艺研究》2010年第2期。
② 王元化:《和新形式探索者对话》,《文艺报》1981年第1期。
③ 樊星:《论八十年代以来文学世俗化思潮的演化》,《文学评论》2001年第1期。

第二节　日常生活书写与文学、美术跨界

在 20 世纪 80 年代不同文化思潮的转换交织中，社会政治、经济文化等都发生了较大变化，文学、美术逐渐开始以各自独立的艺术形式关注与表现日常生活，直至 20 世纪 90 年代，文学以日常生活书写引领着时代潮流，美术也以日常生活的艺术呈现为主，从而借助日常生活桥梁在文学、美术乃至电影间形成了值得探究的艺术跨界现象，这种跨界一直延伸到 21 世纪，并有不断增多的趋势。面对这一现象，值得追问与探究的是，这种艺术跨界到底是对消费文化的附从应纳，还是中国本土文化主体地位的凸显，或者说是以艺术创造主体与接受主体身份互换来实现中国文化的超越呢？

一　文学、美术的日常生活书写

20 世纪 90 年代，社会"不再有统摄性的中心"，"也不再有具有普遍约束力的价值标准"[1]，"一元化的政治社会理想被淡化，多元文化格局在不自觉中逐渐形成"[2]。文化格局多元是中国思想与社会经济开放的标志。随着经济、社会、文化发展，作为文化的敏感神经，文学、美术对社会经济文化多元化进行了相对忠实的艺术表达。作家与美术家的文化立场不再局限于单一的精英立场，出现了精英文化立场、民间文化立场、消费文化立场等多元的文化取向。这种多元文化取向首先是从日常生活被发现与被书写开始的，之前 20 世纪 80 年代文学、美术的"伤痕""寻根""先锋"等思潮还是比较单一的精英文化立场，文学与美术的思维方式、话语表达也多为相对单一的西方文化取向。

"人类及个人存在的社会关系之总和，只有在日常生活中才能以完整的形态与方式真正体现出来。"[3] 哲学意义上的日常生活于个体存在具有无

---

① ［德］顾彬：《20 世纪中国文学史》，范劲等译，华东师范大学出版社 2008 年版，第 358 页。
② 陈思和：《中国当代文学史教程》，复旦大学出版社 1999 年版，第 12 页。
③ Lefebvre，H.，*Critique of Everyday Life*，London：verso，1991（Ⅰ）.

形而重要的意义，日常生活将社会政治、经济文化的多元性汇聚起来。进入 20 世纪 90 年代，意识形态对文学的钳制及其外在制约逐渐减弱，日常生活与普通人物开始成为文学、美术书写的主题，显示了关注个体生命与艺术本源状态的回归。因此新写实小说出现了《一地鸡毛》（刘震云）中城市上班族无比烦恼的凌乱生活场景，以及《烦恼人生》（池莉）、《冷也好热也好活着就好》（池莉）、《艳歌》（叶兆言）、《单位》（刘震云）、《官人》（刘震云）、《桃花灿烂》（方方）等无论是标题还是内容均致力于日常琐碎乃至无聊生活的平民化书写。这些小说"以文本生产的方式重构了日常生活空间，显现出日常生活空间的多样化特性"①。生活丰富性与多样化是现代民主发展与自由独立的社会标志，只有在现代民主社会，日常生活对文学、美术才有表现意义，或者说文学、美术才有可能去关注日常生活。与之对照的是，在封建社会或专制社会中，人的活动多受宗教或政治制约，文学艺术多为一元化的文化形态。

日常生活为文学、美术创作开拓了多元书写的艺术空间。意识形态主导的现实主义文学依然有较大优势，谈歌、关仁山、何申、刘醒龙等继续以现实主义书写国家命运的宏大主题，代表了政治体制所要言说的文学话语。陈染、林白、海男、虹影、翟永明等女性作家则展现了"在历史与现实中不断为男性话语所遮蔽或始终为男性叙述所无视的女性生存与经验"②。韩东、鲁羊、朱文、毕飞宇、邱华栋、东西等新生代作家带着独立与自由精神进入小说、诗歌创作，小说文本多以个人体验为主，通过个人体验释放现实生活欲望。新生代作家的写作形式和思想立场混杂了西方现代主义和后现代主义以及 20 世纪 80 年代以来的启蒙文化立场，其复杂、多元的文化取向，显示出 20 世纪 90 年代以来关注日常生活后文学发展变革的新面貌。陈忠实、张炜、张承志、阎连科、莫言、贾平凹等自 20 世纪 80 年代即蜚声文坛的作家也从日常生活出发，以长篇小说书写了各种生活细节。与韩东等新生代作家有所不同，这一代作家有过沉痛的"文化大革命"创伤记忆，能对日常生活进行超越性思考，以长篇的宏大叙事书写中国变革，视野开阔，显示了中国现代文学的成熟。由于"长篇无论什么时

---

① 陈小碧：《面向"1990 年代"——重读"新写实"小说兼论九十年代文学的转型》，《文艺争鸣》2010 年第 4 期。

② 戴锦华：《奇遇与突围——90 年代女性写作》，《文学评论》1996 年第 5 期。

代都是衡量一个民族文学水平高低的标志"①，20 世纪 90 年代以来，长篇小说对日常生活的超越性书写、在文体与思想容量上的拓展，显然也是中国文学现代品格确认的标志，也是后来莫言之所以获得诺贝尔文学奖的一个可能原因。21 世纪起，"70 后"作家开始以独立姿态走上文坛，卫慧、棉棉、安妮宝贝、朱文颖、魏微、鲁敏、徐则臣、李浩、张楚、金仁顺等或具有学院经历、学养丰厚，或从底层起步、经历不同生活，或陷于物质消费、乐于纸醉金迷的现代主义，这些年轻面孔从各个角度展示了日常生活的多面性。他们的小说文本中，既有大都市的灯红酒绿，又有小乡村的幽静安详，也有城乡接合部的暧昧不清。"70 后"作家的日常生活关注与书写有自己的叙事角度，他们"立足于自身独特的、异质性的审美体验，自觉重构日常生活的诗学理想——揭示现代人面对社会的急速变化所遭受的各种尴尬的精神处境"②。这应该是年轻一代作家日常生活文学表达与审美建构的独立方式，是 21 世纪中国文学面向世界的一种可能。通过这样的日常生活审美与书写，"70 后"年轻作家重新审视与定位了中国文学中的现代文化与艺术精神。

与文学的多元书写相一致，20 世纪 90 年代美术也开始从一元化现实主义向艺术手法多元化方向发展，"许多艺术家也开始尝试在时空方面的突破，变文艺复兴开创的均质统一空间为异质多元空间"③。除了艺术表现手法多样化，日常生活开始成为绘画主题或画面承载的文化意象，尤其是与个体意义有关的身体描绘逐渐增多。如方力钧的油画《哈欠系列》以夸张变形的手法展示了人的本真生存状态，透过表情关注个体的人，展现日常生存状态，体现出对日常生活中人的关注。张晓刚《全家福》系列与《大家庭》以脸谱肖像方式对社会、集体、家庭、血缘等进行了当代演绎，也是对既往一元化政治生活的反思，以反拨的方式体现了日常生活的意义。岳敏君以大口男人大笑的生活姿态为主题，显示出对生活状态、成长历史的思考。刘小东直接将日常生活场景搬到油画中，比如《盲人行》《水边抽烟》等，就是其日常生活接触的现实场景，画家借日常生活某个细节与场景的描绘展现了 20 世纪与 21 世纪之交中国社会普通民众的日常

① 吴义勤：《中国新时期文学的文化反思》，江苏文艺出版社 2009 年版，第 180 页。
② 洪志纲：《代际视野中的"70 后"作家群》，《文学评论》2011 年第 4 期。
③ 潘耀昌：《中国近现代美术史》，北京大学出版社 2009 年版，第 310—311 页。

生活共性。刘小东认为,只要"不淡忘参与社会、反映现实的现实主义精神,那么,现实主义绘画将永远有强大的生命力"①,刘小东肯定了他的日常生活描绘与现实主义的关联,以日常生活的艺术审美表达了个人化的现实主义概念。此外,在其他一些"'艳俗艺术'和'卡通一代'等艺术倾向中,虽然还多少保留了一定的反意识形态色彩,但其基本特征已表现为与当代生活的密切联系"②。20 世纪 90 年代以来,中国美术对日常生活的关注与描绘体现了现代美术向日常生活的回归,美术的审美功能也由此凸显,艺术家的审美主体地位也得到强化。

图 2 - 8　方力钧油画《哈欠系列》

20 世纪 90 年代以来,市场经济加快发展,消费主义思潮逐渐形成,人文知识分子不再具有 80 年代时的文化召唤与警醒者的地位,逐渐退居社会边缘。作家、美术家等人文知识分子在边缘境况中发现了日常生活,并创造性地通过日常生活建构了文艺与现实的新关系。文学和美术由此摆脱了 20 世纪 50 年代至 80 年代末的文化政治一元化格局,当代艺术家具有了"作为个人性立场的可能性"③,日常生活的发现与书写为个人立场提供

---

① 刘小东:《现实主义精神》,《美术研究》1996 年第 4 期。
② 潘公凯主撰:《中国现代美术之路》,北京大学出版社 2012 年版,第 524—525 页。
③ [德] 顾彬:《20 世纪中国文学史》,范劲等译,华东师范大学出版社 2008 年版,第 360 页。

了契机,尽管在市场与消费文化语境中,个人独立自由地位的确立也许是无奈的,或者是被动的。日常生活为文学与美术提供了多元空间,但也可能由于失去体制庇护,又无法获得有效的市场资源,会更加迷茫。这种迷茫与孤立中的日常生活实际为中国作家和美术家的思想独立、自我担当提供了空间,也以另一种方式推动着文学与美术审美功能的强化,当文化市场逐渐健全,西方与中国的文化资本开始寻找中国文艺资源时,一些思想精神独立、审美意识较强的艺术家也由此走上成功之路。

图 2-9　刘小东油画《水边抽烟》

二　日常生活审美与艺术跨界

日常生活具有现实存在的合理性,不管在伦理态度上,还是经验认识上,它都是人的现实存在与目的感知的共同场域,日常生活本身就是人的存在的环形逻辑目的所在。无论怎么探索，最终都要回归日常生活。日常生活因此是了解世界、认识自我的基本场域。"艺术作品虽然与常态生活具有形态上的相同之处，但却是冲破了生活的逻辑之网的存在，因而成为一种非常态的构成"①，与常态的日常生活构成反差或者说冲突，文学与美术由此形成了超越生活逻辑的艺术逻辑。通过与生活逻辑错位的非常态存在，文学与美术显示了日常生活的精神意义，为日常生活提供了艺术参照，艺术与日常生活的逻辑差异正显示出二者之间对立共生的内在关系。通过对日常生活常态的书写，文学与美术形成个性化的文化心理结构，这一心理结构对日常生活进行内化处理和艺术再创造，日常生活在此意义上成为文学与美术的主题或内容，甚至是艺术方式，以此显示人的文化创造主体地位。

一定意义上，艺术中日常生活的出场肯定了人的个体价值与现实存在，由日常生活出发，创造主体显示出较强的主观能动性。主观能动性为市场经济中人的能量释放提供了可能，以此发展社会生产力。在此过程中，日常生活中人的发展"又体现为主体心理体验和观念方式激变的历史过程，革命年代所压抑的欲望冲动被空前地激发出来"②。于是，一个有别于革命意识形态的日常生活伦理下的文化环境开始浮现，通过日常生活，人们发现了迥异于战争心理状态下新的生活经验，文学和美术出现了新的书写空间和思想表达。由日常生活生发独特的生活体验，也就是前述文学文本所呈现的鸡零狗碎生活，以及美术画面中打呵欠、抽烟、打扑克等各种日常状态。这种日常生活书写丰富了文学与美术艺术表达，但也带来了新的困惑。文学、美术文本中的日常生活似乎给我们造成了一种艺术幻觉，那就是艺术与日常生活、高雅艺术与大众文化之间的边界似乎不复存在③，也就是通常所讲的日常生活审美化了。这在刘小东作品中表现得较为明显，他的典型绘画作品多是将现实生活场景直接复制到油画作品中。比如《三峡系列》，在三峡工程大背景下，以日常人物生活工作场景为母本，进行无差异的描绘，这一过程消解了艺术与现实的边界。与此同时，贾樟柯的电影又对刘小东基于日常生活的美术创造行为（对于贾樟柯

① 潘公凯主撰：《中国现代美术之路》，北京大学出版社2012年版，第549页。
② 周宪：《"后革命时代"的日常生活审美化》，《北京大学学报》2007年第4期。
③ 陆扬：《费瑟斯通论日常生活审美化》，《文艺研究》2009年第11期。

的电影而言，刘小东的美术创造行为似乎又是一种日常生活）进行二度演绎与书写，形成了基于日常生活的二次创造。

图2-10　刘小东油画三峡系列之《温床》

于是，出现了与审美现代性艺术自律不甚相称的现象，那就是，通过日常生活这一桥梁，艺术家在审美化过程中跨越了艺术边界，越界进入到他类艺术形态。20世纪90年代以来，文学、美术、电影这三个艺术门类的跨界比较明显。在创作三峡系列油画《温床》时，刘小东以当地从事拆迁的工人为模特，描绘了三峡拆迁工人坐在床垫上打牌的情形。刘小东这一美术创作过程又被贾樟柯拍成纪录片《东》。贾樟柯后来影响较大的电影《三峡好人》，也受益于刘小东在美术中对日常生活的关注。实际在此之前，刘小东已开始介入电影艺术。王小帅导演的电影《冬春的日子》，刘小东和妻子喻红扮演一对油画家夫妇，其表演与日常生活出现了同一化趋向，他们本就是现实生活中的夫妇，是表演还是非表演？后来刘小东还在贾樟柯《世界》中客串角色，与台湾导演侯孝贤合作了《金城小子》，这些电影在国际上、学术界均获好评。正是经由日常生活，刘小东在美术和电影中搭建了文化审美创造的新桥梁。例如，电影《金城小子》描述刘小东回到老家金城，将日常生活中的家人、朋友描绘在画布上，并用速写、照片、日记等多种文本回忆过往生活。这一电影形式混合了文学、美术、摄影等多种艺术形式，创作文本也因此具有文学、美术、摄影的多种特质。《金城小子》中的电影书写，既回归了日常叙事，将艺术家日常生活纳入影像书写，又使刘小东进行了文学、美术、电影多重跨界式的再创造。在这样的电影或美术作品中，究竟谁是观众，谁是演员，谁又是画家、作家、导演？似乎日常生活消弭了艺术家身份，在电影、美术与文学之间，日常生活搭建了互文性的艺术文本。

图 2-11 刘小东还原日常生活的绘画场景

　　不仅刘小东,贾樟柯电影《小站》中,诗人西川出演了文工团团长,日常生活中的诗人形象与电影中文工团团长重合起来,演绎出另一种意义上的作家形象。小说家刘震云也在多部电影中出镜,在《甲方乙方》中,他是一个情痴;在《我叫刘跃进》中,他是一个哈气连天的打麻将男人。此外作家韩东、朱文、尹丽川等也多次接触电影,或在电影中担当角色,或自己执导影片。日常生活中的作家形象在电影中有所颠覆,使作家关联的文学文本有了新的文化指涉,文学与电影创造主体的能指也发生了较大变化。作为综合艺术的电影,其与美术、文学有密切关联的文化基因,影像风格需要美术专业素养建构,故事结构需要文学叙述架构,但作家与美术家不断介入影像书写则是 20 世纪 90 年代以来值得关注的文化现象,其主要特征就是贾樟柯、侯孝贤等电影的日常生活叙事及其艺术化处理,以及刘震云、西川、韩东、朱文、刘小东等文学、美术作品日常生活审美化的内在取向。上述文本中,文学、美术与电影实现了"艺术经验与日常生活经验、艺术与非艺术、精英艺术与通俗大众艺术之间的连续性"①。在贾

---

① 高建平:《美学与艺术向日常生活的回归——兼论杜威与"日常生活审美化"的理论渊源》,《文艺争鸣》2010 年第 5 期。

樟柯的《东》、王小帅的《冬春的日子》等电影中，艺术中的"模仿"似乎已经消失，"艺术就存在于日常生活的世界之中"①，刘小东油画描绘的首先是日常生活，也是电影作品呈现的影像世界。现代性意义上的社会分工、艺术自律、艺术与日常生活二分等诸多观点似乎已经很难通达地解释这种艺术跨界现象。从另一视角看，后现代社会中，或者说在当代消费视野中，艺术并非是另一个世界，艺术就是我们的日常生活。如贾樟柯所说："我电影中的人，都是走在街上的人。和小东画里的人有相似的地方，都是最平凡的普通人。但是他们有他们的美，那是种人与生俱来的美。"②

20世纪三四十年代，海派文学与电影中曾经出现过文学与电影的交叉互动，在西方现代艺术中也不罕见，但20世纪90年代以来相对集中出现并真诚地切入剧烈变革中的现代中国，对日常生活进行主体意识极强的书写与叙述，颇具深入思考的意义。除了文学与美术介入电影的艺术跨界现象，还有其他多种艺术跨界现象，其中文学与书法、传统绘画的跨界较为常见。如20世纪80年代，周而复、姚雪垠等老一辈作家对书法有着浓烈的兴趣爱好，周而复还参与了中国书法家协会的创建，并出任首届副主席。贾平凹、莫言、雷平阳、欧阳江河等小说家、诗人钟情于毛笔书法，其书法也多有来自日常生活的书写内容，形成了独特的艺术风貌，艺术市场认可度也还不错。贾平凹等作家的毛笔书法传统束缚较小，既有多年从事文字书写的硬笔书法功底，又有浸淫古人碑帖、研习提升后的新境界，其书法艺术不仅创造了与职业书法家不同的艺术世界，而且在文化书法上也树立了自己的标杆。当代作家书法与现实生活建构了一种关联性，具有日常生活的随意性，书写内容不像职业书家抄写古诗词，而是源自日常生活体悟后的自创文字，能够为一般民众所理解，他们也没有职业书法家过多的传统重负及在展厅取得认可的职业负累。当代作家痴迷书法，或是由于"以线表情的书法成为中华民族深层心理结构的艺术范式"③，书法成为当代作家审美寄托与生活归依的工具，也因此与日常生活形成了融洽的良好关系。在书法与文学关联中，作家将日常生活生发的感悟、思考与意象

---

① 高建平：《美学与艺术向日常生活的回归——兼论杜威与"日常生活审美化"的理论渊源》，《文艺争鸣》2010年第5期。

② 《解读刘小东〈三峡〉组画和电影》，http://news.99ys.com/20100617/article—100617—43936_1.shtml。

③ 王岳川：《书法文化精神》，北京大学出版社2008年版，第107页。

融会到书法艺术中,同时书法创作中的艺术飞白、线条游走等审美意识也内在转化为作家文学创作的有效营养。书法与文学相互滋养,构成了20世纪90年代以来独特的作家书法文化现象。

　　较之书法艺术,中国画、油画等专业性较强,需要专业工具及技巧训练。尽管如此,在审美感性驱动下,20世纪90年代以来,高行健、王祥夫、贾平凹、冯骥才、高建群、杨键、马丽等一批小说家、诗人钟情于中国画,他们的绘画"迥然不同于任何专业画家的画,不仅是风格不同,更重要的从作画的原始动力到最终目的,从内涵到追求,都完全不同"。① 王祥夫等画家多沿袭传统文人画遗风,画作内容多是山水花鸟虫鱼等。贾平凹则体现出一种独特的艺术创造,他将日常生活感悟以画面、文字混合的形式描绘出来,既有民间艺术的粗糙怪异,细细品味又意趣丛生,日常生活与美术、文学形成了极好的沟通,实际上是文学与美术由日常生活出发的审美共通性创造。高行健在海外从事水墨创作,诗人杨键也从事水墨画创作,他们画作多具有禅宗意味,以诗歌修养书写浓郁的东方情绪和禅宗意象,可以说是文学与美术的互文。当代女诗人马丽早年有美术学习经历,从事诗歌写作后,仍未放弃西画创作,无论油画还是水彩画,都显示出独特审美取向,近年来她以油画对中国当代诗人进行了较为集中的描绘,组成了油画诗人作品系列,可以说是经由日常生活关注,文学与油画的一次美好结缘。

　　文学其实也是艺术家的重要创作资源,画家刘小东便说:"我觉得画家应该是诗意的,从我个人来说,我是崇拜诗人的。在我心目中,诗是高境界的作品。"② 或正如此,在文学召唤下,有不少美术家开始转向文学创作,20世纪早期闻一多、艾青、李金发、张天翼等许多中国现代文学大家从美术专业转向文学,或许都曾有此感受。20世纪90年代以来,吴冠中和陈丹青两位美术专业人士的文学创作成绩与其产生的巨大影响也值得关注与思考。吴冠中散文叙述的都是日常生活,语言为浅显平易的白话,叙述视角也是日常百姓视角。但他能以饱满的艺术情感、视觉审美眼光投入散文书写,创造了风格独特的散文世界。陈丹青一直推崇鲁迅,其散文内

---

① 冯骥才:《文人画宣言》,文化艺术出版社2007年版,第45页。
② 《解读刘小东〈三峡〉组画和电影》,http://news.99ys.com/20100617/article—100617—43936_1.shtml。

容多来自日常生活与社会事件，对社会有着深度的批判。吴冠中与陈丹青可说是由美术跨向文学并作出较大成就的典型。在吴冠中、陈丹青的艺术跨界中，绘画艺术已无法承载他们的情感与思想，只有文学才能真正实现艺术抱负，传达其自我意识及审美感受。

三　艺术跨界与审美共通感

20 世纪 90 年代以来，文学、美术、电影的跨界现象是值得思考的文化新动向，这既与欧美等西方文艺思潮有关，也有中国文化传统内生及现代驿动的新状态。文学、美术、电影的跨界互动显示了中国文艺的本土化发展策略及文化主体确认以至超越的文化特征。通过日常生活书写，文学、美术、电影搭建了共通的艺术审美桥梁，显示出对 20 世纪中国社会经济文化发展的独特认知，这种认知"显示了一种经验上的社会知识资源"。①文学以文字、语言为工具进行艺术创造，传达社会认知，美术以图像和形式作为表达工具，电影则综合了文学与美术等多种艺术方式来表达社会与文化认知。文学、美术、电影通过艺术跨界建构了现代意义上的审美共通感，也从日常生活生发出属于现代中国本土的艺术资源。

由于"现代性心体所拥有的审美共通感不仅是整合个体自身感知的资源，而且是超越现代化社会分化局限、与他人交往沟通的伦理资源。更为重要而深刻的是，审美共通感可以将个体带入现代化缺失的共同体存在感"②。面对现代社会的艺术分割及其自律化发展，作家、美术家和电影导演或许产生了一种审美或社会认知上的相对缺失感，艺术跨界便成为创作主体自我认知与认同的需要，艺术跨界的基础和方向均指向审美共通感，通过审美共通感，文学与美术审美功能不断强化。就是说，在审美现代性专业自律中，作家或美术家受到了本专业视野的遮蔽，愈益精专的文学和美术相对阻碍了对日常生活的认知和表达。面对社会文化不断变革的现实，艺术创造主体需要跨界寻找新的审美表达方式，以此释放与传达内在的社会认知与审美感受。

---

① ［英］哈灵顿：《艺术与社会理论——美学中的社会学争论》，周计武、周雪娉译，南京大学出版社 2010 年版，第 4 页。
② 尤西林：《审美共通感与现代社会》，《文艺研究》2008 年第 3 期。

如前所述，在刘震云、西川、刘小东、贾樟柯、侯孝贤、陈丹青、吴冠中、贾平凹、莫言、王祥夫、高建群、欧阳江河、杨键、高行健等人在文学、美术、电影艺术跨界中，通过日常生活构建了跨界桥梁，文学、美术、电影的创造主体由日常生活书写形成了审美共通感。因此，文学、美术与电影的日常生活书写是中国文化与社会现代进程的一种度量标符，这一度量标符关注日常生活中的个体，"'个人'经验在文学中具有了新的特别的意义。它既意味着脱离80年代的集体性的政治化思想的独立姿态，也意味着一个尚未定型（'转型'）的社会中，个人经验成了作家据以描述现实的重要参照"，这也是日常生活意义上"人的发现"①，也因此接续了五四运动精神。其中"最积极最有价值的成果是人的发现和文学的自觉——从人出发和从人的生活出发，成为'五四'文学最值得重视的特点"。②注重个体及对日常生活的追寻具有反封建的历史语境，文学与美术多具有工具化特质。20世纪末的个体则在日常生活中消解了历史语境，回归庸俗平常的后现代生活，文学、美术的审美功能因而得以凸显。

人及其生活是文学、美术、电影艺术书写与表达的内在命题，由于20世纪中国民族与文化发展的特殊状态，"人及其生活"大多被国家、民族、革命、启蒙、阶级等意识形态话语所笼罩，宏大叙事消解了"日常生活"所应具有的人的自由与独立。除了20世纪三四十年代张爱玲等少量上海作家书写了现代意义上的日常生活，20世纪大部分时间，"日常生活被等同于'罪恶'、'堕落'及'小市民趣味'，只有经过'典型化'、'诗意化'、'历史化'、'崇高化'的处理，日常生活才可能获得合理合法化的身份"③，因此，20世纪中国"文学艺术生产与日常生活的关系始终处于紧张纠葛的状态"④，日常生活书写多是宏大叙事的点缀或饰品。到20世纪90年代初，原有的"形式化空间统治"权力被破除，日常生活才逐渐成为文学与美术乃至电影书写的动力和方向。

关注日常生活的文学、美术与电影具有基于个体认同的共同存在感，日常生活是现代艺术表达的心理基础与文化资源，文学、美术、电影以自己的艺术形式表达对日常生活的敬意，进而"把在现代已分裂的一切——

---

① 洪子诚：《中国当代文学史》，北京大学出版社1999年版，第391—392页。
② 许志英、邹恬：《中国现代文学主潮》，福建教育出版社2001年版，第13页。
③ 谢纳：《新世纪文学的"日常生活转向"》，《文艺争鸣》2009年第10期。
④ 同上。

'带出到共同感的开放天空下'"①，于是，文学、美术与电影所具有的社会意义便凸显出来。在此过程中，艺术"发挥交往、建立同感和团结的力量，即强调艺术的'公共特征'（der/ffentliche Charakter）"②，艺术因其现代公共特征而强化了日常生活的意义，在日常生活书写中，个体价值与审美凸显，艺术创造的主体性意义得以深化。也可以说，在日常生活书写与艺术跨界中，文学、美术与电影产生了审美共通感，艺术得以向社会扩散多元的审美意识，进而滋养或促进了公共精神的产生。

20世纪90年代以来，市场经济发展以及全球化时代的到来，"使得文化与政治的关系相对疏离成为可能"③，原有的一元化文化意识形态尽管还能发挥作用，但不再具有统治地位，文学、美术、电影等关注日常生活成为可能，艺术形态和创作主体的文化取向可以多元发展与不断更新。另一方面，随着经济发展，世界市场一体化，"'大众文化'成为人们的主要的文化需求"④。大众文化的一个标志就是消费，也是"全球化"发展与市场经济体制相互作用的结果，这种文化容易使日常生活变成庸俗的泛化性审美，而消弭了日常生活与审美的区隔。这样，在大众或消费文化中，文学、美术、电影原本应追求的审美目标面临着新的挑战。不能不说，一部分作家从事极易上手的书法或中国画创作，或者一部分作家、美术家介入电影，具有潜在的消费文化认同心理。有些人期待以自己在文学、电影中的"名誉"成为书法、绘画或文学的商标，在并不健全的文化艺术市场占有一席之地，取得良好的市场效益；部分电影启用一些知名作家为电影演员也可能是想利用作家名声创造一定的票房；同时，20世纪90年代"长篇小说的兴盛与商品化文学市场也有密切关系"⑤，容易改编为电影、稿费较多、容易阅读均使得长篇小说具有了"文体的经济性"，实质也是对消费文化的潜在认同⑥；此外，20世纪80年代末，中国和西方艺术市场逐渐接轨，艺术作品市场化进程逐步加快，西方资本的介入与运作使不少美术家逐渐认同市场、以市场导向进行艺术创作，因而就出现了"把兴盛的

① ［德］哈贝马斯：《现代性的哲学话语》，曹卫东等译，译林出版社2004年版，第58页。
② 同上书，第53页。
③ 洪子诚：《中国当代文学史》，北京大学出版社1999年版，第386页。
④ 同上。
⑤ 同上书，第388页。
⑥ 同上。

'当代中国油画'市场看作机敏的市场花招,将媚俗的已经死去的欧洲风格混入其中"的非正常现象。

　　除了消费文化兴盛对文学、美术发展带来的困扰,"随着20世纪以来的图像泛滥和视觉危机,现代(前卫)艺术便不自觉地进入一个以'创新'为唯一宗旨的进程,甚至出现各种极端行为与现象,同时也使日常生活与艺术的边界日趋模糊"①。因此,20世纪90年代以来,刘小东、贾樟柯、侯孝贤等制作的电影与美术作品似乎模糊了生活与艺术的界限。由此来看,各种艺术类型究竟在何种限度上相互介入成为值得思考的问题,文学、美术与电影对日常生活的书写及其跨界给艺术理论带来了新的挑战,当现代生活与艺术的边界、艺术之间的边界模糊后,应该思考如何界定艺术与生活的界限,如何阐释不断增多的艺术跨界现象。

　　20世纪以来,西方艺术进入抽象表现后便开始了新拓展,拼贴、错置等艺术新形式不断出现,这种"现代艺术形态的拓展与'越界',很大程度上是在西方现代艺术尚新意识支配和驱动下进行的"②。尚新是观念更新与艺术不断自我超越的特征,艺术跨界使寻找新资源成为一种可能。在现代社会多元发展、生活不断变化,甚至生活变化已经超越艺术想象时,传统意义上的艺术很难承载与叙述日新月异的现代社会,艺术不介入日常生活,不通过日常生活寻找书写资源,便容易陷入危机。再者,在中国这样一个历史文化传统积淀深厚的国度,"艺术""只是一个西方概念"③,而文人画、书法、碑刻、金石等才是中国本土文化中与西方艺术相对的概念。19世纪末20世纪初,在西方文化冲击下,中国以西方文化意识来审视与处理本土艺术,才有了美术、艺术等全球视野中的现代范畴,中国本土的中国画、文人画、书法、碑刻、石窟造像等也在此过程成为现代艺术及美术的一个部类。这也启示我们,无论消费文化如何兴旺发达,无论艺术边界怎样拓展,我们都应在中国文化立场下确立艺术审美的主体地位。面对文学、美术、电影的艺术跨界,我们应该在中国文化主体立场下,给跨界的文学、美术、电影等以新的认识。

---

① 潘公凯主撰:《中国现代美术之路》,北京大学出版社2012年版,第548页。

② 同上。

③ 〔美〕斯蒂芬·戴维斯:《非西方艺术与艺术的定义》,〔美〕诺埃尔·卡罗尔《今日艺术理论》,殷曼楟、郑从容译,南京大学出版社2010年版,第257页。

第三章　新月派的美术面向及典型观念

新月派是重要的现代文学群体，这一群体有着较好的审美自觉，社会文化影响也较大。在新月派研究中，学界很少注意到作为文学群体的新月派在形成及发展过程中的美术因素。通过历史地审视发现，新月派的梁启超、闻一多、徐志摩、叶公超、陈梦家、林徽因，乃至新月派外围的凌叔华、沈从文等，都曾在不同层面上关注、介入过美术，并就美术发表了诸多值得探究的观念见解。新月派的文学审美自觉与美术实践有着内在关联，日常美术品评、创作等使新月派群体能关注与思考形式审美问题。尤其是新月派核心人物闻一多、徐志摩，他们直接参与了民国时期一些重要的美术活动。闻一多赴美国学习西方美术的经历使其具有了沟通古今中西的美术专业素养，从而能够在文学与美术的审美上互为他者，提出了"三美"的诗学主张，显示出现代文学与美术共通的新价值。徐志摩是1929年全国第一届美术展览组委会成员，还担任了此次展览的会刊主编。期间，徐志摩与徐悲鸿就现代美术发展的一些问题展开了论争，在文学和美术界均有影响。作为文学群体的新月派，也可说是美术群体上的新月派，美术不仅是新月派日常聚会活动的一项内容，也是其群体文化艺术理念形成的有机因素，显示了20世纪中国文学与美术互动交叉的多元意义。

第一节　新月派群体的美术关联

在诗歌发展上，新月派提出了"理性节制情感"的美学原则和诗歌形式格律化的诗歌主张，为中国现代诗歌树立了新的发展路标。新月派诗歌理念及其相关诗艺实践，是中西文化交汇中诗人的审美自觉，是新月派面对诗歌大变革情势下的艺术自律。如果稍稍转换视角，从志趣爱好来观照这一群体，便可以发现新月派核心及其外围人员大多在美术上有较深造诣。梁启超、徐志摩、闻一多、林徽因等新月派核心人物，或是提出具有广泛社会影响的美术观念，或在美术设计上开拓了现代路向，而他们更以群体画会方式研讨美术。不难看出，新月派群体呈现出甚为清晰的美术面向，其美术理念与实践理应在中国现代美术史上占有一席之地。从美术视角审视新月派，可以发现，其诗歌理念、诗艺探索与美术趣味间有着隐秘的思想契合、内在的艺术互动与多元的文化关联，包含着中国传统绘画理念的古典意识与形式思维影响了新月派倡导的新诗的发展，新月派也以诗歌艺术的文学文化特质潜在引领了中国美术的现代观念变革，因此形成了新月派诗歌与美术互动交融、共通协进的良好局面。

一　新月派群体的美术趣味

作为文学群体的新月派有前后期之分，前期新月派"是 1927 年以前，以北京《晨报副刊》'诗镌'为基本阵地的诗人群"[①]，主要诗人有闻一多、徐志摩、朱湘、饶孟侃等。后期新月派主要是陈梦家、林徽因等人，也有将沈从文等其他作家列入新月派的。相对而言，前期新月派在诗歌艺术上的创作理念、实践具有开拓创新意义，是文学史承认的相对稳定的文学群体，后期新月派因林徽因的介入、京派文化的影响而形成新的文艺气质。新月派绅士化的生活方式、对美术的介入、实践与文学创作有着一定文化关联，尤其是梁启超、徐志摩、闻一多、林徽因等美术思想与实践的影响，以及他们文学理念中的美术文化因素，使美术成为辨识新月派群体的另一重要特征，也堪称是新月派的文化基因。作为重要艺术类型的美术正是闻一多、徐志摩乃至陈梦家、叶公超、林徽因、沈从文等新月派形成的重要中介物和纽结点，新月派与美术由此产生诸多关联。新月派作家大多了解西方现代美术发展历程，又熟谙中国传统书画，在 20 世纪早期历史语境中，他们以文学的立场，融会中西，从社会发展视角提出了众多有关现代美术发展的新观念，以新的美术语言实践，通过艺术设计、书画篆

---

① 钱理群等：《中国现代文学三十年》，北京大学出版社 1998 年版，第 129 页。

刻、建筑设计等创造了传统与现代融会的新美术，对中国现代美术发展起到了引路者的作用。

梁启超是 19 世纪与 20 世纪之交思想文化变革的重要人物，在新月派的集结中，梁启超以在场或不在场的状态与前后期新月派诸多人物形成了遥远的互动。徐志摩是梁启超的入室弟子，同时"梁启超、林长民与新月派文人既有私交又有公宜，新月派文人对他们既倍加敬重又颇多传承；在这样的双重关系上，他们不仅成了新月派的师承对象，而且也未始不可以看作新月派的先驱人物"①。由此梁启超可认为是新月派与美术关联的灵魂人物，他对美术的关注、探讨、演说影响着新月派群体的美术观念与实践，梁启超是新月派群体美术趣味、美术观念形成与存在的隐形动因。作为 20 世纪早期社会文化名流、领先思想潮流的前锋人物，梁启超一直努力进行"中西文化类似的勾连，美术和美术史也得以被纳入这个巨大的体系，梁本人也成为这个体系的象征"②。梁启超关注的美术略相当于目下的艺术范畴，但主要以现代美术为核心，我们从梁启超的美术论述中可见其对美术寄予的责任担当。1922 年，梁启超在北京美术学校讲演，对美术与科学关系进行了解读，他认为"稍为读过西洋文化，知是从文艺复兴时代演化而来，现代文化根柢在哪里？不用我说，大家当然都知道是科学；然而文艺复兴主要的任务和最大的贡献却是在美术"③。梁启超从中西社会文化对比中思考美术问题，将西方现代文化的起点归溯到美术上，极大地肯定了美术现代价值意义，尽管是一种片面的深刻，但却赋予美术等以新的文化担当。后期梁启超在"新民说"基础上提出了"以'趣味'美学为基础的'美术人'说"，进而与"新民说"相贯通。梁启超的"'美术人'即受艺术趣味熏陶、懂得艺术享受的人，或是借用席勒说的'审美的人'"④。在《美术与生活》中，梁启超认为"人类固然不能人人都做供给美术的'美术家'，然而不可不个个都做享用的'美术人'"⑤。"美术人"主要指"懂

① 朱寿桐：《新月派的绅士风情》，江苏文艺出版社 1995 年版，第 27 页。
② 杨振宇：《从"西学"到"新学"——梁启超和近代文化视野中的"美术"观念》，《新美术》2013 年第 1 期。
③ 梁启超：《美术与生活》，《梁启超文选》（下），中国广播电视出版社 1992 年版，第 153 页。
④ 钱中文：《我国文学理论与美学审美现代性的发动——评梁启超的"新民"、"美术人"思想》，《社会科学战线》2008 年第 7 期。
⑤ 梁启超：《美术与生活》，《梁启超文选》（下），中国广播电视出版社 1992 年版，第 153 页。

得和享受美术的人，是懂得享受包括文学在内的各种艺术形式、具有审美
能力的'审美的人'"。① 梁启超对美术的关注"把人生内化为人的生存趣
味，进而把生存趣味内化为人的审美趣味，一种与生命的内在精神和理想
相契合的人，一种生命的高级本然意义上的自由的新民"②，显示了后期梁
启超对审美及美术之于人生趣味的深切关注及肯定。

　　徐志摩是新月派核心人物，也与美术有着较深渊源，他主要在现代美
术理念上影响着新月派群体的美术观念及其实践。受新月派先驱人物梁启
超美术观念及趣味影响，作为梁氏弟子的徐志摩也不由得对美术产生了兴
趣，进而关注与思考美术问题，并直接参与了中国现代美术发展历史上尤
为重要的展览活动。1929 年，民国政府组织全国第一届美术展览，徐志摩
不仅是美展组委会成员，还是美展会刊主编，并在会刊上与著名画家徐悲
鸿进行了富有意味的现代论争。论争中，徐志摩以新月派绅士文化做派对
西方现代美术的时尚趣味进行了解读，在 20 世纪早期现代美术、先锋艺
术等思潮刚刚进入中国，亟待社会论争探讨并沉淀的情况下，徐志摩的美
术论争行动显然产生了较大影响，体现出新月派在现代美术、先锋美术等
相关理念上的影响。从徐志摩的美术策展活动，可见 20 世纪早期中国文
学与美术的文化关联，不仅在文学社团活动上，也在社会文化观念上具有
内在的一致性。

　　新月派另一核心人物闻一多与美术尤其是西方现代美术渊源更深。1912
年，闻一多入清华学校读书，在西方现代美术课程中，他的"美术天分很
快就得到了发掘和鼓励，1915 年他的图画水平已是年级之冠，以善画闻名
全校，被指定为《清华年报》图画副编辑"。五四运动以后，闻一多还在
校内参与发起"美术社"，在美籍教师指导下，组织绘画创作和理论研究。
1922 年，闻一多赴美国芝加哥美术学院学习西方现代美术。在美国辗转学
习美术的几年间，闻一多的美术天赋得到了发挥，画作曾入美国全国美术
展览会展览。

　　林徽因也是新月派关键人物，其与徐志摩、梁启超之间的多重关联，
都显示出其在新月派群体发展上的重要作用。美国留学期间，林徽因进入

①　钱中文：《我国文学理论与美学审美现代性的发动——评梁启超的"新民"、"美术人"思
　　想》，《社会科学战线》2008 年第 7 期。
②　同上。

宾夕法尼亚大学美术学院学习，在此期间，林徽因涉猎了舞台美术、建筑艺术等不同领域，获得了美术专业相关学位。尽管林徽因所学及所感兴趣的是建筑，但舞台设计、建筑艺术等均需要美术专业修养的介入。在宾夕法尼亚大学期间，林徽因接受了美术专业知识的多元熏陶，使其形成了较深的美术专业修养，为其后和梁思成一同参与中国古建筑研究打下了基础，尤其是她直接参与了中华人民共和国国徽的设计，更显示其较深的美术专业造诣。

领袖人物梁启超的美术趣味及理念如同一根红线，引领着新月派与美术的多元关联，核心人物徐志摩、闻一多的现代美术实践（策展、论争、创作等活动）在当时显然具有时代美术导向作用，而新月派群体绅士聚餐中的沙龙活动则体现着高雅而多元的美术情趣。新月派聚会形式多样，"新年有年会，元宵有灯会，还有什么古琴会、书画会、读书会"①。包含着生活情趣的书画会是新月派群体交流沟通的艺术媒介，于此而言，传统书画与西方美术的爱好、修养与实践显然是新月派群体认同的一个关键因素，堪称新月派群体的文化基因。书画会中的美术赏评活动形成了新月派相对一致的美术修养和审美取向，也是新月派绅士文化的重要体现，又与中国传统琴棋书画相通，达成了新月派沟通中西古今的文化艺术修为。通过琴棋书画等活动，新月派"言行每取向于英美派西式绅士的文化传统"，同时，"他们对民族传统文化的继承也偏向于绅士文化方面"②。作为一种文化趣味的中国传统书画与现代美术，由此可说是绅士日常文化生活兴趣所在，也是集会结社的核心话题，与传统文化相对的现代美术也因此成为新月派沟通古今、走向艺术自律的关键因素。

由此可见，现代美术与传统书画是新月派群体集结的重要纽带，美术成为新月派群体活动与个体实践的重要对象，新月派以不同方式介入美术活动。在此群体氛围影响下，新月派从先驱人物梁启超，到闻一多、徐志摩等核心人物，以及其后的林徽因、陈梦家、凌叔华、叶公超、沈从文等新月派后期或外围人物均与传统书画或现代美术（包括建筑、古代工艺美术）产生了诸多显而易见的关联。新月派以融会古今中西的美术大视野，形成了审美性、形式化、先锋性的美术文化取向。

---

① 徐志摩：《欧游漫录·给新月》，韩石山编《徐志摩全集》第4卷，上海书店1995年版，第44页。
② 朱寿桐：《新月派的绅士风情》，江苏文艺出版社1995年版，第18页。

二 新月派群体的美术实践

新月派群体与现代美术形成了多元文化关联，这种关联推动新月派文学群体介入、思考着美术。新月派同人介入美术的时间有前有后，方式也多种多样。从介入美术时间上看，有的在 20 世纪二三十年代，有的则延伸到 20 世纪六七十年代，直至生命终点。从美术实践方式上看，由于作家的美术修养及美术理念的差异，其方式也有所区别。梁启超这样的社会思想家，主要从社会视角关注与思考美术，通过演讲宣传推介现代美术思想的扩散，将美术与科学相结合进行了独特阐释。梁启超主要以社会活动家身份引导现代中国人关注美术等艺术类型，建立审美化的日常生活，他以现代美术范畴为核心，赋予美术等艺术 20 世纪社会文化变革中的特殊功能。20 世纪二三十年代的中国，现代美术与艺术范畴的内涵外延尚未清晰明确，在讲演中，梁启超宣传推广了现代美术的一些观点，显然传播与深化了现代美术的社会功能与价值认知。

作为新月派群体核心人物，徐志摩在英国、美国留学多年，积累了不少西方现代美术知识，这是徐志摩美术修养及观念的重要来源。作为诗人、社会名流的徐志摩，其重要的美术实践是 1929 年参与组织举办第一届全国美术展览会，作为组委会成员和美展会刊主编，徐志摩以此为据点，与徐悲鸿进行了一场有关现代美术问题的论争。在美展会刊首期《美展弁言》中，徐志摩首先肯定了美术之于现代生活的意义。他对"原先美术是君王乃至达官贵人们独占的欣赏"的封建美术进行了批判，表明了与传统美术不同的现代立场，进而肯定了欧洲美术"民众化的事业与努力"。通过现代中国第一届美术展览会声势宏大的美术活动，徐志摩对现代美术思想进行了较为有效的宣传策动，以诗歌与美术共通的艺术感知推动了现代美术思想的扩散，在 20 世纪 20 年代末的美术发展中发挥了文学文化名人应有的作用。徐志摩还担当了美术批评家的作用，因为第二任妻子陆小曼爱好美术，他不断结交美术名人。在与刘海粟等人的交际往来中，徐志摩撰文对刘海粟画作予以评价推荐。徐志摩还十分重视封面设计、插图等现代美术的运用。在编辑《晨报副刊》时，徐志摩专门致信孙伏园，谈及对琵亚词侣画作的借用问题，他指出"黑白素绘图案，就比如我们何子贞、张廉卿的字，是最不可错误的作品"①。在《新月》出版过程中，徐志摩也重视插图，1928 年《新月》第一期刊物就有"徐悲鸿的题为《向前》的一幅十分可怕的油画，描绘一个与狮群为伍的、举着手臂的裸体亚特兰大人"②，可见徐志摩重视美术与现代传媒出版的结合，可谓现代美术的实践者之一。

与徐志摩不同，闻一多自幼学习美术，出国留学也学习西方绘画，具有娴熟的美术技能，他的美术实践跨越中西古今。闻一多的美术实践活动主要有四方面：其一是美术教育。20 世纪 20 年代，自美国学习归来的闻一多已经具有相当的现代美术素养，他出任了北京美术专科学校教务主任，为学生传授现代美术知识与技能，推动了北京美术专科学校在美术教育上的改革与发展，是 20 世纪中国现代美术教育开拓者之一。其二是书籍装帧设计。他为徐志摩等设计了多种书籍封面，这些封面既有现代意味，也融会了传统文化，闻一多堪称中国现代设计艺术的先锋。其三是书刊插画绘制。闻一多出国前即在清华学校为校刊绘制书刊插图，这些插图有的是水彩，有的是线描，显示出闻一多深厚的美术专业素养。其四是篆刻与书法艺术。在昆明期间，闻一多迫于生计，挂牌制印，刻下了数百万风格独特的印章。闻一多制印有自己的审美眼光和艺术取向，主要是在西方现代美术研习中形成了独特的构图方式、生动的线条特质，尤其是他在生命后期将制印作为生命的寄托，正如他所言："转瞬而立之年，画则一败涂地，诗亦不成家数，静言思之，此生休矣！因作此印以志恨。"③晚年在诗歌、制印、绘画三种艺术生活中间盘桓而至于苦恼的心理缘由，实际还是美术专业素养促使闻一多思考与转换了艺术化的生活方式。

闻一多在 20 世纪早期中西古今贯通、美术与文学互动的美术实践中体现了作为文艺大家的杰出才能，作为新月派核心人物对 20 世纪中国美术变革有着独特贡献，在美术教育、封面设计等方面，以与文学审美共通的艺术感性，影响着 20 世纪中国美术的发展。闻一多的美术实践不仅涉猎西方现代美术、工艺美术，也以深厚的传统文化修养对篆刻艺术进行创新性发展。但由于闻一多诗歌艺术创作与理念的卓越，加上文学在 20 世

① 徐志摩：《给孙伏园的信》，韩石山编《徐志摩全集》第 2 卷，天津人民出版社 2005 年版，第159—160 页。
② ［英］迈克尔·苏立文：《20 世纪中国艺术与艺术家》，陈卫和、钱岗南译，上海人民出版社 2013 年版，第 83 页。
③ 闻一多：《闻一多书信选辑》（五），《新文学史料》1984 年第 3 期。

纪中国社会文化中的影响大于美术，导致了闻一多的美术家身份弱于诗人，社会对闻一多的了解多在文学领域、政治影响等方面，而对于闻一多的美术家身份则相对陌生。

此外，与新月派有着诸多关联的林徽因，也以融会中西美术语言的艺术设计体现出新月派对现代美术发展的多元价值。林徽因广为人知的设计作品是中华人民共和国国徽与人民英雄纪念碑碑座，这在中国当代美术设计史上具有毋庸置疑的地位。而早在1924年出国留学前夕，林徽因就曾为《晨报》五周年纪念增刊设计封面，虽然尚未具有较高的美术专业素养，但已显露一定的美术才能。自美国留学回来后，林徽因又应征设计了东北大学校徽，白山黑水的简洁图案，已然是成熟的美术设计师。在与新月派往来中，她还为陈梦家诗作《铁马集》与杂志《学文》等设计封面，封面设计取材汉碑图案，传统与现代有机融合，显示出极强的设计感。此外，她也偶有画作，目前所见的插图画作《祈福》发表在1931年的《文艺月刊》。

新月派这样一个绅士味十足的社团有着自己的审美风尚，这种审美风尚对20世纪中国美术与文学的影响是多元的，并非局限于20世纪二三十年代的特定历史语境中。从新月派绅士文化的内核角度审视，新月派对传统书画、现代美术品评寄寓的艺术情趣已成为内在的审美感觉影响着新月派群体的文化生活。在这一意义上看，新月派群体日常聚会形成的审美情趣已经成为一种隐形资源，成为现代绅士文化的一个组成，影响着这一批作家的文化生活。在新月派后期及外围作家叶公超、沈从文、凌叔华等人身上得到了印证。后期新月派成员叶公超"一生钟情中国书画，直到晚年仍像传统士大夫一样，在书画中寻觅精神寄托"①。叶公超钟情的传统书画既是个人志趣所在，也与20世纪30年代新月派群体日常聚会形成的美术趣味及风尚有着内在关联。后期叶公超的书画艺术在港台产生了一定影响，1962年，他和一些画家组织"壬寅画会"。"1966年，1977年，叶公超的书画作品先后两度在香港展出，一时轰动香江"②，可谓新月派群体美术文化基因的遥远继承。与叶公超相同，1949年之后，沈从文也以美术专业眼光进行了物质文化史研究，对古代绘画、美术图案、陶瓷等进行了广

---

① 张国功：《世间已无叶公超——读〈叶公超传〉》，《书屋》2006年第2期。
② 傅国涌：《叶公超在台湾的最后岁月》，http：//news.sina.cn/c/cul/2008-04-25/151615429385.shtml。

泛研究，成果丰硕。而凌叔华在海外既从事写作，也进行着传统书画创作，并以中国绘画闻名，曾多次举办画展。作为"为艺术而艺术"倾向的新月派①，美术以诉诸视觉的艺术形式形成了这一群体的审美取向，叶公超、沈从文、凌叔华等作家在与新月派群体或紧或松的聚会中将这一趣味进行了内化处理，并影响着其后的文学与社会生活，所以叶公超、凌叔华晚年热衷书画创作，沈从文则从事了中国美术史研究。当然，作为有着传统中国文化素养的叶公超、凌叔华、沈从文，他们身上留存的传统文化意识也使其选择了带有传统特性的书画艺术，一定意义上也接续了古代文人画传统，但根本的或许是新月派群体文化艺术风尚以及绅士文化的潜在影响。

尽管新月派群体在美术实践的形式、时间上有诸多不同，但如前所述，可以说美术应该是辨别新月派群体的一个重要因素，也正因此，后期新月派不少同仁便发生了美术转向（如叶公超与凌叔华后期的绘画创作、沈从文后半生从事工艺美术研究等）。20世纪早期，中国现代作家介入的美术活动扩大了现代美术思想与技巧的传播，在新月派的美术实践中，文学修养是支撑其美术活动的一个因素，也是他们得以在民国美术界产生影响的理由。如梁启超、徐志摩等人的美术实践实际抱有极强的文学关怀和社会目的，他们以文学功能认识介入美术，当然，他们也熟悉与了解中西方美术历史，这是新月派作家从事美术活动的可能性所在。

三　新月派诗歌的美术影响

新月派新诗理念及其实践的突出特征有两点，一是对形式的重视，二是古典主义倾向。由此出发，关联新月派美术理念及实践来看，可见新月派美术实践的重要特质即是其图像形式性，其大多成员关注传统绘画，有着古典倾向性，加之新月派诗歌与美术的创造主体具有内在同一关系，因此形成了新月派诗歌与美术的内在互动性。

新月派对诗歌艺术形式的重要观点是新诗"'和谐'与'均齐'"的形式特征。② 在新月派之前，胡适、沈尹默等早期新诗打破了文言诗格律

---

① 王强：《关于"新月派"的形成和发展》，《中国现代文学研究丛刊》1983年第3期。
② 钱理群：《中国现代文学三十年》，北京大学出版社1998年版，第131页。

的束缚，郭沫若《女神》也有充沛的情感，他们均摆脱了传统诗歌形式的制约，但也将诗歌的形式完全抛弃①，早期胡适等新诗"表现出散文化的倾向。——采取白话散文的句式与章法，以清晰的语义逻辑联结诗的意象"②，形成了诗歌语言的"非诗化"倾向，使新诗发展陷入新的桎梏。闻一多等新月派诗人批评胡适、沈尹默的"非诗化"倾向不仅是新月派自发的，也是新文学发展提出的历史命题。面对上述问题，新月派诗人闻一多在多元文化坐标中对新诗发展进行斟酌考量，提出新诗艺术"音乐美、绘画美、建筑美"的"三美"原则。"三美"中的"建筑美"属于直观形式问题，强调诗歌"有节的匀称，有句的均齐"。闻一多的理由是"我们的文字是象形的，我们中国人鉴赏文艺的时候，至少有一半的印象是要靠眼睛来传达的"③。视觉感受上节与句的匀称均齐是直观的形式感觉，与诗歌内容上的绘画美相照应，成为闻一多诗歌形式美观点的重心所在。闻一多提出的格律问题，按照其解释便是英文的 form，即形式，也是视觉直接可见的形式，形式在闻一多新诗理论中显然是关键之关键。

　　诗歌形式问题是新月派前、后期都认真讨论过的问题，"闻一多、饶孟侃、朱湘等执着于格律的创建，对'音尺'、'格调'、'音组'进行尝试，他们追求调和、匀称；新月派后期并未放弃这方面的研究"④。后期新月派陈梦家也认为："形式是感官享乐的外助。格律在不影响内容的程度上，我们要它，好像画不拒绝合适的金框。金框也有它自己的美，格律便是在形式上给予欣赏者的贡献。"⑤朱湘也说："诗这件东西，说来，是应当内容、外形、音节三样并重的。"⑥外形、形式、格律是新月派诗人关注的关键词，重视诗歌形式在新月派文学理念中几乎是一种共识性的问题。

　　新月派以整齐、美观的诗歌形式提供了新诗发展的新可能，形式开始成为一种艺术媒介，在读者和文本间营造距离，形成中国新诗的"艺术性"，使读者产生审美感触。在新诗格律形式建构中，诗人展现了一个新的情感与审美世界，"形式成了作家和世界之间的媒介，通过形式，作家

---

① 钱振文：《论新月派的形式追求》，《河北学刊》1999 年第 2 期。
② 钱理群：《中国现代文学三十年》，北京大学出版社 1998 年版，第 124 页。
③ 闻一多：《诗的格律》，《闻一多全集》第 2 卷，湖北人民出版社 1993 年版，第 140—141 页。
④ 张玲霞：《新月诗派艺术演变轨迹的考察》，《中国现代文学研究丛刊》1992 年第 2 期。
⑤ 陈梦家：《新月诗选》，解放军文艺出版社 2000 年版，第 5 页。
⑥ 朱湘：《朱湘》，人民文学出版社 1985 年版，第 10 页。

掌握了世界"①。正是由于对格律与形式的重视,新月派的诗歌艺术不仅影响到同样重视艺术形式的现代派诗歌,也影响着后来的"王辛笛、穆旦、杜运燮、郑敏、陈敬容、杭约赫、唐祈、唐湜、袁可嘉等,他们对新月派、现代派有所继承也有所扬弃"②。新月派诗歌艺术创作及理念是 20 世纪中国文学与美术协同激发的文化创造,新月派在诗歌格律上的探索、对诗歌艺术形式的重视显然推动了 20 世纪中国新诗的发展,他们的诗歌创作及理念是 20 世纪中国文学史新的里程碑。

为什么闻一多等新月派诗人如此关注新诗形式问题?新月派提出新诗艺术形式问题,固然是新诗发展到新阶段提出的历史命题,但显然"不是孤立的和偶然的纯粹文学形式方面的文学现象,并不是所谓'形式主义逆流'的批评能够说明的"③。结合美术之于新月派的多重关联,可见原因还在于闻一多美术学习与实践中形成的形式审美敏感,以及徐志摩、陈梦家等新月派诗人在西方留学时对西方现代美术的熟悉与了解,形成了良好的造型艺术创作与鉴赏能力,这种形式造型鉴赏能力与浓厚的文学兴趣、良好的古典文化修养相互碰撞,便激发了闻一多、徐志摩对诗歌艺术形式的关注、研究与探讨。

作为造型艺术,形式问题是美术创作的本质与核心所在,美术家表达个人感情、显示审美情趣的关键点即在形式创造上。线条、色彩、形体等是美术创作的主要关注点,创作者的审美体验直接诉诸线条、色彩、形体等,进而营造出一种现代意义上的视觉效果。西方现代美术在塑造闻一多造型能力的同时,也愈益使其感受与认知到形式问题的价值所在。面对 20 世纪早期新诗创作散文化的混乱状况,美术创作的形式美感传递到闻一多诗歌理念与实践中,加之新月派日常聚会中的书画艺术品评活动,书画艺术的形式美感或也潜在影响到新月派诗人,他们由此对书画艺术形式形成了一定审美共识。这在闻一多美术形式美感和新诗"建筑美、绘画美"间搭建了一个便捷的通道。以闻一多为新月派代表,通过中西古今文化比较思考,美术与诗歌共通的形式美感形成了新月派独特的诗歌形式观及其实践。

---

① 钱振文:《论新月派的形式追求》,《河北学刊》1999 年第 2 期。
② 蓝棣之:《论新月派在新诗史上的地位》,《北京师范大学学报》1982 年第 2 期。
③ 同上。

　　古典主义倾向是新月派诗歌理念的第二个特征，这一倾向与新诗草创时期的现代散文化形成鲜明对照。20世纪初的中国，各种思潮迭起，古今文化交汇冲突，西方新人文主义思潮与世俗化、工具化的现代性思潮相互胶着。白璧德等西方新人文主义者以文化危机感提出了古典主义传统问题，成为新月派理论家梁实秋古典立场的起点。梁实秋、闻一多都或直接或间接地接受了白璧德的新人文主义思想。闻一多强调诗歌理性的节制等也显示出与梁实秋一致的古典主义倾向。在论述诗和画的界限模糊、艺术类型混乱时，闻一多引述了白璧德的观点①，新月派理论的总体趋向是古典主义。在西方古典主义传统影响下，新月派提出了"'理性节制情感'的美学原则与诗的形式格律化的主张"，这暗合了中国古典诗歌传统的"哀而不伤，乐而不淫"的抒情模式，在"理性节制情感"的美学原则中，自然意象与诗人表情达意的情感相互协调融合，又与"追求情景交融、物我合一的唐诗宋词传统相暗合"。② 新月派诗歌创作及理念与中国古典诗歌传统的相遇并非偶然，这既是新月派作家在中西比较后的审慎抉择，也与其对中国古典书画的谙熟了解或学习研修有关。新月派作家大多有过留学经历，可以从西方文化中反观中国古典文艺（文学、绘画相对同一的大文艺），因此对中国古典传统（文学、绘画同一）有着相对深刻的认知，进而从古典文学与绘画中共同吸取有益营养，并恰当地进行现代转化。新月派诗歌的古典倾向与他们对中国传统书画的重视、对西方现代美术的批判吸收相互映照，也恰好与他们的传统书画艺术的修养、创作、论述相呼应。

　　新月派作家与中国传统书画有着较多关联，传统书画是新月派同人钟爱的艺术形式，曾经学习西方现代美术数年的闻一多，在中西美术权衡比较后，甚至开始"怀疑"自己"为什么要学西洋画，西洋画实没有中国画高"③。进而认为对西方现代美术"越学得多，越觉得那些东

---

① 闻一多引述道："关于这一点，白璧德教授在他的《新雷阿科恩》里已经发挥得十分尽致了，不用我们再讲。"详见闻一多《先拉飞主义》，《闻一多全集》第2卷，湖北人民出版社1993年版，第153页。

② 钱理群：《中国现代文学三十年》，北京大学出版社1998年版，第129页。

③ 闻一多：《致闻家驷》（1923年2月10日），《闻一多书信选集》，人民文学出版社1986年版，第126页。

西不值得一学。我很惭愧我不能画我们本国的画，反而乞怜于不如己的邻人"①。通过中西绘画比较分析，闻一多说："我日渐觉得我不应当作一个西方的画家，无论我有多少的天才——我若有所创作，定不在纯粹的西画里。"②闻一多不仅如此感慨，而且后期沉浸在中国书法和篆刻中，并在昆明挂牌治印，显示了中国传统书画对于新月派同人的特殊意义，也显示其浓厚的古典文化情结。我们不难理解，在美国学习西方绘画数年的闻一多，回国后除了少数的写生素描、封面设计作品外，基本没有油画作品问世，后期更是形成了独特的篆刻艺术风格。

除了闻一多，新月派其他同人也多钟爱传统书画。这与新月派作家们受中国传统文化（文学与绘画相对同一）依然未曾断裂的清末民初的教育环境熏陶有关，因此，由传统书画凝集的古典文化情结是新月派美术理念的一个明显特征。叶公超晚年退居中国台湾、凌叔华远赴英伦，他们共同选择了中国传统书画作为文学之外的艺术生活，其书画艺术创作主题多为花鸟虫鱼，并热衷于书法创作，这也深刻显示了新月派群体性的中国古典文化趋向及影响。总体来看，新月派群体对中国传统书画葆有浓厚兴趣，传统书画的形式美感与其诗歌理念及实践的古典倾向有着内在一致性。不过，新月派视野中的传统书画（含纳着强烈的诗性）已经具有了与现代美术映照、对比、反观之后的新的传统文化意识，是经过了思想反刍之后的现代意义上的新美术。由此观之，新月派代表诗人闻一多"三美"诗学观、徐志摩新诗接续了中国古代诗画相通的传统，是新月派经过现代美术实践与新文学碰撞融会后转向古典的重要原因。

综上可见，新月派诗歌理念的形式特质与古典倾向与美术有着内在的互动性，这种互动的重要原因即在于新月派诗歌与美术的实践主体是同一的，创造主体同一使新月派诗人可以将美术实践的审美感性、形式认知等传递到诗歌理念与创作中。美术对新月派群体的意义主要在于"美术"中的"美"及其趣味性，"美的东西，首先是感性的，它诉诸感官，它是具有快感的东西，是尚未升华的冲动的对象。"③新月派诗歌成就及其诗学理念影响较大，诗歌中的感性、直觉思维与美术诉诸物质感官的感性意识在

① 闻一多：《致闻家驷》（1923年2月10日），《闻一多书信选集》，人民文学出版社1986年版，第124页。
② 同上书，第128页。
③ ［美］赫伯特·马尔库塞：《审美之维》，李小兵译，广西师范大学出版社2001年版，第114页。

审美上容易达成共识。美术诉诸感官的感性生活升华了新月派群体的艺术文化精神，如徐志摩在《艺术与人生》中提出的艺术是人生的反映，人生为艺术负责的看法，正是新月派将诗歌与美术同一观之的映照。诗歌与美术创造主体的同一还推动新月派关注与重视艺术形式问题。作为诗歌与绘画共同的创造主体，线条、造型、图案等形式是绘画主体意识创造性呈现的必由之路。新月派诗人对美术的深入实践与关注（一些诗人的艺术起点便是美术，如闻一多），无疑使其在诗歌创作中过多考虑形式呈现的多种可能，认识到形式对于主体情感表达的多元意义。形式（无论是古典形式还是现代形式）在这里构成了新月派诗人创新的起点，从而搭建了诗歌与美术互动的桥梁，因此，闻一多提出的诗歌"建筑美"主要是一种诗歌行与行、段与段之间形成的语词句列上的一种特殊的形式性，如同绘画的图案图像，使诗歌具有了一种特殊的形式美感。徐志摩也注意到新诗语段之间的形式关联及其韵律性，以多元形式呈现将新诗推向了新的发展高峰。

四　新月派跨界实践的意义

新月派在新诗发展上提出了诸多有价值的思想，从形式诗学观到古典主义趋向，都与新月派同仁的美术实践有着较为一致的文化取向，特别是诗歌形式观受到美术形式审美较多影响。新月派这些诗学理念推动了中国诗歌由散文化向艺术自律方向的转化，潜在影响了中国文艺界对西方现代派艺术的接受。在此过程中，核心人物闻一多、徐志摩的美术专业修养和鉴赏能力是一个关键因素，他们在文学与美术间互为他者的艺术游走中形成了较为锐利的审美眼光，这其中，中国传统文化因素起到了一定的沉淀作用。我们也应看到，闻一多、徐志摩以及其他新月派同人对欧美现代文化运动的熟悉、了解，是新月派以美术视野建构诗歌古典与形式观念的重要动因，但"新月运动的力量与软弱，都来自于它与欧洲在精神上和艺术上的密切联系"①，其过分注重形式及与现实生活的相对隔膜，抑或是其缺陷所在。

尽管过分注重形式是其缺陷所在，但我们应注意到新月派诗歌与美术

---

① ［英］迈克尔·苏立文：《20 世纪中国艺术与艺术家》，陈卫和、钱岗南译，上海人民出版社2013 年版，第 79 页。

互动及其跨界发展的独特意义。20 世纪初，在中国现代化发展中，西方文艺价值标准被移植进入中国，西方现代美术"与中国本土的因素从文化观念、表现手法到工具材料等各个方面都发生了融合"①，这种融合，一方面使文学、美术旧的价值体系失去了平衡，另一方面也给 20 世纪早期中国现代诗歌与美术的发展提供了互动创造的新机，那就是，美术家、诗人的现代身份认同尚未完全建构起来，中国现代美术与诗歌在主题、形式等方面具有共同的现代性建构因素。因此，中国传统的"诗书画"相通的艺术审美取向推动了徐志摩、闻一多等新月派诗人形成中西古今沟通交融的审美文化心理，并形成以诗歌和美术为载体的审美现代性中国发展路径。

从梁启超到闻一多、徐志摩、林徽因，新月派以不同方式从事着美术实践，显示出诗人、批评家、理论家的独到眼光，同时也以文学文化影响参与了 20 世纪二三十年代的美术活动，促进了现代美术思想的传播。新月派文人源于审美生活的日常集会形成了美术形式审美自觉，从而就诗歌艺术发展提出了格律化的诗学理念。在重视形式审美外，他们还立足工艺美术发展、美术批评等思考美术的现代发展，进而推动社会文化的现代建设。新月派在诗歌与美术之间的跨界实践具有一定的现代意义，他们之所以能够提出一系列文学与美术互动交融的诗学古典化与形式观念，乃在于他们具有 20 世纪早期文人独特的形式审美共通的艺术心理结构，在诗歌与美术艺术审美共通思维驱动下，新月派文人关心 20 世纪早期的社会文化变革、文化建设与国民素质的真正提高，显示出由中国本土文化生发的现代文化自觉。新月派文人的美术实践与诗学观点相互映照，体现出新月派群体在 20 世纪中国思想文化发展中的丰富价值。

作为文学群体的新月派，其诗歌艺术理念与实践已为中国现代文学史所肯定。从闻一多、徐志摩，到后期的林徽因、陈梦家、叶公超，都"很好地处理了诗歌创作中新与旧的关系：以表现新的情感、新的思想为主，以美为原则创作新诗"②，扭转了 20 世纪前期新诗创作白话化的格局，开辟了新诗自律化发展的新路向。综合前文，我们可以看到，与新月派提出新的诗学理念、进行诗歌实践同步，也存在着一个美术视野中的新月派。新月派在中国传统绘画和现代美术之间回顾往返，形成了贯穿中西古今、

---

① 潘公凯主撰：《中国现代美术之路》，北京大学出版社 2012 年版，第 41 页。
② 程国君：《论"新月"诗派的诗歌语言美追求》，《陕西师范大学学报》2005 年第 5 期。

颇具现代性的美术新理念，其封面设计、工艺设计、书画篆刻等现代美术实践也一样具有开创性，因此，新月派是现代文学与美术恰切自如的文化跨界者。中国古典文化的浸淫，西方现代美术的训练与鉴赏，与美术界的往来，群体活动中的美术集会，这些活动无疑扩大了新月派诗人的艺术视野，为他们的诗歌与美术的交叉互动与多元创造提供了思维动因和形式框架。正是在新旧文化交替、中西文化融合、美术文学跨界的三重背景下，作为诗人、美术家等多重身份的闻一多、徐志摩及新月派才创造了中国现代诗歌的高峰，新月派诗歌中独特的语言形式、新异的思想表达、强烈的画面感是现代诗歌的一个标杆，从他们开始，中国新诗才走上现代发展的道路。

　　除了梁启超、闻一多、徐志摩、叶公超、凌叔华等新月派个体的美术实践，新月派群体在日常聚会、举办刊物、文学活动中将浓烈的传统绘画与现代美术交替互融的审美实践其实更有意义，新月派群体的审美实践及其意识是一种形式自律，由此形成了群体凝聚力，形成了新月派群体的兴趣核心。新月派组织的书画会等聚会形式既接续了中国古代文人雅集的传统，也与西方俱乐部聚会有相似性。日常书画会形成了较为集中的美术论说对象，是新月派群体在美术上的共同实践，群体性的美术聚会潜在影响了新月派的诗歌艺术理念，在审美上达成了文学与美术共通的美学体验，这种共通审美体验沟通了诗歌、小说与传统书画、西方现代美术，以及在《新月》《晨报副刊》办刊过程中现代美术介入的传媒审美集中取向，这些均是新月派为20世纪中国现代美术发展做出的贡献。

　　新月派文人的现代美术、诗歌跨界实践对当下文艺发展也有较多启发。1949年起，中国进入相对封闭的文化艺术环境，美术与文学开始了工具化、功能化的艺术大众化发展路向。20世纪80年代，改革开放使整个社会、经济、文化向西方靠拢，美术与文学发展渐趋倾向西方的"现代性"。在西方现代文化思潮影响下，中国美术与文学的发展呈现出一种被动性和被制约性，文学与美术专业隔阂渐深，文学与美术各自的创造力逐渐匮乏。审美现代性是中国美术与文学面向世界的一种发展路径，它要求各自按照学科独立发展，在一定阶段有其有效性。但当文艺发展到新阶段，其也需要一种跨界的综合的现代发展路向，尤其是面对中国文化艺术本土语境时。新月派在诗歌与美术之间的往返回顾，其实正是面对本土文化语境的自觉实践，在诗歌与美术的跨界实践中，诗歌与美术彼此互为动能，在审美与主题意识等方面交互借鉴，促进了美术与诗歌从理念到实践的多元创造。新月派为当下文学与美术提供了一种跨界实践的示范，我们应该呼唤文学、美术等再跨界，呼唤文学与美术无限开放自己的艺术世界，以此在审美与艺术共通感中创造中国文学与美术的新高度，从而开拓中国美术与文学发展的本土路径。

综上可见，新月派不只是文学层面上的新月派，也是美术视野中的新月派。从梁启超、闻一多、徐志摩、林徽因，到沈从文、叶公超、凌叔华，形成了新月派独特的美术面向，这个美术视野中的新月派，以贯通古今中西的多元文化跨界审视美术，既赋予美术以文化和艺术功能，也注意到中国书画传统的现代意义，更将诗歌等文学意识融会贯通到美术中，使美术更有中国文化的主体性。尤其是，经过创造主体对美术与诗歌的融会贯通，新月派诗歌在形式与思想的多元整合中，以绘画意识介入新诗创作，从段落形式到语词韵律，赋予新诗以新面貌，将20世纪初新诗发展引向了应有路向，这恐怕是文学史、美术史所应共同注意的。

第二节　闻一多的美术文化观

闻一多是在文学、美术两界均有一定创造的文化大家，他不仅在清华读书期间即显示出杰出的美术、文学才华，更于1922年前往美国学习西方现代美术，并取得了较好成绩。"画家之所以为画家，是由于他见到旁人只能隐约感觉或依稀瞥望而不能见到的东西。"[1] 闻一多的美术职业训练使他看到了其他文学从业者无法看到的东西，多年美术实践使其形成了较强的形式审美能力。他将形式审美与文学语言思维融会贯通，在美术和文学间不断跨越，互为他者，使其诗歌艺术创作及理念与文学研究均受到一定的美术影响，成为文学史上绕不开的诗人、文学史家，而闻一多的美术实践及理念也贯穿着与诗歌一致的文化旨趣，形成了独特的美术文化观，堪称20世纪中国文化艺术跨界发展、成就卓越的典范。

---

① ［意］克罗齐：《美学原理》，朱光潜译，外国文学出版社1983年版，第17页。

一　美术、文学兴趣及互为他者

闻一多 13 岁进入清华学校读书时已显露美术天赋，在美式教育的图画课中，他即受到了西方美术教师的鼓励。"1915 年他的图画水平已是年级之冠，以善画闻名全校，被指定为《清华周报》图画编辑。1919 年'五四'后，闻一多在校内参与发起'美术社'——在美籍教师的指导下，组织绘画创作和理论研究。"① 美术天赋显露的同时，闻一多并未放弃文学兴趣，他不但加入清华文学社，还品评郭沫若的新诗，提出自己的见解。1922 年赴美国学习美术前，闻一多在文学和美术爱好间仍犹豫不定，赴美进入美术学院学习后，还多次在家信中表达出浓厚的文学兴趣。闻一多在美术、文学间的摇摆既反映出 20 世纪早期中国文学与美术的现代性专业自律尚未形成，也表明文学与美术具有相互沟通交融的可能。在民族命运多舛的社会情势下，对于科学性（人体写生与素描明暗对比中具有理性分析色彩）较强的西方现代美术，闻一多等 20 世纪早期知识分子还很难以专业视野审视并接受，尽管有所认可，也多将其视为社会化的艺术工具，而非西方意义上的艺术。当然，闻一多的摇摆也表明他具有跨越文学与美术两个专业的艺术审美能力，可以在文学与美术中互为他者，不断互通游走。

留美期间，闻一多的美术学习成绩突出，他的现代美术专业技能进步也较大，他"益发对于自己的美术底天才有把握了"②。但割舍不开的文学兴趣依旧缠绕着他，他说："我既不肯在美弃美术而习文学，又决意归国必教文学，于是遂成莫决之问题焉。"③ 他认为自己"对于文学的趣味还是深于美术"，并明确"学美术是为帮助文学起见的"④。闻一多在美国学习期间文学兴趣成了影响个人发展较大的因素，闻一多也认为自己"对文学

① 胡荣：《从〈新青年〉到决澜社——中国现代先锋文艺研究（1919—1935）》，复旦大学出版社 2012 年版，第 49—50 页。
② 闻一多：《致闻家骏、闻家驷》（1922 年 10 月 15 日），《闻一多书信选集》，人民文学出版社 1986 年版，第 82 页。
③ 闻一多：《在芝加哥致父母亲》（1922 年 8 月），《闻一多书信选集》，人民文学出版社 1986 年版，第 42 页。
④ 闻一多：《致闻家骏、闻家驷》（1922 年 10 月 15 日），《闻一多书信选集》，人民文学出版社 1986 年版，第 83 页。

的兴味比美术还深。我在文学中已得的成就比美术亦大"①。而且，在现代美术学习过程中，他"越学得多，越觉得那些东西不值得一学"②。闻一多对中国传统文化变革中的西方现代美术困境有所估量，他认为："中国人画西洋画，很难得与西方人争一日之长短。因为我们的修养背景性格全受了限制。"③ 他便觉得自己"不应当作一个西方的画家"，并认为"若有所创作，定不在纯粹的西画里"。④ 通过文学与美术的兴趣表达，闻一多对西方现代美术与中国传统文化背景的隔膜做了估量与评价，这是闻一多在中西文化互为他者、感知了解后生发的一种民族文化主体意识。

确实如此，在美术与文学的摇摆间，闻一多掺杂了一定的民族情绪，他深切感受了"美人排外观念之深"⑤。20 世纪早期，对于孤悬海外的学子而言，弱民族的受歧视体现在许多方面，这种歧视中的文化取向和民族尊严掺杂起来，更易使闻一多体会到文学形诸文字、直抒胸臆的切近性。一般而言，美术的视觉表达及复杂技巧容易使创作者的情感宣泄受到制约，而文学语言（尤其是诗歌语言）可以直接书写时代情绪与个人情结，较之美术有一定的艺术类型优势，这大约是闻一多没有放弃文学兴趣的一个因素。由是也可见"在 20 世纪 20 年代中国新文艺界这个特殊的语境中，文化取向、民族自尊、实际功利、人事纠葛等等因素，都发挥着微妙却不容忽视的作用"⑥。

西方美术的学习使闻一多形成了专业化的形式审美眼光。现代绘画重视线条、色彩、形体等造型作用，视觉审美感受直接诉诸线条、色彩、造型。现代美术的专业训练使闻一多感受与认知到形式、色彩等造型艺术的重要性，也培养了闻一多良好的视觉造型能力。由美术专业积累的视觉思

---

① 闻一多：《致父母亲》（1922 年 10 月 28 日），《闻一多书信选集》，人民文学出版社 1986 年版，第 91 页。

② 闻一多：《致父母亲》（1923 年 2 月 10 日），《闻一多书信选集》，人民文学出版社 1986 年版，第 124 页。

③ 梁实秋：《闻一多在珂泉》，《梁实秋怀人丛录》，中国广播电视出版社 1991 年版，第 17 页。

④ 闻一多：《致梁实秋》（1923 年 2 月 15 日），《闻一多书信选集》，人民文学出版社 1986 年版，第 128 页。

⑤ 闻一多：《致家人》（1923 年 7 月 20 日），《闻一多书信选集》，人民文学出版社 1986 年版，第 159 页。

⑥ 胡荣：《从〈新青年〉到决澜社——中国现代先锋文艺研究（1919—1935）》，复旦大学出版社 2012 年版，第 54 页。

维方式、审美直觉与文学兴趣、时代命运相互交叉融合，形成了闻一多美术与文学共通的复合型艺术心理结构，这种复合型艺术心理结构使其可以将文学与美术形式语言融通交换，相互为用。

图 3 - 1　闻一多画作《梦笔生花》（1921）

西方现代美术技巧训练使闻一多的诗歌创作、文学理念、文学研究等浸透着美术的形式思维和审美直觉，同时也未失去文学思维的历史深度。闻一多以美术专业眼光对文学进行了他者化的艺术处理，发挥了视觉思维方式的独特作用，对诗歌创作与文学研究给予形式审美视域下的美术专业审视。闻一多重视诗歌格律的形式美，在文学研究中探索使用美术方法，探索了造型艺术审美与思维介入中国古代文学研究的新方法，这些都是闻一多美术专业他者化视野对文学的渗透。复合型艺术心理结构还使闻一多得以将文学审美思维应用到美术专业上，以文学的历史意识、文化敏感思考着美术，这使闻一多的美术类型发展、美术功能化、学科跨界等美术论述具有了文学深度，其在论述先拉飞主义、中国工艺美术发展等时均渗透着文学历史意识与人文关怀。闻一多对中国现代美术的审视有着中西文化的宽广视角，也有文学思维的历史深度。因此，闻一多的美术论述中有较多的文学思维延伸递进，形成了闻一多文学视野下的美术论述，或者说是美术论述的文学化处理。闻一多在诗歌创作、文学研究、美术实践、美术思考中的跨界融通，互为他者，使闻一多成为20世纪中国文学、美术跨界互动的文化典范。

二 美术的中西比较及功能认知

闻一多出生成长于传统文化尚未完全断裂的晚清时代，毛笔书写、儒家文化是其无法割裂的文化血脉。入读清华学校及其后赴美学习，他接受的是西方现代美术及文化教育。中西文化的强烈反差形成了闻一多的多维文化心理，既有类似血液一样的传统文化，也有西方文化的重新观照。因而闻一多的现代美术专业学习中渗透着儒家的文学、文化关怀，文学创作及思考又因美术专业素养贯通着现代美术思维，使他的美术与文学思想具有一种复合型文化与艺术心理结构特质。既不同于职业美术家，也不同于职业作家。闻一多在文学与美术中出入其间，又游离其外的他者视角使他对中西美术的品评与比较显出不一样的深刻与丰富。

闻一多从美术视角对中国文字进行了新的观照，他认为中国文字是从绘画起源的，经过历史演变，"绘画所省略处正是文字所要保留的，反之，文字所省略处也正是绘画所要保留的"①，从文学与美术互补角度指出了绘画与文字的差异性和关联性所在，由此出发，闻一多提出了中国早期甲骨卜辞、铜器铭辞文字的装饰性特点，文字的装饰性即其他具有美术图案效果。由图画装饰性效果审视中国早期文字，体现出闻一多独特的美术思维。闻一多在文字表达与图像形象表达间找到了平衡，为当下图像消费时代的文字功能提供了另一种审视视角。在功能上，文字与绘画始终是有距

---

① 闻一多：《字与画》，《闻一多全集》第2卷，湖北人民出版社1993年版，第205页。

离的，因此，闻一多认为"字与画只是近亲"，书画并非同源，而是"异源同流"。①"异源同流"说为中国古代诗画互文找到了另一种根据，文字与图画的表达功能不同，中国古代文字与美术的起源也并不相同。据此闻一多对中国古代文人画作了解读，他认为"画拉拢字，使画脱离了画的常轨，而产生了我们这有独特作风的文人画"②。闻一多既区分了文字与绘画的界限，肯定了绘画与文字（也可以说是美术与文学）各自的独立地位，也指出文人画的出现是文字（也即文学）介入绘画的结果。文字、绘画关系的关联解读为闻一多诗歌创作与理念上的美术介入提供了可能，也可见其美术论述的文学性、思想性所在。在文字、绘画关系解读外，闻一多对中国画也有独立的审视视角，他认为"中国画重印象，不重写实，所以透视、光线都不讲。——但是印象的精神很足，所以美观还是存在。这种美观不是直接的天然的美，是间接的天然的美。——原形虽然消失了，但是美的精神还在"③。"直接的天然的美"是科学理性视野下的西方现代美术特点，而"间接的天然的美"则是重视表现的、精神性凸显的中国绘画特点，这一观点虽然没有多少创新，但"间接的天然美"的看法确是新颖的。

闻一多对中西绘画的区别有较为清醒的认知，正如他在美国学习期间所表达的，他对西方美术"越学得多，越觉得那些东西不值得一学"④。他还觉得自己"不应当作一个西方的画家"⑤。尽管其文字表达间有民族自尊的心理因素存在，但他对中西绘画的深入学习与透彻了解，再有时代背景下对文学价值的推崇，这些因素是形成上述观点的可能原因。在这样的心理背景下，闻一多从形体表现角度对中西绘画作了别有意趣的解读。他说"画的目标，无分中西，最初都是追求立体的形，与雕刻同一动机"⑥，从雕刻视角看中西绘画渊源关系，闻一多指出了形的追寻是视觉艺术的方向与价值所在。在雕刻造型的视角下，闻一多认为"画的意义仍旧是一种变

① 闻一多：《字与画》，《闻一多全集》第 2 卷，湖北人民出版社 1993 年版，第 207 页。
② 闻一多：《建设的美术》，《闻一多全集》第 2 卷，湖北人民出版社 1993 年版，第 5 页。
③ 同上。
④ 闻一多：《致父母亲》（1923 年 2 月 10 日），《闻一多书信选集》，人民文学出版社 1986 年版，第 124 页。
⑤ 同上书，第 128 页。
⑥ 闻一多：《论形体——介绍唐仲明先生的画》，《闻一多全集》第 2 卷，湖北人民出版社 1993 年版，第 178 页。

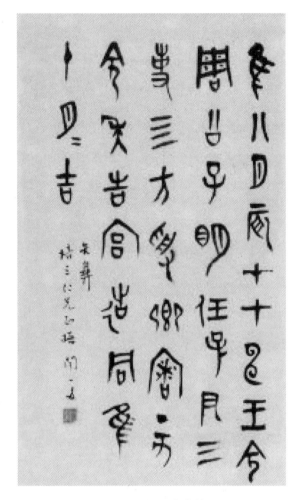

图 3 - 2　闻一多书作

质的雕刻"①，从形体塑造角度看，绘画确可认为与雕刻有相同意义。当进入绘画自觉时期，西方绘画并未放弃起源意义上的艺术模仿观，依然追求雕刻的效果，即立体的形，也就是绘画的写实性。闻一多认为，中国人对绘画写实性模仿的认知有了更深入的改变，也就是对立体的形的雕刻认知上，中国人的绘画观念与西方有了区别。"不管你如何努力。你所得到的

---

① 闻一多：《匡斋谈艺》，《闻一多全集》第 2 卷，湖北人民出版社 1993 年版，第 181 页。

永远不过是形的幻觉。你既不能想象一个没有轮廓的形体，而轮廓的观念是必须寄于线条的，那么，你不如老老实实利用线条来影射形的存在"①，所以中国人不再追求真实的形，所谓的真实的形其实也只是实体存在的一种物质幻觉，既然都是幻觉，其意义便无区别，反而不如表现性的抽象更有价值。因此，中国画，尤其是文人画便不再受形的拘挛，这才是"真"的形，也就是艺术性所在。书法艺术自觉后，中国人"便不知不觉把他们的画和他们的书法归进一种类型内去了"②，书画艺术的表现性由此得以巩固。闻一多对中西绘画追求立体的形的解读并非无懈可击，但其审视与解读的角度是独特的，为中西绘画差异提供了新的解读路径。在区别中西美术基础上，闻一多提出了中西文艺融合问题，他认为"技术无妨西化，甚至可以尽量的西化，但本质和精神却要自己的"③。"我们谈到艺术的时候，应该把脑筋里原有的一个旧艺术底印象扫去，换上一个新的，理想的艺术底想象，这个艺术不是西方现有的艺术，更不是中国的偏枯腐朽的艺术底僵尸，乃是熔合两派底精华底结晶体。"④ 这些观点既有梁启超"二十世纪，则东西方文明结婚之时代也——彼西方美人，必能为我家育宁馨儿以亢我宗也"⑤ 的思想影响，也是他在中西文化中游走互动、审视甄别后的切实总结。

与中西绘画特征解读相近，在诗歌艺术理念中，闻一多对写实性作了批判性阐述，他认为"绝对的写实主义便是艺术的破产"⑥。诗歌理念中的非写实认同可与上文传统绘画的表现性观点对照解读，看出闻一多诗歌艺术理念与对传统书画认同之间的关联，也可以看出他具有的浓厚的中国古典文化情结。闻一多对形式与内容也同样持辩证的认识态度，他认为"在绘画里，离开线条和色彩的'语言'，'思想'可还有寄托的余地？"⑦ 提出了语言、思想寄托于形式，形式具有重要意义的观点。闻一多在视觉艺

---

① 闻一多：《论形体——介绍唐仲明先生的画》，《闻一多全集》第 2 卷，湖北人民出版社 1993 年版，第 179 页。

② 同上。

③ 闻一多：《悼玮德》，《闻一多全集》第 2 卷，湖北人民出版社 1993 年版，第 186 页。

④ 闻一多：《征求艺术专门的同业者底呼声》，《闻一多全集》第 2 卷，湖北人民出版社 1993 年版，第 15 页。

⑤ 梁启超：《论中国学术思想变迁之大势》，上海古籍出版社 2001 年版，第 8 页。

⑥ 闻一多：《诗的格律》，《闻一多全集》第 2 卷，湖北人民出版社 1993 年版，第 138 页。

⑦ 闻一多：《先拉飞主义》，《闻一多全集》第 2 卷，湖北人民出版社 1993 年版，第 159 页。

术中重视形式美，并将形式美延伸到诗歌创作与理念思考中，但闻一多并没有陷入形式主义，而是对美术的线条、色彩与思想内容进行了辩证分析，提出了形式内容同一的命题，这也为我们认知闻一多的美术救国思想预设了前提。

在内容、形式统一基础上，由社会形势出发，闻一多对美术的社会功能进行了肯定，强调了美术内容的重要性。他认为"文艺是身体或心理受伤后产生的花朵，是用血泪来培养的"①，血泪培养出来的文学与美术对个体和社会乃至于国家便具有了积极意义。因此他说"战后的文艺道路是要做主人的文艺道路"②，指出了文艺应具有思想主体性。后期闻一多的美术论述与前期重视"为艺术的艺术"的审美观有了区别，在美术主题与内容的共同重视中，闻一多提出了艺术思想精神的意义所在。他说，"艺术比较的不重在所以发表的方法或形式，而在所内含的思想和精神"，"内含的思想和精神便是艺术的灵魂"③。重视艺术的思想精神，体现出闻一多对艺术社会功能意义的再度认识，也与其一系列美术观点相一致。例如他认为，"从人与人之间去表现社会关系与作者的思想，这才是我们应做的事"，"我们要画人物，不仅要画个人，要画人与人之间的关系，要表现出人在社会上的关系"。④"利用人类内部的、自动的势力来促进人类底友谊，抬高社会底程度——这才是艺术底真价值。"⑤ 闻一多重视艺术形式，并将形式审美关联到新诗理念中。闻一多也重视文学与美术的思想性，从思想精神角度提出的美术社会功能观显示出后期闻一多面对政治形势转变时所具有的强烈爱国情怀。当然，某种程度上，闻一多也夸大了美术的作用，正如他所说："就是政治、实业、教育、宗教也都含着几层美术的意味。所以世界文明的进步同美术的进步，成一个正比例。"⑥ 因此他提出，"应从科学界里至少分出三分之一的人才到艺术界来，才是公平，才能操社会改

---

① 闻一多：《战后文艺的道路》，《闻一多全集》第 2 卷，湖北人民出版社 1993 年版，第 238 页。
② 同上。
③ 同上书，第 32 页。
④ 闻一多：《冯法祀战地写生画展观后感》，《闻一多全集》第 2 卷，湖北人民出版社 1993 年版，第 242—243 页。
⑤ 闻一多：《征求艺术专门的同业者底呼声》，《闻一多全集》第 2 卷，湖北人民出版社 1993 年版，第 20 页。
⑥ 闻一多：《建设的美术》，《闻一多全集》第 2 卷，湖北人民出版社 1993 年版，第 3 页。

革底左券"。① 他还大声呼喊："有艺术才能的朋友们，快起来呀!"② 尽管对美术作用有所夸大，但可见社会情势下闻一多强烈的爱国情操。

三　工艺美术实践与评介

"任何艺术的产生、存在和发展，都有其一定的功利目的，但考其作用，却可分出一是在精神意识上，一是在实际应用上。"③ 工艺美术即是实用意义上的艺术门类，它和社会生产紧密关联。由于工艺美术和社会生活息息相关，工艺美术的用色、图案、形状等便体现出一个民族的审美心理，也可说是一个民族文化独特性所在。前现代社会，工艺美术的专业属性、学科意识是不自觉的。中国古代尽管有《天工开物》这样的手工业技术著作，但对工艺美术的研究、思考总体较少。19 世纪与 20 世纪之交，西方文化进入中国，学界才开始关注与重视工艺美术。鲁迅在《拟播布美术意见书》中曾提及外国各种物品的美，即美术的经济目的与致用问题，是模糊的工艺美术论述。在现代文化与艺术渐进的发展思潮中，闻一多从美式教育的清华课堂上接触了西方现代美术，同时，由于编辑《清华周刊》，他在封面设计、插图绘制等方面积累了不少经验，形成了工艺美术实践基础上的文化思考。应该说，闻一多的工艺美术论述既有鲁迅等现代美术前驱者的思想痕迹，也有其在从事封面设计的美术实践中形成的思想。

1919 年，清华学校学生闻一多撰写了《建设的美术》一文，对工艺美术发表了具体看法，这篇文章是鲁迅《拟播布美术意见书》后又一篇较为系统阐述中国美术尤其是工艺美术发展问题的文章。文中，闻一多首先对工艺美术问题进行了论述。他区分了具体的美术和抽象的美术，具体的美术就是现在所说的工艺美术。闻一多认为"抽象的美术影响于思想的文明，具体的美术影响于物质的文明"④，并认为我们的旧文化多重视抽象的

① 闻一多：《征求艺术专门的同业者底呼声》，《闻一多全集》第 2 卷，湖北人民出版社 1993 年版，第 15 页。
② 同上。
③ 张道一：《工艺美术论集》，陕西人民美术出版社 1986 年版，第 12 页。
④ 抽象的美术也就是中国传统书画，具有表现性、写意性的文人书画。中国古代文人相对重视文人书画，而对具体的美术也就是民间美术，如木刻版画、画像石等不太重视。

美术，但"对于具体的美术，不独不提倡，反而竭力摧残，因此我们的工艺腐败到了极点"①。根据欧美各国重视工艺美术及其与生活紧密关联的实际，闻一多指出"不应该甘心享受那种陋劣的、没有美术观念的生活，因为人的所以为人，全在有这点美术的观念。提倡美术就是尊重人格"②。"陋劣的、没有美术观念的生活"就是那种不重视日常各种生活物品工艺性、审美性的生活。闻一多将美术（实际是工艺美术）上升到人类道德与伦理的高度来理解，肯定了现实生活各种物质构件的美体现出人的主体创造性与审美性，间接说明的是主体审美对人的价值实现的意义，没有审美的生活就是闻一多所说的"陋劣"的生活。在此意义上，闻一多对美术（实际主要是指工艺美术）寄寓了相当高的期望，他认为"美术不是空洞的，是有切实的建设力的"③。

闻一多认为，中国有重视工艺美术的传统，经济富强的宋明清时期的工艺美术是发达的，实际上点明了工艺美术发展与社会经济繁荣的正相关关系，这与工艺美术与生活关联度大的特性有关。近代以来，随着中国社会经济凋敝，"美术凋零了，工艺也凋零了……建房屋的、制家具的、造器皿的都是潦草塞责，完全失了他们从前做手艺的趣味。所制造出来的东西都是粗陋呆蠢到万分，令人看着，几乎要不相信这种工艺从前还会有那一段光明的历史。"④ 在经济社会发展与工艺美术相关的认识基础上，闻一多认为"中国的美术要借工艺保存，中国的工艺要借美术发达"⑤。闻一多也批评了清末以来中国工艺美术对西方盲目崇拜的情况，他认为当时的工艺美术界"只知道一味的学洋人，学又学不到家，弄得乌七八糟，岂不是笑话吗？"因此他提出了中国传统图案画研究与利用的问题，他认为中国美术界的一大缺点"就是藐视图案画。装饰美术里面最要紧的一大部分就是图案画"。⑥ 对图案画的研究与重视显示出闻一多工艺美术论述的创新与自觉，在理论与实践上均有领先性，也与他的古文字研究、以美术视角介入的文学研究有着审美思维的内在关联。他说："图案画这个名词，在中

---

① 闻一多：《建设的美术》，《闻一多全集》第 2 卷，湖北人民出版社 1993 年版，第 3 页。
② 同上。
③ 同上书，第 4 页。
④ 同上。
⑤ 同上。
⑥ 同上书，第 6 页。

图 3 – 3　闻一多画作《对镜》
潘光旦著《冯小青》插图（1927）

国画史上是没有的。我们所有的这种美术，全是寻常技师自出的心裁，没有经过学理的研究。——我们中国人既然有天赋的美术技能，再加上学理的研究，将来工艺的前途，谁能料定？"[1] 闻一多对中国工艺美术发展抱着乐观态度，他认为在中国良好的工艺美术传统基础上进行积极的研究、利

---

[1]　闻一多：《建设的美术》，《闻一多全集》第 2 卷，湖北人民出版社 1993 年版，第 6 页。

用，会创造出美好的生活。

图3-4 闻一多封面设计徐志摩著《猛虎集》（1931）

　　闻一多对中国传统工艺美术的重视不只表现在理论认识上，由于具有美术专业眼光，他深谙中国传统美术图案的价值，并将这些图案娴熟而令人信服地运用到中国古代文学研究中。在《周易》研究中，他"注重于卦爻辞中所体现出的'器用'、'服饰'、'车驾'等'建设的美术'诸方面"①，以形式审美的思维和科学分析的方法将文学作品中的文字与古代物质遗存中的图案纹饰进行对照互读，提出"文就是花纹，是图案"的观点，在此基础上他将中国古代美术史与文学史进行了交叉互动式创新研究。"有着良好的美术和艺术设计创作经验的闻一多，在相关的研究领域

————————————

① 闻一多：《建设的美术》，《闻一多全集》第2卷，湖北人民出版社1993年版，第6页。

中具有难得的优势"①，他"注重工艺美术器物的考察"，也以工艺美术器物上的图案来解读文学文本。笔者认为，闻一多工艺美术理念的提出，与他的书籍装帧设计、西方现代美术学习经历等现代美术修养有着内在关联，这种关联使其可以将工艺美术中的图案纹饰与古代文学进行深度缝合，显示了文学研究方法的创新，也表明了融美术职业素养而形成的复合型艺术审美心理对文学研究的可能意义。

闻一多不仅重视工艺美术，亲自封面设计，还就封面设计提出了系统看法。1920 年 4 月，有感于《清华周刊》改版不理想，闻一多写就了《出版物底封面》这篇中国现代平面设计史上最早的批评文章。② 文中，闻一多对当时部分杂志封面设计作了评价，论述了封面图案的价值，指出了中国封面艺术设计欠缺的原因，阐述了提高的方法，这是封面设计作为独立的中国现代工艺美术的自觉。闻一多对封面图案设计提出了一系列原则，他指出封面图案是广义的，不专指图画的构造，字的体裁、位置、封面的面积等都是封面图案的要素。闻一多对图画、文字、面积等封面设计的重点问题进行了阐述，并以《清华周刊》的封面进行了例证式解说。在文中，闻一多"提出了书籍装帧一些基本原则问题。而他所阐明的理论，譬如说设计形式与书籍内容的联系，实用与美观的统一，和图案设计的整体感等，在今天仍有现实意义"③。此外，他还就自己的书籍装帧提出了一些看法，他说"假若封面的纸张结实，字样排得均匀，比一张不中不西的画，印得模模糊糊的，美观多了。其实 design（设计、意匠）之美在其proportion（比率、比例）而不在其花样"④。一方面，闻一多将封面设计与绘画进行了对比，肯定了封面设计的艺术独立性。另一方面，也提出了封面设计的意匠之美与比例问题，显示出闻一多工艺美术论述直接通向未来的深刻价值。当下工艺美术设计领域所运用的设计语言、设计理念等，依稀可见闻一多的工艺美术思想的影子，也可见工艺美术对日常生活审美的深远影响和丰厚价值。

---

① 闻一多：《建设的美术》，《闻一多全集》第 2 卷，湖北人民出版社 1993 年版，第 6 页。

② 祝帅：《从清华园到西南联大——闻一多"美育救国"思想的形成、发展及其阐释》，《装饰》2011 年第 10 期。

③ 张道一：《闻一多与书籍装帧》，《工艺美术论集》，陕西人民美术出版社 1986 年版，第 266 页。

④ 闻一多：《致梁实秋》，《闻一多全集》第 12 卷，湖北人民出版社 1993 年版，第 125 页。

四　美术介入下的文学创作与研究

诚如闻一多所说："我学美术是为了帮助文学起见的"①，美术专业素养确实推动了闻一多在文学创作与研究上的新创造。闻一多将美术创作与理论中的一些概念、方法、形式直接而恰当地运用到了文学创作与研究中。闻一多认为"在我们中国的文学里，尤其不当忽略视觉一层"②，因此他重视中国现代诗歌的格律形式，使现代新诗具有了视觉艺术即形式审美元素，改变了20世纪早期中国新诗创作"散文化"现象，在理论上提出了新诗创作格律（也可以说是形式化）与"三美"的诗歌理论。闻一多还以美术的形式和审美方式介入中国古典文学研究，开辟了中国古典文学研究的现代路径。综合来看，闻一多以美术专业视角开辟了诗歌创作与文学研究的新空间，这些尝试也为20世纪中国美术理论与创作提供了独特参照。在此意义上，闻一多在文学创作与研究中的美术理念、美术学科介入方式等，对20世纪中国文学研究也显示出学科互通的方法创新价值。

闻一多对文学的价值有较高的认同，他认为"诗不但支配了整个文学领域，还影响了造型艺术，它同化了绘画，又装饰了建筑（如楹联、春帖等）和许多工艺美术品"③。在肯定了文学思想意义基础上，他说"除了托身在文学里，思想别无存在的余地"④。以此为起点，闻一多对文学与美术关系进行了解读，他认为"美术和文学同时发展，在历史上本是常见的事情，最显著的文艺复兴，便是一个伟大的美术时期，同时又是伟大的文学时期"⑤。他认为"自从英国有画以来，可以说没有完全摆脱过文学的色彩。——英国的画只算得一套文学的插图"⑥。闻一多对先拉飞派的"用文学来作画、用颜料来吟诗"进行了分析、阐释，还梳理了先拉飞派绘画与诗歌间的关系，并作了评价。闻一多重点指出了西方绘画中的诗画结合与

① 闻一多：《致闻家骠、闻家驷》（1922年10月15日），《闻一多书信选集》，人民文学出版社1986年版，第83页。
② 闻一多：《诗的格律》，《闻一多全集》第2卷，湖北人民出版社1993年版，第140页。
③ 闻一多：《文学的历史动向》，《闻一多全集》第10卷，湖北人民出版社1993年版，第17页。
④ 闻一多：《庄子》，《闻一多全集》第9卷，湖北人民出版社1993年版，第11页。
⑤ 闻一多：《先拉飞主义》，《闻一多全集》第2卷，湖北人民出版社1993年版，第152页。
⑥ 同上书，第156页。

王维的"诗中有画，画中有诗"的不同。先拉飞派时常"用改造诗的方法，来改造画"，"又借改造画的方法去改造诗，这样不分彼此的挪借，便造就了诗与画里的许多新花枪，同时也便是艺术类型的大混乱"①。闻一多对先拉飞主义诗画关系的分析也是对诗歌、美术的艺术界限的肯定，明确了诗歌与绘画不可混淆，确认了"'文学的'概念只能间接的引起情感的反应"②，这是闻一多以美术方式介入文学的基本原则，体现出文学主体意义上的文化清醒。

　　闻一多认为中国文学具有视觉性，他说："我们的文学里，尤其不当忽略视觉一层，因为我们的文字是象形的。"由此他指出，诗歌格律方面节的匀称、句的均齐是"属于视觉方面的"。所以闻一多提出并实践的是诗歌艺术的"音乐美、绘画美、建筑美"之"三美"原则。对于诗歌的"建筑美"，闻一多认为建筑美应该是阅读者直观印象上的"节的匀称，句的均齐"，作为诗歌文字在纸面上排列而成的空间组合，诗歌文字在纸面形式上表现出视觉性，这是他对中国传统美术审美方式归纳思考后的理念认知。闻一多认为"中国艺术最大的一个特质是均齐，而这个特质在其建筑与诗中尤为显著"③。"精严之质与整齐有密切关系。艺术之格律不妨精严，精严则艺术价值愈高"④。对匀称、均齐的强调，并指出精严之质与整齐的艺术价值，这是闻一多对中国传统美术观念的精练概括，显示出闻一多文学、美术贯通及古代现代融会的复合型文化心理结构特质。对于"绘画美"，闻一多的意思是"借用绘画技巧入诗，使新诗具备光色美、线条美、形体美"，同时"诗的语言要具有绘画般的'属于感觉'的形象性"⑤。因此，他对西方诗歌从绘画视角进行了解读，他说："陆威尔注重的便是诗里的绘画。陆威尔是一个 imagist，字句的色彩当然最先引起她的注意。"⑥ 闻一多不仅在自己的诗歌创作中引入绘画理念，对诗歌批评、诗歌翻译也间或以美术眼光来评价思考，正如西方理论家所指出的："文学有时确实想要取得绘画的效果，成为文字绘画——人们确实无法否认各种艺

---

① 闻一多：《先拉飞主义》，《闻一多全集》第 2 卷，湖北人民出版社 1993 年版，第 154 页。
② 同上书，第 159 页。
③ 闻一多：《律诗的研究》，《闻一多全集》第 10 卷，湖北人民出版社 1993 年版，第 159—160 页。
④ 同上书，第 157 页。
⑤ 吴诠元：《试论美术对闻一多的影响》，《汕头大学学报》1997 年第 2 期。
⑥ 闻一多：《英译李太白诗》，《闻一多全集》第 10 卷，湖北人民出版社 1993 年版，第 67 页。

术都力图互相转借效果，并在相当程度上取得了成功。"① 闻一多应该是在此意义上获得了成功。

闻一多还将美术专业术语、方法引入诗歌评价。他认为庄子的"观察力往往胜过旁人百倍"，因此他"是一位写生的高手"②。用"写生"的美术范畴论说庄子，新鲜而贴切。在品评泰戈尔诗歌时，闻一多认为他"只是诗人而不是艺术家，所以他的诗不但没有形式，而且可以说是没有廓线的。因为这样，所以单调成了它的特性。我们试读他的全部诗集，从头到尾仿佛不成形体，没有色彩的 amoebu（按：意为变形虫）式的东西。"形体与色彩属于视觉艺术范畴，闻一多将其引入诗歌批评，重视诗歌的视觉表现，形成了诗歌批评的美术认知视角。对物体轮廓的勾画是视觉形象塑造的主要手段，闻一多将美术创作中的"廓线"引入诗歌批评，用语言对物体进行轮廓的界定与塑造，凸显了诗歌的表现力。引入"廓线、形体、色彩"等概念，丰富了中国诗歌艺术批评与理论研究语言，突出了视觉艺术形象性对于诗歌的意义。闻一多对诗歌形象问题的阐述，与鲍姆加登关于诗的哲学沉思不谋而合。鲍姆加登认为，"在模糊的表象中缺乏富有特征的表象，因此不能得到充分的认知。——如果典型特征是清晰的而非模糊的，他们越多，就越有利于感情表象的传达。因此，具有明晰表象的诗比具有模糊表象的诗更加完善，同样，明晰的表象比模糊的表象更加有诗意。"③ 闻一多肯定了廓线对于形象塑造的意义，在廓线营造的明晰形象中，感性的语言能传达不一样的审美体验。

形体塑造是视觉艺术的主要元素，形象分布及布局、构图又是形体塑造的重点。从造型艺术布局构图出发，闻一多对诗歌中的"布局"问题进行了新的阐述，他认为"布局 Clesig 是文艺之要素"④。形体构造中各个形体的所在位置体现出了美术家艺术创造的主体意识和审美眼光。闻一多以美术家的实践经验提出了诗歌创作的布局问题，他认为："宇宙底一切的美，——事理的美，情绪的美，艺术的美，都在其各个部分之间和睦之关系，而不单在其每一部分底充实。诗中之布局正为求此和睦之关系而设

---

① ［美］韦勒克、沃伦：《文学理论》，刘象愚等译，江苏教育出版社 2005 年版，第 141 页。
② 闻一多：《庄子》，《闻一多全集》第 9 卷，湖北人民出版社 1993 年版，第 14 页。
③ ［德］鲍姆加登：《美学》，简明、王旭晓译，文化艺术出版社 1987 年版，第 131 页。
④ 闻一多：《论诗通信》（1923），转引自《大学生》1983 年第 1 期。

也。"① 诗歌意象与美术形体在诗歌及画面布局中的位置与层次分别是诗歌与美术艺术构成的主要元素，也是创作主体审美经验与审美意识的体现，创作主体的艺术构思常以布局显示创作者的审美意图。通过廓线、形体、布局等美术创作与批评概念，闻一多对中国新诗创作与批评进行了视野宽阔的艺术阐释，丰富了诗歌创作与批评语言，体现出美术视角对诗歌创作与批评的积极意义。

后期闻一多在文学研究中引入美术方法，也开辟了古典文学研究的新天地，他以文学与美术的双重视野对中国古代文学与美术发展进行了对比分析。他认为，"就文学与美术关系而言，它们是雁行式的发展。文学的第一期相当于美术的第二期，第二期相当于第三期，第三期相当于第四期，而到美术的第四期，古铜器的时代便结束了。我国古代文学，《诗经》时代相当于铜器的纤丽时代，《楚辞》时代则相当于铜器衰落时代……艺术必须有节制和中庸之美，凡一种文体发达到了顶点，也就是衰落的开始。"② 在历史发展演进层面，闻一多对文学与美术进行了对比分析，既为文学史解读提供了美术参考视野，也为中国美术发展提供了文学观照视角。在楚辞研究中，闻一多对《伏羲考》《端午考》等从视觉视角进行对照式解读，以当下人类学盛行的图文互证的方法阐释了古代文学中的一些问题，视角新颖，令人信服。闻一多还对中国文化大小传统进行了阐释，显示出闻一多对中国文学与美术的丰富多样与互动交叉的深刻认知，他的这一实践可以说是美术思想在文学研究中的有效实践，"给我们提供出反思中国文化整体的有效概念工具，足以引领当代学人重新进入中国历史"③。闻一多对考古方法的熟练运用，来自他的美术专业素养和文学经验的相互结合，因为，"考古学与艺术史不可分"，美术发生史必须以考古材料为基础。④

在文学创作与研究中运用美术专业的理念与方法是闻一多美术思想的另一种体现，体现出美术对文学专业发展的启发意义。在文学创作上，一定的形式审美意识的介入可以增强文本表现力。在 21 世纪图像消费社会到来的情况下，以美术视角介入的学术研究理应体现其多元价值。以此审

---

① 闻一多：《致吴景超、梁实秋》，《闻一多全集》第 12 卷，湖北人民出版社 1993 年版，第 154 页。
② 郑临川：《闻一多论古典文学》，重庆出版社 1984 年版，第 71 页。
③ 叶舒宪：《探寻中国文化的大传统——四重证据法与人文创新》，《社会科学家》2011 年第 11 期。
④ 叶罕云：《美术视野观照下的闻一多的"楚辞"研究》，《名作欣赏》2012 年第 35 期。

视闻一多的美术思想，又具有了美术专业视角的有效性，这也启示我们：在"文学'遭遇图像时代'"情况下，"以图言说""语图互仿"和"语图互文"有各自的特点①；图像与语言，或文学与美术间理应有交叉互动的可能。20世纪初，闻一多以美术专业视角对文学创作与研究的介入，或以文学眼光对美术思想的他者化处理，显示出他对语言与图像互文、互仿问题认知的先锋性。他的这一研究，"相对于注重美术本体演进的20世纪中国艺术学开辟了新的研究范式"②。美术专业与其他专业一定程度上的互动、交融、沟通应该具有更多的学科应用价值，或者学术研究方法上的新可能。

闻一多接受了中西古今多重文化的浸染熏陶，其美术思想带有鲜明的中西古今交汇互动共融的复合型文化心理特征。闻一多的美术思想中，有对美术形式的认知，将形式审美规律延伸到诗歌艺术中，显示诗歌绘画融会的形式审美自觉；有对文字与图案等中国早期文学历史关联的思考，指出了文字与图画、图案的文化关联，为文学研究提供了新的解读视角，显示出美术思想的文学与历史特质；也有对艺术的精神与灵魂的清醒认识，在20世纪前期中国政治历史命运大背景下，指出了美术救国的文化可能，显示出美术思想的战斗性，由此可见20世纪早期中国文学家、美术家的社会良知与文化敏感。透过闻一多的美术实践与美术思想，更可以看出在中西古今、文学美术多维视野中闻一多宽广的历史意识和文化意识，他在文学、美术学科间互为他者的专业互动使其美术思想具有多重意义，也因此引领着新月派文学实践的方向。从当下来看，闻一多的美术专业实践及其思想对新月派、对20世纪中国文学、对现代中国美术发展均有值得深入探究的文化与历史意义。

第三节　徐志摩的现代美术观

徐志摩是新月派代表诗人，他"执着地追寻'从性灵深处来的诗句'，

---

① 赵宪章：《文学和图像关系研究中的若干问题》，《江海学刊》2010年第1期。
② 祝帅：《作为艺术学学者的闻一多》，《天津美术学院学报》2011年第3期。

在诗里真诚地表现内心深处真实的情感与独特的个性"①，创造了内容自然清新、形式韵律协调的现代新诗。无论是诗歌内容想象的神奇，还是诗歌形式节奏的跳跃与韵脚的适宜，都可见徐志摩文学实践体现出传统文化与西方文化碰撞后生发的现代文化新魅力。影响徐志摩诗歌感觉形成的因素很多，其一点便是美术与文学共通的艺术思维以及敏锐的审美感觉。徐志摩对美术与诗歌共通的文化创造形式有深刻体悟，他认为"诗是表现人类创造力的一个工具，与音乐与美术是同等性质的"②，他还呼吁诗人要替诗歌"博造适当的躯壳，这就是诗文与各种美术的新格式与新音节的发见"③。在徐志摩的美术理念中，诗歌与美术关系紧密，这不仅影响了他的诗歌创作，还和闻一多一起共同引领着新月派的诗歌艺术走向。徐志摩也参与了 20 世纪 20 年代的现代美术策展活动，促进了中国现代美术的发展。

一　审美共通的良好感知

语言形成了思维的外部物质形式和结构，这一结构的"内面"便是思维方式。思维的组织程式需要通过语言而外现，语言的变迁促成思维方式的选择。④ 在文言文向白话文的转换中，文学与美术的思维方式也逐渐由古典向现代转换。在语言思维方式的现代转换中，徐志摩在中西古今文化之间找到了共通的艺术感觉，他热爱绘画艺术，与美术界人士有着良好关系，也以充沛的情感进行诗歌写作，由此形成了复合型的艺术心理结构。徐志摩具有美术与诗歌贯通的审美创造力，他将美术造型艺术的形象性与现代语言思维沟通牵连，以对真善美的感知贯通着视觉艺术与语言艺术，从而创造了现代与古典融会的现代新诗。

徐志摩来自毛笔文化未曾断裂的传统社会，在审美共通的视觉与语言思维中，他体悟到传统书画、现代美术、诗歌艺术与生活的密切关联。1922 年，在清华大学英文演讲中，徐志摩首先对中国古代绘画、雕塑、戏

---

① 钱理群等：《中国现代文学三十年》，北京大学出版社 1998 年版，第 134 页。

② 同上。

③ 徐志摩：《诗刊弁言》，韩石山编《徐志摩全集》第 2 卷，天津人民出版社 2005 年版，第 416 页。

④ 魏博辉：《语言的变迁促成思维方式的选择》，《西南民族大学学报》（人文社会科学版）2010 年第 9 期。

剧、建筑、舞蹈、诗歌等艺术进行了评点，指出当时社会艺术生活及其观念的匮乏，他说"没有艺术因为没有生活"，"人生的贫乏必然导致艺术的贫乏"。对如何繁荣艺术，徐志摩认为应"有意识地开发我们本性中固有的自然资源——有意识地培养我们的自我觉悟，有了这种觉悟后，让内在的创造精神自行发挥其作用。"所谓"本性中固有的自然资源"，便是人的艺术感受力，是对美与创造的敏感。徐志摩提出了艺术敏感问题，指出了艺术感受力及内在创造精神对生活与个人的意义。对如何形成艺术敏感，徐志摩指出："内在之物的开发有赖于从外部吸收的东西中得到灵感和效验。在这方面，美的鉴赏是一个重要因素。美的敏感比强烈的理智或道德品性对人生的意义更重要，更富有成效。只要努力追求艺术的激情，你就能懂得美和生活的意义。"① 徐志摩强调了艺术敏感对个人生活的意义所在，较为系统地在东西方艺术对比中梳理了艺术与生活的关系，对如何进行美育、美与人生的关系等进行了具体阐发，其论述与蔡元培"美育代宗教"观点颇为近似。由于将生活当作艺术品和艺术问题来看，艺术类型间的区别便被省略，这也为他对美术、诗歌、戏剧等多种艺术类型的审视与思考奠定了基础。

徐志摩良好的艺术感受力形成了他的美术、戏剧、诗歌审美共通的艺术观，所以在论述戏剧问题时，他将音乐、诗歌、绘画进行了对比性阐释。他说："不否认中国的戏剧，不论昆曲皮黄，犹之中国的音乐与画，是艺术，而且有时是很精致的艺术。"② "古今来不知有多少文学美术的天才，从舞台上得到他们初度的感悟与戟刺！"③ 徐志摩以音乐、绘画对比戏剧，不仅指出戏剧的艺术功能与审美效应，而且在音乐、绘画、戏剧三者的互文表述中，突出了艺术是"从真丰富的生命里自然地流出来或是强迫地榨出来的"，"艺术与生命是互为因果的"④，重申了艺术与生活、个体生命的关系。在重视艺术审美基础上，徐志摩以良好的审美共通感阐释了

---

① 徐志摩：《艺术与生活》，韩石山编《徐志摩全集》第 1 卷，天津人民出版社 2005 年版，第 199—210 页。该文为徐志摩 1922 年秋季在清华大学讲演的英文稿，原载《创造季刊》1923 年第 1 期。
② 徐志摩：《看了〈黑将军〉以后》，韩石山编《徐志摩全集》第 1 卷，天津人民出版社 2005 年版，第 238 页。
③ 同上。
④ 同上。

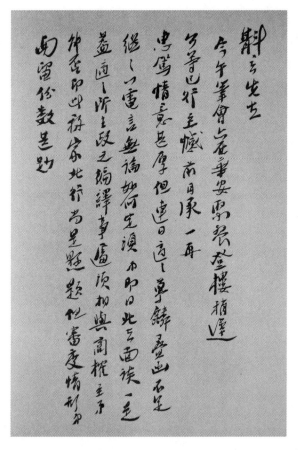

图 3 – 5　徐志摩书作

视觉艺术与舞台艺术的审美共通性。他说：

　　高品的艺术往往借单纯的外形，阐显深奥的内境，线索分明的结构却蕴涵着探讨不尽的意义。林肯那戏，看来似乎一笔直写，从选举直到被刺，仅仅就事言事，不易看出作者的匠心。其实直写而不陷于弱，明写不流于浅，文字自简易而笔力因简而愈著——我们但看古希腊的造像与建筑，自会领悟单纯艺式之价值与意趣。①

————————

①　徐志摩：《得林克华德的〈林肯〉》，韩石山编《徐志摩全集》第1卷，天津人民出版社2005年版，第255页。

徐志摩以西方现代美术中的古希腊造像、建筑形式比拟戏剧艺术，提出了"高品的艺术"具有相近似的艺术形式的观点，其对艺术形式的重视既有西方现代意识，同时也提出了基于艺术共通感的形式内容协调统一的新观点。徐志摩提出的艺术形式不是独立的纯形式主义，而是与艺术作品精深的内容互为表里。在艺术审美基础上，徐志摩认识到内容和形式的同一，其"目的在于实现美和美的实现里所阐明的真"[1]。由此可见，徐志摩的艺术审美共通感并不只是艺术形式上的相互融通，而是前述个人生活、生命中生发出来的"真"，这是各种艺术相互融通的基础。

二　美术批评与期刊美术设计

20世纪30年代，徐志摩是社交圈有影响的人物，他与美术界的交际往来比较多，尤其与刘海粟的往来较深。1929年生活困顿时，他曾"写信给在巴黎留学的刘海粟，希望能在巴黎的艺术团体里为他虚设一位，以便翩然前往"[2]。徐志摩曾撰文对刘海粟画作予以评价推荐，在文中，徐志摩首先指出刘海粟画作既有传统文人画意趣，又有现代气息，对于绘画题材，徐志摩认为"一个画家的思想的倾向往往在他的作品的题材里流露消息"。这种思想"是可与性情乃至态度一类字眼几乎相通用的"。在此基础上，对刘海粟画作中的山岭、波澜、瀑布、老松、寒林、大鹏等，徐志摩从西方象征主义表现视角作了肯定，他认为刘海粟要表现的不是中国文化本体中的山水花鸟，而是借这些形体表现画家潜伏于内心的思想意识与文化概念。"他要写的是'意'，不是体。他写山海是为它们的大，波澜为它们的壮阔，泉为它们的神秘，枯木为它们的苍劲。"[3] 徐志摩以现代意识指出了刘海粟山水花鸟画与传统文人山水花鸟画的不同，显示出徐志摩由欧美文化浸淫而来的现代思想的影响。在现代意义上，徐志摩认为画家选择的美术题材、技法是一种前定的因缘关系，画家的个人心性意趣与创作实践是一种同构关系，二者相互作用才能成为现代意义上的美术家。正如他

---

[1]　徐志摩：《得林克华德的〈林肯〉》，韩石山编《徐志摩全集》第1卷，天津人民出版社2005年版，第259页。

[2]　宋炳辉：《徐志摩传》，复旦大学出版社2011年版，第204页。

[3]　徐志摩：《海粟的画》，韩石山编《徐志摩全集》第3卷，天津人民出版社2005年版，第183—185页。原载《上海画报》1927年第303期。

所言："有他的性情才有他的发现，因他的发见更确定了他的性情"，"所以从他的崇仰（指刘海粟对西方米开朗琪罗、罗丹、塞尚、梵·高，对东方八大、石涛的崇拜）及他自己的作品里我们看出海粟一生精神的趋向"。① 徐志摩从新旧文化角度对中国绘画做了区分，探讨了五四运动以来中国传统美术现代转化的可能。如同新文学是"以中国文学的现代化转变为自己的根本目标的——是以告别传统为自己的根本标志的文学"②，刘海粟等人的美术画作也是与传统告别之后实现了现代转化的中国现代美术。

　　尽管徐志摩以西方现代思想资源分析 20 世纪早期中国美术，但并未像"美术革命"那样，全盘批评中国传统"文人画"。正如方玮德对他诗歌的评价，"志摩是旧气息很重而从事于新文学事业的一个人"，"他的作品也往往用旧的气息（甚至外形）来从事他新的创造，他的新诗偏于注重形式。虽则这是他自己主张和受西洋诗的影响，但他对于旧诗气息的脱不掉，也颇可窥见"③。徐志摩的"旧气息"应该是对中国文化历史传统的尊重与珍惜，但他又能以现代意识重新观照，因此他品评刘海粟绘画，提出了传统绘画现代转化问题。与美术思想中的传统绘画现代转化相似，徐志摩诗歌"已经融化了西方古典、浪漫诗歌以及中国自《诗经》以来的诗歌传统中一切他所喜欢的意味和有助于表现他情感、抒发性灵的技巧。——他的诗歌风格，是他心灵的诗化"④。心灵的诗化体现了现代艺术创造力的勃发，他的诗歌创作与美术鉴赏的艺术理念在心灵的诗化上有所相通。可见徐志摩诗歌实践与其对刘海粟美术作品的评价是一致的，显示出他与"中国传统诗歌文化精神的默契，从而把现实与历史，把个人诗兴与文化传统融合在了一起，完成了中国古典诗学理想的现代'重构'"⑤，也可以说是中国现代美术发展路向的示范。

　　在由生活艺术化形成的审美共通感基础上，徐志摩尤其重视美术的现代作用。早在编辑《晨报副刊》时，徐志摩便十分重视篇首图案的使用，

① 徐志摩：《海粟的画》，韩石山编《徐志摩全集》第 3 卷，天津人民出版社 2005 年版，第 183—185 页。原载《上海画报》1927 年第 303 期。

② 王富仁：《中国现代主义文学论》，王晓明主编《二十世纪中国文学史论》上卷，上海东方出版中心 2005 年版，第 275 页。

③ 方玮德：《志摩怎样了》，转引自陈国恩《论婉约词对"新月"诗人的影响》，《武汉大学学报》1996 年第 4 期。

④ 陈国恩：《论婉约词对"新月"诗人的影响》，《武汉大学学报》1996 年第 4 期。

⑤ 李怡：《古典理想的现代重构——论徐志摩与中国传统诗歌文化》，《江海学刊》1994 年第 4 期。

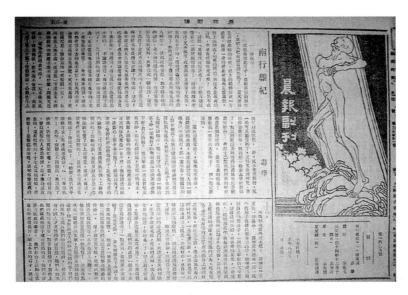

图3-6　徐志摩编辑撰稿的《晨报副刊》

曾为此专门致信孙伏园，谈及琵亚词侣画作的借用问题，他指出："黑白素绘图案，就比如我们何子贞、张廉卿的字，是最不可错误的作品。"① 对于其主持的《晨报副刊》专栏《诗镌》，徐志摩注意美术设计因素，其刊头由闻一多设计："一匹神马，展开双翼，正在腾空跃起。马的后腿下面，是一个圆圈，里面写着醒目的两个大字：诗镌。"② 徐志摩对期刊传媒美术设计的重视体现着视觉审美现代性的觉醒，也是美术与文学在现代传媒文化中互相影响的例证。

重视期刊传媒的美术设计因素，除了表现在《诗镌》上，还表现在《新月》出版中对插图的重视。1928 年新月社第一期刊物《新月》，其中就有"徐悲鸿的题为《向前》的一幅十分可怕的油画，描绘一个与狮群为伍的、举着手臂的裸体亚特兰大人"③。由此既可见徐志摩重视现代美术设计与传媒出版的结合，也可见徐志摩与徐悲鸿在美术上的交集。其后，徐

① 徐志摩：《给孙伏园的信》，韩石山编《徐志摩全集》第 2 卷，天津人民出版社 2005 年版，第159—160 页。
② 宋炳辉：《徐志摩传》，复旦大学出版社 2011 年版，第 165 页。
③ ［英］迈克尔·苏立文：《20 世纪中国艺术与艺术家》，陈卫和、钱岗南译，上海人民出版社2013 年版，第 83 页。

悲鸿与徐志摩值得关注的交集乃是1929年民国政府举办全国第一届美术展览时，二人同任组委会成员，并就美术发展进行了争论。

三 中国美术之路的思考

在民国全国第一届美术展览这样一个对中国现代美术发展有所影响的活动中，徐志摩将他与欧洲文化精神紧密联系的现代文化理念传递到中国现代美术发展中，对于参展的各种西方艺术风格的西画作品，他是满意的，他说："我们留心看着吧，从一时代的文艺创作得来的消息是不能错误的。"①《美展会刊》于此时创办，徐志摩任《美展会刊》主编。在首期《美展弁言》中，徐志摩首先肯定了美术之于现代生活的意义。他批判了"原先美术是君王乃至达官贵人们独占的欣赏"的封建美术，表明了与传统封建美术不同的现代立场，进而肯定了欧洲美术"民众化的事业与努力"，指明"美术的成绩是一个民族最可自傲的一份家当"，"艺术是使生活发生意义与趣味的一个绝大条件"，"接近伟大艺术是启发性灵，最直接最有力量的一种教育"，这些论述强调美术的工具功能，将美术提到民族发展等较高的位置上，与蔡元培"美育代宗教"说、鲁迅倡导的美术公共事业有着较一致的趋向。徐志摩提出美术是民众化的事业以及人生趣味与意义等观点，实际是对现代美术公共性的肯定，对美术社会工具功能的肯定有着20世纪早期文化语境中矫枉过正的文化取向，也相对夸大了现代美术的社会功能。

对五四运动以来的社会进步与美术发展，徐志摩表示了认可，他说：

> 在这时期内人生种种的活动都受到由内与由外的变化，我们正可以从这次美展看出时代性在美术里反映或表现的意趣；更从参考品部古代美术的比较观，推悟到这时代的创作力的大小与强弱；更从国外美术，尤其是我们东邻的，体念到东方美术家采用欧西方法的智慧如何；更从工艺美术想念到这时代实际生活的趣味如何。②

---

① 徐志摩：《美展弁言》，韩石山编《徐志摩全集》第3卷，天津人民出版社2005年版，第306—308页。

② 同上。

徐志摩将美展的各种美术作品与中国古代美术、西方现代美术进行比较，对工艺美术等与时代、社会生活进行关联思考，这种比较本身就是现代语境下的美术观，传统文化语境中，显然无法对此作出比较。徐志摩首先指出了美术离不开创作者所处时代，点明了现代美术与生活的关联性以及现代美术应具有的社会功能。与中国古代美术比较，他期待能看出"五四"以来中国美术创造力的兴盛与发展。与国外美术，尤其是日本美术进行比较，他希望能看出东方文化与欧洲美术技法的融合，实现中国传统文化现代转化后的新美术。尤其是与日本美术的比较，与徐志摩诗歌创作融会中西的实践与观念相一致，是徐志摩对中国传统文化艺术现代再构的美好期待。这种传统再构包容了"一定数量的现代信息"，是徐志摩文学与美术理想的互动交融，"是真正进入了传统文化的境界，完成了对传统理想的一次相当成功的再现"。[①] 因此，他再次申明，美术创作"往往是与民族的精力成正比"，他期待中国现代美术"美丽的新生命的诞生"[②]。

《美展会刊》第 2 期，在《想象的舆论》中，徐志摩对美展观众反应进行了想象性书写，徐志摩以观众评议、谈论展览作品为视角，评述了 20 世纪二三十年代的国画与西画。文章模拟了观众欣赏时的情形，如对国画的评论：

> 新起的也未始没有有些意味的，但是也不知怎么的，你看了总觉得他们自己也没有把握。专事临摹固然讨厌，这胡来也总不见妥当。你看看楼上的古画去。古人的气息确是不同，大幅有大幅的精神，小幅有小幅的趣味，饶你看不厌。这一比就显出现代的寒俭。我看不革命固然不了，革了命也还是不了。[③]

通过模拟观众言说，展现了 20 世纪二三十年代中西文化冲撞交汇中美术观赏者的两难视界，传递了普通大众对传统书画与现代美术的不同接受情形，约略可见当时民众对"美术革命"及其对传统美术与西方美术的

---

① 李怡：《古典理想的现代重构——论徐志摩与中国传统诗歌文化》，《江海学刊》1994 年第 4 期。
② 徐志摩：《美展弁言》，韩石山编《徐志摩全集》第 3 卷，天津人民出版社 2005 年版，第 306—308 页。
③ 徐志摩：《想像的舆论》，韩石山编《徐志摩全集》第 3 卷，天津人民出版社 2005 年版，第 316 页。

不同态度，可见源自传统文化的中国书画依然有相当的受众和较高认可度，而对西方现代美术或变革中的传统书画的接受仍处于缓慢认可中，尽管承认这些从旧传统走出的中国绘画也有些意味，但西画与中国画的技法融合等很难在短时间内完善，仍然有所缺憾。

另一观点则说：

> 凡事一经过大变动，往往陷入一种昏迷的状态，你得容许他一个相当时期等他苏醒过来，然后看他有否一种新气象，新来的精力的表现。——我们生活的革命化（现代化）的程度还是极浅，种种类似革命的势力，虽则已然激起不少外表的波动，还不说到是已经影响到生命的根柢去解放它潜在的力量。或者换一边说，我们民族内心里要求适应时代的一点热，（一点革命精神，）还不曾完全突破层层因袭的外壳，去和外来的在活动中的势力相团合，只有在这个条件下革命才有完成的希望。①

透过想象的观众声音，徐志摩分析了 20 世纪早期美术现代变革中的不同状况，也是对中国文学、文化早期变革的总体阐释，这些革命多限于"外表的波动"，或者是知识分子小众意义上的变革，很难影响作者生命意识的根底，在整个时代还有来自于封建思想与文化"因袭的外壳"束缚时，显然还有不少困难。而且，当时基本上"还没有产生相应的社会的、科技的、学术的重大变革，更没有形成新的感觉经验。因此从任何意义上说，中国的新艺术还只是对西方的模仿，缺乏自身的文化根基，属于引进西学的一个组成部分，并非出于实质性的精神上的变革"②。徐志摩对此作了详尽分析，为中国现代美术发展指出了方向。

四　与徐悲鸿的美术论争

在看了全国第一届美术展览部分作品后，面对美展过多的现代主义作品，具有现实主义绘画倾向的徐悲鸿表示了不满，拒绝递交作品入展，并

---

① 徐志摩：《想像的舆论》，韩石山编《徐志摩全集》第 3 卷，天津人民出版社 2005 年版，第 316 页。
② 潘耀昌：《中国近现代美术史》，北京大学出版社 2009 年版，第 217 页。

在《美展会刊》发表了文章《惑》，表达自己"笼统的写实绘画的立场，他似乎认为像塞尚那样的艺术本身是没有什么必要可以给予学术上的讨论的"[1]。作为受过西画训练的现代画家，徐悲鸿似乎并未真正理解"19世纪的写实主义运动的思想与观念背景"[2]。面对徐悲鸿对中国现代主义美术的"惑"，徐志摩以中西美术与文化贯通的文化敏感对徐悲鸿进行了回应，他以《我也"惑"——与徐悲鸿先生书》为题撰文在《美展会刊》第5期和第6期上分别发表。他指出：

> 在艺术品评上，真与伪的界限，虽则是最关重要，却不是单凭经验也不是纯恃直觉所能完全剖析的，我这里说的真伪当然是指一个作家在他的作品里所表现的意趣与志向。[3]

他肯定了真诚的表达对艺术的必要性，这是他回应徐悲鸿的立论基础，也就是说无论现实主义还是现代主义，无论中国绘画还是西画，可以区隔的只是艺术手段与技巧，并非是一个根本性的问题，只要艺术家表现了真实意趣与志向，便是好的现代美术作品，可见徐志摩对现代艺术本质的表现性认识，与1922年在清华大学英文演讲中的艺术理念一脉相承。

随后，徐志摩对艺术风尚进行解读，并以罗斯金对惠斯勒艺术错判为例证，提醒徐悲鸿在艺术趣味上不可以有偏见。他说：

> 风尚是一个最耐寻味的社会与心理的现象。——我国近几十年事事模仿欧西，那是个必然的倾向，固然是无可喜悦，抱憾却亦无须。是他们强，是他们能干，有什么可说的？妙的是各式欧化的时髦在国内见得到的，并不是直接从欧西来，那倒也罢，而往往是从日本转贩过来的，这第二手的摹仿似乎不是最上等的企业——主义是共产最风行，文学是"革命的"最得势，音乐是"脚死"（爵士）最受欢迎，绘画当然就非得是表现派或是漩涡派或是大大主义（达达主义）或是

---

① 吕澎：《20世纪中国艺术史》（上），北京大学出版社2007年版，第208页。
② 同上。
③ 徐志摩：《我也"惑"——与徐悲鸿先生书》，韩石山编《徐志摩全集》第3卷，天津人民出版社2005年版，第318页。

立体主义或是别的什么更耸动的邑死木死。①

　　徐志摩的风尚观顺应了时代潮流，这一段对历史风潮的解释颇有趣味，可以看出，徐志摩对现代风格并非由衷推崇，只因为时代风尚、艺术思潮大势所致。而徐悲鸿显然没有顾及风尚问题，他"也许认为写实历史画是真正的艺术，他没有顾及欧洲历史风俗画产生的特殊性，他也只是大致认为写实绘画总是与历史、真实乃至科学发生关联"②。徐悲鸿对塞尚等现代主义美术多是本能上的拒绝。徐悲鸿坚持写实主义，与当时文学现实主义风行有内在关联。新文学初期，文学研究会倡导的"问题小说"尽管不都是"纯粹的写实派"，他们多是"抽象的'爱'与'美'的鼓吹者，是浪漫主义、象征主义色彩皆有的，如冰心、王统照等"③。这也印证了前面徐志摩模拟观众观赏美术展览时的评论。20世纪早期，时人对西方思想的吸纳是多种混杂的，如茅盾所言"在我们这里，好像没有开过浪漫主义的花，也没有结过写实主义的实"④。到1929年全国第一届美术展览前后，许杰、彭家煌的农村题材小说才真正形成写实主义思潮。从时代发展演变视角看，徐悲鸿坚持的写实主义在社会文化思潮中实现了艺术与现实深度关联，为20世纪30年代左翼美术导引了航向，这种导引只是一种时代呼应，与徐志摩忠于自我的真诚有着较大区别。

　　在回应徐悲鸿文章时，徐志摩还谈了艺术技巧、内容及风格问题：

　　　　什么叫做一个美术家，除是他凭着绘画的或塑造的形象想要表现他独自感受到的某种性灵的经验？技巧有它的地位，知识也有它的用处，但单凭任何高深的技巧与知识，一个作家不能造作出你我可以承认的纯艺术的作品，你我在艺术里正如你我在人事里兢兢寻求的，还不是一些新鲜的精神的流露——同样的我们不该因为一张画或一尊像技术的外相的粗糙或生硬而忽略它所表现的生命与气魄。这且如

① 徐志摩：《我也"惑"——与徐悲鸿先生书》，韩石山编《徐志摩全集》第3卷，天津人民出版社2005年版，第320页。
② 吕澎：《20世纪中国艺术史》（上），北京大学出版社2007年版，第211页。
③ 钱理群等：《中国现代文学三十年》，北京大学出版社1998年版，第62页。
④ 茅盾：《〈小说一集〉导言》，鲁迅等《1917—1927中国新文学大系导言集》，刘运峰编，天津人民出版社2009年版，第61页。

此，何况有时作品的外相的粗糙与生硬正是它独具的性格的表现？①

徐志摩的艺术技巧观不独适用于美术，对新文学及其他艺术发展也有启迪意义。他认为，无论写实还是现代风格，艺术技巧与"新鲜的精神"之间必须是同一的。在他看来，艺术中的生命与气魄是根本性的东西，但又离不开恰当的表现形式。值得深思的是，与徐志摩论争的徐悲鸿，在当时已经以写实风格显示出新的意义，徐悲鸿"将西方写实绘画引入中国，改变传统文人画以及因循守旧的绘画现象"，这是"徐悲鸿在中国20世纪艺术革命过程中的重要成果"②。他的写实也可说是对当时美术创作中流行的现代风格的反拨。正因此，他"反对形式主义、尊崇文化遗产的教育宗旨对中国美术界发生了良好的影响"③，也潜在地与中国共产党影响下的左翼美术运动、现实主义美术形成了有机关联。

徐志摩与徐悲鸿的美术论争并非要有胜负之别，这是当时中国美术发展中不同思想的碰撞。"同样在法国接受过欧洲文化影响的徐志摩与徐悲鸿在气质上完全不同"④，出身于贫寒家庭的徐悲鸿与富裕家庭成长起来的徐志摩有着不同的艺术取向和文化价值观。尽管徐悲鸿介绍西方艺术时尽可能省略了他反感的现代主义者，而徐志摩却能看到风尚背后法国后期印象主义的价值，这种对现代主义艺术风尚的体认与20世纪30年代木刻艺术的现代风格又形成了艺术思潮上的内在审美关联。可以看出，二人的美术论争实际也是20世纪二三十年代文化艺术界在现实主义与现代主义两个思想潮流上的不同显现。

---

① 徐志摩：《我也"惑"——与徐悲鸿先生书》，韩石山编《徐志摩全集》第3卷，天津人民出版社2005年版，第323—324页。

② 吕澎：《20世纪中国艺术史》（上），北京大学出版社2007年版，第214页。

③ 郭沫若：《纪念徐悲鸿先生》，《人民日报》1953年12月1日。

④ 吕澎：《20世纪中国艺术史》（上），北京大学出版社2007年版，第228页。

第四章　美术论域中的鲁迅、沈从文

鲁迅和沈从文是 20 世纪 30 年代可以相提并论的作家①，经过历史沉淀，鲁迅与沈从文愈益凸显出应有的文学文化价值，他们"在中国现代白话小说的发展中都各自开辟了新的领域，创立了新的标准"②，代表着中国现代文学成熟与丰富的文化魅力。在此之外，我们看到，鲁迅、沈从文与中国现代美术发展有着诸多关联。20 世纪二三十年代，鲁迅对木刻艺术的评鉴、推广促进了新兴木刻艺术的兴起与发展。1949 年后，沈从文转向文物研究，从美术视角对中国古代物质遗存进行了细致探究，撰写了不少有关中国古代美术史③的专著、论文。鲁迅、沈从文与美术有着共同的文化关联，但作为美术家的鲁迅与沈从文，在书法艺术风格、美术兴趣经历及相关论述上存在不少差异。鲁迅对新兴木刻先锋性的引导与中国国民性的批评相呼应，沈从文则以中国古代美术为蓝本，发掘出与其文学创作相映照的古典美。在对美术与文学地方性的倡导与实践中，鲁迅与沈从文又有一定重叠，他们均要求木刻艺术要重视地方色彩，并在小说中以极富地方民俗风情的书写做出了恰当示范。但就木刻艺术发展而言，鲁迅比沈从文要乐观得多，这显示出杰出文学家在美的发现、沉浸中的审美相近及内在偏差。

---

① ［美］金介甫：《沈从文笔下的中国》，虞建华、邵华强译，转引自邵华强编《沈从文研究资料》，知识出版社 2011 年版，第 569 页。

② 同上。

③ 沈从文对中国古代服饰等各种物质文化以及绘画等古典艺术的研究成果丰硕，学界对此关注不多，有所关注的也主要以"物质文化史"视角予以审视，实际其中较多的是美术视角，无论是传统图案、服饰花纹，还是绘画问题，都属于美术的造型艺术范畴，而且美术本身即具有对物质直接描绘的特性，故本研究以中国古代美术史指称沈从文的"物质文化史"。

第一节　鲁迅、沈从文美术面向比较

20 世纪早期，中国现代文学与美术的类型区隔并非十分明显，作家与美术家之间多有交集，与传统文化有着内在关联的早期现代作家多具有深厚美术修养，并以不同的方式参与了诸多美术活动。作为杰出文学家，鲁迅、沈从文与中国现代美术都有着诸多文化关联，如鲁迅指导、引领新兴木刻艺术发展，影响了 20 世纪较长时期的美术风尚，沈从文则善于绘画，有一定的绘画才能。二人对书法艺术均有深厚造诣，形成了金石味行书与章草不同的书法艺术风格。尤其是，早期鲁迅对金石碑刻的整理、后期沈从文的美术史研究，拓宽了中国美术史的研究视野和发展路径，在不同层面上，二人的美术实践都对现代中国美术发展起到了引领与促进作用。在具体美术趣味和各自艺术创作风格上，鲁迅与沈从文呈现出内在的审美差异，鲁、沈的绘画兴趣、书法风格、美术史研究范围的差异也与各自的文学风貌相互映照，形成了值得思考的现代文学与美术互文性的文化现象，并以具有中国传统艺术精神的本土审美方式实现了中国文学艺术的综合突破。

一　不同兴趣起点上的画者

绘画和文学都是艺术家再现自然和生活的艺术形式。绘画与文学具有共同的审美表意实践性，相互之间距离较近，但在审美表达与现实的心理距离上，绘画的视觉性、物质性较之文学语言的抽象性、思辨性要近。作家对自然与生活的再现需要诉诸书面文字，文字由大脑思维进行符码化转换，才能实现文学的审美形象表达。绘画则以视觉直观方式对自然和生活进行创造性再现，图像的视觉效果具有直观性，符码转换的程序要比文字简约，审美形象表达比书面文字方便、直观。或正源于此，不少作家（甚至所有成人）童年时代大多会对绘画感兴趣，通过绘画方式感知、认识与了解世界，绘画常成为少儿比较喜爱的艺术形式。也因此，看图识字是儿童有效的启蒙方式，许多作家由阅读故事性图画形成基本的人文素养和审美意识，尤其是杰出作家，绘画艺术直观的视觉审美赋予其文学创造的多重形式与思想资源，显示出美术对作家审美与文化意识形成的独特价值。

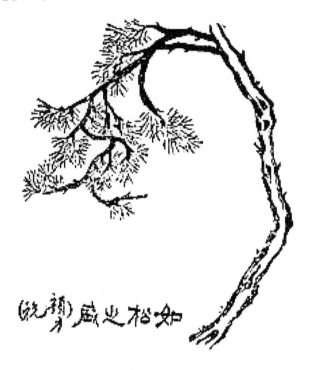

图 4 - 1　鲁迅画作《如松之盛》

　　鲁迅正是在幼年即对绘画产生浓厚兴趣的作家，他"从小就喜欢看花书，也爱画几笔"，"画了不少的漫画"①。花书就是连环画，是鲁迅视觉审美启蒙的开始。由花书阅读，到爱看工匠刻图画，进而自己画上几笔，鲁迅具有了初步的美术鉴赏能力与线条构图等绘画技巧。浓郁的美术兴趣与良好的绘画天分相结合，鲁迅逐步形成了美术形式审美意识。鲁迅自幼喜爱书画对其影响深远，基本"'奠定'了他半生学问事业的倾向，在趣味上直到晚年也还留下好些明了的痕迹"。② 视觉造型的直观感受潜在影响着鲁迅唯美的形式审美意识，后期鲁迅对木刻及其他美术的厚爱显然与此

---

① 周作人：《鲁迅的故家》，止庵校订，北京十月文艺出版社 2013 年版，第 55 页。
② 周作人：《关于鲁迅》，《瓜豆集》，河北教育出版社 2002 年版，第 151—153 页。

有着内在的审美与文化关联。幼年美术熏陶主要"以阅读和练习图画为主，有力地唤醒和外化了主体的艺术潜能，成为鲁迅日后许身文学的媒介和导引"①。可以说，"对绘画乃至整个美术的强烈爱好，像一条红线一样，贯穿鲁迅的一生"②。

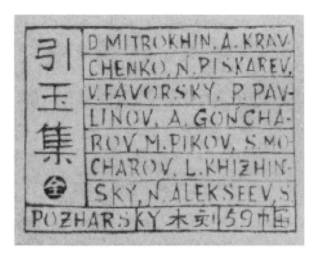

图 4 - 2 鲁迅书籍封面设计作品

幼年鲁迅还显示出良好的绘画才能，他画了成片段的"《荡寇志》和《西游记》的绣像，都有一大本。后来，因为要钱用，卖给一个有钱的同窗了"③。线条是传统绘画构形的基本要求，绣像尤其注重线条，幼年鲁迅通过绣像绘画锻炼了绘画能力。鲁迅也偶有画作，刊于 1912 年 11 月 1 日绍兴《天觉报》上的《如松之盛》④，画幅有一张信笺大小，线条遒劲，构图俭省，见出笔力深厚。⑤ 美术家张望认为鲁迅"把苍松画活了，那种松梢的婀娜，树干的遒劲，嫩叶的清新，结合着不畏风霜的富有生命力的

① 阎庆生：《鲁迅创作心理论》，陕西人民教育出版社 1996 年版，第 24 页。

② 同上。

③ 鲁迅：《从百草园到三味书屋》，《鲁迅全集》第 2 卷，人民文学出版社 2005 年版，第 291 页。

④ 目前学界对此画是否为鲁迅所作有争议，本研究认为该画与鲁迅审美风格相近，倾向于为鲁迅所作。

⑤ 对于这幅画作，学界有过争论，详见张望《从鲁迅画松说开去》（《美术》1983 年第 9 期）、顾农《〈如松之盛〉仍可能是鲁迅作品》（《博览群书》2010 年第 9 期），尽管有争论，但鲁迅的绘画才能是学界公认的，这幅画无论是否出于鲁迅之手，都不能否认鲁迅的绘画才能。

形态，更加增添主题内容的思想深度，确是很成功的"。除此以外，据说鲁迅"还画过两幅画，即《射杀八斤》和《刺猬撑伞》，但可惜没有保存下来"①。就鲁迅留下的少量画作而言，可以看出其较为娴熟的绘画技巧和构图能力。到日本求学后，鲁迅在医学课上的解剖图也画得比较精细。随着对西方及日本各种不同内容与风格美术作品的涉猎与关注，鲁迅在美术鉴赏上形成了独特品位，进而开始研究世界美术史。西方现代风格的美术构图、题材等开阔了鲁迅的美术视野，从思想理路上形成了鲁迅美术的新特质，也为其后的封面设计实践奠定了基础。文学生涯中，鲁迅为"自己的著作（多是杂文集）以及与他有关的书刊，设计的封面图案有 20 余幅"②。鲁迅在封面设计实践中形成了相当独特的艺术风格，图案形式与布局既有传统意味，特别贴合转型期中国人的审美取向（实际上形成了封面设计艺术中的鲁迅风，开拓了现代封面设计艺术的新领域）。从幼年绘画到解剖图、苍松图，再到封面设计，显示出鲁迅独特的绘画艺术造型能力，这种绘画造型技巧使其将形式审美传递到小说创作中，其小说叙事也呈现出具有现代意味的画面感。③ 所以，"如果不懂得艺术家的鲁迅，其实是读不懂鲁迅的作品的：他的作品里有着强烈的音乐感、绘画感与镜头感"④。

与鲁迅一样，沈从文也热爱美术，也有一定的绘画能力，但与鲁迅幼年绘画的天性驱动有所区别，沈从文在青少年行伍生活中接触古代经典美术作品并在与美术专业人士交往中形成了绘画兴趣，并偶有画作问世。鲁迅的美术兴趣萌发于幼年读书期间，喜爱的多是民间传统绘画，以俗文化场域中的连环画为主。沈从文青少年时期才对中国古典名家画作产生兴趣，古典名画题材多是山水花鸟，构图有程式化的趣味，主要是文人雅文

① 张望：《从鲁迅画松说开去》，《美术》1983 年第 9 期。
② 阎庆生：《鲁迅创作心理论》，陕西人民教育出版社 1996 年版，第 33 页。
③ 随着对鲁迅研究的深入，这方面的论述不断出现，如江弱水的《论〈野草〉的视觉艺术及其渊源》（《浙江学刊》2002 年第 6 期）、顾晓梅的《仿佛是木刻似的——鲁迅小说艺术形象的造型特色及其成因》（《山东师范大学学报》1999 年第 4 期）以及宋石磊的《鲁迅作品中的绘画意象》（硕士学位论文，山东师范大学，2010 年）等，均对鲁迅散文小说中的视觉因素进行了分析，这些研究显示出视觉艺术与语言艺术的相通性，展现了鲁迅绘画才能在文学创作上无形的影响。江弱水认为"细致分析鲁迅的《野草》在视觉艺术上的诸多特色及其形成的原因。其最为显明的三方面是：受木刻艺术影响而造成强烈的明暗对比与精劲的线条造型，与陈师曾长期交往而形成设色与构图上的水墨意味，以及与李贺诗境相通的既凝重又流动的奇异意象"。
④ 钱理群：《作为艺术家的鲁迅》，《名作欣赏》2011 年第 7 期。

化的产物。民间俗文化与文人雅文化的区隔甚为明显，这是鲁迅与沈从文美术与文学审美的本质性差异所在。此外，与鲁迅不同，沈从文的绘画很少在学校教育或媒体等场合显示出来，他的绘画才能是相对内敛的，只为黄永玉、张充和等较为亲近的少数人所知。

图4－3　沈从文钢笔速写（1957）

沈从文曾明确表示自己"常常向往做个画家"①，据金介甫与沈从文谈话，在小说《赤魔》中写的想做画家的事就是他自传性的表述。沈从文对绘画的这种浓厚兴趣和技能养成与家庭氛围有一定关系。沈从文大哥沈云麓是画家，沈从文舅舅（画家黄永玉的祖父）热爱美术，其表哥（黄永玉的父亲）是小学美术老师，身边诸多亲友的日常绘画作品及其生活状态无疑对沈从文绘画兴趣的萌发有所影响。受此影响，沈从文"小说中的人都爱画"②，反映出沈从文意识深处的绘画兴趣和美术创作欲望，小说叙事中的画家和借画家之口表述的绘画论述显露出沈从文内在的绘画意

---

① ［美］金介甫：《凤凰之子·沈从文传》，符家钦译，光明日报出版社2004年版，第94—95页。
② 同上书，第65页。

识，也是沈从文美术观念意识的直接流露。除了绘画鉴赏，沈从文也有一定绘画能力，20 世纪 40 年代，他曾创作过一些素描作品，为耶鲁大学傅汉思教授所收藏。① 画家黄永玉亲眼见过沈从文的一些画作，他认为沈从文的画"是一种极有韵致的妙物"，沈从文还向其承诺"哪一天找些好纸给你画些画"②。

沈从文早年曾随湘西名人熊希龄看管古代名人绘画、古玩等古典艺术品，这对沈从文欣赏与认知中国古典美术显然意义极大，也定格了沈从文后期对中国古代绘画与工艺品的兴趣。而且沈从文没有海外留学经历，对西方艺术未曾如鲁迅一样有着深入了解和凝视，也便少了西方美术干扰，而独存古典趣味。正因此，沈从文钟爱评述的多是中国古代经典绘画。③古代经典绘画的文人雅趣具有古典艺术的自然取向和审美整体气质。与古典绘画兴趣内在统一的是，沈从文小说叙事的美学风格也带有古典绘画意蕴丰富、能指多向的特点④，其小说多是对日常生活爱与美的抒发，很少有鲁迅那样强烈的国民性改造、社会批判的指涉，这"在客观上决定其作品必然具备自然写真性和浑元整体性"⑤，沈从文小说的自然写真性和浑元整体性与绘画爱好的古典取向甚为一致。

1949 年后，沈从文几乎完全放弃文学写作，开始介入古代美术史研究。中华人民共和国建立前后的社会差异加深了沈从文心理上的内倾趋向，即便偶有画作，沈从文也不大示人。1957 年 5 月 2 日致张兆和家信

---

① 傅汉思为沈从文妻子张兆和的妹婿，与沈从文有较亲近的关系，可见沈从文绘画才能的内敛性，其绘画才能因此只有傅汉思、黄永玉这样关系密切的人才知道，才得以看到并得以收藏他的画作。参见［美］金介甫《凤凰之子·沈从文传》，符家钦译，光明日报出版社 2004 年版，第 94—95 页。

② 黄永玉：《太阳下的风景——沈从文与我》，《花城》1980 年第 5 期。

③ 中国古典绘画主要是文人参与的精英美术作品，是文化大传统下的艺术行为，与石刻、版画、画像等小传统下的民间美术有明显区别，沈从文与鲁迅美术兴趣的区别也正在此。沈从文对古代绘画《游春图》《文姬归汉图》等进行了细致的考证与介绍，尽管考证的视角多是从服饰、纸素作品、笔墨线条等角度，但观察的细致及其对细节的把握显示出沈从文在古代绘画作品研究中的功力。详见沈从文《读展子虔〈游春图〉》《谈谈〈文姬归汉图〉》，《龙凤艺术》，北京十月文艺出版社 2009 年版。

④ 有学者认为沈从文小说的平淡自然、寂寞清逸的风格与中国传统画关系密切，传统绘画对沈从文小说创作有着潜移默化的影响。沈从文受道家思想和屈原的影响，老庄之达和屈子之怨二者合一形成他文章的气度，这种气度在宋元文人画中找到了契合点。详见张海英《论沈从文小说的气度与宋元文人画》，《中国文学研究》2001 年第 1 期。

⑤ 裴毅然：《鲁迅与沈从文美学风格比较》，《杭州大学学报》1994 年第 1 期。

图 4 - 4　沈从文钢笔速写（1957）

中，沈从文以钢笔速写描绘了在上海几天的印象和感想，该画面有三幅[1]，加上 1957 年 4 月 22 日所作的一幅，共计四幅画面。沈从文以站在窗口的视点，描绘了上海外白渡桥以及黄浦江的风景，画面中，沈从文"（有意或无意地）借用了民国时期上海视觉文化的经典程式"。[2] 尤其是 1957 年 4 月 22 日所作一幅，是"20 世纪现代主义（尤其是'野兽派''象征主义''纳比派'）画家所擅长使用的一种感知/构图形式——这类绘画在构图上往往以窗户为界区分内外（观察者和观察对象），而窗户往往成为观察主体或视觉（犹如一副眼镜）的隐喻"[3]。这几幅画面视觉效果较强，可见沈从文绘画上的造型能力和写实基础，在绘画艺术中浸淫过的沈从文明显具有较娴熟的绘画技法。

　　尽管绘画兴趣起点及绘画题材有所差异，作为视觉造型艺术的绘画却共同地赋予鲁迅、沈从文感知世界的另一审美角度，二人均以早年对绘画艺术的趣味爱好及感受体认，形成了具有创造性的形式审美意识及表现

① 王德威：《沈从文的三次启悟》，《抒情传统与中国现代性——在北大的八堂课》，生活·读书·新知三联书店 2010 年版，第 98—131 页。
② 李军：《沈从文四张画的阐释问题——兼论王德威的"见"与"不见"》，《文艺研究》2013 年第 1 期。
③ 同上。

力。小说属语言艺术，美术为视觉艺术，二者有一定的审美差别，但"它们却有一个十分突出的相似点，即都强调以可感的形象来负载作品的内蕴"。① 视觉文化及其审美视角的介入增强了鲁迅与沈从文语言摹写刻画的表现力，鲁迅、沈从文的小说均有丰富的画面感，鲁迅"对漫画、动画、木刻的提倡肯定超过了它们的实际效果。他的短篇小说的深刻的单纯和表现方法的曲折也许正可以和这些艺术形式单纯的线条及表现的曲折相比美"。② 沈从文《边城》《长河》等小说中山水风景的描绘正如中国传统山水画作，散点透视中映照出作者内在的情感趋向。当然，鲁迅所钟爱的民间绘画、西方艺术与沈从文钟情中国古典艺术的区别造成了二人感知世界与语言表达上的差异。鲁迅的小说如同西方油画，画面锐利、形象突出，沈从文的小说则如中国山水画作，意境悠远、韵致丰富，一如鲁迅的绘画风格严谨、细致与沈从文钢笔速写中的印象感受，形成对比，这成为值得深思与玩味的视觉艺术与语言表达差异现象。

二　风格迥异的书家

　　书法具有丰富的文化内涵，它以汉字书写形式含纳了中国传统文化与哲学的诸多特质，书法既是 20 世纪之交中国文人的基本工具，也以其独特审美趣味影响着一代文人。在古典文化语境中，直至 20 世纪早期，文学创作均很难离开毛笔文字书写。20 世纪之交出生的现代作家所接受的传统文化教育即有书法，书法对于他们是一种自觉的文化传统，无论他们是否具有现代思想或是否反叛传统，都离不开工具性的毛笔文字书写，并通过毛笔书写，无形中接受了书法这样一种传统文化，并在此种文化中营造出传统与现代意识汇合的艺术精神。由于"各人的性格、气质、情操、趣味、素养、智能特长乃至肌体生理结构的差异，所以人们在实用中写出来的字必然是一个人一个样"③，不同的书写者显示出各自殊异的个性特质。从现代书法文化视角看，鲁迅、沈从文在工具化的书写功能外，各自有着独特文化意趣和艺术创造，显示了书法文化对于文学大家的无形影响。

---

① 刘艳：《鲁迅小说的绘画效果及其成因探寻》，《文艺理论研究》1993 年第 2 期。

② 韩南：《鲁迅小说的技巧》，《浙江学刊》2002 年第 6 期。

③ 金开诚：《漫话书法艺术与传统文化》，《20 世纪书法研究丛书·文化精神篇》，上海书画出版社 2008 年版，第 301 页。

  毛笔书法是传统私塾教育的重要课程，从私塾书法教育开始，鲁迅与书法产生了多种关联。在多年书写中，鲁迅形成了涵容碑刻金石趣味的书法艺术风格。从当下书法文化范畴来看，"鲁迅与书法文化的深度融合，不仅彰显着他与传统文化的深切联系，也非常恰切地体现了'中间物'的存在特征及深远意义"①。把书法作为文化中间物来看，在新文化（现代作家的书写内容具有新文化特质）和旧文化（毛笔书写方式及其自觉的书体意识和修习养成方式具有传统文化特质）之间，书法具有一种桥梁作用。中国现代作家多是新旧文化的桥梁式人物，他们热爱书法，无形中使书法成为文化中间物。沈从文也是如此，在早年行伍生涯中，沈从文跟随一位文秘书学习书法。1919 年，沈从文开始"抄诗，借此联系书法"，"学会了刻印章，写旧体诗"②。由日常书写到最后钟爱、执迷于书法，及至后来形成自我书法风格的沈从文因此在兵营受到重用，书法在某种程度上成为沈从文职业选择的一个主要因素。其后沈从文前往北京从事文学职业，与早期经由书法传递的文化意识显然有内在的隐秘关联，沈从文一度认为"世界上最使人敬仰的是大书法家王羲之，他将来就要做一个当代的王羲之"③。鲁迅、沈从文均对书法产生了浓厚兴趣，显示出书法在中国现代作家文化思想演进中的多元意义。

  鲁迅书法"笔力沉稳，自然古雅，结体内敛而不张扬，线条含蓄而有风致，即便是略长篇的书稿尺牍，也照样是首尾一致，形神不散"④，其书法创作形式多种多样，既有扇面式的小品，也有工整严齐的条幅、对联。在书法线条艺术上，鲁迅形成了"从容朴厚、不疾不滞，锋芒不露、骨气内含为主调"的笔线韵致，其书法行气"悠泉下山，和畅而天成"，章法则"随机、无程式化"⑤，形成了独立的书艺风格。对与书法相关联的篆刻艺术，鲁迅也有所涉猎，他"刻过'戛剑生'、'戎马书生'、'文章误我'等数方印章"⑥。从书法专业角度来看，鲁迅书法已经与职业书法不相上

---

① 李继凯：《论鲁迅与中国书法文化》，《华中师范大学学报》2010 年第 3 期。

② ［美］金介甫：《凤凰之子·沈从文传》，符家钦译，光明日报出版社 2004 年版，第 76 页。

③ 同上书，第 82 页。

④ 管继平：《鲁迅：无情未必真豪杰》，《民国文人书法性情》，汉语大词典出版社 2006 年版，第73 页。

⑤ 江平：《作为书法大家的鲁迅》，《鲁迅研究月刊》2003 年第 6 期。

⑥ 同上。

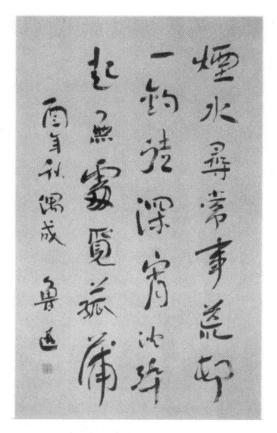

图 4 - 5　鲁迅书作

下，只是其文学成就掩盖了书法艺术上的创造。在书法多重文化功能影响下，鲁迅独具个性的书法艺术对当代社会也有较为深远的文化影响。当下，"鲁迅书法业已成为标志性的文化符号，有着相当广泛的共识。各行各业几乎都有曾经或正在使用鲁迅书法符号（往往通过集字方式）的现象"①，许多学校校名题字、报刊名称题字等都选用鲁迅书法，这既是鲁迅作为 20 世纪中国文化大家的影响，也与鲁迅独特的书法艺术创造有关。

沈从文早年因为"几个字"（写得好）使他"得到了较优越的地位，因此更努力写字"②，当了书记后，他加紧临帖，"把一点点薪水聚集下

①　李继凯：《论鲁迅与中国书法文化》，《华中师范大学学报》2010 年第 3 期。
②　沈从文：《从文自传》，《沈从文全集》第 13 卷，北岳文艺出版社 2002 年版，第 338—339 页。

来，——五个月内（我）居然买了十七块钱的字帖。"① 行伍生涯中，他依然带上著名碑帖②，不断研读临摹，有着相当高的书法艺术自觉。从作为书写方式的书法到艺术自觉状态的书法，沈从文将书法转化为日常生活的自觉行为，并纷送亲友留念。沈从文书法艺术形式多样，涵盖了对联、手札、扇面等多种形式。与鲁迅不同的是，在书体上，沈从文尤其钟爱章草，他在章草中浸淫日久，深入探究了章草书体艺术的发展，形成了具有独特面目的章草书体艺术。综合来看，沈从文一生独擅章草，无论是条幅、对联还是手札，无不以章草书体写就，章草成为沈从文书法的标志性书体，沈从文也成为章草代言人，为此，在章草书体创作与书写外，他还写就了《叙书法进展——摘章草行草字部分》《叙章草进展》等文章，专门分析了章草艺术的历史脉络和书体类型。可以说，沈从文是 20 世纪的章草书法大家，是擅长一种书体艺术风格的书家。

通过书法文化中间物，鲁迅与沈从文形成文化意识共通的不同书艺风格，鲁迅金石趣味十足的行书与沈从文艺术性的章草有着迥异的审美趣味。鲁迅行书融会隶篆，含纳着一种金石味，显出文字中的凝滞沉静气息，与一般书家行书艺术流畅飞扬区别开来。沈从文钟情的章草则以一种规范性的字体写就，在章草框架里腾挪跌宕，笔迹行进的空间有限，挥洒的情绪受到限制，与鲁迅的金石味明显不同。从艺术受众角度来说，沈从文独立而单一的章草书体受众较小，一般书家很少涉猎，即便涉猎也不会只在章草一种书体中浸淫。而鲁迅所擅长的融会隶篆带有金石味的行书，其艺术受众显然远远大于沈从文，这也是沈从文书家名气不够大的原因所在。从具体等级来说，沈从文章草书艺的小众化的审美性也相对高于鲁迅的行书，反映到文学创作中，也可见沈从文远离政治的文学审美追求，与鲁迅左翼文化立场的人生关怀有一定区别。总之，对于鲁迅、沈从文这样的文学大家，书法是他们沟通传统文化与现代文化的工具，也使他们的文学书写文本具有超越文字文本而兼有文学与书法双重价值的"第三文本"。

---

① 沈从文：《从文自传》，《沈从文全集》第 13 卷，北岳文艺出版社 2002 年版，第 338—339 页。
② 沈从文在长途穿越中所背的小小包袱中除了日常简单衣物就是《圣教序》《兰亭序》《虞世南夫子庙堂碑》等著名碑帖，沈从文说"这就是我的全部产业"，从文字中可见其对书法的痴迷与热爱程度。详见沈从文《从文自传》，《沈从文全集》第 13 卷，北岳文艺出版社 2002 年版，第 343 页。

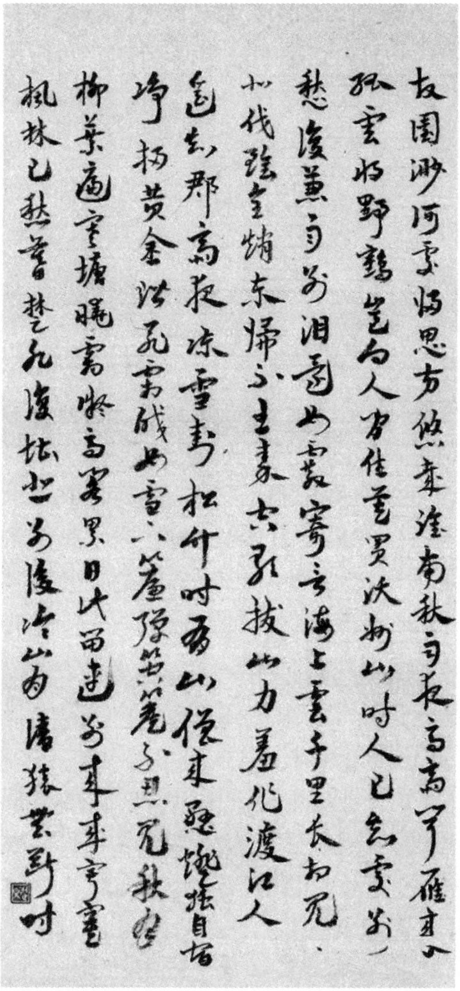

图4-6　沈从文书作

三　不同趣味的美术研究者

　　以对书法、绘画的兴趣及创作为起点，鲁迅、沈从文共同对中国古代美术遗存，如碑刻、画像、绘画、服饰、工艺品等产生了浓厚兴趣，他们在美术遗存中发现了中国文化发展演变的另一脉络，形成了文学创造外的美术史研究路径。在关涉美术的古典物质文化形态中，鲁迅和沈从文都投入了相当大的精力。鲁迅关注的古代碑刻、汉画像石，沈从文关注的中国古代丝绸服饰、图案花纹、绘画等，都是中国现代美术研究的新领域，鲁、沈都深入关注、收集、梳理、研究。应该认识到，鲁迅和沈从文都是20世纪中国有所成就的美术研究学者，无论在方法论还是研究成果上，他们在20世纪中国美术史研究上均做出了较大贡献，因此二人可说是中国现代美术史研究的开拓者。

鲁迅前期对美术的关注与研究主要在金石碑刻拓片的收集、整理上，后期则是木刻艺术。金石碑刻带有历史、书法、文学、雕刻等复合文本特质，兼具资料文献性、美术观赏性。金石碑刻拓片的收集整理是鲁迅美术史研究的重点，也是认识鲁迅美术的有益视角。在故乡绍兴时，鲁迅"就锐意搜集古砖和瓦当，耗费了十多年的岁月"①。及至"1912年至1917年间，鲁迅抄写古书，校勘古籍，辑录碑帖、佚文等——也在沉思默想中探究中国历史的实质与现实深藏的社会病根"②。1912年至1917年是鲁迅沉默痛苦期，他的消解方法之一就是整理拓片、抄碑等。日本留学期间宽阔的美术视野与此时抄碑的沉默痛苦心境结合，鲁迅深味美术对于社会、人生之意义，在此期间，他写就了指引一生美术活动的总纲《拟播布美术意见书》，形成了较为系的现代美术史观。在金石碑刻拓片研究整理上，鲁迅"不但注意其文字，而且研究其画像和图案，是旧时代的考据家赏鉴家所未曾着手的"③。通过金石碑刻拓片的整理研究，鲁迅认识到汉画像图案的现代意义，试图"从本国艺术传统中寻找美术的源泉，然后发展新的美术理论"④，这种新的美术理论注意发掘传统艺术的大众化意识，包括后来他极力倡扬的木刻艺术，也是对文化艺术体制反抗的美术先锋性的倡扬。⑤

---

① 张望：《鲁迅与汉画像——兼谈〈俟堂专文杂集〉的古画砖》，《美苑》1984年第3期。
② 李继凯：《全人视境中的观照——鲁迅与茅盾比较论》，中国社会科学出版社2003年版，第126页。
③ 许寿裳：《亡友鲁迅印象记》，广西师范大学出版社2010年版，第42页。
④ ［日］内山嘉吉、奈良和夫：《鲁迅与木刻》，韩宗琦译，人民美术出版社1985年版，第89页。
⑤ 陈思和认为新文学运动其实是一场先锋运动，有学者也提出是美术接续了文学的先锋意识，并成为一股先锋艺术潮流。［参见胡荣《从〈新青年〉到决澜社——中国现代先锋文艺研究（1919—1935）》，复旦大学出版社2012年版］以此视角来看，鲁迅小说集纳主题与形式的文学先锋性，与其汉画像、金石碑刻兴趣间存在着一定的审美意识共通性，鲁迅后来对木刻艺术的倡扬，其实都有一种美术形式审美形成的先锋意识。

早期金石碑刻研究使鲁迅形成了宽阔成熟的古代美术视野，五四运动后转而从事文学，这与沈从文的先文学、后美术的经历形成了对比。20世纪三四十年代，沈从文为北方文学名人，1949年后，沈从文摒弃文学，沉浸于中国古代物质文化史研究。显而易见，鲁迅与沈从文的文学创作与美术史研究的前后关系、起点和终点均有差异。沈从文并未如同鲁迅那样前往海外留学，经受西方美术等现代文化的冲击较小，早年接受的学校教育也较短暂。沈从文只是十多岁在军队做书记期间，由统领官房中的中国古代绘画及各种碑帖、古瓷了解了中国古代美术，由此接受了直观体验式的美术教育。① 古代美术绘画及物质遗存开阔了沈从文的美术视野，使其"对于全个历史时代各方面的光辉，得了一个从容机会去认识，去接近"②，也使沈从文形成了美术欣赏经验和对古典美术的兴趣，加上后来与新月派群体的接触，受到了新月派唯美观念的潜在影响。美术兴趣从多方面推动了沈从文关注美术，"三十年代中期，沈从文就写文章要中国重视艺术教育，让学生扩大艺术定义的范围，使公众从工艺品、建筑，以及整个视觉世界中去认识美——从而了解中国艺术的遗产。四十年代末他又写文章谈书法，艺术史和博物馆的保管工作"③。20世纪三四十年代，沈从文有一系列美术活动，但这些美术活动是隐形的，多为其文学影响所遮蔽，当时文学文化界少有关注。实际上，20世纪40年代，沈从文已经从"广泛地看文物字画，以后渐渐转向专门路子"④，开始收藏大量的具有美术史研究价值的古代文物，为1949年后改行从事文物研究奠定了基础。

笺谱是中国古代木刻艺术的具体表现形式之一，在北京期间，鲁迅便与郑振铎一同在琉璃厂收集了大量笺谱作品，编辑出版了《北平笺谱》《十竹斋画谱》等。鲁迅还对汉画像进行了整理研究，主要有汇编汉画像拓片的《俟堂专文杂集》。对汉画像，鲁迅重在"唯取其可见当时风俗者"，通过汉画像整理研究，鲁迅认为"汉时习俗，实与秦无大异，循览

① 沈从文在自传中陈述："放了四五个大楠木橱柜，大橱里约有百来轴自宋及明清的旧画，与几十件铜器及古瓷，还有十来箱书籍，一大批碑帖。"详见沈从文《从文自传》，《沈从文全集》第13卷，北岳文艺出版社2002年版，第355页。
② 沈从文：《从文自传》，《沈从文全集》第13卷，北岳文艺出版社2002年版，第355页。
③ ［美］金介甫：《凤凰之子·沈从文传》，符家钦译，光明日报出版社2004年版，第291页。
④ 张充和：《三姐夫沈二哥》，转引自邵华强编《沈从文研究资料》，知识产权出版社2011年版，第683页。

之后，颇能得其仿佛也"①。鲁迅也注意收集整理中国古代墓志拓本，通过不同时期的碑刻文字，解读中国文字演变历史。鲁迅关注的木刻、连环画、石刻造像、墓志碑刻等均是无名艺术家的作品，很少受人关注。民间美术遗存是中国文化中的小传统，鲁迅从中看到了民间自由的创造力和旺盛的生命力，并将其扩展延伸，建构起带有自身色彩的现代审美意识。在研究范围上，鲁迅目力所及有汉画像、连环画、木刻、石刻、墓志等古代社会几乎所有民间美术，鲁迅从社会风俗、民间文化等角度介入思考，通过民间美术挖掘中国古代社会的另一面，体现了鲁迅关注与思考古代美术历史遗存的宽广视野。因此，鲁迅的美术研究既立足民间立场，也将之与西方现代文化进行了有效对接。在研究方法上，幼年私塾教育使鲁迅具有儒家传统学术视野，美术研究同样也潜移默化受到这些传统学术方法的影响，"他用严谨的乾嘉学派的手法完成了——古籍的辑校工作"②，他并不摒弃中国传统学术方法。留学日本期间，他对西方现代美术与美学思想有着广泛接触与了解，学医期间他又接受了西方科学思想与方法。无论是研究立场、研究视野还是研究方法，鲁迅对中国古代美术遗存的整理与研究都体现出不囿成见、灵活多变的学术思路。

沈从文的美术研究主要集中在目前学界所说的物质文化史上，包括中国服饰史、丝绸简史、漆工艺简史、陶瓷工艺简史等多部专题。从美术视角看，这些古代工艺显然具有极强的古典审美性，沈从文也多以视觉直观审美方式积极介入。具体方法上，沈从文重视画面细节解读，比如对展子虔《游春图》的研究，沈从文关注画作中的宫阙祠庙、衣着格式、绢素用纸等细节问题③，通过对古典美术作品的细节审视，体现出美术史研究的视觉审美价值，进而由细节审视与书本文献互文印证，对中国社会文化历史演变提出新的认识。在视觉解读基础上，沈从文提出了"文史研究必须结合文物"的研究方法。沈从文认为，文史研究应该"从实际出发，并注意它的全面性和整体性"，应该"明白生产工具在变，生产关系在变，生产方法也在变，一切生产品质式样在变"，"装饰花纹，一个时代有一个时

① 张望：《鲁迅与汉画像——兼谈〈俟堂专文杂集〉的古画砖》，《美苑》1984 年第 3 期。
② 顾农：《鲁迅怎样研究中国古代文化》，《东方论坛》2004 年第 6 期。
③ 沈从文的美术史研究方法与西方美术史研究有相通之处，当代美国知名的美术史专家高居翰、巫鸿等有一系列中国古代美术史研究著作，其中一个显著特征就是注重画面分析与解读，从而呈现出中国古代社会文化历史发展的另一脉络。

代的风格"①，方法上应该文物知识和文献相互印证，由实物解读传统美术作品独特的文化价值，只有这样，美术史或文史研究才能有新的发现。"只孤立用文字证文字，正等于把一桶水倒来倒去，得不出新东西"②。但如何联系文史文献与古代实物，对实物的视觉发现与解读便显现出研究者的主体性。沈从文在美术史研究中，"触类旁通，以诗书史籍与文物互证，富于想象，又敢于用想象，是得力于他写小说的结果"③。反过来可见，文学修养对沈从文美术史研究有着无形影响，美术史的书写方式及其细节解读也离不开文学思维的观照，沈从文在此形成了美术史与文史研究互通的研究思路。

四 美术趣味与文学关联

总体来看，鲁迅与沈从文从事美术与文学的前后经历有所差异，两人美术趣味也有不同，鲁迅早年关注的碑刻拓片是民间社会的产物，也是古代文人雅趣所在，沈从文则在后半生集中研究服饰等民间工艺品，却又有着早年看管古代绘画的美术起点，两人的美术史研究趣味在民间与文人精英文化上共同交集，表明两人美术史研究视野的宽阔。但在研究方法上，"鲁迅的思维流程表现为逻辑性很强的演绎化，其视角自上俯下。沈从文则属散漫化归纳型，其视角为自下仰上。这一方面与两人思维方式有关，鲁迅为定向性理性化，沈从文为扩散性感性化"④，也就是说，沈从文主要是直观具体化的，鲁迅则以逻辑抽象为主，可见两人在美术史的研究思路与方法上的细微差异。

综上可以看出，鲁迅、沈从文在美术兴趣起点、绘画趣味、书法风格、美术研究取向上存在诸多或显或隐的差异，这些差异的背后是两个现代文化名人内在精神气质、心理结构、思维方式等方面的不同。从美术趣味风格等多元视角来看，鲁迅内心是亲近民间的，其内在的精神气质趋向于底层民间和大众，所以他特别注意从底层审美视角来看待历史文化等相

---

① 沈从文：《文史研究必须结合文物》，《龙凤艺术》，北京十月文艺出版社 2009 年版，第 2 页。

② 同上书，第 11 页。

③ 张充和：《三姐夫沈二哥》，转引自邵华强编《沈从文研究资料》，知识产权出版社 2011 年版，第 684 页。

④ 裴毅然：《鲁迅与沈从文美学风格比较》，《杭州大学学报》1994 年第 1 期。

对宏大的命题。无论是其幼年喜爱的各种花书、绣像，还是后来的碑帖拓片、木刻艺术，都不是中国古代文人精英所重点关注的。即便碑帖拓片为古代文人收藏珍爱，鲁迅对碑帖拓片所关切的也只是底层人物的命运主题。鲁迅幼年养成的美术趣味、审美取向与其在日本留学期间接触的西方美术、美学文化会通，形成了鲁迅审美心理与思维上的独立风格，具有会通中西古今美术文化之后对底层大众的切近性，鲁迅的美术趣味与审美心理其实确证了 20 世纪早期鲁迅小说关注农民、女性命运的缘由所在，也确证了底层民众在中国历史中应该具有的人文意义。

沈从文则与鲁迅形成了反差，他出生湖南边地，从未接受系统的学校教育，也没有如鲁迅一样前往海外，接受异域现代文化的熏陶，但他周边亲友大多从事美术工作，他不曾有过西方现代异质美术与文学艺术的宏大洗礼，反而保存了来自边远地区的质朴而古典的精神世界。特别是沈从文在行伍生活中接触大量古典精英书法绘画作品，直观的视觉方式启蒙了沈从文的审美感觉，给予其内在审美上的中国古典文化精英视野，这种精英视野包含着对古典文化内容的珍视，包含着艺术形式自律性的自觉，因此其内在心理具有古典精英性。即便其小说所写的大多是悠远的山乡故事，故事所置身的艺术形式也是抒情的、古典的，带有相当强的古典人文性。

从美术视角来比较鲁迅与沈从文，可见诸多显而易见的差异，这种差异与两位作家的文学创作存在一定的互文性，鲁迅小说深刻的启蒙批判与沈从文小说悠远的抒情咏叹，鲁迅小说人物的凄凉悲切与沈从文小说人物爱意与温暖，都与两人美术趣味和思维的差异相互映照。鲁迅、沈从文文学与美术的互文性内在地证明了文学、美术在主题内容、形式审美上有着可能而深切的交叉互动，这种交叉互动使我们看到，在审美现代性区隔下，作家、美术家其实有可能让文学、美术互为艺术动能，形成一种融会贯通的艺术心理结构，这种心理结构使作家或美术家可以在文学与美术之间建构互为他者的艺术思维，进而在文学创作、美术鉴赏创造、批评研究等方面取得卓越的成就，鲁迅与沈从文其实就是最好的证明。

如果以审美现代性视角来看，鲁迅、沈从文在文学与美术之间的跨界发展有着反现代性艺术自律（要求专业区隔）的趋向，这种对审美现代性的逆反式发展并非鲁迅、沈从文所独有，也并非中国所独有，西方现代文学美术界也有很多例证，有很多作家、美术家进行着彼此的艺术跨界，并且取得了突出的艺术成就。这其实对我们当下的审美现代性命题提出了挑战，需要我们从审美本能、审美感受的多维视角重新关注彼此不同的艺术领域，借助不同艺术形式的审美主题、形式感受等重新激发艺术潜能，强化艺术的多元发展。就鲁迅、沈从文来说，我们应该从美术视角重新发现这些为文学史所认可的大家，发现他们在造型艺术中对美的追寻与思考，发现他们的美术兴趣、创作、研究与文学创作的风格关联，发现作家关注、介入美术对文学创作的多元意义。

第二节　鲁迅、沈从文的木刻艺术观

木刻为版画一种，在中国有悠久的历史，从汉代石刻画像起源，到宋元明清各代，形式、内容、技法等均有不同表现。历史上，中国木刻是领先于世界各国的。19 世纪末，"西洋的印刷术输入中国，石印、铅印、铜版印的图画，逐渐地夺取了木刻画的地位"①，木刻在社会文化中的作用与影响才逐渐减弱。木刻艺术是中华民族文化载体之一，书籍插图、各种年画、连环画，木刻以多种形式体现出不同的文化特质，或许这也是鲁迅关注、研究、引导民国时期新兴木刻发展的原因所在。20 世纪二三十年代，鲁迅倾力推介木刻艺术，尤其是将西方木刻版画引进中国，使木刻艺术在20 世纪中国政治文化发展中产生了较大影响。② 沈从文早年即有浓厚的美术兴趣，在 20 世纪三四十年代新兴木刻蓬勃发展背景下，他也注意到木刻艺术在社会文化发展中的有关情况，就木刻提出了一些看法。鲁迅与沈从文在木刻艺术上相遇，证明了木刻艺术在 20 世纪中国美术与文化发展中的丰富意义，二人观点既有审美见解上的一致，也有一定差别，显示了两位文学大家美术思想的深刻、丰富及其与文学创作的互文。

---

① 郑振铎：《中国古代木刻画史略》，上海书店出版社 2010 年版，第 6 页。
② 鲁迅与中国新兴木刻版画的关系，鲁迅在木刻版画艺术思想上的先锋性、表现性，鲁迅提出的木刻艺术发展的重要观点等，这些木刻版画与鲁迅的有关研究著作与论文很多（［日］内山嘉吉、奈良和夫：《鲁迅与木刻》，韩宗琦译，周燕丽校，人民美术出版社 1985 年版），但沈从文在木刻艺术上的点滴想法及其与鲁迅木刻艺术思想的比较尚未见。

一　木刻版画与鲁迅、沈从文

从目前已知资料，"中国木刻画史，从868年的王玠施刻的《金刚般若经》扉画算起，到现在是将近一千一百年了"[1]。古代木刻画主要是作为书籍插图和名画复制品的"附庸艺术"存在，从宗教画像到民间年画，从小说戏曲插图到儿童启蒙读物绘画，多是一种"附庸的艺术"。经历漫长的社会发展，木刻版画逐渐摆脱附属地位，在文人、画家、刻工共同参与下，形成了民间与精英风格各异、宗教与社会生活内容多样、人物山水花鸟形态多种、画法刀法不同的中国木刻艺术。中国版画的兴起、发展早于西方，1400年前后，欧洲在纸牌、《圣经》图像上开始应用版画技术，日本版画到江户时代才开始兴盛。[2] 历史地看，中国版画"与世界各国无殊。始于宗教之图，继资应用、教育，终乃成为纯粹之艺术品"[3]。木刻画在中国诞生、发展、兴盛，与中国传统绘画重视线条有一定关联，木刻画"以刀以板，以线条所成之作品，往往是素描，仅能表现对象之要点。然唯此亦使作者辈惯于把捉事物之特点，而以选要之刀法表现之，与素描之功果无殊"[4]。中国传统绘画，无论是文人画还是民间绘画，都注重线条表现，所以也容易通过木刻艺术来表现。

古代社会，木刻版画是中国人接触世界、了解社会的一种常见民间艺术形式。启蒙读物中的木刻图案是儿童看图识字的主要媒介，小说绣像及其精美的插画也为读者提供了图文并茂的故事。古代"所谓'图'，除了手绘本之外，就是木刻画的本子了"[5]，因此，木刻艺术是传统中国人文化启蒙的一个重要渠道，有许多人由此开始关注文学、美术，走上文学道路，鲁迅就是一例。他"幼小时常常走过许广记的门前，也闲看他们刻图画"[6]，"刻图画"即是民间以木刻制作图画的技术，这应该是幼年鲁迅与

---

① 郑振铎：《中国古代木刻画史略》，上海书店出版社2010年版，第1页。

② 郑振铎：《〈中国版画史图录〉自序》，《中国古代木刻画史略》，上海书店出版社2010年版，第223页。

③ 同上书，第232页。

④ 同上书，第225页。

⑤ 郑振铎：《〈中国古代版画丛刊〉总序》，《中国古代木刻画史略》，上海书店出版社2010年版，第239页。

⑥ 鲁迅：《朝花夕拾·后记》，《鲁迅全集》第2卷，人民文学出版社2005年版，第344页。

木刻艺术的直接接触。鲁迅小时候喜爱买画谱，"如《海仙画谱》《海上名人画谱》《阜长画谱》《椒石画册》等等，买了许多"。①古代画谱主要以木刻方式展现，通过画谱，鲁迅熟悉了古代木刻艺术形式。鲁迅说自己的《山海经》是"一部刻印得十分粗拙的本子——（后来买了石印的《山海经》后）木刻的却已记不清是什么时候失掉了"②。对《山海经》木刻与石印的差异，鲁迅有感性体验，尽管该书木刻本图案粗糙，但却是他"心爱的宝书"，可见，木刻版画对鲁迅美术兴趣的启发和指引。在受益于木刻绘画兴趣基础上，通过阅读通俗小说，鲁迅对小说绣像又产生兴趣，他便画了成片段的"《荡寇志》和《西游记》的绣像，都有一大本"③。绣像是明清通俗小说人物图像，主要用线条勾描，绘制精细，由木刻版画制作而成。绣像是古代小说与木刻艺术结合的传统中国文化产物，也是中国木刻艺术发展成熟的标志之一，《西游记》《水浒传》等古代小说大多伴有绣像人物图案。从画谱到绣像小说，鲁迅与木刻艺术建立了或间接或直接的联系，也正因此，鲁迅形成了视觉形式审美的直觉。

　　童年鲁迅与木刻艺术的多种接触方式，既"有力地唤醒和外化了主体的艺术潜能，成为鲁迅日后许身文学的媒介和导引"④，也使鲁迅在关注汉画像、石刻等艺术的同时逐渐了解了木刻艺术，进而关注中国木刻艺术，推介西方木刻艺术，以个人在中国古代木刻艺术中体验、了解并熟悉的直观感受来审视与推介中国新兴木刻。童年接触木刻艺术使鲁迅建构了木刻艺术与民间底层生活的关联性，所以他在后期才不遗余力为新兴木刻鼓与呼，推动中国新兴木刻的深入发展，最终成为中国新兴木刻艺术的旗手。鲁迅的木刻艺术趣味既有《北平笺谱》《十竹斋画谱》这样唯美的文人雅玩式的图案⑤，但更有意义的是，在革命形势下，鲁迅对木刻版画有着清

---

① 乔峰：《略讲关于鲁迅的事情·鲁迅放学回来做些什么》，《鲁迅回忆录·专著》中册，北京出版社1999年版，第739页。

② 鲁迅：《朝花夕拾·阿长与〈山海经〉》，《鲁迅全集》第2卷，人民文学出版社2005年版，第255页。

③ 鲁迅：《从百草园到三味书屋》，《鲁迅全集》第2卷，人民文学出版社2005年版，第291页。

④ 阎庆生：《鲁迅创作心理论》，陕西人民教育出版社1996年版，第24页。

⑤ 郑振铎说《北平笺谱》的编辑和《十竹斋画谱》的翻刻，多半是由于鲁迅的决定。详见郑振铎《关于版画》（《中国古代木刻画史略》，上海书店出版社2010年版，第221页）。《北平笺谱》和《十竹斋画谱》收录的主要是中国古代文人往来信笺上配饰的山水花鸟等雅致精美的图案，主要以木刻为主，体现出鲁迅对中国传统美术唯美一面的重视和爱好。

醒估量。鲁迅认为"当革命时，版画之用最广，虽极匆忙，顷刻能办"①，木刻版画"印了出来，分给别人，比别种作法的作品，普及性大得远了"，而且"木刻是无需多花钱的，只用几把刀在木头上划来划去，……就可以成为创作"。② 20 世纪 30 年代，木刻艺术具有经济、便利、易复制等特征，因而鲁迅选择了木刻艺术。作为左翼美术运动尤其是新兴木刻运动的旗手③，鲁迅 1931 年 8 月邀请日本版画家内山嘉吉举办"木刻讲习会"，倡导与推动木刻艺术，一批青年木刻版画家逐步成长起来，"木刻艺术从技艺变成了高雅而通俗的艺术，这也成为他的伟大业绩之一，所以，鲁迅被称为中国现代木刻版画的'艺术之父'。"④

图 4 - 7　沈从文题签《曾景初木刻集》

　　沈从文与木刻艺术的关联没有鲁迅这样鲜明突出，但他在木刻艺术蓬

---

① 鲁迅：《新俄画选小引》，《鲁迅全集》第 7 卷，人民文学出版社 2005 年版，第 363 页。
② 鲁迅：《〈木刻创作法〉序》，《鲁迅全集》第 4 卷，人民文学出版社 2005 年版，第 626 页。
③ 江丰以在中国新兴木刻艺术发展中的切身体会对鲁迅在中国新兴木刻艺术中的作用进行了评价，他认为鲁迅"对木刻青年精神上的策励，艺术上的指导，经济上的支援，介绍外国进步版画提供他们借鉴学习，并将他们的木刻作品送到巴黎、莫斯科展出，一凡此种种，推进了中国新兴木刻的成长"。详见江丰《鲁迅是中国左翼美术运动的旗手》，《美术》1980 年第 4 期。
④ 李禧：《试论鲁迅的木刻情缘》，《鲁迅研究月刊》2013 年第 6 期。

勃发展时也提出了许多有益观点。20 世纪 30 年代，木刻艺术发展的社会
潮流使沈从文不自觉地关注木刻，1934 年沈从文在为《大公报·艺术周
刊》所作《〈艺术周刊〉的诞生》中曾提及木刻艺术，指出当时木刻艺术
对传统的借鉴偏少①，作为与沈从文有血缘关系的亲人，黄永玉早年从事
的木刻艺术可以看作沈从文与木刻艺术的一种间接关联。② 黄永玉 1938 年
参加野夫等主持的中国东南木刻协会，1939 年发表木刻艺术作品，1941
年发行了手印木刻集③，其木刻版画艺术生涯逐步开启。1946 年到上海
后，黄永玉"独特的木刻艺术终于引人注目了"。1948 年黄永玉在香港举
办木刻画展，"刻刀下呼之欲出的形象，是故乡湘西淳朴的山民，着力表
现的是与沈从文小说风格相接近的静穆与悠远"④，于此可见沈从文与木刻
艺术的间接相关性，或者说是沈从文对黄永玉木刻的潜在影响。汪曾祺是
沈从文的学生，看到黄永玉为沈从文之子沈虎雏所作的肖像木刻后，他认
为黄永玉的木刻"保持一贯的抒情的调子；民间的和民族的，适当的装饰
意味"⑤。应该说，沈从文与中国木刻艺术确实存在着一种间接关系，如黄
永玉和沈从文作为至亲往来交流中对木刻画的探讨，黄永玉为其子沈虎雏
作的木刻肖像等。由此可见，有着美术兴趣和形式审美敏感的沈从文很难
不与中国新兴木刻发生关联。

　　1931 年，沈从文在闲话中提及，他喜欢的是"坐在北京琉璃厂的一个
刻字铺里，手指头笼上一个皮套儿，用刀按在硬木上刻宋体字"。他认为
自己的刻字会有很好的成就，他觉得这样的生活是他"最相宜的地方"
"最适当的事业"。⑥ 刻字铺的木刻生活或许是早年沈从文的个人生活想象，
却是沈从文与木刻艺术建立联系的一个侧影。沈从文与木刻艺术的直接关
联是 1939 年 6 月发表的《谈谈木刻》一文，沈从文提出了木刻艺术的发
展出路等问题，在某些方面切中了新兴木刻艺术发展的要害。此外，他与

① 沈从文：《〈艺术周刊〉的诞生》，《沈从文全集》第 16 卷，北岳文艺出版社 2002 年版，第
　　468 页。
② 《从文自传》（《沈从文全集》第 13 卷，北岳文艺出版社 2002 年版）中辑录了黄永玉多幅有关
　　湘西生活风情的木刻版画作品，无论是编纂者的有意还是无意，这或许可以看作是沈从文与
　　木刻版画的一种潜在联系。
③ 陈履生：《"黄永玉八十艺展"感怀》，《美术》2004 年第 6 期。
④ 李辉：《黄永玉：黑白之间，指责与自辩》，《书城》2008 年第 7 期。
⑤ 汪曾祺：《寄到永玉的展览会上》，《大公报》1951 年 1 月 7 日。
⑥ 沈从文：《甲辰闲话一》，《沈从文全集》第 14 卷，北岳文艺出版社 2002 年版，第 49 页。

湖南木刻艺术家曾景初①有一定往来，所见文献有 1948 年 2 月致曾景初的信、1948 年 3 月为《曾景初木刻集》写的题记等。信函和题记显示了沈从文关注木刻、论说木刻的点滴思想。从有关资料可见，20 世纪 30 年代以来，中国新兴木刻风起云涌、兴旺发展时，沈从文也有所介入，在几篇有关木刻的文字中，透露出沈从文独特、敏锐的木刻艺术思想。尽管沈从文在新兴木刻发展中没有鲁迅那样的伟大作用，也不必夸大沈从文与木刻艺术有多深关联，但沈从文三篇有关木刻艺术的文字，篇幅不短，内容不少，主题也直指木刻艺术问题，有与鲁迅进行比较解读的价值。

二　同中有异的地方色彩观

鲁迅关注新兴木刻，在培养木刻艺术青年时，尤其注重开阔他们的美术视野，注意从社会文化思想与木刻创作技法等角度进行引导和帮助。自 1931 年 8 月后的 6 年里，鲁迅写下了 30 多篇木刻创作文章，与木刻版画艺术青年来往信函 200 多封，在这些文字中，鲁迅就木刻创作、鉴赏、评价、发展等诸多问题发表了不少见解，形成了值得关注的木刻艺术思想，这些木刻艺术思想"奠定了我国现代版画理论的基础"②。但鲁迅的木刻论述并非局限于木刻，也是其文学思想的投射，与他对中国文艺发展方向的追求是一致的。从文学艺术共通的审美文化心理来看，兼有木刻创作与文学创作的鲁迅，显示了复合型的审美文化心理结构和审美情趣。

鲁迅有关木刻艺术思想的精髓在于其对地方色彩的关注、倡导与思考。放大来看，鲁迅在木刻版画艺术中的地方色彩论述也可说是其文艺思想的一个重要支点。他的地方色彩观，既强调民族性、与民族传统有关，又辩证地与世界建立了关联，突出了本土文化的世界意义。不知是巧合还是受鲁迅启发，沈从文在论及木刻艺术的有关观点中，也提及了地方性问

---

① 曾景初为湖南籍木刻艺术家，1918 年生于湖南，18 岁起自学木刻，后得到李桦、野夫等人提携。1947 年报考上海美术专科学校，开始大量发表木刻、绘画作品。后在全国木刻家协会的支持下，在长沙、衡阳等地举办木刻作品展览会。1948 年后，他创作了大量揭露国统区黑暗的木刻作品，1948 年，其木刻作品集出版，沈从文为其作序，该木刻集的作品主要表现工农大众被压迫的生活，如部分作品题目《抢米》《失业二题（进城与下乡）》《饥饿线上》《大儿当兵去了》（详见李松《学人画家曾景初》，《美术》1994 年第 11 期）。

② 凌月麟：《略论鲁迅的木刻创作思想》，《上海大学学报》1992 年第 5 期。

题。鲁迅与沈从文在木刻艺术的地方色彩这个路口恰巧相遇，显示出文学大家耐人寻味的文化思考与选择。尽管沈从文木刻艺术思想的"地方性"落脚点较小，论述也不多，但其通过着笔湘西小地方的风俗人情而延展出大人生、大世界的文学创作思想与鲁迅不谋而合。从木刻艺术思想看，地方色彩是鲁迅与沈从文两位 20 世纪中国伟大文学家对民族文化的共同见解，也是他们进行中国文学艺术走向世界可能性思考的着力点。

　　鲁迅"每每以极度'缩减'的逻辑形式表达对事物的分析和判断，不少中间环节被省略掉"①。我们需要梳理其在不同文本中的文字关系，填补勾连起省略掉的内容，才能体会并阐发出鲁迅的理论。鲁迅的有关木刻艺术地方色彩的思想散落在往来信函和木刻艺术点评文字中。自 1933 年 7 月至 1935 年 5 月，鲁迅致罗清桢十五封信谈及木刻艺术，对罗清桢木刻作品进行了较具体的点评，从构图、搭配、人物形态多方面进行评说。1933 年 10 月 26 日，在对罗清桢木刻作品《黄浦滩风景》点评时，鲁迅说："广东的山水，风俗，动植，知道的人并不多，如取作题材，多表现些地方色彩②，一定更有意思。"③ 1933 年 12 月 26 日信中又说："地方色彩，也能增画的美和力，自己生长其地，看惯了，或者不觉得什么，但在别地方人，看起来是觉得非常开拓眼界，增加知识的——而且风俗图画，还于学术上也有益处的。"④ 这是鲁迅木刻艺术地方色彩思想的初步观点。由罗清桢身在广东，提出地方色彩问题，认为能"增画的美和力"，并间接指出这是一种"风俗图画"。1933 年 12 月 19 日致木刻家何白涛信，鲁迅说："我以为中国新的木刻，可以采用外国的构图和刻法，但也应该参考中国旧木刻的构图模样，一面并竭力使人物显出中国人的特点来，使观者一看便知道这是中国人和中国事，在现在，艺术上是要地方色彩的。"⑤ 1934 年 1 月 8 日又说"现在的世界，环境不同，艺术上也必须有地方色

---

① 阎庆生：《鲁迅创作心理论》，陕西人民教育出版社 1996 年版，第 109 页。

② 鲁迅原文使用了 20 世纪早期"地方色采"的表达文字，为适应于当下文字习惯，本书在引文中将其统一为地方色彩。

③ 鲁迅：《致罗清桢》1933 年 10 月 26 日，《鲁迅全集》第 12 卷，人民文学出版社 2005 年版，第 467 页。

④ 鲁迅：《致罗清桢》1933 年 12 月 26 日，《鲁迅全集》第 12 卷，人民文学出版社 2005 年版，第 531 页。

⑤ 鲁迅：《致何白涛》1933 年 12 月 19 日，《鲁迅全集》第 12 卷，人民文学出版社 2005 年版，第 518—519 页。

彩，庶不至于千篇一律"①。1934 年 4 月 12 日致陈烟桥信，鲁迅说："我
的主张杂入静物，风景，各地方的风俗，街头风景，就是为此。现在的文
学也一样，有地方色彩的，倒容易成为世界的，即为别国所注意。打出世
界上去，即于中国之活动有利。可惜中国的青年艺术家，大抵不以为然。"②
鲁迅收藏的陈烟桥木刻《休息》即显示出地方色彩，休憩者戴的毡帽、远
处三轮车都具有一定的地方色彩。对于中国的新木刻，鲁迅再三提出要追
求地方色彩及"美和力"，这其实是鲁迅美术思想的一种地方文化或民族
文化自觉。《木刻纪程》出版不久，在《略论梅兰芳及其他》一文中，鲁
迅又对地方色彩所具有的"美"与"力"加以赞赏。③

　　1933 年 10 月至 1934 年 4 月，就木刻艺术，鲁迅 5 次提及地方色彩问
题，地方色彩显然是他这一时期思考的焦点问题。鲁迅地方色彩观的来
源，大概有以下几点：其一是对中国古代汉画像、石刻、墓志的关注，鲁
迅自 1912 年在北京教育部供职，开始收集汉画像、墓志等，开始孤独寂
寞地抄碑。在此过程中，从碑刻文字及不同民间图像中直观感受与体验了
地方文化气息。其二是在汉画像等的收集整理中了解与思考了地方风俗问
题，形成了理性意义上的地方风俗文化观，由地方风俗文化开始关注木刻
艺术作品的地方色彩问题。如 1934 年 3 月 24 日致姚克信，鲁迅说："汉
唐画像石刻，我历来收得不少，惜是模胡者多，颇欲择其有关风俗者，印
成一本。"④ 1934 年 6 月 9 日，致台静农信中，鲁迅说："对于印图，尚有
二小野心。即印汉至唐画像，但唯取其可见当时风俗者，如游猎、卤簿、
宴饮之类，而著手则大不易。"⑤ 对关涉风俗的民间汉画像的重视显示了鲁
迅的地方文化关注点所在，汉画像的收集整理应该是鲁迅地方色彩思想的
一个来源。其三是留学日本期间，经由翻译西方美学著作而对西方文艺思

---

① 鲁迅：《致何白涛》1934 年 1 月 8 日，《鲁迅全集》第 13 卷，人民文学出版社 2005 年版，第
　5 页。
② 鲁迅：《致陈烟桥》1934 年 4 月 19 日，《鲁迅全集》第 13 卷，人民文学出版社 2005 年版，第
　81 页。
③ ［日］内山嘉吉、奈良和夫：《鲁迅与木刻》，韩宗琦译，周燕丽校，人民美术出版社 1985 年
　版，第 181 页。
④ 鲁迅：《致姚克》1934 年 3 月 24 日，《鲁迅全集》第 13 卷，人民文学出版社 2005 年版，第
　47 页。
⑤ 鲁迅：《致台静农》1934 年 6 月 9 日，《鲁迅全集》第 13 卷，人民文学出版社 2005 年版，第
　145 页。

图 4 – 8　陈烟桥木刻《休息》（1932）鲁迅收藏

潮的深入了解，在中西文化对比中体悟到地方色彩所具有的意义，认识到由地方文化、地方色彩等问题生发出的民族文化等其他关联问题。

关于如何展现地方色彩，鲁迅显示出兼容并蓄的广博胸襟。他认为，"山水、风俗、动植"是一个地方之所以为一个地方的原因，是形成这个地方环境、文化习俗、生活习惯的理由。如果要表现这一地方文化的色彩，应该"杂入静物，风景，各地方的风俗，街头风景"等。鲁迅寻求从各个地方的山水风景入手展示地方色彩，他认为"取风景作题材是中国画的传统，从风景中选题，对于木刻的普及和发展是一种营养"①，也是地方

①　［日］内山嘉吉、奈良和夫：《鲁迅与木刻》，韩宗琦译，周燕丽校，人民美术出版社 1985 年版，第 114 页。

色彩表现的可能途径。鲁迅以南方多角果物阳桃为例，说明北方人是要看的，"觉得非常开拓眼界，增加知识"。在此基础上，鲁迅认为木刻艺术"美和力"的一个来源就是地方色彩，将地方色彩提到一个较高的位置，进而指出文艺作品要走向世界，就应重视地方色彩，"有地方色彩的，倒容易成为世界的，即为别国所注意"①。

将地方色彩问题与鲁迅其他美术思想进行关联梳理，我们可以发现鲁迅由地方色彩生发出颇具文化主体性的思想观点。对陶元庆的绘画展览，他说陶元庆"以新的形，尤其是新的色来写出他自己的世界，而其中仍有中国向来的魂灵——要字面免得流于玄虚，则就是：民族性"②。通过陶元庆绘画，他认为"作者是夙擅中国画的，于是固有的东方情调，又自然而然地从作品中渗出，融成特别的丰神了，然而又并不由于故意的"③。鲁迅由地方色彩问题出发，把地方色彩与地方风俗相切合，逐步扩展到东方情调、民族性，可见一条甚为清晰的逻辑脉络，最终落脚点其实是在中国文艺的主体性建构上。

沈从文的木刻艺术论述目前仅见四篇文字，其中一篇只是提及，另三篇为集中探讨木刻艺术的文字。在集中探讨木刻的三篇文字中，沈从文对20世纪三四十年代木刻艺术发展相关问题作了论述。沈从文能在1949年后从容地从事中国美术史研究，在这几篇文字中已经显露出较好的美术修养及研究功底。沈从文木刻艺术思想的关键点也在地方色彩，他的地方色彩观是由木刻艺术具体问题出发来言说的，他细致剖析的木刻艺术问题都与地方色彩有关。在给《曾景初木刻集》所作题记中，沈从文对作者居住的长沙地方文化作了细致梳理。他说长沙"每一户人家门前横楣上，便都有一块精美动人涂金饰彩的浮雕，每一片木材都是一件个性鲜明的美术品。每座庙宇的戏楼和神桌前面的浮雕或半透雕，木刻故事或图案意匠，无一不是混合了拙重与妩媚而为一，——湖南任何一处，表现到楚人传统

---

① 鲁迅：《致陈烟桥》1934年4月19日，《鲁迅全集》第13卷，人民文学出版社2005年版，第81页。

② 鲁迅：《当陶元庆君的绘画展览时——我所要说的几句话》，《鲁迅全集》第3卷，人民文学出版社2005年版，第573页。

③ 鲁迅：《〈陶元庆氏西洋绘画展览会目录〉序》，《鲁迅全集》第7卷，人民文学出版社2005年版，第272页。

幻想与热情交织的工艺美术，木刻浮雕或其他作品，可以说尚随手可拾"①。对长沙文化的关注，既与沈从文湖南籍贯有关，也与他对地方色彩问题的了解、思考有关。在对湖南地方文化阐释基础上，沈从文认为作者应该"融会二千年来楚人传染寄托于工艺品上的幻想和热情，再来表现它，就会觉得家乡中可学习取法的木刻与石刻，简直美不胜收。能用一个较长时间，将这种有地方性的作品照相或小件实物图样，收集到三五千件，再诚诚实实向各地老木匠，老石匠，用一个真正学徒方式，去向每一位无名大师讨教二三年，这个工作方式和学习态度，便将成为个人一生取用不尽的资源"②。沈从文对曾景初木刻发展方向的具体指导是立足地方文化来言说的，他认为地方特色文化的收集整理是木刻艺术发展的重要资源。在木刻艺术发展上，他也说"大家都有雄心大志，想'艺术下乡'，可是就无人注意到'乡下艺术'"③。"乡下艺术"是中国地方文化的载体，多是突出地方色彩的民间艺术形式，沈从文对乡下艺术的关注和言说，以及对当时木刻艺术不关注地方传统文化的批评，点明了中国木刻艺术与民间工艺美术的内在关系。

沈从文木刻艺术地方色彩观是在木刻艺术发展大背景下对某一个具体的木刻艺术作者来言说的，没有宏观的论述和一般性的指导，其木刻艺术的地方色彩观有明显的具体性、针对性。沈从文也认为自己所说的木刻艺术问题"似乎和一班从事木刻青年所悬望的目的都远得多，困难得多"④。但沈从文细致精到地梳理了长沙地方文化特色，由地方文化特色出发，对曾景初木刻艺术发展指出了可行的发展路径。他认为曾景初如果要在木刻艺术上发展，就应该对长沙本地方工艺美术进行收集整理，应该向当地工艺美术工匠虚心学习，吸收地方文化的木刻艺术，就会"不只是作品风格独异，还将带来一种新的空气新的发展，会影响到木刻，也会影响到全个艺运"⑤。从其与曾景初的通信中可见沈从文对木刻艺术发展地方色彩观的自信。

① 沈从文：《〈曾景初木刻集〉题记》，《沈从文全集》第16卷，北岳文艺出版社2002年版，第365页。

② 同上书，第366页。

③ 沈从文：《谈谈木刻》，《沈从文全集》第16卷，北岳文艺出版社2002年版，第490页。

④ 沈从文：《复一个木刻工作者》，《沈从文全集》第17卷，北岳文艺出版社2002年版，第480页。

⑤ 同上书，第481页。

沈从文从具体个案来关注、言说与思考木刻艺术的地方色彩问题，鲁迅则从木刻艺术一般的宏观视角提出木刻艺术的地方色彩问题。就深刻性与思想影响而言，鲁迅的地方色彩观简要概括，具有一般性的指导意义，对木刻艺术发展影响较大。鲁迅、沈从文突出的都是"本土性"和"地方文化"。地方文化是地方人群生存发展中与地方河流、山川、林木等自然环境相互作用形成的精神结晶，是该地方之所以成为该地方的文化证据。对于其他地方的人而言，此地方的文化也是人类学意义上"他者化"想象与认知的资源。20世纪初西方文化的大量进入，促使中国文化成为西方想象的"他者"，中国文学与艺术发展面临着危机，在这种危机中，地方文化抵抗西方殖民文化的重要策略可以说就是突出地方色彩，建立和强化自己的文化认同。

鲁迅与沈从文对文学艺术地方色彩的重视，实际是二人在20世纪早期全球视野下"中国意识"的自觉反映。无论鲁迅如何批判中国国民性、启蒙民众，在其木刻艺术观中，在其小说对江南风物的描绘中，他的地方色彩观都隐含着自觉的"中国意识"，有内在的中国文化主体认同感。沈从文的地方色彩观从具体分析出发，显得比较自然贴切，其小说中的湘西民俗风情也寄寓着对地方文化的认同。总体上，鲁迅与沈从文的小说文本都重视地方风物描写，重视民俗文化展示，这种"民俗文化的价值审视指示"，"显现了一种非常突出的面对世界进行发言的现代意味"[1]，是地方色彩在文学中的具体呈现。鲁迅一直注意在小说和散文中表现民俗，在文学创作手法上吸收民间艺术养分，这其实是鲁迅对地域文化与世界文化关系进行深入思考后的有效实践。[2] 沈从文又何尝不是如此，其小说中浓郁的湘西民俗和地方文化特色，乃至河水、渡船、吊脚楼等都是地方民俗与风景的主要元素，实际也就是地方色彩，就是文学中的地方性。在木刻艺术地方色彩上的交集言说，可见鲁迅、沈从文两位20世纪中国文学艺术领袖人物的思想先锋性。

---

[1] 朱晓进：《鲁迅与民俗文化》，《鲁迅研究月刊》1991年第10期。
[2] 同上。

三　木刻其他问题的观点交汇

就 20 世纪三四十年代兴盛发展的新兴木刻，鲁迅、沈从文从不同视点共同注意到地方色彩问题，这与当时历史情境下鲁迅、沈从文的美术视野、形式审美意识等有着内在联系。他们还就木刻艺术技法发展、木刻艺术大众化、木刻艺术家的艺术性等方面提出了各自观点。他们的这些观点，有的具有相似性，如对艺术传统、木刻技法的重视等；有的则有所不同，如在大众化发展及木刻艺术地位上，显现出鲁迅与沈从文审美意识等方面的内在差异。

鲁迅与沈从文都重视艺术传统。沈从文认为，"从事艺术的人，皆能认识清楚只有最善于运用现有各种遗产的艺术家，方能创造一个他自己所在时代高不可攀的新纪录。"① 沈从文要求木刻艺术家要对中国历史遗存如武梁石刻、年画进行研究、借鉴、应用，实际就是他号召的要善于运用现有各种遗产，沈从文确是历史文化的传承者，也是传统珍视者。如鲁迅所说："新的艺术，没有一种是无根无蒂，突然发生的，总承受着先前的遗产。"② 在木刻艺术技法上，鲁迅认为应从传统中吸取资源，他说："河南门神一类的东西，……大抵是石印的，要为大众所懂得，爱看的木刻，我以为应该尽量采用其方法。"③ 门神是老百姓钟爱的吉祥物，比较贴近大众，鲁迅认为木刻应该借鉴其石印方法。他又认为，"倘参酌汉代的石刻画像，明清的书籍插画，并且留心民间所赏玩的所谓'年画'，和欧洲的新法融合起来，也许能够创出一种更好的版画。"④ 对木刻的创作手法，鲁迅眼界开阔，他认为应将汉画像、书籍插画、年画、欧洲新法等其他门类的艺术手法融会贯通，这应该是中国新兴木刻版画的一种出路。除此以

---

① 沈从文：《〈艺术周刊〉的诞生》，《沈从文全集》第 16 卷，北岳文艺出版社 2002 年版，第 468 页。
② 鲁迅：《致魏猛克》1934 年 4 月 9 日，《鲁迅全集》第 13 卷，人民文学出版社 2005 年版，第 70 页。
③ 鲁迅：《致刘岘》，《鲁迅全集》第 14 卷，人民文学出版社 2005 年版，第 405—406 页。
④ 鲁迅：《致李桦》1935 年 2 月 4 日，《鲁迅全集》第 13 卷，人民文学出版社 2005 年版，第 372 页。

外，鲁迅还认为"可以多采用中国画法"①。尽管鲁迅对中国传统文人画有所抨击，但作为方法借鉴，鲁迅毫不介意，认为可以在木刻版画中采用中国画法。

朱光潜认为："少数民族是民间文艺的摇篮，对文艺有特别广泛而尖锐的敏感。"② 湘西是少数民族聚居地，沈从文也具有少数民族血统，自然对民间文艺有着相当的敏感。沈从文热爱民间各种工艺品和美术，重视民间工艺传统。在木刻艺术发展上，沈从文指出木刻艺术工作者应该广泛涉猎各种工艺美术技法，广泛吸收中国传统艺术精华。他说："一些艺术学校，到近年来的展览会中，也间或有所谓木刻画了——很显然的，目前任何艺术学校中，就还无一个主持人会注意到把中国石上的浮刻，砖上的镂雕，漆器上的堆漆与浮雕，以及木上的浮雕与素描刻画，搜罗点实物，搜罗点图片，让想学习与有兴味学习的年轻人多见识一点。"③ 针对学校教育忽视民间工艺的现象，沈从文指出砖上镂雕、漆器堆漆与浮雕、木浮雕、素描刻画等与木刻艺术的关联性，体现出沈从文热爱与重视民间工艺、对民间工艺价值的独特认知，由此提出木刻艺术创作者应该具有广博的视野。沈从文还对学校艺术设施匮乏提出批评，认为："要研究石刻不成，要研究木刻更不成。中国虽懂得把印刷术的发明安排到本国教科书中去，但它的发展，想从一个艺术学校的图书陈列室看到就不可能。"④ 沈从文认为学校艺术教育陈列品的匮乏束缚了学生的艺术视野，这是影响木刻艺术发展的一个原因，他从学校教育乃至整个社会入手，指出了当时木刻艺术教育及发展的困境。

在木刻具体技法上，鲁迅认为"木刻当亦与绘画无异，基本仍在素描，且画面必须统一"⑤。"现在中国的木刻家，最不擅长的是木刻人物，其病根就在缺少基础功夫。因为木刻究竟是绘画，所以先要学好素描；此

---

① 鲁迅：《致何白涛》1934 年 7 月 27 日，《鲁迅全集》第 13 卷，人民文学出版社 2005 年版，第 183 页。
② 朱光潜：《从沈从文先生的人格看他的文艺风格》，《花城》1980 年第 5 期。
③ 沈从文：《〈艺术周刊〉的诞生》，《沈从文全集》第 16 卷，北岳文艺出版社 2002 年版，第 468 页。
④ 同上。
⑤ 鲁迅：《致张慧》1934 年 10 月 9 日，《鲁迅全集》第 13 卷，人民文学出版社 2005 年版，第 223 页。

外，远近法的紧要不必说了，还有要紧的是明暗法。"① 这与沈从文的观点相同，沈从文认为木刻界"技术上缺点就是功夫不到家。素描速写基础训练不足，抓不住生物动的神气，不能将立体的东东西西改作成平面的画，又把握不住静物的分量。更大的弱点，恐怕还在分配上，譬如说，表现一个战争场面，不会分布"②。从素描基本功到画面统一、画面内容分配布局，鲁迅和沈从文体现了比较一致的美术专业眼光。

沈从文认为有的木刻"讲刀法而不注重对观众眼耳的装饰效果，所以许多木刻画，若无说明，我们就看不懂他的意思所在，即有说明，也觉得这种说明不大相干"③。民间工艺一般多重视装饰效果，普通大众也多喜爱装饰效果，沈从文提出装饰效果问题，指出了木刻艺术应该容易理解，而不能让人看不懂。他还认为："木刻若要有更广大的出路，更好的成就，成为一种艺术品，就制作形式言，从武梁石刻近于剪影的黑白对照方法，到现存年画纯粹用线来解决题材方法，必需充分注意，认真学习，——大家与其抽象，讲'刀法'，争'派别'，何如综合各方面知识，来作一种大规模的尝试。"④ 这一点与鲁迅不谋而合，鲁迅也认为应从武梁石刻、年画等各种工艺品中发掘木刻技法与木刻艺术的资源，显示出二人对中国古代美术的一致认知与接纳。

在大众化问题上，鲁迅表现出坚定的立场，他之所以选择木刻艺术，除了因为木刻容易复制，还有"木刻是无需多花钱的，只用几把刀在木头上划来划去——是比别种作法的作品，普遍性大得远了"⑤。在木刻艺术形式上，他提出要借鉴年画、汉画像等艺术，因为他"明白了作品和大众不能机械地分开"⑥。对于当时流行的连环图画，鲁迅也从大众化的角度认为"它有流行的可能，且有流行的必要，着眼于此，因而加以导引，正是前进的艺术家的正确的任务；为了大众，力求易懂，也正是前进的艺术家正确的努力"⑦。

---

① 鲁迅：《致曹白》1936 年 4 月 1 日，《鲁迅全集》第 14 卷，人民文学出版社 2005 年版，第 61 页。
② 沈从文：《谈谈木刻》，《沈从文全集》第 16 卷，北岳文艺出版社 2002 年版，第 490 页。
③ 同上。
④ 同上书，第 491 页。
⑤ 鲁迅：《〈木刻创作法〉序》，《鲁迅全集》第 4 卷，人民文学出版社 2005 年版，第 626 页。
⑥ 鲁迅：《论"旧形式的采用"》，《鲁迅全集》第 6 卷，人民文学出版社 2005 年版，第 23 页。
⑦ 同上书，第 25 页。

经过抗战几年的时间检验，木刻艺术发展出现了一些问题，沈从文对大众化的木刻艺术表示了不太乐观的看法，他认为尽管当时李桦等木刻家取得了一定的艺术成就，但实际上是"堕落了'艺术'的价值，因为它同'新闻纸'或'商业性'关系异常密切，——它的效果仅仅维持于'谐谑'以及邻于谐谑的'刺激'作用上。它只成'插图'，难独当一面。换句话说，它是新闻的附庸。虽有漫画杂志，和某某木刻集行世，依然不容易成为独立艺术一部门"①。在沈从文看来，木刻还不是独立的艺术形式，也未能取得独立的艺术地位，社会"普及也同样缺少能力。它离不开报章杂志的附庸地位，为的是它所表现的一切形式，终不摆脱报章杂志的空气，只能在大都市中层阶级引起兴趣，发生作用。想把它当油画挂卧室客厅大不相称，想把它当年画下乡去也去不了"②。大概是站在为艺术而艺术的视角，沈从文对木刻艺术大众化提出了不同观点。或许沈从文重视审美价值的独立，不大认可艺术应该"装点时事""贴近世务"，所以他难免会对当时木刻艺术大众化表示不太乐观的想法。因此他认为："即如说'艺术下乡'，'艺术大众化'，就当前情形，让我们公公平平想一想大部分漫画、木刻，下得了乡下不了乡？大众化，有多少大众能懂？就能看懂了，能不能发生作者所期望的作用？"③ 在木刻艺术大众化上，沈从文表示了与鲁迅有所差异的看法。

对木刻艺术的发展趋向，鲁迅与沈从文的观点也有不同。鲁迅认为新木刻是将大众喜爱的"俗"与文人学士欢迎"雅"相融合而开拓出的新艺术④，因此对新兴木刻抱有厚望，认为"木刻不但淆乱了雅俗之辩而已，实在还有更光明，更伟大的事业在它的前面"⑤。鲁迅为新兴木刻发展而欣喜，认为"由此发展下去，路是广大得很。——采取新法，加以中国旧日之所长，还有开出一条新的路径来的希望"⑥。沈从文对木刻艺术表示了不同的见解，他认为木刻画"不特下乡无望，即入城，到小县城中小学校

---

① 沈从文：《谈谈木刻》，《沈从文全集》第16卷，北岳文艺出版社2002年版，第489页。

② 同上书，第490页。

③ 同上书，第489—490页。

④ ［日］内山嘉吉、奈良和夫：《鲁迅与木刻》，韩宗琦译，周燕丽校，人民美术出版社1985年版，第184页。

⑤ 鲁迅：《〈全国木刻联合展览会专辑〉序》，《鲁迅全集》第6卷，人民文学出版社2005年版，第350页。

⑥ 鲁迅：《〈木刻创作法〉序》，《鲁迅全集》第4卷，人民文学出版社2005年版，第626页。

去，还得让上海的五彩石印香烟广告画，和锦章书店一类石印彩画占先一着"。结合木刻艺术发展实际，沈从文认为，"木刻真正的出路，还依然仅仅只是作成手掌见方，放在报章杂志上应景凑热闹。"① 针对木刻的"全民抗战"题材，沈从文也认为不一定非得直接表现抗战，"用西南数省少数民族风物习俗作题材，也同样渴望产生一些惊人的成绩"②，可见沈从文对木刻作品艺术审美独立性的追求，沈从文提出的以"少数民族风物习俗"为木刻题材，也可以说是另一种意义上木刻地方色彩观。沈从文的木刻艺术发展观与文学创作一样，具有相同的审美期待。尽管鲁迅也强调"木刻是一种作某用的工具，是不错的，但千万不要忘记它是艺术"③，他也认识到"喜欢木刻的青年中，确也是急进的居多"④，但总体上，鲁迅倾心投入木刻的动机仍是木刻的可复制性、大众性、革命性。"在所有平面艺术中，只有木刻是可以复印的，而革命对美术作品的需要是大量的宣传普及，和少数人对美术作品的个人收藏需要完全不同"⑤，可见，是木刻艺术的性质决定了鲁迅对木刻发展乐观的期待。在木刻艺术发展起点和趋向上，鲁迅与沈从文有一定差异，所以沈从文对木刻艺术发展提出了与鲁迅不同的观点，而鲁迅也在其生命后期说"对于现在中国木刻界的现状，颇不能乐观"⑥，这或许是对大众化、革命化之后的木刻艺术的清醒认识，但鲁迅并未放弃，临终前几天依然抱病参加了木刻展览会。

"1919 年的偶像破坏者还是在传统下成长起来的，他们同时拥有新旧两种文化，他们有能力在东西方之间，在传统与现代之间，在新旧之间作出选择，甚而有能力做出中国和西方之间的综合。"⑦ 在木刻艺术上，鲁迅和沈从文都同时拥有新旧两种文化，他们也都有能力"在传统和现代之间，在新旧之间"作出选择，但由于文化立足点的区别，由于美术兴趣与

---

① 沈从文：《谈谈木刻》，《沈从文全集》第 16 卷，北岳文艺出版社 2002 年版，第 491 页。

② 同上。

③ 鲁迅：《致李桦》1935 年 6 月 16 日，《鲁迅全集》第 13 卷，人民文学出版社 2005 年版，第 481 页。

④ 鲁迅：《致李桦》1935 年 1 月 4 日，《鲁迅全集》第 13 卷，人民文学出版社 2005 年版，第 328 页。

⑤ 李蒲星：《武器与工具——中国革命美术研究》，湖南人民出版社 2008 年版，第 67 页。

⑥ 鲁迅：《致曹白》1936 年 8 月 7 日，《鲁迅全集》第 14 卷，人民文学出版社 2005 年版，第 124 页。

⑦ ［德］顾彬：《20 世纪中国文学史》，范劲等译，华东师范大学出版社 2008 年版，第 26 页。

经历的不同，后期鲁迅选择木刻艺术作为"反抗绝望"的新工具，而沈从文则持守艺术的独立审美思想，面对木刻艺术发展实际，他不能不发出悲观论调。但作为在传统文化中成长起来的"偶像破坏者"，他们以不同的话语方式，共同提出了地方色彩问题，显示出一种跨越中西的文化主体意识，体现了一种内在的文化创造意识，这与他们的文学成就是一脉相通的。

第五章　作家书画与作家绘画观

传统书画有着源自中国本土文化的根源性特质，20 世纪中国作家以独具中国传统文人特质的审美意识关注、介入传统书画，在保持中国传统书画审美特征基础上，形成了相对独立的绘画风格、主题内容与笔墨技法。面对 20 世纪中国文化的变革转换，在世界文化艺术大坐标中，应该承认作家书画这一独特的艺术类型，从作家书画类型独立角度来关注与思考作家书画，赋予作家书画以独立的文化意义和时代价值，由此才能观察与认知中国文化的丰富性和独特性。在此意义上，我们看到，丰子恺、汪曾祺、贾平凹等诸多现当代作家都热爱并以独具文人性的审美意识参与到传统绘画实践中，并立足绘画，从审美意识共通视角提出了文学、绘画相关联的一系列观点，如丰子恺的远近法与写生观、汪曾祺的留白艺术观、贾平凹的诗性绘画观等，丰子恺等以此确立了传统绘画与现代文学关联的文化新坐标，将中国传统绘画所包蕴的民族文化精神进行了恰当的现代文学转化，使其文学文本散发着既有传统韵味、又有现代精神的艺术审美风格。

第一节　传统视域与作家书画类型独立

20 世纪以来，知识分子专业化、行业功能细分，诸多艺术门类逐渐独立，文学和书法、绘画分别独立，作家和书法家、画家身份也因此依次确立。在理性化过程中，一个不容忽视的现象是，中国本土审美文化经验介入了审美现代性建构，作家书画便是这一体现。"审美现代性作为一个文化范畴，不但体现为文化的事物和社会的事物的分离，——而且同时反映在艺术内部诸领域和类型的细分。"① 艺术内部的分立需要相对外在的"社会事物"的有效作用，在适当的情境推动下艺术内部才可能分立。20世纪80年代后，"中国日益深入地加入到世界市场的竞争之中，从而内部的生产和社会机制的改造是在当代市场制度的规约之下进行的；另一方面，商业化及其与之相伴的消费主义文化渗透到社会生活的各个方面"②。在这样的外部情况下，文化艺术内部随之开始分化，最明显的是大学各种新兴艺术专业不断兴起。改革开放至今，在传统国画、油画专业基础上，相继出现了书法、艺术设计、动漫、陶瓷等诸多独立的艺术新专业。新兴专业既显示了西方文化与经济全球化的推动作用，也是中国本土艺术发展专业细分的要求，是对改革开放以来经济社会文化发展的积极呼应。其间，作家书画成为值得重视的书画类型现象，它以独特的审美特征、创作形式呈现出一种独立的文化态势。

一　作家书画渊源及类型独立

传统书法、绘画具有源自中国本土文化的特质，这一特质的首要因素是其"文人性"。在中国本土现代语境下，"文人性"具有相对于官僚、民间阶层的"他者化"审美视角，与西方意义上的知识分子有别，也不同于中国古代的"士大夫"，而是有着日常文化生活情趣和审美格调，执着于艺术自律，并以自由、审美、创造的艺术自律精神对抗现代西方异化的独立艺术精神。具有这样特质的人，可以说是当代文人。从古至今，魏晋南北朝时期具有文人风骨的阮籍、嵇康、王羲之，后来的建安七子，唐朝的王维、北宋苏东坡，及至现代以来的鲁迅、沈尹默、丰子恺、汪曾祺等，他们大多具有"文人性"。"文人性"是一种特质，这种特质在一个文人身上并非时时彰显，而会随着社会政治等外在事物的不断变化有所隐退或遮蔽。

近百年来，传统中国书画艺术的"文人性"不断遭受"现代性"支配下的理性、科学精神的冲击。在学院化传授制度下，群体化、集团式的教学模式取代了古代家塾面对面的口传心授。同时，现代西方艺术思潮也消

---

① 周宪：《审美现代性批判》，商务印书馆2005年版，第310页。
② 汪晖：《现代中国的思想状况与现代性问题》，《文艺争鸣》1998年第6期。

解了传统艺术的创作技巧和表现手法，近年来的书法主义、新文人画等都无不是这一消解的表现。再有，随着经济全球化席卷中国，在经济效益最大化模式下，传统艺术的慢节奏和清静无为的文人生活态度都受到挑战。在学院化、西方化、市场化多重语境中，美术专业视野中的书画艺术在当代中国已经基本上失去了"文人性"，已经很难负载起应有的传统文化传承使命。

在"非文学"的 20 世纪①，文学依然承担着"载道"重负，在载道传统下，作为职业细分之一的现代作家负荷起西方文化与传统文化冲突交融中的两种文化重担。无论现代西方文化如何启蒙现代中国，当经济发展到一定程度，"救亡"不必再压倒"启蒙"，"启蒙"也不再是文学唯一的重负时，中国古代文人"诗书画"同一的文化血液在现代作家的文化躯体中逐渐扩张流动。文学创作之余，当代诸多作家操起毛笔，写起了书法，画起了绘画，当代钱锺书、汪曾祺、高行健、贾平凹、熊召政、莫言、欧阳江河、王祥夫、雷平阳、杨键等一批作家钟情于笔墨，已经成为不可忽视的当代文化现象。上溯到现代作家，鲁迅、郭沫若、沈尹默、丰子恺、赵清阁、艾青、闻一多、凌叔华、陈梦家、叶公超、萧红、沈从文等，他们没有完全失去笔墨书写的文化环境，又有丰厚的旧学修养；他们的书法和绘画功底都颇为厚重，他们不但是新旧书法文化的桥梁式人物，也是新旧绘画上的桥梁式人物。比如鲁迅就是以传统绘画的研习功底②对现代美术和木刻、封面设计产生了浓厚兴趣。因而，作家书画是一种延续了中国传统书画"文人性"特征的艺术形式，具有不同于现代艺术教育体制下的独特艺术与文化取向。在 20 世纪艺术史中，作家书画应该被视为一个独立艺术门类进行观察和研究，这既是中国传统文人书画 20 世纪发展演变的一个独立艺术类型，也是作家自身艺术特点充分发展的要求，更是 20 世纪以来中国职业书画艺术发展种种问题的必要对照。

中国传统文人画则具有较为久远的传统，其"起源的思想因素源于先

---

① 该表述出自朱晓进等《非文学的世纪：20 世纪中国文学与政治文化关系史论》（南京师范大学出版社 2004 年版）对 20 世纪中国文学总体历史演进的归纳。

② 鲁迅在一些散文中详细描述了小时候描绣像的情节，在其他一些作家的回忆录中，也多有类似的情节，这一情节大体上反映了中国现代作家学习中国传统绘画的主要途径和方法，所以说，他们也是中国传统绘画桥梁式的人物。

秦，其理论萌芽于魏晋，兴起于宋，成熟于元"①。及至 20 世纪初，在西方文化冲击下，文人画传统受到了以西方写实主义绘画为参照的康有为、陈独秀等人的批评。康有为认为，"中国画近世之衰，其原因是文人画之兴起，士大夫不专精体物，以逸气、气韵自矜"②，也就是说，唐宋以后绘画的写意转化导致了中国画的落后和衰败。由当下来看，康有为等前辈学人对中国文人画的认识已经被现实改变，梅墨生等的"新文人画"与当代丰子恺、汪曾祺、贾平凹、王祥夫、杨键、荆歌等作家绘画的兴起不但证明了中国文人画具有独特艺术魅力，也为中国艺术发展提供了一种思考视角。中国传统文人画在表情达意上的写意性，使其具有了"诗书画"共通的审美特质，古代"诗书画"同一传统下的写意性显示了中国文人对"逸趣、韵味、风骨"的文化审美要求，它是当代作家绘画的一个基本出发点和文化归宿。应该说，现代作家书画之所以能够绵延发展，是因中国传统文人书画有着自我复生的文化基因。

　　一个艺术门类之所以独立，更为紧要的是具有独立的笔墨语言和艺术特征，具有独立艺术类型的文化自律取向。20 世纪中国作家书画既在笔墨语言上承袭了古代文人书画语言，也有自己独特创造，在中西文化碰撞中形成了传统与现代融合后新的审美价值和情感趋向。尤其贾平凹等作家书画，大胆向民间文化艺术寻求创造资源，形成了古代精英文化、西方现代文化、本土民间文化三位一体的作家书画艺术自律特征。此外，相对于职业书画沉重的专业技术教育，作家书画遣情怡性、表情达意的创作取向使作家多不过分注重书画技巧，而以抒发个人情感、传达人文关怀、阐释社会看法等文学的"人学"特征为主。如贾平凹认为"字画有它的基本技法，我是一概不知，真正的字画家往往浸淫技法太久，又破技法——我的好处是，我还能以水墨倾诉自己"③。可见，作家书画追求的是精神流露与释放，技巧等形式性的东西是从属于这一目的的。但当代作家并非轻视书画技法，而是认为"在掌握了一定的技法之后，艺术的高低优劣深浅厚薄，全然取决于作者的修养。人道与艺道往往是一统的，妙微而精深"④。

---

① 程明震：《文心后素：文人画艺术研究》，东南大学出版社 2007 年版，第 12 页。
② 康有为：《万木草堂画目》，郎绍君、水天中编《二十世纪中国美术文选》，上海书画出版社 1999 年版，第 21—22 页。
③ 贾平凹：《涂鸦》，《菩提与海枣》，中国戏剧出版社 1999 年版，第 105 页。
④ 贾平凹：《读画随感》，《菩提与海枣》，中国戏剧出版社 1999 年版，第 156 页。

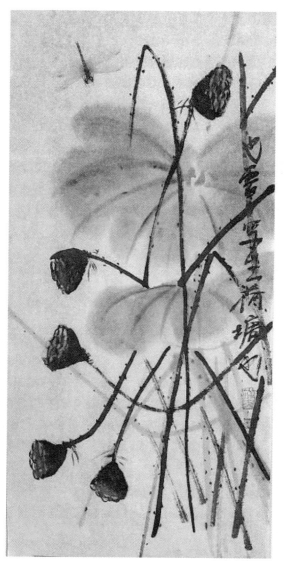

图 5 - 1 王祥夫画作

在作家书画以线条律动表情达意的笔墨语言中，20 世纪中国作家的书画艺术形成了朴素而独立的艺术自律特征，他们与职业书画技巧复杂、门派众多而远离大众的艺术语言形成了对比，这也证明了作家书画具有独立的审美价值和艺术语言。

作家书画在美学意义上具有不同于职业书画的特征，那就是其充分的文学性、哲学性。作家书画多善于运用文学叙事手法，有的画面带有一定的哲学思辨色彩；有的则简远明净，带有浓厚的禅思意趣。这种美学特征是作家对社会与人生敏锐观察思索后以书画形式作出的抽象显现，他们以书画展示文学创造之余的自由生命意志，书画作品贯穿的是作家在文学文本中未能充分显示的另一面。在丰子恺、汪曾祺、贾平凹、王祥夫、荆歌、杨键等人的绘画作品中，无论是一顶荷叶，一个石狮子，还是一只狗，一只鸡，其画面的结构和笔墨与近旁凝练深刻的文字往往可以具有无穷的文化意趣，职业书画家往往很难兼得这种趣味。作家书法也展示了文学意识与书法创作的融会，鲁迅、郭沫若及至当下贾平凹、熊召政、王祥夫、雷平阳等人的书法往往以自作诗词语句为书写内容。内容与形式的统一以及互不分离，这是书法之为艺术的基本要求，作家书法的文学内容与书法线条相映成趣，显示了作家书法独立的艺术特质，与职业书法家每每抄写古典诗词形成了反差。尤其是，作家书法中的文字具有的文学性，也提升了书画艺术的美学层次。

作家书画作为独立的艺术类型，也是中国现代美术完善与发展的需要。长期以来，中国职业书画一直未能走出西方文化引领的怪圈，文化主体性难以建立，其艺术身份是可疑的。纵观 20 世纪中国书画艺术史，可见无处不在的欧美艺术思潮的背影。随着中国经济文化发展，迫切需要具有中国文化主体性与本土意识、世界眼光的书画艺术。在职业化的书画艺术中，学院化、专业化的艺术教育使书画艺术家的文化素养相对匮乏，书画创作缺少人的主体精神与修养的充分观照。如果能够将作家书画作为一个独立的艺术类型来审视，而不是将其作为职业书画眼中的另类来鄙视，则无疑对中国书画艺术面向世界的本土创造与发展是有利的。

二　作家书画的传统面向

在现代文化中，艺术被分割为不同的空间，相互独立、互不串门，各门类艺术自足发展，但也忽视了人类学意义上整体性的人的主体地位。作家书画中，文学与书法、绘画形成了现代与传统、民间共同交织互动的文化现象。文学、书法、绘画互为他者，显示了艺术关联中的意义重构，使作家书画的文化阐释有了更为丰沛的价值和意义。当然，以单一的文学、书法、绘画视角来审视，会使各自艺术自律内涵中的专业意义发生偏离，但这种偏离恰恰是作家书画的意义所在，显示了对"现代性"的某种反拨，突出了艺术背后人的主体性，以及文化艺术交互作用的真正意义。

从审美现代性、艺术媒介、表现内容等角度来看，每一个艺术门类都可以视为一种文化，"每一种文化就都有一个间性特质的问题，即在与他者相遇时或在与他者的交互作用中显出的特质。对与他者处于交互作用之文化的论说就要紧紧看向这个间性特质，否则，只是单一地指向参与其中之各文化要素，充其量只能满足一般认知旨趣，而无法真正切入现实发生的文化事件，因而，唯有这个间性特质标识了不同文化交互作用的真正实际。"①

作家书画有其产生的现代语境，这一语境有两种资源，其一是中国古代文人书画传统，其二是西方现代文化艺术。古代文人书画传统是现代中国作家介入书画的审美归属，这种归属是隐形存在的。就是说，即便是一些作家宣称反中国传统文化，要与传统文化断裂，在根源深处，他们的文化血液是无法完全更换的。譬如 20 世纪初，新文化运动领袖陈独秀、李大钊、鲁迅、周作人等，其抨击传统文化所依据的思想资源是西方现代文化，但实质上，他们所操持的毛笔以及毛笔文化所传递的传统文化是隐形存在的，这种存在根源于魏晋文化，根源于明朝性灵文化。因此，文人书画资源与传统是现代作家的一种隐形文化血液，西方现代文化艺术思潮则是现代中国作家表原性的文化武器，这一文化武器是现代中国作家对 20 世纪中国发展变革思考的主要道具，尽管有一些作家运用这一武器戳穿了自己的文化皮肤，但实质上，他们仍然难以更替源自于历史的中国传统文化血液，反而通过这一武器获得了自身独特的文化归属，那就是鲁迅所说的"拿来主义"，使中国传统文化获得了现代新生。

现代中国"作家书画"可依据作家类型与书画作品类型分为几类。从作家角度讲，京派作家代表周作人、沈从文及其一脉相承的汪曾祺等可归为一类，其作品具有强烈的精英文化意识。左翼作家茅盾、郭沫若等可为一类，其作品有较强的现实性、精英性，文化意识相对较弱。按照书画作品类型划分，具有独创性的自觉的书法意识的作家有茅盾、鲁迅、贾平凹等，其作品具有融会传统与现代的新创造。有些作家则因个人情怀遣情怡

---

① 王才勇：《文化间性问题论要》，《江西社会科学》2007 年第 4 期。

性，作品文化价值不太高，作品多是模仿性质。就书画作品的艺术情调来看，汪曾祺、贾平凹、王祥夫的绘画作品可独为一类，其绘画中有叙事，题画文字简明扼要，传递了画面的文化意味。

20世纪中国书法与绘画遭遇了大致相同的文化冲击。尤其是中国书法，在钢笔书写代替毛笔书写、电脑键盘代替纸笔书写的双重冲击中，其传播、教育、传承均很难回归中国古代毛笔书写的文化环境。传统文人画则随着西式绘画技法及其教育的普及日渐衰落，美术专业发展使大多数文人远离了书画艺术。在此情况下，一部分作家为什么还选择书法绘画，当然，书法因易于操笔、随意性较大的特点而多被作家选择，那么选择专业性较强的绘画则不能不说是中国作家心底深处对文人文化传统的渴求与回归。

三　作家书画的文化意义

"超越中国知识分子早已习惯的那种中国/西方、传统/现代的二分法，更多地关注现代社会实践中的那些制度创新的因素，关注民间社会的再生能力，进而重新检讨中国寻求现代性的历史条件和方式，将中国问题置于全球化的历史视野中考虑，却是迫切的理论课题。"[1] 对作家书画进行本土化的类型处理是重视中国本土文化的再生性，也是寻求中国式的艺术审美现代性的一种处理方式，这种处理是在全球化的艺术境况中突出了中国文化的本土因素。

部分艺术概念的无法界定是因为艺术的可扩展及其无所不在、无时不有的创新性。不断变化和新颖的创造使艺术的内容、形式不断交替更新。但是中国书画艺术传统"会认为不变比变化更有价值"，这一传统"会因为他更接近于先已存在的传统范式而获得更高的评价，而不是因为他的革新"，"艺术不会为了被认为是艺术而被要求具有原创性"[2]。这样来看，中国文人书画传统即是艺术的另一传统：不变比变或许更有价值。有意义的不变价值是现代艺术哲学的一个例外显现，或者说挑战了现代西方艺术

---

[1] 汪晖：《现代中国的思想状况与现代性问题》，《文艺争鸣》1998年第6期。

[2] ［美］诺埃尔·卡罗尔：《今日艺术理论》，殷曼楟、郑从容译，南京大学出版社2010年版，第5页。

哲学。同时，在中国传统文化现代性发展演进中，通过中西两种艺术传统的碰撞，也推动和促进了本土艺术应变调整机制的形成。这一机制表明，中国传统文人书画所对应的生命哲学和文化哲学代表了人类文化的内转趋向和最终的心灵归宿，这是一切艺术所不改变的"人"所起的根本作用。由此来看，现代艺术的边界不断扩展，文人书画就应愈益凸显其价值，它以不变应万变，以对人的内心的不断发现和批判适应时代变革与人心的变化，这显示出作家书画作为一种"去艺术化"的艺术类型在当代社会应对西方艺术哲学影响的独立价值和意义。

20 世纪以来，对艺术的界定和表述上，中西方理论界始终无法达成共识。我们是否还有必要去界定艺术的概念，尤其是对传统书法与绘画这种立身中国文化与生活情境中的艺术，它们是否具有西方意义上的"艺术特质"。如果不追随西方，把一种沿袭或承载了中国上千年文化传统的文人书法绘画当作中国文化的"特有文化物"来看，是否可以更为深刻贴切地阐释其本源，对此应有肯定的回答。

在职业美术家看来，作家书画很难也不应获得职业美术所拥有的艺术地位，作家的主业显然应是以语言表达与书写为主的文学，作家不应成为现代意义上的"书画家"。在当下文化艺术环境中，或是在某些艺术概念中，作家书画或者根本就不是"艺术品"，作家也不应成为现代艺术意义上的职业书画家。既然如此，作家书画作为一种不是"艺术"的"去艺术化"的艺术类型存在于 20 世纪中国社会与文化中，这样的艺术所具有的价值和意义便值得肯定。传统书法与绘画对于 20 世纪中国作家而言，属于意外之物，在偶然而又必然的文化时空中，书画成为与文学创作互相启发、映照、阐释的中国式的"艺术品"。

将作家书画视为一个独立的艺术类型，应该是中国文化在全球视野中展现文化特殊性的标志，也可以认为是中国文化向传统回溯与现代延伸的一个事件。作家书画通过类型独立，重新打通了文学、书法、绘画，是整体意义上的人的实践产物，也是中国士大夫、文人书画传统的现代回归。尤其是，书画艺术活动为中国作家文学创造外的日常生活艺术拓展提供了一种途径，也消解了作家日常生活的平庸性，为作家形式审美提供了新渠道，这或将以隐含内在的方式回馈到作家的文学创作中。20 世纪中国书写文化及传统绘画受到的冲击可以说是当代作家书画进行日常生活创作的新契机。书写文化的断裂表面上是从事文字书写的作家与笔墨书写的割裂，但文学书写中对人与世界的感悟没有断裂，对真善美的传承与体验没有断裂，传统文人书画在文字中抒情达性的血源没有完全断裂。因此，当代作家书画中的中国传统文化意识应该有现代创造契机存在。

第二节　现当代作家绘画观及文学关联

　　文学与绘画关涉文字与图像两种不同的认识符码系统，在中国古代"诗书画"相通的文化语境中，文学与绘画认识符码系统在传统文化精神上具有可通约性，因此 20 世纪中国不少作家以传统绘画①方式介入美术，并就绘画提出了独到见解，丰子恺、汪曾祺、贾平凹就是其中典型。丰子恺对中西绘画有着甚为清醒的认知，在专业立场下，他认识到中国绘画的文学性因素，也反过来注意到文学的绘画因素，由此将诗意融入漫画创作，是文学与绘画融会的现代典范。受父亲影响，汪曾祺自幼开始对绘画产生兴趣，其后一直钟爱绘画，其绘画题材多为传统花鸟，写意性较强，线条与画面布局自由适意，同时又以绘画思维进行文学叙事，形成了写意性的现代小说风格，就绘画提出了一系列与文学相关的观点。贾平凹成长、生活于当代社会，尽管传统书画艺术受到较多冲击影响，但贾平凹大胆创造，以独到笔墨进行绘画创作，也从个人视角对绘画表述了诸多观点，其绘画思想的内在肌理与文学精神有潜在的同一性，他以视觉审美思维对文学语言作了基于审美共通上的文化补充，因此其绘画与小说创作也有内在关联。丰子恺、汪曾祺、贾平凹三人的文学绘画关联论述表明中国传统绘画艺术之于现代文学的新意义。

一　丰子恺的绘画艺术观

　　丰子恺（1898—1975）"七岁入塾即擅长丹青。课余常摹古人笔意，

---

① 20 世纪中国作家多乐意选择中国传统绘画作为文学创作之余的爱好，这既与中国绘画在审美形式上接续了古典文化精神有关，也与中国绘画工具简单、创作条件限制较少、易上手的特征有关。

写人物花鸟之图，以为游戏"①，"古人笔意""人物花鸟"是丰子恺与传统绘画接触的第一步，由传统绘画的感性体验形成了初步的美术兴趣，也是其一生文学与绘画创作的底色。丰子恺 1914 年入浙江省立第一师范学校，受李叔同影响，开始了相对专业的中西绘画学习；1919 年从浙一师毕业，参与创办上海艺术专科师范学校，任图画教员；1921 年前往日本游学，"窥见了西洋美术的面影，看到了日本美术界的现状，而对竹久梦二和路谷虹儿的画风尤为钦慕——为未来的艺术家奠定了事业的基础"②。

中西绘画间的游历、浸淫、学习，使丰子恺对中西绘画技巧、表现等有了丰富认知，为丰子恺漫画创作拓宽了视野，奠定了基础，也使其认识到，中西绘画很难说有高下区别，他们只是属于不同文化思想体系而已。丰子恺认为，西方绘画便于学习，写实而取法自然，中国画有诗意，容易表达自我。③ 在中西绘画比较中，丰子恺坚持了文化平等的思想立场，同时又强化了中国绘画传统，提出了中西画法融合的现代美术思想。通过中西绘画比较，在中西画法感悟与认知基础上，丰子恺对绘画与文学关系进行了系统梳理，以文学的诗意介入绘画，为绘画创作提供了文学入口，形成了文学、绘画互动融会的漫画艺术创造，并专门撰写了著作《绘画与文学》④，条分缕析地对文学与中西绘画间的关系进行了梳理，透射出中西绘画贯通的美术家的锐利眼光。也由于丰子恺"对文学，兴趣特别浓厚"⑤，其美术视野融会了中国传统诗歌与现代文学的学养，因而其文学与绘画的关联论述系统而深入。

在首篇《文学中的远近法》中，丰子恺以西方绘画"远近法"⑥ 来观

① 丰子恺：《学画回忆》，李辉主编《丰子恺自述》，大象出版社 2003 年版，第 54 页。
② 潘文彦、胡治均、丰陈宝等：《丰子恺传》（一），《新文学史料》1980 年第 2 期。
③ 张斌：《丰子恺绘画中的诗意》（下），《荣宝斋》2008 年第 6 期。
④ 丰子恺的《绘画与文学》于 1934 年 5 月由上海开明书店出版，该书共分五篇，分别为：《文学中的远近法》《文学的写生》《绘画与文学》《中国画与远近法》《中国美术的优胜》。五篇结集出版前曾在《中学生》《文学》杂志发表。
⑤ 丰子恺：《我的苦学经验》，李辉主编《丰子恺自述》，大象出版社 2003 年版，第 86 页。
⑥ 远近法在中西绘画中有不同表现，西方绘画为焦点透视，其远近与形体结合起来，远方物体小，近处物体大，这是西方绘画显示其写实性的主要手法。中国绘画为散点透视，不追求形似，绘画中所用的远近法为平远、高远、深远等"三远法"，在形体表现上不具有透视效果，远处的物体也可能大，近处物体也会小，取决于创作者的心绪。中西绘画在远近法上的区别显示出两种不同的审视世界方式，也是不同文化精神的体现，宗白华《美学散步》对此有深刻解读。丰子恺主要以中国绘画视野解读文学中的"远近法"。

图 5 - 2　丰子恺画作

照中国古代写景诗词，他认为"画家与诗人，对于自然的观照态度，是根本相同的，不过画家用形状色彩描写，诗人用言语描写"，因此"风景画与写景诗，在内容上是同样的艺术品"，所以"绘画中有远近法，文学中也有远近法"①。文学远近法的要点在于古代诗人将风景平面化，通过平面

---

① 丰子恺：《绘画与文学》，《丰子恺文集》第 2 卷，浙江文艺出版社、浙江教育出版社 1990 年版，第 459—460 页。

化处理，古代诗人的诗意境界因而开阔与宏大。丰子恺以美术专业眼光观照文学，具有相当的说服力，为认识古代诗歌提供了新视角，由此构建了文学与绘画的关联基点。通过文学远近法，丰子恺提出文学创作主体的自然观照问题，也就是"文学的写生"。在第二篇《文学的写生》中，丰子恺认为，"文人对于自然的观察，不外取两种态度，即有情化的观察与印象的观察。——这与画家的观察态度完全相同"[1]。有情化的观察就是西方美学家所说的"感情移入"，也是中国画论中的"迁想"，文学在形态、色彩等印象描写中与画家大致相同，但文学语言"只能描写色彩的大体印象，即非夸大不可"[2]。总体上，"文学的写景与绘画的写生取同样的方法"[3]，因此"东洋画与近代西洋画，皆与文学有缘，由此可知文学的自然观，富有艺术的意味。中国的绘画与文学，一向根基于同样的自然观"[4]。以西方现代美术"写生"观念介入中国文学，丰子恺发现了绘画与文学在自然观上的基本关联。

在第三篇《绘画与文学》中，丰子恺对日本画家竹久梦二作品进行分析，指出该画感人的原因在于其"兼有绘画的效果与文学的效果的原故"，是"用形象来代替了文字而作诗"[5]。从绘画题材、标题与文学关联视角，丰子恺将绘画区分为"纯粹的绘画"与"文学的绘画"，指出西方近代绘画多是"纯粹的绘画"，中国绘画多是"文学的绘画"。对于观赏者而言，"纯粹的绘画"多限于美术专业人士，专业性较强，与一般大众审美距离较疏远，"文学的绘画"则相对接近一般大众的审美期待。由于"文学所用的表现工具是言语，言语是人人天天用惯的东西，无须另行从头学习，入门的初步是现成的"，因此"文学是最易大众化的艺术"[6]。丰子恺感受到文学对于绘画等其他艺术的价值，进而提出艺术普及的途径之一是适当的文学化，提倡在绘画中加入文学意味，这也是其漫画具有文学意味的原因。在《中国画与远近法》《中国美术的优胜》两篇文章中，丰子恺指

---

① 丰子恺：《绘画与文学》，《丰子恺文集》第 2 卷，浙江文艺出版社、浙江教育出版社 1990 年版，第 470 页。
② 同上书，第 480 页。
③ 同上书，第 476—477 页。
④ 同上书，第 485 页。
⑤ 同上书，第 490—491 页。
⑥ 同上书，第 495 页。

出，中国画不合西方绘画的远近法，作画时喜用诗，这正是中国绘画的特质，是中国画具有诗意的原因，所以"绘画与文学关系如此其深，——文学中有画趣，画中有诗趣。这是综合式的东洋艺术的特性，为分业式的西洋艺术中所没有的"①。最后，在对西方近代绘画取法中国、西方近代美学与中国古代画论相通的分析中指出中国美术的优胜，也可以说是中国绘画具有诗意的文学性的优胜。

丰子恺还从其他角度对文学与绘画的关联性进行了阐发。丰子恺认识到绘画与文学欣赏的差异，认为"画与文性质各异：看画不必费时，不必费力，一秒钟即可看出画的大意；——读文就没有这么便当，一篇文章大意如何？思想如何？非从头至尾通读一遍不能知道"②。这主要由于"文学也是属于听觉艺术的。文学中的诗歌，注重音调，含有音乐的分子，就更显明是听觉艺术"。所以丰子恺提出，"绘画中加些文学的趣味（例如中国画，漫画等），容易得人理解。反之，视觉艺术比听觉艺术有力。因为具体的形状色彩，不易消灭，给人很深刻的印象。不像音乐文学的听过后即消失，须得重听才能再见"③。丰子恺从艺术鉴赏角度再次指出了文学与绘画结合的意义所在。

丰子恺绘画与文学相关联的思想的发生原点是其认为"无论何种艺术，创作的心理都出于同一的根源。只因发表手段的不同"④，绘画关键在于"希望画中含有意义——人生情味或社会问题"。丰子恺文学修养深厚，散文创作风格独特，其画作并不拘泥于形式审美，而是渗透着文学意识，希望绘画能有"人生情味"或"社会问题"，也即文学性。丰子恺"希望一幅画可以看看，又可以想想——企图用形状色彩来代替了语言文学而作文"⑤。他还认为"文艺之事，无论绘画，无论文学，无论音乐，都要与生活相关联，都要是生活的反映，都要具有艺术的形式，表现的技巧，与最

① 丰子恺：《绘画与文学》，《丰子恺文集》第 2 卷，浙江文艺出版社、浙江教育出版社 1990 年版，第 511 页。
② 同上书，第 187 页。
③ 丰子恺：《艺术修养基础》，《丰子恺文集》第 4 卷，浙江文艺出版社、浙江教育出版社 1990 年版，第 83 页。
④ 丰子恺：《艺术的创作与鉴赏》，《丰子恺文集》第 1 卷，浙江文艺出版社、浙江教育出版社 1990 年版，第 17—19 页。
⑤ 丰子恺：《我的苦学经验》，李辉主编《丰子恺自述》，大象出版社 2003 年版，第 86 页。

图 5 - 3　丰子恺画作

重要的思想感情。艺术缺乏了这一点，就都变成机械的，无聊的雕虫小技"①。生活是文学、艺术的源泉，是文学与绘画乃至其他艺术门类勾连相通的纽带。丰子恺重视艺术创造中人的主体性发挥，以主体性突出艺术审美的社会意义，这是绘画具有文学性的重要理由。尽管重视绘画的文学性因素，但丰子恺也对绘画艺术的审美独立性做了有限度的思考，他认为"绘画中羼入他物，须有个限度。拿绘画来作政治记载，宗教宣传，主义

---

① 丰子恺：《版画与儿童画》，《丰子恺文集》第 3 卷，浙江文艺出版社、浙江教育出版社 1990 年版，第 370—371 页。

鼓吹的手段，使绘画为政治、宗教、主义的奴隶，而不成为艺术，自然可恶"，他又说"然因此而绝对杜绝事象的描写，而使绘画变成像印象派作品的感觉的游戏，作品变成漆匠司务的作裙，也太煞风景了"①，审慎的绘画艺术限度是丰子恺绘画、文学平衡并确认各自专业性的要点，他既排斥载道，也排斥抽象表现主义，而是折中和谐，也因此，丰子恺的绘画具有了丰富的文学解读价值。

在绘画与文学的关联阐释中，丰子恺立足中西美术专业视角，提出文学性或文学化对于现代绘画发展的意义，其观点既在美术专业范围内，又能出于美术专业之外，探触到 20 世纪中国文学创作意识的深处，这是丰子漫画创作的指导方向，也是其漫画、散文同时具有较大影响的主要原因，如叶圣陶所说，丰子恺"散文的风格跟他的漫画十分相似，或者竟可以说是同一的事物，只是表现的方式不同罢了"②。

二　汪曾祺的传统绘画观

汪曾祺（1920—1997）画画"没有真正的师承"③。他的"父亲是画家，年轻时画过工笔画。中年后画写意花卉"④。父亲作画时，汪曾祺"爱在旁边看，给他抻抻纸"。家中画册，汪曾祺"没事时就翻来覆去一本一本地看"⑤。他觉得"徐青藤，陈白阳及石涛画，乃大好之"⑥，汪曾祺自认其绘画师承的就是这几家。从小学到中学，汪曾祺都以善绘画而闻名⑦，放学回家路上，只要有可以看的画，汪曾祺"都要走过去看看"⑧。可见汪曾祺绘画的家学渊源及苏北小城的文化滋养因素。汪曾祺绘画既有父亲等传统绘画师承，也有民间趣味之上文人书写的适意性，适意性是汪曾祺绘画与文学创作的主要基点，也是其文学与绘画关联观的纽带。

---

① 丰子恺：《中国画的特色——画中有诗》，《丰子恺文集》第 1 卷，浙江文艺出版社、浙江教育出版社 1990 年版，第 38 页。

② 叶圣陶：《序》，《丰子恺文集》第 1 卷，浙江文艺出版社、浙江教育出版社 1990 年版。

③ 汪曾祺：《自得其乐》，《汪曾祺全集》第 5 卷，北京师范大学出版社 1998 年版，第 280 页。

④ 汪曾祺：《文章杂事》，《汪曾祺全集》第 6 卷，北京师范大学出版社 1998 年版，第 85 页。

⑤ 同上。

⑥ 同上。

⑦ 同上书，第 197 页。

⑧ 汪曾祺：《看画》，《汪曾祺全集》第 6 卷，北京师范大学出版社 1998 年版，第 55 页。

汪曾祺认为画中有诗、诗中有画是中国文学的一个悠久传统，所以中国有许多画家也是诗人，诗人也是画家。① 汪曾祺认为自己的小说是"有画意的小说"，这种"画意"就是"希望在小说里创造一种意境"②，由于注重意境营造，因此多"不大重视故事情节"③。在汪曾祺看来，小说创作如同写意绘画，应注意留白。留白是中国传统写意绘画手法，形体只占画面一小部分，其余地方常留出一定的宣纸空白，空间布局富于意蕴，而非西方绘画，笔墨布满画面。汪曾祺认为："不把画面画得满满的，总是留出大量的空白——让读画的人可以自己去想象，去思索，去补充。一个小说家，不应把自己知道的生活全部告诉读者，只能告诉读者一小部分，其余的让读者去想象，去思索，去补充，去完成。"④ 小说故事情节应如写意绘画，呈现的只是点滴，剩下的由阅读者与小说家共同完成。所以汪曾祺小说在文字表达、情节故事等方面就如写意绘画，"把画里的留白用到了小说里来了"⑤，小说留白映照出传统文化精神的丰厚韵味，汪曾祺强调，"短篇小说越来越讲究留白，像绘画一样，空白的艺术"⑥。

汪曾祺的文学留白观显然受中国传统写意绘画启发，将留白写意进行了文学转化，其短篇小说创作上十分注意留白，并提出了现代短篇小说创作新的理论命题。汪曾祺较为珍爱中国写意画，他说："我也爱看金碧山水和工笔重彩人物，但我画不来，我的调色盘里只有墨，从渴墨焦墨到浅得像清水一样的淡墨，我的小说逸笔草草，不求形似。"⑦ "金碧山水和工笔重彩人物"如同油画，画面色彩鲜明强烈，回味余地相对较小。汪曾祺不认同金碧山水和工笔重彩人物，而青睐层次丰富的淡墨、逸笔草草的写意画，并将之与小说创作相类比，认为"散文化小说的人像要求神似，轻

① 汪曾祺在演讲中提及中国传统文化中诗人与画家、诗歌与绘画互相交替的现象，这一现象其他研究者也有较多论述，汪曾祺以此为基点提出了自己的看法，从现代小说意义上做了更有价值的生发。见汪曾祺《美国家书　七》，《汪曾祺全集》第 8 卷，北京师范大学出版社 1998 年版，第 111 页。

② 汪曾祺：《美国家书　七》，《汪曾祺全集》第 8 卷，北京师范大学出版社 1998 年版，第 111 页。

③ 同上。

④ 同上。

⑤ 汪曾祺：《作为抒情诗的散文化小说》，《汪曾祺全集》第 8 卷，北京师范大学出版社 1998 年版，第 69 页。

⑥ 同上书，第 82 页。

⑦ 同上书，第 77 页。

轻几笔，神完气足"①，仔细探究，汪曾祺的小说在结构、描写等方面正如同一幅写意绘画，也是逸笔草草，不求形似，但神韵十足。

图 5 - 4　汪曾祺画作

　　文学留白与绘画艺术的沟通交集点在哪里？汪曾祺对此有所阐发，他说："泰戈尔告诉罗曼·罗兰他要学画了，他觉得有些东西文字表达不出来，只有颜色线条胜任——我们设想将来有一种新艺术，能够包容一切，但不复制一切本来形象。又与电影全然不同的，那东西的名字是短篇小说。"② 汪曾祺希望短篇小说可以具有线条颜色等形式创造功能，以此包容多种艺术。"真正的小说家也是，不是为写那件事，他只是写小说"③，在无目的性中凸显小说审美意味，也与传统绘画写意精神相通。汪曾祺以绘画形式

---

① 同上书，第 79 页。
② 汪曾祺：《短篇小说的本质》，《汪曾祺全集》第 6 卷，北京师范大学出版社 1998 年版，第 29 页。
③ 同上书，第 30 页。

美类比，认为小说也应注重形式意境营造，而非情节主题书写。因此汪曾祺认为绘画是"遣兴而已"，"可以在画上题诗，可寄一时意兴，抒感慨，也可以发一点牢骚"。① 绘画成为作家遣情怡性的工具，汪曾祺便"始终认为用笔、墨、颜色来抒写胸怀，更为直接，也更快乐"②。抒写胸怀是诗歌创作的主要目的，也是诗歌抒情的基本理由，汪曾祺将绘画与个人抒情表意进行关联，将绘画作为抒写个人情感的工具，赋予绘画以诗歌性，又与他的小说观相沟通，他说，"小说之离不开诗，更是昭然若揭的——一个真正的小说家的气质也是一个诗人。"③ 他认为短篇小说"是一种思索方式，一种情感形态，是人类智慧的一种模样"④。联系汪曾祺"抒写胸怀"的绘画观可以看出，在汪曾祺观念中，绘画和小说一样，都是一种思索方式，一种情感状态，不同的只是"更为直接"和"更快乐"而已。所以，连接小说和绘画的共同纽带就是"诗"，诗意是小说艺术留白的价值所在。

汪曾祺还将中国画的线条艺术与小说语言进行了类比，他认为："中国现代小说的语言和中国画，特别是唐宋以后文人画的关系是非常密切的。中国文人画是写意的。现代中国小说也是写意的多。文人画讲究'笔墨情趣'，就是说'笔墨'本身是目的，物象是次要的。"⑤ 讲究笔墨情趣是文人写意画对线条载体功能的强调，汪曾祺认为与写意画重视笔墨一样，语言是小说的载体，应该在语言情趣中抵达小说表达的意境，或者说，语言就是小说的目的。对语言锤炼的方式，汪曾祺认为如同画家一样，"作画须由生入熟，再由熟入生。语言写到'生'时，才会有味。语言要流畅，但不能'熟'"⑥，所以，"现代小说的语言往往超出现象，进入哲理，对生活作高度的概括"⑦。

尽管将绘画与小说创作进行了对比阐释，但汪曾祺对绘画与小说艺术有着清醒区别，他认为"文学和绘画永远不能等同"，绘画与小说应该在不同的环

---

① 汪曾祺：《自得其乐》，《汪曾祺全集》第 5 卷，北京师范大学出版社 1998 年版，第 282 页。

② 汪曾祺：《两栖杂述》，《汪曾祺全集》第 6 卷，北京师范大学出版社 1998 年版，第 197 页。

③ 汪曾祺：《短篇小说的本质》，《汪曾祺全集》第 6 卷，北京师范大学出版社 1998 年版，第 28—29 页。

④ 同上书，第 31 页。

⑤ 汪曾祺：《关于小说的语言（札记）》，《汪曾祺全集》第 4 卷，北京师范大学出版社 1998 年版，第 15 页。

⑥ 同上书，第 11 页。

⑦ 同上书，第 15 页。

境下承担不同的功能，对不同的表达对象应使用不同的艺术形式，如他认为"桂林'宜画不宜诗'，文字是靠感觉的，起的作用不一样，各有所长，各有所短"①。这也是文学美术交叉中对不同艺术类型的深刻感受及自觉区隔。

三　贾平凹的诗性绘画观

贾平凹（1952—）出生于陕西南部农村，美术启悟从"文化大革命"时期在水库建设工地办黑板报、油印小报开始，他在板报上"画题头尾花，油印小报的蜡板纸上他用铁笔刻划工地人物，一片竹叶，一株野菊，一袅儿炊烟"②，这"既是他操练文字的最初园地，也可视作会心书法绘画之滥觞"③。1972 年因办板报工作出色，被推荐上大学，毕业后到出版社做编辑，"读书作文之余，兴致尚好，就题诗作画。画多是钢笔画，偶有铅笔和水墨"④。20 世纪 70 年代中期的贾平凹画作还被保存了下来，并刻印流传。⑤ 由此开始，贾平凹和西安书画知名人士往来渐多，绘画技巧日益成熟，作品逐渐受到社会关注，先后"出版个人书画集十二种"，"光'精选'就有'千幅'之多；流向民间的更是不计其数——这二三十年来，前来他家索买求画求字者络绎不绝，已成社会和文坛神话"⑥。可见贾平凹书画创作数量之多，与专业画家相比也毫不逊色；其书画影响之大，应该成为值得探究的文化现象。作为创作了大量文学作品、在海内外均有影响的当代著名作家，贾平凹绘画的形式语言也有风格，他通过绘画创作感受到了个性化的水墨审美，并在绘画形式审美体验中，提出了绘画与文学相关联的部分观点。

关于什么是绘画，贾平凹认为"绘画在没有成为一种专门技艺的时

① 汪曾祺：《作为抒情诗的散文化小说》，《汪曾祺全集》第 8 卷，北京师范大学出版社 1998 年版，第 81 页。
② 孙见喜：《在线条与色块之间——贾平凹初学书画二三事》，《贾平凹书画艺术论》，陕西旅游出版社 2001 年版，第 8 页。
③ 李廷华：《斯人籍此以养趣——漫议贾平凹书法》，《中国书法》1997 年第 3 期。
④ 孙见喜：《在线条与色块之间——贾平凹初学书画二三事》，《贾平凹书画艺术论》，陕西旅游出版社 2001 年版，第 9 页。
⑤ 贾平凹书画艺术创作早在 20 世纪 80 年代即受到关注，"大约在 1980 年的时候，陕西咸阳人王炬刻印一部《平凹书画集》，据说都是他随手丢弃的玩意儿，但被有心的王炬收拢来翻印成书"，1986 年西安的书画店经理注意到贾平凹书画的艺术价值，曾要与其签订合同收购其书画。详见孙见喜《鬼才贾平凹》，北岳文艺出版社 1994 年版，第 279 页。
⑥ 程光炜：《贾平凹与琴棋书画》，《当代文坛》2013 年第 2 期。

候，是一种记忆的复制"①，在艺术起源上确认了绘画的模仿性。贾平凹说，"诗要流露出来，可以用分行的文字符号，当然也可以用不分行的线条的符号，这就是书，就是画"②，他认为绘画是诗的另一种表达方式，透露出诗意的线条符号便是绘画，贾平凹以文学方式提出了诗性绘画观。因此他认为"诗书画"应"是我眼中的，心中的"，"是在造我心中的境，借其境抒我的意"③。在贾平凹的绘画观中，诗性是第一位的，应借此表达个人心境与情意，所以绘画的核心特质是诗。

图 5 - 5 贾平凹画作

① 贾平凹：《十幅儿童画》，《朋友：贾平凹写人散文选》，重庆出版社 2005 年版，第 195 页。
② 贾平凹：《我的诗书画》，马河声主编《贾平凹书画艺术论》，陕西旅游出版社 2001 年版，第 165 页。
③ 同上。

贾平凹绘画的诗性观表达并未取消绘画与文学的形式区隔，他认为："诗书就是诗书，字画就是字画，它们各自独立，不能代替。我涂的那些鸦，只是生活有点感悟，心中有些闷郁，用文章又无法做出，便来写字画画了。"① 绘画具有独立的艺术形式价值，可以记录作家感悟，驱散语言无法表达的闷郁，因此绘画对贾平凹乃至其他作家的意义在于弥补文学表达的不足，绘画与文学具有互补性，对作家具有遣情怡性的意义。除了心性表达与遣情怡性外，在贾平凹看来，"文学和绘画是相互独立的艺术，各自有各自构成语言，绘画没有可视形式的构成而只传达一种意念，那只是一种宣传而还不是艺术"②，贾平凹强调了绘画形式构成的独立性，也是艺术性所在，因此不能也不应与文学混淆，体现出贾平凹多年浸淫绘画的形式自觉。对绘画形式感的深刻体悟，也使其认识到绘画形式表达的不足，他认为："世上的艺术大而化之讲境界相通，但毕竟相互独立，文人作画，多在画面上写话，是画难以达意的可怜。"③

对美术技法问题，贾平凹认为"现在好多画家吧他都是技巧型的，他里边没有东西，都是就事论事画些东西"④。贾平凹批评职业美术家过于重视技巧，并非他不重视技巧，而是他认为，在技法之外，画家应该认识到："在掌握了一定的技法之后，艺术的高低优劣深浅厚薄，全然取决于作者的修养。人道与艺道往往是一统的，妙微而精深。"⑤ 他认为"书画家对于笔下的书法和画都以娴熟的技巧，都以精神构形，似妙作之妙出"⑥。他指出"无所谓什么题材，一切都是灵性之载体"，"画风在某种程度上讲实在是一种情操的显现"⑦。在基本艺术技巧外，创作者的精神状态就成为艺术价值构成的主要因素，这是贾平凹以文学的视界在审视绘画。贾平凹提出的个人修养、人道与精神构形等，接续了中国古代画论传统，也是中国古代文人画意识的当代表现，归结到一点，则是对职业美术界各种忽视人文修养、消费主义甚嚣尘上的锐利批评。

---

① 贾平凹：《涂鸦》，《菩提与海枣》，中国戏剧出版社 1999 年版，第 105 页。
② 贾平凹：《〈侯志强画集〉序》，《朋友：贾平凹写人散文选》，重庆出版社 2005 年版，第 98 页。
③ 贾平凹：《释画（六篇）》，《朋友：贾平凹写人散文选》，重庆出版社 2005 年版，第 135 页。
④ 贾平凹：《自序》，《贾平凹书画集》，陕西人民美术出版社 1998 年版。
⑤ 贾平凹：《读画随感》，《菩提与海枣》，中国戏剧出版社 1999 年版，第 156 页。
⑥ 贾平凹：《笔墨丹青绘豪气——王艺书画作品赏析》，《中国西部》2007 年第 Z5 期。
⑦ 贾平凹：《张之光画集序》，《朋友：贾平凹写人散文选》，重庆出版社 2005 年版，第 55 页。

在论述有关绘画时，贾平凹多以文学视角来看绘画，有时还将文学与绘画进行对比论述。如他认为："作文不能就事论事，作画亦不能就物论物——古人以人品进入大画境之说，实则也是多与社会接近，多与自然接近，多与哲学接近，通贯人生宇宙之道，那么就有自己的思想，自己的角度。大的艺术家要学技巧，但不是凭技巧成功，而是由他的形而上的意象的世界为体系的。"① 贾平凹从形而上高度审视了绘画"画境"，将文学、绘画乃至其他艺术形式进行了精神层面的共通表述，指出了艺术形而上的意象世界塑造问题。在此意义上，贾平凹提出了古代文人琴棋书画沟通的可能，他认为"一个文人，古时讲究琴棋书画，现在强调艺术素养，这仅是文人起码的要求——各个艺术门类相互影响而贯通，活得有趣罢了"②。琴棋书画的相互影响并贯通，是对中国传统文化的回归，即以文学与绘画精神融会来涵养画家与作家的性情，提升创造主体的文化艺术素养。

贾平凹论述绘画与文学关联的着眼点在诗性上，诗性表现是绘画创作主体艺术创造的目的，进而突出了绘画在贾平凹（也可扩展到其他作家）文学生活中的意义。在现代艺术职业化区隔下，作家从事绘画创作也具有了现代新价值。贾平凹强调了绘画与文学共通的艺术修养，表明文学也应从绘画接纳一定的精神资源或形式审美元素。相对而言，贾平凹忽视绘画艺术技巧，这也许与其没有接受绘画专业学习有关，又或与其独有的创造艺术胆量有关。对形而上意象世界追求的强调，体现出贾平凹文学艺术思想的高度，也正如他所承认的，对于批评界所说他的写作、书法、绘画"具有民间性、传统性、现代性"，他表示认同，并声称"确实是这么努力的，虽然做得还不到位。但写作永远是我的正事，兴趣所在，而书法、绘画纯是业余"③。这也体现出当代文化艺术发展中，"业余"所具有的当代文化价值。

四　绘画观的文学关联及意义

丰子恺、汪曾祺、贾平凹三位出生成长于不同时期的作家共同在文学

①　贾平凹：《三人画读感》，《朋友：贾平凹写人散文选》，重庆出版社 2005 年版，第 94 页。
②　贾平凹：《友人杨毓苏》，《朋友：贾平凹写人散文选》，重庆出版社 2005 年版，第 186 页。
③　贾平凹、黄平：《贾平凹与新时期文学三十年》，《南方文坛》2007 年第 6 期。

与绘画上有所创造，三人的文学、绘画成就在文学和美术界均有相当影响。现代中国文学发展变革一百年，其中"最值得我们珍视的就是它的文化创造追求和百折不挠的探索精神，这使它成为真正具有创造性的存在"①。这种值得珍视的创造性有诸多落脚点，其中文学与绘画艺术贯通的现代文化创造应该是一个重要体现，丰子恺、汪曾祺、贾平凹等不同时期文学家的美术创作、理念表述及其文学转化便是最好的说明。

丰子恺、汪曾祺、贾平凹的绘画文学关联观具有浓厚的中国传统文化意识，这种源自古代书画的传统意识及精神修养与作家文学书写形成了"一个互相支撑、互相制约的互动互补的动态性结构，并形成一种特有的张力"②。传统书画艺术形式传递出的古典文化精神及其审美意识等，涵养着丰子恺、汪曾祺、贾平凹的文学思考与创造，与丰子恺、汪曾祺、贾平凹所置身的剧烈变动的现代社会形成了反差。在传统与现代的文化反差中，中国绘画具有的传统文化精神以一种"抗衡的姿态，形成一种深在的制动效应"③，使作家的现代意识得以具有反身性，因而促进了作家文化心理的古今中西多重交叉，形成复合多元的艺术心理结构。丰子恺、汪曾祺、贾平凹三人的绘画文学关联论述，都内在地强调绘画艺术的文学性，这对于当下视觉文化或图像文化冲击下的文学危机④提供了新的审视路径。丰子恺、汪曾祺、贾平凹的文学性绘画具有丰富的解读意义，既有现实关怀，又强调形式创造，因此，他们以文学性灌注的绘画形式创造也可以说是 20 世纪中国文化的新创造。

审视丰子恺、汪曾祺、贾平凹的绘画文学关联观及其绘画与文学实践，我们的文学是否需要反思，当下文学的精神诉求、人文关怀是否还深刻地存在呢？在文学审美反思基础上，文学也可以自己的方式对消费性的视觉文化进行反击，或者将视觉文化中的图像进行丰子恺式的文学渗透，或许会是 21 世纪中国文学审美创造的另一种可能。反过来看，丰子恺、

---

① 李继凯等：《20 世纪中国文学的文化创造》，中国社会科学出版社 2009 年版，第 16 页。
② 同上书，第 488 页。
③ 同上。
④ 这是 21 世纪以来文艺学界讨论的重要学术问题之一，《文学评论》等重要期刊集中刊发了大量有关图像或视觉文化对于文学冲击的论文，周宪、赵宪章、赖大仁等许多学者于此有深刻阐述，其中赖大仁提出的文学性坚守与丰子恺有相通之处，详见赖大仁《图像化扩张与"文学性"坚守》，《文学评论》2005 年第 2 期。

汪曾祺、贾平凹的文学绘画有机关联论，指出了思想性、文学性、与现实生活的密切关联性等对于现代美术发展的意义，也可说为中国现代美术发展提供了新视野。可见，文学对中国现代美术发展具有值得珍惜的现代意义，传统书画对现代人文精神涵养也具有应该重视的文化价值。

第六章 书法文化与作家书法观

20世纪以来，在现代文化驱动下，毛笔书写逐渐向硬笔书写转化，并在20世纪末渐渐被键盘书写所取代，毛笔书写所承载的中国书法文化似乎遭遇了前所未有的危机，其显著特征是书法职业化所带来的过度"艺术化"问题，这在学院书法教育中特别明显，势必影响到书法文化的传承与发展。由此出发，我们需要重新审视书写行为背后的精神重建问题。尽管名人书法存在诸多弊端，但是当代作家的书法实践及其精神文化思考显示出多元意义。我们也有幸看到，拥有中国文化神秘艺术基因的书法始终保持着独立的汉字书写姿态，在当代文化艺术发展中呈现出非同一般的艺术特质。作为汉字书写主体的中国当代作家在其中充当着引领者的角色。中国当代作家以强烈的文学色彩、文人意识参与着书法文化艺术活动，并从不同视角阐发了对书法艺术的各种看法，提出了"精神构形""本分书写""以书体道"等具有人文精神色彩的书法观点。尽管出生于20世纪不同时期的作家在书法实践、书法观上存在细微差别，但相同的是，他们都充分认识到书法创作者精神文化修养和生命意识投入的重要性，显示出中国当代作家在书法艺术面向上独特的审美意识和文化主体性。

第一节 当代书法问题及其精神重建

随着现代化发展，书法逐渐成为一个独立的艺术门类，书法家逐渐职业化，职业书法艺术出现了过度艺术化的现象。在学院化、西方化、市场化多重语境中，职业书法家重视西方现代观念，或有时盲从于艺术市场，形成了当代"作为艺术的书法"与传统"作为文化的书法"发展道路的分歧。职业书法过度"艺术化",书法家主体情感宣泄受阻,传统文化精神支撑乏力,"去人性化"的艺术状态成为当代中国书法的主要症结,并直接影响了学院书法教育。学院书法教育的课程设置多与艺术有关,书法与文学、历史等专业课程相对隔离,影响了书法文化的未来发展,造成了书法文化精神一定程度上的断裂。如果要重建当代中国书法的文化精神,我们应该通过适度的"去艺术化",提倡心手达情的笔墨书写,再度"人性化",张扬书法家的主体意识与情感,发现书法之美与我们现实生活的关联,建构"作为文化的书法",实现书法艺术的民族精神传承与文化认同建构。

一 "艺术书法"与"文化书法"

审美现代性要求艺术自律,在各自艺术门类中形成独立的话语形式。受此影响,中国现代书法逐渐演化成职业化的艺术,这释放了书法家对形式感和形式观念的追寻,对书法形式的敏感使书法家对书法艺术本体认识愈益透彻,但也使中国书法遭遇了一种潜在的发展危机。各种危机中,书写方式的转变倒在其次,书法审美环境的转变也在其次,甚至书法文化群体的缩小都不重要,重要的是,对艺术形式感的过度追求形成了书法艺术发展"过度艺术化"的不良现象。西方现代艺术观念成为一股文化海啸,先是附着在书法创作形式上,后来逐渐吞噬了书法创作与审美传统,在一定程度上改变了当代书法文化精神,中国书法在一个独立的艺术门类下逐渐变得狭窄,进而造成了今日书法文化精神与传统的不同程度的断裂。

譬如,20世纪末叶的流行书风展,批评界一直不予认同,这里面其实是西化的问题。西方现代艺术有自己独立的发展轨道,经过了严格的发展程序,而流行书风在中国是横空出世。再有一些特立独行的"书法主义"者们,振振有词地申说从未临帖读碑,说古代书法理论都是遗患无穷的思想毒药,而西方艺术是拯救现代书法的灵丹妙药,应该按照西方现代传统重新定义中国书法。这样的说法当然有自己的话语场,在某些书法"艺术家"心目中,书法就是一门类似西方抽象主义绘画的线条艺术,线条涂抹形成"墨象",这些"墨象"是形式,也是内容,却与中国传统美学、与中国古典文化拉开了距离。我们不禁问询,这到底是西方抽象艺术,还是"中国书法"?

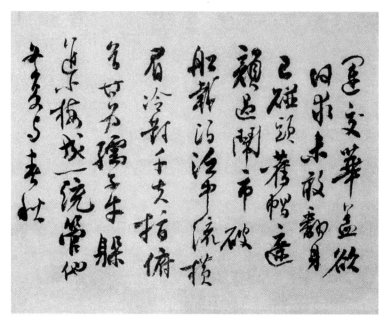

图 6-1　沈尹默书作

中国书法在 20 世纪 80 年代开始复兴，并演变成轰轰烈烈的群众运动，随之，日本现代书法思潮以及西方艺术理论从外到内悄悄改变了中国书法的生存与发展语境。"85 新潮"时期，一些艺术家尝试将汉字作为符号进行水墨画创作，谷文达、沈伟等便是始作俑者。20 世纪 90 年代，中国美术学院号称"与书法领域一无所知"的洛齐大笔一挥写就了《书法主义宣言》，并以"一大堆报纸、一把大排笔，用星光墨水在草坪上干完了 6 件作品"，其后 1995 年"中国书法主义展"喧嚣出世。① 中国书法逐渐异化出一个新物种，多成为中国书法家或艺术家在西方现代美术知识框架下对西方艺术观念的演绎，可以说是西方艺术思想的复制。这显然不叫中国书法，似乎应该叫"作为艺术的书法"。

中国书法的发展道路在 20 世纪 80 年代开始有了分歧，即"作为艺术的书法"与"作为文化的书法"的区别。"作为艺术的书法"是审美现代性的产物，审美现代性的宏大语境要求各艺术领域进行自律性的细分，书

---

① 　洛齐：《书法与当代艺术：世纪末的最后碰撞》，中国美术学院出版社 2001 年版，第 218 页。

法这样一个来自中国传统文化、与中国哲学思想有着割舍不断关系的文化艺术就这样逐渐独立出来，书法家也逐渐职业化。在这一过程中，中国书法古典形态的神圣性、严肃性日益消解，变成与我们的内心逐渐疏远的一门技术。在艺术逐渐市场化的大环境下，书法的文化离心力日益加重，艺术与市场的媾和使书法的"艺术消费性"艺术功能凸显出来，而"文化经典性"即文化功能则愈益消弭。书法的"艺术化"倾向成为书法生存与发展的主导潮流，书法和油画、艺术设计等一样，成为现代市场主导下的一个过度艺术化的艺术门类。

二　当代书法的艺术困境

我们不否认，在中国大规模启动现代化的初期，多数书法家曾极为迷恋这样一门与情感有关、心手相通的艺术，他们或曾于黑白中体味到某种生活乐趣，或曾浸淫于古碑名帖，或是师承名家，习染高标风骨，或是幼承家学，形成独特书风。早期书法家在其书法研修中，多形成了自己的书法意识和审美感觉。但到20世纪末，现代化、城市化风潮席卷中国，他们早年心手相应、情感所系的书法也被消费主义卷裹到市场大潮中。在日趋现代化的中国，凭借书写成名的书家很难摆脱社会与文化大环境下名利场的诱惑，于是，成为书法名家的他们开始借以写字为生，成为现代语境下的"艺术家"。现代书法家们的书写内容多是书本典籍中的诗词联语，或者各种与现实没有关联的文字。这样，在消费主义引导下，成名后的书法艺术家便走向与现实没有多大关联、书写内容没有任何指向的小众游戏，这样的艺术生活是较为典型的西方艺术生活。书法艺术家按照顾客需求订制书写文字，顾客以文字内容装点门面，书法艺术品或者成为收藏家金钱涨跌的控制工具，或是社会交往的某种通货。现代社会的书法收藏家很少依据个人判断与喜好收藏名家书法，而是以社会与批评的反应作为标准，书法只是他们附庸风雅的一种媒介。书法艺术家们在一字千金或万金的指引下，迅速与艺术市场接轨，与书法展览或各种赛事接轨，拍卖会、展览与赛事规格成为书法家自我身份价码的主要标尺，他们的书法创作也逐渐与拍卖会、展览、赛事挂钩，艺术风格也随展览赛事不断变更。这便是当下社会书法艺术风气及其文化精神的现状。

书法艺术的社会风气逐渐弥漫到学院书法教育中。20世纪末以来，书法学院教育不断强化书法的"艺术性",高校书法专业使书法家找到了专业归属,书法不再是无家可归的一门技艺,书法家也不再是街头流浪的写手,他们既可以堂堂正正列队于大学教授中,也可在市场中由经纪人推销其书法作品。由此,书法成为国家专业艺术门类中赫然在列的一个独立艺术。书法归属于美术专业,设置于美术学院,在这些以西方现代艺术观念为主导的油画、雕塑、设计等美术专业中,书法的生存也毋庸置疑地跟随着这些专业,开始"艺术化"的生存与发展道路。

书法专业的学院"艺术化"生存困境首先是招生考试,在中国当下文化环境中,高考本科上线人数是每所高中要精准计算的数字。相对于文化课,甚至相对于素描,书法很难以某个量化标准测评。许多学生觉得书法专业易学、好考,随便练习几个月、知道一些笔法技巧就可以上考场,何况,书法考试中的人为因素还影响着考试结果。高中为了升学率,也鼓励文化成绩不太优良的学生报考书法专业。为顺利进入大学就读,文化成绩不佳的学生也多愿意学习书法,于是在高中后期常按照书法考试的笔墨技法要求进行突击训练。毫不夸张地说,书法专业学生多是由这样的学生构成的。

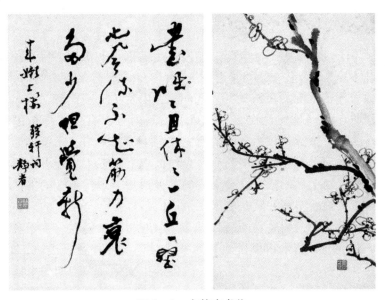

图 6-2 台静农书作

美术学院学风历来松散，弥漫着"艺术式"的过分自由与懒散。"搞艺术"成为美术学院的标签，破衣烂衫和标新立异成为美术学院"过度艺术化"的最佳符号。在这样的"艺术氛围"中，书法专业学生也无意识地开始了"艺术化"专业生涯。他们的专业课程设置以各体书法、书法史为主，与之相关的文字学、文学史、汉语史、美学史等基本不开设，即使开设，学生多弃之不上，或掉以轻心。美术学院艺术化氛围中的书法专业，将各体书法技巧依照流程操作一番，写得稍微像模像样，便可以大胆创作，这就是今天的"艺术化书法"，书法艺术专业生产的流水线就这样完成了。

当代中国书法的文化精神正是在这样的"艺术化书法"流水线上迷失了。

或可以说，当下中国书法是一种"艺术化的艺术"①，书法学院教育以及当代书法家们的书法艺术生活使我们感到，"过度艺术化"的书法是西方文化主导下的现代主义新艺术，他们很少关注书法表现的内容，也不太重视书写者创作时的对象与情绪，而较多重视如何利用线条达到一种新颖的艺术形式，关注书法形式观念与社会关注点的关系、与批评家的关系。这种"艺术化书法"是形式主义的艺术理念，过度重视形式，将形式上升为本体，其艺术创作消弭了书法家主体情感。由此来看，王羲之《兰亭序》中的惠风和畅不再，颜真卿创作《祭侄稿》时的悲愤沉郁也不再。显然，"过度艺术化"抑制了书法家主体精神与情感的宣泄，也可以说，这是一种"去人性化"的艺术创作状态，这一状态也是"去情感化，追求某种冷静的、不动情的风格"②。艺术化的书法家很少有传统重负，对于他们而言，"艺术说到底不过只是艺术而已"，书法或将演变成为"一种轻松的游戏"，成为他们在消费主义潮流中追逐名利的工具。这与古代王羲之、颜真卿、苏轼们的《兰亭序》《祭侄稿》《寒食帖》中传递出大容量的古代文化与精神信息形成了巨大反差。因此，作为"艺术文化"的书法与"过度艺术化"的书法有着较大不同，"艺术文化"范畴中的书法重视文化主体性，重视艺术形式与民族文化的审美联系，尊重书法经典与传统，

---

① ［西］加塞特：《艺术的去人性化》，莫娅妮译，凤凰出版传媒集团、译林出版社 2010 年版，第 11 页。

② 周宪：《卸去不能承受之重的新艺术》，［西］加塞特《艺术的去人性化》，莫娅妮译，凤凰出版传媒集团、译林出版社 2010 年版，第 7 页。

尊重书法创作主体的情感投入。尊重传统与经典的同时，也吸纳与转化了现代审美观念，由此在与传统书法文化与历史关联的基础上作出新的文化融合。

三　"去艺术化"与"再人性化"

面对"过度艺术化"的当代中国书法，适度地"去艺术化"成为一种必要的路径。我们应该通过"去艺术化"，再度"人性化"，寻找书法家基于现实关联的文化情感与主体意识，建构"作为文化的书法"。由此，我们也需要重新反思，究竟什么是中国书法？中国书法与艺术的关系是什么？当代书法艺术精神应如何重建？

书法是线条艺术，但显然不止于线条，它有一个由线启象（墨象）、由象悟意（意境）的本体结构。[①] 平山观月认为"书法是在书写文字的前提下形成的艺术"[②]。线条与书写文字是中国书法构成的前提，线条是形式，文字则是内容。历史地看，中国书法有自己独特的文化精神，"笔墨意象之美，是书家情感哲思之意与线条运动之象的统一，是书家在线条中融入情绪意态而形成的独具个体性格的书法线条符号意象"[③]，笔墨意象产生审美意味之美，这是书法由实用性向艺术性转化的节点。书法审美由笔意和书家心性构成，笔意是生成书法独特气韵的关键，"笔断意连"是其基本审美要求，"心手达情"则是书法艺术魅力得以呈现的创作形式。书法具有无言独化的气韵境界，具有气韵之美、意境之美，而其气韵的生动与否，与运笔、运墨灵感、心性大有关系。意境美寓于形式美之中，形式美是意境生成的基石，境内之道，是中国书法艺术精神的最高体现，集中代表了中国人的宇宙意识。[④] 中国书法正是建立在这样的文化意义上，这一书法观是作为文化的书法观，在文化的前提下，书法艺术才能凸显其对人类文化演进的价值。

正是在这样的意义上，中国书法成为文化范畴中的"艺术"，而不是当代"过度艺术化"的艺术。正如林语堂所说，书法艺术是中国文化的重

---

① 王岳川：《书法文化精神》，北京大学出版社 2008 年版，第 28 页。
② ［日］平山观月：《书法艺术学》，喻建十译，四川人民出版社 2008 年版，第 38 页。
③ 王岳川：《书法文化精神》，北京大学出版社 2008 年版，第 31 页。
④ 同上。

要符号，"通过书法，中国的学者训练了自己对各种美质的欣赏力——书法艺术给美学欣赏提供了一整套术语，我们可以把这些术语所代表的观念看作中华民族美学观念的基础"①。在这一审美指向上，中国书法不应该是自律性极强的纯艺术门类，不应是狭小逼仄的"为艺术而艺术"，它是文化的一个表现形式，是与中国文学、历史及审美有着深度关联的一种文化，与我们生活意义有着某种看不见的联系，可以看作一种精神性存在，或者可以说，书法具有某种精神宗教的意义。比如，我们通过书写与生活、与社会、与自我内心建立沟通与联系，进而达到对美的追求、对存在意义的思索。因此，书法也可看作一种"为人生的艺术"。在枯燥乏味的现代社会，笔墨书写逐渐被键盘书写取代，书法这样一种与手艺、与生活息息相关而又简便易行的人性化的"艺术"生活方式与我们的品行熏陶、道德养成构成了一种隐秘关系。在这样的意义上，书法成为我们对抗现代社会异化的一门手艺，通过笔墨书写，心手达情，从而实现了对传统文化的认同，发现了美与我们生命本体的文化关联。

当代书法精神重建的基点还在于，在掌握书法基本法度与技巧基础上，书写者的生命意识是赋予书法以线条律动的文化根源，书法线条律动节奏形成的书法形象显示了书写者的精神文化修养和生命意识。② 没有书写者生命力的投入，就无法在点画构形中赋予有意味的形态。书写者对书法形式与内容的探索形成了中国书法独特而有意味的表现功能，所以书法背后的"人"及其文化修养问题是中国书法得以成为一门修身养性而不是谋取物质利益、满足欲望的工具。只有书家重视文化修养、在书写中养心修性才能无为而为，才能体悟到书法所蕴含的中国文化精神。文化修养与书写内容直接相关，书写的内容与形式有机统一，才能赋予当代书法以新的文化意识，也只有这样才能真正回归中国书法的文化源头，即生命意识、精神性等。

四　书法文化精神重建的可能

当代书法文化精神重建的关键在于，在基本技法把握的基础上，应重

---

① 林语堂：《中国人》，浙江人民出版社1988年版，第257—258页。
② ［日］平山观月：《书法艺术学》，喻建十译，四川人民出版社2008年版，第41页。

视传统书法经典与文化修为，以此实现书法的表现功能，重视书法创作者的情感投入，使书写者享受书法所应有的手工操作乐趣。在这个意义上，书法可以使现代中国人相对释放或摆脱现代性的桎梏，实现人对美与自由的追求。在作家书法中被称为"北贾南熊"之"北贾"的贾平凹认为，"在平正的基础上以线条的变化表现对自然万物的体会，体会得准确而独特，就是书法。"①"表现对自然万物的体会"，这一文学视野中的书法便凸显出个人的性灵意识，彰显了作家由文学意识延伸而来的对"人"的灵魂与精神的关注。由此，贾平凹批评当下一些善于玩弄形式的职业书法家的书法，"仅仅以能用毛笔写字就称之为书法家，他们除了写字就是写字，将深厚的一门艺术变成了杂耍"。② 这是对"艺术化"的书法游戏的一种批评。

从具体操作层面来看，学院书法教育比较利于当代书法的"去艺术化"实践，进而实现书法于现代社会的"再人性化"，可首先在学院书法教育中进行当代书法的文化精神重建。由于大多数中国古代文学、中国历史专家学者对中国古代文化典籍的熟悉，甚至对书法的良好研修，以及中国书法与传统文化无法割裂的渊源关系，可以尝试将书法专业从美术学院剥离，转而设置到文学院建制下。如果这种想法有失稳妥，那么也应尝试由美术专业与文学、历史等学科专业进行"协同创新"，共同实现书法文化艺术的传承创新。比如可以由古代文学、古代汉语专业的专家学者与书法专业老师共同对书法艺术人才进行培养，这既促进书法专业老师在书法技巧之外修习文学文化，影响整个书法界的风气，也可以由文学专业教师在楷隶行草诸体技法外开设古文字学、古代文学、古汉语课程，弥补当代书法专业学生文化修养的不足。文学专业、历史专业学者相对沉静的文化风气与书法专业技术的培养可以共同促进书法研习者在精神文化层面的提升，使得书法研习者重新回归书法文化的生命源头，在书法文化精神的来源处思考中国现代书法的未来，这或许是一种可能的书法文化精神重建路径。

总体而言，当代书法文化精神缺失的关键在于，20 世纪以来，我们的社会与文化一直在西方引领下发展，在书法文化现代发展中，我们不由得

---

① 贾平凹：《读王定成的书法作品》，《报刊荟萃》2006 年第 7 期。
② 贾平凹：《推荐马河声》，《花城》2002 年第 1 期。

顺从了西方现代艺术观念，而遗失了自我立身所在的中国传统文化观念。当然，中国传统书法文化观念也确实需要顺应现代生活并能与时代精神相呼应，并作出合理顺变，以此在全球化审美语境中突出中国书法的本土身份，显示出古今通变、克服当代书法文化主体意识的迷失或变形，但绝不是完全顺从西方艺术观念，将"过度艺术化"的与市场紧密结合的游戏性灌注到我们的书法精神血液中。当下，我们应该在书写中凸显书法家的主体情感，通过书写体味沉思出新的适应现代生活的艺术感觉与理念，只有这样才能体现中国书法应有的生命意识及人文精神。

第二节　当代作家书法文化观

与现代作家相比，当代作家有着大不相同的汉字书写文化环境。1949年之后，中国作家、书法家一并被体制接收和规训。中国作家协会、书法家协会的成立，使作家和书法家相继职业化。书法教育的文化环境逐渐封闭，文学和书法应有的文化联系为职业化所区隔。20世纪80年代起，中国社会经济逐步发展，传统文化复兴，具有文化自觉的部分作家开始介入书法艺术活动。随后，在与西方各种文化艺术思潮不断碰撞磨合中，传统文化渐被中国社会所体认，当代作家的书法艺术日益受到社会各界重视。当代作家介入书法文化的主体为民国时期与1949年前后出生和成长的两批。周而复、姚雪垠、汪曾祺等当代前辈作家出生成长于民国时期，接受过一定的旧式教育，具有较为自觉的书法文化意识。贾平凹、熊召政、余秋雨、陈忠实、高建群、张贤亮等作家多出生成长于1949年前后，书法自觉意识稍弱于前辈作家。总体上，由于出生成长时间的差别，民国时期与1949年前后出生成长的两批作家，教育与书法文化修养的些微差异使得他们论及书法的文字也稍有不同。

一　当代前辈作家书法文化观

周而复是当代著名作家、书法家，曾任国家文化部副部长、中国书法家协会首任副主席。其书法艺术和文学作品珠联璧合，相互辉映。有长篇小说《上海的早晨》、书法集《周而复书琵琶行》《周而复书屈原离骚》行世。周而复生于1914年，幼承庭训，学习古文、诗词，练习写字，受过临帖、默帖和读帖训练，具有较好的书法功底及修养。周而复的书法"结构严谨，欹侧面取其姿美，笔法方折纤劲而达清秀；骨力洞达，肌腴筋健，刚劲蕴藉，盛名已久"①，郭沫若认为其书法"逼近二王"。尤其是，周而复以深厚的文化修养认识到书法艺术的独特价值，体会到书法传承的意义所在。20世纪80年代初，他联合其他书家倡议成立了中国书法家协会，为书法的当代传承、发展起到了一定推动作用。②

周而复认为书画同源、同工，许多名画家所画树、竹、葡萄和山石无不从书法中得来。书画结构布局，也有相似之处，比如绘画和书法一样，关键在于主笔的确定。书法创作中，立定主笔，布局、势展、结构、操纵、倾泻、力撑，都受主笔左右，有了主笔，无不呼吸相通。因此，可以说一幅好字，有如一幅好画。对于书法的表现功能，他认为，字如其人，自然流露。字不但表现每个人的特性，还能表现每个人的思想感情。③ 有关具体创作，周而复认为，笔法借点画以显，点画借结字以显。字的点画相当于绘画的线条。线条要有粗细、浓淡、强弱等不同，用毛笔书写，可以表现出多姿多态而又和谐统一的情调。④ 周而复重视书法创新，但认为创新"不能割断历史"，"要植根于前代书法家所取得的杰出成就基础之中，根据自己所处时代，继承优秀的传统，不断努力发展和创新"。在具体继承上，又应区别对待，因为"历代名家书法，不是每一幅作品都好，每一个字都好，每一笔都好，应该分析其优、缺点，扬长避短"。周而复对书法艺术的表现性及其影响有独到见解。他说，中国书法艺术"具有与一般艺术门类不同的艺术品格，成为中国各类造型艺术和表现艺术的灵魂"。正是对书法表现特征的体认，他说："中国书法艺术对欧美一些国家也有深远的影响，西方国家的传统艺术基本都是以模拟再现为主的具象艺术，到了现代才出现抽象艺术。现代抽象派绘画，受到中国书法艺术影响以后，才提高了它的艺术素质。"⑤

---

① 陈邦本：《周而复的书法艺术》，《世纪》2010年第5期。
② 同上。
③ 周而复：《略谈书法美学》，《中国书法》1987年第4期。
④ 周而复：《敏而好学　勤于笔耕》，《书画艺术》1994年第2期。
⑤ 同上。

图6-3　汪曾祺书作

　　和周而复一样，姚雪垠、汪曾祺生于民国时期，1949年之前即参加了文学活动。姚雪垠的书法具有文人情趣，他指出了书写内容于书法的重要性。他说，常常看见有不少条幅出自不同书法家之手，书法风格各有独到，但内容都是几首常见诗词，毫无新鲜感。内容的千篇一律影响对书法艺术的欣赏。① 这关涉书法形式与内容的问题。姚雪垠指出了书法与内容

———————————

①　姚雪垠：《书法门外谈》，《书法》1980年第8期。

的问题，即书法艺术的形式美不在书写内容，但无法脱离书写内容，内容与形式协调统一才能提升书法的价值。而书写内容主要与文学相关，对书写内容文学性的关注反映了书法欣赏者的文化期待。

汪曾祺从小有过一定的书法训练，其书法与小说一样，颇具清淡幽远空灵的趣味。汪曾祺对书法体会颇深，在书法章法上，他认为："'侵让'二字最为精到，谈书法者似未有人拈出。此实是结体布行之要诀。有侵，有让，互相位置，互相照应，则字字如亲骨肉，字与字之关系出。'侵让'说可用于一切书法家。——如字字安分守己，互不干涉，即成算子。"① 有关文人书法，他说"这种文人书法的'味'，常常不是职业书法家所能达到的"；对电脑写作换笔问题，他觉得"电脑写作是机器在写作而不是我在写作"②。对于街头牌匾中的书法文字，他认为"北京街上字多，而且越来越大，五颜六色，金光闪闪，这反映了北京人的一种浮躁的文化心理。希望北京的字少一点，小一点，写得好一点，使人有安定感，从容感。这问题的重要性不下于加强绿化"③。

秦牧、刘白羽、邓拓、杨朔等作家也出生成长于民国时期，接受过一定的书法教育，有较深厚的传统国学根基。他们在民国时期养成的毛笔书写习惯形成了日常书写风格，作为审美艺术的书法，又超越了日常书写，具有独特的法度、技巧与审美情趣，在书法内容和形式结合中，含纳了文学文化与精神的多种情趣。或许正是较为系统的国学及书法教育形成了他们近乎无意识的书法行为，他们所留下来的论及书法的文字较少。同时，他们经历了1949年后一段历史时期，作为被革命的"传统文化"，书法显然不能引起足够重视。20世纪80年代书法热开始时，他们又相继离世或疏远文坛，其书法活动也就未能引起社会关注。所以前辈当代作家的书法与当代书法可谓是一种断裂式的弥合。但少部分前辈当代作家，如周而复、姚雪垠、汪曾祺等，他们的书法活动推动了书法文化在20世纪80年代的复兴与发展，引领了当代书法的文化风向，他们的书法见解是当代书论研究不可缺少的一维。总体来看，民国时期的生活成长环境使他们形成了较为自觉的书法意识，多能清楚认识到书法文化作为传统文化的主体性

① 汪曾祺：《徐文长论书画》，《中国文化》1992年第6期。
② 汪曾祺：《文人与书法》，《中国书法》1994年第5期。
③ 汪曾祺：《字的灾难》，《光明日报》1988年6月5日。

意义，对书法的形式与内容均有较高要求。他们的书论见解有深厚的传统书论、国学支撑，因此，能深刻地触及书法时弊。

二　当代新作家书法文化观

与周而复、姚雪垠、汪曾祺等前辈作家受传统文化影响较大不同，贾平凹、熊召政、冯骥才、陈忠实等一大批作家受到 1949 年之后的革命文化影响较大，这一批作家也钟爱书法艺术，就书法表达了不同的见解。例如贾平凹，20 世纪 70 年代末走上文坛，创作的《浮躁》《废都》《秦腔》《高兴》等众多长篇小说均有较大影响。贾平凹对中国文化在 20 世纪的变迁表达了犹疑和反思，不断思考着中国传统文化精神的价值及新民族文化建构问题。两千多年来，书法艺术的书写形式基本没有改变，中国文字也没有巨大变化。因此，书法作为一种承载了中国文化精神的典型的泛化艺术（几乎所有知识者都介入这一活动）[1] 吸引了贾平凹，他早在 20 世纪70 年代末便开始投入书法艺术活动。由于深厚的文学文化修养，在长期书法创作活动中，贾平凹逐渐形成了独特的书法艺术思想。

在贾平凹看来，书法来自实用，需要平正，"在平正的基础上以线条的变化表现对自然万物的体会，体会得准确而独特，就是书法"。[2] 但"书写工具改变，仅仅以能用毛笔写字就称之为书法家，他们除了写字就是写字，将深厚的一门艺术变成了杂耍"[3]。贾平凹指出过分强调书法艺术，赋予书法更多的唯美性、趣味性和装饰艺术性，这种太唯美和趣味影响天才的发展，以致最后沦落小家。[4] 贾平凹定义了自己的"书法"，并对书法家书法中的"唯形式""太唯美和趣味"表达了潜在的不满，所以他说，"字画有它的基本技法，我是一概不知"[5]。忽视技法并非不具有书法艺术合理性，书法本就从日常书写中来，只是后来"对创作自觉意识的强化，使书法作品的创造再不是日常生活中的事件，而是一种有意识的艺术创造

---

① 邱振中：《书法的表现特征与当代文化中的书法艺术》，《书法的形态与阐释》，中国人民大学出版社 2005 年版，第 223 页。

② 贾平凹：《读王定成的书法作品》，《报刊荟萃》2006 年第 7 期。

③ 贾平凹：《推荐马河声》，《花城》2002 年第 1 期。

④ 贾平凹：《有感智性书写》，《花城》2002 年第 1 期。

⑤ 贾平凹：《涂鸦》，《菩提与海枣》，中国戏剧出版社 1999 年版，第 105 页。

活动"①，才使得书法日常书写变得艺术形式化了。但书法的日常书写合法性是存在的，这种合法性也是书法作为情感表达的一种艺术形式的关键点。

"技巧，都以精神构形，似妙作之妙出"，"那似乎在写出书家个人的经历，那线条流畅、气韵生动、不拘章法的笔触，生动地表现出书画家个性化的艺术风范"。②"胸中有书法，所以一出手就有自己的面目，胸中若无书法，即使日日临池，那也终不成器。"③"若呼名是念咒，写字是画符，这经某一人书写的行而上的符号是可透泄出天地宇宙的独特体征。"④ 书法应该"本分书写，以书体道"，在当下，现代人已经"很难从书法里去体验天地自然了，很难潜下心修炼自己技艺了"。"人现在变得太聪明又太浮躁，而书法是中国最古老的一门艺术却依然简单着，朴素着，静谧着"。⑤"我为我而作"，"我是在造我心中的境，借其境抒我的意"⑥。贾平凹充分表达了书法艺术的个体性与精神表现特性。"精神构形""写出书家个人的经历""胸中有书法""透泄出天地宇宙的独体特征"，显示出贾平凹独特的书法艺术思想与个性，也是对古代书法理念的重申或回归。东晋王羲之早已说过，"心意者将军也，本领者副将也"⑦，技巧显然从属于书写者的文化精神与思想。

贾平凹强调书法家艺术精神与修养的历练。他说，"真要学苏东坡，不仅仅是苏东坡的多才多艺。更是多才多艺后的一颗率真而旷达的心"⑧。"如果想成为大家，都是要扫糜丽去陈腐，以真诚、朴素、大气和力量来出现的"。"在血气方刚的时候就学着老年人的淡泊那不是真淡泊"⑨。"艺术家以什么样的精神和姿态进入生活和创作已经是非常重要的问题"⑩。

① 邱振中：《卷与轴》，《书法的形态与阐释》，中国人民大学出版社 2005 年版，第 53 页。
② 贾平凹：《笔墨丹青绘豪气——王艺书画作品赏析》，《中国西部》2007 年第 Z5 期。
③ 贾平凹：《说钟镝书法》，《报刊荟萃》2010 年第 5 期。
④ 贾平凹：《我读吴三大书品》，《电影画刊》2006 年第 12 期。
⑤ 贾平凹：《读王定成的书法作品》，《报刊荟萃》2006 年第 7 期。
⑥ 贾平凹：《我的诗书画》，《平凹文论集》，青海人民出版社 1985 年版。
⑦ 王羲之：《题卫夫人〈笔阵图〉后》，《中国历代书法论文选》，上海书画出版社 1979 年版，第 26 页。
⑧ 贾平凹：《做个自在人》，《中国当代才子书·贾平凹卷》，长江文艺出版社 1997 年版。
⑨ 贾平凹：《有感智性书写》，《花城》2002 年第 1 期。
⑩ 贾平凹：《在玫瑰园里》，《花城》2002 年第 1 期。

"在掌握了一定的技法之后，艺术的高低优劣深浅厚薄，全然取决于作者的修养。人道与艺道往往是一统的，妙微而精深。"① 这不啻击中了当下职业书法家的软肋，对书法家思想、精神与文化修养的强调，对才艺背后"人"的呼唤，显然是作家贾平凹"人学"意识向书法领域的延伸。贾平凹的书法艺术朴拙其外，内美其中，与其小说艺术意境构造相映成趣，是贾平凹艺术与文化精神理想建构的整体体现。贾平凹书法思想或也可以认为是对现代艺术中"人"的卑微渺小的一种反拨。

在作家书法上，与贾平凹齐名、被称为"北贾南熊"的"南熊"，是以长篇小说《张居正》知名的湖北作家熊召政。熊召政的书法，灵秀儒雅，极富情趣韵味，显出文学修为与书法艺术的沟通互动。熊召政认识到文学与书法的亲缘关系。他阐述道，"书法最早是同文学融为一体的，而现在脱节了，分开了"②，在文学、书法、绘画三者关系上，熊召政认为，"书和画是同源，书和诗也是同源。书和画的同源是形式上的，都是线条；书和诗是质上的同源。都是同源，但表里关系不同"。现代以来，诗书画细分后，压缩了"艺术空间，越来越窄，而不是越来越宽广"。书法和文学是融为一体，互为表里的。最好的书法就是艺术地再现中国的字。书法由造形而体会里面的含义，由表及里，由形式而达精神，就是书法和文学最高的境界。由此，他批评当下的书法创作，"很多人把书法从文学中脱离出来，变成一种单纯的形式的美。这实际上违背了中国书法最早的原义"③。

熊召政重视书法艺术的技巧性。他认为书法"是一种身心投入的活动，是艺术，它有技术因素在里面起作用"，"书法不能有书无法，法是书本身的规律"。对名人书法，他"感觉是只有书，而没有法。既然称'名人书法'，就要把'法'放进去。法就是书本身的规律"。尽管重视技巧与法度，但他更强调，技术并非书法的唯一，书法有形式，仅追求形式，远远不够，重点应关注形式与技巧背后的学养。"一个人的字可以反映一个人的经历、学养、生存和精神状态"，这是作家熊召政深深体味到的书法艺术境界。在小说《张居正》中，熊召政对书法"从气度上来评判，没有去讲求笔画与流派，是把书法作为反映一个人的素养、气度来加以评

---

① 贾平凹：《读画随感》，《菩提与海枣》，中国戏剧出版社1999年版，第156页。
② 李霁宇：《"北贾南熊"猜想》，《文学自由谈》2007年第2期。
③ 兰于武：《从风雅到风俗——与熊召政先生对话》，《书法报》2006年5月24日。

述。气度与法度，气是境界，法是学养"。他批评当下一些书家缺乏学养支撑：字非常好，可是笔法太甜，气度偏弱。而有的字看起来没有来路，却显得非常有生机，可以看出气的流贯和整个人的生存状态。① 可见，熊召政与贾平凹一样，十分关注书法背后的文化精神内涵，注重人生经历、身世、学养在书法中的作用。②

作为历史小说家，熊召政对书法史一些现象有着自己的独立认知。他认为：王阳明心学盛行，对书法有很大的推动，书法家更偏重性灵，写得很飘逸。明代大臣的字、民间书法家的字、御用馆阁体三种书法是不同的。大臣的字无意为书，反映了一种精神气象；民间书法家刻意为书，反映了书法在整个明代的心灵力度；御用馆阁体反映了皇帝的个人偏好。③ 熊召政还对当下书法艺术表达了看法。他认为，随着书法应用性萎缩，书法生存空间在缩小，只能作为纯艺术形式存在。因此，他问询：有没有一个书法大家，通过简体字能把书法表现得很美？他期待：总有一天简体字也会从风雅变成风俗的。他思索：要想更多地普及书法，必须与时俱进，作必要的革新的探索。除了文人努力以外，也需要社会美学的推动。④ 他表示：已经习惯于旧式文人的生存方式，与友人书信往来用毛笔来写，写书稿用钢笔来写。⑤ 他重申：书法家应该首先是文人，文化复兴中，首先要解决的是文人自身的精神状态与品格追求。⑥

冯骥才善书画，近年来致力于民间文化遗产保护工作。冯骥才认为，日常行走间的书法创作"凭着的是意识的情意与兴致，很是即兴"。作为文人、作家，应该"'言必己出，又不能落笔平庸'"。这种临时即兴的书写还应有配合极好的书写媒材，必须"宣纸劲润，笔也凑手"，才能写得淋漓、酣畅。⑦ 在书写内容与书法技巧关系上，冯骥才认为，诗自清雅，书亦潇洒，书尽随意，诗逞自由。书法遒劲的用笔是诗歌的风骨，诗歌醇厚的意味是书法的底蕴。他认为书如其人的表现是诗书一体，且"惟有写

① 兰于武：《从风雅到风俗——与熊召政先生对话》，《书法报》2006 年 5 月 24 日。
② 李霁宇：《"北贾南熊"猜想》，《文学自由谈》2007 年第 2 期。
③ 兰于武：《从风雅到风俗——与熊召政先生对话》，《书法报》2006 年 5 月 24 日。
④ 熊召政：《闲谈诗艺与书艺》，《新民晚报》2008 年 4 月 3 日。
⑤ 《首届中国文人书画邀请展侧记》，《西安晚报》2006 年 6 月 18 日。
⑥ 熊召政：《闲谈诗艺与书艺》，《新民晚报》2008 年 4 月 3 日。
⑦ 冯骥才：《行间笔墨》，《青少年书法》2009 年第 12 期。

自己的诗，才能真正的诗书一体"①。

以小说《白鹿原》闻名的陈忠实关注文人书法，充分体悟到文人书法的价值。2005 年他倡导成立以弘扬传统文化为宗旨的白鹿书院，并牵头于 2006 年在西安举办了文人书画展，在中国文学、书画界引起了一定反响。陈忠实重视书法并身体力行的出发点是对传统文化的发展与维护。他认为作家用毛笔写字，不是兴趣的问题，也不是润笔费的问题，而是对传统文化的传承。左手拿着电脑创作，右手拿着毛笔来传承中国文化，是现代和传统最直接的结合。② 在维护传统文化背后，陈忠实也重视提高书法家的文化与精神修养。他说，不能"只是临摹某大家的笔法技巧墨色浓淡，而不得大家的思维和精神"，单纯临摹"终究走不出大家大师的阴影，无法形成独立艺术个性的自己这一家"③。

尽管日常稀见王蒙书法墨迹，但对中国书法文化，王蒙也有其独特见解。关于书法欣赏，他认为，不懂狂草的人也可以赞叹草书的狂放气势，但应承认，不识或识字很差的人，难以更好地欣赏书法，这里不仅有形式美的问题，而且有大的文化背景的问题。书法欣赏和其他文艺作品一样，对其接受不仅是一个"懂"的过程，探求、体会、共鸣、喜悦、兴趣都是重要的。④ 他认为，汉字本身就是一种很美、很艺术化的文字，手写中蕴含着人文气息。为维护书法之美，他批评了一些高层人士字写得很烂，却经常到处题字的不良现象，认为这会间接影响书法的生存和发展。⑤ 关于书法欣赏中的阐释，他认为，书法极具抽象性，不能对书法背后的人文内涵阐释得太过，在文字当中表现出来的书写者本身的境界、性格、情趣等，解释得太过分、引用得太过会走火入魔。⑥

余秋雨以散文集《文化苦旅》闻名，其中《笔墨祭》更是引起学人诸多关注与批评。《笔墨祭》中，余秋雨祭奠了"作为一个完整世界的毛笔文化"的消失，他指出书法文化"过于迷恋承袭，过于消磨时间，过于注重形式，过于讲究细节"，"它应该淡隐了"。但他又说，"喧闹迅捷的现

① 冯骥才：《诗书相生之美》，《海内与海外》2005 年第 11 期。

② 《陈忠实熊召政畅谈"文人书画"》，《三秦都市报》2006 年 6 月 18 日。

③ 陈忠实：《气象万千的艺术峡谷——高峡印象》，《金秋》2007 年第 1 期。

④ 王蒙：《懂还是不懂》，《读书》1990 年第 8 期。

⑤ 王蒙：《书法是一种人文的艺术》，《美术观察》2003 年第 12 期。

⑥ 王蒙：《文艺与异端》，《紫光阁》2008 年第 7 期。

代社会时时需要获得审美抚慰，书法艺术对此功效独具"①。作为一位学养颇深的作家、学者，《笔墨祭》中的余秋雨是矛盾纠结的，他深知书法中的文化重负，但他显然很难断绝书法中的传统文化基因。所以后来，这位"笔墨"的祭奠者不仅亲身投入书法艺术活动，并已到迷恋的境地。他认为，从书法的"满纸烟云当中就可以看得出中国文化人格"，"毛笔字写到一定程度，需要超越技术，而获得一种神秘的'气'"，他呼吁要"保护书法与拯救公共书法"。② 余秋雨对书法文化悖反式的认同，反映出书法在当代文化中传统与现代交织的矛盾特征。

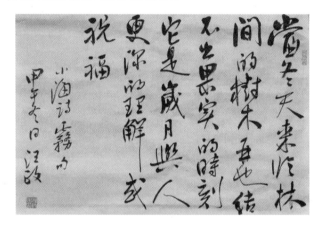

图6-4　汪政书作

其他一些著名作家、批评家，如高建群、白描、李继凯、汪政、丁帆、谢有顺等，或爱好书法，有书法文化修养；或受过书法艺术熏陶，对书艺有所研修；或参与书法艺术创作，熟谙书法的法度技巧。他们从不同角度对书法文化艺术表达了自己的看法。如作家高建群觉得当下书法得以兴隆，应该从民族心理上找深层原因。当中国人在传统书写工具毛笔先被钢笔、圆珠笔取代，随后被电脑取代时，面对的是传统割断、国粹丢失的危险，国人的心理产生一种深深的恐惧感。这一看法昭示我们要从民族文化根源上维护书法文化。③ 文学评论家白描认为，在黑白对比的审美感受

①　余秋雨：《笔墨祭》，《余秋雨的历史散文》，河南文艺出版社2003年版。
②　张公者：《文化行者——余秋雨访谈》，《中国书画》2009年第7期。
③　高建群：《掀起一波大浪来》，《陕西教育》2006年第Z1期。

里，首要的是书法意蕴能提供给观赏者的审美愉悦。对当代书家剑走偏锋，追求诡异奇怪，他说这是大妄。① 作家王祥夫对中国书画均有所研修。他认为，书法之"法"是书法的性命与灵魂。书法作品的面目可以有俊丑不同，法却是一样的，离了法只能说是写字。② 因此，"技法到死都重要"，"点与线是中国书画的舍利子"③。有关书法欣赏，他说，书法作品有时候让人能直接触摸到古今书家的情感之弦，欣赏好的书法作品时你会随着纸上的墨迹心动起来，这就是书法的力量，或者可以说是魔力。④ 女作家铁凝认可书法中的"书如其人"，她认为，草书历来是最独立不羁、汪洋恣肆的书体，它最大限度地摆脱着"字"对人的约束，使个性与才情得到充分的发挥与张扬。笔走龙蛇，其实是书法家在向人们展示自己激越坦荡的情怀，在做赤诚火热的心灵倾诉。⑤ 作家张贤亮从书法中体悟到了新的乐趣，他从研习书法中享受到了类似手工操作的乐趣，而且练习书法也不会失去手写汉字的本领。⑥ 作家张炜则以文学自省意识对作家书法、名人书法等提出了警惕，他认为书画艺术要比文学作品抽象得多，含蓄朦胧得多，所以也更有利于骗子藏身。他批评一些所谓的书法家"总是较快地掌握了一点机械化、程序化的东西，沾沾自喜，窃以为当个艺术家原来竟是这般容易"⑦。

三　当代作家书法观的意义

给予书法以律动的根源是书写者的生命，书法的线条律动节奏形成的书法形象显示了书写者的精神文化修养和生命意识。⑧ 没有书写者生命力的投入，就无法在点画构形中赋予有意味的形态。中国当代作家的书法观表明，他们认识到书法以及中国文人在中国文化传承、民族文化建构中的

---

① 白描：《习书感言》，《四川文学》2006 年第 8 期。
② 王祥夫：《情真纸留香，意到墨有韵——徐思涵书法印象》，《中国酒》2001 年第 6 期。
③ 李徽昭、王祥夫：《点与线是中国书画的舍利子——就中国书画访谈作家王祥夫》，《理论与创作》2011 年第 4 期。
④ 王祥夫：《情真纸留香，意到墨有韵——徐思涵书法印象》，《中国酒》2001 年第 6 期。
⑤ 铁凝：《直抒胸臆情为真》，《中国书画》2007 年第 9 期。
⑥ 张贤亮：《电脑写作及其他》，《朔方》1996 年第 1 期。
⑦ 张炜：《龙口手记》，《理论与创作》1996 年第 4 期。
⑧ ［日］平山观月：《书法艺术学》，喻建十译，四川人民出版社 2007 年版，第 41 页。

责任担当问题，强烈的文化生命意识使得他们真诚地视书法为中国传统文化的根基之一。他们不约而同地体味到书法独特而有意味的表现功能，重申了"诗书画"同源或字如其人等看法，提出了重视书法背后的"人"及其文化修养问题。透过对书法家个"人"及其文化修养的重视，他们肯定书法中所蕴含的中国文化精神，对当下职业书法文化与精神缺失的现状提出了善意的批评，实际是对当下中国书法"去功能化""唯形式化"的警戒。他们对书法家的文化修养提出了期待，希望能够以书法家的文化、精神修养实现书法表现的"再功能化"，赋予当代书法以新的文化意识。他们以深厚的文学修养体悟到书法欣赏对书写内容的审美期待，由作家文化修养而触及书法书写内容的文化意识。在书法法度与技巧上，尽管他们有不同看法，但技巧为人及其精神所"用"是他们大致相同的理念。他们期待的是能够回归书法文化的源头，即生命意识、精神性等。

当代作家论及书法的文字具有一定的文化与思想价值，对中国书法及文化发展有着深层意义。他们的书法观针对职业书法已经失落的生命意识及文化精神，着重处理的是文化、文学与书法的关系。他们强调书法传承中的文化意识与文化担当，强调书写背后的精神文化修养、人格精神，这与当下书法教育虚热（各高校纷纷开设书法专业，但书法专业高考文化分远低于其他专业）、过于重视书法的市场价值、艺术形式背后精神文化缺失形成鲜明对比。诚如王岳川所说，中国书法界存在着严重的文化缺失现象，书法消费主义导致书法本体迷失不彰，书法创新也失去了明确方向。①当代作家的书法论述彰显了被现代艺术遮蔽的书法文化身份，潜在指明书法艺术身份从属于文化身份。由此可见，作家书法观是当代文化观念的合理顺变，在全球化的审美语境中突出了中国传统艺术的本土身份，显示出古今通变、克服当代书法艺术变形的本土意识。与此同时，他们也提出了当代书法理论的一些新范畴，如"精神构形""本分书写，以书体道""气度与法度"等，值得书法理论界深入体会与思考。总而言之，中国当代作家的书法观是当代作家在书写中体味沉思出的艺术感觉与理念，体现了书法文化本身应有的生命意识及精神修养。

近30年来，中国现代化、城市化逐步加速，释放了人的欲望，也消解了国人对精神与文化的思索与追求。在日常书写丧失造成书法文化危机

---

① 王岳川：《书法时代症候与书法命运》，《中国书画》2009年第3期。

的同时，仍有敏锐文化意识的当代作家投入书法艺术中，这种当代文人作家亲近和创化书法文化与疏离书法文化构成了当代文化发展的矛盾。[①] 但矛盾又未尝不是中国书法文化自我更新的良好契机。当代作家书法有着属于文学的新表现、新风格、新精神。作家书法是当代作家主体精神的需求，释放了作家文学创作中对自由的渴望，提升了作家的文化精神境界。作家书法也是当下社会文化的呼唤，社会需要具有真正精神内涵的名流引导日常文化生活，作家书法与主流文化和社会风潮形成了某种契合。中国当代作家，如贾平凹、雷平阳、熊召政等，他们的书法已经产生了较大的社会影响。作为一种文化存在，他们的书法创作与理念或将对中国社会文化心理更新产生一定的刺激作用。汪政、雷平阳、谢有顺等一批"60后""70后"作家、批评家已经积极参与到书法研修中，他们也逐渐形成了自己的书法观。例如徐则臣认为，当书法技法形成个人风格后，技法本身也就成了书写者的艺术观和世界观[②]，显示出了青年作家较为宽阔的文化视野。由此，或可对作家书法及书法艺术发展做出审慎乐观的期许。

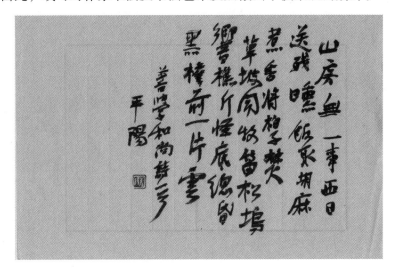

图 6-5　雷平阳书作

① 李继凯：《书法文化与中国现代作家》，《中国社会科学》2010 年第 4 期。
② 李徽昭、徐则臣：《这个时代，通才意味着庸才》，《艺术广角》2017 年第 1 期。

当然，在职业书法家看来，当代作家的书法创作或多或少存有这样那样的问题，章法、布局、点画线条处理等仍欠法度，在技巧上确实有着一些缺憾。但他们审视的目光未免存在偏颇，因为他们只知道如何"造型"而不知道如何"造人"①，他们不乐意谈书文关系，很少谈所书写的文字内容，忽视书法艺术中人的修为与完善，甚至有时还对这些"书外之物"不屑一顾。在此意义上，当代作家的书法观及其书法实践可以弥补职业书法的某种不足。面对作家书法及其书法观，职业书法家理应深入思考，支撑书法家书写的"法"的深层内涵是什么；职业书法过分重视的"纸上因素"是否暗含某种危机；作家书法包蕴的情操意趣、审美观念和文化素养等"纸外因素"对职业书法家是否应有深刻启示。② 在当代作家书法观的文化刺激下，职业书法家应该反观自身书法理念及实践，这或将为中国书法文化的发展提供新的源泉与动力。

20 世纪以来，中国社会与文化多受西方的影响，在书法文化现代发展中，我们不由地顺从了西方现代艺术观念，而迷失了自己立身所在的中国传统文化观念。当然，中国传统书法文化观念也确实需要顺应现代生活并能与时代精神相呼应，并作出合理顺变，以此在全球化审美语境中突出中国书法的本土身份，但绝不是完全顺从西方艺术观念，将过度"艺术化"的与市场紧密结合的游戏性灌注到我们的书法文化精神血液中。当下，我们应该正视职业书法界的问题，从作家书法文化观中汲取文化营养，通过书写中的情感投入，凸显书法家的主体情感；通过书写，体味沉思出新的适应现代生活的艺术感觉与理念，只有这样才能真正体现中国书法本身应有的生命意识及人文精神，由此才能在全球化语境下确认中国传统书法文化的审美主体身份。

---

① ［日］平山观月：《书法艺术学》，喻建十译，四川人民出版社 2007 年版，第 205 页。
② 金开诚：《再谈中国书法与传统文化》，《书法艺术论集》，北京大学出版社 2008 年版，第 86 页。

第七章　小说的美术书写
及其思想意识

　　20 世纪中国作家呈现出丰富的美术面向，无论在传统书法绘画，还是木刻、碑刻金石、西方绘画等领域，作家均以独特的审美眼光关注、介入并言说着美术，在关注、介入并言说的多种状态中，美术也以独立的审美取向、艺术精神潜在影响着现当代作家，使他们对美术家及美术相关事物进行了富有意味的文学书写。这种美术书写也是作家在文学叙事向度上言说与思考着美术，并显示出与时代密切关联的思想意识，是作家美术思想的文学叙事呈现。从 20 世纪早期丁玲《梦珂》的现代美术书写，到刘心武《班主任》、郑义《枫》、白桦《苦恋》、遇罗锦《一个冬天的童话》等小说对美术家、美术背景多层次的展现，再到 20 世纪八九十年代汪曾祺系列小说、贾平凹《废都》塑造的小城民间画师、都市书画家等，显示出西方美术与传统书画所遭遇的不同文化境况，以及作家对西方美术与传统绘画不同的审视向度。比较一致的是，20 世纪中国作家以具有艺术共通感的审美眼光书写美术，美术书写与小说叙事协同推进，与人物表现相映成趣，扩散着文学文本的审美效应，具有审美意识深化的多元意义。

第一节　美术书写与丁玲小说《梦珂》

　　"五四"时期，各种新思潮、新观念不断冲击着力图走出旧传统的中国社会，诸多有识之士在时代潮流推动下，从不同角度介入到中国文化艺术的时代变革中，丁玲无疑是其中的佼佼者。20 世纪初期，西方美术刚刚在中国广泛传播时，她便于 1924 年在北京短暂学习美术，美术学习经历使其深切地体验到一种不同于中国传统绘画的西方美术，中西美术也因此赋予丁玲不一样的审美意识，中西美术不同的形式元素、视觉意识开阔了丁玲的艺术眼界。受这段经历及审美意识驱动，1927 年丁玲便发表了以美术家等美术叙事为主题的小说处女作《梦珂》，由此踏上文学之路。《梦珂》中的美术叙事呈现出 20 世纪早期中国美术的独特面貌，与小说的视觉化叙事视角形成了映照关系，有着独特审美意义和时代价值，可谓是丁玲对美术的独特言说，是文学叙事赋予美术的一种形象化的思想意识。

一　美术文化及其小说书写

概而观之，"美术"其实是一种文化，在社会政治文化生活中具有特定的内涵、功能和意义。人类出现之初就与美术结下了不解之缘，当人类把泥土变成视觉性的生活工具时，美术文化便开始出现了。① 汉文字的起点便是具有图画性质的象形图案，也可以说"当人类还不能用语言文字很好地表达所欲时，就出现了美术形态。这表明美术存在本身，就是人类生存需要的一种文化"②。在社会文化发展演变中，作为文化形态的美术"有着非常明确的政治性和'现代性'"③。正因此，美术相关的研究便产生了"不断变化着的内涵"，与"该时期与地区的文化、政治、社会及意识形态密切联系"④，美术也在不同层面上显示或推动着社会思潮与文化的发展或转向。

作为文化形态的"美术"具有多维的观照视角，与广义美术文化相关联的美术种类、美术题材、美术家、美术工具、艺术场景、交游活动、创作与接受、作品影响等一系列的事物和活动，其实都是美术文化形态的必然而重要的组成部分，无论其与狭义的美术关系远近，都是大文化场域下的美术生产物，都属于观照"美术"文化场域的重要视角。可以说，与美术相关的"知识、思维、价值、意义、符号系统及其行为模式"⑤，都是美术文化的重要组成部分。这样，美术本体范围得到了有效的拓展与延伸，

① 费孝通：《文化的传统与创造》，《文艺研究》1999 年第 3 期。
② 梁玖：《论美术文化形态》，《美术观察》2000 年第 5 期。
③ ［美］巫鸿：《美术史十议》，生活·读书·新知三联书店 2008 年版，第 5 页。
④ 同上。
⑤ 梁玖：《论美术文化形态》，《美术观察》2000 年第 5 期。

美术的艺术对象、审美情感、艺术技巧可以扩大到相关联的所有视域，作为文学能指的美术便具有了与社会政治、文化思潮发展与转化等诸多相关的审视与解读价值。

文学对社会文化思潮异动比较敏感，"文学无论如何都脱离不了下面三个方面的问题：作家的社会学、作品本身的社会内容以及文学对社会的影响等"①。对于文学文本尤其是具有百科全书性质的小说叙事而言，经常自觉或不自觉地透过叙事文本书写与观照"美术"，美术家、美术题材、美术创作方式、美术环境、美术文本等诸多不同的美术元素，与叙述人、书写对象、叙事环境等共存于叙事文本中，显示出美术在现代文化思潮发展中的多元景象和意义。美术正是在这样的意义上潜在影响着 20 世纪中国作家，使 20 世纪中国作家呈现出丰富的美术面向，无论在传统书法绘画，还是在木刻、西方绘画等领域，中国现当代作家均以独特审美眼光介入、关注并言说着美术，在介入、关注和言说的多种状态中，文化视域中的美术也以自己的文化场域、审美取向、现实意义等多种可感可见可触的文化艺术因素影响着 20 世纪中国作家，使 20 世纪中国作家对美术家及美术相关事物进行了富有意味的书写。

20 世纪中国小说中的美术书写正是作家在文学叙事向度上对美术进行的社会文化思考，是美术思想的一种文学叙事呈现。作家以一种思想能动方式在言说美术，小说叙事中的美术具有社会文化艺术指涉的多重意味。同时还应注意到，小说叙事中的美术不但具有艺术与文化价值等特定意义，其实也以不同的叙事元素参与了小说叙事演进，促进了小说叙事的思想扩散与审美建构，使小说叙事与美术文化形成交叉互动的多元立体审美文化景观。丁玲早期小说《梦珂》中的美术书写便是这样的例证，由《梦珂》中的美术书写，可以窥探丁玲早期对美术的审视视角以及艺术发展演变的多元因素。

二 《梦珂》中的美术与时代

20 世纪二三十年代中国文学"新人不断涌现，女性小说家更是引人注

---

① ［美］韦勒克、沃伦：《文学理论》，刘象愚等译，江苏教育出版社 2005 年版，第 102 页。

目，重要作品迭出"①。这些新人随着社会发展变化走上文学舞台，丁玲便是当时引人注目的女性小说家，她于 1924 年曾短暂就学于北京某私人画塾②，1927 年由处女作《梦珂》踏上文学之路。小说《梦珂》对当时美术教育、美术学习等进行了较粗略的书写，展现了"五四"退潮后带有小资产阶级情绪的叛逆、苦闷、彷徨乃至堕落的青年女画家形象。梦珂是中国现代文学中较早出现的女画家形象，小说叙事新颖、心理刻画细致，因此"占据着现代小说人物画廊的重要位置"。③ 人物形象是文学反映社会现实的有效形式，现代中国早期小说形象中，鲁迅笔下的无产者阿 Q 及农民闰土、祥林嫂、落魄旧知识分子孔乙己等已经成为中国早期社会变迁的文化证人。由于"某些社会画面可以从文学中抽取出来"④，透过梦珂形象及其相关的美术书写，可以参照解读 20 世纪二三十年代中国美术发展及女画家的生活状况。

　　20 世纪早期，中国"学习绘画的女性为数并不少。自清末开始，为了追求国家的现代化而发起的女子学校教育科目中，就已经有'图画'一科"⑤。在国家现代化的女子教育中，美术是现代女性的一个职业选择，小说中的梦珂便是一个学习绘画的年轻女性，代表着早期现代女性的职业发展趋向。但也应看到，梦珂这些女性之所以学习绘画，"最初基于'贤妻良母主义'的实用教育以及后来的职业教育"⑥，美术成了贤妻良母的一个文化标志，现代女性与贤妻良母构成了对应关系，美术学习成了民国女子实现理想生活的一个台阶，这或许也是梦珂们学习美术的主要目的，为其后梦珂的命运发展打下了不甚鲜亮的底色。梦珂在外省小城完成中等教育后到上海学习西洋画，小说以女模特受辱、梦珂出头叱责侮辱女模特的老师开场，将 20 世纪早期中国美术教育中无法接受裸体模特、女模特在美术学校的艰难境遇呈现了出来。

　　教育近代化启动后，1903 年清政府开始把"图画"列为中小学堂必

---

① 钱理群等：《中国现代文学三十年》，北京大学出版社 1998 年版，第 60 页。
② 袁良骏：《丁玲生平年表》，《丁玲研究资料》，天津人民出版社 1982 年版。
③ 钱理群等：《中国现代文学三十年》，北京大学出版社 1998 年版，第 300 页。
④ ［美］韦勒克、沃伦：《文学理论》，刘象愚等译，江苏教育出版社 2005 年版，第 111 页。
⑤ ［日］江上幸子：《对现代的希求与抗拒——从丁玲小说〈梦珂〉中的人体模特事件谈起》，《中国现代文学研究丛刊》2008 年第 3 期。
⑥ 同上。

修课，1911 年周湘创办第一所私立美术学校，上海等城市开始出现美术学校。加上早期《点石斋画报》等美术报刊的创办加速了中国现代美术发展及观念的传播，城市市民开始了解与熟悉现代美术。在五四运动的有力推动下，许多年轻人士前往日本或欧洲学习美术，20 世纪头 20 年的中国文化与思想的演进、发展使变革求新的现代美术成为社会关注的新鲜事物。"五四"前后"美术革命"提出，20 世纪 20 年代中国社会各界初步了解了现代美术，西方美术开始成为中国现代教育的一个组成部分。对 20 世纪早期中国而言，西方绘画与"自由恋爱"一样是"现代"的象征①，学习西方现代美术便成为时尚与现代的举动，所以梦珂这样来自小城的年轻女性前来上海学习西方绘画，大致可以看出西方现代美术观念的传播情况，在普通民众中，现代美术视觉方式已经逐渐普及。

尽管现代美术逐步受到社会认可，但要使西方现代美术教育完全为中国本土语境接纳，让一般民众在心理上认同作为职业化、艺术化的现代美术门类，这条路并不平坦。现代美术发展中的裸体模特问题便有较为艰难的接受过程。如小说展示的：男性美术教师"红鼻子当大众还没到的时候欺侮那女子，那女子骇得乱喊乱叫"，梦珂听见了便跑去骂红鼻子教师，惹得红鼻子老师恼怒，便在许多人前面诬蔑梦珂。周围同学尽管也能理解，但表现出来的却是"无用、冷淡或者事过后的奋勇"，深刻反映出现代美术教育初起时对女模特地位的不尊重，也是当时美术"模特事件"的真实写照，是中西两种文化观念在美术问题上冲撞的具体体现。

1914 年，刘海粟创办的上海美术专科学校启用穿衣模特，1917 年开始引进男性人体模特，1920 年开始雇用女性人体模特。② 刘海粟指出，"我们要画活人体模特的意义，在于能表白一个活泼泼地'生'字，所以就有很高的美的意义和美的真价值。"③ 人体模特的使用引起了争论，"从一开始这似乎只是一件涉及风俗教化的道德问题"④，最后酿成了"人体模

---

① 转引自［日］江上幸子《对现代的希求与抗拒——从丁玲小说〈梦珂〉中的人体模特事件谈起》，《中国现代文学研究丛刊》2008 年第 3 期。

② ［日］江上幸子：《对现代的希求与抗拒——从丁玲小说〈梦珂〉中的人体模特事件谈起》，《中国现代文学研究丛刊》2008 年第 3 期。

③ 刘海粟：《上海美专十年回顾》，刘海粟《刘海粟艺术文选》，上海人民美术出版社 1987 年版。

④ 孔令伟：《风尚与思潮：清末民国初中国美术史的流行观念》，中国美术学院出版社 2007 年版，第 188 页。

特事件"，不仅报纸进行攻击，各个地方政府也对之予以禁止。① 刘海粟曾多次在电台报纸等宣讲"人体模特"对于现代美术教育的必要性。不仅如此，美术家们甚至将新道德与裸体牵连起来，使与裸体模特有关的人体艺术成为一个微妙的社会问题。诚如美术家倪贻德所说："新道德是以强烈的自我表现为本体，新道德又以赤裸裸的真情流露为归依，所以裸体非但与新道德没有冲突的地方，而且更能取同一的精神，在向创造的大道上前进。"② 从 1917 年到 1926 年，"裸体模特事件"闹得沸沸扬扬。《梦珂》对此有具体描绘，男教师照样教书，女模特被撤换，仗义执言的梦珂退学，学校"直过了两个月，才又另雇得一个每星期来两次，一个月拿二十块钱的姑娘，是代替那已许久不曾来的上一个模特儿的职务"。

从小说中可以形象地看出裸体模特所代表的西方人体艺术在中国接受的艰难，也可以看出美术学校学生对现代美术观念的隔膜。当梦珂带着模特离开，周围的学生"无用、冷淡或者事过后的奋勇"等显示出他们并未认可裸体模特所代表的西方人体艺术观念，旧道德或封建思想依然制约着人们。年轻学生到上海这样的大城市学习现代美术，他们留起了长发，似乎在外表上已具有了现代美术家的形象，但他们果真献身于现代美术么？从小说中男学生对女模特的表现以及其后的冷淡来看，显然未必。即便面对女模特受辱挺身而出的梦珂也未必就是真正热爱现代美术，未必就是真正献身于西方油画艺术事业。所以后来她在姑母家中生活久了，"陪着这几个漂亮青年听戏，看电影，吃酒，下棋，看小说"，便忘却了美术学业。尽管也曾"拿了许多颜色，画布，开始学起涂油来"，或者"整天躲在房子里照着那些自己所爱的几张画模仿着"，或者出外和两个男士写生，但她并未真正投入到美术爱好中，即便她有"极精致的画架，配上一个三角小凳"，画具和颜料不缺，但在与姑母家男男女女的庸俗、市侩、奢靡的生活中已经迷失了自己。

美术教师应该是现代美术技法与观念的播火者，是现代美术在中国落地生根的实践者，是现代生活美的传播者。小说呈现出来的美术教师形象让我们看到 20 世纪早期中国现代美术教育的困境。作为现代美术专业教师，显然应该将裸体女模特当作艺术来尊重。但小说中，不管是红鼻子美

---

① 吕澎：《20 世纪中国艺术史》（上），北京大学出版社 2007 年版，第 233 页。
② 倪贻德：《论裸体艺术》，原作于 1924 年，收入《艺术漫谈》，上海光华书局 1928 年版。

术教师，还是后来关心指导梦珂绘画的美术教员澹明，他们都未有对人体艺术起码的尊重。尽管这些美术教师曾学习过现代美术、了解现代美术、在一定程度上接受了现代美术观念，甚至有的还曾留学海外，但他们回国后，不自觉地便成为封建思想的实践者。所以，红鼻子老师去侮辱裸体女模特，澹明在有了女朋友后还想方设法与晓淞争相对美丽的梦珂献殷勤。这反映了 20 世纪早期中国美术教师及其相关从业者的道德、思想水准，以及现代美术从业者与西方文化中艺术家的遥远距离。

小说没有提及现代美术学习者的具体出路，从梦珂来看，作为学习了两年多现代美术的学生，她所学习的绘画也"暗示梦珂不仅在学习'绘画'，同时也在学习'绘画'背后的男性'观看'"①，也就是她所接受的现代美术专业技术训练应该使她积累起男性的某些雄强观点，凝集起对美术的兴趣，也应该具有从事美术职业的基本能力。但当梦珂到姑母家后，每日留恋于男男女女奢靡、浮华的生活，不仅忘却了美术专业，也根本就不曾在现代美术学习中形成独立自由的现代个性。所以，梦珂不仅拒绝了革命的"无政府党"，当梦珂知道被表哥的爱恋欺骗后，走投无路时，便向"四月剧社"的电影圈走去，最终只能在苦闷、彷徨中失去自我。

三 《梦珂》中的法国与美术

法国是小说出现的现代美术及文化的重要背景。主人公名字"梦珂"源于法语 mon coeur（"我之心"之意），是一个带有法国语言色彩的名字，与小说中出现的环境与活动——美术学校及西方绘画学习——比较贴合。小说另一个主人公晓淞"是一个刚满二十五岁的青年，从法国回来还不到半年"。此外，在姑母家教梦珂绘画的澹明是一个专门学校的图画教员，知道梦珂是绘画学习者后，便"清理了几本顶好的是从法国带回来的裸体同风景画给她"。表哥、澹明的法国留学背景以及由法国带回的裸体画、风景画等，这一系列法国文化背景，呈现出 20 世纪中国现代美术中的法国来源。

20 世纪早期，法国是中国学生留学海外的主要目的地。1919 年 12

---

① 罗岗：《视觉"互文"、身体想象和凝视的政治——丁玲的〈梦珂〉与后五四的都市图景》，《华东师范大学学报》2005 年第 5 期。

月，影响中国现代美术进程的画家林风眠与李金发、林文铮等一百多人赴法留学，1921 年，林风眠先后进入第戎美术学院、巴黎高等美术学院学习，他和其他留学生一起在法国成立了"海外艺术运动社"，筹备"中国美术展览"，并受到在法国访问的蔡元培的鼓励。① 庞薰琹、徐悲鸿、吴大羽、潘玉良、颜文樑、刘海粟等均在 20 世纪早期前往法国留学，法国美术及其文化成为中国现代美术发展的重要资源。早期上海都市文化中的海派因素、文学叙事等也多有法国文化影响，心理、象征等法国现代小说叙事成为新感觉派等上海作家学习与流行时尚的文学符号，法国文化已经成为上海"海派"文化重要来源之一。施蛰存小说《在巴黎大戏院》直接以巴黎命名，是法国文化对上海文化多元影响的一个证明。还有，丁玲在小说中"细腻、大胆而又富有饱满感情的刻画人物复杂心理的特色"便是"受到一些法国现实主义作家的影响"②。

小说描写了不少美术学习活动，比如临摹名画、外出写生等，这些现代美术实践方式与欧洲十分相近。至于学习的"画具和颜料，还有一个极精致的画架，配上一个三角小凳"，均与欧洲相仿。甚至出现了与欧洲现代生活近乎一致的情形，如"三个人便坐车到野外去，有时也画一两张，有时因为谈话谈得太起劲，忘了画，尽把带去的一些罐头牛肉，水果，面包，酒——吃完就回来了"。小说呈现的这一场景已然现代生活十足，这些现代美术学习与生活情形与 20 世纪早期普通民众局限在家庭中的生活方式形成了一定反差，是小说营造出的西欧现代文化空间，也是叙事空间陌生化的重要视角，为接受者感受陌生文化、进入小说叙事提供了较好空间，这也可能是丁玲早期小说成功的一个因素。此外，丁玲在小说中细腻而又富有饱满感情的人物心理刻画的特色与美术活动构成了较好互动，梦珂写生时的心理、场景与其后在电影剧社的状态相互映照，前后对比，衬托出女主人公不同的情感流动，是现代小说叙事的有效实践。《梦珂》夹杂了西方翻译体的白话文与来自法国的现实主义叙事相结合，心理描写比较成熟，本土化地展现了早期现代中国小说叙事的成熟。尤其是，由于丁玲早年有过一定的绘画经历，对视觉审美有较多认识，小说也营造了独特的视觉叙事氛围。

---

① 吕澎：《20 世纪中国艺术史》（上），北京大学出版社 2007 年版，第 276—278 页。

② 钱理群等：《中国现代文学三十年》，北京大学出版社 1998 年版，第 300 页。

《梦珂》细致刻画了现代美术活动的参与者，即教师、学生、裸体模特等诸多形象，通过这些人物形象，可以看出，20世纪早期现代美术活动的参与者大多还有封建思想的因子，他们并非将美术作为至高无上的艺术来对待，而是视为女性修身并以此回归家庭的装饰化工具。丁玲以潜在的方式点出了法国美术及其文化对中国的影响，营造出与日常生活不同的叙事氛围。总体上，小说中画家形象及美术书写展示了西方现代美术在早期中国接受过程的艰难，也是丁玲对20世纪早期中国美术发展的审视与评价。通过《梦珂》我们看到，早期中国现代美术的形成、发展还较多流于形式，流于一种表面上的时尚与新鲜，并未能真正理解与接纳现代美术。

　　《梦珂》也以美术叙事书写了20世纪早期中国女性现代认同的尴尬，女性与美术是小说叙事焦点，尤其是美术中的"美"与传统中国女性职业想象中的家庭妇女形象相呼应。梦珂所代表的所谓现代女性并未走出封建传统，她们之所以学习美术，主要目标还是回到家庭生活，在职业伦理上依然未能形成职业与艺术兴趣的统一。这也是20世纪初至今中国现代美术发展的主要问题，当前许多学院美术学习者文化素养普遍不高，他们并非具有热爱与献身艺术创造的艺术精神，美术职业伦理也未能建构起来。其中，不少女性选择美术也多少有美术学习容易上手、不需要太多职业技能的心理，仍有较多的盲从心理。

　　总体而言，20世纪20年代末，丁玲《梦珂》中塑造的留法归来肤浅浪荡的画家形象和沉溺于物质生活的美术学习者形象，以及户外写生等现代美术书写，展现了现代美术在中国接纳、发展的不同面向。丁玲小说中的现代美术家形象及美术书写与小说叙事的现代心理表达相映成趣，显示出小说叙事的现代趋向。此后，20世纪40年代，钱锺书小说《猫》① 中也塑造了法国留学回来的画家形象陈侠君，他在小说中花言巧语、拈花惹草、轻浮世故，与《梦珂》中的美术家形象相映成趣。20世纪中国早期小说中这些留学法国的画家形象或孤独寂寞或浅薄无用，体现出文学叙事对以美术为标符的西方文化的潜在批判。

---

① 　钱锺书：《猫》，《人·兽·鬼》，读书·生活·新知三联书店2002年版。

第二节　伤痕小说的美术书写

此起彼伏的 20 世纪 80 年代文艺思潮首先由"伤痕"开启，文学、美术以不同的艺术语言传递了"伤痕"意识，共同对"文化大革命"创伤进行了书写与呈现，显示出美术的社会思想文化敏感性。作为社会文化审美重要一维，邵增虎《农机专家之死》、高小华《为什么》等诸多呈现"文化大革命"创伤的美术作品以不同的形式审美语言，参与到 20 世纪 80 年代"伤痕"思潮的发展演进中，显示出美术对社会思潮所起的催化助推作用。与"伤痕美术"相呼应，刘心武《班主任》、郑义《枫》、白桦《苦恋》、遇罗锦《一个冬天的童话》等伤痕小说，从不同视角对美术家、绘画作品、美术背景等进行了多层次展现。伤痕小说中的美术以独特审美方式传递着因美被毁坏而来的更深更痛的文化创伤。通过美术书写，伤痕小说不断扩散着文学的审美效应，深化了美与善等人道主义主题，从而具有"伤痕"思潮审美意识深化的意义。

一　《班主任》与《枫》中的美术意象

《班主任》[①] 是"伤痕文学"重要文本，小说围绕班主任张老师收留挽救小流氓宋宝琦展开叙述，其间穿插了团支书谢惠敏和宣传委员石红对挽救与改造宋宝琦的不同态度，再现了"文化大革命"造成的青少年精神与灵魂上的"伤痕"。《班主任》中，美术插图成为内在的叙述焦点，是不同人物性格呈现的重要对照物，美术插图内容也是"文化大革命"伤痕及其影响的直接映照。宋宝琦犯案后被张老师带回的物品中有一本"文化大革命"前出版的外国小说《牛虻》。叙述人专门告诉我们，这本书曾经激励过张老师，尤其是其中的美术插图。"文化大革命"前出版的小说美术插图在这里作为与"文化大革命"相对立的正面形象出现，具有拨乱反

---

① 刘心武所著中篇小说，刊于《人民文学》1977 年第 11 期，是"文化大革命"后第一篇公开发表揭露"文化大革命"创伤的小说，也因此被认为是"伤痕文学"思潮发端的一个起点。

正喻指的文化正当性，这暗示着作为正面形象的张老师与小说《牛虻》及其插图间的正对应关系。但正是插图引发了谢惠敏的强烈反应，当收拾宋宝琦物品时，谢惠敏看到了书，也看见书中"有外国男女讲恋爱的插图，不禁惊叫起来：'哎呀，真黄！明天得狠批这本黄书'"。男女恋爱的美术插图成为黄书的标签，表明"文化大革命"产儿谢惠敏集体话语规约下的可怕面目。随后，张老师翻阅这本"饱经沧桑"的小说时，发现"插图上，凡有女主角琼玛出现，一律野蛮地给她添上了八字胡须"。张老师对此也有不解，不知宋宝琦为何如此，便在家访时专门问及了这个问题。宋宝琦讲述了从学校废书库偷书的经历，并认罪式地向张老师陈述对插图进行处理时的情形及动机，他说偷书后，一人拿一本相互"比赛"着，"翻画儿，翻着女的就画，谁画的多，谁运气就好"，将画面中女主角琼玛画上胡须。当张老师听闻如此行为显露出愤然表情时，宋宝琦以为张老师指责他看了那些"黄书"图案，立即显示忏悔，自陈"不该看这黄书"，也就是不该看那些插图。

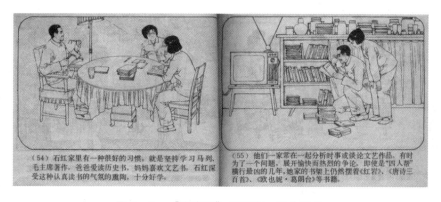

（54）石红家里有一种很好的习惯，就是坚持学习马列、毛主席著作。爸爸爱读历史书，妈妈喜欢文艺书。石红深受这种认真读书的气氛的熏陶，十分好学。

（55）他们一家常常在一起分析时事或谈论文艺作品。有时为一个问题，展开愉快而热烈的争论。即使"四人帮"横行最猖獗的几年，她家的书架上仍然摆着《红岩》、《唐诗三百首》、《欧也妮·葛朗台》等书籍。

图 7 – 1　《班主任》连环画　庞先健绘

在这里，作为小说故事主题附属物的插图已经成为宋宝琦、谢惠敏们攻击的重要目标，尽管两人均未读过小说《牛虻》，不知道这是一本什么样的书，但因为美术插图的存在，两人形成的唯一印象便是"黄书"。美术在这里具有耐人寻味的文化指向，作为美、趣味、生活化、个性化的象征，《牛虻》的插图画面具有个体趣味性的话语喻指取向，张老师和石红都是个性话语的代表，也是《牛虻》插图的潜在认同者，尤其是张老师曾受到过包括这些画面在内的小说《牛虻》的长久激励，这暗示了美术所具有的审美教化功能。谢惠敏、宋宝琦与张老师、石红对待插图有着截然不同的态度，男女恋爱的美术插图因此是小说叙事的内在焦点，既是谢惠敏、宋宝琦受到"文化大革命"思想钳制与规约的显在标志，也是石红、张老师在"文化大革命"年代对"美"与个体话语确认的重要标符，暗示着"文化大革命"中美与个性的丧失。在"文化大革命"结束到20世纪80年代开启的转换时期，"以《班主任》为起点，伤痕小说——都是在延续一种话语的转折与发展。在这个过程中，个人话语越来越强大，越来越自然，而集体话语似乎越来越趋于边缘化"①。从文本来看，以张老师、石红为代表的人道与个体本位的个人话语对《牛虻》插图的肯定，以此在对抗着以谢惠敏为代表的集体话语。在个人话语与集体话语交替进行中，《牛虻》插图作为客体的美术元素以美、趣味的面目呈现在两种话语交锋的场域，扩散与延展着小说叙事的文化创伤追问意味。

《班主任》中，美术插图以一种隐在的意象指涉着美的缺失，呈现出精神缺位所造成的文化创伤。随着20世纪70年代末整个社会文化的转折与演进，美术创作的主体——美术家开始以不同面目在"伤痕文学"中陆续出场，深度策应着文学的"伤痕"书写及其文化反思。在现代性语境中，美术家以其主体介入的审美意识书写着社会的"真善美"，其社会形象往往是显示个体特性、传达形式审美特质与美感的特殊状态，往往被认为是"美"的创造者。美术家"与社会之间的相互关系甚为密切"，其"对社会有一定的依赖性"②，由此，美术家成为"伤痕文学"中具有特定社会政治文化取向的文学形象，在相当程度上，美术家形象投射出社会政治文化发展的一种独特境况。

郑义小说《枫》③讲述的是一对年轻恋人为捍卫自己的革命立场，成为武斗双方，并最终死去的故事，其描述的战斗场景及结局发人深省，美术教员形象及其相关书写在其中发挥着特定的场景渲染功能。故事叙述人"我"是一个美术教员，在"文化大革命"惨烈异常的武斗中，这位美术教员竟然"从未参加过武斗，每天背着画夹到处画水彩"。美术教员显得突出而另类，人们都认为他只是一个"逍遥派画家"，暗示着美术在"文

① 贺桂梅：《新话语的诞生——重读〈班主任〉》，《文艺争鸣》1994年第1期。
② ［英］赫伯特·里德：《艺术的真谛》，王柯平译，辽宁人民出版社1987年版，第200页。
③ 郑义：《枫》，原刊于上海《文汇报》1979年2月11日。

化大革命"斗争环境中的边缘而无用，只能被"革命"所放逐。实际上，"我"只是借助美术教员身份作为掩护，来执行武斗一方侦察任务的人，美术教员身份成为自我掩护及战斗一方斗争工具的重要方式。美术教员在这里别有意味，成为一种隐含的意象，他既以特殊方式参与"文化大革命"的酷烈斗争，也以美术视角冷观静看着男女主人公的悲剧经历。

图 7－2　《枫》连环画　陈宜明等绘

小说中，美术教员的探触目光显露出审美主体自我参与的审美视角。侦察行动中，"我"看到"奇异的景色"，主楼上"弹痕累累"，画面呈现的是"湖蓝的天，大红的旗；最后涂上枯黄——细致地画出那一树树火焰般的枫叶"。"我"尽管没有画出"战壕、炸雷"，但在美丽的画面背后，已经标注出至关重要的"大火炉"。秋天美丽的写生场景转换为一次悄悄的战斗侦察行动，美术的审美意义被"文化大革命"完全扭曲。不仅如此，小说作者对此进行了精当构思，使"我"所画的美术图像与所见景色构成了一种互文性话语，"我"所画的"枫叶"及其后卢丹枫转托给李红钢的并蒂枫叶成为一种相互关联隐喻的多元能指关系。作者还特别交代，说"喜欢这火红的枫,每个秋天都要画的",火红的"枫叶"由此指涉和深化着其后悲剧场景的酷烈,美术教员身份则凸显着李红钢、卢丹枫悲剧发生时在场的无力与痛楚,由此凝聚着"文化大革命"伤痕痛楚反思的人道主义意义。其后,美术教员不得不发出深切的悔痛之意,他自问"我这握画笔的手,居然端起了枪杀人,斗争就是在这样改变着人"。《枫》中,美术教员失去了应有的主体意识,失去了审美担当责任,只能是"文化大革命"斗争工具,但美术作为一种意象及其在场的审视与观察,以及其他相关美术书写,既呈现着文本环境的美,也是"文化大革命"时代的悲与痛的人道主义反思。

二 《一个冬天的童话》与《苦恋》中的美术家

遇罗锦的长篇自传体小说《一个冬天的童话》① 塑造了一个与时代格格不入的美术家形象。小说以第一人称"我"的角度讲述了与两个男人的爱情故事,在伦理道德和爱情之间抒发了对爱的追寻。女主人公从工艺美术学校毕业,平时十分喜爱画风景速写,在监狱里、农场中,只要看到美丽的风景,"我"就要画下那些风景。对风景之美的热爱、不断强调的美术书写,透露与印证着"我"对美的意识自觉,这种自觉强化了"我"个性中天然感性及主体意识的觉醒。美术书写中的个体复苏让叙述人"我"与"文化大革命"大环境疏离开来,甚至在枯燥的农场生活中,"我""一看到那些美丽的风景,就觉得我还活着,还有对生活的向往——我记下画它们,自己觉得是享受。"日常生活中美的自觉是美术家审美意识的自然表现,是审美主体的自觉担当。文本中的美术书写在强化作为美术家的"我"的主体创造意识同时,也预示着其后不断呈现的生活悲剧,昭示着美术家在那个时代的无奈与难堪景象。

自觉自发的"美"的书写其实是"文化大革命"时代的禁忌事件。当人在严酷年代、乏味生活中无所依托时,自然环境的美或许可以成为暂时拯救与自我释放的良方。经历了家庭变故的"我"正是如此,在农场劳动经受困苦生活磨炼的严酷环境中,当看到"四季的色彩绚烂地呈现在眼前

---

① 遇罗锦:《一个冬天的童话》,原刊于《当代》1980 年第 3 期,由于小说以作家自叙传方式书写,刊出时也曾被视为报告文学。

时"，"我""心里就多么欢快，感到说不出的美呵"，于是便以绘画的方式"记下了许多风景速写"。这种对美的发现与记录，并以绘画方式将美再现出来，成为乏味劳动生活的重要补偿，体现了画家主体意识的自觉及其性格上的敏感，以此显示着"我"强烈的审美主体性，这种敏感与自觉恰恰显然是对"文化大革命"异化生活的反动。"我"在不同场合显现出自觉的美术审美意识，在与维盈畅谈后，沉浸在爱情中的"我"，想到"他脸部的动人线条"，一种自发的爱的表达是想"有一天能把他画下来！"爱情是人间最美好的情感之一，爱情可以自然显现人的自我意识。当"我"回忆工艺美术学校的第一次爱情时，也提及，"每当我独自到公园去写生的时候，多希望你正好在面前，能给你画在纸上，留作纪念！每当我看到迷人的风景时，多希望你就在身边，能和我一同欣赏，画下它们！"这种爱情表达印证了"我"对美的自觉以及美术创作的主体身份。

《一个冬天的童话》以讲述三角恋爱故事为主旨，美术家及美术书写并非小说叙事重心所在，但美术书写与女主人公的心理冲突处处关联。小说第一人称的叙事方式凸显了女主人公被时代遮蔽的自我体验和情感表达，女主人公的内心冲突主要是"'人和环境'（为了生活被迫找对象）的冲突转化为'个人'内心道德（自视清高又不得不屈服）的冲突"。[①]绘画速写的对象既是外在环境，也与女主人公的情感表达构成了内在关联，是女主人公自觉的审美意识及行动，这种内在意识及行动反衬着"文化大革命"社会文化环境，也喻示、对应着女主人公心理冲突中的社会文化反叛之意。因此，尽管美术家形象及其书写不是小说叙事重心，却是小说主旨凸显、故事内涵得以冲破时代局限并引起文化反响的重要原因。

"伤痕"思潮中，以美术家形象为叙述主体，并引起广泛影响的是电影剧本《苦恋》[②]。《苦恋》以民国、中华人民共和国两个时代中生活的画家凌晨光为主人公，讲述了旧社会困苦生活中对美术颇有才学的画家，年轻时被船家女绿娘搭救而后相爱，后因反对国民党被追捕而逃亡国外，最终成为著名画家，并在海外与绿娘成婚。中华人民共和国成立后，画家夫妇回国，在"文化大革命"中全家生活陷入谷底，女儿决定出国，凌晨光

---

① 杨庆祥：《论〈一个冬天的童话〉——"冲突"的转换和"自我"的重建》，《文艺争鸣》2008年第4期。

② 白桦所著剧本，刊于《十月》1979年第3期，据此摄制的电影改名为《太阳与人》。

反对无果后，逃亡成为一个荒原野人，最终以问号般的身躯姿势死在雪地中。《苦恋》故事与其他伤痕小说一样，也以主人公跨越新旧两个时代、在"文化大革命"中受到冲击为主线，贯穿着新旧对比及反差的强烈意味。不同的是，剧本设置的如水墨画的悠远画面，与凌晨光美术家的绘画趣味形成了极好的互文对应关系，使剧本具备了较强的艺术性，也使凌晨光这一赤诚爱国、经受"文化大革命"迫害的美术家形象具有了更深远的审美意义。

图 7-3　袁运生手绘《苦恋》改编的电影海报

剧本中，凌晨光的画家角色不断被强化。童年时期，他在做小学美术老师的母亲熏陶下画彩绘风筝、蝴蝶，是"做风筝的哑巴教会了他色彩的协调、匀称、曲线和造型美"，因此，"民族民间的艺术才真正是他的基础课"。民族民间的话语强调着这位画家的美术造型与色彩感受来源，也暗含着画家与这个国家文化深处隔绝不断的关联。年轻时，凌晨光与禅院长老相遇，长老禅房中的白玉兰、屈原《离骚》内容的书法字幅不仅对画家有着无形影响，也成为画家精神上的文化来源。"文化大革命"行将结束时，凌晨光和绿娘到天安门前贴屈原《天问》主题绘画，显示出画家精神上与年轻时代的关联，说明屈原等传统民族精神是画家一生割不断的文化脐带，也是对女儿的问题"苦苦地恋着这个国家——可这个国家爱您吗"的无声证明。正是剧本起始所说的民间美术隐形精神来源，才使凌晨光年轻时不断以木刻艺术、宣传画反抗着国民党反动统治。如剧本描述，"传单飞舞，镜头追逐着传单里的一张木刻，又一张木刻，木刻贴满整个画面"，"他在挥笔画一幅宣传画"。年轻的凌晨光以美术方式实践着艺术报国的志向，在展现美术文化抗争作用的同时，也与其后"文化大革命"中在芦苇深处被追逐的情形形成强烈反差与对比，使故事具有了尤为深刻的反思意义。

　　绘画是凌晨光对国家热爱的唯一表达方式，木刻、版画、国画等绘画形式是凌晨光的艺术选择。年轻时寄身海外，功成名就的凌晨光也"以国画、版画、油画、装饰画的形式描绘的中国风物和人"。中华人民共和国成立后，凌晨光画出了《三峡烟雨图》《天山在唱歌》《火红的山岗》等与这个新生国家社会文化生活密切的相关画作，而他还不满意，认为"无论怎么画都没法把祖国的新面貌表现出来，一半也没有"。即便在逃亡的昏暗小屋中，他也要"在墙壁上画出一扇窗，过于阴冷就画出一个春天吧"。绘画意识无时无地不在，绘画主题内容始终不变，海外与国内两种环境的较大对比，美术书写在这里深切地昭示着凌晨光对民族与国家"苦苦的恋"。在《苦恋》剧本中，美术不仅是环境氛围，不仅是画家形象的塑造资源，也不仅是民族精神的映照，更是 20 世纪中国美术发展变革的真实写照，是现代美术与国家文化意识发展内在关系的切实表达。

　　"伤痕文学"文本中，除了前述四部小说与剧本对美术有着较为丰富的书写，其他不少小说中，也对美术有着特定的描写，凸显出美术与"伤痕"思潮及社会文化发展的密切关系。韩少功小说《月兰》中，老队长调和了鲁莽的农村工作队员"我"与长顺一家的冲突，显示出老队长农村生活经验丰富的特定文化形象，与受过良好教育的"我"形成了较大反差。这位老队长，"爱看连环画，爱看电影，爱讲段《水浒》《说唐》"，在繁重农村劳动之余寻找着日常生活趣味。连环画、电影与传统故事多寄寓着人生哲理，韩少功这一闲笔暗示着老队长对人情世故的熟稔与融通，显示出底层生活与连环画、电影等美术文化的内在联系，也反证着知识分子"我"的无力。王蒙小说《布礼》中的钟亦成，因为 1957 年在《儿童画报》发表了一首小诗受到批判。这首四句小诗"配在一幅乡村风景画的右

图 7-4 电影《苦恋》剧照

下角"，《儿童画报》与配画一角，表明小诗内容与发表处所的平常简易。
即便如此，这对于文学爱好者钟亦成也具有极大鼓励意义，在他眼中，乡
村风景画也特别地放大起来。他看到的风景画是"大地一幅生生不已的画
面，抖颤的小黄菊花，漫天遍地的白雪，翠绿如毡的麦苗和沉甸甸的麦
穗"。因为这首小诗，钟亦成命运发生转折，受到集体批判，《儿童画报》
和乡村风景画也因此具有强烈的反讽性。其后钟亦成与凌雪结婚时，区委
书记老魏送来了"一对刺绣的枕套——两本精装的美术日记"，美术日记
在这里又成为困苦环境下对美好生活的寄托，昭示着人的精神之火不灭。
郑义小说《远村》中说到杨庄的穷苦生活，乃是"无庙宇碑碣，仅存的古
迹，便是村中央那巍然矗立的五棵古杨"。庙宇碑碣有宗教礼仪及记事功
能，一切皆无，说明了村庄环境的偏远穷苦。这些细节性的美术书写以潜
在的微小方式扩散着小说的审美意识。

三　美术书写与"伤痕"思潮

　　美术是重要的社会文化形态，在传统社会中，美术以民间文化与精英
文化的不同方式参与着社会建构，或是普通民众日常生活的审美资源，或

以特定方式成为不同阶层的精神寄托，或是存形寄道、记载历史变迁。在不同社会与历史文化形态中，美术以形式审美视觉呈现方式发挥着特定的艺术功能，也被文学自觉与不自觉地书写记录着。自现代文学诞生起，美术书写便开始成为环境氛围营造、人物性格彰显的一种叙事元素。"伤痕文学"文本中的美术书写正是美术特定的社会与艺术功能的显现，是文学叙事现代发展与转化的一种体现。

"伤痕文学"的美术书写呈现出不同层面的叙事元素，《班主任》中的美术图像是小说叙事的重心与焦点，《枫》《一个冬天的童话》《苦恋》都有丰富而直接的美术元素存在，既有美术创作主体形象的呈现，也有美术题材与种类、创作过程与影响等美术元素的表达。这四部均是"伤痕"思潮发展演变中影响较大的作品，《班主任》开启了"伤痕文学"，《枫》《一个冬天的童话》《苦恋》均引发了社会政治文化领域的极大关注，是当时文化思想争论的引爆器，特别是剧本《苦恋》，更以其特定的主题追问和审美影响，引起1980年社会文化较大的争鸣。美术元素在"伤痕文学"文本的思想内涵、人物形象塑造、艺术氛围营造等诸多方面发挥着特定作用，这是其他元素所不能发挥的，也因此有其独特而有效的文化影响。美术书写使"伤痕文学"文本的艺术性、思想性、形象性得到较为完美和谐的统一，有的也使文学文本引发社会争议。因此，当"伤痕"思潮要表达被"文化大革命"所抛弃或异化的真善美等人性人道情感时，美术以视觉直观方式对现实做出自己的审美发现，文学文本则以不同层面上的美术书写来呈现人性人道情感。

"伤痕文学"文本中的美术书写是文学与美术元素的复合创造，美术家形象及其他美术书写通过文学得到有效深化，人物形象散发出极大的主体影响力，深化了小说的主题意义。可以说，"伤痕"思潮文学文本引发社会极大关注，或多或少都与美术书写有着内在的文化关联。尤其是《枫》《一个冬天的童话》《苦恋》三个文本，不同的美术家形象、美术书写加剧着美的破碎与悲痛，不能说不是文学文本具有较大影响，甚至引发社会争议、争鸣的一个重要原因。《枫》《一个冬天的童话》《苦恋》等引发的社会文化论争深化了"伤痕"思潮的发展，也使人道主义认识在争论中不断深化。

第三节 汪曾祺、贾平凹小说的美术书写

　　20世纪八九十年代，汪曾祺和贾平凹各自以独特的文学笔触书写着变革与发展中的当代中国，其文学文本呈现出传统与现代交会的艺术韵味，这种独特艺术韵味的重要一点在于作家绘画研习、绘画修养及相关审美意识的多元渗透与传导。传统绘画的研习思考赋予汪曾祺、贾平凹不一样的形式审美感觉，传统绘画所包蕴的古典艺术精神也以潜在方式影响着作家，使汪曾祺、贾平凹从不同角度对传统书画进行了独特的文学书写，在他们的小说文本中，既有富于意味的美术意象，也塑造了不同的美术家形象，美术意象和美术家形象渗透着汪曾祺和贾平凹对传统儒释道文化的感悟，与小说叙事写意性相映照，呈现出作家美术思想的另一面貌。从《梦珂》、伤痕小说，到汪曾祺、贾平凹的小说，美术书写显示出传统绘画与现代美术在中国文化发展中的多元差异。

一　传统与现代之间的美术家形象

　　汪曾祺和贾平凹分别出生于20世纪的20年代和50年代，在人生、文学、绘画经历上，二人有一定差异，但共同爱好中国书法、绘画，并有所成就。汪曾祺父亲是小城画家，自幼看着父亲作画长大，在中学即以绘画闻名。贾平凹"文化大革命"时在水利工地上开始业余绘画，这一兴趣一直伴随文学创作，成为贾平凹文学之外的重要工作。受共同的美术兴趣驱动，汪曾祺和贾平凹在不同题材小说中共同地描写了一些画家、书法家形象，这些画家、书法家形象既有相似性，也由于作家经历、时代思潮的不同，存在一定差异。

　　汪曾祺早期小说书写了一些画家形象。在1949年前创作的现代派风格小说《艺术家》①中，汪曾祺以一个爱画画又会写作的第一人称"我"来叙述哑巴画家的故事，叙述人"我"画画大都在深夜，"我"认为"用

_____

① 成稿于1948年，未见具体发表日期。

颜色线条究竟比较直接得多，自由得多"。"我"对艺术有着强烈的要求，希望绘画能带来"一种高度的快乐，一种仙意，一种狂"。小说开始时的一系列心理铺垫为"我"看到哑巴画作时受到的震撼奠定了基础，作为画家的"我"对艺术至高无上的追求与生存在民间、具有绘画天赋的哑巴形成了对照，并突出了"我"得知哑巴画家死去时的感伤怅惘。

哑巴的画作，"设计气魄大，笔画也很整饬。笔画经过一番苦心，一番挣扎，多少割舍，一个决定"，"干净，相当简单，但不缺少深度"。画作予"我"的印象显然是极深的，"我"认定这才是真正的艺术家。这样震撼的画作出自哑巴之手，而哑巴出身农家、自小爱画画，却从未接受过绘画教育。哑巴秉天赋而成的画作受到村里人的喜爱，也震撼了作为艺术家的"我"。一个天赋画家形象被汪曾祺以心理流动的叙事手法书写出来，颇具现代意味，"我"的艺术追求和死去的哑巴形成鲜明对比，体现出作者对"艺术家"，对绘画艺术至高境界的界定。

20世纪80年代，"寻根文学"兴起前后，汪曾祺以苏北小城高邮风物人情为题材，书写了一些传统书画家形象。小说《岁寒三友》①中，汪曾祺塑造了三代以绘画为生的小城画师靳彝甫形象。靳彝甫家中积存不少画稿，绘画题材等以小城生活需要为主，山水、人物、翎毛、花卉什么都画。在小城，靳彝甫既不像"有田有地、不愁衣食，作画只是自己消遣"的文人精英画家，也不像流水作业、制造绘画商品的作坊画匠，他的画作与民间百姓日常生活息息相关，为百姓画行乐图（生活像）及花鸟山水等生活装饰性画作，满足民间百姓自我形象认知及生活装点的需求。此外，靳彝甫生活也有独立品味，他和开绒线店做草帽的王瘦吾、开炮仗店的陶虎臣从小一块长大，三人生活"说上不上、说下不下"，是小城至交。

画师靳彝甫，介于贫富之间，有自己的艺术情趣。在本地寓居上海的大画家季匋民看来，靳彝甫有家学渊源，绘画有功力。靳彝甫身上体现着传统文化熏陶下的文人风格，他爱梅兰竹菊、花鸟虫鱼，品格清高，生活自制，有自己的绘画准则。如不愿看死人，所以不画喜神图（遗像）；如他喜欢画市场需求不大的青绿山水和工笔人物，所以全家经常半饥半饱。故事行进到最后，画家这些性格特征得到了凸显。在上海开画展成功后的

①　成稿于1980年，刊于《十月》1981年第3期。

靳彝甫外出三年，得知好友王瘦吾、陶虎臣境遇困窘、行将死去时，便立即回来将珍藏多年、"爱若性命"的三块田黄石章卖掉，解救了两位至交，一位传统民间画家清高自律、重义轻利的形象跃然纸上。

汪曾祺还塑造了一些特征鲜明的画家形象，这些形象展现出人性的复杂与生活的暧昧。《八千岁》① 描写了一个擅绘画的无赖浪子八舅太爷形象，这个曾读了一年美专的小城驻军旅长，会画画，很风雅，但横行乡里。他的画"宗法吴昌硕，大刀阔斧，很有点霸悍之气"。绘画才能为其霸占各种钱财提供了契机，他看中的好字画、好物品总要以自己画作去交换。这一形象呈现出乡村民间复杂的文化意味，既有流氓习气，却又附庸风雅，显现出乡土中国现代变革中独特的文化境况。或许源于父亲是小城画师，自己又喜爱绘画，汪曾祺似乎特别钟爱画家形象，后期依然塑造了不少画家形象。《喜神》② 写的是一个专门画生活像、遗像的画家管又萍，他专门负责绘画"开脸"的工艺环节③，最后一次是临终前为自己遗像"开脸"，令人深刻感受到强烈的生命意识与浓郁的民间气息。《小娘娘》④ 中的画家谢普天是沦落的世家子弟，曾在上海美专学过国画、油画和雕塑，停学回乡在中学教美术课。这样一个接受过现代美术教育的画家竟和小姑谢淑媛产生不伦之恋，双双出走他乡途中，他为谢淑媛画了一幅精致美观的裸体肖像。最终谢淑媛死于难产，谢普天不知所终。

汪曾祺还塑造了一些与乡土生活息息相关又不太突出的画家形象，其名篇《受戒》⑤ 中的主人公明海也可说是一个民间小画家，他因为绘画才能受到小英子母亲赵大妈的青睐。明海为大英子绣鞋做嫁妆画了许多花，引起周围乡邻瞩目，不断有人来小英子家求明海画画，小英子和明海逐渐熟悉亲近起来。绘画成为明海受宠的一个缘由，也是明海与小英子接触并产生感情的一个机缘，明海可以说是一个无师自通的民间画家。此外还有《安乐居》⑥ 中风度翩翩、喝酒方式别具一格的画家，《子孙万代》⑦ 中专

---

① 刊于《人民文学》1983 年第 2 期。
② 刊于《收获》1995 年第 4 期。
③ 民间传统绘画工艺流程的最后也是最关键的一环，穿戴等由徒弟绘画完成，画师最后完成脸部，这叫作"开脸"，这也是中国民间绘画作坊的工艺流程之一。
④ 刊于《收获》1996 年第 4 期。
⑤ 成稿于 1980 年，刊于《北京文艺》1980 年第 10 期。
⑥ 刊于《北京晚报》1986 年 10 月连载。
⑦ 刊于《大公报》1993 年 12 月 1 日。

给剧场写海报的傅玉涛，这些文学形象的画家身份都未凸显出来，但承担着一定的叙事功能，为小说呈现传统社会、乡土民俗做了很好的文化铺垫。

　　贾平凹素以书写乡村人物、农村面貌闻名，其小说人物多居于乡村，默默审视着巨大中国的变革（如商州系列小说），或在变革中承受着社会与文化的诸多变化（如《浮躁》《高老庄》《高兴》等）。美术家这样的形象与贾平凹观念中的乡村距离较为疏远，因此贾平凹很少有汪曾祺小说中如此多的美术家形象。但贾平凹最为著名、引起反响最大的，却是塑造了都市画家、书法家等20世纪末知识分子形象的长篇小说《废都》。《废都》中，画家汪希眠、书法家龚靖元和文人书法家庄之蝶均系西京城名人，相互友好，却在城市生活中颓废、无聊，成为贾平凹审视现代生活与都市文化的别样风标，透过这些画家、书法家形象，可以多维审视贾平凹的美术思想及其与社会文化的内在关联。

　　小说中，画家汪希眠很少作画，经常四处谈绘画生意，画家身份此时转化为绘画商人，经营出售绘画是其主要工作，尤其是，汪希眠经营假名人字画生意，三个学生专门协助汪希眠为画廊仿古画，所仿古画成批量制作出来。郑板桥的竹子、齐白石的虾、黄宾虹的山水等假名人绘画，都是汪希眠绘画经营的主要部分。汪希眠唯一一次展示绘画才能是在龚靖元葬礼上，他颇为讽刺地画了一丛兰草。

　　书法家龚靖元是一个赌博成性、屡抓屡犯的赌棍。日常与庄之蝶等人见面、聚会时，龚靖元谈的也是带上麻将，"兄弟几个来几局"，俨然一个耗在赌场的赌徒。龚靖元不成器的儿子龚小乙喜欢抽大烟，龚小乙被抓起来、犯毒瘾时，将龚靖元的精品字画全数卖给了设局的庄之蝶，最终龚靖元饮恨死去。作家庄之蝶善书法，经营着书店、画廊。为经营好画廊，庄之蝶不惜设局骗了汪希眠的画和龚靖元的书法。所谓的西京城好友之间演绎出尔虞我诈的市侩生活，美术家、文人的操守消失无踪。

　　从汪曾祺小说中有情有义的画家靳彝甫，到贾平凹笔下的汪希眠、龚靖元，美术家形象对比鲜明。靳彝甫不为金钱所动，始终过着清幽的画家生活，最终舍弃跟随多年的田黄石章，救了两位至交。画家汪希眠很少作画，专门雇了三个学生制造假画，赚够了金钱；书法家龚靖元嗜赌成性，最终失去自己的书法精品，饮恨而亡。汪曾祺和贾平凹以性格与生活迥异的画家形象展示了传统小城与废都西京的不同的时代文化镜像，显示出二人对美术的不同思考与关怀。传统儒家思想熏陶出来的汪曾祺以书画生活为文学创作外的精神寄托,他出生成长的 20 世纪早期尚有传统文化的潜在影响,其书画艺术涵养与贾平凹有一定区别。20 世纪末,消费主义思潮冲击中国,贾平凹确实接触到了画家沦为生意人、知识分子沦陷的情况。他所写画家汪希眠造假画为生、书法家龚靖元是个赌徒,作家庄之蝶为开画廊不择手段,这些美术家形象都是作家对 20 世纪 90 年代以来美术身份认同与文化发展的深切思考。

二　美术意象与文化关联

作为百科全书式的现代小说,人物生活及环境不是自为的,需要涉及其他。生活环境与人物性格发展因此也有内在关联,是体现小说艺术性与社会性的主要因素之一。小说中,书法绘画、民间美术、现代美术等不同类型的美术意象与人物生活环境有机互动,或显示人物所处境况,或表明人物性格与兴趣,或作为某个情节推动故事发展。如钱锺书《围城》中,方鸿渐初次拜访苏文纨,苏家客堂墙上屏条所写黄庭坚的诗"花气袭人欲破禅",客堂里还有其他书画古玩①,与前面方鸿渐对苏小姐大家闺秀的感觉相互映照,以内在的叙事互文前后印证。同时,也因方鸿渐对苏文纨家字画古玩的赏鉴玩味,表明了方鸿渐久等苏小姐不来的无聊情绪,实际也是苏小姐因方鸿渐曾订婚而不满、对其前后态度的差异的例证。这样细节性的美术书写揭示了人物性格,因此也承担着一定的叙事功能。此外小说也会出现绘画品评等情节,这些情节对主人公个性与思想表现有一定意义,或能体现作家对人物形象与心理状态寄寓的某种意愿,同时推动了小说情节的转折发展。现代小说不同类型的美术书写具有一定的叙事功能,或展示风俗画一般的社会环境,或推动故事发展,或展现人物性格。相应地,在不同作家的小说中,美术书写的内容、方式、情节也有所区别,显示出作家美术修养与对美术看法的差异。

汪曾祺对美术进行了不同形式的书写,无论是 20 世纪 40 年代刚走上文学道路时,还是 20 世纪 80 年代成为蜚声中外的知名小说家后,其小说均有不少美术书写,有的是小说叙事环境,有的是小说人物的兴趣爱好。

---

① 钱锺书:《围城》,人民文学出版社 1991 年版,第 45 页。

在早期小说《小学校的钟声》①里，汪曾祺描写了两个喜爱绘画的年轻人朦胧的情感经历，小说以心理流动和对话展开叙事，绘画、写生簿子、画画经历等成为推动叙事行进的动力。小说中，喜爱绘画的"汪曾祺"和女青年回忆了在学校野外写生、画风景画等经历，既表明了两个年轻人共同的兴趣爱好，也在对话中展示了年轻人情感交流的朦胧，显露出一种暧昧模糊的情感。同是早期小说，《绿猫》②中，孤独无聊的"我"去看望焦灼于写作的朋友"柏"，柏正在写一篇关于绿猫的小说，柏写的是一个爱画画的小孩受到大家反对的故事。柏的小说中，大家反对小孩画画，也反对小孩所画的画。当小孩兴致极高地画了一幅绿猫时，父母老师不但轻视而且进行了批评。长大后，他做了公务员，还想画画，可是画不成了。在"我"与柏的交谈中，柏要写的小孩画画故事成为其写作生活的一种映照。柏也是一个画画的人，他的墙上挂着凡·高画作，"他画了好几年的一个画稿上是一个热水壶印子，一堆香烟灰，而且缺了一角"。画画情节成为情绪流动展开的语境，画作中的绿猫正是小说主题"孤独"的证明。柏的写作本应是小说叙述焦点，但画画这一具体行为成为推动小说叙事行进的关键，也是小说以意识流动方式叙述的焦点。现代美术意象、第一人称叙述与汪曾祺意识流叙事方式互相协调，推动着结尾"心理小说在中国还是个颇'危险'的东西"结论的出现。在这两篇小说中，汪曾祺均以西方现代意识流方式展开叙述，小说选择的美术意象也来自西方现代美术，如写生簿子、到野外写生、凡·高、高尔基的雕像等，现代美术意象与意识流叙事协调递进，可见早期汪曾祺对现代叙事艺术、现代美术等西方文化的接纳与实践。

20世纪80年代，西方文化思潮大量进入中国，"寻根文学"等传统趋向的文化思潮正在兴起。经历了20世纪40年代西方文化洗礼的汪曾祺，面对社会与文化变革，"得以滋养的文化母体是中国丰富的传统文化"③，因此他产生了回归传统文化的趋向。自20世纪40年代到80年代，西方现代文化、中国传统文化不断互动、交集、冲撞，汪曾祺也经历了社会生活的巨大变化，在种种文化冲撞中，使20世纪80年代的他具有了文化传统

①　成稿于1944年，刊于《文艺复兴》1946年。
②　成稿于1947年，刊于《文艺春秋》1947年第2期。
③　季红真：《汪曾祺小说中的哲学意识和审美态度》，《读书》1983年第12期。

的再度认知与自觉，他在 1982 年即撰写了有关回到传统的文章。[①] 与汪曾祺回到传统的思想相对应的是，民间美术书写及传统书画意象成为汪曾祺后期小说的新符码，这既是传统生活的现代演绎，也是汪曾祺对传统书画寄寓的深厚情感。

在《异秉》[②]《受戒》[③]《岁寒三友》[④]《徙》[⑤] 等小说中，与苏北传统小城高邮叙述氛围相对应，民间美术意象是小说叙事行进的推动力之一。前后两稿《异秉》中，汪曾祺对与人物生活相关的民间美术进行了书写，如"黑漆招牌金漆字""写魏碑的崔老夫子""大红蜡笺写了泥金字"等，这些民间美术意象映衬着王二所说的"异秉"，读来余味悠远。《受戒》中，明海喜欢且画得好的是那些乡村民间经常出现的花卉，如石榴花、栀子花、凤仙花等。明海画的花与绣花鞋、帐檐、门帘飘带等民间工艺透射出浓厚的乡土风俗，也衬托出明海与小英子美好、纯净的爱情。《岁寒三友》中，画匠的财神爷、福禄寿三星画像与靳彝甫的青绿山水、工笔人物画形成对比，表明靳彝甫独特的生活追求，也印证了其后对两位至交情意的真切。靳彝甫送给草帽厂老板王瘦吾的画作"得利图"，画面是"一个白须的渔翁，背着鱼篓，提着两尾金鳞赤尾的大鲤鱼"，画面内容与王瘦吾红火的草帽厂生意相映成趣，也与其后王瘦吾的困难境地形成对照。《徙》中，高北溟最喜欢的学生汪厚基书法优秀，年纪轻轻便为人写十六幅条屏、笔力饱满的寿序，却不能升学，而学了中医。古典书法意象显示汪厚基的才情，也映照着他对高北溟女儿高雪至死不渝的情感。

汪曾祺前后期小说中的美术书写有一定差异，也与小说前后不同的艺术风格相对应。汪曾祺早期小说多以现代美术意象展开叙述，凡·高、写生、高尔基雕像等西方现代气息浓郁的美术意象与小说叙事的意识流手法协调共进，潜在暗示了青年汪曾祺对西方现代文化的认同与追求。20 世纪80 年代复出的汪曾祺书写了不少传统书画意象，这与汪曾祺小说理念转向传统有一定关系，也是其后期小说回归传统并进行本土文化创造的标志。从文学与绘画艺术关联角度而言，汪曾祺小说艺术的传统回归与本土创

---

① 汪曾祺：《回到民族传统，回到现实主义》，《新疆文学》1982 年第 2 期。
② 旧稿成于 1948 年，新稿成于 1980 年，刊于《雨花》1981 年第 1 期。
③ 成稿于 1980 年，刊于《北京文艺》1980 年第 10 期。
④ 成稿于 1980 年，刊于《十月》1981 年第 3 期。
⑤ 成稿于 1981 年，刊于《北京文学》1981 年第 10 期。

造，与他在中国传统书画中多年的修习、熏陶有着内在关联，传统书画内在的古典文化基因以共通的艺术心理结构方式传递到小说创作中，汪曾祺小说的传统书画书写应该是一种有效证明。

与汪曾祺不同，贾平凹《废都》中的美术书写具有耐人寻味的文化反差。《废都》中，书画不再是艺术，而是汪希眠做假字画经商挣钱的生意，是庄之蝶贿赂法院法官的工具，是庄之蝶画廊的交易品，是饭店经理要挟现场绘画写字的借口。透过小说可以看到，在现代消费社会，中国传统书画的艺术性逐渐消失，传情达意的应有价值也已弱化，多沦为社会交易的筹码。书画艺术的创造主体也发生了巨大转变，画家不再作画，而是制造假画进行售卖；书法家也很少进行书法创作，而是沉迷赌博。书画艺术品和书画家都在沦陷，贾平凹的美术书写与20世纪90年代知识分子沦落相映照，有力深化了小说主题。

由于书画作品成为艺术消费品，所以可以比拟金钱。小说中，商人、书画家不断寻求乃至于争夺名家书画作品，书法家龚靖元也因自己的精品书作被儿子全部出售而死去。庄之蝶倾心以求毛泽东书法手迹，是他想以此使画廊开幕引起轰动，而非庄之蝶钟情于其艺术价值。农药厂的黄厂长、饭店经理喜爱庄之蝶等人的字画，并非他们真正懂得字画、喜爱字画中的文字与图案，他们在意的是字画背后的名人效应，也是小说所说的"有钱的暴发户喜欢个风雅"。庄之蝶的画廊对书画营销也深谙现代心理学，将未售出的书画标为已售，激发人们的购买欲，这些现代消费境遇中的美术书写内在地点明了中国书画艺术的现代境遇，也就是书画艺术的消费性逐渐强化，艺术性慢慢弱化，与汪曾祺小说中的靳彝甫对书画艺术生活的坚守形成反差。

贾平凹还对古代美术遗存、民间美术进行了书写。古代流传下来的铜镜、扇子、古瓶等本是生动的历史存在，小说中，这些铜镜古玩，有的成为庄之蝶与唐宛儿偷情的证明，有的是赵京五讨好庄之蝶的工具。庄之蝶画廊也摆设了民间工艺品橱柜，原本与生活息息相关的民间工艺品也已失去生活价值，牛皮影、剪纸、枕顶、袜垫等悉数在画廊出售，古代美术遗存、现代书画和民间生活工艺品一样，都已成为消费品。汪曾祺小说中那些生活气息浓郁的民间绣花鞋、财神像、祝寿条屏等已经转换了场所，成为画廊中的艺术消费品。美术消费成为贾平凹小说美术书写的关键词，一切皆可消费，美术多为消费而存在。《废都》中的美术书写映照出贾平凹对书画艺术沦落的凄凉情感，也是其美术思想的一种写照。

三 美术书写的时代意识

汪曾祺、贾平凹小说的美术家形象与美术书写有丰富多元的解读价值，既是作家自身美术生活的写照，书写了不同时代美术价值的演变，也是作家对社会生活中美术文化意义的深刻思考。随着社会发展变革，美术的传统价值与现代意义发生了较大变化，其艺术性逐渐消失，消费性日益显著。美术书写外，汪曾祺和贾平凹也因热爱书画艺术而开始创作书画艺术，他们都默默地以中国书画实践方式接受着传统文化的内在熏陶，这种熏陶也潜移默化地传递到小说文本中。其小说叙事有着中国传统书画艺术手法等的内在借鉴与运用。如汪曾祺小说多是逸笔草草，其故事情节性较弱，读来却颇有韵味，这与传统绘画写意手法的文学转化有一定关联。贾平凹《废都》《秦腔》《带灯》等小说，细节繁复密集，不过分注重情节性，借鉴了传统绘画散点透视技巧。显示出现代中国小说由传统书画实践影响形成的中国本土文化创造特质。

丁玲的现代美术书写与汪曾祺、贾平凹的传统书画书写构成了鲜明的文化反差。《梦珂》的美术家形象、美术书写显现出 20 世纪早期西方现代美术介入中国时的尴尬状况。《梦珂》中的美术教师、美术意象及其叙事手法与汪曾祺、贾平凹小说中的或有情有义或颓废消沉的传统书画家形象以及民间书画意象、传统叙事手法都有较明显区别。富有意味的是汪曾祺 20 世纪 40 年代小说中的现代美术家形象也以现代意识流的叙事方式呈现出来，与丁玲小说形成对照，但汪曾祺早期小说中的美术家形象并未如同丁玲小说中的美术家轻浮浪荡，这既反映出传统书画、现代美术对作家的不同影响，也说明西方现代美术与中国本土文化语境存在一定隔阂。而贾平凹小说中颓废无聊的书画家形象及其美术书写也在另一层面显现出 20 世纪末中国社会文化与 20 世纪早期的某种对应。20 世纪早期，我们都在孜孜以求西方意义上的现代文化，20 世纪末，真正进入现代社会和现代文化，作为艺术的现代美术、传统书画却处于如此尴尬的境地，我们不禁要追问，现代美术、传统书画究竟该处于什么样的位置，什么才是真正的美术家。

第八章 留白与地方色彩及其文学呈现

20世纪中国作家以具有文化意识和审美感受的多元视角关注、介入、言说着美术，美术的实践与体验也使不少作家自觉将美术观念及审美意识融入文学创作中，文学文本呈现出独特的艺术韵味和审美特质。如汪曾祺、贾平凹、王祥夫、徐则臣等，认识到传统书画留白艺术手法承载的传统文化精神，在不断体悟总结基础上，他们融合会通地在不同小说中实践着留白艺术手法，使小说文本呈现出意境丰厚、韵味悠远的独特风格。鲁迅等人则在中西古今美术对比中认识到地方色彩具有的文化意义，在相关观念言说基础上，还以文学创作显示出不同的地方色彩，他们及其后诸多作家，以地方色彩浓郁的文学创作丰富了中国文学的文化表现。美术思想中的留白、地方色彩丰富了现代中国文学的形式创造与风格语言，拓展了现代中国文学的表现方式，是传统书画、地方文化与现代文学有机关联及其内在影响的确证，使美术思想与文学创作形成了互生互动的内在关系。

第一节 绘画留白的现代小说转化

中国古代"诗书画"同一、文人身份凸显的文化语境中，历代画家、文人总结出了"计白当黑、虚实相生"等绘画留白观，经过不同时代的持续阐发，留白已然成为中国文化艺术精神的一份重要遗产。20世纪80年代以来，汪曾祺、贾平凹、王祥夫、徐则臣等不同代际作家，从各自的书画艺术经历与生命体验中，体察感悟到绘画留白与文学贯通的现代意义，以不同方式提出了小说创作留白艺术观，并进行了有效的叙事实践，使得小说主题意蕴、情节结构、人物形象等生发出浑厚悠远的艺术韵味，与西方现代主义小说强调以简省激发想象、用空缺追求真实的理论及实践拉开了距离，开拓了中国传统画论现代小说转化的新空间。

一　留白范畴的文化视域

留白本是中国传统书画一种创作构思手法，指的是书画艺术家创作时注意从章法与画面协调视角进行空白的经营处理，给观者预留一定的想象空间，从而达到虚实相生的审美意境。20世纪新文化变革以来，诗歌、音乐、舞蹈、戏剧、建筑等其他现代艺术注意到留白手法及其观念的独特意义，开始借鉴使用留白艺术手法，主要是重视创作中未表达呈现的部分，在结构布局、主题内容等方面留出不同量度的空白，形成相对的虚空，使其与已表达呈现部分彼此互动，通过艺术受众的参与，创造一种悠远的审美意境。从古代书画到现代文学、音乐、戏剧等，历代艺术家和学者不断实践、阐释，留白已成为中国"道"的哲学文化及其艺术精神的重要载体，这一艺术手法的核心在于，创作主体以"唯道集虚、体用不二"的"道"的生命体验①，以空白为艺术指向，建构灵动的审美韵律与节奏，由此抵达意境审美境地。打开视野来看，西方现代小说似也有与留白相仿的艺术观点，如美国海明威的冰山理论、阿根廷博尔赫斯的叙事空缺及法国罗伯-格里耶的新小说理论等。海明威强调小说创作要像冰山一样，以含蓄、简洁的艺术手法强化叙事可见的水面八分之一冰山，让读者去感受那看不见的未写出的水底八分之七。②博尔赫斯主要以开头、结尾缺失等叙事空缺的经营来实现现代小说的开放叙事③。罗伯-格里耶则通过时间、因果、进程的多种空缺，交叉拼接时空、现实与回忆等，以此强调偶然性与人的零度真实。④

海明威、博尔赫斯、罗伯-格里耶等提出的冰山及空缺理论等，与20世纪西方工业社会、现代文化紧密关联。在海明威、博尔赫斯、罗伯-格里耶小说创作前后时期，"索绪尔语言论、弗洛伊德心理分析学说、爱因

① 宗白华：《中国艺术意境之诞生》，《美学散步》，上海人民出版社1981年版，第83页。
② 覃承华：《海明威：在批评中与时间同在》，广西师范大学出版社2015年版，第243页。
③ 王钦峰：《后现代主义小说论略》，中国社会科学出版社2001年版，第49页。
④ 吴元迈：《20世纪外国文学史》第4卷，译林出版社2004年版，第31页。

斯坦相对论"等相继产生，"这些理论与学说的出现，必定影响人们的思维方式"，影响到毕加索绘画艺术拼贴等出现①，进而影响小说创作手法的一系列变革。与小说冰山理论相呼应，海明威小说注意运用简洁、含蓄的话语表达，与留白艺术效果有相似处，但海明威小说"电报式语言"过分强调象征及人物形象寓意、外部聚焦和零度结尾叙事方式，以及不明就里的叙事对话等，经常让受众"读而不解，解而不透"②，造成了小说叙事与读者之间的割裂，而非如同艺术留白以虚体道，传达悠远的审美意境，让受众有回味无穷的审美体验。博尔赫斯、罗伯－格里耶等小说叙事对空缺的营造，形成了艺术拼贴和形式游戏的幻象，小说时空、心理与现实多重拼贴，搭建一种零散的叙事结构，故事主题、人物形象显得多元却混杂，这正是现代工业社会巨变及碎片化生存的内在反映。总体而言，海明威冰山理论、博尔赫斯叙事空缺以及罗伯－格里耶新小说理论是西方现代主义（以及后现代主义）文化的产物，其与留白共通处在于，都重视艺术受众的介入，都强调受众对文本意义的阐发。不过海明威、博尔赫斯以及罗伯－格里耶等主要通过内、外部聚焦等叙事方式呈现主题或描绘人物，故事多为碎片化或断裂式的，主题也以人的自我质疑、反省为主，通过空缺、简洁的叙事追问真实、抵抗现实，在文化渊源、逻辑起点、叙事目的等方面，与留白手法及其含纳的传统艺术精神明显殊异。

　　传统书画留白手法及其艺术精神的起点是对自然万物的尊重，通过与宇宙圆满具足的共通感来"体道"，形成"道的人生观"，以此安顿现实生活③，进而抵达一种悠远灵动空阔的审美意境。留白手法其实是中国文人书画与本土媒材相结合的产物。宋元时期，"'不专于形似'，又能'独得于象外者'"④的文人画艺术趣味开始成形，并不断延续传承。文人画艺术"对于画中有诗之韵味、写意寄情之笔墨"⑤有着独特认知。文人书画使用水墨（黑色）宣纸（白色）等媒材，这为文人画趣味及留白艺术理念生成提供了先天条件。文人画家肯定了画材——宣纸之白的艺术价值，进

① 胡全生：《拼贴画在后现代主义小说中的运用》，《外国文学评论》1998年第4期。
② 覃承华：《海明威：在批评中与时间同在》，广西师范大学出版社2015年版，第248页。
③ 徐复观：《中国艺术精神》，广西师范大学出版社2007年版，第36页。
④ 刘道广：《中国古代艺术思想史》，上海人民出版社1998年版，第160页。
⑤ 梁江：《文人画的艺术理念》，《中国美术》2011年第6期。

而彰显宣纸画材的特殊品格①，将笔墨不及的"白"升华为艺术家的有情创造。传统画论认为"白，即是纸素之白。——以之作天、作水、作烟断、作云断、作道路、作日光、皆是此白。夫此白本笔墨所不及，能令为画中之白，并非纸素之白，乃为有情，否则画无生趣矣。——亦即画外之画也"。② 从"纸素之白"到将之作为观者参与体悟的天、水、烟、云等自然物的"情"与"趣"，留白"画外之画"有了新的美学升华，画面空白实现了澄怀观道、万物融会于我的创造性幻化。

图8-1 南宋马远画作《寒江独钓图》

在留白范畴阐释上，中国古代画论、文论从空间经营、意境呈现等方面形成了一系列观点。古代画论首先确认空白与灵气的关联性，他们认为："章法位置，总要灵气来往，而不可窒塞，大约左虚右实，右虚左实。"③ 绘画章法的空白经营十分重要，笔墨虚实互动，章法位置与虚实关系协调，才可让"灵气来往"，形成留白的审美意蕴。清初画家笪重光从

---

① 笔墨不及的白，也即宣纸空白处。中国传统书画许多理念与本土艺术材料息息相关，除了纸张，中国水墨也有其特性，纸墨结合，共同构成了中国书画艺术审美的独特性，因此，传统书画艺术观点与物质材料规定性有着紧密关联。

② （清）华琳：《南宗抉秘》，《清代画论》，潘云告译注，湖南美术出版社2003年版，第336—337页。

③ 沈子丞：《历代论画名著录编》，文物出版社1984年版，第623页。

创作实践出发，阐释了留白与意境生成的关系，他说："位置相戾，有画处多属赘疣。虚实相生，无画处皆成妙境。"①"无画处""虚"等是画家精心布置的结构空白，与"有画处""实"协调共生，使观赏者（即受众、审美主体）审美经验填补的空白（即"虚"）抵达更为高妙的艺术境界，"无画处"的空白才有超越真境的意蕴和审美"妙境"。可见空白显然不是随意处理，而有其严谨的艺术法度，正如古代画论指出的："且于通幅之留空白处，尤当审慎，有势当宽阔者窄狭之。则气促而拘，有势当窄狭者宽阔之则气懈而散。"② 在宽阔与狭窄的气势行走间，以空白审慎安置画面中的天、地、水等自然物，令观者感受更为阔大浩渺的自然，留白因此拓展出高远的审美意境。古代画论有关留白甚多，古代诗论也有较多阐发，如袁枚"凡诗之妙处全在于空"③，刘熙载"律诗之妙全在于无字处"④ 等，均将"空""无字处"等"空白"视为诗歌艺术审美的至境。古代画论、诗论的留白论述，从自然万物出发，关注审美理想与艺术精神的内在关系，以中国传统诗化感觉认知方式，使留白成为中国美学中具有独特价值的艺术范畴。

20 世纪新文化发端以来，留白范畴得到进一步阐释。美术史学者、画家王伯敏认为，"空白处未必是白，画山水中的烟云，有时可在画面上留空白，这个空白不尽是虚，而且表现出了云烟之质感。空处往往虚，虚处往往是白，但在艺术处理上不能划等号"⑤。美学家宗白华指出："中国画最重空白处。空白处并非真空，乃灵气往来生命流动之处。"⑥ 两位学者从不同角度阐述了留白手法运用及其现代意义。于现代文化而言，空白当然不是实在的虚空、真空，而是含纳着相对宏大的自然与生命气息，承载着浑厚的传统艺术精神，创造主体借助空白激发虚实互动相生，呈现丰沛宽阔的生命意识。自绘画留白始，中国现代文学、舞蹈、戏剧、建筑等诸多艺术形式，都有虚实相生的留白艺术处理方式。由此，宗白华总结了留白

---

① （清）笪重光：《画筌》，俞剑华编著《中国古代画论类编》，人民美术出版社 1998 年版，第929 页。

② （清）华琳：《南宗抉秘》，俞剑华编著《中国古代画论类编》，人民美术出版社 1998 年版，第 296 页。

③ （清）袁枚：《随园诗话》，人民文学出版社 1982 年版，第 46 页。

④ （清）刘熙载：《艺概》，上海古籍出版社 1982 年版，第 50 页。

⑤ 王伯敏：《中国画的构图》，天津人民美术出版社 2012 年版。

⑥ 宗白华：《艺境》，北京大学出版社 2003 年版，第 33 页。

之于中国文化的意义，他认为留白等"中国画所表现的境界特征，可以说是根基于中国民族的基本哲学"①，"'而游无朕'，即是在中国画的底层的空白里表达着本体'道'（无朕境界）"②，留白因此与传统文化"道"的精神一脉相连，成为"中国艺术在世界上的特殊风格"③。艺术空白经营因而具有悠远宏大的精神境界，诸多现代艺术类型也由留白接续了中国古典艺术精神。④

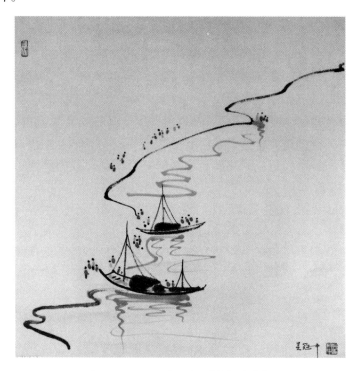

图 8 - 2　吴冠中画作《小船弯弯》

---

① 宗白华：《论中西画法的渊源与基础》，《美学散步》，上海人民出版社 1981 年版，第 131 页。
② 宗白华：《中国诗画中所表现的空间意识》，《美学散步》，上海人民出版社 1981 年版，第 114 页。
③ 宗白华：《中国艺术表现里的虚和实》，《美学散步》，上海人民出版社 1981 年版，第 90—93 页。
④ 留白已成为由中国传统文化生发出的重要审美范畴，在建筑、设计、电影、音乐、舞蹈乃至教育等诸多形态的文化活动中均有所应用，其他专业研究也对此有所阐发，如《室内空间设计中的留白》（徐园，《装饰》2004 年第 3 期）、《留白艺术在纪录片创作中的作用》（赵琪、李七修，《中国广播电视学刊》2007 年第 1 期）、《点描与留白——古琴曲的多声形态研究》（胡向阳，《音乐研究》2002 年第 2 期）、《留白与舞蹈意境的生成》（张栗娜、李丹丹，《北京舞蹈学院学报》2013 年第 5 期）等。

宗白华不仅对留白进行了现代阐释，还以中西贯通的文化敏感领悟到绘画留白所包蕴的现代价值，他认为这是中国传统哲学"道"的文化精神的深刻体现，是中国传统文化的内核之一。传统从来都是无形的制约，当下各种现代艺术手法及观念很难完全摆脱传统的潜在影响，留白等关涉中国哲学认知的艺术手法其实在中国文人意识根基上形成了深幽的隐形背景，这种背景是历代文人画家层叠累积的结果，并无意识地影响或制约着后来者的审美思维与实践，只要现代中国文艺创作者对传统书法、绘画有所研习、欣赏与体悟，他们便很难隔绝"空白""计白当黑""意境"等中国思想传统的无形影响。正如一些具有文化艺术敏感的作家所言，"中国人必然会接受中国传统思想和文化的影响"①，"你只要浸润在一种文化之中，传统是无论你怎么摆脱都摆脱不掉的东西"。②

二　当代作家文学留白观

如果说留白艺术手法含纳着"道"的文化精神，并已成为一种隐形存在的传统，那么当代小说是否有所表现，当代作家们又是如何认知的呢？当我们浏览众多小说文本时，会发现有些作家的小说有着殊异于西方现代叙事的新特质，如汪曾祺、贾平凹、王祥夫、徐则臣，以及沈从文、废名、萧红等其他不同时期作家的小说，均显示出一种丰厚悠远的审美意境和文化韵味，有着类似传统文人画的风韵气息。这些作家大多对传统书画有着或多或少的介入与关注，我们可否说，他们对书画艺术的介入、关注与其小说创作间有着或隐或显的审美关联。可否认为，这些作家通过中国传统书法、绘画的浸染、研习与欣赏等，从中国传统艺术的精髓——留白中感受与承续了传统艺术之"道"的审美意蕴。事实确也如此，汪曾祺、贾平凹、王祥夫、徐则臣等通过书画研习与欣赏等，对留白所含纳的传统艺术精神有了感性直观的体验，并上升到理性认识，从不同角度、以不同方式阐释了小说创作的留白问题。

汪曾祺对留白艺术与小说创作的关联认识较深。既有家学渊源（其父

① 汪曾祺：《我是一个中国人——散步随想》，《探索者的足迹——北京作家作品评论选》，北京十月文艺出版社1985年版，第328页。

② 格非：《文学与传统》，《当代作家评论》2012年第1期。

善画，并在高邮小城颇有名气）、也善画的汪曾祺首先确认"中国画讲究
'计白当黑'"①，进而以审美艺术感觉的互用，提出小说创作应如写意绘
画要注意留白。他说："不把画面画得满满的，总是留出大量的空白——
让读画的人可以自己去想象，去思索，去补充。一个小说家，不应把自己
知道的生活全部告诉读者，只能告诉读者一小部分，其余的让读者去想
象，去思索，去补充，去完成。"② 如同汪曾祺绘画所体验的章法布局留
白，小说也应有空白，作家不应将故事和盘托出，只应呈现故事一角，留
出一些空白给读者想象与建构，与读者共同创造一篇小说。在此基础上，
汪曾祺认为"短篇小说越来越讲究留白，像绘画一样，空白的艺术"③。汪
曾祺以留白赋予短篇小说新的文体意识，其核心在于通过叙事留白扩大主
题容量，传达更丰富的内容信息，包蕴更为宽阔的主题与文化精神，虚实
相生的审美意境及诗意由此产生。于是，汪曾祺"希望在小说里创造一种
意境"，形成一种"有画意的小说"④。所谓小说"画意"即是对结构、布
局等"空白"的经营，以留白形成小说叙事的节奏与韵律，营造一种天然
灵气和审美意蕴，使短篇小说具有传统文人写意画一般的悠远意境。从绘
画、小说，到画意、意境，空白发挥着艺术中介与桥梁作用，通过受众的
审美介入，留白使小说产生丰厚悠远的审美意境及诗性特质，也就是汪曾
祺所认为的"小说之离不开诗，更是昭然若揭的———一个真正的小说家的
气质也是一个诗人"⑤。在短篇小说留白认知基础上，汪曾祺进一步认为，
小说和绘画的共同纽带是"诗"，小说留白的主要价值就是诗意营造，也
即中国艺术精神的再现。正是汪曾祺对留白手法的深刻体认，他和林斤澜
等人曾认为贾平凹早期小说留白不够⑥，可见其对留白手法及其包蕴的传
统艺术精神的珍视。

　　或许受汪曾祺影响，又或是绘画实践的内在体悟，贾平凹也以自己的
方式提出了艺术留白观。在绘画题款中，贾平凹认为："用散点透视，以

① 汪曾祺：《蒲桥集·自报家门》，作家出版社 2000 年版。
② 汪曾祺：《美国家书　七》，《汪曾祺全集》第 8 卷，北京师范大学出版社 1998 年版，第 111 页。
③ 汪曾祺：《作为抒情诗的散文化小说》，《汪曾祺全集》第 8 卷，北京师范大学出版社 1998 年版，第 82 页。
④ 汪曾祺：《美国家书　七》，《汪曾祺全集》第 8 卷，北京师范大学出版社 1998 年版，第 111 页。
⑤ 汪曾祺：《短篇小说的本质》，《汪曾祺全集》第 6 卷，北京师范大学出版社 1998 年版，第 28—29 页。
⑥ 程绍国：《林斤澜说》，人民文学出版社 2006 年版，第 99 页。

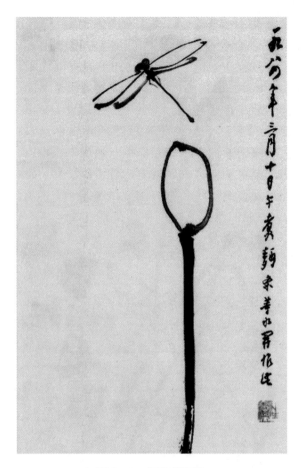

图 8 – 3　汪曾祺画作

四维空间和五维空间来处理骨架的位置，边框的经营，此文之结构矣！"①
在画作边上，他又以毛笔题写道："各时空单位之间，要有清楚的界限，
仍有一脉相承的带连，这便是截面与衔接也，其方法就是在各单位留出空
白，于不经意处进行，其妙莫测，转化流畅，而且严密合理。"② 经年浸淫
于绘画，贾平凹体悟与感受着绘画布白、笔墨技法的审美韵味。受中国水
墨画以大观小、散点透视等启示，贾平凹画面布局的时空超越了常规，他

---

① 孙见喜：《鬼才贾平凹》，北岳文艺出版社 1994 年版，第 280 页。

② 同上。

感悟到了四维甚至五维空间。尤其是，他将绘画感受进行了文学转化，认为这也是"文之结构"。贾平凹认为"留出空白"有利于时空单位界限之间的流畅转化，在时空单位间隔中，留白意蕴顿生，正是古代画论所说"灵气"的产生。在边框经营、留白手法认识基础上，贾平凹还注意到，"在以中国的传统的美的表现方法来真实地表现当今中国人的生活、情绪的过程中，我总感觉到在作品里可以不可以有一种'旨远'的味道？这种'旨远'的味道，建立在'自近'的基础上，而使作品读起来空灵却不空浮，产生出一种底蕴呢？"① 将贾平凹论述与其小说关联解读，可见留白正是其所说"传统的美的表现方法"，而"旨远"与留白所生发的"画外之画""虚实相生"异曲同工，留白从而形成"旨远"的艺术境界。从"边框经营""留出空白"到"旨远"，贾平凹将绘画散点透视、留白与文学创作进行关联思考，深化了留白手法的文学认识，使小说具有了"旨远"的传统美学意趣。

　　不唯贾平凹，王祥夫也对留白手法有较深认知。习画30多年的王祥夫谙熟中国书画传统，他认为"急于创新最不好，能够把传统学到已经不容易"，因而自称是"死守传统派"。② 在传统书画经年修研思考基础上，当代"短篇小说之王"王祥夫说："小说有的地方就是要让人不明白，有的地方就是要笔笔相加乱不可理，再说到留白，短篇小说的留白最重要，用刘熙载的话说是'文贵于能飞'，要一个子飞过，是下跳棋法，而不是绣花法，一点一点地绣过去，你绣完了，读者的耐性早已结束。——艺术欣赏也是有耐性的，写小说要考虑到读者的耐性，要当止则止。"③ "笔笔相加不可理"是创作者对小说经营的"实"，"让人不明白"是作家经营的叙事"空白"，也是小说"飞"越之处，是小说审美意境深远高妙的可能。小说留白的"不明白"考验着"读者的耐性"，在读者的审美期待中，小说才"文贵于能飞""当止则止"。王祥夫将小说留白放到传统与现代交会处，兼及"实"与"虚"，与汪曾祺有诸多相近处。

　　汪曾祺、贾平凹、王祥夫均是前辈作家（汪曾祺出生于20世纪20年代，贾平凹、王祥夫出生于20世纪50年代），他们的小说留白观有传统

---

①　贾平凹：《贾平凹文集》第6卷，陕西人民出版社1998年版，第127页。

②　李徽昭、王祥夫：《点与线是中国书画的舍利子——就中国书画访谈作家王祥夫》，《理论与创作》2011年第4期。

③　同上。

图 8 - 4　王祥夫山水画作

绘画背景和渊源。值得注意的还有，一些年轻作家也论及了小说留白，并以留白视角审视西方现代小说，显示出留白范畴的新价值，如目下声誉日隆的"70 后"作家徐则臣。徐则臣认为，小说"有些留白是因为必须'详略得当'"，有些则是因为对小说的内在认知，特别是"对于一个短篇小说来说，故事的确切结局不重要，重要的是意蕴的结局"，所以"对故事要保持必要的沉默"（即结尾留白），为"小说的不确定性提供了诸多可能"。① 徐则臣将留白与详略得当、小说意蕴（也即留白所营造的丰厚的审美意蕴）生成关联论述，接续了中国传统艺术精神，但又不限于此。在解读美国"简约主义"小说家卡佛时，徐则臣认为"小说节制的前提是自然，是浑然天成，如同中国的书法，飞白要'非白'不可时才有意义，否则，那只是没控制好笔"②，这里的"'非白'不可"说的是留白主题意蕴

---

① 游迎亚、徐则臣：《到世界去——徐则臣访谈录》，《小说评论》2015 年第 3 期。
② 徐则臣：《我看见的脸》，浙江文艺出版社 2012 年版，第 182 页。

指向必须明确，不可为"空白"而空白，不自然的简洁、节制反而消解了小说意蕴。在此意义上，徐则臣认为卡佛小说过于"巨大的空白"可能"把小说简化为单薄的故事片段乃至细节"，不仅"出不了空白，反倒弄成了闭合的结构，死死封住了意蕴的出路"①。在确认小说意蕴基础上，徐则臣指出"空白未必等于沉默，巨大的空白也未必等于巨大的沉默，空白可能是什么都没有"，所以"好短篇是不可以太白，白了没意思，但话你总得说到六七分才好，让丰厚的意蕴自然生成"②。卡佛小说的缺憾正在于小说叙事表达只说到了一半，不自然的俭省影响了意蕴生成。徐则臣以意蕴（即留白所含纳的"道"的传统艺术精神）为旨归的留白观审视卡佛等作家的西方小说，这个美学标尺具有文化反向性，实际是把"留白"范畴放置在了世界文学坐标中，标示着年轻作家的文化自觉。

汪曾祺、贾平凹、王祥夫及徐则臣等从不同视角、以不同方式对小说留白进行了诸多论述。他们的小说留白观沟通了绘画与文学、古代与现代、中国与西方，是绘画留白的现代文学转化。由于作家所处时代、文化语境的差异，汪曾祺等所讨论的文学留白有一定区别。但总体上，他们既熟悉中西美术发展脉络，对古今中西的文学、美术有一定了解，也有经年浸淫书画而来的传统艺术修养，这使他们能够产生一种文化艺术自觉，认识到留白手法的文学意义和本土文化价值。在他们看来，小说的空白经营不仅使叙事意蕴丰厚，与"道"更有内在同一的关系。由此，留白及其蕴含的"道"成为汪曾祺等艺术创造主体的一种心理认知结构和文化质素，贯穿其文学与美术的创作、品鉴以及文化追求中。于是，他们从不同角度对艺术留白向现代小说进行了转化与阐释，与其本人及其他现当代作家的文学创作实践相印证，体现了留白的中国文化主体价值及传统艺术精神，也因此与西方小说理论形成了对照。海明威、博尔赫斯、罗伯－格里耶等倡导的现代小说冰山与空缺理论等，是西方作家在小说实践基础上形成的文本阐释策略，具有即时效应和意义，对现代小说与文化有其相应的阐释效力（也在卡佛等后继者身上存在相当的缺憾）。但海明威、博尔赫斯、罗伯－格里耶等文学实践显然大于文学理念，且冰山与空缺理论等也多以碎片化的思维和理论方式存在（不像留白，不但有其传统，而且不同代际

① 徐则臣：《我看见的脸》，浙江文艺出版社 2012 年版，第 182 页。
② 同上书，第 183 页。

作家的论述也有内在关联），究其实，乃是因为冰山与空缺理论等主要是对西方现代小说的即时阐释，缺乏留白艺术理念的深厚文化底蕴和精神传统。汪曾祺、贾平凹、王祥夫、徐则臣等讨论的文学留白，则与中国本土文化精神息息相关，具有中国文化本土价值和现代意义，显然是一种静水深流的审美范式。

三　留白的现代小说实践

汪曾祺、贾平凹、王祥夫、徐则臣等结合个人艺术实践和体悟，以不同方式、从不同视角论述了文学视域中的留白，其相关论述聚焦于小说，尤其是短篇小说，这与汪曾祺等小说叙事实践密切相关。就文本而言，由于作家艺术修养与理念存在一定差异，小说叙事留白也存在多种样式、多种可能。对于传统绘画实践较多、艺术修养较深的作家，小说叙事留白是传统文化精神与艺术修养的自觉迁移，留白的艺术经营因此随性、适意，能够贴切、深刻地传递宗白华所说的"道"的传统艺术精神。也有未曾研习书画的作家会在小说中使用留白手法，这或许是"虚实相生、画外之画、意境"等传统艺术精神的潜在影响，又或是汪曾祺等小说留白风格的无形引导。在留白手法具体实践上，不同作家有着内在区别，如何留白、何处留白、虚实如何相生、如何建构画外之画的艺术境界，对于中国现代小说创作是一种新的挑战。①

在小说叙事留白具体实践中，最能体现传统文化精神、也有一定难度的是叙事结构留白。叙事结构留白指的是，作家将主人公、主要情节等放在叙事结构非重心位置来处理，叙述重点多在生活场景、民俗风情、其他人物情节等非主要叙事元素上，从而偏离了现实主义或现代主义小说倡导的均衡、集中聚焦的叙事结构，形成了叙事结构的不匀称或不对称。叙事结构留白的叙述重心进行了较大位移，非主人公、非情节性的生活场景、民俗风情、次要人物情节等被坐实叙述，与叙事中心似乎无关的零散事物得到凸显。如此来看，小说主人公、主要情节貌似形成了叙事结构上的相对空白，实际是与生活场景、民俗风情、次要人物情节等零散事物的实写

---

① 相对而言，小说艺术留白实践较多，本研究主要以现代小说作为留白艺术分析的主要对象。实际上，戴望舒的诗歌、贾平凹的散文都有留白艺术手法的运用。

形成审美张力，主人公、主要情节等相对空白的人物、情节通过受众的阅读与介入获得审美再造，读者审美期待有了更宽阔的生长空间，由此形成回味无穷的小说审美新意境，"意境""旨远""意蕴"等由此生成。

汪曾祺、王祥夫等绘画艺术修养较深的作家对留白认知比较深刻，小说文本的叙事结构留白运用较多。《大淖记事》中，汪曾祺对大淖周围各种生活场景、民俗风情进行了浓墨重彩的叙述铺陈，小城各色人物纷纷出场，作者着力书写的风情民俗与故事主题（巧云爱情故事）其实没有多大关联，却占了小说三分之二篇幅，直到小说结尾，才交代了巧云悲惨、坚贞的爱情故事。小说较大篇幅坐实叙述的大淖风土民俗、人情世故，是小说结构上的"实"与"重心"，巧云爱情故事反而显得相对"虚"与"轻"。但读者审美经验的介入沉淀，"实"与"重"的风土民俗、人情世故与之形成烘托映照，"虚"与"轻"的巧云简单而痛苦的爱情便回荡余味悠长的深远意境，自由的生命意识、旷远的情感意蕴顿生。从小说叙事整体结构看，前面浓墨重彩、坐实叙述与后面干净利落、淡墨轻写的爱情故事彼此互动互生，叙事节奏和谐，构成了画外之画、韵味悠远的美好意境。汪曾祺在小说叙事结构上乐于"留白"，以此营造诗意，其《受戒》《晚饭花》《徙》等许多小说，都运用了类似的叙事结构留白方式，情节、人物重心常常显得不够"匀称"与"整齐"，但小说思想意境深远悠长，可深思回味的空间却是宽阔的。王祥夫获鲁迅文学奖的短篇小说《上边》也运用了叙事结构留白。小说中，作者对几只鸡进行细致精工的刻画，这是小说画面不能忽视的点，生活气息浓郁的风俗风物衬托出北方女人的生活状况，甚至灶台饭食情状都是小说密不透风的场景布置。鸡零狗碎生活场景便是小说叙事结构上关注与呈现的"实"，如密集的网眼，繁复细密，考验着读者的阅读耐心。在细密的日常零散事物描绘中，小说主角刘子瑞女人及其关照儿子的情节却少而短，相对显得空白，实际正如网外的鱼，在叙事结构上挑战着零散生活事物构成的网。正因为叙事结构的这种留白，刘子瑞女人的出场便具有叙事焦点的突出意义，其一言一行、一举一动尽管都是淡淡着笔，但却是阅读期待的重要视点，尤其是用盆盖住儿子撒的尿，这一细节便成为叙事结构空白中的焦点，无私母爱的主题意向便意蕴深远，余味悠长，有画外之画的丰厚韵味。除了汪曾祺、王祥夫外，沈从文、废名等小说也多有结构留白的实践，如《边城》等，散淡的时代背景、边地的风土人文，与小说叙事结构本应聚焦的故事情节和主人公形成内在互动的空白，如同文人写意画，淡淡笔墨，意蕴自显。小说叙事结构留白与西方小说叙事空缺式拼贴有较大不同，叙事结构留白所凸显的意蕴悠远的母爱、情爱、友爱等，也与罗伯－格里耶等塑造的冷漠疏离的人物形象有着明显区别。

　　除了叙事结构不对称式的留白手法外，现代小说常见的是人物塑造与情节留白。人物塑造与情节留白指的是，小说叙事对人物面貌特征与主体行动的空缺省略，以其他心理、行动等烘托未曾实写的人物、情节。人物塑造与情节留白是现代小说家常用留白手法。如鲁迅《祝福》中对祥林嫂的面貌性格特征等着笔不多，其被婆家卖到山里的情形也是一种情节空白。但三次祥林嫂脸部特征的淡墨书写，从"但两颊却还是红的""两颊已经消失了血色"，到"两眼上便围着大黑圈"，读者可以想象体悟省略空白中祥林嫂身心的多重磨难。废名《竹林的故事》对父亲老程之死与三姑娘成年婚嫁生活进行了空白省略处理，反而对三姑娘零零碎碎琐屑生活场景重点描述，消解了生活的苦难，由此凸显了日常生活的悠远意境、恬淡静谧的审美情趣。沈从文《丈夫》中，大兵与老七亲热场面是情节上的空白，作者只写了老鸨"伸伸舌头骂了一声猪狗"，置身事中的丈夫心理行动等虽未描写，但读者可想而知。汪曾祺《受戒》中，明海聪明伶俐，惹得英子喜爱。但其容貌性格如何、为何惹人爱，这些本应直接交代的人物情况成了相对的"空白"。汪曾祺只写道："当和尚也不容易，一要面如朗月，二要声如钟磬，三要聪明记性好。他舅舅给他相了面，又叫他前后走了几步，喊了一声打场号子，即拍板道，明子准能当个好和尚，我包了！"以实写虚，因虚成实，将明海的俊美相貌、聪明伶俐以不着一笔的方式凸显出来。明海给英子姐姐画各种花，英子母亲要认明海做干儿子，明海受到乡邻喜爱等情况，也同样以虚写实，以相对空白的非直接描写体现明海聪明伶俐。人物塑造与情节留白已成为现代小说叙事的基本手法。毕飞宇等诸多小说家均以行动、心理叙述取代人物面貌、性格的白描实写，不仅给读者更多审视体味空间，也生动地呈现人物性格与命运，小说主题意蕴也得到深化和凸显。徐则臣等年轻一代作家，也特别注意小说情节留白的运用。如短篇小说《西夏》，将一个不知来处的哑巴姑娘放置到爱情叙事中，人物来源成为小说叙事的情节空白，颇令读者费解思量，爱情的持久性追问却因人物来源空白愈益彰显。《花街》中，老默和麻婆子年轻时的情爱故事是叙事情节上的空白，老默死后的日常生活却成为主要情节，爱情悲剧、人性情感与日常生活之间的多重意蕴便凸显。

　　不少作家还常在小说叙事中实践着戛然而止式的留白艺术手法，给读者留下更多关于故事发展乃至人生命运的现代思考，这一艺术手法也较多见。沈从文《边城》的结尾"这个人也许永远不回来了，也许明天回来"，以戛然而止的方式经典地揭示了爱情的缺憾、忧伤，以至于某种期待，给予读者更多思考空间，是小说意蕴凸显的关键所在。凌叔华小说《酒后》，前面大段叙述女主人公采苕想当丈夫面吻一下酒后男性友人，面对如何向丈夫提要求以及要不要丈夫陪她同去的问题，采苕进行了思想斗争，心理铺垫很多，叙述过程绵长。当丈夫同意、采苕开始行动时，故事戛然而止。小说在紧要关头留下故事空白，这个"空白""是凌叔华的大胆，也是她的聪明。她是深深懂得中国古典书画艺术的'留白'之美的"。① 刹住结尾的留白手法是现代小说常用技巧，无论中西，均有许多例证，还有作家特别属意于小说结尾戛然而止式的留白，如徐则臣。《跑步穿过中关村》《天上人间》《夜火车》《啊，北京》《如果大雪封门》《耶路撒冷》《王城如海》等小说，最后或是主人公被手铐铐上，或是离开此在之地奔向远方等戛然而止的结尾，人物与故事走向构成了巨大空白，形成一种没有结局的结尾。刹住结尾的留白方式已成为徐则臣小说的重要特征，无论其短篇，还是中篇、长篇小说，小说总在主人公某个转折时刻终止，作者力图以这种不圆满的故事表达对生活与命运的深刻认知。从沈从文、凌叔华到徐则臣，不同代际作家共同选择刹住结尾的小说留白方式，给读者留下人物命运、情节发展等宽阔的思考与想象空间。这其实是现代小说对中国传统小说"大团圆式"结构的反动，也是中国小说审美现代性的有效表现。刹住结尾式的留白与叙事结构留白有所不同，刹住结尾式留白的整体叙事是匀称的，前后情节与人物性格是坐实叙述的，仅仅结尾不做交代，从而留给读者二次创造的机会。叙事结构留白的主要情节与人物相对虚空，结构上前重后轻，叙事架构是不匀称的。

　　以上三种小说留白方式多层次体现了中国现代小说对留白艺术的借鉴运用，不同年龄代际、不同叙事资源的小说家，从各自审美目标出发，在叙事结构、人物情节、结尾处理上都恰切运用了留白手法。尽管他们的小

---

① 李俏梅：《留白与工笔——赏凌叔华的短篇小说〈酒后〉与〈绣枕〉》，《名作欣赏》2005 年第 8 期。

说大多没有直接描写人物形象，没有较为强烈的情节冲突，甚至还有一种有意为之的不圆满性，但作家用心经营的空白烘托出小说主题内容、人物形象、命运发展等意境悠远的韵味，空白具有了"画外之画、弦外之音"的丰厚意蕴。由此可见，中国现代小说留白与海明威、博尔赫斯与罗伯－格里耶等小说的含蓄、空缺等有明显区别。受博尔赫斯与罗伯－格里耶小说影响，20世纪80年代中国新潮小说有过较多貌似留白的叙事"空缺"探索。在空缺的处理上，"既可以是人物的'空缺'（死亡或失踪），也可以是情节、故事的'空缺'（中断或分岔），还可能是语言或意义的'空缺'（所指的延宕或缺席）"①，比如格非《褐色鸟群》《青黄》等小说中的迷津结构，故事"总在关键性的地方留下一个'空缺'"②，马原《冈底斯的诱惑》对小说叙事的多重拼贴等，形成小说艺术线索的"多重和混乱"、文本的"模糊、多义甚至晦涩"③。格非、马原的空缺、拼贴叙事形式在当时具有一定的艺术冲击力，挑战了读者的阅读期待。但今天可以看到，这种先锋叙事与废名、沈从文、汪曾祺、贾平凹、王祥夫等人的众多小说中通过留白营造的平易冲淡、意境深远形成了文化反差。究其根本，博尔赫斯、罗伯－格里耶等倡导的，马原、格非等借鉴实践的文本拼贴与空缺是以先锋为名号的叙事技巧实验，与汪曾祺等小说留白及其"虚实相生""意境""旨远"等传统艺术精神存在本质区别。或可以说，马原、格非等借鉴的叙事拼贴与空缺是从西方空运过来的，与中国本土民族艺术精神有着显而易见的隔膜，很难像汪曾祺等小说的叙事留白更具本土艺术精神表现力。

四　文学留白的本土意义

从绘画留白的古典范畴，到文学留白的诸多论述及小说叙事具体实践，可见留白这个带有较强中国传统审美气息和艺术精神的范畴，被现代作家重新激活。20世纪80年代以来，不同代际与叙事资源的作家对留白手法的关联阐述及自觉实践，显示了中国本土美学所具有的深远阔大的文化意义。尤其是面向世界的中国文化建构中，小说叙事留白包蕴的中国艺

---

① 吴义勤：《中国当代新潮小说论》，江苏文艺出版社1997年版，第116页。
② 同上。
③ 同上书，第9页。

术精神也可随之被深入感受、了解与认知。或可说，留白已然是中国本土文化生成的具有主体价值的现代文学审美新范畴。

20 世纪以来，中国现代小说一直在西方文学影响下彳亍前进，无论叙事手法还是主题内容，西方文学观念都潜在影响着中国，一定意义上为中国文学的现代转型提供了新动力。不过"基于中国独特的现代性经验意义上的审美现代性"，中国现代作家如何建构具有主体性的文学叙事形态，则需要考察"审美现代性在中国语境中表现出来的具体情状"①，一些具有文化自觉意识的先锋作家会注意到中国语境及具体情状，将西方叙事形式化用到本土题材内容上，但叙事结构形式等核心问题受西方文艺观念的制约仍然较大。现代小说家大多"很重视结构，很讲究结构，把结构提高到一个重要的位置上"，"常常截取一个横断面，把人物的一生集中到这个横断面里来表现"②，这是取法西方的一种先在的叙事结构观念，本土意识显然阙如。也有小说家阐释了自己的叙事结构观，如茅盾认为"结构指全篇的架子。既然是架子，总得前、后、上、下都是匀称的，平衡的，而且是有机性的"。③ 强调"形式的对称、整齐"，依据的是"古典美学的对称与和谐的审美原则"④，这与中国传统话本小说（带有通俗性与旧文化特质）大团圆式的叙事结构是相适应的，但很难感悟体认中国古典"道"的文化精髓，与前述带有本土意义的叙事结构留白、刹住结尾留白等显然有较大区别，也就很难体悟认识到"留白、虚实相生、画外之画"等艺术精神的现代意义。因此，茅盾等不少受传统现实主义影响的小说家对中国语境中的艺术精神（也可以说是历史维度的具有本土意识的审美现代性）认知还嫌不足，与现代文化主体建构仍有一定距离。

20 世纪 80 年代以来，不少学者借鉴西方理论对中国文学艺术进行了较好的阐释，在特定时期促进了文学艺术发展，但是否从历史维度上探触到中国艺术精神的本质，是否考虑到中国审美现代性经验的独特性，是值得反思的。20 世纪 80 年代，汪曾祺小说成为"伤痕"、"寻根"、"先锋"、"新写实"等不同思潮中的一股清流。有学者研究并提出了"诗化小说"概念，认为汪曾祺小说具有"语言的诗化与结构的散文化，小说艺术思维

① 朱国华：《中国语境中的审美现代性》，《天津社会科学》2005 年第 2 期。
② 严家炎：《中国现代小说流派史》，长江文艺出版社 2009 年版，第 23 页。
③ 茅盾：《漫谈文艺创作》，《茅盾论创作》，上海文艺出版社 1980 年版，第 603 页。
④ 吴功正：《小说美学》，江苏人民出版社 1985 年版，第 370 页。

的意念化与抽象化，以及意象性抒情，象征性意境营造等诸种形式特征"①。小说诗化观阐释了汪曾祺小说的异质性因素，有其合理性和可信度。但诗化小说的诗性是一种叙事结果，是读者体悟的一种审美感觉，语言诗化、结构散文化等也是叙事的表征性阐释。结合前述汪曾祺等小说留白观念及其叙事实践，可见小说诗化的来源其实正在于不同留白手法的恰切运用，结构散文化也正是叙事结构的一种艺术留白，这或许是小说"诗性"生成应该关注与思考的方向。意象性抒情、象征性意境营造等与小说留白生成的诗意是相通的，不过，值得警惕的是，象征性、意象性作为外来的西方审美批评词汇，与本土艺术精神及其审美机制仍有一定疏离。这些西方理论术语也很好，"但用来解释中国当代的文学现象总是有点隔"②，读者对这些概念范畴也有一定的心理距离。与之相比，含纳了中国传统"道"的文化精神与哲学意识的留白、画外之画、虚实相生等审美范畴，或许更符合中国人的审美心理。废名、沈从文、萧红、汪曾祺、贾平凹、王祥夫、徐则臣等人的小说叙事散发的诗意正是借助结构留白、虚实相生而来的传统艺术审美意境，是中国艺术精神的现代之光。或可以说，留白的小说叙事理念及实践已经是中国本土小说诗性生成的自觉行为。汪曾祺等当代诸多小说家都以不同方式的留白使小说弥漫着"道"的传统艺术精神，进而呈现出一种叙事诗性。废名等现代小说，也都在风景呈现、意境营造等不同方面或隐或显地实践着留白艺术，那些着墨很少的人物形象和故事情节因此具有值得反思与回味的丰富意蕴，这正是小说艺术诗化的本土现代呈现。

小说的语言、结构、叙述等千差万别，小说艺术的创造者、观照者如何涵养诗性，以何种技巧抵达小说艺术的诗意境界，其方式多有不同。从汪曾祺、贾平凹、王祥夫等人的绘画研习经历可见，传统书画艺术或可以成为现代小说家涵养诗性的艺术方式之一。画家日常生活所见所感，"是形式的方面，不是实用的方面。换言之，是美的世界，不是真善的世界"③，形式由此成为文艺创造者审美感受与表达的重点。通过书画艺术研习，作家或可养成较强的形式审美敏感，较好地认识、体悟形式美对文学创造的意义，并从文学视角思考如何从题材、主题出发建构小说艺术新形式。传

---

① 吴晓东：《现代"诗化小说"探索》，《文学评论》1997年第1期。
② 陈思和：《自序》，《中国当代文学关键词十讲》，复旦大学出版社2002年版，第3页。
③ 丰子恺：《美与同情》，《丰子恺文集》第2卷，浙江文艺出版社、浙江教育出版社1990年版，第582页。

统书画还包蕴着深厚的中国艺术精神，通过传统书画艺术的关注与研修，作家在形式审美和内在精神特质上都可以涵养小说艺术创造的"诗性"。换个视角来看，小说应该具有什么样的诗性，是另一个值得深思的问题。西方文化视域中的诗性，与中国现实生活、本土审美期待有一定的文化距离，而汪曾祺、贾平凹、王祥夫、徐则臣以及其他小说家以不同形式留白营造的小说"画意""诗意"，不妨说是中国古典审美精神现代转化后，另一种在中国语境中生成的更接地气的"诗性"，具有文化主体性的审美现代性。以格非所言，"当你的写作迫使传统的结构发生变化的时候，这种与传统的对话关系才会真正建立"[①]，汪曾祺、贾平凹、王祥夫、徐则臣等当代作家的小说留白理念及其艺术实践可以说正是在中国绘画留白传统的现代转化基础上，形成了与传统的巧妙对话。格非也正是对传统文化有了新的认知，才从早期先锋小说出走，创作了更富传统艺术精神、获得茅盾文学奖的长篇小说《江南三部曲》。

在此视角下，汪曾祺、贾平凹、王祥夫、徐则臣等人的文学留白观念及其小说艺术实践，呈现出丰富多元的本土文化意义。他们在叙述结构、人物情节、结尾方式等三方面的叙事留白是中国传统文化生发的具有主体性的现代小说艺术学。这种小说艺术学并不排斥对西方叙事艺术的借鉴，但小说的叙事结构、人物塑造、情节设计、故事结局等更注意从本土文化内部生发展开，以契合中国文化精神的艺术方式进行，因此，小说叙事留白可以看作是中国现代文学所具有的一种"世界性因素"。在世界文学格局中，中国现代小说留白艺术观及其实践与世界文学的关系显然不是"被动接受"的，而是通过现代叙事、主题等容纳着现代意识，由此"成为世界体系中的一个单元，在其自身的运动中形成某些特有的审美意识"。[②] 留白所包蕴的"虚实相生""旨远"等传统艺术精神与审美意识契合现代生活，正因此，小说艺术留白以具有中国文化主体性的现代审美意识加入到世界文学行列，丰富充实了现代叙事艺术。结合 20 世纪 40 年代汪曾祺所写带有意识流风格、具有极强现代派趣味的小说《绿猫》《礼拜天早晨》等，再反过来考察其 20 世纪 80 年代富有传统意境审美的《受戒》《大淖

---

① 格非：《文学与传统》，《当代作家评论》2012 年第 1 期。

② 陈思和：《20 世纪中国文学的世界性因素》，《中国当代文学关键词十讲》，复旦大学出版社 2002 年版，第 234 页。

记事》等小说，可见汪曾祺后期小说艺术留白和写意性语言的选择具有深远的文化主体性趋向。像汪曾祺这样具有传统绘画修养的作家，20 世纪40 年代小说的非传统取向只是青春的时代选择，经过现代反观审视后，更推动他向留白以及含纳的"道"的传统文化精神回归。"由反传统而向传统复归，以形成新传统，这可以说是人类的天性，是历史的规律。"① 因此，审视现当代作家的小说留白艺术观及其文学实践，从废名、沈从文、萧红、凌叔华等现代作家，到当代汪曾祺、贾平凹、王祥夫以至徐则臣等年轻作家，他们以或自觉或无意识的小说留白艺术手法，形成了具有本土价值的民族叙事风格，我们能否说文学留白正成为中国现当代小说的新传统？这一新传统是不是中国古典美学与艺术精神在现代性焦虑中的复苏？是不是具有了面向西方的文化主体价值？是不是中国现代文学对世界文学的独特贡献？笔者认为理应给予基于文化自信的积极肯定。

第二节 地方色彩观及其文学呈现

地方色彩是 20 世纪早期不少文艺大家思考过的文化范畴，20 世纪 30 年代，鲁迅多次论述木刻艺术的地方色彩问题，周作人、茅盾等也先后从各自角度阐述了地方色彩问题，可见地方色彩是 20 世纪文学、美术都曾共同关注的重要艺术问题。与地方色彩观相一致，鲁迅、沈从文的小说创作都从不同角度突出了地方色彩，各自小说、散文中的民俗风情、地理环境、语言文化等显示出浓郁的浙东与湘西地方文化风貌，形成独具特色的现代文学审美意识。由地方色彩观延伸出丰富多元的文学文化问题，在鲁迅、沈从文、茅盾、周作人等现代作家的木刻地方色彩观念及文学呈现外，老舍、汪曾祺、林斤澜、莫言、余华、李锐、毕飞宇等不同时代的小说家，均以或写实启蒙或浪漫抒情的文学风格突出了地方色彩，这说明地方色彩在文化艺术发展上有一定的理论与实践价值。然而随着社会发展，城市化进程的不断加快，21 世纪小说逐渐呈现出淡化地方色彩的趋势，这值得我们深入审视。21 世纪中国文学如何面向世界强化主体性的现代建构，需要

---

① 徐复观：《论传统》，《中国人文精神之阐扬》，中国广播电视出版社 1996 年版，第 20 页。

我们对地方色彩问题予以重新思考，思考什么样的地方色彩、如何造就地方色彩，以此在电子传媒时代、全球化背景下突出中国文学艺术主体性。

一　现代作家地方色彩观

现代作家有关艺术地方色彩的相关论述较多，比较典型的是鲁迅。在点评木刻艺术作品时，鲁迅恳切地说，"广东的山水，风俗，动植，知道的人并不多，如取作题材，多表现些地方色彩，一定更有意思"①，从木刻创作者的生活地方与木刻观众的地方差异来看，不同地区的山水、风俗、动植便有着不同地方色彩。又说："地方色彩，也能增画的美和力，自己生长其地，看惯了，或者不觉得什么，但在别地方人，看起来是觉得非常开拓眼界，增加知识的——而且风俗图画，还于学术上也有益处的。"② 鲁迅指出了地方色彩的效用，不仅能开阔视野、增加知识，还能增加美和力。关于木刻技法上的地方色彩问题，鲁迅说："我以为中国新的木刻，可以采用外国的构图和刻法，但也应该参考中国旧木刻的构图模样，一面并竭力使人物显出中国人的特点来，使观者一看便知道这是中国人和中国事，在现在，艺术上是要地方色彩的。"③ 鲁迅指出了借鉴旧木刻构图的艺术技巧实现地方色彩的途径。他又说"现在的世界，环境不同，艺术上也必须有地方色彩，庶不至于千篇一律"④，突出了地方色彩的意义，即确立自己的个性。对地方色彩在其他文艺中的意义，鲁迅说："我的主张杂入静物，风景，各地方的风俗，街头风景，就是为此。现在的文学也一样，有地方色彩的，倒容易成为世界的，即为别国所注意。打出世界上去，即于中国之活动有利。可惜中国的青年艺术家，大抵不以为然。"⑤ 由木刻延

---

① 鲁迅：《致罗清桢》1933 年 10 月 26 日，《鲁迅全集》第 12 卷，人民文学出版社 2005 年版，第 467 页。

② 鲁迅：《致罗清桢》1933 年 12 月 26 日，《鲁迅全集》第 12 卷，人民文学出版社 2005 年版，第 531 页。

③ 鲁迅：《致何白涛》1933 年 12 月 19 日，《鲁迅全集》第 12 卷，人民文学出版社 2005 年版，第 518—519 页。

④ 鲁迅：《致何白涛》1934 年 1 月 8 日，《鲁迅全集》第 13 卷，人民文学出版社 2005 年版，第 5 页。

⑤ 鲁迅：《致陈烟桥》1934 年 4 月 19 日，《鲁迅全集》第 13 卷，人民文学出版社 2005 年版，第 81 页。

伸到文学，鲁迅突出了地方色彩对于文学艺术的普遍价值。在《略论梅兰芳及其他》一文中，鲁迅又再次对地方色彩所具有的"美"与"力"加以赞赏。① 对地方色彩的多次强调及不同角度的论述，鲁迅注意到地方色彩范畴具有的实践意义和理论价值，他的地方色彩观符合艺术真实规律要求，"按照艺术真实规律的要求，艺术必须是一个时代的社会生活的镜子，人们从艺术中可看到一定时代一定民族的地理环境、风俗习惯、心理气质、思想感情等。"② 鲁迅的地方色彩观正是增加艺术"具体可感性的一个重要途径"③。

　　20 世纪初期，鲁迅即就木刻艺术提出地方色彩问题，显示出相当的文化敏感。此外，其他现代作家也对地方色彩相关（以"地方"为核心词）问题有过近似表述，其表述视点、范围有所不同，但共同关注文学艺术的"地方"问题，"地方"是相关论述的着眼点。茅盾认为，"我们绝不可误会'地方色彩'即某地的风景之谓。风景只可算是造成地方色彩的表面而不重要的一部分。地方色彩是一地方的自然背景与社会背景之'错综相'，不但有特殊的色，并且有特殊的味。"④ 茅盾关注地方色彩问题，不仅注意到自然背景，也注意到社会文化背景，自然与社会背景所具有的不仅是外在的"色"，更是一种内在的"味"。周作人较早关注民间文学，民间与"地方"问题关联紧密，或正在此意义上，周作人很早就认识到地方色彩问题，他说："人总是'地之子'不能离地而生活，所以忠于地可以说是人生的正当的道路。现在的人太喜欢凌空的生活，生活在美丽而空虚的理论里，正如以前在道学古文里一般，这是极可惜的，须得跳到地面过来，把土气息、泥滋味透过了他的脉搏，表现在文学上，这才是真实的思想与文艺。这不限于描写地方生活的'乡土艺术'，一切的文艺都是如此"⑤，文学作品"自然的具有他应具的特性，便是国民性，地方性与个性，也即是它的生命"⑥。周作人从"地之子"角度提出文学乃至其他艺术应具有

① ［日］内山嘉吉、奈良和夫：《鲁迅与木刻》，韩宗琦译，周燕丽校，人民美术出版社 1985 年版，第 181 页。

② 刘再复：《鲁迅美学思想论稿》，中国社会科学出版社 1981 年版，第 455 页。

③ 同上。

④ 茅盾：《小说研究 ABC》，《茅盾全集》第 19 卷，人民文学出版社 1991 年版，第 76 页。

⑤ 周作人：《地方与文艺》，《周作人自编文集谈龙集》，河北教育出版社 2002 年版，第 10—13 页。

⑥ 同上。

"土气息"和"泥滋味",体现的正是人、文学与地方的内在关系,由此他将文学的"国民性,地方性和个性"进行关联审视,地方性和个性因此具有了民族性的高度。基于这种认识,周作人强调了文艺作品的"地方趣味":"我相信强烈的地方趣味也正是'世界的'文学的一个重大成分。"①"地方趣味"是地方色彩的另一种表述,周作人从不同角度阐述了人与地方的多种关联,提出了文艺作品的"地方趣味",而"地方趣味"即地方色彩,正是周作人所认为的"世界民"文学的一个要素。

地方色彩是鲁迅木刻艺术思考与论述的重要范畴,以此为基点,鲁迅对地方色彩进行了多元思考。他评价陶元庆的绘画,"作者是凤擅中国画的,于是固有的东方情调,又自然而然地从作品中渗出,融成特别的丰神了"②。在世界文化体系中,"东方情调"可以说是一种相对的地方色彩,"东方情调"在中国画家的作品中"自然而然地"渗出,强调了中国画家的主体性和本土性。"内外两面,都和世界的时代思潮合流,而又并未梏亡中国的民族性。"③ 从内外两面思考绘画艺术与世界文化艺术潮流问题,鲁迅审慎地提出了文艺民族性问题,地方色彩由此担负起非同小可的民族文化发展重任。鲁迅说陶元庆"以新的形,尤其是新的色来写出他自己的世界,而其中仍有中国向来的魂灵——要字面免得流于玄虚,则就是:民族性"④。从地方色彩到"东方情调""民族性",可见一条甚为清晰的逻辑线条。从关注木刻艺术的地方色彩,把地方色彩与地方风俗相勾连,进而在世界文化艺术宏大视野中透射"东方情调",最终站在本土文化立场提出文学艺术"民族性"问题。鲁迅对"'地方色彩'的美学价值有了更深入的认识之后,他在如何通过地方风习特异性描写体现地域文化气质方面,就达到了更自觉也更高的水平"⑤,由地方色彩推演出的民族性认识,鲁迅不仅在文学创作中有深入表现,也以自己的实践促进了中国现代文学的发展,地方色彩也因此成为中国小说艺术本土化、现代化发展的重要文

① 周作人:《旧梦》,《自己的园地》,人民文学出版社1998年版,第104页。
② 鲁迅:《〈陶元庆氏西洋绘画展览会目录〉序》,《鲁迅全集》第7卷,人民文学出版社2005年版,第272页。
③ 同上。
④ 鲁迅:《当陶元庆君的绘画展览时——我所要说的几句话》,《鲁迅全集》第3卷,人民文学出版社2005年版,第573页。
⑤ 李继凯:《全人视境中的观照——鲁迅与茅盾比较论》,中国社会科学出版社2003年版,第57页。

化维度。地方色彩体现出浓厚的中国文化传统，一大批小说家不自觉地从地方色彩入手，进行了多角度的深入探索，向世界展示了中国文学的民族文化风姿。2012 年莫言获得诺贝尔文学奖，"颁奖辞中不仅说莫言是中国民族文化传统的继承者，也说莫言是欧洲拉伯雷传统下的优秀作家之一"①，莫言小说的高密东北乡地方色彩正是中国民族文化传统的有效继承与切实表现，而且他将这种地方色彩成功地进行了现代转化，显示出鲁迅所说的"东方情调"和"民族性"，这是莫言得以在世界文学之林占有一席地位的可能原因。如果没有高密东北乡的地方色彩，很难想象诺贝尔文学奖会看中作为中国当代文学代表的莫言。莫言小说实践的正是鲁迅地方色彩观所倡导的，由地方色彩而具有了个性与民族性，因此形成了"富于民族个性的世界性"②，这才是有价值的、生动有机的世界性。

二　"地方"与地方色彩问题

地方色彩是一个偏正结构短语，"地方"是限定词，"色彩"是中心词，没有"地方"的限定，"色彩"也失去依托，因此地方色彩着眼点在"地方"。汉语表述中的"地方"，"既包含着以'地'为'方'之意也标志着'不在中心'、'从属于中央'这样的次等级或人类学家所称的'小传统'；同时它还隐喻着'本土的'、'家乡的'以及'特定的'和'世俗的'等多重内涵"③。在中国文化语境中，"地方"具有"不在中心"的次等级属性，这一属性不仅"从属于中央"，也可以递减式的从属于"大的地方"。因此，"地方"是具有结构功能的词汇。"地方"和"地方"的相关属性具有"相对性本质，而且这种本质不仅表现在空间上，还表现在价值的层面。地方性在空间上的相对性，意味着某一个'地方'要通过比它更大的另外一个'地方'来确认与发明"④。也就是说，相对于城市，乡村、小城镇是"地方"；相对于某一省域，一个城市是"地方"；相对于某一国家，某一省域也是"地方"；相对世界，某一国家也可以认为是一个"地方"。与此对应，"民族文化"有时也会成为"地方文化"的转借

<hr />

① 陈思和：《莫言与中国当代文学》，《淮阴师范学院学报》2013 年第 5 期。
② 刘再复：《鲁迅美学思想论稿》，中国社会科学出版社 1981 年版，第 454 页。
③ 徐新建：《"地方"的含义——关于"全球化"问题的反向思考》，《民族艺术》1999 年第 1 期。
④ 何言宏：《坚持一种批判的地方性》，《文艺争鸣》2011 年第 12 期。

用语。地方有关问题的结构关系可如图 8 – 5 所示：

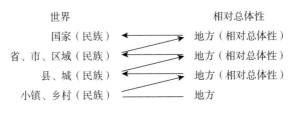

图 8 – 5 地方结构关系

如上图所示，从上至下，地方是一个由大到小差序逐步递减的结构型网格关系，即相对上一层级相对总体性，下一层级均属于地方。这种结构型网格适应于分析有关地方问题的多种文化。在地域广阔、文化多元的中国，有时"地方"还关涉民族问题。有的县就是一个民族自治县，相对省级、城市区域，一县的地方文化也可以说是某一民族文化。在网格结构中，地方是人们日常生活形成的社会网络中的一个节点。① 在"地方"节点上，语言文化、地理环境、民俗风情、心理情感等形成地方认同与文化建构的心理取向。作为概念的"地方"具有较为宽阔的理论价值。地方与地方之间既有结构型特质，在以现代性为表征的全球化理论视域下，"地方"具有一定的文化阐释功能。作为相对独立的个体，在总体性语境中，"地方"显现出个性与价值，因此"地方"以具有个体价值的文化来回应与抵抗全球化，凸显文化主体性。在此意义上，"地方"与"乡土""地域"等概念有一定区别。"乡土"② 可以阐释历史，却未必能对当下及未

① Adams P. C. , Hoelscher S, Till K E. , *Textures of Place*, *Minneapolis*, University of Minnesota Press，2001，p. 6.

② 在文学研究中，与"乡土"范畴相关的文学争议一直存在，究竟什么是乡土文学、乡土文学的特质是什么均难有公认的结论。如有的学者提出了"都市乡土小说"的概念，认为"城市，即使是大都会，也有自己丰富而独特的民间民俗地域色彩。新文学的乡土作家不一定能反映侨寓地的城市生活内容，而现代通俗文学作家却以描述都市民间生活为主要内容，描写独特而浓郁的民风民俗，构成了一道都市乡土小说的风景线"（范伯群：《论"都市乡土小说"》，《文学评论》2002 年第 3 期）。有的学者则认为地域特色不能等同于乡土文学，认为"地域文化要比乡土文学的范围大得多，内涵也丰富得多。乡土文学与作家的故乡情结、故家情结有极深的关系。但具有鲜明地域文化特色的作品，却不能都归入乡土文学"（何西来：《关于文学的地域文化研究的思考——从"二十世纪中国文学与区域文化"想到的》，《中国现代文学研究丛刊》1999 年第 1 期）。可见"乡土"范畴的多义性，似没有"地方"范畴的内涵界定清晰及其文化张力大。

来的文化演变提出更合理的阐释。"地域"是一个地理区隔意义上的概念，有一定的自然客观性，但很难有类似"地方"这样富有张力的面向世界发言的文化主体价值。因此，"地方"视域关注的是一种"地方性"，它与上一层级的整体性是一种相对关系。"地方性不仅为现代性的思考提供了更多的可能性，而且有助于把握现代性自身的复杂性。地方性的观念实际上在提醒我们，现代性一方面存在种种差异，另一方面把握现代性也必须充分注意到这些差异。"①

在"地方"范畴中，网格型层级关系提醒我们，既要认识到"作为地方的自我"所处位置的局部性，也应认识到本"地方"相较上一层级总体性意义上"地方"的差异性和独特性，这种独特性、差异性是确证我"地方"文化价值和自我认知的关键所在，也就是鲁迅提出的地方色彩的"色彩"。所谓一个地方的"色彩"，就是相对于其他地方所缺乏的这一个地方的特殊性文化，是这一个地方自我身份确证的差异性文化。由于中国各地风貌不同、人类起源多元、族群文化多样，各"地方"自然环境、语言文化、风俗习惯有相当大的差异，这种差异既是"地方"与"地方"间相互区别的原因，也是凸显地方色彩的意义所在。与地方色彩较相似的是西方文化范畴中的"地方性知识"（local knowledge）②。在西方文化中，地方性知识关联的是人类学意义上他者化的认识视角，本土文化的主体性相对不够突出。鲁迅等论述的地方色彩范畴，关联着民族文化，因此具有主体性认识意义，也即"地方"具有的"色彩"正是相对于其他地方的差异化因素，因此得以在上一层级"地方"的相对总体性视域中凸显自己的文化主体性。

法国学者丹纳认为文学发展最重要的三个因素是种族、环境与时代，③三要素凝聚的焦点便是地方色彩。"文学和地域的关系就好像花朵和土地，地域与人的融合所造就的地域文化，就像地之母温润的子宫，能够繁衍养

---

① 周宪：《作为地方性概念的审美现代性》，《南京大学学报》2002 年第 3 期。
② ［美］克利福德·格尔兹：《地方性知识：阐释人类学论文集》，王海龙、张家宣译，中央编译出版社 2000 年版。
③ 丹纳受 19 世纪自然科学发展的重要影响，对文学艺术的研究采用的是自然科学的进化论思想，他对影响文学艺术发展种族、环境、时代的三要素进行了详尽论述。详见［法］丹纳《艺术哲学》，傅雷译，河南人民出版社 1998 年版。

育带有地域特征的精神之花和艺术之花。"① 文学和地域关系紧密，从地域文化出发，文学理应具有地方色彩，地方色彩实际也是"一种'精神的'气候，就是风俗习惯与时代精神，和自然界的气候起着同样的作用"②。风俗习惯、时代精神都融会于地方色彩中，形成文学与艺术独具个性的精神气候。如法国作家勒克莱齐奥所说，"文学，与一门语言，一种文化，一个政治领域相联系，表达的是地方性、区域性，抑或在最好的情况下，表达的是民族性"，这正是对文学地方性与民族性有机关联的确认。在世界总体性视域中，一个民族也可说是一个"地方"，"表达的民族性"也可说就是"地方性"。作为"时代和地域的产物"③，文学具有为地方文化代言的功能，其代言的文化内容应该具有由地方自然环境、语言文化、风俗习惯、种族特征、心理情感所形成的地方色彩。文学的地方色彩显示出地域对文学的影响，这种影响"绝不仅止于地形、气候等自然条件，更包括历史形成的人文环境的种种因素，例如该地区特定的历史沿革、民族关系、人口迁徙、教育状况、风俗民情、语言乡音等；而且越到后来，人文因素所起的作用越大"④。放大到一个国家，面对世界总体性文化，作为网格节点上的中国作家以汉语书写的文学文本就应具有相对于世界文学（具有相对总体性）的、鲁迅所说的"东方情调""民族性"。

法国作家勒克莱齐奥说："作家是什么？是在一个国家出生、受教育，接受一门语言和一种文学遗产，并运用这一遗产创造作品的男性或女性。这一遗产非常重要，决定了作家的写作使命与冲动。"⑤ 从地方文化角度来看，作家是在一个地方出生，接受地方综合教育⑥以及地方语言等所有的地方文化遗产，以此遗产进行文学创造的男性或女性。因此，作家的写作冲动可以说是由某一地方文化遗产所决定的。作家多少都会带有一些地方文化印记，其文学书写也多少会显示一定的地方色彩。一个地方的自然地

---

① 李继凯：《全人视境中的观照——鲁迅与茅盾比较论》，中国社会科学出版社2003年版，第53页。
② ［法］丹纳：《艺术哲学》，傅雷译，河南人民出版社1998年版，第59页。
③ ［法］勒克莱齐奥：《论文学的普遍性》，高方译，《当代外国文学》2012年第3期。
④ 严家炎：《二十世纪中国文学与区域文化丛书总序》，李继凯《秦地小说与三秦文化》，湖南教育出版社1997年版，第2页。
⑤ ［法］勒克莱齐奥：《论文学的普遍性》，高方译，《当代外国文学》2012年第3期。
⑥ 这种教育既有政府引导下的学校教育，也有地方社会教育、作家出生成长的家庭教育等多元文化环境中的教育，其中地方社会文化和家庭教育是形成作家及其作品的地方文化个性的重要来源，这种地方文化色彩是隐形的，却对作家的个人成长与写作具有不可估量的重要作用。

理、历史沿革、民族关系、人口迁徙、教育状况、风俗民情、语言乡音、种族特征、时代风向等，都可以说是一个作家的文化胎记，也是一个作家所彰显出的地方色彩的主要内容。在全球总体性文化视域下，一个作家作品的地方色彩有多少，地方色彩有哪些表现形态，如何表现这种地方色彩，这种地方色彩对于全球总体性文化有多少价值，这些问题可以说决定了一个作家文学成就的高低。

三 地方色彩的风景风俗呈现

文学文本地方色彩直接的呈现形态是地方风景与社会风俗。如鲁迅所说，"杂入静物，风景，各地方的风俗，街头风景"等均是美术作品应表现的地方色彩。对文学而言，各种静物、风景风俗也相应具有地方色彩的呈现功能，是作家文本创作时自然的书写内容。鲁迅认为，"广东的山水，风俗，动植，知道的人并不多，如取作题材，多表现些地方色彩，一定更有意思"。作家对出生成长地域的山水、风俗、动植物进行创造性书写，也就呈现出文学文本的地方色彩。文学作品尤其是现代小说，人物行动、故事演进的环境氛围离不开风景风俗等的烘托呈现。地方的风景环境以及带有地方文化风俗的日常活动常无形浸透着地方文化因子，支撑承托着主人公的性格形象。在主人公性格发展与地方风俗、风景交互作用中，综合体现出文学文本的地方色彩。

鲁迅的小说、散文，所描写的地方风景、社会风俗是表层自然呈现的文化形态，其深层则具有文化象征批判意味。散文集《朝花夕拾》中，作者以故乡感怀式的回忆书写了自然风景与民俗事象，笔调轻柔，思绪恬淡，传递着作家对"地方"生活的美好情结。如《无常》中"活泼而诙谐""可怖而可爱"的活无常形象；《五猖会》中的梅姑庙、五通神、迎神赛会等；《阿长与〈山海经〉》中除夕守岁等。这些民俗事象是地方文化的结晶，包蕴着鲁迅对过往岁月的优美思绪，也渗透着鲁迅浓郁的故乡情结。《呐喊》《彷徨》中的小说有许多风景描写和民俗事象表现。《故乡》中"深蓝的天空中挂着一轮金黄的圆月，下边是海边的沙地，都种着一望无际的碧绿的西瓜"。海边风景既显示了江南小镇的日常生活氛围，也与少年闰土美好生活相映照，反衬出成年闰土的世故。《社戏》中的社戏演出场景，《长明灯》中的长明灯、查黄历出行，《祝福》中祥林嫂捐门槛，《明天》中单四嫂子为夭折的孩子烧《大悲咒》，这些民俗事象是江南出生成长的鲁迅携带的"地方"文化的标记。也正因出生成长于此，无形接受着地方综合文化的影响，鲁迅才有书写地方色彩的可能，其散文与小说也才有了丰厚的审美情感和文化底蕴，以及一定的文化批判功能。

20世纪中国许多杰出作家都在悉心地以风景风俗书写呈现着地方色彩。沈从文湘西世界的重山流水、渡口小镇，是读者感受湘西地方的绝佳说明，也是今日凤凰小城备受世界关注的重要原因，沈从文也因此成为一个"乡土主义者"的"地方代言人"。① 老舍笔下的北京，街头巷尾间、茶楼酒馆中，老北京的风情韵味构成了北京地方的文化特色。汪曾祺笔下的高邮小城，巷陌人家、寺庙、豆腐店、药房、画店和各种杂耍一起构成了明海、小英子、陈小手等诸多人物故事展开的场所，也是苏北水乡小镇立足总体性视域下的中国的可能。莫言的火红遍野的高粱地、李锐的山西黄土高原风情、贾平凹的陕南山地风景、毕飞宇的苏北兴化小镇，每一个作家都以风景风俗展示着作家成长地方所具有的地方色彩，以地方色彩吸引着总体性的文学世界的关注。

西方文学也有以风景风俗书写地方色彩的先例，最为知名的是美国作家福克纳的约克纳帕塔法县。福克纳将美国南部密西西比邮票大小的地方写活了，这个地方也成就了福克纳。英国作家哈代第一部小说就以"语言为颜料，绘制这一地区山川景物特有的风貌，并直接以'图画'来形容这里的风物——此外，小说中榨苹果酒的热闹场面，佃农家圣诞之夜的欢乐气氛以及乡民们带有浓重口音的闲谈等，也都体现了哈代作品特有的地方色彩"②。在经典小说《还乡》中，"景物本身不仅像在《绿林荫下》中那样与人物占有几乎等值的地位，成为小说中独立的构成，而是与人物交融，互为补充，或互为对比"③。在书写风景风俗、表明浓烈的地方色彩外，哈代还认识到生活在这块地方的"人的思想感情都带有地方色彩"（哈代《小说与诗歌总序——为1912年威塞克斯版作》）。在哈代看来，风景风俗可以表现人物的思想感情，进而承担相应的叙事功能，人物以独具地方色彩的思想感情推动故事行进，人物形象因此具有了"地方代言人"

---

① 王德威：《现代中国小说十讲》，复旦大学出版社2003年版，第129页。
② 张玲：《晶体美之所在——哈代小说数面观》，《外国文学评论》1995年第2期。
③ 同上。

的深层价值。

　　表面来看，地方风景风俗似乎是小说闲笔，与小说故事情节发展关系不大，但实际上与小说人物形象、故事情节发展有相互促进与协同发展的作用，因此，地方风景与文化风俗呈现的地方色彩才可能具有面向世界的"他者化"的文化主体价值，才能在总体性文化中显示带有文化普遍性的批判反思意义。21世纪以来，全球化浪潮席卷中国，现代化进程逐渐抹平各个地方原先深厚的民俗传统和带有文化特色的风景，消费主义正使大部分的小城镇日益趋同。随着信息社会发展，当下的文学文本很难再书写与表现更多的带有浓郁地方色彩的风景风俗。可口可乐、麦当劳、高楼大厦、车水马龙、酒吧影视正成为"80后""90后"作家出生成长的同一化的"世界色彩"。如贾平凹所说，"记忆中的那个故乡的形状在现实中没有了"①。失去了故乡的"80后""90后"，甚至2000年后出生的作家们如何寻找与书写自己区别于总体性文化的风景风俗？所有的"地方"若沦为一个趋同化的场所，风景风俗都同一化、国际化了，"地方"便失去了色彩，所有的故事或许都沦为一种没有风景风俗依附的赤裸裸的欲望叙事。20世纪90年代马原、孙甘露、鲁羊等新潮小说家反叛传统文学观念，过度张扬小说形式，所带来的"文本自恋与语言的泛滥""人文关怀的失落""当代性失语"② 等影响是长远的，年轻一代小说家的文学观念也或因此形成了类似的文学审美观，以形式的张扬显示文学审美的内在化发展，但风景风俗等似乎外在的地方色彩也因此被抛弃。当下，鲁敏、张楚、魏微、徐则臣等个别"70后"小说家还有一些风景风俗特点不甚明显的地方色彩，他们或着力书写漂泊状态中的带有些微地方色彩的人物，还可算有特质的"地方"；而郭敬明、迪安等"80后"小说文本几乎完全失去了具有异质性的风景风俗，只有一个都市，这不能不说是值得警醒与深思的问题。

四　地方色彩的方言文化呈现

　　语言是文学作品地方色彩呈现的另一形态，主要表现为方言俚语的运

---

①　贾平凹等：《〈秦腔〉痛苦创作和乡土文学的未来》，《文汇报》2005年4月28日。

②　吴义勤：《中国当代新潮小说论》，江苏文艺出版社1997年版，第162—166页。

用,"方言和全民语言的区别在于方言带有地方色彩"①。文学是语言的艺术,"每一件文学作品都只是一种特定语言中文字语汇的选择"②。语言对文学具有不言自明的意义,它勾连起文学的内容和形式,是文学存在的主要形态。文学语言既有来自国家全民教育形成的大传统,也有作家在成长中经年累月内在接受的地方方言。作家描写风景、人物,叙述故事、展示民俗等,无不受到地方语言的潜在制约。海德格尔曾说,"在方言中各各不同地说话的是地方,也就是大地",因此方言俚语和作家由语言形成的内在叙述语调是文学地方色彩的另一呈现形态,方言对文学地方色彩呈现的重要性也就不言而喻。"以方言为文学语言形式,地域在文学作品中就不再是普通话文学中的背景要素,而是决定性的因子。它以一种强大的地域文化力量影响着文学的主题和灵魂,决定着文学的讲述方式、叙述腔调,它全面渗透到人物的行为、生存方式和精神状态中,它召唤出形象、思想、氛围与色调,是使一切生长并丰富起来的催化剂。反过来,地域如果不以方言的形式呈现,它的形色声音就要逊色许多。"③ 中国有不同的方言体系,如吴语、闽南语、粤语等方言区域,各方言区域还有基于各个次地方形成的次方言和土话。地方方言与文学在历史上有深厚关联,"方言于明清之际开始大量进入文学创作中,如《醒世姻缘传》用了鲁东方言,《水浒传》《金瓶梅》人物对话杂用山东方言,《西游记》和《儒林外史》分别有淮安方言和安徽全椒方言"④,可见方言介入文学的历史性。方言是一个地方日常生活形态内在的文化载体,生活于一个地方的人很难不受方言所内在渗透的地方文化的影响。方言运用应该是作家的一种地方文化自觉,不仅增强了文学表现力,凸显了"地方"在总体性文化中的独特地位,也以"语境还原"⑤ 方式呈现了隐形的地方色彩。当然,不是所有方言都可以进入文学作品,方言进入文学需要"一般人能懂,用普通话念起来大致顺当"⑥,介于普通话和方言之间的带有地方色彩的词汇才能进入文

---

① 宋振华:《文学语言的基本特征》,《东北师范大学科学集刊》1956 年第 2 期。
② [美] 韦勒克、沃伦:《文学理论》,刘象愚等译,江苏教育出版社 2005 年版,第 195 页。
③ 何锡章、王中:《方言与中国现代文学初论》,《文学评论》2006 年第 1 期。
④ 同上。
⑤ 语言学者认为方言具有刻画人物、地方文化语境还原、激发读者情感三种文学功能,这三种功能实际都是地方色彩的重要表现。详见柯玲《论方言的文学功能》,《修辞学习》2005 年第 3 期。
⑥ 于根元:《文学作品的方言使用》,《语文研究》1983 年第 3 期。

学作品，方言词汇和地方色彩相互协调，才能有效展现地方色彩，否则就会滥用方言，影响作品表达效果。

方言丰富了现代汉语表达，突出了不同文学类型的艺术特色，尤其是强化了文学作品的地方色彩。鲁迅经常运用方言表现地方色彩，其小说与散文中出现的"乌篷船""罗汉豆""跳鱼儿""忙月""狗气杀""鬼见怕""观音手""淘箩""搭连""树烛台""宁式床""哭丧棒"等方言作为展现地方生活事物、民俗的词汇，与浙江东部水乡生活相呼应，无疑凸显了鲁迅小说的地方色彩。① 沈从文也善于运用方言显示地方色彩，其成熟期小说，"方言因素最明显的就是笔下人物的语言。在他作品中出现的各色人等，都操持着那地方上人所应当讲的地道方言"②。由于湘西方言的使用，沈从文笔下人物因而体现出地域文化的典型性格，有着灵活出彩的表现。尽管沈从文后期将文言、欧化用语与湘西方言进行了融合创造，形成了独特语言风格的现代白话，但湘西方言对于辨识沈从文的湘西地方色彩仍是不能忽视的文化密码。周立波一直关注湖南方言，他"注意从当地土话中选择富有地域文化特色的人名、地名、物名等方言词汇和富有审美价值的方言词语、俗语歌谣等进入作品，描绘了一幅幅具有浓郁地域特色的风景画和风俗画"③。在方言词汇运用基础上，周立波对方言进行了改造，形成了带有浓郁地方色彩的"山茶花"语言风格。20 世纪以来的文学大家，其文学成就大都离不开对作为地方色彩载体的方言词汇的使用，老舍、赵树理、高晓声、贾平凹、莫言等无不是运用方言创作杰出文学作品的典范，莫言小说对猫腔、高密东北乡等方言的描述使用，是其小说独特韵味所在。

"方言在今日中国文学中日益衰弱、减少、濒临绝迹"④，这与当下中国文学中风景风俗形态的地方色彩减少是同步的。有学者在研读了一系列小说后说："抹去作品中出现的'地名'，仅仅从语言所体现出的'地方

① 余福铭：《鲁迅作品中方言土语的运用》，《宁夏大学学报》1983 年第 2 期。

② 章敏：《论沈从文文学语言的蜕变》，《中国现代文学研究丛刊》2009 年第 3 期。

③ 言岚：《论方言与地域文化对文学创作的影响》，《求索》2010 年第 6 期。

④ 郜元宝作出这一判断后紧跟着说，"仍然有可能在上海这种大都市日常口语和语言艺术中有所维持"，笔者对此表示不大认同，或者仅仅在上海都市日常口语和语言艺术中有所维持，对于整个中国现代文学又能有多大的意义。详见郜元宝《方言、普通话及中国文学南北语言不同论——从上海作家说起》，《文艺争鸣》2010 年第 10 期。

韵味'来看，感觉他们的作品缺少浓郁的'地方性'特色。"① 方言等"地方韵味"的减少或至于消失，正是当下文学缺乏个性的一种表现。缺少了地方韵味，也就缺少了地方色彩，相对于世界文学，正是中国文学面向世界的独特性的削弱。在世界越来越平面化、透明化时，陌生化的东西也越来越少，文学语言正呈现出日益同质化的危险趋势。近些年，国家在重视与推广普通话的同时，认识到方言在文化传承中的重要性，曾组织了有关人员对吴语等方言进行了类似于非物质文化遗产式的活态录音，但这些语言是非生活常态的博物馆语言，无法抵抗影视传媒等大众流行话语的侵略。在此情况下，一些年轻作家认为"方言的消亡是大势所趋，挡不住"，不无警醒之意。当"很多作家都在脱离方言的语境里生活写作，没有一个方言的语境"时②，又何来方言运用、何来地方色彩？何来自己的文化独特性？

五　地方色彩的形式技巧呈现

形式结构、艺术技巧是文学作品地方色彩呈现的第三种形态。相比较而言，文学作品的风景风俗描写和方言土语运用对地方色彩的表现是显性的，通过文本阅读可以直接感受到。而文本的形式结构、艺术技巧等形式层面呈现的地方色彩则是隐性的，一般很少为读者所关注。但内在层面的叙事结构、叙述语调、表现手法等对于读者和作家而言却又有较大影响，是地方色彩呈现的隐形形态。形式技巧对内容、语言具有更深的渗透和结构性的价值，没有切合地方色彩呈现的形式结构、艺术技巧对地方风景风俗的有效组织与书写，地方色彩就容易虚空，便难以成就一个浑然整体的带有地方文化特质的文学作品。

鲁迅依然是重视艺术形式与地方传统结合的典范，他认为："中国旧戏上，没有背景，新年卖给孩子看的花纸上，只有主要的几个人——我深信对于我的目的，这方法是适宜的，所以我不去描写风月，对话也决不说到一大篇。"③ 鲁迅所说的即是传统白描艺术手法，其小说经常使用的白描

---

① 王光东：《新世纪文学语言的"地方性"问题》，《文艺争鸣》2011 年第 16 期。
② 李徽昭：《文学、世界与我们的未来——对话徐则臣》，《退隐的乡土与迷茫的现代性：当代中国文学的乡土透视》，中国社会科学出版社 2013 年版，第 143—144 页。
③ 鲁迅：《我怎么做起小说来》，《鲁迅全集》第 4 卷，人民文学出版社 2005 年版，第 526 页。

就是对地方旧戏艺术的借鉴。"白描"是中国传统文化衍生出来的具有本土文化特色的艺术手法，对人物刻画、性格展现等显示出无形的地方色彩，读者于此有着内在无形的文化心理认同，这种内在心理体验是艺术"形式"上地方色彩的隐形影响。在全球总体性文化视域下，带有中国传统文化审美特征的写意手法、结构留白手法等也是一种具有地方色彩的艺术手法或小说结构形式。小说艺术结构留白前文已有阐述，出生于一个地方的作家何以选择留白的小说艺术结构，在何种意义上表现留白式的艺术结构，留白艺术结构艺术效果如何，均显示了作家对"地方"（实际也是相对于全球总体性语境中一个民族传统意义上的地方）文化的接受与认可，进而传递出与艺术心理同构的地方色彩。这种地方色彩因其深层心理结构的内在化而显得深刻、隐含，却对读者和作家心理有着内在的多元影响。比如汪曾祺小说在艺术结构上对民俗文化的铺陈叙述，与小说故事情节、人物形象构成了虚实不同的关系，这种艺术结构层面上的留白，对小说意境营造有着深层的艺术价值，显示出的地方色彩包蕴着深厚宽广的民族文化特质。

再有小说结构对中国绘画构图方法的借用，传统绘画艺术技法以内在式的心理迁移影响着现代小说艺术发展，使现代小说体现出多元的民族文化特质。贾平凹说："中西文化的深层结构各都在发生着各自的裂变，怎样写这个令人振奋又令人痛苦的裂变过程，我觉得这其中极有魅力，尤其作为中国的作家怎样把握自己民族文化的裂变，又如何在形式上不以西方人的那种焦点透视法而运用中国画的散点透视法来进行，那将是多有趣的试验。"[①] 散点透视是中国绘画的重要传统，是中国本土文化自生的艺术审美方式，与西方焦点透视画法有明显区别。贾平凹提出散点透视，显示其由中国文化主体生成的本土文化自觉认知，与早期小说中较多借用西方叙事手法有了区别。《秦腔》中细密、烦琐的叙事结构，《废都》《带灯》拉杂琐碎的生活场景都是贾平凹以散点透视来结构小说的一种方式。以散点透视结构而成的现代小说与传统绘画艺术精神有着相通的民族文化意识，这种融合了传统与现代的小说叙事，以其内在方式体现着民族文化精神，也是一种面向世界的中国式的地方色彩。

对传统绘画"写意"手法的借用，是小说凸显地方色彩的另一方面。

---

① 贾平凹：《浮躁》序，人民文学出版社 2007 年版。

"写意"是中国书法、绘画、戏曲等传统艺术常用的一种不重写实、重神似的简练、达意性的艺术手法。现代小说家于此有深刻感受,汪曾祺说:"我的调色盘里只有墨,从渴墨焦墨到浅得像清水一样的淡墨,我的小说逸笔草草,不求形似。"①"逸笔草草、不求形似"是文人画的典型特征,汪曾祺小说的文字与架构确实无形渗透着传统绘画的写意形式。莫言对各种事物的描绘也有类似艺术手法的运用,其笔触一旦落实到某一事物上,便幻化为作家心灵熔铸后的艺术世界,"描绘出那个世界中人物的心理、情感、潜意识等"②,这也是文学创作的"写意"手法。写意艺术手法一定程度上凸显出作家对地方文化(也是相对于世界总体性视域中的中国文化)的自觉认知。鲁迅、沈从文、萧乾等其他作家的小说文本也多有文学写意手法的运用,他们对一个事物的描绘着墨于重要特点,不拘泥细节,艺术技巧运用上与传统绘画有异曲同工的趣味,这也是在世界文化体系中凸显中国"地方"文化精神的艺术手法。

在20世纪文学艺术发展的宏观视角下,地方色彩是中国作家、美术家展现自我文化认同、确认文化主体性的一种文化意识,面对全球化的宏大语境,无论是"为全球的地方"还是"为地方的地方"③,地方色彩对于地方文化确认与作家自我身份感知都具有文化意义,作家理应通过地方色彩书写自我所置身的文化与地方。回顾中国现当代文学史,可以看到,20世纪20年代中期,乡土小说成为现代文学重要创作潮流时,其关键点即在于这些小说大多"带有浓重的乡土气息和地方色彩"④,地方色彩显示的正是20世纪乡土中国走向现代中国变革的文化印记。因此可以说,地方色彩是乡土文学存在的必要因素,但又超越了乡土文学理论范畴,具有一定的理论张力,这应该成为审视现代中国文学的另一路径。

然而,我们可以看到,20世纪90年代以来,全球化城市化进程加速,

---

① 汪曾祺:《作为抒情诗的散文化小说》,《汪曾祺全集》第8卷,北京师范大学出版社1998年版,第77页。

② 朱向前:《小说"写意"手法枝谈》,《文学评论》1985年第2期。

③ "为全球的地方"指的是选用一些传统文化的因素,按照外国人的趣味生产文化艺术产品。"全球性"或者"国际性"反过来成了在"地方"推销的手段。"为地方的地方"指的是一些具有全球性意义的作品,本来应该是首先具有地方的意义,并因此而具有全球意义。这才是"真地方",而非为迎合全球化造出的"假地方"。详见高建平《文化多样性与中国美学的建构》,《学术月刊》2007年第5期。

④ 钱理群等:《中国现代文学三十年》,北京大学出版社1998年版,第67页。

现代生活日益趋同，不断流动与变化的生活环境正在消解地方性。对于年轻一代作家而言，其地方认知日益趋同，作家身后的地方色彩逐渐模糊，作家自身的文化认同也渐趋模糊迷茫，作家对地方风景风俗、地方语言、地方艺术手法等方面的借鉴应用越来越弱，小说文本的地方色彩随之日益淡化，这或许是 21 世纪中国文学可能面临的一种危机，又或是 21 世纪以来作为全球地方的中国文学应该深入思考的问题。

从地方色彩视角回望 20 世纪中国文学，如何在日益趋同的城市化进程中呈现地方色彩、呈现出什么样的地方色彩，地方色彩在现代小说叙事中承担什么样的功能，以及现代性视域下的地方色彩包蕴着什么样的文化问题，这些思考显得尤为迫切。反观文化来源、寻找"地方"所在、世界范围定位、确认目标路向，应是当下乃至于未来中国文学所应深入思考与探究的文化问题，而全球视域中的地方色彩或是一种可能路径。

结　语

　　20 世纪中国作家以群体或个体方式关注、介入并思考着传统书画、民间美术、西方绘画等不同的美术类型，这些对美术的关注与思考显示了 20 世纪中国作家丰富多元的美术（其中突出的是传统书画、木刻碑刻等中国传统美术）面向，中国现当代文学也由此受到了美术的滋养。既显示出中华优秀文化（传统美术）对现当代作家的内在影响，也可见现当代文学因传统美术的审美意识、艺术精神介入而呈现的文化主体性价值。在当下视觉与电子文化冲击文学、现当代文学研究空间逼仄、文学理论研究创新不足的形势下，20 世纪中国作家介入美术创作的现象，作家书画创作中的审美迁移，现当代作家的出位之思，这些美术与中国现当代文学的关联问题显示出值得思考与探究的丰富意义。本研究通过现当代文学与美术思潮会通的背景分析，在大文化、大艺术坐标中对 20 世纪中国作家的美术论述进行多维透视，呈现了现当代文学与美术的多元交叉互动。由本研究拓展延伸，我们或许可以多维观照读图时代的文学与美术，不断跨越学科边界，从现代文学的美术影响、美术关联的现当代文学史书写、现代文论研究创新等角度进行更多思考，由此探讨中国现当代文学与美术交叉研究的更多可能。

一　读图时代的文学与美术

　　全球化视域下的当代社会，时空距离逐步缩小，消费文化日益发达，人类感知世界的渠道、方式产生了巨大变化，对文学影响最大的是视觉文化逐步兴盛并逐渐攻城略地，在"'潮来天地青'的视觉文化洪流中，传统文学长期以来形成的从意识形态话语到大众审美文化中的中心地位和权威身份已被颠覆，整个文学界由此而普遍滋生强烈的挫败感和生存危机感"。① 的确如此，文字阅读的耐心、体力、时间消耗显然强于图像阅读，图像正逐渐改变以往"文之余"的传统地位，大有图像统治阅读的趋势。有学者认为，图像阅读的流行乃是"图像主因型文化取代传统的语言主因型文化"②，其中"隐含着一种新的图像拜物教"③，这或许意味着"当代文化正在告别'语言学转向'而进入'图像转向'的新阶段"④，宣告我们已经进入一个"读图时代"。读图时代、图像阅读建立的基础是对视觉感官的亲近，是对视觉文化的认同。表面来看，亲近视觉感官、认同视觉文化与电子媒介的发达有关，其实背后是美术学科的逐步发展壮大（直至近年被纳入艺术学学科，从文学中独立出来）。21 世纪以来，在影视、电脑、手机等新媒介拱动促引下，美术学科已走出原来相对单调的架上绘画、纸媒创作等，不断向其他领域拓展，动漫、设计、家装、印刷、布艺、建筑等无不与美术有着密不可分的关系，甚至直接侵入文学领域，文学期刊、文学策划、网络文学等诸多文学活动都离不开美术设计视觉效果的影响与催化。可以说，好的文学文本，没有相应的美术视觉创意推广，在当下显然难以即时获得良好的传播效果。

回头来看，在传统中国向现代社会不断转变中，现代性的文化语境要求美术与文学各自确立边界，美术与文学的学科分野逐渐扩大。在审美现代性自律视野下，不同的学术生态、文化结构本应使美术家与作家在各自田地里分工劳作，但由于文学、美术共同存在一种"独特的表意实践——以艺术为代表的审美表意活动"⑤，这使得作家和美术家偶尔探出窗外，不时张望对方的田地。20 世纪初，梁启超、蔡元培、陈独秀、鲁迅等引领新文化发展的思想家从不同角度就美术与文学提出了一些影响较大的文化见解，如"五四"时期蔡元培的"美育代宗教"、陈独秀的"美术革命"与"文学革命"。随后一批作家在小说文本中对美术活动进行了独特描写，如20 世纪 20 年代王统照《沉思》与丁玲《梦珂》所写的裸体模特儿事件，以及倪贻德、滕固等从不同角度的美术叙事等。还有文学群体如新月社与

① 彭亚非：《图像社会与文学的未来》，《文学评论》2003 年第 5 期。
② 周宪：《"读图时代"的图文"战争"》，《文学评论》2005 年第 6 期。
③ 同上。
④ 同上。
⑤ 周宪：《作为地方性概念的审美现代性》，《南京大学学报》2002 年第 3 期。

美术展览、艺术创作的多元关系，徐志摩本身就参与了民国第一届美展策展，并与徐悲鸿发生了一场有关现代绘画的论争；闻一多更是在美术专业基础上提出新诗艺术"绘画美"等"三美"观。更为著名的是 20 世纪 30 年代鲁迅对新兴木刻艺术发展的批评与倡导，并直接推动了全国新兴木刻艺术的发展。

可以说，新文学起步之初就与美术息息相关，美术其实是与现代作家、现代文学密不可分的艺术形式。郭沫若、倪贻德、滕固、李金发、闻一多、叶灵凤、丰子恺、丁玲、张爱玲、艾青、凌叔华、汪曾祺等出生于 20 世纪上半叶的作家，高行健、莫言、贾平凹、王祥夫、欧阳江河、雷平阳、杨键等中华人民共和国成立后出生成长的作家，与美术都有相当多的关联。甚至如倪贻德、滕固、李金发、闻一多、艾青等人本身就是美术专业出身。鲁迅的封面设计、倪贻德的油画、郭沫若的书法、丰子恺的漫画、闻一多的篆刻、张爱玲的插画、沈从文基于美术视域的物质文化研究、贾平凹与王祥夫独具特质的绘画与书法等，在美术专业领域也都有相当影响，因此也可以说他们是现代意义上的美术家。就当下来看，不少诗人、小说家还在不断进行美术热身，积极参与书画艺术活动，有的已在国内外产生了不小影响，如高行健、欧阳江河、雷平阳、莫言、贾平凹、王祥夫等的书法、绘画作品就受到海内外艺术市场的青睐。① 陈丹青、吴冠中虽是享誉海内外的油画家，他们也撰写了不少韵味独特的散文、杂文②，

---

① 商品经济社会，消费成为主导的发展模式，马克思在《1844 年经济学哲学手稿》中提出了艺术生产的概念，文学、美术本身就具有生产与消费的商品特征。21 世纪以来，有不少作家介入美术活动，这也许多少会有策应消费主义的心理取向，但从艺术生产的角度，作家介入美术的同时也会不自觉地存在"精神消费"的审美过程，无疑会对作家的文学审美、形式创造产生一定影响，而且为艺术生产提供了多元分化、多元发展的新可能。因此，从积极一面来看，作家介入美术应该从积极的角度审视，但也应充分注意作家迎合美术市场需求的唯消费取向。参见施惟达、樊华《论消费主义时代的精神生产》（《文学评论》2006 年第 3 期）、昌切《文艺的商品性初论》（《武汉大学学报》1994 年第 3 期）、马驰《论艺术生产与艺术消费》（《社会科学》1998 年第 10 期）等文。

② 吴冠中撰文自陈："我中学时酷爱文学，主要是受鲁迅先生的影响"，并"遗憾没有从事文学创作"。详见吴冠中《文学，我失恋的爱情》，《吴冠中谈美》，广东人民出版社 2000 年版，第 67 页。此外，吴冠中有文集多种公开出版。陈丹青连续出版了《退步集》《纽约琐记》等杂文集多种，更有专门解读鲁迅的著作《笑谈大先生》（广西师范大学出版社 2011 年版），对这些跨界现象，无论其中是否有消费文化引导、出版商的运作，作为美术家的文学成就应该给予积极肯定。

其文学成就与影响同样值得文学研究关注与思考。在文学家、美术家相互关注、介入、思考对方艺术类型的背后，贯通着基于审美表意实践意识和文化精神。文学和美术由此"成为人们感性欲望伸展的重要活动，——审美具有一种把人们从工具理性和实践理性的压抑中解救出来的世俗'救赎'功能"。① 在此意义上，不管有多少作家从事美术活动，也不管艺术市场、消费思潮影响有多坏，这种由文学而美术的艺术跨越释放了作家的审美感受和自由创造意识，其艺术化的生活方式为规避现代性境况中人的异化提供了可能，也是对逐渐"世俗化"的文学的一种救赎，又或能影响中国现代文化的多元发展。

在传统文化视域中人们常对文学与美术的艺术功能存在本位偏见，例如认为"画为文之余"等。在历史语境下，图像的功能似乎天然弱于语言文字，这显然是对文学传统的偏执与信赖。在中国这样一个文学传承久远的古老国度，文学承担着宗教、政治、社会、思想等诸多复合的文化功能，确曾拥有相对重要的文化地位。肯定文学功能的同时也应看到，在现代文化中，随着时代发展，美术所具有的视觉审美、形式建构等功能是文学语言艺术无法承担的，造型艺术的形式创造满足了视觉感官的直观愉悦，形成了视觉审美的独特感性意识。站在文字与图像的中立位置，客观地审视不同的艺术类型，应该承认文学文字与美术图像有平等的文化地位，承认二者对世界的认知、解释、创造有着各不相同的方式。在此前提下，我们或应看到，美术视觉造型审美与文学语言思维可以相互补益。作家可通过介入美术活动，从美术的视觉审美、形式创造中获得不同的感性体验，进而在或隐或显的层面上影响文学创作，文学或能因此获得抵抗图像主因型文化的新质素。美术家也可以从语言主因型文化中获取丰富的思想文化资源，形成宏观的大艺术视野，提升形式审美的思想文化含量，如同中国传统诗文参与绘画创造，形成了具有本土特质的含纳文学性的图像主因型文化。因此，应该予以肯定并鼓励的是，文学可以从图像主因型文化吸纳某些有益元素，美术也可以吸纳语言主因型文化的有益资源，二者相互补益，共同推动审美创造主体在文化艺术发展中的文化担当与自我实现。

如前所述，在 20 世纪中国文学、美术史上，不少作家、美术家彼此

① 　周宪：《作为地方性概念的审美现代性》，《南京大学学报》2002 年第 3 期。

不断跨界，从艺术创造主体角色互换中形成了集纳图像主因和语言主因双重文化优势的复合型创作思维。不仅如此，在文学与美术跨界中，创造主体形成了图像与语言文字互动交织而成的审美新感受，其文学或美术文本有着艺术类型他者化后的审美新取向，因而其文本才能具有宽阔的艺术视野，创造主体也才能获得更好的艺术成就。同时还应看到，随着当代人文社会发展，各学科间的交叉互动、彼此渗透正日益深化，应该肯定并鼓励文学与美术的跨界发展。由此出发，应该认识与探究文学、美术的交叉互动对中国现代文学研究可能具有的意义，从现代文学的美术思影响、美术介入的文学史书写与文论研究等角度进行学术拓展，进而重新发现另一面的中国现代文学。

二　现代文学的美术影响

20 世纪初，中国文学、美术开始现代转型，主要是将文学与美术发展放在世界文艺宏观进程中进行认知、观照与反思。在现代转型起点上，美术要远早于文学。西方美术很早便传入中国，时间上"基本上同步于明清之际的传教士文化活动及其影响"。① 明清时期，随着西方传教士进入中国，以宗教图片为主的西方透视画面开始在明清宫廷及民间传播开。意大利传教士郎世宁将"优化技法传授给中国的宫廷画家"②，并"吸取中国传统绘画特长，使用中国画材料和工具，将中国画法和西洋画法相结合"③，形成了西方"美术"在中国流布传播及中国接触现代文化的早期现象。由此美术现代视觉认知开始介入传统中国，为美术对文学的隐形影响提供了可能。新文化运动中，蔡元培、鲁迅、陈独秀等一大批具有中西文化视野的学人充分意识并切身感受了世界文学与美术的新潮流，在反观重构基础上，他们号召文学与美术共同"革命"，要求"不再以'载道'权衡小说的价值，突出小说的艺术品格"。④ 小说艺术品格的突出显示了文学审美功能的强化，为现代美术、民间美术、传统书画在共通的审美表意实践上影响小说提供了契机。

---

①　陈池瑜：《中国现代美术学史》，黑龙江美术出版社 2003 年版，第 28 页。
②　同上书，第 29 页。
③　同上。
④　韩进廉：《中国小说美学史》，河北大学出版社 2004 年版，第 497 页。

　　20 世纪中国小说在主题内容、艺术形式、语言表现等诸多方面，都或多或少有西方现代美术、传统书画或民间美术的可能影响。鲁迅《药》《阿 Q 正传》等小说中的围观空间视觉感，开启了一种现代小说视觉新空间；小说创作上，丁玲《梦珂》、王统照《沉思》、滕固《壁画》、许幸之《海涯》以及倪贻德《黄昏》等十一篇小说，均以美术为主要叙事主题，这些小说大多以第一人称展开叙事，呈现了现代美术进入 20 世纪早期中国的复杂境况；李金发《弃妇》《律》等诗歌中的视觉象征、闻一多诗歌的"三美"主张、张爱玲与施蛰存等海派小说对视觉感官的描绘、汪曾祺小说中的传统画家形象、贾平凹小说对现代派画家的批判等，不同时代作家对美术均有不同程度的诸多书写与表现，显示了不同美术类型对现代文学创作的多元影响。

　　由于美术类型的多样，如果细致区分，可见西方美术、传统书画对 20世纪中国作家及其文学文本的影响存在一定区别。

　　西方现代美术对现代中国小说影响的直观表现是西方美术学习者、美术家形象的出现。"文学即可用作社会文献，便可用来产生社会史的大纲"①，文学形象可以说是社会史文献之一种，新的文学形象印证预示着社会某一方面的内在变革。作为现代文学新形象出现的西方美术学习者、美术家显示了西方现代美术在现代中国传播、发展的过程。20 世纪 20 年代末，丁玲首篇小说《梦珂》即书写了西方美术学习者及留法归来的美术教师形象，这些形象与源自西方的小说叙事技巧相互协调，构成了文学形象与叙事技法的协同并进，表现出中国新文学早期即受到西方文化由内而外的多重影响。此外倪贻德《玄武湖之秋》、王统照《沉思》、滕固《海涯》等小说均书写了西方美术学习者形象，也在叙事手法上借鉴了西方现代叙事视点。这些小说中美术家新形象的出现，与倪贻德、滕固、丁玲等人的美术学习经历有一定关联，也说明现代美术训练接受的技法体系潜在影响了倪贻德、滕固、丁玲等小说创作。其后沈从文、钱锺书、汪曾祺等 20 世纪 40 年代小说中也有一些西方美术学习者、美术家形象，如 20 世纪 40 年代汪曾祺小说《绿猫》《艺术家》等，从不同角度呈现了现代中国语境中西方现代美术的不同面向。

　　20 世纪早期中国小说中的美术家形象，显示了美术作为艺术先锋对社

---

①　［美］韦勒克、沃伦：《文学理论》，刘象愚等译，江苏教育出版社 2005 年版，第 111 页。

会文化的直接切入。1949 年后，小说中的美术家形象大多都是断片式的，很少是小说叙事主角，这与社会文化对美术的认知、接纳呈正相关，或表明了现代美术在中华人民共和国成立初期特殊的文化地位。20 世纪 80 年代，西方文化艺术大量进入中国，电影、文学作品中的油画家、版画家等现代美术家形象开始作为叙事主角出现。如白桦电影剧本《苦恋》主要表现的是留学归来的美术家形象，其身上寄托着诸多现代艺术内涵，反衬出现代美术在 20 世纪中国语境中耐人寻味的文化境遇。郑义小说《枫》中的美术教员、遇罗锦小说《一个冬天的童话》中的画家等形象，都与时代保持一种格格不入的状态。这些美术家形象带有与时代语境难以融合的异质性因素，不仅丰富了现代中国文学的形象体系，也以其不同面目见证了中国文学现代化的发展。

　　西方现代美术对现代中国文学的深层影响是叙事艺术中视觉审美方式的介入。西方现代美术在技法上强调科学的焦点透视原理，强调逼真写实的具象效果，与中国传统写意性绘画有着迥然相异的认知体系。20 世纪 20 年代中国小说现代化标志之一是写实手法和现实主义的流行。表面看来，这是西方现代小说观念影响的结果，但从内在的艺术手法、西方文化背景来看，现实主义和写实手法的盛行，与现代美术学校开办、现代视觉审美方式传播、期刊的现代美术版式设计、现代美术技法运用等都有内在联系。20 世纪初，社会各层面对现代美术的接纳应用形成了整体性的现代视觉方式，作为社会人的作家不能不在传媒出版、社会生活等多种层面接受西方现代美术及其视觉方式，进而贯通注入文学创作中。作为直观明显的物质性认识方式，西方现代美术焦点透视、逼真的写实形象对文学创作和阅读由此产生一定影响。比如丁玲、倪贻德、滕固、闻一多、艾青等，通过介入与学习现代美术，也了解、学习了现代美术技法，从而在心理意识上潜在认同了现代视觉文化。现代美术的视觉认知方式内化为审美思维形式，丁玲便将经由焦点透视技巧强化的写实手法融会到文学创作中，其早期小说《梦珂》便带有流动的电影画面视觉效果，这应该是有的文学研究者指出的丁玲小说具有较多视觉因素的重要原因。① 重视并强化视觉效果使现代小说具有了相对多元的表现方式，促成小说叙事艺术现代方向的

---

① 罗岗：《视觉"互文"、身体想象和凝视的政治——丁玲的〈梦珂〉与后五四的都市图景》，《华东师范大学学报》2005 年第 5 期。

发展。如新感觉派小说家施蛰存、刘呐鸥、穆时英，以及海派作家张爱玲等小说中流动的视角、画面的直观化，无不与西方美术的现代视角有关。美术视觉审美已成为现代小说家的内在思维方式。现代美术视觉认知在不同意义上影响和促进了文学写作手法的创造与深化，这种影响也贯通到当下，当前许多小说家早已习惯借鉴各种视觉艺术技巧。美术形式审美对美的追寻及其视觉方式对现代小说叙事的影响是直观的，现代诗歌等文学类型也受到现代美术的潜在影响。如徐志摩诗歌的意象直观感觉性、闻一多诗歌艺术"三美"之一"绘画美"的理论等，这些都与他们学习、关注并介入西方现代美术形成的视觉认知有所关联。可见，中国现代文学的发展演进与西方现代美术确实有着值得深入探究的问题。

比较而言，传统书画对现代中国文学的影响多是内在的。传统中国书画"运用笔勾的线纹及墨色的浓淡直接表达生命情调，透入物象的核心，其精神简淡幽微"①，"中国画的作者因超远画境，俯瞰自然，在画境里不易寻得作家的立场——然而中国作家的人格个性反因此完全融化消隐在全画的意境里，尤表现在笔墨点线的姿态意趣里面"②。通过传统绘画的学习、研修，作家理应对中国民族精神和审美方式有一定体悟感知，因此汪曾祺、贾平凹、王祥夫等既从事文学也从事传统书画创作的作家，从传统绘画中接纳了"透入物象核心"的生命意蕴和艺术情调，小说便显得简淡幽微。他们也创作出具有传统人文意识的画家形象，如汪曾祺小说《鉴赏家》中的地方画家季匋民，《岁寒三友》中的平民画家靳彝甫等，都在简单的民间生活中保持着气节与格调；贾平凹《废都》中的书法家龚靖元、画家汪希眠等，则在时代失意中游走，投射出一种颓废世象。除了人物形象塑造外，特别突出的是，这些具有传统绘画修养的作家，其小说文本写意性强，不追求故事的完整、情节冲突的紧张发展，而是逸笔草草，留出大量的叙事空白，给读者更多的思考空间。也正因此，他们能提出留白的文学创作观，并创作出抒情性极强的小说《受戒》《大淖纪事》等。由传统书画影响而生成的现代中国小说留白艺术，与西方现代叙事手法相互映照，既拓宽了现代中国文学创作思路，也是中国传统文化现代转化的一种可能。其他一些有传统绘画修养，或关注与了解传统书画的作家，也能够

---

① 宗白华：《中西画法的渊源与基础》，《美学散步》，上海人民出版社 1981 年版，第 123 页。
② 同上书，第 134 页。

很好地体会与感悟中国传统书画的哲学意趣，如阿城、莫言等都创造了与中国书画审美意识贯通交融的文学文化新意境。总体而言，无论是西方现代美术还是中国传统书画，其艺术技巧、审美方式经由现代作家的内化处理，进而在中国现代文学中潜形转化，都是中国现代文学发展的可能影响因素，值得系统思考与总结。

三　文学史书写新思路

文学史也可以说是思想史，"思想史不应是某个学科的历史，甚至也不是哲学史。它应当是跨学科的和跨民族的，同时也是整体性的和比较性的。"① 不拘泥于单纯的文学视角，从思想史整体性、比较性角度，以美术视域审视中国现代文学史，应该有新的发现。首先文学史应当发现现当代作家不同的美术面向，关注他们在美术方面的独特创造，审视这种美术面向对文学创作的特殊意义。例如，创造社的倪贻德、叶灵凤等作家本就是美术学习者，他们的小说创作便与这些经历有关。20 世纪 20 年代倪贻德从上海美专毕业即开始小说写作，《江边》《下弦月》《穷途》《寒士》等小说中表现了学习西方油画专业的青年孤独无助穷苦的生活状态，这种题材显示了作家美术经历的独特意义，呈现出美术在 20 世纪 20 年代的无奈面向。现代作家中，从鲁迅、闻一多、滕固、李金发，到丰子恺、施蛰存、张爱玲等，都有着独特的美术面向，他们在封面设计、插图创作、书法艺术等方面的造诣，与文学创作形成内在的审美呼应，是新文学形成的潜在的审美资源。到了 20 世纪 90 年代，旅居海外的凌叔华、高行健等作家以及赵无极等职业画家更以不同的传统审美思维对中国画进行了创造性的现代转化。如高行健的绘画有着独立的艺术风格，显示出文学素养浸淫后对传统绘画的特殊创造，呈现了文学与美术合一的独特风貌。20 世纪80 年代以来，越来越多中国作家介入传统书画创作，并受到了社会与市场的不同关注，如莫言的书法、贾平凹与王祥夫的绘画等。传统书画也逐渐成为中国文化海外传播的一种标志，其间所蕴含的文学与美术的关系、二者关系间所包蕴的思想问题，不无文学史思考与探究的空间。

---

① Ulrich Johannes Schneider, *Intellectual History and the History of Philosophy*, Intellectual News, No. 1, 1996, p. 28.

　　作为 20 世纪中国文学发展演变的历史书写，如果引进美术视角，可以对美术与现代文学关联的作家流派、交叉影响等做出解读与分析，现有各种版本的中国现代文学史，对此基本没有涉及。因此从美术视域介入中国现代文学流派研究，以一种个体性的美术认知来建构 20 世纪中国文学史，或许会有新的思路。比如文学流派史，对新月派，文学视角的研究多注意到新月派群体的诗歌理念及创作，注意到文学趣味的相同，注意到"绅士文化"的影响。但新月派诗歌创作与理论背后是否还有其他因素，文学趣味的影响从何处生发，"绅士文化"是否还有其他表现方式等，便少有关注。但从美术视域来看，便会有新的发现。作为新月派核心人物，闻一多本身就是学习现代美术的画家，徐志摩则是民国时期全国第一届美术展览的策展人，二人对现代美术的介入、思考直接影响了新月派群体的趣味和生活。除闻一多、徐志摩外，林徽因、凌叔华、叶公超、陈梦家、沈从文等不同时期的新月派作家也都有一定的美术修养，他们在日常聚会中的美术品评、共同参与的美术活动、《新月》期刊办刊的美术因素等，不仅是新月派作为一个文学流派的原因，也是其文学创作具有相近似古典审美风格的可能来源。此外，戴望舒、李金发等现代诗人以及北岛、韩东等当代诗人均与美术有着深度关联，显示出现代诗歌群体与美术的复杂关联，文学史对此关注甚少，或许是现代文学史书写中文体类型与美术关联深入拓展的可能。

　　思潮是文学史书写的重要一维。文学与美术各自有着自己的时代言说方式，并形成各自领域内的思潮流派现象，在文学史与美术史表述中，彼此保持着各不相干的思潮书写态度。实际上，由于审美意识形态的共同聚焦，加之审美资源的相同或相近，文学思潮与美术思潮经常有着内在的交叉互动，有时文学引领美术发展，有时美术又对文学起到促进作用。五四运动中，在反抗旧文化上，文学与美术有着相对同一的时代思潮背景与表述。"文学革命"率先举旗，对文言文为代表的旧文学进行批判。"美术革命"应声而动，对以"王画"为代表的传统书画提出了革命主张。文学与美术共同聚焦现代性，协同并进，促进了新文化运动的发展。但随后二者形成不同发展路向，这与文学的白话语言工具和美术的视觉图像语言存在差异有关，最终，文学革命成功——白话文取代文言文，而美术革命只沦为一句口号，代表陈旧面向的传统书画不仅没有像"文学革命"那样——文言文被现代作家抛弃，反而在一些文人生活中继续扮演着独特的文化角色，并在文人书写中承担了独特的审美迁移功能。再如对 20 世纪 80 年代文化思潮的认知，学界大多从单一的文学角度进行阐释。对马原、格非等先锋小说潮流只注意其小说形式的先锋思潮特质，其实早在 20 世纪 70 年代，吴冠中、黄永玉即已开始带有现代主义形式的绘画创作，吴冠中甚至率先提出绘画形式美的重要观点。在"伤痕文学"发展同时，美术界也兴起一种反思时代的"伤痕"思潮，不仅是连环画《伤痕》热销，高小华《为什么》《赶火车》，程丛林《1968 年 × 月 × 日雪》等油画作品，与诸多伤痕小说一样，以一种时代反思意识切入创作，显示出文学与美术在思潮发展上的同一性。此外，与马原、格非等先锋小说发表时间相近，"85 新潮"美术的画面视觉探索与之保持着同步状态，杨迎生、王广义等油画甚至有着视觉内容的哲学化先锋倾向，与先锋小说保持着内在一致性。可见，美术与文学文化思潮多是会通交融的，我们在文学史书写中，应该注意到文学思潮与美术思潮对大时代的共同呼应。

许多学者对中国现代文学史书写提出了具有创见的观点，如 20 世纪中国文学的统一审视、新文学整体观等，这些观点从不同角度"探讨了文学史研究多元化的可能性"①，深化了文学史研究与写作。结合中国现当代作家介入美术创作、论述美术问题、参与美术活动的丰富现象，我们能否从美术视域介入文学史书写与研究呢？正如有学者所言，文学运动、文学史的研究"应该从自身的视野局限中挣脱出来"，应该观照"'左邻右舍'其他现代学科的发展"②，这或许是中国现当代文学学科发展摆脱文学单一思维的可能途径，也或由此才能呈现 20 世纪中国文学艺术发展的复杂状况。就中国现当代作家介入美术的实际情况而言，这或是中国文学艺术现当代发展中产生的重要现象，尤其当下越来越多的作家介入传统书画艺术，显示出丰富多元的本土文化问题。我们理应"从本土的地方性知识角度，反观本土文学所特有的因素，重建思考文学史问题的观念构架"③，这种认识或许能为现当代文学史书写提供新的思路。

---

① 陈思和、王晓明：《主持人的话》，《上海文论》1988 年第 4 期。
② 陈思和：《〈从《新青年》到决澜社〉序》，《中国现代文学研究丛刊》2013 年第 7 期。
③ 叶舒宪：《本土文化自觉与"文学"、"文学史"观反思——西方知识范式对中国本土的创新与误导》，《文学评论》2008 年第 6 期。

四　文论研究新空间

中国现当代作家与美术有着相当密切的关系，他们从不同角度提出了传统书画、民间美术与西方现代美术的一些观点，他们对美术的感受、见解有不同的言说方式，这种言说既有一定的文学感性色彩，也有文学审美方式与文化视角的独特认知。作家感性而贴切的美术言说一定意义上弥补了职业美术家语言表达的相对欠缺。尤其是一些从事美术创作的作家，能以文学方式贴切地表达职业美术家难以言说的艺术体验，因此作家的美术观念思想对于现代美术发展也有相当的意义。作家的美术言说、观点零散地分布于往来书信、散文杂文、书画品评等各种文字中，有的也在小说叙事中通过美术家形象和叙述文字展现出来，这些文字尽管零散，却有一定的文论研究价值。"正因为零星琐屑的东西易被忽视和遗忘，就愈需要收拾和爱惜；自发的孤单见解是自觉的周密理论的根苗。"① 不拘泥于系统宏大的理论体系，作家对美术的出位之思反而有丰富的价值，也应该是中国现当代文论研究的新场域。

长期以来，中国现代文学理论范式多从西方引进而来，但"从人类学认识所提倡的本土立场看，当今的文学专业人士在思考'中国文学'、'中国文学史'问题时，只有对象素材是中国的，而思考的概念、理论框架和问题模式都是照搬自西方的、现代性的"。② 这也是 20 世纪中国文论创新匮乏、文论研究缺乏本土与现实关怀的可能原因，中国现当代作家的美术思想正与此形成对照。由于文学专业的语言化、思想性、文化性特质，中国现当代作家的美术言说很少采取美术专业视角，而是从大的文化范畴对美术有着较为宽阔的认知，这种认知既关注到文学、美术立足现实文化语境的本土问题，有中外文化关系的交叉观照，也有从历史视角对西方现代美术与传统中国书画问题的独立审视。因此，中国现当代作家的美术思想既具有本土性、历史性，也有文学性、文化性，不仅言说素材是中国的，

---

① 钱锺书：《读〈拉奥孔〉》，《七缀集》，生活・读书・新知三联书店 2002 年版，第 33—34 页。
② 叶舒宪：《本土文化自觉与"文学"、"文学史"观反思——西方知识范式对中国本土的创新与误导》，《文学评论》2008 年第 6 期。

而且他们非专业意识①状态下的言说概念、问题模式也有中国本土文化创造的意义。相对于美术专业从业者，作家非美术专业的"他者"身份为现代美术和传统中国书画认知提供了不同视角。反过来看，中国现当代作家立足文学提出的一些美术见解也具有一定的文学价值，文论学者理应对此进行关注与研究。

文艺理论学者注意到，"要站在当代社会和历史的高度既有继承，又有超越，使我国具有丰富文化底蕴的文论，有机地而不是作为寻章摘句的点缀，既是形而上地也是形而下地融入当代文论之中，也即吸取其思维内在特性，选择其合理的范畴、观念乃至体系"②。从中国现当代作家就美术问题提出的一些观点来看，有许多具有"思维内在特性"，可以激活的当代文论。如丰子恺、汪曾祺、贾平凹、王祥夫等从不同角度提出的文学留白艺术观，实际是由传统绘画思维延伸、传统绘画手法文学实践而来的新范畴，这一范畴或应具有本土文化面向世界的新价值。如鲁迅、周作人等提出的地方色彩观，在全球化语境中，中国现当代文学如何实现地方色彩、地方色彩具有多大价值等，均值得从不同角度进行深入思考。这些问题都是中国作家立足本土文化语境，从美术视角提出的文论范畴，不仅接续了中国传统文化精神，而且与当下文学、美术创作有所关联，具有文学的现实意义以及面向世界的本土理论价值。"文学理论的发展，不是直接以物质文化、经济动因为前提的，而是要以前人遗留给它的'特定的思想资料'为前提。"③中国现当代作家的美术言说有不少是与传统有关的"特定的思想资料"，现代文学与文学理论研究或许应该破除学科知识边界，对此予以新的观照与思考。

五 不足之处或未竟问题

通过对 20 世纪中国作家美术思想的审视与探索，回望 20 世纪中国作

---

① "非专业意识"具有类似于"无意识"下的本能特质，作家对美术的言说大多因为这种非专业意识而具有更多的人文性，其言说美术具有较为强烈的源自宗白华所说"生命内部最深的动"的生命意识，因而更为深切而具有本土价值和文化意义。

② 钱中文：《建设有中国特色的当代文论——"中国古代文论的现代转换"学术研讨会开幕词》，钱中文、杜书瀛、畅广元主编《中国古代文论的现代转换》，陕西师范大学出版社 1997 年版，第 2 页。

③ 顾祖钊：《文学理论的未来与中国文化诗学》，《社会科学辑刊》2013 年第 4 期。

家关注、介入、思考美术的不同状况，他们在文学与美术之间的交叉发展，他们在美术专业技巧上的良好修为，他们在文学、美术共通的艺术修养与人文情怀均是当下文学研究乃至美术研究应该正视与探究的。当然，20世纪中国作家对美术的思考、言说，也不无偏颇。由于非专业性的美术技巧训练匮乏，以及文学名家身份地位影响，他们立足文学视角的美术论述还有不足之处，其美术实践也有不少技法问题。例如，当下部分作家，有的适应消费主义文化思潮，忽视美术创作技法，借助文学名声参与美术创作，以美术作品赢取丰厚的物质回报，这些也都不无警醒。但作家美术思想的价值在于映照当代美术家过度"艺术化"、轻视文学、文化修为欠缺的不良现状，在于作家由美术介入思考实现审美修养与意识的陶冶，在于对现代性视域中文学审美单一思维的补偿。通过本研究，也期待文学或其他艺术界能够关注与了解中国书画传统，以无功利心介入美术实践，感知形式审美，实现自由创造，在文学与美术综合视域中探索中国文艺发展的新路径。或也可通过20世纪中国作家在美术与文学中的交叉互动，召唤中国教育对书法、绘画等人文传统的重视，并在基础教育中实施传统书法、绘画教育，重建中国艺术教育的传统文化认同。

就本研究而言，作为现当代文学与美术学科交叉新领地，作家美术思想研究的学科空白度较大，研究资料、方法体例、内容整合等均面临不少挑战。尽管有前辈学者从不同角度做了一定程度的学术拓荒，但由于作家美术思想零散分布于不同文本中，不同作家的美术思想的价值也不同，如何对作家及美术类型进行取舍、如何整合与架构本研究，均是一种学术挑战。本研究一直试图寻求将20世纪中国作家美术思想回归现当代文学本位，因而主要立足文学，对美术观念、美术类型、艺术思潮与文学文本进行关联思考。由于笔者学养所限，对于本论题关联的图像学、美术史、美学、思想史，乃至中国现当代文学专业知识一定还有一些死角，所以本研究不足之处或未竟问题也较明显，主要有以下几点。

对文学与美术的思潮会通情况进行了简约化处理，主要抓住了"五四"文学与美术"革命"及其后大众化艺术主潮、20世纪80年代及20世纪末以来的日常生活审美文艺主思潮等几个关键而具有统领性的文艺主潮，为20世纪中国作家美术思想的出场提供一个宏观的思想背景，从而凸显作家美术思想的审美性、文化性等。但对文学与美术思潮会通的细节问题没有全面审视，对浪漫主义、现代主义等其他思潮在文学与美术中的共同表现等未作更细致的挖掘，现当代作家偏向传统美术的精神文化特质等也未从 20 世纪思潮发展演进角度深入探究。这主要因为本研究是作家美术思想研究，而非文学、美术思潮互动研究，可以在今后研究中对此予以关注，进一步拓展延伸。

集中关注与思考了典型作家不同形式、不同角度的典型美术思想，对闻一多、徐志摩等新月派作家群体，鲁迅、沈从文、丰子恺、汪曾祺、贾平凹等作家个体的美术思想进行观照、解读。但研究范围仅限于一些与美术关联较深、思考较多的作家群体与个体，显得不够全面，因而没有穷尽 20 世纪中国所有作家的美术思想。这主要因为本研究立足现当代文学，典型作家的美术思想才更有文学关联解读意义，才能凸显作家美术思想丰富的文学审美价值。

对与现当代作家关联紧密且有文学价值的木刻、传统绘画、书法等美术类型进行了相对集中的分析论述，指出其与文学的多元关联。但未深入分析作家关注木刻艺术、传统绘画、书法等艺术类型的内在心理或文化原因，也未能对 20 世纪中国作家论述的建筑、雕塑、漫画等其他美术类型进行整理与探究，使得现代美术类型发展与 20 世纪中国文学的关联显得不够全面。这主要由于研究立足点在现当代文学，作家选择传统美术类型的心理动因探讨应在艺术心理学，而建筑、雕塑、漫画等有关论述较为零散且偏少，与现当代文学直接审美关联较少，解读意义不大。

对小说中的美术书写进行了阐释，集中归纳梳理了绘画留白、木刻地方色彩等作家美术思想与现当代文学文本的多元关联，对留白、地方色彩的文学实践与文本呈现形态等进行了创造性阐释。但未能对现当代小说中的美术叙事、美术书写等进行充分的涉猎探讨，也未能关注其他美术思想范畴及其与文学文本的关联，可能会使作家美术思想的范畴整理归纳显得不够全面。这主要因为美术叙事、美术书写涉猎范围较广，可作为单一课题进行研究，本研究只截取典型进行阐释。而有关作家的美术思想范畴阐释问题，则因为其他美术论述的范畴不够典型，或与现当代文学关联性较弱，阐释价值相对较少。

20 世纪中国作家美术思想研究是新的学科交叉地带，本研究以图像学、美术史、思想史、美学、比较与系统统观等多种学科、多种方法综合介入，透视了 20 世纪中国作家的美术思想，在研究体例、内容与方法等方面做了一定尝试。深入细致地看，20 世纪中国美术思潮与文学思潮驳杂繁复的内在关联、作家美术趣味的审美心理动因等还有较多研究余地。总体而言，中国现当代文学与美术交叉研究仍处于起步阶段，与现当代文学与美术交叉互动的实际状况相比，仍有诸多值得探究的学术空间，期待能有更多学养深厚的专家学者关注这一学术交叉地带，共同推动中国现当代文学学科的深入发展。

附录 作家书画艺术相关访谈

一 点与线是中国书画的舍利子
——就中国书画访谈作家王祥夫

笔者： 祥夫先生您好，2001 年左右就曾偶遇过"您"，是您的一本小书，中国青年出版社出版的《杂七杂八》。如题所言，内容着实庞杂，不过都有趣味，是生活的万般味道，是艺术化的生活，正如您的书画作品与小说，看似平淡，实则妙味良多。很想知道您大约从什么时候开始研习中国书画？

王祥夫： 七八岁开始，父亲们总是喜欢把他们自己的爱好移植到儿子身上，我的父亲希望我做一个画家，七八岁天天写字画芥子园真是很苦，那时候用麻纸，既粗糙且薄厚不均，但不贵，才几毛钱一刀，水与墨在纸上的效果从小就在我脑子里，虽然常常不愿意再画。

笔者： 看得出令尊对您书画研修的实在影响，或许可以说是家学渊源，在今天的现代教育氛围中，令尊在书画上对您的引导确实可以说是一种教育上对传统的回归。或者说，当下功利性的书画教育方式抹杀了许多趣味，也少了许多烟火气。我想到，由于中国古代书画教育上的独到路径和教育方式，许多书画家在学习中国书画过程中大多会有些有趣的记忆，或者佳话，中国书画史上也因此有许多佳话，还留下不少有关书法、绘画的一些成语。在您研习中国书画的记忆中，有哪些有趣的经历或者记忆？

王祥夫： 好像没什么有趣的记忆，只是画工笔草虫每每受到别人的夸奖时，便在心里有小小的得意，对书法真正地知道一二，说来好笑，是四十岁以后的事，虽然已经写了二三十年，比如用笔、落笔、提笔、行笔，是渐渐悟出个中之妙。从工笔到写意，也是三十多岁以后才知道真正能够表现中国画用笔用墨用水和用笔的千变万化之妙唯有写意，工笔岂能与写意相比。

笔者：中国书画区别于西方绘画的重要一点是讲究"笔意、神气"，重视"心、意"等内在的意义与价值，不像西画注重形状、色彩、明暗调子等外在形式性的东西，所以不是年少就可以理解其中的趣味。近代以来，塞尚等西方画家的印象派等大约也是认识到西方绘画不及中国"尚意"而高远宏阔的一种取向，这或许也是中国书画在中国人文养成中的重要作用，其"意味"需要慢慢甚至一生去体悟。实际上，中国书法的学习离不开碑或帖、中国绘画的学习离不开像芥子园画谱这样的"模式"，碑学与帖学传统是中国书法的两个重要传统，您目前在研习哪些碑或帖？您在绘画上主要关注哪些画作？在自身学习书画过程中，觉得哪些碑、帖（哪一类传统的绘画）对您更重要？主要体现在哪里？

王祥夫：随便看，晚上一般不看电视，睡之前大多喜欢读一会儿帖，颜柳现在还读，比如《祭侄》和《告身》，宋人的行书最喜欢苏东坡，而黄庭坚的书法却非常之让我讨厌，讨厌其用笔张扬，李建中的《土母帖》，杨凝式的《韭花帖》还有林和靖的一些诗帖都十分好，养眼养性养情。临帖的好处在于体味古人的用笔和总体安排，最见性情的应该是信札。临帖的时候要用各种笔轮着临。

临画也一样，倪云林最简单也最难临，倪的画寂寥空阔，一笔是一笔，静静地来，静静地去。当代有人学倪，是连其皮毛都模仿不来，是没那个精神怀抱！倪就是简单，但你就是来不了，倪的树法是个大难活儿，是绘画中的轻功，一般人来不了。王蒙是繁密，繁到没一点点空处，都给树石塞得满满的，临王蒙会让你长耐性，画画儿本来就是要耐着性子来，临王蒙更是如此。学山水，元四家学这两家便比较丰满了，一简一繁，互相找补。黄公望不是技术上的事，黄这个人是元四家中开了天眼的画家，《富春山居图》不是写景，是写心，我去富春山，在车上，在船上，是找不到一点点《富春山居图》的影子。《富春山居图》是交代黄在富春山时做的事，而不是在画富春山。

从黄公望说到黄宾虹，黄宾虹是伟大的画家，他的画是高级烩菜，各种技法都一锅烩在里边，想单挑出哪样来吃还不好下筷子，没有大功力，没有大胸襟不能学黄，世人学黄，学得来他的紧，学不来他的松。黄的山水好，花鸟更好，其山水中的小写意人物更神！只几笔就一个人，近看几条线，远看那个人还在动，或坐在那里也有神情。时至今日，黄宾虹的花鸟还没有引起足够的注意。看了黄的花鸟，就不再想多看别人的花鸟。

笔者：中国书法的传统线路比较多，您所说的《祭侄》和《告身》以及一脉下来的宋人，我认为都是尚意一路的，尽管《祭侄》属于唐人的"尚法"一路。但像《祭侄》如果没有丰厚的情感和历史背景，便无法衬托其字迹中间的线条跃动。不过，就是"尚意"也有不同的路线，如您所言，黄庭坚的笔画张扬，显得突兀，所以，临帖也须选择对自己口味的东西。这样来看您所偏爱的《土母帖》《韭花帖》与您的书法便有相得益彰之处，相对来讲比较内敛，注意笔致，充分融入了个人的意趣。与书法类似，我以为中国绘画和书法一样是尚意的，这是中国文化的大传统。中国山水画一般都描写的是理想山水，是画家所要寄寓的人生之"意"，而不是实景山水。明代苏州画家张宏跳出传统之外，描绘的多是特定实景，所以后代对其评价甚低，这是一个创新不讨好的例子。您说黄公望《富春山居图》不是写景，是写心，确实如此，这里面显然是有中国山水画传统的，所以您在富春山所看到的并非如画所现，现代的书画艺术与个人生活情境已与黄公望时代有大不同了。

刚才讲到技巧法度问题，我注意到，现在有些作家对于书画创作往往回避技巧与法度问题，这或者反映了作家书画创作的某种局限。您在研习中国书画过程中，觉得技法是否重要？在您自身的体会中，对书画技法如何认识？比如用笔、章法、布白等。

王祥夫：技法到死都重要，齐白石生命及将走到尽头的那幅牡丹，技法就涣散掉了，几乎无法看了。中国的书画家，达到高妙之境都要靠感觉，作家也这样，到最后都要跟着感觉走，感觉是什么？感觉是综合修养，只可意会而不可言说，是无法说，所以说中国书画不是教出来的，作家也不是教出来的，而是要靠自己悟，每个人和每个人都不同，儿子也无法从父亲那里遗传。说到中国书画，先天的东西似乎更重要，但所有这一切都要靠技法支撑，没有技法就没有一切，当代书画家大多技法与感觉都不好，急于创新最不好，能够把传统学到已经不容易，有人常说"打进去再打出来"，我不同意这种说法，进去已属不易，千万不要再出来，我个人是死守传统派，将来如有本事，能"化"就慢慢"化"一下。黄宾虹先生就是"化"得好，看看他的苔，点得多好，没有一个死点。

中国书画——技法加经验是到死都要不停磨炼的东西。

笔者：我们所谈的中国书画的技法实际上有一个现代文化语境，即，中国传统书画在 20 世纪初以来（实际上可能时间还要早得多）一直不断遭受西方绘画的冲击。不要说徐悲鸿、刘海粟这些试图中西融合的大家，就是齐白石这样的传统书画家都免不了受到西画的影响，刚才说到明朝 17 世纪时期的张宏，在美国学者高居翰的研究中，就被认为当时已经受到了某些西方绘画传统的影响。而中国书画的传统技法在今天如何重新审视也是值得关注的问题，毕竟我们书画教育沿用的是西方现代体系。所以，您所说的"体悟"，我觉得应该是中国传统书画技法研习中的独到之处。这种体悟也只有在对艺术与生活共同的"神、意"的追求中才能真正感触到。当代作家受职业化影响，很难再花大块时间去"悟"了。他们太过于急躁了。

　　我还注意到，中国书画创作及其理论中产生了许多具有中国传统美学特色的书画艺术语言，经历 20 世纪的过滤与沉淀，有些或许被遗忘，有些被现代艺术观念进行了改造。我想知道，在这些书画艺术语言中，您对哪些比较认可？请您对这些艺术语言作出自己的阐释。在西方现代文化与艺术冲击下，中国当代作家在自己的艺术研习过程中，您认为是否可以（或应该）创造属于自己的艺术语言？

　　王祥夫：点与线是中国书画的舍利子，书法与国画的魅力就在那千变万化的点线上，干、湿、浓、淡、轻、重、缓、急，千变万化，真正是迷人。最好的书画家是画给自己的，相信倪云林是这样，黄宾虹也是这样，黄在世的时候几乎没几个知音，傅雷算是一个，当时也很少有人买他的画，他不为卖画而把画画成这样或那样。一边画一边想着这画怎么卖，别人会不会出好价钱，这幅画就算完了。写小说也是如此，我写小说很少想这篇小说编辑会怎么看，读者会怎么看，这也算是一种修养。作家和画家一样，到成熟的时候一定要有自己的风格，但风格又是最危险的东西，一个作家或艺术家往往会死于风格。"化熟为生"是治这个病的药方。"熟而后生"是大进步，但功力差的人必达不到。会讲课的人太多，但最好不要听他讲，要看他下笔，一下笔，斤斤两两都在里边。

　　笔者：您谈得很精妙，也点击了当下中国书画界的现实情状。现在甚至出现了书法家研究兰亭奖口味以进行创作的情况，这是中国现代性或者商业化思潮的重要病候，真不知该如何去医治。中国书画重视"点、线"与西方绘画重视块显然是不同的路数，西方的线条是块面界隔的所用，中国书画抽象线条的粗细、飞白、枯燥、曲折中寄寓着书画家丰厚的情感，这确实中国书画独特的艺术语言。在您的小说中也似乎清晰可见您书画意蕴的影子，比如您的小说《上边》不断出现的几只鸡的场景，我感觉就是整个小说画面中不能忽视的点，这些生活气息浓郁的"点"衬托出中国女人的生活状况，甚至灶台上的一些饭食情状都是小说中密不透风的场景布置，而作为主角的刘子瑞女人反而显得空白，这似乎有中国绘画的某种留白的趣味。这是我的浅见，不知感觉对不对。

说到书画家与市场，我想知道，您熟悉或了解当下职业书画界的情况么？当代职业书画家中，谁对您较有影响？或者您觉得谁的书法、绘画更有艺术或文化价值？您和他们有所交往么？

王祥夫：当代书画都不怎么样，乏善可陈，这是一个花拳绣腿的时期。好的书画是初看一般，越看越好；不好的书画是初看很好，越看越不好。当代书法的通病是把间架和结构放在第一位，说到用笔，很少有好的，急功近利是最主要的病因。我们这个时期不是产生书法家的时代，我们已经没有了那个环境，没了那个气场；书法环境对书法而言很重要，看古代工匠留在木器或砖瓦上的文字，都很有看头，都好，他们生活在那个环境之中，写字是他们生活的一部分，他们笔下的横也好，竖也好，撇也好，捺也好，都在书法之中，都对，不像现在，举手投足都在表演，怎么都不对。

笔者：书画艺术环境是我们无法改变的，正如您所说，当代书画一个问题是缺少了"气场"，我认为最关键的一点是20世纪初知识分子职业化后，不同职业之间间隔太深，专业化的趋势是现代性所带来的重要弊病，这个趋势在美国已经显现，所以现在都要搞"通识教育""博雅教育"，实际上，就是要补上人文教育这一课，让人成其为"人"，而不是单一化的社会"工具"意义上的螺丝钉。中国书画也有这个问题，书画家不懂得文学、音乐，音乐家不熟悉"鲁郭茅"还好，连古代的"李杜"也不知晓，这显然已经是我们教育和生活中的常态。这种常态积弊过多，就是中国书画失"根"失"意"，一直到当下便"急功近利"和"花拳绣腿"起来了。

对比20世纪前50年，我们看到，中国现代作家中有许多书画大家，比如鲁迅、郭沫若、茅盾，还有丰子恺等，他们的书法、绘画创作以及有关艺术研究均颇有成就。对此您怎么看？在当代文学界，您认为谁的书法、绘画具有较高的艺术价值？他们的书画创作对中国书法、绘画发展有没有影响？

王祥夫：当代作家在学养上几乎不能和现代文学时期相比，鲁迅和知堂的字都很好，我个人不喜欢郭沫若的字是其字的品性太张扬，茅盾的字有风骨，用长锋软毫写他那样的字在中国作家中不多，丰子恺不用说，是专业。汪曾祺的字比画好，墨水瓶盖那么大的字尤其好，而他的字写大了往往不好，我们文联墙上曾挂他一幅字，像道士画符，令人生厌。看汪先生要从总体上看，他会做菜，知味，唱梅派青衣，知韵，他还画花花草草。你不能要求汪先生是个画家，汪先生是情趣中人，是综合的，他的文字之好，当代无人能出其右。当代作家的书画最好不谈，彭见明、潘军能画，当年是舞美出身，冯骥才是水粉，不能放在中国书画中谈，贾平凹对笔墨有个人认知，却离法度比较远，他画一幅毛泽东与林彪，真令人叫绝，人们都说贾是鬼才，其实贾是天生丽质，但他的用力不在书法绘画，如要他出家做道士或当和尚，天地寥阔，只让他一个人面对山水亭林，相信他会做到很了不得的地步。诗人雷平阳的字有别才。

笔者：贾平凹的书画是中国书画的异类，不唯其是"鬼才"。我个人认为贾平凹的书画跳出了中国书画教育传统，还不能叫跳出，而是根本脱离了教育传统。他没有临帖的功夫，尽管他也读帖，但他绝没有一个古代的师傅。不像今天的书画家，一出来，就看出其临的"二王"或是宋人的笔法，或者是魏碑的意蕴。贾平凹的字是毛笔写出来的硬笔技法，我以为应该叫"硬法软写"。这在中国民间书法中有个传统，就是工匠书写遵循随意、简便、省力的原则而形成了独特书法趣味。所以，今天看敦煌写经人的书法、居延汉简的字迹，大体上都可以看出这个趋势。

贾平凹与您一样，在当代形成了一个非常好的"文学、书法、绘画"共通的审美趋向。我注意到，在古代文化传统中，书法的内容与绘画的题诗往往与书画艺术形式交互影响作用，共同构成了中国书画的美，古代的"诗书画"同一是很自然的事。可以说中国传统书画在一定程度上影响了文学，我想，中国书画对您的文学创作一定会有某种潜在影响，请您就此谈谈。

王祥夫：影响很大，比如读黄宾虹的山水，便明白小说有的地方就是要让人不明白，有的地方就是要笔笔相加乱不可理。再说到留白，短篇小说的留白最重要，用刘熙载的话说是"文贵于能飞"，要一个子飞过，是下跳棋法，而不是绣花法，一点儿一点儿地绣过去，你绣完了，读者的耐性早已结束。艺术都是共通的，看王蒙的山水，他最好的那幅《葛稚川移居图》，真是满，写小说就不能那样。艺术欣赏也是有耐性的，写小说要考虑到读者的耐性，要当止则止。书法也是这样，怀素的草书和傅山的草书拿来比一下，傅山就让人烦，一大堆线条左绕右绕，顿不住，节奏不好，怀素既顿得住又收得起，节奏相当好。京剧舞台上的武打亮相就是这个道理，没有亮相，一直打下去，观众受不了。生活中也是这样，两个人打架都是打打吵吵，吵吵打打，有内在的节奏在里边。

笔者：正如刚才所说，您的小说《上边》颇有您所说的留白的意味。可惜的是，今天能够在中国书画中体悟中国传统人文生活方式，并由这种生活方式体悟古代文化艺术精神的作家已经越来越少。有些也多是附庸风雅，即便不是附庸风雅，也很难不随波逐流，他们已经很难真正沉浸在书画艺术中，慢慢体悟中国传统艺术的精髓了。我们回头看，中国古代文人有许多情趣性相通互融的爱好，比如诗书画、琴棋剑等，一个文人的艺术角色往往是多重的。现代以来，随着作家身份职业化，这一传统逐渐消隐，书法（美术）家不重文学修养，文学家不重艺术修养，对此，您怎么看？您认为主要原因何在？

王祥夫：当代作家和书画家的"单薄相"就是从这里来，古时的琴棋书画情怀到了20世纪中叶变成了"战斗情怀"和一切为"工农兵服务"。风雅的拍曲、书画、弹琴、围棋和亭林山水一时均被扫荡。作家一时都变为雄赳赳的战士。说到写作，作家既要把写作当回事，又不能把它当作是天下唯一可做的事，心情最好要放松一些，虚静纳物。当代作家与现代时期的作家相比，当代作家就是放不松，总是紧绷绷的。前不久重读赛珍珠的《大地》，真是一路松松地写过来，什么都有了。胡兰成不算什么作家，但也松松地好。放松不放松是一个修养问题。书画之道的好处就是要人修炼这个放松，心境放松了才会有好书好画出现，才会更雍容。过去的作家，起码是有些作家，是靠文字抒写世道的烟云幻灭，现在更多的作家是要靠写作改变自己的阶级成分，劲头就大不一样。中国的作家更多的是高尔基，几乎没有一个托尔斯泰，一个都没有。

笔者：功利化、商业化的生活情境确实改变了今天的写作与生活方式，作家想放松也难，周边有许多追赶的身影，有许多呐喊呼叫的喧嚣，所以《瓦尔登湖》会一版再版，有许多人不堪追赶，却又很难停歇下来。

近几年高考艺术类专业逐年升温，家长和孩子都很盲目地选择艺术，没有兴趣，没有情感，就是因为艺术专业来钱快，艺术专业文化分低，相对好考，真是糟践了中国艺术，数十年后，中国艺术不知会不会陷入危机。文学界似乎还算好一些，还有学院传统在支撑，尽管学院化的问题很多，但毕竟还能暂时与网络与市场化的写作稍微抵抗一段时间。我觉得，现在我们应该期待的是学院化的环境最好能让作家真正沉淀下来，多些闲情逸致，少些心浮气躁。不过，面对现实，还是很难乐观起来，随着信息时代到来，电脑普及，纸笔书写逐渐减少，作家也大多使用电脑写作，同时作为中国国学形式之一的书法（绘画）文化也日渐专业化，中国传统艺术教育与普及显得十分重要。在当前文化背景下，对于作家而言，您认为应该承担什么责任，可以为传统书画艺术传播做些什么工作。

王祥夫：这好像不是作家能够承担的事，但我以为作家应该兴趣广一些，不喜欢书画可以不喜欢，喜欢昆虫学，或者去研究蚂蚁也都是好事。黑塞是个画家，又喜欢植物，还喜欢养猫，丘吉尔喜欢画画儿，到最后顺手牵羊获一个诺贝尔文学奖，这都是让人看着高兴的事。作家，首先自己不要把自己看得太重，作家是俗物，只有俗，他才能够当作家。作家是市井百态的产物，两只脚一定是踩在尘世泥土万井笙歌之中，但他的脑子里要有理想和思想，如果是满脑子柴米油盐琴棋书画，那就坏事。但说到写字画画儿，如果有时间，非但是作家，即使是别的什么家，学学也都好，前不久看四大名旦的书画，当下就吃一惊！难怪他们在舞台上一招一式都是真草隶篆，最低也是宣纸上的湖石花鸟！

笔者：艺术的通约性就在这里，台湾地区的林怀民以中国书法为基点创造的舞蹈也表明了这一点。其实今天的作家已经不完全是一个单一的作家，他也有萨义德所说的"公共知识分子"的角色，即便你无意为之的一个举动，在当代传媒影响下，都即刻会变成公共事件，在社会文化生活中掀起涟漪或波浪。我同意您的看法，作家不要把自己看得太重，但我又认为，也不能看得太轻。一些名望很高的作家，他们的"名"已经影响到其"书画"作品，这些作家的书画形象已经潜移默化地影响到了当代书画界。

如果不是这样，那就当作我们的希望吧。

王祥夫，1958年生，辽宁抚顺人，山西省作家协会副主席，1984年开始文学与书画创作，有画册刊行，多次举办书画艺术展。已出版长篇小说《米谷》、中短篇小说《城南诗篇》、散文集《杂七杂八》等数十种，部分作品被译成多种文字，或被改编为电影。获第三届鲁迅文学奖、赵树理文学奖等。

二 这个时代，通才意味着庸才
——与作家徐则臣谈书法

笔者：前不久一个调查（《当代文坛》刊文）表明，书法是中国重要的文化形象，比某些政治意义上的形象还要突出，这表明了书法对于中国人和中国文化的无可比拟的意义。日本把书法叫"书道"，"道可道，非常道"，对书法的研习注定是终生无止境的过程。见过不少日本人写字，无论老幼，都工整、规矩，不像国人，现在不仅纸笔书写越来越少（电子键盘书写正成主流），而且越来越丑，与写字者的光鲜形象真是大反差。

似乎贾平凹是一直用纸笔写小说散文的，看你近期写小长篇《王城如海》开始用稿纸写了，挺好的，也是回归纸笔书写的示范。聊聊你当时的动机。

徐则臣：不少老派的作家手写，还有一些有范儿的作家坚持用笔，我长年练习书法，但手写长篇小说《王城如海》，纯属被迫，跟风雅完全不沾边。这几年因为工作比较忙，出差也多，写作的时间越来越少，尤其出门，写个千字文也得带电脑，太麻烦。正好存了一批八开大的稿纸，在背面写字很舒服，小文章就随手在稿纸上写，出门也总带几张，轻飘飘不占地方，在机场不必每次单独拿出来安检，且省去了开机关机浪费时间的仪式感，果然效果显著。既然小文章可用，短篇小说慢慢也手写了，等到写《王城如海》，看样子也不会有大块的时间，看样子出差也不会少，干脆也稿纸了。这是初衷。当然，手写的过程里肯定有笔墨的乐趣，尤其是这些年一直练书法，艺术的感觉很容易就被唤醒，写小说就不仅仅是写小说了。

笔者：挺好的，纸笔书写似乎也可看作是手工技艺的一种回归，有着耕田犁地的劳作感。咱们这一代人，还能有着乡村某些农耕劳作文化或氛围的美好记忆，幼年时，还有写字画画的人，还有木匠泥瓦匠，还有乡野手工劳作生活记忆。不像今天乡村，这些手工技艺基本都被城市进程所专业化了，没人写春联，一律印刷出来的批量产品，尽管不是坏事，但总觉得生活缺少什么，这也许是近年手工文化受到关注的一个原因。由于出身乡村，对书法的兴趣是有种莫名感，不像今天孩子可以上书法班，如果要细究，或许与祖父写毛笔字有关，就是一种乡村文化氛围的潜在濡染。记得20世纪90年代初，还在祖父家里找到一个砚台，还有旧纸斑驳的小楷。我想后来的书法兴趣主要是小学时开了毛笔书法课。你呢？

徐则臣：很小的时候就开始学书法，跟学校没关系，家庭影响。我祖父是私塾出身，写一手好字，我父亲字也很好。那时候家境不是很好，每年春节我们家卖字补贴家用，卖对联。一直到我大学快毕业，祖父80岁，每年秋冬还在写。耳濡目染我也就写上了，完全凭兴趣，祖父和父亲偶尔指点一下，逢年过节或者有人事往来，需要写字的，祖父和父亲懒得动，我慢慢就顶了上去，手基本上没生过。因为喜欢，这么多年就一直写下来了。尤其有了自己的房子，有条件摆下一张小案子了，练字的时间就更多了一些，也逐渐有了自己的艺术体认。

笔者：你是有家庭氛围和长期的坚持，并且能把这种兴趣坚持下来，确实是挺好的事情。记得以前练书法闹过一些笑话，小学时打翻墨汁，白上衣染黑了，便跑到河边用泥巴搓洗，想来有趣。实际上古人学习书法有不少的佳话，我们耳熟能详的就有鹅池与笔冢等。能不能谈些有趣的经历或者记忆？

徐则臣：好像没什么可以公示的佳话，对我来说，习字是个非常个人化的事。非要说点有意思的，那就说说笔墨纸砚中的纸。我对宣纸的了解远不如报纸，一张宣纸拿过来，我不敢肯定能立马说出笔墨走在上面的效果，但报纸可以，看一眼我就知道在上面写字效果如何，因为好多年都没有富余的钱买毛边纸和宣纸，练字都在报纸上，用过的报纸不计其数。写了这么多年的字，我对书法理论也缺少必要的研究，所有的心得几乎都来自实践。可能是懒惰心理作祟，总想的是我就是喜欢，笔握在手里才踏实，如果不写字，所有道理跟我都没关系，所以，疏于对理论的揣摩。这样不好，也说明我对书法的理解还有待大幅度提高。

笔者：报纸是练字的好材料，白纸写字太高大上，有些拘谨，"一张白纸好作画"，一张白纸也让人心底里不敢作画，尤其对于非职业书法，写字更多的是靠感觉。曾思考过毛笔书写的"笔感"问题。像打乒乓球得有"球感"，没有"球感"，球就轻飘飘，容易飞。毛笔是软的，和乒乓球相似，写的时候要有"笔感"，才敢落笔，才能写出趣味来。面对一张白纸，有了"笔感"，有了书写的心情和环境才敢下笔。不像废报纸，怎么写都无所谓。记得以前写字多是深夜时分，独自一人，临帖或随笔乱涂都有那种"感觉"，这也让我羡慕职业书家在大庭广众之下的挥毫泼墨。这可能是一种奇怪的书写心理，也是书法没有达到境界的表现。看你在公开场合挥毫还是挺羡慕的，说说拿起毛笔写字时的一些想法或感觉吧。

　　徐则臣：这事完全是逼出来的。从念书时开始，因为字不错，经常会有一些活动让当场写，算作活动的一部分，其实就是表演了。头几次也慌，心跳到了脑门上，手也哆嗦，次数多了脸皮就厚了。反正也不需要吭声，低头写自己的就是，就盯着笔墨纸砚，凝神静思，慢慢就平静了。这跟公开场合发言一样，说多了就没事了，做自己的事，让别人去看吧。不过有些准备工作还是要提前做好，比如写什么，迅速地布局和结构能力，这些时候通常写大一点的字，悬肘的大字功夫一定要靠得住。这种时候发挥不如平常练字时的状态，很正常，较真也没用，当然也有超常发挥的状态，激情来了，兴奋了，那种瞬间天成和偶成的效果也经常会有。

　　笔者：中国书法离不开各种碑帖传统，不同的碑帖是现代书法所来之处，也是雷德侯所说的中国文化中的模式化心理，要练习书法，首先得有一种传统文化模式的笼罩，几乎没有书法家不受到碑或帖的影响，或多或少都有一定的渊源关系。这其实是书法之于中国文化的独特现象。但其实，喜欢哪个帖子、哪一种字体，也是一种情趣相投的缘分，有的字帖就是写不进去。你以前临过哪些碑帖，感觉如何？

　　徐则臣：大大小小的名碑帖基本都涉猎过，但大多数都是浅尝辄止，很惭愧。现在不像过去，资源短缺，你在网上什么稀奇古怪的东西都能找到，至少读帖是没有问题的。前些年临二王、王铎、米芾和沙孟海比较多。二王自然非常重要，我也极喜欢，还有汉魏的碑帖，喜欢那股朴茂和洒脱的劲儿。最近突然想再静一点儿，开始重新写楷书，尤其小楷，就把一些经典的小楷范本放到案头，没事就琢磨。过去临得比较较真，现在更多的是意临，希望气晕能够贯通下来，也希望一幅字和一张纸上能够成为一个自然、有机的整体。这样，关注的就不仅仅是一个个字了，还要有整体感。小楷之外，经常看赵熙的字，朋友送的赵熙先生的书法集。他的字收，我的字放，我想让自己的字再内敛一点。

　　笔者：我觉得，像我们，由于没有受过书法专业训练，大概属于"野狐禅"，初期对技巧也就不是十分敏感，觉得方正好看就行。比如行书，由于路子野，不大去注意王铎和米芾在运笔、布白等方面的差异，只求形似。实际上，一个书法家有一个书法家的风格，这种风格既仰仗学养见识积淀，也靠笔法章法等技巧做后盾。对技巧与法度的了解无形影响着书法欣赏的视野功力，对不同书法技巧与法度的熟悉与了解"养"了书法欣赏的"眼"。相信你研习书法时，也会有这样的感觉。王祥夫说技巧到死都重要，技巧对你而言，在哪些层面上具有意义？

徐则臣：技法当然重要，并非是个简简单单的工具，有了好技法，你会更科学和便捷地达意。很难相信有技法拙劣的大师。对书法而言，当技法形成了个人风格后，技法本身也就成了书写者的艺术观和世界观。就书法来说，我也只是个票友，更专业一点的是写作。就写作论，我想技巧跟书法里是相同和相通的。在古往今来的文学圈里，如果哪个作家说技巧不重要，要么此人是个骗子，以"技巧不重要"作为自己技巧欠佳的借口；要么是技巧高到了化境，那些具体而微的技巧已经不在他眼里，他要的是我手写我口、写我心的自由挥洒的如入无人之境的状态。通常会把技巧以"体"和"用"区分之，其实练到了一定程度，体、用已经很难区分，体即用，用也是体，一回事。我还是处在社会主义初级阶段，技巧还是体、用分开的，有时候觉得是用，一转身没准觉得又是体了。

笔者：现在写毛笔字的作家越来越多了，广州、西安都办过文人书画展，这或许反映出某种新的文化迹象，文人书画开始热络起来。当下不少作家的书法绘画确实有一定趣味，但与书画艺术性显然还有一定距离，从艺术书法或者文化书法视角来看，恐怕问题不少，当然，这是消费社会的产物，有其合理性，文化批评应该深思细究研判。我以为，从某个特定思维来看，这种风尚对于社会而言，或许并无坏处，但也担心，与古典境遇下"文书画"精通的文人相比，我们缺失的不是一点两点，那种传统的土壤消失了，在审美现代性追赶下，过度的名人之乱书乱画，掺杂着消费社会的某种崇拜物，当然会坏了书法的艺术风向。你身在其中，应该比较了解的，可否说说。

徐则臣：文人字已经成了绝大多数跟书法完全不沾边的文人练摊的借口，刚摸毛笔一个星期，就开始卖字卖画，真不知道哪来的胆量。在我的认识里，文人字固然偏重雅趣、风格，直抒性灵，去除专业人士的匠气，可以不拘一格，但必要的书法基础还是得有的，还是有个底线的。很多人连横竖都写不直，拿起笔手就抖，依然把鬼画符搞的风生水起，靠名头，靠职位权力，自己很当一回事，一堆人也跟着拍马起哄；我是理解不了他们的艺术，更理解不了勇气之所从来。有趣味的，固然是对书法艺术生态的一个补济，丰富了书法的内涵，但大部分，恕我直言，那点趣味实在是种恶趣味——连基本功都不过关也敢张牙舞爪地卖字画办书展，我真不相信他能有什么真正有价值、有建设性的趣味。内行看门道，外行看热闹，一门艺术要称其为艺术，首先你得有点门道，一点儿门道都看不见，我觉得还是先别称书法艺术，就是个写字的、画字的。当然，如果你觉得附庸风雅总比附庸恶俗要好，那我也赞同，大家都来整点文人字的确比一点墨水都沾不上要好。但我还是认为，如果你是文人字，那就老老实实有自知之明，别写了一周半个月，就觉得自己如何如何，奔着书法艺术非要登堂入室。

笔者：随着审美现代性的规约，知识分子日渐专业化，艺术职业化已成为趋势。传统书法也成了一门艺术、一个专业，大多数书法艺术家一辈子就端着书法饭碗谋生，其书法也因此与其本源意义上关联极大的文学越来越远。但由于书法本身与文字相关联，加上书法之于中国文化的根源性意义，书法的民间文化土壤还在，民间书法文化基因还有相当生命力。就像文学有精英文学（或纯文学）与大众文学一样，职业书法艺术和业余书法文化也有明显分隔，民间书法有其自己的运行轨迹，20 世纪 80 年代初中国书法就曾在民间复兴过。目下，社会上形形色色的书法兴趣班不断兴起，不少作家操笔写字，书法文化普及比较广泛，可能有其他各种因素，但一定有其民间风向在影响，不过总体上职业化、学院化在引导着中国书法的文化艺术风向。

徐则臣：在毛笔书法已然完全脱离了我们的日常生活的今天，书法成为一门纯艺术的命运没法改变。在过去，书法像现在的电脑一样参与我们的日常生活，你离不了它，也没必要把它上升到高不可攀的地位。现在流传下来的绝大多数书法经典，也都是信札、碑文等实用性的日常物件，一幅好的书法作品也理应渗入进书写者日常的体温。但因为书写工具的变化，这个传统只能中断了，那么，当日常性式微乃至消失之后，纯粹的艺术性肯定就会一统天下，所以，书法在今天已经成了一种专门供审美的艺术。既然如此，在审美的、艺术的层面上来发展书法，出现一些"纯而又纯"的、脱离"大众"的书法，也就不难理解了。它必须精英，只能精英。如果"纯而又纯"的这一路都不能精英，那书法艺术彻底就没戏了。

他们肩负着在今天开拓书法疆域的重任。有精英就会有大众和业余，这是艺术的自然生态。很多人觉得职业化、学院化只能导致一门艺术的死亡，但我们是否想过，当这门彻底失掉了日常性、普及性和实用性的艺术，再不职业化、学院化，它死得会更快。

笔者：诚然如此，必须审慎看待现代社会视野中的书法学院化、职业化，中国有十多亿的人口基数，书法文化艺术的学院化、职业化还是有宽阔的道路可走，但也不能不关注学院化、职业化书法的文化生命力问题，学院化、职业化的技巧性艺术性要求更高，消费性也更强，其文化性丧失也就日益明显。尽管目前书法不会进入博物馆，但还是应该有民间文化及诗歌绘画等的濡染浸润，中国书法艺术才会生发更强大的文化生命力。职业书法界有自己的规则和运行轨道。你熟悉或了解当下的职业书法界的情况么？

徐则臣：不太了解。有几年和书法家协会在一栋楼上班，但从来没想过要去看看。书法对我来说就是个非常私人化的兴趣，完全是兴之所至地研习。当代的书法家里，我最喜欢沙孟海，已经作古，沙先生的用墨、用笔，沉郁雄峻健朗的风格，给了我习字提供了很多营养。当下有些书家的字我也喜欢，见着了都会认真看，比如王镛、张旭光、刘洪彪、龙开胜等，只看过字，没见过人。

笔者：其实喜爱某个书家，也是一种相遇和神会，沙孟海等老一辈书法家还是有旧学渊源的，中国现代文学史上也有不少文学大家善于书法，他们蝉蜕于旧文化，与传统书画有着千丝万缕的联系，例如沈尹默、鲁迅、郭沫若、茅盾，他们的书法创作及有关艺术研究不弱于今天任何一位书法艺术家，今天，我们关注这些大家文学成就的同时，还应注意挖掘他们在书法文化上的创造与贡献。

当代文学界，也有一些书艺较高的作家，尽管与前辈鲁迅、郭沫若等大家有着不少距离，但社会也比较认可，已成为不可忽视的文化现象，这里面其实有不少问题值得我们去关注与探究的。

徐则臣：郭沫若是正儿八经的书法家，很多字我很喜欢。鲁迅的小行书特别漂亮，极富书卷气。丰子恺的字很有味道。书法是他们创作的工具，他们对书法的心得令人信服。当代作家和诗人里，大家都说贾平凹、欧阳江河、汪政、雷平阳等人的字好，什么时候认真比较研究一下。我觉得应该有更多的作家成为真正好的书法家，艺术是相通的；如果做文人的都离书法越来越远，这门艺术真的就岌岌可危了，虽然现在也相当的不安全。

笔者：书法潜在地影响着中国文化人的生活。记得你说过，觉得一个人字写得好，会莫名地觉得这个人不错。实际上可能源于自身对书法的喜爱。也许书法和一个人的行为本来没有多少本质上的关系，但总体而言，一种浸淫许久的艺术生活一定对人有潜移默化的无形影响，尤其是这样的信息社会、电子网络时代，一切都快餐化的时代。你早期小说总是迷漫着一层水汽，类似与墨汁在宣纸上流淌的水汽，不单纯是花街系列，就是写京漂系列的小说，也有一种类似于书法飞白一样的朦胧，我在一些评论中也说到过。谈谈书法研习对你文学创作的影响。

徐则臣：书法对我的写作有影响，习字时体悟到很多东西都能在写作中得到呼应，比如动和静的关系，字的间架结构和小说的结构，字的细节和小说的细节，字的走势和形态与小说的叙述，笔墨的浓淡与行文的详略，文辞的省略与呼应，等等。包括非常重要的，字的趣味和风格，跟文章完全一致。一点儿点儿地抠，肯定能说出个一二三四五来，但混沌中它们就接近了、一致了。文学是人学，书法学也人学，艺术相通，证之于心。

笔者："五四"以来，有与传统决裂的倾向，但传统总以潜在方式制约和影响着后人，后人也总要受到传统、历史文化的多元影响，这种影响与我们文化和精神归宿有关。在今天，后现代也好，或者是什么其他的理论也罢，总是要在汲取古代文化的精华，进行现代化转化，以此建构面向世界的中国文化正路。书法也是如此，中国古代"诗书画，琴棋剑"文化，文人穿越不同的艺术，其实也是一种传统，这种传统既与古代社会文化制约有关，也是中国文化混沌性的体现。而今天，作家、书法家的各自专业化、职业化，使得诗书画会通的传统逐渐消隐，书法家大多不重文学修养，文学家也很少注意艺术修养了。

徐则臣：中国古代文人的雅好相通，很大程度上和当时的生活以及文人的社会身份有关：社会分工没那么细，教育没现在这么普及，整个社会对正义、担当、文学、文化和艺术的期望都寄托在很少的这一拨有机会受教育的人身上，时代需要通才。而现在，社会分工和文学艺术的门类越发细化，一个人不可能同时在诸方面都有所精深，没时间也没精力，在这个意义上，这个时代通才其实意味着庸才；同时，工具也在发生变化，一个作家现在完全可以不用笔，更不必说毛笔，由此书法和绘画天生就离他远了。我觉得这种情况非常正常，一定程度上说明了，这个时代的确在很多方面已经做到了具体而微和高精尖；当然，在专才的同时若能再通才，那最理想，但很难做到。

笔者： 随着电脑、手机普及，纸笔书写渐少，学校教育也很少重视书法等传统文化，但实际上，书法其实又可以说是中国人尤其是中国文人心理的一种隐形的文化归宿。就当下而言，科技发展带来的人文危机已经有所显现，传统艺术教育或生活方式便显得十分重要，应该以适当的方式推动书法绘画等传统文化的复兴。在当前社会文化背景下，作为传统文人现代身份的作家，是否应该，或者说能承担些什么责任。

徐则臣： 我觉得因人而异，有兴趣就多做些，没兴趣也不必强求，不应该成为作家的额外责任。就像医道，古代也是文人必通之术，但现在医学门类细化，每个专业都不断精深，一个文人是没法有能力做到古代那样，非逼着他做，没准只会逼出个假冒伪劣的大夫，要治死人的。我能理解你说的"文化归宿"，其实很多人未必能在"诗"之外兼善"书画"，或者在"琴"之外也擅"棋剑"，但他们可以欣赏专业之外的别样的艺术，这样也很好。据说最近开始提倡国学教育，传统文化在中小学又掀起了新一轮的热潮，就此也众说纷纭。我持赞赏态度，跟传统文化之间"接接地气"当然是好事；既然在这一种文化里存活，它就是你的血脉和根，不排异，更不应该人为地刻意去排异。

笔者： 传统文化热恐怕也是暂时的，任何"热"都会存在偏颇，适当才是最好，过犹不及。20世纪80年代"寻根文学""先锋文学"等其实也是文化热的产物，欠缺的是持久性不足，但对整个当代文学发展走向其实是有大益处的。对作家而言，文化艺术的修为终究是一辈子的事。兴趣是重要，但兴趣也是养成的，作家养成一种好的兴趣也很有必要。文艺发展其实离不开彼此的融会互动，文学如果只在自己的圈子里转动，不与世界文学或其他艺术沟通交流，恐怕未必能走得远。但愿书法文化热能有自己的恰当位置，也愿作家在此间能有所意识，有所作为。

徐则臣，1978年生于江苏东海，北京大学文学硕士，《人民文学》杂志社编辑，业余常习练书法，已出版长篇小说《耶路撒冷》《王城如海》《午夜之门》，中短篇小说集《跑步穿过中关村》，随笔集等十多部，作品被翻译成十多种外国语言，曾获茅盾文学奖、鲁迅文学奖、老舍文学奖、华语文学传媒大奖等文学奖项多种。

三　美是对平庸的一种拯救
——与作家李浩谈中国书画

笔者：李浩兄的小说标题独特、倔强，仿佛透着咖啡的味道，《寻找一个消失的人》《一个下午的火柴》《一只叫芭比的狗》《蹲在鸡舍里的父亲》，还有《将军的部队》《灰烬下面的火焰》《被风吹走》，这些标题大多以某个意象命名，似乎透着美术专业眼光。事实上，小说的标题大体上与作家的气质颇为相近，在你的小说标题中，我似乎嗅察到与作家韩东的某些相近气息，在你先锋的小说理念中，形而上的思考在后面埋伏着，不知这种感觉对不对。知道你早先学过美术（这又类似韩东，韩东高考前也曾学过美术的），书画研习和文学之间应该有着某种隐秘的联系，幼年的美术爱好应该会将美的感觉传递到文字中，或者说是由视觉艺术到语言艺术的转换，你年轻时的美术学习经历以及从美术到文学的转换说起来一定有趣。

李浩：学习美术是出于个人的爱好，我的美术学习大约和同龄的许多人一样，从临摹连环画开始的，那时谈不上什么研习，只是兴趣；在初中时，我经人介绍前去海兴县文化馆向丁宝中老师、路如恒老师学习美术，那是我接触"真正"的美术的开始。丁宝中老师画人物、花鸟，素描、速写的功夫都很好，我跟他学的主要是素描；路如恒老师是国画山水、花鸟，不仅技法出众，而且有阔大的视野，我从他那里得到更多的是如何欣赏美与美术。后来我考入了沧州师范学校，学习美术。书法是从那时才开始学的，之前我只是出于爱好"集古字"，胡写，没有真正练习过。当时教我书法的翟洪昌老师给予我很多，为了纠正我的字过于花哨、偏软的问题，他让我临习欧阳询，并找了许多魏碑给我看、读。

在中学的学校教育上，我在书法（美术）上得到的不多。

笔者：受应试教育大环境影响，现在中小学校的美术教育显然是匮乏或者缺席的。20世纪80年代的书画艺术氛围也不像现在散发着铜钱的味道，那时中小学校美术教育甚至高校美术专业都显得有些快乐的寂寞和寂寞的快乐，大多数人是凭着兴趣去学习的，这也是20世纪80年代文化艺术高潮出现的一个原因。20世纪八九十年代师范学校的艺术教育特色确实鲜明，你所说的书画艺术教育问题让我想起丰子恺曾经投身的师范美术教育工作，这两者之间有着某种关联吧。在职业化背景下，丰子恺的艺术身份比较模糊，他的散文、漫画、书法创作，甚至音乐教育思想都有不可估量的价值，他的漫画、散文将生活艺术化，也将艺术生活化，尤其是对东西方文化的沟通，最关键的是他能把这种沟通后形成的新理念浸入到其艺术教育中。我记得当时读师范的同学，字都十分漂亮，我想，他们都有类似丰子恺一样的生活，即生活中的美术教育，美术教育中的生活，或许也就是蔡元培所说的"以美育代宗教"。可惜今天许多师范大学失去了这一传统。

小学教育中的书画学习大多会有一些有趣的记忆，不像今天，小学基本没有书法课了，我们在 80 年代的小学还有书法课，记得一个夏天的书法课上，我的白上衣放在桌肚里，前排同学回头，不慎将墨水瓶打翻，透过桌缝将衣服全染黑了，然后赶快到小河边用泥巴混着洗，结果面目全非，这种经历想起来都很有意味。

李浩：在沧州师范学校上学期间，我们有一个书法组，晚自习的时候活动，那里，真是高手云集，许多人都让我羡慕嫉妒恨，至今我还记得他们的名字；我记得，我对一个高手李广顺表达我的羡慕嫉妒恨的方式是送他印泥，对另一高手王锋表达此情绪的方式是为他传递情书，而对小我许多、却比我显得更有才气的刘树允表达情绪的方式是睡在他的上铺，故意吱吱呀呀摇床让他睡不安稳……那么多人在一起练习书法，说说笑笑，现在想起来简直是种天堂。

我也承认，在学习书法（美术）的过程中我也屡受打击，哈，我发现，那么多人比我更有才气，灵性，而我，只能算是中等。我所提到的这些名字，如果他们一生精力都用在书法和美术上，会是了不起的人物，然而，有些人进入仕途并且走得还不错，可我还是觉得过于可惜。

笔者：仕途与艺术显然是两条道路。我认为师范学校的书画教育是现代中国美术教育一个应该引起重视的传统，有不少书画家其实都是从师范学校出来的。在书画日益专业化、职业化的今天，中国缺少了全面普及、大众化的学校教育传统。在父母逼迫下，孩子们学习书画的兴趣夹杂在周末做不完的功课中，也必然会日渐功利化。如果对照丰子恺 20 世纪 30 年代提出的"生活与艺术，融合方为自然"的美术思想，今日书画教育明显是"不自然"的，是出了大问题的。倘若将今日中国艺术界乃至于整个文化界重新放到 20 世纪初的文化背景下看，尽管那时候国难当头、民不聊生，但艺术、文化界是有自己独特坚守的，20 世纪上半叶的书画家和文学家属于桥梁式的艺术家，他们将中西古今贯通，既能观照自身，也能注意艺术本体，更重要的是，他们创造了独特的中国现代文化艺术。还拿丰子恺来说，漫画是丰子恺首创的，他的漫画其实远不是今日过多讽刺的漫画，更多的是将日常生活场景进行了艺术化处理，简白、直接，却韵味无穷。我觉得这个传统真应该让今天的艺术、文化界好好反思一下。

在当下，像丰子恺这样的艺术创造显然十分困难，丰子恺也不是横空出世的，他有对中西书画传统的研习，也有对日本竹久梦二的借鉴。而在中国书画研习中，一个必不可少的传统是对古代碑帖画作的描摹学习，对各种书画文本的背临研读，这种研习过程也是中国传统美术的重要传统，实际上在鲁迅散文中写到早年描摹绣像的过程也是这样一种书画研习方式。李浩兄也应该有自己的研习兴趣的。

李浩：我不太敢用研习这个词，哈，我只是学习、临摹，而且有了更多的游戏的性质。目前，我对楷书只是读，而不再临，这不是个好习惯但我的毅力的确不够。前段时间我临的是苏轼和米芾，还有王铎，更多的时候是胡写一通。美术，我喜欢"明四家"、黄宾虹、林风眠，订阅过《美术》和《国画家》。

我喜欢《张猛龙》，非常非常喜欢，喜欢它的古拙、沧劲、灵性又不乏严谨，不过，我曾试图临写，却写得异常难看……《龙门十二品》，多数喜欢，部分的不喜欢大约也是我眼界的问题，哈，在 2008 年去鲁迅文学院学习前我对米芾也不喜欢，但看了李晓君等人的临习和再创，对发现和体味了它的好——对王铎的喜欢也是从那时才开始的。

米芾，我喜欢他字中贮含的灵性、生动、多变、小小的江南气，这和我这个北人却有着某种的契合；王铎，拙中有巧，气势感重，有种石破天惊感，同时又经得起推敲与拆解。

在美术上，我喜欢的更多了，古今中外都有，在这里，我就提三四个吧：凡·高，他的画中有激情、信仰和燃烧，同时包含着真实、凝重与绝望，能在画中如此强烈地表达自己的，其实少之又少；莫奈，我喜欢他是因为他提供了新的可能，他把光看成了实体，把具体的物看成是反映这束光的虚体，在他之前，别人没有这样的眼睛，不敢有这样的眼睛。八大山人，倪瓒，他们的画中有哲学，有人生，把计白当黑运用到了极致。

笔者：许多作家会喜欢米芾、王铎，这大概源于行书的自由即兴的情趣。《张孟龙》《龙门十二品》则稍稍显得专业一些。书法有大传统的局限，想创造是十分困难的，今日的魏碑已经成为许多书法家进行创造的资源，我看到不少书画家将魏碑与行书、楷书乃至于草书结合起来，形成自己的风格。李浩兄能喜欢《张孟龙》《龙门十二品》，看得出专业的素养。在美术上，你有东西方的视野，这是今天我们在现代文化情境下所能独享的，而如果能从书画艺术中体悟到哲学或者人生，那确实应该是文学上升华的一种可能，我忽然想起你小说中经常出现的一些独特场景，在语言呈现中，显示出某种绘画的光，或者明暗调子，这让我很感兴趣。

　　今天的作家研习书画的目的是各不相同的，书画艺术所代表的公共性特征在今天更为明显，似乎一个研习书画的人无形中高雅起来，书画也仿佛成为一个标签，而其实有些作家等名人书画着实不堪入目，他们随意的书写其实完全没有技巧与法度，其创作理念中也往往回避技巧与法度问题，这或者反映了作家书法与美术创作的某种局限。

　　李浩：不谈技，书便无法，美变无术，哈，单从字面上，它已经强调了法和术的重要，这是第一性的，永远是第一性的。有了它，你才可能忽略它，再谈表情，达意，再谈灵性与变化，再谈哲学和思考。

　　对于一切艺术门类（包括文学）来说，对技法的轻视都是一种显见的错误，是门外汉、天真汉和阴谋者的偏见。这些，必须有，一定要有！

　　不过，要我谈书法、美术的技法，我还真不敢多谈，哈，我是刚刚起步，还需要接受指点。我苦于在毕业后无老师再教我。我很希望，有人再从技法的角度对我加以指点，这是多幸福的事啊。

　　笔者：技法也可以说是传统，是一种模式化的东西，正是这种模式化让有"法"的"书"成为书法，有"术"的"美"成为美术，不过相对而言，技巧也需要创新，对中国作家而言，文学文化素养及其历练应该让作家书画创造出属于文学家的独特艺术技巧。我在对王祥夫先生的访谈中谈到贾平凹，他的书法，我觉得是"硬法软写"，堪称一种创造吧。

　　中国传统书画创作及其理论中产生了许多具有中国传统美学特色的书画艺术语言中，经历 20 世纪的过滤与沉淀，有些或许被遗忘，有些被现代艺术观念进行了改造，在这些书画艺术语言中，传统的东西显得十分重要，但有时又轻而易举地被忽视，实际上作家书画应该创造出自己的艺术语言，可以对中国传统文人书画语言透彻理解后进行创新，只是今天中国作家或者文人似乎还缺少这样的一种自觉。

李浩：古人，是用毕生精力、用近乎全部的才情去研究书画艺术语言的，而且，沉淀下来的那些都经过了几代人的检验和反思，所以，我觉得我们先确定它是对的，拿来就是了。有时故意的"违反"是因为创造的需要，你必须为这种"违反"找到恰当、必需的理由，建立新的合理性并在你的书法和绘画中能够体现出合理性来。

作家当然可以（不，更是应该）创造属于自己的艺术语言，苏轼、黄庭坚对艺术的发言不正是基于此么？我在强调应该创造的同时也必须强调，这种创造需要你投入大量精力和才情，并懂得领略前人的全部艺术智慧。创造，可不是一件轻易的事。

笔者：李浩兄的小说理念是独特的，而且能执着坚守，"写给无限的少数"是你的座右铭，这让我十分钦佩。书画艺术也需要某种执着的坚守，在艺术技巧与语言上都应如此。坚守某个认定的航向，才能走出属于自己的道路。

作家书画不是孤立的，离不开当代书画艺术背景，职业书画艺术市场的火热是文化热的浅表象，职业书画家的东西相对于作家书画是两种艺术范式，他们相对独立，但实际上随着书画市场的热火，作为名人字画的作家字画也日益受市场青睐，作家书画也无法不关注职业书画创作，或者还与他们有过多交往，我知道西安的贾平凹与职业书画家交往就比较多，他也经常读他们的书画，还给职业书画家写评论。

李浩：职业书画，我一直在读，在看，但不熟悉。我更多的是从刊物、从展览上去阅读的，几乎未能与这些艺术家们有交往。我很希望有渠道建立起交往，从他们那里学习一些东西。

我喜欢的书法家和画家有沈鹏、陈丹青、李维学、贾又福、孙伯翔、张荣庆、张旭光、刘文华、孙晓云、杨飞云……这个名单其实还很长。很长。

其中我有过交往的人只有李维学，我觉得他是林风眠一类的人物，只是，世俗化的书法（美术界）忽略着他而已。这也没什么，许多人的能力和才情，都得经历时间的清洗之后才显其华。

笔者：职业书画界相互隔阂也是蛮深的，也需要留待历史的检视。我比较关注的是作家书画问题，诚如李继凯老师在一篇文章中所说，中国现代作家对于书法文化是桥梁式的人物，实际上在绘画上也是桥梁式的人物，不过没有书法那么明显。他们中有许多书画家，鲁迅、郭沫若、茅盾、丰子恺、周而复无一不是，他们的书画艺术创作以及有关艺术研究均颇有成就。而画家对文学的参与也在当代有所显现，比如陈丹青、吴冠中的散文等，尤其是陈丹青，他的杂文对时弊的抨击已经成为当代文学或社会无法回避的现象（尽管现在还未有人对此研究阐释）。可以说，现代中国以来，尽管有现代性对职业化的区隔要求，但实际上中国古代文人"诗书画"同一的传统还是有着强大的生命力。尤其是当代文学界，一批人的书法、绘画有着独特的形式语言，我觉得应该引起美术界的关注，你与一批作家都是有交往的，对此应该深有感触。

李浩：哈，在我看来，书法家更应是作家，美术家至少有一半儿是作家才对，如果你看中国的书法史，艺术史，我认为一个书法家只专于书法而没有其他文化修养的话他是成不了大家的，而一个作家，如果对艺术缺少了解、实践，则可能也会制约自己的艺术修养和文化高度。所以，作家中有许多书法家、美术家是极为正常的现象。

在当前的文学界，我觉得荆歌的书法、雷平阳的书法和贾平凹的书法都是相当不错的，放在书家里也各有特色。荆歌的书法文气很重，内敛，随意中包含着章法；雷平阳的书法功力深厚，很具现代气息；贾平凹则以朴拙中的雅美取胜。而徐则臣的书法也值得期待，只是，我见他的字太少，是照片，但感觉很有意味和风骨。画，是冯骥才的为佳。

笔者：中国古代文化传统中，"诗、书、画"的同一性是建立在文人、士大夫等文化精英的精神与文化生活上的。尤其是中国古代绘画，相较之落款题词字，其画面倒居于其次，而落款中的题画诗词又具有重要位置，我有个同事，他有个专著便是《题画诗说》，这充分反映了中国古代"诗书画"同一背景下的独特文化症候。对于书法而言，其书写内容和线条游动、粗细跌宕往往又构成另一种独特画面，这种欣赏是需要学养支撑的，因而便与普通大众的民间书画有了区别。可以说中国传统书画在一定程度上影响了文学，古代文学也影响了中国书画。当代作家对此可能有所隔膜，但我注意到，一批关注与参与书画创作的小说家，他们的文学创作也是独有意趣的，还有一批诗人也是如此，可以说，美术潜在地影响着作家的文学创作，当然，这种影响不是直接而明显的。

李浩：美术对我的写作有着显见的影响，我会在自己的文字中进行画面的设置，包括，我会想象这篇文字的基本色调。哈，我不知道我的看法是否能获得他人的认同：我觉得，君特·格拉斯的《铁皮鼓》是以大块的褐黄色为主基调的，则玛格丽特·杜拉斯的《情人》是种蓝灰，文字里有气息，色调，而在写作的过程中也有意为之，建立这种气息色调，我想，是美术的学习带给我的。

书法，对我的文学创作没有特别的影响，我至少没有仔细想过这事儿。但，没有影响就没有意义了么？如果意义不是功利化的，我觉得依然是有意义的，而且意义重大。意义在于，它让我认识着无用的美；让我感受着一种超越功利化的愉悦；让我感觉，写作，是一件很美好的"雅事"。哈。

笔者：只有超越了功利化的创作才有意义，书法如此，绘画如此，小说也是如此，纯功利化对文学、对美术、对任何一种艺术都会有潜在的伤害，尽管逃脱不了市场化的大环境，但我觉得可以有适当的非功利环境才好。

古代文人士大夫会有许多情趣性相通互融的爱好，比如诗书画、琴棋剑等等，在中国传统文化中，一个文人的艺术角色往往是多重的，他们不像今天职业化的书法家、画家、小说家，各自属于有自己的协会和圈子，有自己的学院环境，有一整套相对独立的套话语体系。我们作文学研究都知道，现代以来，作家是一个职业化的身份，实际上这是古代文人"诗书画"同一传统消隐后的结果，也可以说是造成了书法（美术）家不重文学修养，文学家不重艺术修养，相互之间隔阂较为严重的局面，也带来了文学家艺术修养单薄、职业书画家文化文学修养单薄的不良现象，当下，我们很难再看到 20 世纪初那样国学功底深的书画家和艺术修养高的文学家了。

李浩：爱好上的情趣性相通互融其实是从事艺术的人的重要特点，它不应当随时代之变而变，当下这种状况的出现并不是一个很合理的、有益的变化，我认为，这种割裂对从艺者来说多少是有害的。它会造成你的格上不去，艺术品质弱化。书法的内里，是文化的滋养，少了滋养，你最多是匠；而美术只有技，没有文化滋养，它同样会仅是形式的，你对画面的经营、对题材的拓展就会多些匠气，少些阔大和灵性。对作家来说，哈，写作是一门要求繁复的综合艺术，它的本质是艺术的，你少了某些相通的艺术修养，从文字上也能看出它的"粗鄙"，何况还有更高的要求。

造成这一境况的原因当然是多方面的，有艺术自己的原因、历史的原因和政治的原因。重要的，大约有以下几点：1. 文化的断代、割裂造成对艺术欣赏缺乏具有相当品味的人，这应当是一个庞大的群体而当下却显得寥寥，而某些人那种错误的文学文化观还在大众中有巨大的流毒，他们缺少对文化的敬仰，只以自己的低劣标准规约艺术；2. 媚俗成为潮流。当你将艺术下拉把它变成一种通俗、装饰的事物的时候，你总是设想你的读者（欣赏者）的欣赏水准是弱于你的，你在讨他们的喜欢，而情况也多是如此，他们并无欣赏力。既然你的作品是给这些缺少欣赏力的人的，那什么其他门类的艺术修养便在其次了，因为有无，你的读者都看不出来，而且还可能因为有而造成欣赏者的减少。3. 专业性分化，当书法越来越成为一种装饰而非工具的时候，当美术也越来越成为装饰而非表达工具的时候，当我们的写作越来越取媚大众而放弃灵魂思考的时候，这种专业性分化肯定会造成某种的隔，使其各自退守在所谓自己的一隅。你看看我们所谓的专业人才，有多少是真正意义上的文人啊。

无论是书法，美术，还是文学，都是解决了技术问题之后再拼他的修养和综合能力。缺少通才，必定缺少大师。

笔者：如果要审慎乐观地看，今天这种文学、书法、绘画相互隔阂的状况有所改善，不少作家开始操刀写字画画儿，而且还出现了像贾平凹、熊召政、王祥夫、雷平阳等独具特色的作家书画。当然，他们从事或热爱文学或书画艺术的目的各有不同，但我以为这是中国经济发展，人们在经济富足之余开始寻求文化归宿的一个重要信号，起码写字画画儿比去喝酒、泡澡、打高尔夫要更有文化意义。还有一个当然的情况是，这里面泡沫也很多，有一些名人写字画画儿关注的是字画背后的价格，尤其是官员（我们一厢情愿地相信这样的不良状况是暂时的吧）。

对作家而言，我愿意相信如李浩兄所说，书画艺术创作可以提升他们文学上的"格"，强化他们的文学品质，实际上，中国书画确实是具有这一功能的，关键就是作家能不能真正沉浸到书画艺术中去。随着信息时代到来，电脑普及，纸笔书写逐渐减少，作家也大多使用电脑写作，中国传统艺术教育与普及显得十分重要。在当前文化背景下，我觉得作为文化名人的当代作家，应该可以为中国书画做些艺术普及的工作，起码可以自身的书画实践为大家做个示范，在某些公共场合做些宣传。我听说莫言获得诺贝尔文学奖后，其书法受到热捧，也成为一种独特的艺术展示，起码显示了我们传统的文化精髓有了公开恰当的传播渠道，可以说是作家为中国传统艺术教育做了一些有意义的事。

李浩：发现美，指认美，呼吁呵护美，当然是作家的责任，我觉得我们必须做，一定要做。而且，这些美，是对我们平庸日常的一种拯救，是对我们心灵健康的潜在滋养，我觉得所有作家都应当重视它。

至于为传统书画艺术传播做什么工作，我还真没有认真想过，我只是在对一些肯领略书法、绘画之美的人提出过，指出过，它是有益的，这种有益可能非功利，却是大功利：因为它有利于你的身和心，有利于你成为大写的人。

笔者：这种非功利化的"大功利"需要社会慢慢沉淀才能认识到，今天我们谈文化崛起，需要对传统的东西重新清理与确认。这两年我到过国外一些地方，可以看到中国书法的文化因素在一些现代绘画中有所体现，日本在这方面走得比我们早，实现了传统文化的现代转化，希望咱们能从自己做起，为中国书画艺术以及中国文化的教育、传播做些力所能及的工作。

李浩，1971 年生于河北，河北省作家协会理事，河北师范大学特聘教授，曾学习书画，出版《谁生来是刺客》《侧面的镜子》等小说集、诗集10 多部，作品入选各类选集、年选 30 余种，部分作品被译成多国文字。曾获第四届鲁迅文学奖、第二十届庄重文文学奖等多项。

四　通达于艺而游手于斯
——"作家书画艺术"二人谈

笔者：对中国艺术研究和艺术发展而言，2011 年的一个重要事件，是艺术学学科从文学中独立出来。显然，这是现代性语境下的事件，学科细分和知识分子专业化，各门类艺术不断细分，反映了艺术自律性的增强。与此同时，在中国古代文人"诗书画"同一传统下，20 世纪初直至当下，许多中国作家介入到中国书法、绘画艺术中来，与现代性中的艺术自律形成了一种反差。我们不妨逆向思考，以作家书画艺术为点，重新审视现代性语境下艺术专业化的情况，或许会有新的思索。

我想，能不能拒绝文学的专业化视角，或者讲超越文学研究或者书画艺术研究的职业眼光，对现代中国的文学、书法、绘画艺术，对 20 世纪以来的文学家、书画家来一个全面的观照？像探照灯，从各个角度进行探讨。像现代的鲁迅、郭沫若、周作人、丰子恺、郑振铎等，甚至施蛰存都是中国书画艺术（包括木刻、碑刻、版画）等方面的专家。现代作家的书画艺术价值渐被文学研究界所认识到，这也是李继凯老师最近正在做的一项工作，海外的王德威教授也在《中国现代文学研究丛刊》上撰写了有关台静农书法的文章。到当代，像周而复、汪曾祺、贾平凹、熊召政、高建群、陈忠实、王祥夫、雷平阳等，他们在文学创作之余从事书法绘画艺术，也渐渐得到社会认可。其实，反过来看，职业书画界对文学也有所介入，如范曾、吴冠中、陈丹青、梅墨生等。比如范曾刚刚出了一本书叫《论文学》，对古代文学进行了自己的阐发，陈丹青的散文集更是在坊间持续热销。这些职业作家、职业书画家们的跨界现象应如何审视。书画艺术和文学的关系，作家书画和职业书画艺术本身的关系等，该如何阐释。我觉得，这既显示出中国书画艺术的独特性，也显示出中国文化现代性的自有路径。

赵文：所谓"作家书画艺术"这个问题，应该说确实是一个现代问题。在传统意义上，是没有人能够提出这个问题的。为什么呢？就像你所说的，在现代生活中，身份，职业，专业，它已经日益细化。作家成为一种职业了，书画家也已经成为一种职业了。他们隶属于不同的市场，也就是隶属于不同的公共性之中，他们所遵从的艺术标准可能是不一样的。所以在这个意义上才能提出来，所谓作家的书画或者说书画家的作品，这就已经说明了一个问题，艺术本身在现代社会当中已经发生分化。

笔者：现代性是审视作家书画艺术的大背景，我们也不能忽视，中国古代文人书画的传统背景，你没有办法割裂这个传统。但是，20世纪以来，这个传统曾经受到过冲击，就是19世纪末20世纪初，西方文化（或者也可以叫现代文化）影响了对传统文化的认同。传统文化受到的冲击使得文人书画确实面临一个危机。但我以为，这个冲击并不重要，因为20世纪初的文人还有传统文化的潜在滋养。最紧要的是"文化大革命"对传统文化的几乎全面冲击，特别是21世纪以后，以笔书写几乎全部改为以敲击键盘书写为主。因此，作家书法绘画在20世纪初、"文化大革命"时期、20世纪80年代后，再到21世纪，面临不同的文化情境。总体来看，书写方法改变带来的是心理、体验方式的改变，带来的是人面对现代生活状况的心理方面、行动方式、认同方式的改变。对中国传统书画而言，毛笔书写到钢笔书写，再到键盘书写，这是一个滑落的过程。20 世纪 80 年代书法热和西方现代文化冲击中国构成了一种反差，实际上也可以认为是本土现代性实践中两种文化的胶着。我想，20 世纪中国书写文化及其艺术受到的冲击与断裂是否也是一种创造的契机。因为断裂是跟历史表面上割裂，文人书画的根源没有完全断裂，内在的文人书画还是有创造契机存在的。我们可否说，中国本土的文化现代性有历史传统的延续性。或者说，我们日常基于专业化视角来审视自身文化艺术的现代性视角是有不足的。这样来看，书法绘画艺术功能的改变，书写方式的改变，对于当代作家来讲，它或许也可以说是一个文化创造或传统书画艺术兴起的新起点？

赵文：你谈到的一点就是艺术功能，这个问题非常重要。对于传统的作家来说，书法在很大意义上不是书法，而是书写本身。特别是对于传统情境下的作家来说。就我了解的中国书法史，并且就我知道的很多研究中国书法史的人，像邱振中，有一个提法，就是中国古代的书法，它的艺术功能是比较低的，而艺术价值是靠后代，靠历史，最后被创造出来的。为什么呢？因为在整个中国古代，书法隶属于书写的范畴。因为无论从文人，官员，还是从精英阶层，书法本身隶属于日常行为。是吧？

笔者：对，有这样一个文化环境，就像鱼和水的关系一样。

赵文：是有这样一种文化环境，鱼在水中不会意识到水本身，对吧？而水的环境的变化是一个历史过程，后代才能看到环境的变化会产生什么样的影响。中国文化环境是一个整体环境。所以，对于你现在说的当代与现代的区分，到了 20 世纪的时候，其实在很大意义上来说，有很多文人学者，他仍然是把书法当作书写的一部分，包括鲁迅、丰子恺这一大批人，他们仍然把书法当作书写的一部分，是一种日常行为。这个日常行为可以表现一个人的心灵状态，它是在心灵状态上谈书写艺术性的。而到了当代，恰恰是由于书法的艺术功能从日常性中剥离出来了，所以书法才获得了一个特殊的范畴。因此当代书法的艺术功能已经变成了一种纯粹的艺术功能。现在问题的关键就是，当代作家，我们可以区分为这几种：有一种作家就是你刚说的，因为融入到了现代生活之中，纯粹靠敲击键盘为生。另一类作家，他可能写字，但他意识不到自己在写，意识不到怎样去写。还有一类作家，他能够感觉到他写的方式和风格，和他自身文学创作之间有一种内在关系。我觉得在这个意义上来谈作家的书画才是有重要价值的。

笔者：确实如此，书写功能的改变是谈论作家书画的一个关键点。如果从本土文化发展演变，从书画文化发展的视角看，20世纪以来，在中国现代经济、社会与文化变革的大背景中，作家书画是否融入了现代性的公共文化中，对中国文化的创造性是否有它的贡献？因为，文化创造可能更有难度、更有高度，也更有意义。比如你说的丰子恺，我觉得20世纪文学绘画史，忽视了他的意义和价值，他实际上对中国文化是有创造性贡献的。他的书画，尤其是他的绘画，学界基本上对其仅有一个简单归类，叫作漫画。但实际上，他的绘画跟现在的漫画有一个本质区别。他的漫画，是把日常生活哲学化、理念化，把日常生活上升到一个美学高度。还有，丰子恺这样的人，对于我们搞文学研究的人来讲，它是文学家，一个具有独特散文文体意识的作家。但我和一位职业画家聊过，他很奇怪，他说，丰子恺是一个艺术家，怎么会是文学家。对这样从中西古今多重文化浸染出来的复合型的艺术家，我们该如何来解读。还有鲁迅、郭沫若、茅盾一样，也在专业化的视域下把他们当成了文学家。很多时候，我们以惯性思维、专业眼光来思考，没能超越专业视角来想，哦，他们其实也是一个书法家，他们有自己独特的书法创造，他们的书法出离于传统意义上的模式化，有自我的鲜明风格，而且他们对其他书法家也有影响，比如鲁迅书法对萧红的影响，你在萧红的字迹中可以找到鲁迅的影子。这实际上启发我们，看待20世纪中国文化艺术及其作者可以抛弃专业化的视角，拒绝文学本位角度，以多维视点来观照。

再说到丰子恺，我们应如何以文学的角度审视丰子恺对书法绘画的贡献。我看了丰子恺对书法绘画方面的论述，我认为他的眼光绝对不是一个文学家的眼光，他真正是以中西古今文化艺术通约的眼光来书写、绘画、创作的。可以说，像丰子恺这样的人，他是一个特例。他跟茅盾，跟郭沫若、鲁迅都不一样，鲁迅、郭沫若的文学身份大于书画家身份，丰子恺则是书画家身份大于文学身份，他本身就是一个画家。长期以来，我们文学研究界很漠视，或者很高傲，以文学的高傲来漠视书法、绘画。其实20世纪的文学曾保持着一个高傲的文化姿态，现在滑落下来，倒是应该打破专业视角，重新审视中国书画艺术、审视文学与书画艺术之间关系了。

赵文：这个就涉及一个问题了，就是现代学科造成的学科等级的问题。我知道，中国佛学里面，有很多很多宗派，像密宗、禅宗、天台、华严等。有一次我就问一个和尚，问他怎么看佛教传入中土之后的这样一种分化？这和尚没有和我说别的话。他伸出手，你看这么多手指头，它最终归到手掌，这个手掌是手指头的根本。不论你有多少宗，最终会有所本。从佛学上来说，这"本"就是一种要义或是一种哲学。这就说到艺术这个问题了。艺术其实也是有所本的。无论是文学、书法、绘画、雕塑、建筑、音乐，这个"本"的东西实际上就是整体性审美的一个境界。我觉得丰子恺的意义就在这个地方。他是在中国现代性最特殊的一个时刻，要把中国的审美传统通过普及的方式传递出来。因为你知道他的绘画里，比如《护生画集》，本身就是要阐述某种思想的。这个东西本身是有美学意蕴的，通过绘画他的思想全包含在里面。

笔者：丰子恺是作家书画研究的一个重要个案（其实现代作家和当代作家是有很大区别的，现在没有办法将他们做一个具体区分，特别是他们的文化构成上有很大区别）。我认为，在文化意识上，丰子恺既有现代意识，又超越了现代意识；既认同现代性，又超越了单一视角的现代性。他的文化观点和文化意识，以及他对传统艺术的表述，对西方文化的看法，既超越了现代，又超越了传统，但都能看到中西文化的源与流。我甚至觉得比鲁迅的文化意识还要好，起码，不像鲁迅那么激越愤慨，而是像潜流悄悄滋润着中国文化，就是你所说的，普及的方式传递出来，可以说，丰子恺的"文、书、画"代表了中西古今通约的文化意识，我们应该重新认识丰子恺的文化地位和价值。

陕西作家的书画艺术氛围很浓厚，像贾平凹、陈忠实、高建群、杨争光等。尽管书画专业中可能有人并不喜欢他们的书画，但他们的书画艺术已经是一种文化存在，如何在 20 世纪文化变迁的文化环境中阐释他们，就是一个问题。从古代"诗、书、画"相通的角度看，可以说，贾平凹等作家所从事的书法绘画并不单单是书法绘画，它的意义和目的有着对美和自由的追寻，他们具有独特的审美意识，也可以说建构起了不同于古代文人书画家的现代主体性。而且，我觉得这里面还有个人因素和公共性双重因素存在。贾平凹书画艺术在个人遣情怡性的同时，又通过作品集的出版及广泛的社会影响介入了陕西乃至全国的文化。实际上，贾平凹书画作品集已经有多种出版物并热销，可以说，他的书画影响远远大于一些职业书画家。当然，这背后还有经济发展所带来的文化需求在背后推动它。因此，我们又应该警醒现代经济与市场环境对艺术的伤害。比如最近，最近有个新闻，说的是甘肃一个国家级贫困县的书画艺术市场极度发达，这是一个很异常的现象，可以说是中国文化发展中的变异肿瘤，是经济发展和文化发展带来的变异。我愿意把它看成是一个文化肿瘤来看待。这种艺术市场中掺杂的文化变异因素像癌症一样，会扩散。我们要警惕类似的作家书画以及艺术市场的文化变异现象。这样的文化变异会扩散或形成一种不健康的文化，或者说是文化上的一种癌变？

赵文：是，绝对是文化上的癌变。

笔者：那么，作家书画其实也有这样一个问题。如果一开始有些作家抱着文化审美与自由创造的目的来介入书画，抒发内心。我觉得这个是可以赞同的。但若以市场为主要宗旨，它就会成为一种文化癌变。

赵文：所以出现这个问题，就是书画本身的价值和市场价值之间关系的问题。

笔者：从历史的角度看，也可以说，作家书画因为他们本身集中了多重艺术对人的发现与阐释，因此其艺术和文化价值都是远甚于职业书画的。

赵文：借鉴西方的概念来说，布迪厄在他的《文学场》中指出，在法国，艺术本身获得了生产价值的机制。这个机制的特点在于他和市场是并行的。但是有一点不同，他表现为市场的负价值。就是市场怎么标价，他给你进行反标价。虽然他的价值规律是一样的，市场的价值一般都是商品价值。用马克思的话说，商品的价值在于必要劳动时间投入的必要劳动量，而艺术价值在于投入的是艺术家的生命，艺术家的生命成为艺术资本的基础。艺术家把自己的生命投入到他的艺术作品当中多少，决定了艺术自身的价值。所以从19世纪中期以后，可以看到在法国或以法国为中心的整个西方传统艺术创造有一个特点，就是作家的作品和作家的生命有一个直接的对等关系。高更属于印象派，他前期在艺术市场里其实很不被看好，因为他都是在模仿其他人的创作风格。但后来他认识这点，便放弃了整个在巴黎的生活，彻底地隔绝了自己以前的生活，跑到非洲去，加入土著人的生活当中，甚至娶了一个土著人的老婆。他过那种生活，被当时法国批评家认为是对原始环境的彻底投入。结果这之后，他所有的作品都获得了认可、提升。所以这就从另一方面印证了这一点，就是艺术价值本身的创造方式和艺术家的生活方式是有一个关系的。

笔者：这是一个问题，西方艺术生活与中国文化中的艺术生活是有区别的，作家生活与职业艺术家的生活也是有区别的。

我觉得，作家从事书法绘画背后有个文化身份问题。现代性视野中的职业书法家、职业画家跟中国文化传统是相对背离的。当然，这些职业画家可能有文学方面的表述，他某种程度上也可被视为文学家。我们要思考的是，当代作家书法绘画的现状，和他们在当代文化中的价值。就像我们看到的，像贾平凹、陈忠实的书画，以及我们身边耳闻目见的一些作家书画，他们究竟具有什么样的价值和意义。比如，贾平凹的书画知名度很高，甚至有人仿冒他；他的书画市场化程度很高，但它的意义和价值何在；他的"文、书、画"对于中国文化艺术理论研究、批评的意义何在。我觉得，贾平凹挑战了中国文艺批评的难度，中国文学批评没认识到贾平凹书画艺术的其他价值，职业书画界也无法真正将贾平凹的"文、书、画"统一起来审视，这是中国文学艺术研究与批评的一个失责或者是漠视。贾平凹书画艺术创作的特征、意义等，需要文学研究与批评作出有效阐释，给他一个合适的文化定位。

我注意到，贾平凹对消费文化有着不自觉的认同。在最新出版的长篇小说《古炉》后记中，贾平凹说《古炉》的版得益于书画艺术市场对他的认可，可以让他自由写作，没有生计之虞。当然，这样是一种现代意识，但我想，作家书画是否也是有问题的，那就是知名作家，文学身份带给他潜在的书画艺术上的"荣誉"。就像贾平凹一样，如果他不是一个知名的文学家，还有那么多人来关注吗？如果他没有一系列文学作品，单就他的书法作品，能够在市场上有这样高的一个地位吗？这是不是一个消费认同问题？

赵文：其实你这个问题提到点子上了。为什么呢？就是因为贾平凹的字一般都认为是他的文学声誉造成的。但实际上不是这样。从一个批评家的角度，这个现象不是一个简单的事情。这涉及当代书画艺术的创造问题。我们可以设想一下，一个人光有文学的名声，他写的字会有这么好的市场吗？

笔者：这种可能性也许会存在。

赵文：但是达到不了他这个程度吧，我觉得贾平凹做到了一点。起码就是从这样一个外在的角度来揣测的话，在写字和作文这一点上，他做到了统一。

笔者：在当代文学家中，贾平凹是一个特例，文、书、画都达到了非常高的艺术水准，都有非常好的市场认可度。但文、书、画统一在哪一点上呢？我们知道作文和写字不一样。写字是短时间的爆发，而作文要很长时间的沉潜，他要构思。在什么地方统一了呢？应该说在于他对生活的体认。还有一点，就是在于他文化人格的表现。这是作家书画艺术非常根本的体现。

赵文：这一点，我觉得他做得非常好的。我觉得，稍有艺术常识的人来说，都能感受到他的字和他的作品之间有一种同构关系。

笔者：这是你理解的贾平凹的书法绘画和文学作品之间的同一关系，我觉得还有一种错位。就是他书法绘画的理念和他文学作品的理念在某种程度上是相悖的。

赵文：你怎么来解释这个错位？

笔者：我的理解是，贾平凹的文学作品里是向往现代意识。这个向往而不得，或者达不到。我曾经有一个观念，小说其实是一个很流氓的文体，它不像诗歌，可以把心扉敞开给读者，小说是社会性较强的文体，因为社会性较强，所以有时候是很虚伪的。那么其实书法和绘画相对而言是一个敞开心扉的、坦荡的艺术形式。

赵文：你说的这一点非常对。

笔者：贾平凹就这样在一个两难境地，形成了文学与书画不同的现代意识。

赵文：你这一点体验得非常准确。谈到这个问题，可以往大的说一下，中国的书画艺术和诗是同一的。中国书法是线条的表现，更能代表时代的精神，书法和诗是相关的。刚说到贾平凹的问题，能体验到他的错位，其实是他社会意识和审美意识的错位。他的审美意识实际上是直接扎根在中国传统文化当中的。

笔者：中国绘画与中国书法一样，也可以说是线条的艺术，简中见繁。你也提醒我，可能贾平凹的审美意识超越了现在，超越了历史，直接回归到传统意义上对美的自由与创造中。

赵文：不仅是回归，就是你以前论文中所说的"乡土现代性"。再往大说，不仅是深，而且大。中国整个文化心理还是乡土性，但整个社会把你逼得往现代性的方向走。这就是一个错位。

笔者：是错位，但大家都在不自觉地认同。可能内心会想抗拒。

赵文：所以书和诗，最古老的一个说法，"诗为心声，书为心话。"有一点，我直觉上有一个把握，就是从书画这个角度来说，特别是拿贾平凹来说，他本身是作为一个诗人，但他比较出色的是小说，所以这就是他审美境界的问题。

笔者：但他的小说实际上没有完全地阐述他的诗学，他的书法绘画阐述了他的诗学，这一点可以说是一个补偿机制。

赵文：这种补偿也可以说是对 20 世纪艺术专业化的一个补偿。尽管补偿是以断裂为前提。

笔者：是这个问题。其实在某种艺术程度上来讲，作家他自己本身的艺术机制没有完成对美、创造、自由的任务。他要寻找一种新的机制来实现他的自我价值，以及对自由与审美创造的认识。

赵文：这一点我觉得有位法国作家的认识非常深刻，就是巴尔扎克，大家都认为他是一个现实主义者。他有一个最核心的作品，叫《驴皮记》，这篇小说是他《人间喜剧》里面的核心，也表明了他的艺术理想。讲的一个青年艺术家，挥霍生命，突然有一天在一个老古玩店里得到了一块驴皮。这个驴皮有个特点，越是想把生命奉献给自己不想做的事情时，驴皮就会缩小。实际上这就是艺术家的悖论，艺术家在现代性中的一个悖论。

笔者：这个问题触及艺术环境变迁的问题，传统的中国书画是和生活、生命联系在一起的。我想到一个切身问题是，随着中国城市化进程的加快，咱们逐渐移居到城市生活，大家都是蜗居。这个蜗居过程中，人对自然的失落，人对自我的失落，人的心理归宿、文化归宿，都迷失了。城市里很难找到这些归宿，许多城市人现在都面临着心灵归宿的问题。我们在现实生活中都有许多无法言明的"小"，随处可见的苦闷与彷徨，也可以说基本没有走出 20 世纪鲁迅所说的苦梦与彷徨。

赵文：这就可以说到艺术，艺术应该关注的是个人生活的"小"，我们之所以现在觉得活得逼仄，就是因为我们没有艺术生活，缺乏艺术生活。而丰子恺的重要性正在这里，丰子恺让我们意识到生活当中的"小"，值得珍视的"小"。

笔者：是这个问题，这是我们美育或艺术教育缺乏的问题，所以应该重新认识 20 世纪中国作家书画的价值，认识他们的文化价值、思想价值以及艺术价值。我相信，这应该是中国艺术与文化主体性建构的一个可能渠道。

赵文，1977 年生于陕西西安，陕西师范大学文学院教授，北京大学文学博士。主要从事当代批评理论、西方文学批评史、马克思主义文学理论等教学与研究，翻译国外理论专著多部，在《文艺研究》等期刊发表论文多篇。

参考文献

一 文学类文献资料

（一）著作

蔡元培：《蔡元培选集》，中华书局 1959 年版。

陈丹青：《退步集》，广西师范大学出版社 2005 年版。

陈丹青：《笑谈大先生：七讲鲁迅》，广西师范大学出版社 2011 年版。

陈独秀：《独秀文存》，亚东图书馆 1922 年版。

陈思和：《陈思和自选集》，广西师范大学出版社 1997 年版。

陈思和：《鸡鸣风雨》，学林出版社 1994 年版。

陈思和：《中国当代文学关键词十讲》，复旦大学出版社 2002 年版。

陈思和：《中国当代文学史教程》，复旦大学出版社 1999 年版。

程绍国：《林斤澜说》，人民文学出版社 2006 年版。

丁玲：《丁玲全集》，河北人民出版社 2001 年版。

范伯群：《中国现代通俗文学史（插图本）》，北京大学出版社 2007 年版。

丰子恺：《丰子恺文集》，浙江文艺出版社、浙江教育出版社 1990 年版。

丰子恺：《丰子恺自述》，李辉主编，大象出版社 2003 年版。

冯骥才：《文人画宣言》，文化艺术出版社 2007 年版。

［德］顾彬：《20 世纪中国文学史》，范劲等译，华东师范大学出版社 2008 年版。

郭沫若：《郭沫若全集》第 10 卷，考古论集，科学出版社 2002 年版。

郭沫若：《郭沫若全集》第 1—20 卷，文学编，人民文学出版社 1992 年版。

韩进廉：《中国小说美学史》，河北大学出版社 2004 年版。

洪子诚：《中国当代文学史》，北京大学出版社 1999 年版。

胡荣：《从〈新青年〉到决澜社——中国现代先锋文艺研究（1919—1935）》，复旦大学出版社 2012 年版。

胡适：《胡适文存》，亚东图书馆 1930 年版。

贾平凹：《贾平凹书画》，陕西人民美术出版社 1998 年版。

贾平凹：《朋友：贾平凹写人散文选》，重庆出版社 2005 年版。

贾平凹：《菩提与海枣》，中国戏剧出版社 1999 年版。

［美］金介甫：《凤凰之子·沈从文传》，符家钦译，光明日报出版社 2004 年版。

乐黛云：《比较文学简明教程》，北京大学出版社 2003 年版。

雷达主编，梁颖编选：《贾平凹研究资料》，山东文艺出版社 2006 年版。

李继凯：《20 世纪中国文学的文化创造》，中国社会科学出版社 2009 年版。

李继凯：《秦地小说与三秦文化》，湖南教育出版社 1997 年版。

李继凯：《全人视境中的观照——鲁迅与茅盾比较论》，中国社会科学出版社 2003 年版。

李欧梵：《现代性的追求：李欧梵文化评论精选集》，生活·读书·新知三联书店 2000 年版。

李怡：《日本体验与中国现代文学的发生》，北京大学出版社 2009 年版。

梁启超：《梁启超文选》，中国广播电视出版社 1992 年版。

梁实秋：《梁实秋怀人丛录》，中国广播电视出版社 1991 年版。

廖炳惠：《关键词 200：文学与批评研究的通用词汇编》，江苏教育出版社 2006 年版。

凌叔华：《凌叔华文集》，北京燕山出版社 2007 年版。

鲁迅：《鲁迅全集》，人民文学出版社 2005 年版。

鲁迅等：《1917—1927 中国新文学大系导言集》，刘运峰编，天津人民出版社 2009 年版。

马河声：《贾平凹书画艺术论》，陕西旅游出版社 2001 年版。

马云：《铁凝小说与绘画、音乐、舞蹈——兼谈西方现代艺术对中国文学的影响》，河北人民出版社 2006 年版。

茅盾：《茅盾全集》，人民文学出版社 1991 年版。

钱理群等：《中国现代文学三十年》，北京大学出版社 1998 年版。

钱锺书：《七缀集》，生活·读书·新知三联书店 2002 年版。

钱锺书：《人·兽·鬼》，生活·读书·新知三联书店 2002 年版。

钱锺书：《围城》，生活·读书·新知三联书店 2002 年版。

邵华强：《沈从文研究资料》，知识产权出版社 2011 年版。

沈从文：《沈从文全集》，北岳文艺出版社 2002 年版。

施蛰存：《施蛰存文集》，华东师范大学出版社 2001 年版。

宋炳辉：《徐志摩传》，复旦大学出版社 2011 年版。

孙见喜：《鬼才贾平凹》，北岳文艺出版社 1994 年版。

汪曾祺：《汪曾祺全集》，北京师范大学出版社 1998 年版。

汪朗等：《老头儿汪曾祺》，中国青年出版社 2012 年版。

王德威：《抒情传统与中国现代性——在北大的八堂课》，生活·读书·新知三联书店 2010 年版。

王德威：《现代中国小说十讲》，复旦大学出版社 2003 年版。

王光东：《20 世纪中国文学与民间文化》，复旦大学出版社 2007 年版。

王光东：《朴素之约》，山东文艺出版社 2004 年版。

王晓明：《二十世纪中国文学史论》，上海东方出版中心 2005 年版。

王瑶：《王瑶全集》，河北教育出版社 1991 年版。

王一川：《中国形象诗学——1985 至 1995 年文学新潮阐释》，上海三联书店 1998 年版。

王永生：《中国现代文论选》，贵州人民出版社 1982 年版。

［美］韦勒克、沃伦：《文学理论》，刘象愚等译，江苏教育出版社 2005 年版。

温儒敏：《中国现当代文学学科概要》，北京大学出版社 2005 年版。

闻一多：《闻一多全集》，湖北人民出版社 1993 年版。

吴功正：《小说美学》，江苏人民出版社 1985 年版。

吴冠中：《笔墨等于零》，江苏文艺出版社 2010 年版。

吴冠中：《文心独白》，山东画报出版社 2006 年版。

吴冠中：《吴带当风》，山东画报出版社 2008 年版。

吴冠中：《吴冠中谈美》，广东人民出版社 2000 年版。

吴义勤：《中国当代新潮小说论》，江苏文艺出版社 1997 年版。

吴义勤：《中国新时期文学的文化反思》，江苏文艺出版社 2009 年版。

徐德明：《中国现代小说雅俗流变与整合》，社会科学文献出版社 2000 年版。

韩石山编：《徐志摩全集》，天津人民出版社 2005 年版。

许志英、邹恬：《中国现代文学主潮》，福建教育出版社 2001 年版。

严家炎：《中国现代小说流派史》，长江文艺出版社 2009 年版。

阎庆生：《鲁迅创作心理论》，陕西人民教育出版社 1996 年版。

袁良骏：《丁玲研究资料》，天津人民出版社 1982 年版。

赵学勇：《沈从文与东西方文化》，兰州大学出版社 2005 年版。

周作人：《鲁迅的故家》，止庵校订，北京十月文艺出版社 2013 年版。

周作人：《鲁迅小说里的人物》，止庵校订，北京十月文艺出版社 2013 年版。

朱寿桐：《新月派的绅士风情》，江苏文艺出版社 1995 年版。

　　（二）论文

陈国恩：《论婉约词对"新月"诗人的影响》，《武汉大学学报》1996 年第 4 期。

程光炜：《"伤痕文学"的历史局限性》，《文艺研究》2005 年第 1 期。

程国君：《论"新月"诗派的诗歌语言美追求》，《陕西师范大学学报》2005 年第 5 期。

高建平：《文化多样性与中国美学的建构》，《学术月刊》2007 年第 5 期。

耿云志：《胡适与五四文学革命运动》，《中国现代文学研究丛刊》1979 年第 1 期。

贺仲明：《"大众化"讨论与中国新文学的自觉》，《中国社会科学》2006 年第 6 期。

黄薇：《观念的变迁：新文学中的图像艺术——以鲁迅〈呐喊〉封面为例》，《文艺研究》2006 年第 5 期。

［日］江上幸子：《对现代的希求与抗拒——从丁玲小说〈梦珂〉中的人体模特事件谈起》，《中国现代文学研究丛刊》2008 年第 3 期。

［法］勒克莱齐奥：《论文学的普遍性》，高方译，《当代外国文学》2012 年第 3 期。

李继凯：《书法文化与中国现代作家》，《中国社会科学》2010 年第 4 期。

李怡：《古典理想的现代重构——论徐志摩与中国传统诗歌文化》，《江海学刊》1994 年第 4 期。

李震：《〈摩罗诗力说〉与中国诗学的现代转型》，《中国社会科学》2009 年第 3 期。

罗岗：《视觉"互文"、身体想象和凝视的政治——丁玲的〈梦珂〉与后五四的都市图景》，《华东师范大学学报》2005 年第 5 期。

彭钢：《试谈闻一多诗中的廓线"和布局"》，《广西大学学报》1985 年第

2 期。

王富仁：《新国学论纲》，《社会科学战线》2005 年第 1、2、3 期。

王一川：《"伤痕文学"的三种体验类型》，《文艺研究》2005 年第 1 期。

吴诠元：《试论美术对闻一多的影响》，《汕头大学学报》1997 年第 2 期。

杨义、袁盛勇：《重构现代中国学术方法——杨义教授访谈》，《学术月刊》
　　2005 年第 11 期。

张法：《伤痕文学：兴起、演进、解构及其意义》，《江汉论坛》1998 年第
　　9 期。

朱向前：《小说"写意"手法枝谈》，《文学评论》1985 年第 2 期。

二　美学、哲学类文献资料

（一）著作

蔡元培：《蔡元培选集》，中华书局 1959 年版。

冯友兰：《中国现代哲学史》，江苏文艺出版社 2013 年版。

高平叔：《蔡元培史学论集》，湖南教育出版社 1987 年版。

［德］哈贝马斯等：《文化现代性精粹读本》，周宪编，中国人民大学出版
　　社 2006 年版。

［英］哈灵顿：《艺术与社会理论——美学中的社会学争论》，周计武、周
　　雪娉译，南京大学出版社 2010 年版。

［美］赫伯特·马尔库塞：《审美之维》，李小兵译，广西师范大学出版社
　　2001 年版。

［美］杰姆逊：《后现代主义与文化理论》，北京大学出版社 1997 年版。

［美］诺埃尔·卡罗尔：《今日艺术理论》，殷曼楟、郑从容译，南京大学出
　　版社 2010 年版。

［德］克罗齐：《美学原理》，朱光潜译，外国文学出版社 1983 年版。

李泽厚：《美学三书》，安徽文艺出版社 1999 年版。

李泽厚：《中国现代思想史论》，天津社会科学院出版社 2003 年版。

林毓生：《中国意识的危机》，穆善培译，贵州人民出版社 1986 年版。

刘纳：《从五四走来——刘纳学术随笔自选集》，福建教育出版社 2000 年版。

莫其逊：《元美学引论》，广西师范大学出版社 2000 年版。

［法］施韦泽：《文化哲学》，陈泽环译，上海人民出版社 2008 年版。

王国维：《王国维学术经典》，江西人民出版社 1997 年版。

徐复观：《中国艺术精神》，广西师范大学出版社 2007 年版。

尤西林：《心体与时间——20 世纪中国美学与现代性》，人民出版社 2009 年版。

［美］约翰·杜威：《艺术即经验》，高建平译，商务印书馆 2010 年版。

周宪：《审美现代性批判》，商务印书馆 2005 年版。

周宪：《文化研究关键词》，北京师范大学出版社 2007 年版。

朱光潜：《朱光潜美学文学论文选集》，湖南人民出版社 1980 年版。

宗白华：《美学散步》，上海人民出版社 1981 年版。

（二）论文

高建平：《美学与艺术向日常生活的回归——兼论杜威与"日常生活审美化"的理论渊源》，《文艺争鸣》2010 年第 5 期。

蒋原伦：《图像/图符修辞》，《文艺研究》2009 年第 10 期。

陆扬：《费瑟斯通论日常生活审美化》，《文艺研究》2009 年第 11 期。

尤西林：《审美共通感与现代社会》，《文艺研究》2008 年第 3 期。

周宪：《"后革命时代"的日常生活审美化》，《北京大学学报》2007 年第 4 期。

三　美术类文献资料

（一）著作

［美］布朗、科赞尼克：《艺术创造与艺术教育》，马壮寰译，四川人民出版社 2000 年版。

陈池瑜：《中国现代美术学史》，黑龙江美术出版社 2003 年版。

陈传席：《中国绘画美学史》，人民美术出版社 2009 年版。

陈伟：《中国艺术形象发展史纲》，学林出版社 2004 年版。

陈振濂：《维新：近代日本艺术观念的变迁》，浙江古籍出版社 2006 年版。

程明震：《文心后素：文人画艺术研究》，东南大学出版社 2007 年版。

崔尔平：《历代书法论文选续编》，上海书画出版社 2004 年版。

［日］刚仓天心：《中国的美术及其他》，蔡春华译，中华书局 2009 年版。

［美］高居翰：《画家生涯：传统中国画家的生活与工作》，杨贤宗等译，生活·读书·新知三联书店 2012 年版。

［美］高居翰：《气势撼人：十七世纪中国绘画中的自然与风格》，李佩桦
　　等译，生活·读书·新知三联书店 2009 年版。

高名潞：《中国当代美术史 1985—1986》，上海人民出版社 1991 年版。

［西］加塞特：《艺术的去人性化》，莫娅妮译，凤凰出版传媒集团、译林
　　出版社 2010 年版。

［日］加藤周一：《21 世纪与中国文化》，中华书局 2009 年版。

［俄］康定斯基：《康定斯基论点线面》，罗世平等译，中国人民大学出版
　　社 2003 年版。

［俄］康定斯基：《艺术中的精神》，李政文等译，中国人民大学出版社
　　2003 年版。

［英］柯律格：《中国艺术》，刘颖译，上海人民出版社 2012 年版。

［法］克莱尔：《论美术的现状——现代性之批判》，广西师范大学出版社
　　2012 年版。

孔令伟：《风尚与思潮：清末民国初中国美术史的流行观念》，中国美术学
　　院出版社 2007 年版。

郎绍君、水天中编：《二十世纪中国美术文选》，上海书画出版社 1999 年版。

李桦等：《中国新兴版画运动五十年》，辽宁美术出版社 1981 年版。

李蒲星：《武器与工具——中国革命美术研究》，湖南人民出版社 2008 年版。

刘道广：《中国古代艺术思想史》，上海人民出版社 1998 年版。

刘海粟：《齐鲁谈艺录》，山东美术出版社 1985 年版。

刘瑞宽：《中国美术的现代化：美术期刊与美展活动的分析：1911—1937》，
　　生活·读书·新知三联书店 2008 年版。

洛齐：《书法与当代艺术：世纪末的最后碰撞》，中国美术学院出版社 2001
　　年版。

吕澎：《20 世纪中国艺术史》（上），北京大学出版社 2007 年版。

［英］迈克尔·苏立文：《20 世纪中国艺术与艺术家》，陈卫和、钱岗南译，
　　上海人民出版社 2012 年版。

［日］内山嘉吉、奈良和夫：《鲁迅与木刻》，韩宗琦译，人民美术出版社
　　1985 年版。

潘公凯主撰：《中国现代美术之路》，北京大学出版社 2012 年版。

潘耀昌：《中国近现代美术史》，北京大学出版社 2009 年版。

［日］平山观月：《书法艺术学》，熊建十译，四川人民出版社 2008 年版。

［美］乔迅：《石涛：清初中国的绘画与现代性》，邱士华等译，生活·读书·新知三联书店 2010 年版。

邱振中：《神居何所：从书法史到书法研究方法论》，中国人民大学出版社 2005 年版。

邱振中：《书法的形态与阐释》，中国人民大学出版社 2005 年版。

邱振中：《书写与观照：关于书法的创作、陈述与批评》，中国人民大学出版社 2005 年版。

［法］热尔曼·巴赞：《艺术史》，刘明毅译，上海人民美术出版社 1989 年版。

上海书画出版社：《20 世纪中国书法研究丛书：当代对话篇》，上海书画出版社 2008 年版。

上海书画出版社：《历代书法论文选》，上海书画出版社 1979 年版。

沈从文：《花花朵朵　坛坛罐罐：沈从文文物与艺术研究文集》，外文出版社 1994 年版。

沈从文：《龙凤艺术》，北京十月文艺出版社 2009 年版。

沈伟：《中国当代书法思潮：从现代书法到书法主义》，中国美术学院出版社 2002 年版。

王琦：《当代中国美术》，当代中国出版社 1996 年版。

［美］巫鸿：《礼仪中的美术》，郑岩等译，生活·读书·新知三联书店 2008 年版。

［美］巫鸿：《美术史十议》，生活·读书·新知三联书店 2008 年版。

［美］巫鸿：《武梁祠：中国古代画像艺术的思想性》，柳杨等译，生活·读书·新知三联书店 2008 年版。

［美］巫鸿：《重屏：中国绘画中的媒材与再现》，文丹译，上海人民出版社 2009 年版。

严善醇：《文人与画：正史与小说中的画家》，江苏教育出版社 2005 年版。

俞剑华：《中国古代画论类编》，人民美术出版社 2007 年版。

［美］约翰·拉塞尔：《现代艺术的意义》，常宁生译，中国人民大学出版社 2003 年版。

张道一：《工艺美术论集》，陕西人民美术出版社 1986 年版。

张道一：《艺术与人生》，《张道一选集》，东南大学出版社 2009 年版。

张晓刚：《跨学科研究：20 世纪中国艺术学》，学林出版社 2009 年版。

郑振铎：《中国古代木刻画史略》，上海书店出版社 2010 年版。

朱培尔：《亚洲当代书法思潮：中日韩书法及其主义》，中国美术学院出版社2001年版。

（二）论文

陈振濂：《"美术"语源考（续）——"美术"译语引进史研究》，《美术研究》2004年第1期。

金学智：《论书法与文学的亲缘美学关系》，《艺术百家》1993年第2期。

雷万春：《试论书法与文学之关系》，《理论月刊》1998年第4期。

刘小东：《现实主义精神》，《美术研究》1996年第4期。

吕澎：《历史上下文中的"美术"和"美术革命"》，《文艺研究》2007年第9期。

翟本宽：《书法与中国文化关系管窥》，《郑州大学学报》1993年第6期。

四　外文文献资料

Adams P. C. , Hoelscher S. , Till K. E. , *Textures of Place. Minneapolis* , London：University of Minnesota Press，2001.

Clement Grengerg，*Art and Culture*，Beacon Press Boston，1961.

Gerard Delanty，*Social Theory in a Changing World*：*Conceptions of Modernity* , Cambridge：Polity，1999.

Lefebvre，H. , *Critique of Everyday Life*，London：verso，1991（I）.

Sharon L. Hirsh，*Symbolism and Modern Urban Society*，Cambridge University Press，2004.

Stephen Little with Shawn Eichman，*Taoism and The Arts of China*，University of California Press，2000.

Thomas Bimer，*Multiple Meanings-The Written Word in Iapan-Past*，Present，and Future，Library of Congress Cataloging-in-Publication Data.

Ulrich Johannes Schneider，*Intellectual History and the History of Philosophy*，Intellectual News No. 1，Autumn 1996.

五　其他文献资料

丁耘、陈新：《思想史的元问题》，广西师范大学出版社2005年版。

何锡章、王中：《方言与中国现代文学初论》，《文学评论》2006 年第 1 期。

江晓原：《交界上的对话》，江苏人民出版社 2004 年版。

江晓原：《科学史十五讲》，北京大学出版社 2006 年版。

毛泽东：《毛泽东选集》，人民出版社 1969 年版。

宁树藩：《陈独秀与〈新青年〉》，《复旦学报》1979 年第 3 期。

［美］乔治·萨顿：《科学史和新人文主义》，陈恒六等译，上海交通大学
　　出版社 2007 年版。

时世平：《清末民初的翻译实践与"文言的终结"》，《华中师范大学学报》
　　2012 年第 5 期。

王小潞、李恒威、唐孝威：《语言思维与非语言思维》，《浙江大学学报》2006
　　年第 3 期。

乌丙安：《中国民俗学》，辽宁大学出版社 1988 年版。

杨乃乔：《比较诗学与跨界立场》，复旦大学出版社 2011 年版。

杨乃乔：《东西方比较诗学——悖立与整合》，文化艺术出版社 2006 年版。

张积玉：《当代人文社会科学发展趋势探析》，《复旦学报》2009 年第 3 期。

郑文惠：《观念史研究的文化视域》，《史学月刊》2012 年第 9 期。

索　引

后　记

　　这个论题是导师李继凯教授给定的，起初划定的大致区域是 20 世纪中国作家的艺术思想，比如现当代作家对文学、音乐、建筑、美术等的观点看法等，仔细琢磨，前后盘桓了些时日，考虑到范围似乎不小，以及论题自洽性问题，遂确定为现题，并在李老师的关心下，于 2011 年春季获得了学校优秀博士论文基金项目的不菲资助。2011 年 8 月，论题确定不久，我赴美访学，在跨越太平洋的行囊中，揣着一瓶一得阁墨汁和几杆毛笔。那年，是美国南部有史以来最干旱燥热的夏季，四十五号公路边上数十年高大的树木都无法抗拒，枯萎干死了。毫无疑问，美国的生活是孤独寂寞的，在经常性的门窗紧闭中，抵抗着十多小时的生理与文化的双重时差。无法安然入睡的夜晚，便取出笔墨，写毛笔字，在点线纵横中体味一种叫作中国传统的东西。书写的纸是那所大学废弃的旧报纸，笔墨在满是英文字母和异域图片的纸面流动，空间与时间静默无言，浓烈的文化反差却扑面而来。在此反差中，翻阅带去的几本中西不同的美学书籍，查阅图书馆的英文资料，不由地感到中国笔墨、作家与美术相关问题的难度。

　　确实是有难度的，这个题目于我的知识结构、学养能力、方法思维等，都是严峻的挑战。以前一直关注文学中变化的乡土中国，即便偶尔兼及其他，也多在文学的一亩三分地里。现在似乎要踏入别人家的园地，我用什么样的方式进入；进入后能不能采摘到果实；采摘的是什么样的果实；在这个本不属于我们的园地，对于所采的果实，别人怎么看，这些都是现实而紧要的问题。期间我不断摇摆、犹豫，有两次竟然向李老师提出想换题目。老师的意义正是在此，他笃定地告诉你的方向，种你自己的地，安心劳作，阳光会有的，雨露也会来的。李老师自然没有同意我的请求。后来不断收集整理资料，与师友同好时常聊天请益，相关思考逐渐深入，才感到不能以文学的傲慢来看待作家书画及作家美术思想，才体会到论题的趣味及意义所在。2013 年 12 月初，有幸与复旦大学陈思和教授座谈（未料由此结缘，后随其做了博士后），陈老师肯定了选题，并提出了一些宝贵意见。尽管逐渐认识到论题的学术意义，但也限于个人学养能力，论文未竟问题显然还有不少。

论题确立带来的快乐是短暂的，面对零散分布的作家论述美术的文字，需要耐心梳理，从中整理出有价值的资料。不断地披沙，才能捡拾到细微的金粒。尤其重要的是，能否将这些论述回归到现当代文学研究视域，而以什么样的方式回归，能否妥帖实在地回归，也是困扰我的一个关键问题。毕竟，我在文学的体系中，否则，那些果实未免不是酸涩的。研究进行中，我认识到，20 世纪中国作家的美术面向是多种多样的，美术论述也是多种形式的，内在的区别也不少，现代与当代、西方与传统、思潮与体制等等，我很难将他们全面透彻地论述出来，我只是一个小小的学术泥瓦匠，只能选择对回归文学本位有价值的一些作家、论述和美术类型，对这些有限的作家、论述和美术类型，从不同的点上进行透视，试图搭建起作家美术思想的简陋小屋。尽管这一过程并非想象的那么容易，甚至还存在这样那样的不足，但我确实是有什么材料说什么话，与文学有什么关联就论述什么。

文字梳理过程中，一些学界不曾关注或重视的作家与美术的关联开始慢慢浮现。20 世纪早期许多作家都与美术有着相对直接的关系，鲁迅、闻一多不要说，他们在新兴木刻发展中的引导、现代美术的专业学习等，这在文学界与美术界早已有过许多研究，这些大家的美术与文学关联问题在许多前辈学人那里得到了开拓性的审视。而其他一些作家的美术面向则相对模糊或不被关注，如丁玲 20 年代在美术学校的短期学习，其步入文坛的首篇小说所描绘的学习西方美术的女画家形象也多有自画像的影子；叶公超、凌叔华都曾学习过传统绘画，其后期生活也与美术有相当多的联系；创造社的倪贻德也都有美术学习经历或爱好；沈从文更是早在 30 年代即有深厚的美术爱好，不但客居北平时四处收购字画，更有不俗的绘画作品，而且在三四十年代的木刻艺术发展上，他也表达过不一样的见解，与鲁迅既有相似性，也有许多不同；更不要说当代的汪曾祺、贾平凹、高行健、王祥夫等一系列作家在绘画中的成就了。不同时期不同作家的美术面向为我打开了思考的新角度，我也在偶尔的毛笔书写中体味着艺术之于日常生活的快慰。我觉得，这些作家大概会有类似的心境，劳累的文字写作之余，涂抹上几笔，把玩一些字画，品鉴视觉造型的不同美感，会莫名地放松。更何况，鲁迅这样的硬骨头，还在自己的房间挂上了几幅唯美的画作呢。美术生活具有的现实价值大约正是在此。尽管我也对部分当代作家字画很是不堪，却招摇显摆、沽价而售的现象不乐意，但有时也想，毕竟这种美术生活于他人是无害的，你尽可以不欣赏、不关注，能娱乐作家自己，足够了。

为完善与本论题有关的知识结构，这几年，我除了旁听文艺学专业课程，参加了2011年上海市文艺学研究生暑期学校，不断向文艺学、美学专家学者请教，还与从事美术的朋友建立了良好关系，阅读了一些有关美术史的书籍。尤其是与一些美国学者的中国美术史研究著作不期而遇，更是打开了美术与文化社会关联的宽阔视野，认识到中西绘画所具有的独特而不同的魅力。美国学者巫鸿、高居翰（在本文修改中，知悉高居翰于2014年2月14日在美国加州去世，谨此致以遥远的敬意）等专注于图像解读，注意从画面内容、形象、线条等各个角度分析美术作品，通过图像解读审视中国社会历史文化，不能不说对我们美术史论或文学研究重视文献资料、从文献到文献的研究有所启发。其中，巫鸿的《美术史十议》在方法论上对我启发较大，连续翻了两三遍。我曾想，20世纪中国作家的美术作品是否在画面上与文学审美或文学形象有着内在关系，或者他们的这些绘画是否具有独立的解读意义，以后若有机会或可以做做看。这有些旁门左道的阅读只是打开了作家美术思想研究的小窗户，也许我的研究没有受到他们的直接影响，但由这扇小窗透出的一丝丝光亮，应该会对我的研究有所映照。

好了，该说说西安了。

有许多关心的朋友问我，怎么跑西安读书。2010年前后，毋庸讳言，是有些彷徨于歧路的意味，李老师毫不犹豫接纳了我。从淮安到西安，从湿润温暖的东南沿海，到大风浩荡的西北古都，两千里路云和月。人生的选择与被选择始终是个缘分，这座古老的城市，让我感受到西风烈烈、皓月朗朗、长空大雁的厚重与大度，缘分或正在此。特别是郑钧、许巍等如兄弟般温暖的歌曲，还有电视选秀节目"中国好声音"西安老钱演绎出的陕西腔蓝调，及至地方戏曲秦腔，宁夏歌手苏阳、赵牧阳，不论是摇滚、新民谣，还是秦腔以及混搭的蓝调，都一样悲怆、高亢、嘹亮，一样有沉甸甸的生活和内心深处不断晃荡的激情与梦想。

这座城市给了我不一样的体验。尽管你的胡辣汤、羊肉泡馍、肉夹馍我至今吃不惯；尽管你的干燥每每让我身体不适；尽管你的面条那么重口味，甚至不放盐、只放汤料才差不多对味；尽管你尘土飞扬八百里；尽管你与故乡有四十多分钟的时差。但你在文化上有自己的敏锐与前沿，而且能够沉稳坚守；你有典雅厚重的碑林，徜徉其间，总有梦回唐朝的感觉；你有我在校园里可以远眺的层峦叠嶂的秦岭山脉；你有山脚下那些静穆的小镇、古寺和给予我美好回忆的乡土，我觉得那些乡间跳着皮绳的孩子还能够简单地快乐着。

三年多来，在西安和淮安间，东西奔走；在家庭、工作和学业间，四顾往还。生活像根稻草，人就像个蚂蚁，有时候竟怎么拖也拖不动。2012年春天的明媚已不大记得，只记得那时腰椎不适，多日卧床，不免怅惘，李老师和师母刘瑞春老师为我宽心。论文进行中，李老师又多次叮嘱我注意身体。如果后记是一种仪式，在这里我不由得要郑重地对导师李继凯教授和师母刘瑞春老师献上我由衷的感谢。李老师的宽阔、内敛、通达常常是一面镜子，映照出我生活、工作与学问上的不足。每次电邮短信往还，李老师总是叮嘱多多。读书期间，我多忙于单位、家庭事务，待在西安的时间很短很少，不能亲侍左右。即便在西安期间，李老师也很少给我分配工作，只要我勉力做好论文，这些我都不由得默默铭记。尤其是，我偶尔的小轻狂或草率大意，刘老师和李老师也都大度宽容，这是我不能不感怀和铭记的。

读书期间，文学院文艺学专业一些老师的课堂直接开阔了我的视野，不能不说谢谢。还有一些亦师亦友的朋友，和他们经常的聚会交谈，我能感受到源自这座城市的豁达开朗与深刻沉静，他们敏锐沉稳的学术见解时常映照着我的无知与轻慢，我想我会保持这份友谊；学业进行期间，陕西师范大学研究生院、文学院、现当代文学专业的老师们也都提供了许多方便，常让我感到一座城市和一所大学的温暖，谢谢你们；还有一起住在紫薇田园小区、一起同窗的来自西部各个省份、让我深刻体验到中华文化多样性的同学们，我们一起坐校车、一起爬山、一起上课，或者不经意地在小童菠菜面店里相遇，或者在溢香楼畅饮聊天，这些都成为关于学业、城市与生活的过往影像，我将永远记取；2012年11月，和中文专业几位教授再度赴美，尤记得美国西部那座如海市蜃楼般的城市，鬼魅般的夜晚，我们就文学研究酣畅地聊了许多，这些都启发了我的思路，谢谢你们；在不同场合，我还得到了国内不少学者和期刊编辑的诸多指教，论文里面都有他们的点化，当然应该感谢他们；访美期间以及回国之后，美国萨姆休斯敦州立大学的许多老师提供了不少帮助，尤其是，我们已经将这种友谊延续了下来，我想我们还会继续发展这种友谊；我的单位领导、同事在时间、空间上都为我的学业与工作提供了许多方便，这种共事同好的缘分，我也时常感动。诸位老师前辈、知交友好，恕我不在这里将你们一一具名了，但请你们相信，这些年你们不同形式的关怀与帮助，我早已默默存在心底，倘若你们读到这些文字，当会心于我真诚而由衷的谢意。

家人与父母是我工作、学习与生活的坚强后盾。这些年来，我们一起风风雨雨，共同感受生活的苦辣酸甜，但始终都有一种不变而内在的情感关怀，我们当继续勉力同行！尤其是母亲，年已老，体渐弱，却总在我们需要的时刻，放下闲适轻松的小城生活，顶着身体的不适与疼痛，过来起早贪黑地照顾我们小家庭饮食起居。而且，到现在，她还常和我谈一些简单朴素的人生道理，让我不断反思自己的言行。我想，好好生活是对她最好的回报吧。

三年多时光流逝，许多事情，怎能如烟。晃晃悠悠的岁月，过得极快。愿文字里外的世界越来越美好，愿老师、朋友、亲人们平安、健康、快乐！

2014 年 2 月 15 日，初稿于淮安书香华庭寓所
2014 年 3 月 16 日，改定于陕西师范大学长安校区

又记

博士学位论文是人文学者难以绕开的学术堡垒。少数人以学术之智勇，完美攻克；也有一些无奈败退；多数人完成之后，心伤、身伤累累。拙作或许便是心伤、身伤累累的一个证明。答辩完，未及长吁短叹，书稿丢置一边，便进入复旦大学中文博士后流动站，开始了另一段学术征程。

然而，毋庸置疑的是，博士学位论文开启了个人学术研究的新路径。由此选题起，中国现当代文学与美术的交叉研究逐渐成为个人学术关注焦点，博士后出站报告也被合作导师陈思和教授指定为相邻近的学术交叉地带。我想，今后恐怕大多离不开这方小小天地了，无论贫穷（唯求温饱即

可）与富贵（显然不可能了）、少壮（实即近中年）与年老（大家都有的未来），学术姻缘恐怕就此确定了。

这部著作，早已凝结着博士学位论文导师李继凯教授的诸多关怀，定稿后又得老师赐序，并推荐参评博士后文库，这些不但是勉励鞭策，也是今后不断前行的动力，"感谢"二字显然难以负载一切，唯有继续努力，力争不负期待！

在复旦博士后流动站工作期间，本研究又得合作导师陈思和教授诸多指点。陈老师繁忙自不待言，但只要学生联系约见，总会挤出时间。本著能入选博士后文库，离不开陈老师的指导、推荐，由衷感谢陈老师！

2018 年早春，蒙复旦大学张新颖教授、日本中国学专家坂井洋史教授关心，有幸赴日本一桥大学客座研究半年。樱花烂漫无垠时节，在玉川上水边上的清幽校园里，宽阔时间、静谧空间，便将博士论文从结构、内容到图片、文字等，进行了诸多修改完善。岛国的那些啾啾鸟鸣、潺潺水流、倏忽清风，或应在文字行列间，追随着你的目光。在此，谨对张新颖教授、坂井洋史教授道声谢谢。

博士学位论文盲审及答辩中，张清华、杨洪承、吴义勤、赵学勇、李震、张积玉等老师谬赞或点拨均不少，尤其是张清华和赵学勇两位老师即兴亲笔写就的评语，后有幸看到，那典雅俊美的笔墨映照着鼓励褒扬甚多的言辞，穿越几度春秋，现在读来，虽觉有愧，却也倍觉振奋、感恩多多，当继续勉力前行。

"中国社会科学博士后文库"是学界有影响的出版品牌，拙著能有幸入选，离不开两轮审稿、无从知晓大名的专家学者的暗中肯定，感谢你们的默默鼓励，让我的学术信心倍增。

个人首部小书《退隐的乡土与迷茫的现代性》就经郭晓鸿老师出版，这部著作仍有幸经其手再出，这当然是缘分，自是谢意无尽。感谢责任编辑杨康老师费心审校。

感谢孙德喜老师、穆文清先生对我读博以来的诸多关照，诚恳正直、淡泊名利的你们时常让人静默而反躬自身；感谢赵文、徐则臣、刘宁、宋颖慧、黎晟、陈慧鹏、赵荣斌诸兄，你们给予我心理或行动上的诸多支持，使我的学术小路可以缓缓延伸；感谢陕西师范大学王鸿、靳春泓、梁莹等老师，在我读博期间，是你们提供了许多帮助，让我至今感佩；需要感谢的人还有很多，诸如先期发表拙著文字的期刊编辑等，恕不一一具名，由衷谢谢你们。

坐地日行八万里，巡天遥看一千河。一切都在变，也总有不变。今日大暑，酷热难当，坐在书房，思量着二十多年来的行政工作与生活，即将面临新的转换，个中滋味，自不待言。默默回看四五年前的博士学位论文后记，那时繁忙的行政坐班之余，熬夜看书写作，辛苦却也幸福。而今，行政工作、生活即将大挪移，书稿内容也有不少改变，但彼时完稿后的心绪脉动，透过后记，仍旧清晰可感，遂照录如上。

书稿出版后，就是与读者相遇的事了。时间的浮尘里，这些浅薄枯燥的文字，若能幸会有缘人，或应对你（这隐秘的读者）道声你好，彼此或可会心一笑。

2019 年 7 月 23 日
于淮安文华苑寓所

第八批《中国社会科学博士后文库》专家推荐表1

《中国社会科学博士后文库》由中国社会科学院与全国博士后管理委员会共同设立，旨在集中推出选题立意高、成果质量高、真正反映当前我国哲学社会科学领域博士后研究最高学术水准的创新成果，充分发挥哲学社会科学优秀博士后科研成果和优秀博士后人才的引领示范作用，让《文库》著作真正成为时代的符号、学术的标杆、人才的导向。

推荐专家姓名	陈思和	电话	
专业技术职务	教授	研究专长	中国现当代文学
工作单位	复旦大学	行政职务	图书馆馆长
推荐成果名称	《审美的他者——20世纪中国作家美术思想研究》		
成果作者姓名	李徽昭		

（对书稿的学术创新、理论价值、现实意义、政治理论倾向及是否具有出版价值等方面作出全面评价，并指出其不足之处）

　　李徽昭先后在陕西师大和复旦大学从事博士、博士后学习研究工作，并在美国萨姆休斯顿州立大学、日本一桥大学访学或客座研究；曾获陕西省优秀博士学位论文、江苏省长江杯文学评论奖等学术奖励10多次，已主持完成博士后科学基金、省公派留学基金等多种研究项目，现主持在研国家社科基金"八十年代文学思潮与美术思潮互动研究"。

　　《审美的他者——20世纪中国作家美术思想研究》为李徽昭在陕西省优秀博士学位论文基础上作了较大修改后的成果，该成果选题新颖，具有一定前沿性、创新性。该著作通过对20世纪中国作家不同美术论述的多维透视，提出并探究了新文学观念与美术观念的互动互生、互为渗透与影响的艺术现象，不仅为中国现当代文学研究提供了新的学术生长点，而且透过现当代作家与传统美术多元关系的深入解读，呈现了现当代作家的传统文化精神趋向，彰显了中国现当代文学的文化自信，具有丰富的社会价值和时代意义。

　　该著作内容丰富翔实、结构合理、行文流畅，无论是总体性梳理、单个作家论述，还是文学文本关联阐释，均言之有据、言之有物，彰显了观点与材料、整体与局部、内部与外部之间的有机关系。该成果问题意识较强，思路清晰，方法得当，文学与美术学科彼此融洽介入，是近年中国现当代文学研究的新收获。不足处或许是作家的美术论述显得不够全面，但主要限于选题论述典型性，可不必求全。

　　特此推荐！

　　　　　　　　　　　　　　　　　　　　签字：陈思和

　　　　　　　　　　　　　　　　　　　　2018年11月23日

说明：该推荐表须由具有正高级专业技术职务的同行专家填写，并由推荐人亲自签字，一旦推荐，须承担个人信誉责任。如推荐书稿入选《文库》，推荐专家姓名及推荐意见将印入著作。

第八批《中国社会科学博士后文库》专家推荐表2

《中国社会科学博士后文库》由中国社会科学院与全国博士后管理委员会共同设立，旨在集中推出选题立意高、成果质量高、真正反映当前我国哲学社会科学领域博士后研究最高学术水准的创新成果，充分发挥哲学社会科学优秀博士后科研成果和优秀博士后人才的引领示范作用，让《文库》著作真正成为时代的符号、学术的标杆、人才的导向。

推荐专家姓名	李继凯	电话	
专业技术职务	教授	研究专长	20 世纪中国文学
工作单位	陕西师范大学	行政职务	人文社会科学高等研究院院长
推荐成果名称	《审美的他者——20 世纪中国作家美术思想研究》		
成果作者姓名	李徽昭		

（对书稿的学术创新、理论价值、现实意义、政治理论倾向及是否具有出版价值等方面作出全面评价，并指出其不足之处）

　　李徽昭副教授的博士论文即为本书稿选题，该论文先后获陕西师范大学及陕西省优秀博士学位论文奖。博士毕业后，其先后赴复旦大学、日本一桥大学等国内外名校就文学、美术交叉关联研究转益多师。其学术关注点一直在中国现当代文学与美术学科交叉地带，并已有较为深厚的学术积淀，先后在《文艺理论研究》等刊物发表相关学术论文 20 余篇，后续研究"八十年代文学思潮与美术思潮互动研究"已获 2018 年国家社科基金项目资助。

　　《审美的他者——20 世纪中国作家美术思想研究》对博士学位论文结构与内容等方面均进行了较大修改。该书稿以审美"他者化"视角，结合美术思潮与作家介入美术的实际状况，对中国现当代作家有关美术论述进行了细读与爬梳，由此分析了 20 世纪中国作家美术思想与文学观念及文本互动互生、推动新文学变革与发展的特殊性。该书稿观照了现当代作家的不同美术观念与文本，挖掘其与文学思潮、文本及作家关联性，为建构学科互动维度上的现当代文学叙史方式提供了新的可能。能运用适切跨学科特点的多种理论、方法介入研究对象，在大文艺坐标中审视现当代作家的美术论述，呈现美术观念与文学变革及时代的多元关联，是现当代文学研究方法的新尝试。该书稿探讨了中国传统美术与现当代作家及文学文本的多元关系，剖析作家美术思想的文化主体性，这既深化美术关联的现当代文学审美认知，也呈现文学、美术联动对现当代文学发展的重要意义和促进作用。

　　总之，该书稿经过不断修改完善，已符合本《文库》要求，具有出版价值，本人同意推荐。

　　特此推荐！

签字：李继凯

2018 年 11 月 25 日

说明：该推荐表须由具有正高级专业技术职务的同行专家填写，并由推荐人亲自签字，一旦推荐，须承担个人信誉责任。如推荐书稿入选《文库》，推荐专家姓名及推荐意见将印入著作。